FVA

Meri Valkama

Deine Margot

Roman

Aus dem Finnischen
von Angela Plöger

FRANKFURTER VERLAGSANSTALT

Für meine Eltern,
die mir Berlin geschenkt haben

Das, was wir ersehnen,
werden wir nie verlieren.
Das, was wir lieben,
werden wir immer ersehnen.

CLAES ANDERSSON

TEIL I

Berlin, 8. Oktober 1989

Das Kleid des Mädchens ist aus Samt, der Rock schwingt, und seine Haare wehen wie Sommergras am Feldrand. Kastanie springt vorwärts wie ein wildes Ren, sie ist wild und furchtlos. Ich rufe: Bleib stehen, bleib sofort stehen, aber das Mädchen hört nicht, es ist schon fast am Ziel. Der Himmel verströmt Rosa und Purpur, ich bemühe mich hinterherzukommen, aber die Steine kratzen an meinen Fußsohlen. Die Braunkohle verbrennt mir die Lunge, die Abgase die Schleimhäute, und ich hole das Mädchen nicht ein. Kastanie erreicht die Mauer und den Grenzübergang und den Mann, der, wie ich sehe, den Blick schärft und dann seine Waffe hebt. Ich schreie, aber meine Stimme ist nicht zu hören, ich renne, aber meine Beine tragen mich nicht. Ich stürze. Aus meinem Knie perlt das Blut. Von irgendwoher fällt Licht, grünlich und kalt. Kastanie bleibt vor dem Soldaten stehen, aber der Mann schießt nicht. Er legt dem Kind die Hand auf die Schulter, beugt sich hinab und lächelt, und ich begreife: Das Mädchen ist weg. Noch erkenne ich seine Umrisse vor der Mauer, aber dann, nur einen Augenblick später, ist das Kind weg, es gehört dem Westen.
Schweißgebadet erwache ich, mich friert. Die Uhr auf dem Schrank durchsticht die Stille, die nicht zur Nacht gehört und nicht zum Morgen, sondern zu einem Zwischenraum, schwerelos und stumm. Erst einige Stunden zuvor füllte der Herbstwind die Reihen der Fahnen – Hammer, Zirkel, Ähren. Klarinetten und Hörner drückten ihre Klänge in den Wind, rhythmisch und gerade. Ich hatte mich nur mühsam vom Bett aufraffen können und mich gezwungen, mich anzuziehen, zu essen, eine Tasse Tee zu trinken und hinaus unter Menschen zu gehen. Ich fürchtete, die Gedanken des Roten Rades würden

auch mich endgültig in ihre Gewalt bekommen. Was, wenn auch ich anfangen würde, alles so zu sehen wie sie und so viele andere – als wertlos, falsch, verbrecherisch? Unter Tausenden von Menschen, die sich in der Karl-Marx-Allee versammelt hatten, vergaß ich für einen Augenblick meine Angst. Vierzig Jahre. Was für eine Errungenschaft für ein Land, an das der Westen niemals geglaubt hat! Im Winter hatte Honecker gesagt: »Die Berliner Mauer wird noch hundert Jahre stehen!« Und heute: »Wir sind ewig! Der Sozialismus leuchtet in den Farben der DDR stolzer denn je!« Ich betrachtete die Kinder, die ihre Fähnchen schwenkten. Und schloss die Augen. Auferstanden aus Ruinen, die schönste aller Hymnen, ich hörte sie mir an und stellte mir vor, du stündest neben mir, und das Kind, an dessen Geburtstag ich nicht dabei sein durfte.

Ich ging nach Hause, den milden Herbstabend an meiner Haut. Ich ließ Badewasser in die Wanne. Dann ging ich schlafen. Als ich aufwachte, mussten die Rufe auf der Straße schon über Stunden zu hören gewesen sein. Ich zerrte die Fenstervorhänge beiseite. Die Menschen, Tausende, Zehntausende, wer kann sie zählen, alle dicht gedrängt auf den Straßen, auf dem Alexanderplatz. Ich öffnete das Fenster, draußen auf den Straßen roch es nach Wut. Die Menschenmenge rückte vor in Richtung Palast der Republik. »Gorbi, hilf uns! Wir sind das Volk! Wir sind das Volk!«, riefen sie, doch der Palast schwieg. Ich ließ meine Tränen kommen. Dann raffte ich mich auf und stürmte auf die Straße. Die Verhaftung von Lesnik beherrschte immer noch meine Gedanken. Ohne sie hätte ich die Einladung zur Versammlung um halb fünf vielleicht gehört. Vielleicht hätte ich die immer mehr und mehr anwachsende Demo von Anfang an beobachtet und wäre die Rathausstraße entlang zum Platz der Republik gegangen, vor dem die Polizeilastwagen eine Mauer gebildet

hatten. Vielleicht hätte ich mich widersetzt, als die Autos sich in Bewegung setzten und die Demonstranten zurückdrängten, denn – wie du weißt – an die chinesische Lösung glaube ich nicht. Doch ich erreichte die Menge erst, als jemand ins Megafon rief: »Jetzt in Richtung Prenzlauer Berg!« Und so wanderte ich in ihrem Kielwasser die Karl-Liebknecht-Straße entlang, während die Parolen erschallten und die Polizisten die Menge ratlos vom Straßenrand her anstarrten.
Erich. Es gibt Tage, an denen ich hoffe, du mögest an deinem Kalbsschnitzel ersticken. Und sterben. Oder noch schlimmer: Ich hoffe, du mögest niemals durch die Tür des Roten Rades eingetreten sein, dich zuerst Ähre, dann Katja, dem Kranz, Doktor Tomate, Lesnik und zuletzt mir vorgestellt haben. Manchmal wünsche ich, es hätte diesen Tag nie gegeben – den Tag, an dem du mich zum ersten Mal ansahst; den Tag, nach dem ich mich für niemand anders mehr interessiert habe.
Aber immer noch gibt es auch Augenblicke, in denen ich dich brauche. Und Kastanie. Nächte wie diese, wenn die Sehnsucht ein Schmerz ist, der sich unter der Haut festgesetzt hat. In diesen Augenblicken stelle ich mir das Kind vor, wie es im Schatten auf der Decke liegt, kurz davor einzuschlafen. Am Sandstrand, auf dem Anleger, auf der Wiese, den Wind im Haar. Ich stelle mir dich vor, wie du mir ins Ohr flüsterst: So fühlst du dich an. Ich atme deinen Duft ein, der sich auf meiner Haut festgesetzt hat.
Wo bist du? Du hast doch wohl meinen Brief bekommen? Warum antwortest du nicht? Ähre und Kranz sind verschwunden, und jetzt sind auch das Rote Rad und Doktor Tomate nicht mehr da. Sie sind verschwunden, verloren gegangen, die meisten über Ungarn oder Österreich in den Westen. Erich, sollte ich auch gehen? Das würde ich gern. Und doch auch wieder nicht.

Als ich nach der langen Nacht nach Hause kam, schloss ich das Fenster, dämpfte die Rufe. Ich möchte nicht sie in meinem Leben haben, sondern euch. Ich holte das Foto hervor. Lassen sich Kastanies Haare schon zu Zöpfen flechten? Wie geht es ihr? Ich tröste mich mit dem Gedanken, dass wenigstens sie von diesem Irrsinn verschont bleibt, wenigstens sie. Wenn ich an das Kind denke, erscheint mir der Entschluss leicht: Noch gehe ich nicht, noch warte ich. Einen Augenblick noch, aber dann nicht mehr.
Dann kannst du ebenso gut an deinem Schnitzel ersticken.

Deine Margot

2011

Der Boden auf der Fischerinsel war nass, an seiner Oberfläche funkelten Steine, kleine und scharfe. Vilja bückte sich, hob von der Baumwurzel eine tiefbraune Kastanie auf und schloss sie in ihre Hand wie eine Kostbarkeit. Ein Ahorn hatte seine Samen zu unregelmäßigen Anordnungen auf den Sand fallen lassen, der Regen war von ihnen aufgesaugt worden und hatte sie zu blassen Streifen verfärbt. Das Haus vor ihr war gewaltig groß, noch genauso wie vor Jahren, eckig und monumental. Sie griff sich ihre Tasche, überquerte den Spielplatz und ließ die toten Ahornblätter, die Schalen der Kastanien und die vom Sturm abgerissenen Zweigstücke unter ihren Füßen rascheln. Jemand hatte vor dem Haus einen hellblauen Scooter geparkt. Mit einem Ruck zog sie die schwere Glastür auf. Ein Mann in knielangem Mantel wartete im Windfang, er hielt in der einen Hand einen Regenschirm, in der anderen eine Mappe mit Lederdeckel.

»Kommen Sie wegen der Wohnung?«

Vilja nickte, reichte ihm die Hand und begrüßte den Mann. Er zeigte ihr den Weg zum Fahrstuhl, und Vilja folgte ihm. Sie schwieg, obwohl es höflich gewesen wäre, etwas zu sagen, egal was. Der Mann starrte die Decke an, klopfte mit der Schuhspitze auf den Boden und atmete so, dass seine großporige Nase pfiff. Das Haus trug geräuschlos seine Etagen.

»Ein trostloser Winter. Echt trostlos«, sagte der Mann

schließlich und schüttelte das Wasser von seinem Regenschirm in der Ecke des Fahrstuhls ab.
»Ja, er ist trostlos.«
Für einen verschwindend kurzen Moment fielen ihr Helsinki, die Schneewälle dort, die die Straßen verstopften, und der Frost ein, der die Wangen verbrannte.
Der Geruch flutete ihr entgegen, als die Fahrstuhltüren sich im achtzehnten Stock öffneten. Derselbe Geruch, derselbe noch nach fünfundzwanzig Jahren, dachte Vilja, und auch wenn sie sich unter anderen Umständen den Schal vor das Gesicht gedrückt und sich vor dem Gestank des Müllschluckers geschützt hätte, ließ sie jetzt den süßlich-fauligen Geruch in sich hineinströmen. Der Mann ging bis zum Ende des Ganges und steckte den Schlüssel ins Schlüsselloch.
»Die Handtücher sind im Badezimmer, die Betten frisch bezogen. Putzen müssen Sie selbst.«
Der Mann wies ihr den Weg in die Wohnung und entnahm seiner Mappe ein Papier und einen Stift.
»Ich würde Sie dann jetzt hier auch gleich um die Kaution bitten und um die Miete für die erste Woche. Das Weitere vereinbaren wir später, wenn Sie wissen, wie lange Sie bleiben wollen.«
Vilja unterschrieb das Papier, gleich darauf auch das zweite, reichte sie dem Mann und holte dann aus ihrer Tasche ein Bündel Geldscheine.
»Ein ruhiges Haus«, sagte sie, warf einen Blick ins Treppenhaus und reichte dem Mann das Geld. »Kennen Sie die Nachbarn? Was für Leute wohnen hier?«
Der Mann zog den Reißverschluss seiner Jacke zu und stellte den Kragen auf.
»Wissen Sie, in diesem Haus gibt es ungefähr zweihundert Wohnungen. Hier wohnen alle Arten von Leuten.«

Vilja stellte ihre Tasche auf das Sofa im Wohnzimmer und holte aus einer Seitentasche ein Foto hervor. Der Vater im Ruderboot, ein Lächeln im Gesicht, im Hintergrund die im freundlichen Meer untergehende Sonne. Vilja stellte das Foto auf die Fensterbank und legte die Kastanie, die sie auf dem Spielplatz gefunden hatte, daneben. Der Regen lief am Fenster hinab, aber auch hinter dieser Verschwommenheit erkannte sie den über die Dächer hinausragenden Turm. Er war lang und hell und wurde zum Himmel hin schmaler, und an seinem Ende durchdrang eine graue Kugel die Landschaft, als erinnerte sie daran, dass nichts hier ein Traum, sondern Realität war, so real wie nur je die verlorene Zeit. Einen Augenblick lang starrte sie das Bauwerk an, trat dann in den Vorraum und öffnete die Wohnungstür. Der Geruch des Müllschluckers war widerlich, und wieder atmete sie ihn tief ein. Den Fußboden bedeckte ein gelber Kunststoffteppich, den Rand eine rauchgraue Scheuerleiste. *Müllraum* stand an der Tür am anderen Ende des Ganges, und auch wenn das dort nicht gestanden hätte, hätte sie gewusst, was sich dahinter befand.
Mit dem Fahrstuhl fuhr sie in die vierte Etage hinunter. Der Korridor war schmaler, als sie ihn in Erinnerung hatte, auch kürzer. Sie ging bis zum anderen Ende und spürte, wie es in ihren Handflächen prickelte. Hatte es hier so ausgesehen? Ja, natürlich. Als Erstes bemerkte Vilja den Weihnachtsschmuck. Die Tannenzweige aus Plastik und die Weihnachtskugeln, die Schleife aus einem roten Seidenband. Kietzmann stand auf dem Namensschild. Sie fasste nach dem Türknauf und drehte daran, aber die Tür rührte sich nicht, sie drehte noch einmal und gab dann auf. Sie ließ die Lungen sich von Luft entleeren und die Schultern sich entspannen, atmete ein und aus, dann setzte sie sich

auf den Fußboden vor die Tür und zog ein zusammengefaltetes, vergilbtes Papier aus der Tasche. Die Dunkelheit vertrieb schon die Dämmerung, als Vilja den Blick über die Buchstaben gleiten ließ, die dünn und luftig waren. Schon waren ihre Gedanken in Helsinki, bei der Beerdigung, bei den in der Zweizimmerwohnung des Vaters gepackten Kisten, bei der Schreibtischschublade, der flachen Blechdose und dem Bündel Briefe, das sich darin gefunden hatte an jenem Nachmittag, an dem sie sich heimlich in die Kochnische zurückgezogen und von dem Bündel den obersten Briefumschlag ausgewählt hatte. Die Adresse darauf war ein ihr unbekanntes Postfach, die Briefmarke stammte aus Ostdeutschland, der Stempel war von 1989. Sie hatte den Brief gelesen, einmal, zweimal, ein drittes Mal und war zu ihrer Mutter gegangen.

»Wer ist Margot?«

Die Mutter hatte mit dem Fensterputzen aufgehört und den Brief in ihrer Hand angestarrt. Einen Augenblick lang war es in der Wohnung stiller gewesen als an jenem Oktobernachmittag, an dem Vilja den Vater gefunden hatte.

»Hat er die immer noch aufbewahrt?«

Die Mutter hatte die Worte langsam aus ihrem Mund entlassen, als hätte sie zunächst gar nicht verstanden, was sie da sah, hatte dann Vilja den Rücken zugekehrt und weiteres Putzmittel versprüht und die Fensterscheibe gewienert, als gäbe es darauf eine zehn Jahre alte Schmutzschicht. Der Schaum hatte die krumme Kiefer, das Haus gegenüber und das schon verblassende Herbstgold verdeckt, und Vilja hatte das Blut in den Ohren rauschen hören.

»Wer ist Erich? Von wem sind diese Briefe?«

Die Mutter hatte den Lappen sinken lassen, sich Vilja zugewandt, und die hatte gesehen: Die Farbe war der Mutter aus dem Gesicht gewichen, das aussah, als hätte sich eine straffe Folie darübergelegt. Ihre Stimme war müde und langsam gewesen.

»Diese Briefe wurden an einen Mann geschrieben, von dem ich einmal glaubte, ich kennte ihn. An deinen Vater. Dein Vater war Erich.«

Mutters Blick hatte sich mit Trauer gefüllt, mit alter und starker Trauer, sie schimmerte auf der Oberfläche ihrer Augen, drückte sich zu Falten zusammen, die bis zum Haaransatz reichten. Die Mutter hatte langsam und tief geseufzt.

»Ich dachte, er hätte sie schon längst verbrannt. Zerschneide diesen Müll, er bringt nichts als Kummer.«

»Du hast sie gelesen.«

»Zum Teil. Vor langer Zeit. Vor sehr langer Zeit.«

»Du weißt also, wer Margot ist.«

Die Mutter hatte den Kopf geschüttelt und geschwiegen. Erst als Vilja ungeduldig das Gewicht von einem Fuß auf den anderen verlagert hatte, sagte die Mutter leise, fast flüsternd:

»Ich weiß, dass es eine Margot gab. Das war eine Person, die deinen Vater Erich nannte. Aber ich weiß nicht, wer das war. Und will es auch jetzt nicht wissen. Sei so gut, vernichte diese Briefe.«

»Dieser hier ist von 1989. Damals wart ihr verheiratet, und wir wohnten noch alle zusammen.«

Die Mutter hatte den Blick auf das Fenster gerichtet, an dessen Oberfläche sich das Putzmittel als langsames Blasenfeld wie eine Eisscholle im Wasser des Eismeers bewegte.

»Ja. Aber nicht lange. Du erinnerst dich bestimmt noch an jenen Herbst.«

Vilja hatte den Brief noch einmal entfaltet und hier und dort darin gelesen.
»Margot schreibt von einem Mädchen. Sie nennt es Kastanie.«
Die Stille hatte die Luft anschwellen und die Hände klebrig werden lassen, und plötzlich wirkte die vor ihr stehende Frau gleichzeitig bekannter und fremder denn je.
»Ja, Vilja. Und nicht nur in diesem Brief. Margot hat viel über das Mädchen geschrieben.«
»Über mich.«
»Über dich.«

Vilja las den Brief ein zweites Mal, bevor sie ihn zusammenfaltete, und kehrte dann in die Wohnung zurück. Sie trat zum Wohnzimmerfenster und starrte über die Dächer von Berlin hinweg. Durch den Regen sah sie ein rotes Blinken, das regelmäßig von der Antenne des Fernsehturms ausgespuckt wurde, und zugleich war da ein klarer und fester Gedanke, und sie ließ ihn für sich selbst Ränder bauen.
Morgen suche ich dich, Margot.

1983

Das Zuhause. Hier ist mein Zuhause.

Der Gedanke ließ Markus Siltanen lächeln. Er wickelte den Ledermantel fester um sich, zog sich tiefer unter das Schutzdach zurück und blinzelte, um durch den Sprühregen hindurchzublicken. Trotz des Hundewetters fühlte er sich festlich gestimmt: Hier stand er tatsächlich, im Herzen seiner neuen Heimatstadt, ringsum der Alexanderplatz, der Fernsehturm, die Weltuhr und das Rote Rathaus. Hier stand er, hier wohnte er, und dieser Jubel wurde nicht einmal durch diesen fürchterlichen mitteleuropäischen Wintersturm getrübt, der die Schiffe nach Rostock und die Wochen des Skispringens in der Tschechoslowakei lahmgelegt hatte. Markus hüpfte ein wenig, um warm zu bleiben, als ihm die Idee kam: Natürlich, er würde über den Sturm schreiben! Wie gelangten die Menschen an ihren Arbeitsplatz? Funktionierten die Fabriken? Wie wurden die von der Natur verursachten Schäden im Westen kommentiert? Natürlich würden nicht einmal die fürchterlichsten Wetterverhältnisse den Sozialismus ins Wanken bringen, aber trotzdem war es gut, diese Fragen zu stellen und Antworten zu geben, die die Wahrheit zeigten. Storythemen waren ihm schon lange durch den Kopf gegangen. Es waren viele, aber mit welchem sollte er das Spiel eröffnen, wie die unsterbliche Eröffnung formulieren, nach der keinem Leser seiner Zeitung *Kansan Voima, Kraft des Volkes*, unklar bleiben würde, dass es Markus Siltanen war, der in den kommenden vier Jahren für die Berichterstattung aus dem Herzen der Deutschen Demokratischen Republik zuständig war, der ehemalige Redaktionsleiter und jetzige Berlinkorrespondent. Der Sturm und seine Folgen, das war es – das perfekte Thema, alltäglich und dramatisch zugleich.

Kälte und Feuchtigkeit drangen Markus in Knochen und Mark. Er verlagerte das Gewicht von einem Bein auf das andere, dann wieder auf das andere, und hüpfte auf der Stelle. Noch hatte er keine Lust, sich in das Unwetter hinauszubegeben. Bis nach Hause war es weniger als ein Kilometer, aber es graute ihm vor den Ästen, an denen der Wind zerrte, und vor den unberechenbaren Sturmböen. Er spähte nach oben und genoss das Wissen, dass hoch über ihm der Fernsehturm aufragte. Wenn der Sturm vorüber ist, werden wir zusammen hierherkommen, Rosa und die Kinder und ich, dachte er. Wir fahren mit dem Fahrstuhl hinauf, betrachten von oben die Stadt, ich zeige den Kindern die Mauer und das Pressezentrum und den Himmel über Berlin.

Da bemerkte Markus die Frau und das Kind. In gelbe Regenjacken gehüllt, rannten die beiden durch den Regen zu der Tür, die in die Eingangshalle des Turms führte. In die Halle, nach drinnen, begriff Markus plötzlich und setzte ihnen nach. Der Wind packte das Glas, es fehlte nicht viel, und er hätte die Tür aus den Angeln gerissen, als Markus sie mit beiden Händen packte. Die Frau ging zum anderen Ende der Halle und setzte das Kind auf eine Bank. Markus blieb in der Nähe der Außentür und bemerkte einen Mann, der sich auf die Frau zubewegte, wobei seine Füße den Boden abtasteten.

»Gute Frau, hätten Sie einen Moment Zeit?«, fragte der Mann.

Die Frau hob den Blick. Aus ihren Haaren rann der Schneeregen, über ihre Wangen die Wimperntusche.
»Ja?«
»Mein Kollege und ich«, sagte der Mann und deutete auf einen Burschen mit schlechter Haltung, der in einigen Metern Entfernung stand und mit übertriebenen Bewegungen Kaugummi kaute. In den Händen hielt er eine Filmkamera. »Wir machen ein Programm. Der Zeitpunkt ist etwas unglücklich, es sind nicht viele Leute unterwegs. Ich nehme an, Sie sind Ostdeutsche?«
»Natürlich bin ich das.«
»Natürlich, natürlich sind Sie das. Ich wollte mich nur vergewissern, dass Sie nicht Tschechin sind. Oder Ungarin.«
Markus ging ein paar Schritte näher zu den Leuten heran. Die Frau verlagerte das Gewicht von einem Bein auf das andere.
»Was wollen Sie?«
»Nur ein paar Fragen stellen. Ganz kurz, das Interview ist gleich fertig. Und die Frage nicht schwieriger als: Was wünschen Sie sich zu Weihnachten?«
»Wozu brauchen Sie so eine Information?«
»Wir machen ein Programm für das ZDF, eine Reportage zum Thema, wie wird Weihnachten in der DDR gefeiert. Und über die Weihnachtswünsche der DDR-Bürger.«
»Für das West-Fernsehen. Warum?«
»Im Westen dürstet man nach Informationen über das Leben der Ostdeutschen. Viele wünschen sich Informationen über das Leben ihrer hier wohnenden Verwandten. Vielleicht ist das bei Ihnen genauso? Wohnen auch einige Ihrer Angehörigen auf der anderen Seite der Mauer?«
Noch ehe die Frau über eine Antwort auch nur hätte nach-

denken können, hatte der Mann dem Kaugummikauer schon ein Zeichen gegeben, und er kam herbeigeschlurft.
»Kurt Bäcker, mein Kameramann. Und ich – ich bin Klaus Hauser.«
Der Mann streckte die Hand aus und berührte damit fast die Frau.
»Anne Stern«, sagte die und ergriff zögernd Hausers Hand.
»Frau Stern, ich freue mich, Sie kennenzulernen«, sagte der Mann mit übertriebener Ehrerbietung in der Stimme.
»Und du, wie heißt du?«
Hauser beugte sich zu dem Jungen hinunter.
»Peter.«
Der Junge versteckte sich hinter dem Bein seiner Mutter.
»Peter! Wie alt bist du?«
»Vier.«
»Vier!«, rief Hauser aus und hielt sein Mikrofon Anne Stern vors Gesicht, nickte dann dem Kaugummikauer zu, der sich die Kamera auf die Schulter gewuchtet hatte.
»Frau Stern, erzählen Sie uns doch bitte, wie man sich hier in der DDR auf Weihnachten vorbereitet.«
Markus glaubte, er könne sich vorstellen, was Frau Stern jetzt durch den Kopf ging: Wenn sie nichts sagte, würde die Kamera ihre schroffe Weigerung festhalten, wenn sie jedoch antwortete, würde dieser unverschämte Kerl, der so stümperhaft ein Interview verlangte, das bekommen, was er wollte. Einen Augenblick lang sah es so aus, als würde Frau Stern schweigen, aber Hauser ließ nicht locker:
»Haben Sie sich schon überlegt, was Sie sich zu Weihnachten wünschen?«
Anne Stern starrte Hauser in die Augen und sagte dann:
»Freilich. Weihnachten ist ja in einer Woche. Ein passen-

der Weihnachtswunsch könnte zum Beispiel sein, dass die Amerikaner ihre Raketen aus Westdeutschland abziehen.«

Markus fuhr zusammen. Hauser schien das Lächeln zu vergehen.

»Ahaa. Ja. Und weitere Wünsche? Haben Sie noch andere Wünsche?«

»Eigentlich nicht. Ich wünsche mir nur Frieden, richtigen Frieden. Der ist schwer zu bekommen, wenn im Nachbarland Dutzende von Raketen stationiert sind. Ich hoffe, dass Reagan und Kohl endlich verstehen, dass Krieg und das Androhen von Gewalt nicht dazu beitragen, Beziehungen zwischen Staaten aufzubauen. Wir in der DDR wünschen uns Frieden für hier und anderswo, zu Weihnachten und zu allen anderen Zeiten.«

Klaus Hauser lachte trocken. Wie jemand, der einen über seine Kräfte gehenden Kampf aufgegeben hat, führte er das Mikrofon weg von Anne Stern und hielt es Peter hin.

»Und du, Peter? Was wünschst du dir zu Weihnachten? Was wäre das Beste, was du zu Weihnachten bekommen könntest?«

»Ein Fahrrad«, sagte der Junge leise.

»Ein Fahrrad!« Hauser schien von Peters Antwort begeistert zu sein. »Hast du eine Lieblingsfarbe? Grün, oder vielleicht Blau?«

»Rot. Ich wünsch mir ein rotes Rad.«

»Na, das wäre ja was, ein rotes Fahrrad!«

Plötzlich zog Klaus Hauser sein Mikrofon von Peter fort, kehrte Anne Stern und dem Jungen den Rücken und trat vor die Kamera. Das Lächeln war von seinem Gesicht verschwunden, an seine Stelle war ein überbetonter Ausdruck von Sorge getreten.

»Der vierjährige Ostberliner Junge Peter wünscht sich zu

Weihnachten ein rotes Fahrrad. Wie mag es diesem Wunsch ergehen? Hat die Mutter die Möglichkeit, den Wunsch ihres Sohnes zu erfüllen? Hier hinter der Grenze leiden die Ostdeutschen an ständigem Mangel. Sie können sich nicht immer das Nötigste leisten, Essen und Trinken, und auch wenn sie es könnten, sind doch so manche Grundbedarfsgüter im Handumdrehen ausverkauft. Es mangelt sogar an Zucker, Brot und Mehl, ganz zu schweigen von Kaffee und Früchten. Bananen hat man hier kaum jemals gesehen ...«

Anne Stern stürmte aus dem Vorraum des Fernsehturms ins Freie und zog den kleinen Peter hinter sich her. Einen Augenblick lang wusste Markus nicht, was er machen sollte. Der Wind hinter den Glasscheiben wirbelte abgerissene Blätter, Müll und Schneeregen durch die Luft, und von dem Baum, der vorhin noch aufrecht dagestanden hatte, hing einer der unteren Äste abgespalten herab. Was, wenn der Frau und dem Kind jetzt etwas passierte? Einer plötzlichen Eingebung folgend stürzte Markus auf den Platz hinaus.

Der Himmel hing wie eine schwere Decke über dem Vorhang aus Tropfen, der sich überallhin ausgebreitet hatte. Markus rannte um die Ecke des Turms in Richtung Rathaus und Nikolaiviertel.Die Frau und der Junge waren nirgends zu sehen. Waren sie in eine andere Richtung gegangen, zum Palast der Republik oder zum Prenzlauer Berg? Einen Augenblick lang überlegte Markus, entschied sich dann für das Nikolaiviertel und rannte los, und da: die gelben Regenjacken. Die Frau stürmte mit ungewöhnlich großen Schritten in Richtung Rathaus, durch die eisige graue Luft, dass der kleine Peter nur so über die Pfützen flog.

»Frau Stern!«, rief Markus, doch der Sturm verschluckte seine Stimme.
Beim Rathaus verlangsamte die Frau ihre Schritte, blieb stehen und machte sich an den Stiefeln des Jungen zu schaffen. Markus erreichte sie.
»Frau Stern, es ist nicht sicher, bei diesem Wetter draußen unterwegs zu sein.«
Anne Stern wandte sich um.
»Wer sind Sie? Lassen Sie mich in Ruhe.«
Markus trat einen Schritt zurück.
»Verzeihung, ich wollte nicht aufdringlich sein. Mein Name ist Markus Siltanen. Ich bin aus Finnland, gerade in Ihr Land gezogen. Sie haben mich vielleicht nicht bemerkt, aber ich habe Ihr Gespräch mit dem Journalisten aus dem Westfernsehen mitangehört. Was für ein ungehobelter Kerl! Ich würde Ihnen gern helfen, bei diesem Wetter ist es gefährlich, draußen zu sein. Darf ich Sie nach Hause begleiten? Dann käme Ihr Sohn schneller unter ein sicheres Dach.«
Falls die Frau zögerte, so bemerkte Markus nichts davon. Er war darum bemüht, die Frau seiner guten Absichten zu versichern, ihr seinen Presseausweis und seinen Pass zu zeigen und mit ihr seine politischen Ansichten zu teilen, aber Frau Stern fragte nicht danach. Zu seiner Überraschung setzte sie ihm das Kind auf den Arm.
»Wallstraße neunzig. Seine Gummistiefel scheuern.«
Peter war leicht wie ein Vogel, knochig und mit scharfen Rändern, er duftete nach Kartoffeln und eingelegter roter Bete. Der Junge schlang ihm die Arme um den Hals und drückte seine feuchte Wange gegen Markus' Haut.
»Zeig mir den Weg!«, rief Markus Anne Stern zu.
Der Regen pladderte ihnen ins Gesicht. Sie strebten eilig

in Richtung Fluss und stiegen die Steintreppen zur Straße hinauf. Peter klammerte sich an seinen Hals wie eine Schlange. Jemand hatte einen Handschuh auf die Straße fallen lassen, aus schwarzem Leder.
»Hier lang. Es ist nicht weit«, rief Anne Stern, als sie die Brücke überquerten.
Durch den Schneeregen hindurch erkannte Markus einen Spielplatz. Nach drei Häuserblöcken und Dutzenden von Pfützen blieb die Frau vor einem gelben Haus stehen.
»Hier!«
Anne Stern nahm Markus das Kind ab. Peter drückte seine Schulter gegen die der Mutter.
»Wohnen Sie weit von hier?«
»Auf der Fischerinsel, im Haus Nummer zehn. Mein Orientierungssinn ist erbärmlich, aber das müsste hier ziemlich in der Nähe sein.«
Die Frau lachte.
»Fischerinsel zehn? Sie müssen tatsächlich gerade erst hierhergezogen sein. Das ist wirklich ganz in der Nähe. Dort, über die Brücke.«
Sie trat auf die Fahrbahn, deutete mit der Hand auf die Turmhäuser, die hinter dem Regen aufragten, und Markus begriff: Der Weg nach Hause betrug nur etwa zweihundert Meter.
»Wo arbeiten Sie?«, rief Anne Stern durch den Regen und kehrte zur Haustür zurück.
»Im Internationalen Pressezentrum in der Mohrenstraße. Ich bin Journalist.«
»Haa. Also so wie Klaus Hauser.«
»Ja, abgesehen davon, dass ich überhaupt nicht so wie Klaus Hauser arbeite.«
Anne Stern lächelte.

»Zweifellos nicht.«
Frau Stern steckte den Schlüssel ins Schloss und zog die Tür auf. Die Wand des Korridors hinter Frau Stern war mit Briefkästen bedeckt, die aus Blech und grau waren.
»Danke für Ihre Hilfe. Ohne Sie würden wir immer noch in der Pfütze stehen. Und jetzt laufen Sie schnell nach Hause!«
Die Tür hinter der Frau schloss sich, aber Markus hatte noch gesehen: Unter den Briefkästen stand an die Wand gelehnt ein Fahrrad, klein und rot.

Berlin, 30. September 1989

Der Anblick lässt mir keine Ruhe, und darüber schreibe ich dir, Erich. Die Männer, die die ganze Zeit in meiner Nähe sind, drängen sich an Lesnik vorbei in den Vorraum und ins Wohnzimmer, leeren die Kommodenschubladen auf den Fußboden aus und durchwühlen die Schränke. Sie zerren die Sofakissen, die Tischtücher, die Teppiche und Gardinen von ihrem Platz und stellen meine Wohnung auf den Kopf. Und Lesnik erstarrt an seinem Platz, er versteht genau, was da passiert, bevor er versteht, was da passiert. Er sagt: »Lasst das. Seid so gut. Dies muss ein Irrtum sein.« Ein ums andere Mal: »Dies muss ein Irrtum sein.« Einer der Männer stellt sich vor das Fenster und lächelt ein Lächeln, dem ich entnehme, dass alles schon vorher beschlossen ist, das Chaos ist eine bloße Inszenierung nach einem vorgefertigten Drehbuch, dessen letzten Akt keine Einwände verändern werden. Immer wieder hallen in meinem Kopf die Worte, die man mir sagt, als ich mich in die Tür des Vorraums stelle und versuche zu verhindern, dass sie Lesnik mitnehmen. »Genossin, seien Sie nicht dumm. Das Beste für Sie ist, jetzt sofort den Weg freizugeben.«

Für Sie das Beste.

Jetzt sofort.

Den Weg freizugeben.

Sie fragen nichts, begründen nichts, legen keine Beweise vor. Die bloße Behauptung genügt. Sie nehmen Lesnik mit, sagen nicht, wohin, nennen ihn einen Volksverräter, ohne zu begreifen, dass der einzige Verrat das grundlose Verhaften treuer Bürger ist. Volksverräter. Lesnik – ein Volksverräter? Ich verstehe überhaupt nichts mehr.

Sie führen ihn ab. Die Tür klappt zu. Das Zimmer um mich herum dreht sich. Die Möbel wanken, das Licht verbrennt mir die Augen, und dann senkt sich über alles eine quälende Stille. Und ich mit meinen Halluzinationen bin ihre Gefangene.
Ich will weg, so sehr. Und doch auch wieder nicht. Wohin soll ich, weg aus meiner Wohnung? Die Tage sind lang, bei der Arbeit kriecht die Zeit dahin, ebenso zu Hause, überall. Immer häufiger ertappe ich mich dabei, wie ich hinausstarre, mit dem Blick Kastanie suche und jedes Mal enttäuscht bin, wenn mir bewusst wird, dass sie jetzt weg ist und – so fürchte ich – auch in Zukunft wegbleiben wird. Ich denke an Dich und an sie und wehre mich gegen die Angst, dass wir kein Glück haben werden. Dass das Mädchen, mein Mädchen, ohne mich aufwachsen und mich schließlich völlig vergessen wird. Andererseits fürchte ich, dass wir uns wiedersehen werden und feststellen müssen, dass die Zeit, die zwischen uns gewachsen ist, uns verändert hat. Was, wenn wir im wirklichen Leben gar nicht mehr füreinander da sein können? Wenn du mir doch etwas antworten könntest, und seien es auch nur ein paar Zeilen. Wenn du mir doch endlich schreiben würdest, Erich, denn gerade jetzt führen meine Überlegungen mich von dir fort, und ich werde den Gedanken nicht los: Wenn du zu mir nach Berlin zurückgekehrt wärest, dann wärest du jetzt der, der du warst. Wenn du gekommen wärest, wäre das der größte Beweis unserer Liebe gewesen. Jetzt fehlt dieser Beweis.
Jeden Tag warte ich auf deine Antwort. Jeden Tag warte ich darauf, dass das Telefon klingelt und Patrone mir mitteilt, dass von dir endlich ein Brief gekommen ist. Jeden Tag reserviere ich die Zeit für den kurzen Spaziergang von hier ins Zentrum zu Patrone. In verzweifelten Momenten war ich drauf und dran, ihn anzurufen, manchmal auch, direkt zu ihm hinzumarschieren und ihn dazu zu bewegen, dass er Dich anruft

und eine Antwort verlangt, aber ich habe mich beherrscht. Ich bin nicht dumm. Wenn sie Lesnik abgeholt haben, werde auch ich beobachtet. Trotzdem frage ich dich: Weißt du, wie es ist, sich an eine Hoffnung zu klammern, tagaus, tagein, und dann loszulassen und enttäuscht zu sein? Ich hoffe, dass du mit Nein antwortest. Meine Frage zu bejahen würde bedeuten, dass du zugibst, mich absichtlich zu quälen.
Dass du es nur weißt: Ich sehne mich nach dir. Du fehlst mir hier und jetzt und immer.

Deine Margot

1983

Jedes Mal dasselbe.
Obwohl der Umzug erst ein paar Tage her war, hatte Rosa schon begriffen: Der Geruch kam in die Wohnung geflutet, jedes Mal, wenn die Wohnungstür geöffnet wurde. Der süßlich-faulige Geruch, der aus dem Müllraum im Treppenhaus kam von den Eierschalen, Teeblättern, Apfelgriebsen, den Fisch- und Fleischabfällen und all dem, was sonst noch in diesen Schacht gekippt worden war. Um sich vor diesem Geruch zu schützen, musste man schnell sein. Den Schlüssel ins Schloss schieben, den Türknauf drehen, in die Wohnung schlüpfen und blitzschnell die Tür hinter sich zuziehen. Mit Kindern eine unmögliche Aufgabe, war Rosa überzeugt, obwohl sie es noch nicht ausprobiert hatte: Der Sturm hatte sie die gesamte Zeit nach dem Umzug in der Wohnung festgehalten, schon tagelang. Erst als sie hörte, dass Markus den Schlüssel im Schloss umdrehte, fiel ihr ein, dass sie noch nicht daran gedacht hatte, ihn bei diesem Vorgang um größtmögliche Eile zu bitten.
So was Dummes, bald würde die Wohnung wieder stinken. Rosa stand vor der Seitenwand des Wohnzimmers an derselben Stelle, wo sie schon seit einer halben Stunde gestanden, abwechselnd von dem Rotwein getrunken und dann wieder versucht hatte, vier verschiedene Bilder an einen aus der Wand ragenden Nagel zu hängen – zwei, die ihr Vater gemalt hatte, eins davon mit Friedenstauben und ein gerahmtes Plakat zum Film *Kampf um Algerien*. Als die

Wohnungstür ging, sah sie auf die Armbanduhr, es war kurz nach neun. Ohne sich von der Stelle zu rühren, rief sie:
»Mach schnell die Tür zu, es stinkt!«
Und gleich darauf: »Ich hab schon gedacht, du hättest in dem Sturm den Löffel abgegeben.«
Markus schloss die Tür und hängte seinen Mantel auf den Bügel. Der Kunststoff knirschte unter dem Gewicht des nassen Mantels.
»Na, das wäre ja ein Anfang in unserer neuen Heimat!«
Rosa wandte sich um.
»Oha, du siehst ja aus wie aus dem Wasser gezogen. Wie hast du bloß den Heimweg überstanden?«
»Äh, ich bin gerannt.«
Markus zog die klitschnassen Schuhe aus und stellte sie auf die Matte. Rosa winkte ihn zu sich.
»Hilf mir doch mal. Ich kann mich nicht entscheiden, was ich an diesen Nagel hängen soll. Was meinst du, Vaters Kuppelbild oder die Friedenstauben?«
Markus schüttelte das Wasser aus den Haaren und schaute auf die Wand.
»Die Friedenstauben«, antwortete er. »Unbedingt die Friedenstauben.«
Dann ging er in die Küche, nahm aus dem Kühlschrank die Reste des Chili con carne und öffnete eine Bierflasche.
»Die Kinder sind sofort eingeschlafen«, sagte Rosa und hängte die Tauben an die Wand.
Ja, das war die beste Wahl. Sie wischte den Staub vom Rahmen und rückte das Bild zurecht.
»Vorhin haben sie einen Parcours gebaut. Und herumgetobt wie die Irren. Hoffentlich bedeutet das ununterbrochenen Nachtschlaf.«

Und dann: das Bedürfnis, einen großen Schluck Rotwein zu nehmen, einen Moment die Augen zu schließen, den Geschmack sich am Gaumen und im Hirn ausbreiten zu lassen, einen leichten Schwindel und zugleich die Füße fest am Boden zu spüren.
»In Hoffnung ist gut leben«, sagte Markus und lächelte. »Hat sich Viljas Plüschkatze wieder angefunden?«
Rosa riss die Augen auf und gab einen zustimmenden Laut von sich, obwohl sie eigentlich schon vergessen hatte, wie sie das Lieblingsspielzeug des Mädchens vom Grund des Kartons hervorgekramt hatte, und drehte sich um, sodass der Rest Wein in ihrem Glas beinahe über den Rand geschwappt wäre.
»Komm, ich will dir was zeigen.«
Markus legte die Gabel auf den Teller und folgte Rosa zur Tür des Kinderzimmers. Die Lichter der Stadt durchdrangen die Vorhänge, von deren weißen Fasern sich Blumen abhoben.
Rosa trat in das Halbdunkel ein. Das Zimmer war klein, das Etagenbett an der rechten Wand beanspruchte ein Drittel des Raums. Von den Matratzen war Atmen zu hören, gleichmäßig und matt. Auf dem oberen Bett lag Matias auf dem Rücken, den Mund leicht geöffnet, das Oberteil seines Pyjamas hatte sich aufgerollt. Auf dem unteren Bett schlief die zweijährige Vilja, zusammengekauert in Embryonalstellung, die Hände um die Katze aus rotem Frottee gelegt. Rosa deutete auf die Wand hinter dem Bett und sagte leise:
»Ich hatte die Idee, dorthin einen Drachen zu malen. Vielleicht einen gelben. Und dort einen zweiten, der könnte rot sein. Mit langen Schnüren. Ein bisschen so wie ein kleines Mädchen, das sich in den Wind geflüchtet hat.«

Markus nickte zustimmend, trat neben Rosa, legte ihr die Hand auf die Schulter und zog sie an sich. Rosa dämpfte ihre Stimme noch mehr:
»Und dann möchte ich hier neue Vorhänge haben. Der deutsche Sozialismus ist prachtvoll, was man von den DDR-Stoffen wahrlich nicht behaupten kann.«
Markus lehnte sich gegen Rosa und dämpfte die Stimme:
»In Westberlin gibt es Ikea. Da fahren wir hin, wenn der Sturm vorüber ist.«
»Das machen wir! Und kaufen meterweise schwedischen Vorhangstoff. Und Marabou-Schokolade! Die hiesige Schokolade kann ich nicht verknusen, die schmeckt irgendwie, ich weiß nicht recht, nach Gemüse.«
Sie lachten, verließen das Zimmer, und Markus kehrte zu seinem Essen zurück. Rosa ging leise zum Fenster und öffnete die Lüftungsklappe. Ein Windstoß fuhr ihr ins Gesicht. Während der Sturmwind am Fenster rüttelte, rauchte sie und ließ den Blick durch das Wohnzimmer schweifen. Ihr Gedanke: Wir werden uns hier ein Zuhause schaffen, ganz allmählich, trotz allem. Wenn alle Bücher ins Regal eingeordnet sein würden, überlegte sie und tat einen Lungenzug, wenn auch die letzten Gardinen aufgehängt und Teller und Tassen in die Schränke geräumt sein würden, wenn die Lenin-Büste ihren Platz gefunden haben und Platten, Teller und Besteck sowie der Krimskrams vom Grund der Umzugskartons ausgepackt sein und die fehlenden Dinge für die Küche angeschafft und auch die letzten Anmeldeformulare ausgefüllt sein würden – dann würde sie die Wohnung als ihr Zuhause empfinden und nicht nur als die Wohnung, die einem Korrespondenten nach dem anderen als Behausung diente. Hier würden sie wohnen und leben, hier würde sie schreiben, hier würden ihre Kinder aufwachsen.

Sie drückte den Zigarettenstummel aus.
»Laut den Nachrichten des Westfernsehens kann der Sturm noch Tage, vielleicht sogar noch Wochen andauern. Wusstest du, dass wir das Westfernsehen empfangen können? Zwei Kanäle.«
Markus schob sich mit dem Messer etwas von dem kühlschrankkalten Reis und dem Bohneneintopf auf die Gabel.
»Ja. Das können fast alle sehen. Aber ich würde dem Westfernsehen kein bisschen Glauben schenken.«
Und er erzählte von Klaus Hauser und dem Kaugummikauer und von Anne Stern und dem kleinen Peter. Rosa schüttelte den Kopf.
»Die wollen nur Angst verbreiten. Sie lügen sogar über das Wetter, um das Bild zu vermitteln, dass der Sturm die DDR ins Wanken bringt.«
»Es würde mich nicht überraschen, wenn es genau so wäre. Morgen kann durchaus die Sonne scheinen.«
Markus spülte die letzten Bissen mit Bier hinunter, stand auf, kam zu Rosa ans Fenster und zündete sich eine Zigarette an.
»Und wenn sie scheint, dann sehen wir uns die ganze Stadt an.«
»Wir gehen zum Rosa-Luxemburg-Platz.«
»Wir fahren mit der U-Bahn bis zur Endhaltestelle und zurück.«
»Und kaufen uns in der Bäckerei Proviant.«
»Aber wir essen unauffällig. Die Deutschen mögen es nicht, wenn man herumkrümelt. *Ordnung muss sein!*«
Sie lachten, und Markus blies den Rauch in die Lüftungsklappe, obwohl das so gut wie nichts nützte, denn der Wind drückte ihm die Asche ins Gesicht und den Rauch wieder herein. Hinter dem Regen und den Spritzern schim-

merte am Himmel ein fahles Gebilde, die Kugel des Fernsehturms. Rosa lehnte sich gegen Markus, und, die Hand auf seiner Schulter, wandte sie sich der Seitenwand zu und war fast überrascht: Da hingen sie, die Friedenstauben, neben dem noch leeren Bücherregal, so als wären sie schon immer genau dort geflogen.

Sie liebten sich auf dem Sofa, Rosa wiegte sich auf Markus' Schoß. Rosa wusste, dass ihre Brüste noch tröpfelten von Milch, und dennoch drückte sie sie Markus auf das Gesicht. Danach lagen sie auf dem Bett, eng beieinander. Hier und dort durchschnitten Lichtstreifen die Nacht. Die Bettwäsche duftete nach der Ruusulanstraße. Rosa drückte sich das Kissen ins Gesicht, dachte an die hohen Räume und die hellen Fenster ihres alten Zuhauses, den Schreibtisch und die Blumenkästen mit den Pelargonien, das Licht von Helsinki und die vorbeirumpelnde Straßenbahn, von deren Kraft das ganze Haus bebte. Ob wohl irgendetwas auch diesen zwanzigstöckigen Plattenbau erschüttern würde, in dem die Einwohner eines kleinen südfinnischen Dorfes genug Wohnraum finden würden? Die U-Bahn, die darunter fuhr? Panzerwagen, eine Abteilung Soldaten? Eines Tages, dachte Rosa und spürte, wie die Müdigkeit ihr die Augen zufallen ließ, eines Tages in vielen Jahren werde ich den Duft dieser Stadt einatmen und mich hierher zurücksehnen. Der Gedanke war voller Gelassenheit und Glück, und mit diesem Gefühl empfing sie den Schlaf.

Rosa erwachte von einem Schrei so wie jedes Mal: Erst glaubte sie einen unklaren Augenblick lang, es sei ein Traum, dann begriff sie, dass das Gebrüll von ihrem eigenen Kind kam.

Sie ließ einen Augenblick verstreichen, ehe sie die Augen öffnete.
Der Sekundenzeiger schnitt die Nacht in Scheibchen.
Hinter dem Weinen des Kindes war Markus' schweres Atmen kaum zu hören.
Sie raffte sich auf und schleppte sich ins Kinderzimmer. Ein Bein von Matias hing über den Rand des oberen Bettes, sein Gesicht war verzerrt vom Schreien.
»Sch, sch, sch«, beruhigte ihn Rosa.
Matias reagierte nicht. Rosa legte ihm die Hand auf den Bauch, er war angespannt und hart.
»Komm in meine Arme.«
Matias setzte sich auf und streckte der Mutter die Arme entgegen, die ihn aufnahm und sich auf die Hüfte setzte. Rotz floss Rosa als Rinnsal auf die Schulter, Matias griff nach ihrer nackten Brust und tastete nach ihrer von der Kälte angespannten Brustwarze. Rosa trat zum Wohnzimmerfenster, an dem der Regen herabperlte. Sie wusste, dass da draußen etwas war, das das Kind beruhigen würde.
»Guck mal dort draußen, was ist das da?«
Mit der in der stürmischen Nacht schlafenden Stadt vor Augen beruhigte sich Matias. Im Brummen des Kühlschranks, das aus der Küche herüberdrang und noch fremd klang, betrachteten sie die Landschaft: den Fernsehturm, dessen rot blinkende Antenne, den ein Stück davon entfernt aufragenden Turm des Rathauses und die unterhalb des Wohnzimmerfensters liegende kastenartige Schwimmhalle, deren gewelltes Dach eine Wasseroberfläche imitierte.
Matias atmete schwer. Der Rotz blubberte ihm in Nase und Schlund, doch jetzt schien ihn nichts zu stören, mit tränennassen Augen starrte er hinaus, als hätte er diese Landschaft noch nie gesehen.

Das Gefühl von schwindelerregender Müdigkeit brachte Rosa ins Wanken. Angestrengt schloss sie die Augen, riss sie auf, schloss und öffnete sie erneut, und allmählich ließ das von dem plötzlichen Erwachen verursachte Brennen der Augen nach. Sie korrigierte ihre Haltung, löste eine Hand von Matias' Rücken und strich mit den Fingern langsam über das blonde Haar des Jungen.
»Warum schläfst du denn nie? Du bist doch schon vier.«
»Milch«, murmelte Matias, das Kinn an Rosas vom Rotz nasser Schulter.
Rosa betrachtete prüfend sein Gesicht.
»Milch? Na, dann holen wir eben Milch. Warte hier.«
Mit Händen, die vor Müdigkeit ganz steif waren, setzte sie den Jungen aufs Sofa, ging in die Küche, schenkte Milch in das erstbeste Glas, das sie auf der Spüle fand, und reichte es ihrem kaum noch wachen Kind. Im Nu leerte Matias das Glas.
»Na, dann wollen wir mal weiterschlafen.«
Rosa stellte das Glas auf den Sofatisch und nahm das Kind auf den Arm, ging zurück ins Kinderzimmer, legte es auf das obere Bett und deckte es zu. Wenn alles gut ginge, würde der Junge bis zum Morgen durchschlafen. Wenn schlecht, würde als Nächstes Vilja aufwachen, dann wieder Matias, und dann würde der Morgen grauen. Rosa blieb einen Moment an der Tür des Kinderzimmers stehen und horchte. Der röchelnde Atem war sofort tiefer geworden, Matias schlief.
An der Tür zum Schlafzimmer bemerkte Rosa, dass sie auch selbst durstig war, kehrte in die Küche zurück, schrak aber an der Tür von einem Geräusch zusammen.
Von irgendwo war ein Kratzen zu hören.
Sie trat in die dunkle Küche. Blieb stehen.

Wieder.
Das Geräusch kam vom Fußboden her, aus dem Raum zwischen Herd und Spüle, erkannte sie und knipste das Licht an. Obwohl die Augen das Licht nicht mochten, entdeckte sie unten neben dem Schrank sieben oder acht schwarzbraune Lebewesen. Es schüttelte sie. Schaben, erkannte Rosa, in ihrer Küche wimmelte es von Schaben. Ohne nachzudenken, griff sie nach Schaufel und Handfeger, wischte die mit ihren fadendünnen Beinen zappelnden Tiere auf die Schaufel, prüfte mit einem raschen Blick den Fußboden, stellte fest, dass sie alle erwischt hatte, warf sie im Badezimmer in die Toilette und spülte sie hinunter. Das Wasser wirbelte in dem Porzellanbecken, und Rosa holte tief Luft. Mist, murmelte sie leise, dann ging sie ins Schlafzimmer.
Sie legte sich neben Markus aufs Bett, zog die Decke über sich und verdrängte den unangenehmen Gedanken an eine Schar von Schaben, die sich im Bettzeug eingenistet hatte. Markus' Haut war warm und verschwitzt, Rosa schob sich in seine Nähe und drückte die Nase in seinen schlafwarmen Nacken. Sofort überfiel sie eine Müdigkeit, die ihr ihre schwere Hand auf Knochen und Muskeln legte, und sie sank rasch in den Schlaf.

2011

Vilja hatte geplant, am Bahnhof Pankow in die Straßenbahn zu steigen – so wie Ute es ihr in ihrer E-Mail geraten hatte und wie sie es sich auf einem Zettel notiert hatte –, aber als die Zugtüren sich öffneten, wurde ihr klar, dass sie frische Luft brauchte. Es war kurz vor halb zehn. In der Nacht hatte es aufgehört zu regnen, die Temperatur war unter null gefallen, und an diesem knackig-kalten Dezembermorgen schritt Vilja über eine hauchdünne Schneeschicht in Fußspuren, die erst vor Kurzem die Schuhe von Menschen hinterlassen hatten, die in die Schulen und zur Arbeit geeilt waren. Pankow: Blumenläden, die bis auf die Bürgersteige hinauswucherten mit ihren Türkränzen, die mit Flechten und gefärbten Zapfen verziert waren. Im Winter radelnde Erwachsene und kleine Kinder. Männer, die in ihren Steppwesten gegen die Fassaden der Kebablokale lehnten. Typische Berliner Häuser. Sie betrat eine Bäckerei, kaufte eine Tüte Croissants und zwei Stück Apfelkuchen, prüfte an der Tür auf dem Stadtplan nochmals die richtige Richtung und ging dann weiter in die Ossietzkystraße. Obwohl sie sich nicht erinnern konnte, ob sie schon mal in dieser Gegend gewesen war, überkam sie, als sie an einem gelben mehrstöckigen Haus vorbeikam, ein unerklärliches Gefühl der Vertrautheit. Lag das an der Stadt selbst? Oder daran, dass sie jetzt Ute treffen würde? Die letzte Begegnung lag Jahre zurück, genauer gesagt: sechzehn Jahre. Die Mutter hatte Ute nach Finnland eingeladen. Sie hatte ihr

Finnland zeigen wollen und ihr Leben, das neue, andersartige, das so war wie ihrer Vorstellung nach auch das von Ute nach der *Wende*, doch statt eines fröhlichen Wiedersehens war es zwischen ihnen zu Auseinandersetzungen und zu Streit über all das gekommen, worüber sie einst einer Meinung gewesen waren. Ute hatte mit roten Wangen und glänzenden Augen am Küchentisch gesessen und gesagt:

»Das ist alles total beschissen, kapierst du das? Es war naiv anzunehmen, dass sich alles zum Besseren wenden würde. Rosa, glaub mir, wenn ich dir sage: die Löhne, die Renten, die Wohnungen – die Kluft hat sich wahnsinnig vertieft und wird immer noch größer.«

Aber die Mutter hatte das nicht glauben wollen, sie war nicht bereit, das zu glauben; die DDR war von der Weltkarte getilgt und aus Mutters Leben gewischt worden, das vereinigte Deutschland blickte nach Westen, und das tat auch die Mutter. Mutters Atem hatte sich beschleunigt, sobald sie sich wegen der von dem Wandel hervorgerufenen Tiefpunkte und Missgeschicke ereifert hatte, die unvermeidlich waren, mit der Zeit jedoch in Ordnung kommen und ein neues, besseres Leben mit sich bringen würden. Doch Ute war davon nicht überzeugt.

»Niemand von uns hat vor fünf Jahren verstanden, mit wie wenig Plänen die Revolution durchgeführt wurde. Verdammt, es gab überhaupt keinen Plan, verstehst du, überhaupt keinen! Wir wollten nicht den Kapitalismus, wir wollten einen demokratischen Sozialismus. Aber dies haben wir nun bekommen. Darunter leiden die Menschen, diejenigen, um derentwillen der Wandel eingeleitet wurde. Diejenigen, die auch dir einst etwas bedeutet haben.«

Die Mutter war vom Tisch aufgesprungen, hatte dabei die Teetasse umgerissen und war zur Spüle gegangen wie um

den mentalen Abstand zu betonen, der zwischen ihnen entstanden war.
»Ich brauche mich vor ihnen nicht zu rechtfertigen wegen meiner Überzeugung. Und ich brauche mich auch vor dir nicht zu rechtfertigen wegen meiner Überzeugung.«
»Wer hat denn hier von Rechtfertigung gesprochen? Ich spreche von Solidarität! Von Empathie, von Verständnis!«
Aber die Mutter war in spöttisches Gelächter ausgebrochen.
»Sprichst du ganz im Ernst über die DDR und Solidarität in ein und demselben Satz? Nach allem, was ans Tageslicht gekommen ist? Wann öffnest du endlich die Augen?«
»O Gott, aus dir ist eine Kapitalistin geworden.«
»Und du hast dich überhaupt nicht verändert.«

Sie kam zu dem Park, blieb einen Augenblick stehen, um auf den Fluss zu sehen, der ihn teilte, und auf die Frau, die auf der Brücke stand und die Enten fütterte. Hinter den kahlen Bäumen erkannte Vilja das Schloss und das Tor, dahinter die an Masten wehenden Fahnen – die von Deutschland und die der Europäischen Union. Sie ging weiter bis zur Kreuzung und bemerkte das Schild: Majakowskiring. Die stille, einen Kreis bildende Straße mit Kopfsteinpflaster war von hundertjährigen Bäumen und vornehmen, von Eisenzäunen umgebenen Villen gesäumt, die von Überwachungskameras an den Dachrinnen bewacht wurden. Sie kam zu dem Haus mit der Nummer Dreizehn und war verblüfft: Zwar wusste sie, dass Utes vierter Film überall in Europa erfolgreich gewesen war, aber wie dieser Erfolg das Leben der einstigen Bewohnerin eines Plattenbaus verändert hatte, das hatte sie nicht verstanden. Die hohe, saubere weiße Steinwand war in zwei Etagen von Sprossenfenstern mit gebeizten Rahmen durchbrochen. Auf ihrer Innenseite brachte ein Luftstrom leichte Zierschneeflocken zum Tanzen. Auf dem Hof wuchsen in stattlichen Keramiktöpfen Ziernadelgewächse und Heidekraut, und unter dem Schnee war ein Steingarten zu erkennen. Sie stieg die Stufen zur Haustür hinauf, drückte auf den Klingelknopf aus Messing und hörte sich nähernde Schritte. Rasch öffnete sich die Tür, als hätte die Person drinnen befürchtet, dass der Gast bei einer zu langsamen Reaktion verschwinden könnte.

»Vilja!«

Ute hatte einen festen Händedruck. Sie schloss Vilja in die Arme, hielt sie lange und fest, und Vilja drückte sie ebenso, nahm Utes Parfum und den Duft ihres Zuhauses wahr, der durch die Tür nach draußen gelangte.

»Ute! Wie schön, dich zu sehen!«

Ute gab sie wieder frei und ergriff ihre Hände.

»Schrecklich, wie lange wir uns nicht gesehen haben. Zu lange! Komm rein.«

Vilja musste lächeln über Utes Eifer. Sie gab ihr die Croissants und den Karton mit den Apfelkuchenstücken, und Ute dankte ihr wortreicher, als es nötig gewesen wäre. Vilja legte ab und folgte Ute durch die Halle in die Küche, einen Raum mit hoher Decke, der zum Hof ging und durch dessen Fenster man die Bäume mit ihren kahlen Ästen, ein verfallenes Gartenhäuschen und am Ende des Hinterhofs ein Fließgewässer sah. Die Küche: alte restaurierte Holzschränke. Auf dem Fensterbrett Blumentöpfe mit Kräutern. An der Wand gerahmte Plakate von Margarethe von Trottas Filmen, auf dem Paradeplatz ein Bildnis der ernsten Rosa Luxemburg. Und Ute, nach all den Jahren und Veränderungen noch immer dieselbe Frau, die auf einem von Viljas wenigen Erinnerungsbildern eine Gurke in die

Zazikischüssel rieb und lachte, den Kopf in den Nacken gelegt.
»Dies ist eine prachtvolle Gegend. In dieser Ecke von Berlin bin ich noch nie gewesen. Was für Ruhe und Frieden.«
Ute lächelte.
»Ich hab das Haus vor zehn Jahren gekauft und will seitdem nirgendwo anders hin. Dies hier ist besser als das Vorstadtleben von Marzahn, obwohl ich das, ehrlich gesagt, nie verachtet habe. Manche, die von dort weggegangen sind, wollen nie wieder einen Fuß dorthin setzen, aber ich fahre ab und zu gern dorthin, streife durch die alte Gegend und erinnere mich an die Vergangenheit. Es ist gesund, sich daran zu erinnern, wo man gestartet ist.«
Ute seufzte und lächelte.
»Möchtest du einen Smoothie?«
Vilja nickte, und Ute erzählte weiter:
»Du erinnerst dich doch bestimmt an meinen Sohn Roman? Er studiert in London und kommt jetzt nur selten nach Berlin, aber wenn er nach Hause kommt, dann ist hier Platz. Hier treffen wir nicht dauernd aufeinander. Ohne dieses Haus würden wir uns wahrscheinlich kaum jemals sehen. An jedem anderen Ort würden wir einander sofort an den Rand des Wahnsinns treiben.«
»Ich würde Roman bestimmt nicht wiedererkennen, wenn er mir auf der Straße entgegenkäme.«
»Ja, ist das nicht verrückt?«
Ute nahm Früchte aus einer Schüssel und begann Kiwis und Avocados zu schälen, schnitt Bananen in eine hohe Glaskanne, fügte eine Handvoll Himbeeren hinzu und sprach weiter:
»Diese Straße hat eine interessante Geschichte, obwohl natürlich – zeig mir eine Straße in Berlin, die das nicht

hätte. Als die DDR 1949 gegründet wurde, zog ein großer Teil der DDR-Elite hierher. Das Gebiet hat den Krieg unbeschadet überstanden. Die früheren Villenbewohner wurden verjagt und die Häuser enteignet, natürlich ohne Entschädigung.«

Ute nickte zur Straße hin und fuhr fort:

»In den 1970er-Jahren wohnte in der Nummer Achtundzwanzig Walter Ulbricht mit seiner Frau Lotte. Als Walter starb, zog Lotte in die Nummer Zwölf. Dort wohnte sie auch dann noch, als ich dieses Haus kaufte. Als Neunundneunzigjährige, stell dir das vor!«

Ute goss etwas in die Kanne, von dem Vilja vermutete, dass es Sojajoghurt war, gab ein wenig Honig und zuletzt Apfelsaft hinzu und schaltete den Mixer ein. Über den Lärm hinweg rief sie:

»Ein paar Monate nach meinem Einzug standen eines Tages bei ihr mehrere Krankenwagen vor der Tür. Lotte hatte sich in der Nacht aus dem Rollstuhl auf die Leiter gequält und versucht, ein Buch aus dem Regal zu nehmen, war aber gestürzt. Das endete schlimm.«

Ute grinste, schaltete den Mixer aus, tunkte den Finger in das Getränk und kostete.

»Außerdem haben hier Wilhelm Pieck und Otto Grotewohl gewohnt. Und natürlich Honecker.«

Vilja musste laut lachen.

»Ich hab zu Hause einen Karton mit meinen Kinderzeichnungen. Auf vielen davon ist Honecker dargestellt. Auf allen bedeckt eine große Brille den halben Kopf.«

Auch Ute lachte. Sie füllte das pastellfarbene Getränk in hohe Gläser.

»Das geschieht dem müden Kerl ganz recht.«

Vilja wurde ernst.

»Ich kann mich kaum an irgendetwas aus jenen Jahren erinnern. Manchmal überlege ich, wie es sein kann, dass man von so langen Jahren nur fragmentarische schwache Erinnerungen hat.«

»Natürlich ist das so. Du warst noch ein Kind.«

»Ja. Und irgendwann fand ich das alles nicht mehr wichtig. In Finnland wollte ich an all das nicht mehr denken, in dem Leben, das mit den vergangenen Jahren nichts mehr zu tun hatte. Ich weiß nicht.«

Schweigend sah Ute sie einen Augenblick lang an, dann tat sie die Kuchenstücke auf einen Teller und reichte Vilja den Smoothie.

»Ich möchte gern hören, wie es deiner Mutter geht. Und allen anderen. Aber zuerst möchte ich, dass du von deinem eigenen Leben erzählst. Ich war ganz überrascht, dass du dich bei mir gemeldet hast. Wie geht es dir? Es muss schwer für dich gewesen sein, der Tod deines Vaters.«

Vilja setzte das Glas an die Lippen und nahm einen Schluck. Am Küchentisch in dem stillen Pankower Wohnhaus verspürte sie plötzlich die starke Verlockung, nicht zu erzählen, warum sie überhaupt hier aufgetaucht war. Um sich vor ihren eigenen Launen zu schützen, entnahm sie ihrer Tasche rasch ein Bündel Briefe und legte sie vor Ute auf den Tisch.

»Ich bin gekommen, weil ich deine Hilfe brauche. Ich weiß nicht, wen ich sonst darum bitten könnte.«

Ute zog die Brauen hoch. Einen Augenblick lang starrte sie den Briefstapel an, und dann Vilja, die sagte:

»Diese Briefe hab ich in Vaters Wohnung gefunden. Mutter und ich haben sie nach der Beerdigung ausgeräumt. Da fand ich Dutzende Briefe von einer Frau namens Margot. Alle waren an Vater adressiert.«

»Margot?«
»Das ist nicht ihr richtiger Name. In ihren Briefen nennt die Frau meinen Vater Erich. Auch für andere Personen verwendet sie Decknamen. Der Briefwechsel hat zwei Jahre gedauert. Der letzte Brief ist von Oktober 1989, geschrieben am vierzigsten Jahrestag der DDR, der auch mein Geburtstag ist, der erste Brief wurde nur kurz nach unserem Umzug nach Finnland vor zwei Jahren geschrieben.«
»Erich und Margot? So wie ...«
»So wie Erich und Margot Honecker. Liebesbriefe. Von der Zeit, als Vater und Mutter noch zusammen waren. Sie müssen Angst gehabt haben aufzufliegen. Deshalb die Namen.«
Ute schüttelte langsam den Kopf. Vilja schaute sie an.
»Du warst Mutters beste Freundin. Ich wusste, dass Mutter es wusste. Du musstest es also auch wissen.«
Ute richtete den Blick auf den Tisch und starrte dessen Oberfläche an.
»Ich wusste von einer Frau, aber nicht, wer das war. Als Rosa von dem Verhältnis erfuhr, wollte sie wohl letztlich auch nicht wissen, um wen es sich handelte. Das vermute ich, sie war über die Sache ganz außer sich und war auch nicht bereit, mit mir darüber zu sprechen. Sie wollte nur weg von hier und zurück nach Finnland. Ich hatte den Eindruck, dass die Sache Rosa verändert hat. Sie wurde dadurch irgendwie entrückt und verschlossen, ein anderer Mensch. Danach hatte sie zu allem eine andere Einstellung, zur DDR und zu uns, die wir von hier stammen. Ehrlich gesagt hätte ich mir gewünscht, dass niemand sonst unter diesem Schlamassel zu leiden hätte, und ganz besonders du nicht.«
»Du hast also keine Ahnung, wer Margot ist?«
»Nein.«

Vilja schwieg einen Moment.
»Ich möchte herausfinden, wer das war. Hilfst du mir dabei? Ich weiß nicht, wo ich anfangen soll, was ich tun soll. Ich muss sie finden.«
Ute wurde ernst.
»Warum?«
Vilja senkte den Blick auf den Tisch, an dessen Oberfläche die Fasern parallel verliefen. Ute trat einen Schritt auf sie zu.
»Dir ist doch klar, dass Markus nicht zurückkehren wird? Egal, was du herausfindest.«
Vilja richtete den Blick auf den Hof hinaus. Ein Strauch mit roten Zweigen reichte bis zum Fluss hinab, dessen Oberfläche schwarz war und glänzend, und sie sah am Ufer, mit Moos an den Wurzeln, mit dem tief hängenden Himmel über sich, alt und schief, einen Kastanienbaum aufragen.
»Wusstest du, dass Vater uns ihretwegen verlassen wollte? Mich wollte er mitnehmen. Und Mutter verlassen. Und Matias. Und uns trennen. Die Frau schreibt über mich so, als wäre ich ihre eigene Tochter. In diesen Briefen, Ute. Sie schreibt, als wäre ich ihr Kind, und ich erinnere mich überhaupt nicht an sie. Wenn du an meiner Stelle wärest, würdest du es auch wissen wollen.«
Ute ließ ein Glas voll Wasser laufen.
»Weiß Rosa, dass du diese Sache aufklären willst?«
Vilja schüttelte den Kopf.
»Mutter verhält sich so, als hätte sie niemals hier gelebt. Man kann mit ihr nicht darüber sprechen. Über nichts, was mit der alten Zeit zu tun hat. Und erst jetzt wird mir klar, woran das liegt.«
Ute lehnte sich gegen die Spüle und nickte.
»Also gut. Wie soll ich dir helfen?«

Vilja nahm den Briefstapel und reichte ihn Ute.
»Ich möchte, dass du die Briefe liest. Wenn dann irgendetwas bei dir klingelt oder einen Hinweis gibt ... Ich weiß nicht, wie ich sonst vorgehen oder womit ich anfangen soll.«
Ute betrachtete den Briefstapel und griff schließlich danach.
»Also gut, ich werde sie lesen und sehen, was ich tun kann. Aber zuerst sollst du mir erzählen, wie es dir geht.«

Sie tranken ihren Smoothie, aßen den Kuchen und beschlossen, einen Spaziergang zu machen. Zuerst wanderten sie den stillen Majakowskiring entlang und gingen dann in den einen Steinwurf entfernten Park des Schönhauser Schlosses, wo unter der dünnen Schneeschicht die herbstlichen Blätter und ein Moosteppich hervorschauten und die Schneebeerensträucher ihre Schatten in den bereiften Sand zeichneten. An einer schmalen Stelle des Flusses sagte Ute:
»Das letzte Mal hab ich Rosa vor vier Jahren geschrieben. Das war der wer weiß wie vielte Brief, auf den sie nicht geantwortet hat. Da entschied ich, es sein zu lassen. Man kann einen anderen Menschen nicht in das eigene Leben zwingen, aber so ein unerklärliches Verschwinden ist bitter.«
Plötzlich erkannte Vilja, dass Ute wahrscheinlich nichts über ihr gegenwärtiges Leben wusste. Nichts von Matias, von Inka oder deren dreijähriger Tochter Liisi. Nichts von Mutter, ihrem neuem Ehemann Lasse und deren Umzug nach Hanko oder von Mutters letzten Büchern. Nichts von Vaters letzten Jahren, von seiner Einsamkeit und seiner zuletzt fast völligen Isoliertheit, deren Gründe Vilja nie völlig verstanden hatte.

Sie erzählte von Matias, der vor sechs Jahren Inka kennengelernt hatte und an einem Sonntag verlegen mit einem schüchtern lächelnden Mädchen zum Mittagessen der Familie erschienen war. Die Hochzeit hatte zwei Jahre später in Hanko stattgefunden. Es war eine schöne Erinnerung: am Strand der Villa im Wind ein Schwarm Brautjungfern mit Mittsommerblüten im Haar, Matias und Inka in weißes Leinen gekleidet, wie sie einander mit rührend zärtlichen und sanften Blicken ansahen. Mutter hatte während der gesamten Trauungszeremonie reichlich Tränen vergossen, aber noch reichlicher nach der Geburt von Liisi. Vilja hatte nie gedacht, dass die Mutter ein Mensch sei, der, am ganzen Leibe zitternd, mehrmals wiederholen würde, wie glücklich sie die Nachricht gemacht hatte, dass ihr eigenes Kind ein Baby bekommen hatte, aber so habe die Mutter ihrem Eindruck nach in jenen Wochen gewirkt. Ute lächelte, als Vilja von Liisi erzählte und davon, wie deren starker Wille, der sich schon in ihrem Babyalter gezeigt hatte, die Eltern des Mädchens hatte erbleichen und die nächsten Verwandten zum Trost wiederholen lassen, dass »zumindest niemand sie übergehen werde, sie nicht«. So sagte besonders die Mutter es oft, für die die kleine Enkelin eine Art feministisches Zukunftsprojekt zu sein schien – als wollte die Mutter aus Liisi eine beinharte Feministin machen, die in ihrem Leben genau das verwirklichen würde, was sie wollte, anstatt nur das zu tun, was die Gesellschaft von ihr erwartete. Während Matias und Inka sich Sorgen machten wegen Liisis Launen und ihrer Anfälle von Trotz, sah Mutter Rosa in ihr bei jeder Verweigerung des Breis eine junge Frau, die sich auf den Kampf gegen die Unterdrückung der Frauen vorbereitete und jegliche vorbehaltlose Unterstützung und Sympathie verdiente. Es war klar, dass das kleine Enkelkind

der Mutter einen völlig neuen Lebensinhalt gegeben hatte. Die Liebe der Mutter zu Liisi war bedingungslos in einer Weise, die Vilja denken ließ, die Mutter bemühe sich, eine sehr große Leere in ihrem Leben aufzufüllen.
Während der Fluss sich in einem Bogen vom Spazierweg entfernte, erzählte Vilja, wie die Mutter und Lasse vor fünf Jahren nach Hanko gezogen waren, am Meer ein kleines Haus mit Garten kauften und die Mutter nach dem Umzug rund um die Uhr in einem Tempo geschrieben hatte, dass sie jeweils in einem oder in anderthalb Jahren ein Buch veröffentlichte. Aber über ihren Vater schwieg Vilja sich aus. Noch hatte sie dafür keine Worte, noch bestand der Vater nur aus stillen Momenten, wortlosen Sätzen und tiefer Trauer außerhalb der Reichweite logischer Sätze. Der Sand knirschte unter ihren Schuhsohlen. Ute sagte:
»Ich vermisse oft die Gespräche mit Rosa. Über alles. Über Filme, Bücher, die Gesellschaft, die Politik, den Feminismus. Ich hatte immer den Eindruck, sie verfüge über etwas, was vielen damals fehlte: die Fähigkeit, die vielen Seiten der Dinge zu sehen, und das aus dem Blickwinkel anderer. Rosa war eine Denkerin. Sie stellte infrage, sie benutzte ihr Hirn, anstatt die Dinge als gegeben hinzunehmen.«
Vilja antwortete nicht, ging schweigend weiter, nahm aus der Tasche ihrer Wolljacke eine Zigarette und zündete sie an, machte die ersten Lungenzüge und blies den Rauch lange wieder aus, als wollte sie sich der Pflicht entziehen, auf Utes Worte zu antworten. Ute wandte sich ihr zu.
»Und du bist also auch Journalistin geworden. Was hat Markus dazu gesagt?«
Vilja lächelte.
»Er behauptete, er habe immer gewusst, dass es so kommen würde.«

Ute lachte.
»Ich kann es fast hören, wie er es sagt. Wie heißt noch mal deine Zeitung?«
»*Polte.*«
»*Polte.*« Ute horchte dem Namen nach. »Was bedeutet das?«
»Der Name ist eine Abkürzung und bedeutet Politik, Wirtschaft und Leben. Das ist eine gesellschaftspolitische Zeitschrift.«
»Magst du deine Arbeit?«
Vilja dachte an die Redaktion – wie die Redaktionschefin Anni auf dem Tisch des Metteurs Vesa saß und an den letzten Bildunterschriften feilte, bevor die Zeitung in den Druck ging, an Marko und Silja, die, wenn sie ihre Texte schrieben, das Großraumbüro mit rhythmischem Geklapper füllten. Vilja lächelte und nickte, und Ute hakte sich bei ihr ein.
»Tja. Das kleine Mädchen, das Kastanien sammelte.«

Sie sprang in den Zug der Linie U 2 und fuhr durch den Prenzlauer Berg und unter dem Alexanderplatz hindurch, stieg am Spittelmarkt aus und blieb für einen Moment auf der Brücke stehen, die auf die Fischerinsel führte. Eine Erinnerung: ein Prahm, der den Fluss entlanggleitet, die Kohleladung, die an Deck der Fähre winkenden Männer. Sie setzte ihren Weg fort, schritt auf das Haus zu, in dem sie gewohnt hatten, vorbei am Kindergarten. In den Fenstern des barackenartigen Gebäudes leuchteten mit Buntstiften auf Papier gezeichnete deutsche Fahnen. Sie blieb stehen. Eine Erinnerung: Das Knie schmerzte. Sie war hingefallen, weinte, auf der aufgeschürften Haut Blutstropfen. Die Kinderschar starrte die Wunde an wie ein unter dem Auto zerfetztes Tier, bis eine Erwachsene neben sie trat, sie auf den Arm nahm, die Wunde reinigte, sie auf dem Schoß hielt, bis der Schmerz nachließ, und ihr Weinen.

Vor dem Haus zerteilten hochgewachsene Bäume den Hof. Im hinteren Teil des Hofes neben dem Drahtzaun ragte auf dem Sandplatz eine rote Rutschbahn auf. Vilja wanderte um das Kindertagesheim herum und trat zu der vorderen Tür. Auf der Paradeseite des Hauses, oberhalb des Haupteingangs, stand in grasgrünen Buchstaben FRÖBEL-Kindergarten. Der Name hat sich geändert, dachte sie, griff nach der Türklinke und zog daran, doch die Tür war verschlossen. Durch das Türglas sah sie die Eingangshalle. Abgesehen von dem Weihnachtsbaum in der Ecke und einer Kinderkarre aus Holz war sie leer. Keine Kinder, keine Erwachsenen; keine Bewegung, kein Laut. Sie stieg von der Tür die Treppe hinunter, wandte sich in Richtung des Hauses Nummer Zehn, richtete den Blick zu Boden und ging über die Betonplatten, die den Boden bedeckten, und achtete wie ein Kind darauf, nicht auf die Fugen zwischen den Platten zu treten, wie ein Kind vor so langer Zeit, dass es ihr wie eine Ewigkeit vorkam. Bis zum Spielplatz waren es nur ein paar Dutzend Meter. Vilja schaute gerade in die Büsche, die den Spielplatz vom Bürgersteig trennten, als ihr Handy klingelte. Der Stimme der Anruferin war ein wenig Aufregung anzuhören.

»Ich habe einige Briefe gelesen. Ich glaube, ich weiß, wo du ansetzen solltest«, sagte Ute.

Vom Himmel fielen Flatschen, helle und wässrige, sie fielen zögernd auf den Sand des Spielplatzes, als verstünden sie zu spät ihr unausweichliches Schicksal, aber Vilja bemerkte es nicht. Ihren Körper durchfuhr eine Vibration wie ein elektrischer Schlag vom Kopf bis zu den Zehen.

1983

Als das Telefon klingelte, hatte Markus gerade die Überarbeitung seines ersten Artikels abgeschlossen. Die Überschrift: Das launische Wetter. Obwohl das Telefon einen entnervenden Krach machte, der, wie er glaubte, nicht nur in den benachbarten Räumen, sondern auch in der nächsten Etage zu hören sein musste, wollte er sein Werk noch einen Augenblick lang anschauen, ehe er den Hörer abnahm.

Der Wind hatte zeitweilig eine Stärke von hundert Stundenkilometern, und zum Beispiel in der Küstenstadt Rostock mussten die Schiffe im Hafen bleiben. Die Arbeit hat der Sturm jedoch nur in wenigen Bereichen behindert. Die Medien der DDR haben in den letzten Tagen als Spitzenmeldung Nachrichten und Interviews von Dutzenden Arbeitsplätzen gebracht, wo man damit begonnen hat, die Ziele des neuen Wirtschaftsplans zu erfüllen.

Ob er Honeckers letzte Rede mit dieser Stelle hätte verknüpfen sollen? Und die Atomwaffen? Markus nahm eine Zigarette aus der Schachtel, zündete sie an und legte schon mal die Hand auf den schrillenden Hörer.

Egal, ob man das wirtschaftliche Potenzial der DDR nun mit einem sozialistischen oder einem kapitalistischen Land gleicher Größe vergleicht, die DDR steht unbedingt gut da. Außerdem zeigen die Indikatoren der wirtschaftlichen Entwicklung, dass es aufwärts geht.

Nein, so kann es bleiben. Markus rollte das Papier mit einer Drehung der Hand aus der Schreibmaschine und nahm mit der anderen den Hörer ab. Eine Frauenstimme überfuhr ihn wie ein Panzer, undeutliche Sätze flogen hierhin und dorthin. Zunächst verstand Markus gar nicht, wer da am anderen Ende der Leitung brabbelte. Dann aber kamen einige bekannte Wörter – Weihnachten, Klaus Hauser, Westfernsehen – und er begriff: Anne Stern! Wieder zu viele und zu schnelle Sätze auf Deutsch. Eine Leitung, die zu wünschen übrig ließ. Markus sprang vom Stuhl auf. Er sog an seiner Zigarette, wandte den Blick zum Fenster und durch den Nylonvorhang hinaus auf die Mohrenstraße und sprach lauter:

»Frau Stern, bitte sprechen Sie langsamer, damit ich es verstehe. Was ist passiert?«

Anne Stern holte tief Luft, beruhigte sich etwas, und endlich verstand Markus: Das Westfernsehen hatte das Programm gesendet, für das Stern und ihr Sohn vor zwei Tagen interviewt worden waren. Frau Sterns Kommentare zu den Atomwaffen waren überhaupt nicht gezeigt worden, nur Peters Äußerungen zu dem Fahrrad waren für tauglich befunden worden.

»Ich wurde in der Sendung als arme Arbeitermutter vorgestellt, die sich nicht mal Mehl leisten kann. Mehl! Alle können sich Mehl leisten!«

Markus seufzte und wandte der Straße den Rücken zu.

»Frau Stern, ich freue mich über Ihren Anruf. Ich war schon traurig darüber, dass wir uns nicht wiedersehen würden.«»Anne. Bitte nennen Sie mich Anne.«

»Anne. Ich freue mich, von dir zu hören.«

Die Frau seufzte tief auf.

»Vielleicht hätte ich nicht anrufen sollen. Aber Sie waren der Einzige, der gesehen und gehört hat, was ich wirklich zu Hauser gesagt habe. Verdammter Kapitalist. Hat mir das Wort im Mund umgedreht. Jedermann kann sich Mehl leisten.«

»Es tut mir sehr leid für dich. Die Propaganda ist grausam. Natürlich kannst du dir Mehl leisten.«

Markus hörte am anderen Ende der Leitung das Klicken eines Feuerzeugs. Anne Stern sog an der Zigarette und blies dann den Rauch aus, sodass es im Hörer rauschte. Markus sprach weiter:

»Kann ich dir irgendwie helfen? Ich meine, das alles klingt unschön, aber das Interview ist ja nun gesendet worden. Was sollte man deiner Ansicht nach dagegen tun?«

Anne Stern schwieg einen Augenblick. Dann sog sie wieder an ihrer Zigarette und blies den Rauch geräuschvoll aus.

»Vielleicht hätte ich nicht anrufen sollen.«

»*Quatsch!* Ich freue mich, dass du angerufen hast. Sag es mir, wenn ich etwas für dich tun kann!«

Plötzlich klang Frau Sterns Stimme entschieden:

»Ich hoffe, dass Sie für Ihren Teil die vom Westen ausposaunten falschen Angaben korrigieren. Dass Sie in Ihr Land keine solche Nachricht weiterleiten, wie die USA und die kapitalistische Bundesrepublik es gern hätten. Wir leben nicht im Elend, Herr Siltanen, alles ist in ausreichendem Maß vorhanden.«

»Markus, nennen Sie mich Markus.«

»Wir leben nicht im Elend, Markus.«

»Natürlich nicht.«

Anne Stern schnaubte.

»Ich kann mir gut vorstellen, was jetzt passiert. Wir werden von unseren Verwandten aus dem Westen ein Päckchen mit Mehl oder Früchten bekommen. Kiloweise Mehl und Früchte, obwohl sie bei uns einen Bruchteil dessen kosten, was man im Westen dafür hinlegen muss.«

Markus musste laut lachen.
»Das ist vielleicht nicht die schlimmstmögliche Folge.«
Auch Anne Stern musste lachen.
»Ich hoffe, du empfindest es nicht als aufdringlich, dass ich Kontakt zu dir aufgenommen habe. Ein Freund von mir arbeitet in eurer Partnerzeitung *Neues Deutschland*. Ich hab ihn gebeten, deine Nummer rauszukriegen. Hoffentlich empfindest du das nicht als aufdringlich.«
»Nein, überhaupt nicht! Ganz im Gegenteil, ganz im Gegenteil.«
Markus atmete den Rauch ein, drückte die Zigarette aus und warf einen Blick auf seine Story, die auf dem Tisch lag. *Das Volkseinkommen dieses Jahres ist nach neuesten Angaben um 4,3 Prozent, das der Industrie um 4,6 Prozent gewachsen. Und was das Wichtigste ist, das Wachstum geschah, während gleichzeitig sieben Prozent Energie eingespart wurden.* Markus richtete sich auf.
»Glaube mir, wenn ich sage, ich stehe auf der Seite der DDR. Die Westpresse tut ja alles, um die Stimme des Kapitalismus zu stärken, doch wir konzentrieren uns darauf, zu berichten, was wahr ist. Die Errungenschaften eures Landes sind großartig, und der Tag wird kommen, an dem auch der Westen das anerkennt. Ihr könnt stolz auf euch sein.«
Frau Stern schwieg einen Augenblick. Markus hatte das Gefühl, dass die Frau am anderen Ende der Leitung lächelte. Der Gedanke erwärmte ihn.
»Markus, hoffentlich empfindest du es nicht als aufdringlich, wenn ich dich und deine Familie zu uns einlade. Mein Mann Sebastian und ich veranstalten eine Silvesterfeier, klein und bescheiden, aber doch eine Feier, mit Freunden, so eine. Du hast mir und Peter geholfen, das weiß ich zu

schätzen. Ich möchte mich dafür bedanken. Und würde mich freuen, wenn ihr kommen könnt.«
Markus hob die Brauen.
»Natürlich kommen wir. Das ist sehr freundlich, danke.«
Anne Stern freute sich, nannte noch einmal die Adresse und sagte dann:
»Wenn ich dir irgendwie bei deiner Arbeit helfen kann, bei der Suche nach Interviewpartnern oder Informationen oder sonst irgendwie, stehe ich dir immer zur Verfügung. Denk daran, Genosse.«

Markus legte den Hörer auf und wandte sich wieder zum Fenster. Plötzlich fühlte er sich leicht, energisch, auf unbestimmte Weise weihnachtlich. Er schaute in Richtung Gendarmenmarkt, schob den Store etwas beiseite, um die Weihnachtslichter an den Laternenpfählen und hinter der Ecke an dem historischen Platz besser zu sehen. Draußen regnete es immer noch, aber heute hatte der Wind sich etwas gelegt. Markus war zu Fuß zur Arbeit gegangen und hatte beschlossen, das auch auf dem Heimweg zu tun, trotz des Regens. Seine Lederjacke hing zum Trocknen an der Tür des Schrankes aus Pressplatten.
Er wandte sich um, nahm die Blätter mit dem Text vom Tisch und eilte in den Korridor. In der zweiten Etage erinnerte er sich an die Instruktionen, die er bekommen hatte – das vierte Zimmer von rechts, eintreten, ohne anzuklopfen –, aber als er das richtige Zimmer gefunden hatte, klopfte er trotzdem an. Eine junge Frau hob den Blick von ihrem massiven Schreibtisch. Markus trat ein.
»Guten Tag. Ich komme von der Zeitung *Kansan voima*, aus Finnland. Dieser Text müsste übermittelt werden.«
Die Frau nickte, streckte die Hand aus, um die Papiere ent-

gegenzunehmen, aber Markus zögerte, er verspürte das zwingende Bedürfnis, den Text noch einmal durchzugehen. Er stellte sich ihn im Umbruch vor, die fett gedruckte Schlagzeile und darüber als Illustration ein Foto von einer Fabrik oder von Sturmschäden, beides würde sich eignen, darunter ein Porträtfoto von ihm und der Text: Markus Siltanen, *Kraft des Volkes*, Berlin.

Markus übergab die Papiere. Die Frau sah ihn an und lächelte.

»Sie sind neu hier.«

»Ja.«

»Willkommen in der Deutschen Demokratischen Republik und im Internationalen Pressezentrum. Ihr Name?«

»Danke. Markus Siltanen.«

»Angenehm, Herr Siltanen. Ich bin Sofia Mahler«, sagte die Frau und schrieb etwas auf die Papiere, die Markus ihr übergeben hatte.

»Angenehm, Fräulein Mahler.«

»Beim Telex ist im Moment eine Warteschlange von einer Stunde, aber wir schicken Ihren Text so bald wie möglich raus. Falls er nicht ganz besonders eilig ist?«

»Nein, er ist nicht eilig.«

Sofia Mahler schob die Blätter ganz unten unter einen Papierstapel.

Markus flatterte die Treppenstufen des Pressezentrums in die erste Etage hinunter. In der Halle empfing ihn der Duft von Gebratenem. Der Nachmittag war schon weit fortgeschritten und das Restaurant fast leer. Hinter den Stores bot sich ihm der Blick in die leere Mohrenstraße. Markus setzte sich an einen Fenstertisch, bestellte das Essen, das er für das beste auf der Speisekarte hielt (Kalbsschnitzel mit Bratkartoffeln), sowie eine Flasche Wernesgrüner Pils (ein Bier, das er schon von früher als das beste kannte). Kurz darauf stand vor ihm ein Humpen, in dem der dichte Schaum des ostdeutschen Bieres bis an den Rand reichte. Als Markus das Glas an die Lippen hob, bemerkte er an der hinteren Wand des Gastraumes ein Bild. Auf dem großen gerahmten Foto ein sitzender Honecker, Erich Honecker. Auf dem Gesicht des Parteivorsitzenden spielte ein leichtes Lächeln. Das Brillengestell aus schwarzem Kunststoff, dahinter ein nagelscharfer Blick.

Der Mann, den weder die Nazis noch die Imperialisten hatten brechen können.

Ein Mann mit fliehendem Haaransatz, aber mit fester politischer Linie.

Markus musste lächeln. Er hob seinen Humpen und nickte dem Generalsekretär zu:

»*Prosit!*«

Und er hätte beschwören können, dass Honeckers Augen aufblitzten.

Berlin, 11. September 1989

Lesnik und ich fuhren nach Weißensee und setzten uns ans Seeufer. Wir beobachteten die Schwäne, Jungen in einem Ruderboot, die dunkle Wasseroberfläche. Wir gingen durch den Wald, horchten auf die Bäume und die Stille, zerbrechlich wie Glas. Setzten uns ins Gras. Es war noch weich, noch voller Sommer. Der feuchte Boden duftete. Ich legte den Kopf auf eine Grasbülte.
Als Lesnik mich vorsichtig bei der Hand fasste, wurde mir klar, dass ich mich nicht erinnern konnte, wann er mich das letzte Mal berührt hatte. Der Himmel war voller Leben: kleine Vögel, Lichtstrahlen, die aus den Wolkenfalten hervortraten, Wind, den man sehen konnte, wenn man nur genau hinschaute. Ich schloss die Augen. Lesnik streichelte mir die Hand, und ich weiß nicht, ob es an dem sich drohend nähernden Herbst lag oder an meiner brennenden Einsamkeit, dass ich auf ihn kletterte. Ich ließ es zu, dass er mich gierig küsste, als wäre ich alles, was die Welt zu bieten hat. Dort auf der Grasbülte unter den Ebereschen liebte ich ihn, und eine kurze Zeit lang verlangte ich nach nichts anderem, nicht nach dir und nicht nach dem Mädchen, nach niemand anders als nach ihm, der mein Gesicht gegen seines hielt und mir so in die Augen schaute, dass meine Seele schrie: Nur einer Verrückten ist dies nicht genug!
Als wir später am Weißen See lagen unter den Ästen, die sich dem Spätsommer zuneigten, spürte ich den Duft von Lesniks Atem und meinen eigenen, ich roch den Schwefel und die Jahre und kam nicht von dem Gedanken los, dass wir älter werden, während ich von dir getrennt bin. Lesnik drehte mich auf den Rücken. Hob mein Hemd an. Führte seinen Finger meine

Narbe entlang, die zugewachsene, spröde, die mich am Vergessen hindert. Ich spürte, wie die Erinnerungen aus ihren Löchern hervorkrochen, und um sie abzuschütteln, stand ich auf, zog Lesnik hoch und mit mir zum See, der uns in sich aufnahm und unsere Verrücktheit abspülte.
Während ich dies schreibe, ist es Abend geworden. Einen ganzen Tag lang habe ich nicht an euch gedacht. Hier sind wir: Lesnik auf dem Sofa, ich an meinem Schreibtisch. Ab und zu stehen wir auf, nur um zerstreut in der Wohnung herumzugehen, um eine Tasse Tee zu kochen oder kurz durch das Fenster den dunkler werdenden Alexanderplatz anzustarren.
Im Moment geht es mir gut. Ich möchte dir sagen, Erich: Dies ist ein Tag, an dem ich weiß, dass ich es überstehen werde – ich werde es überstehen, auch wenn ihr nicht zurückkommt. Vielleicht ist es morgen anders, aber heute weiß ich, dass ich auch so leben kann.
Wenn du das verlangst.
Wenn ich nichts anderes bekomme.

Deine Margot

1983

Die elektrischen Weihnachtsbaumkerzen hatten eine schwarze Metallklemme. Rosa nahm sie vorsichtig aus der roten Pappschachtel und befestigte sie wie Wäscheklammern am Ende der Tannenbaumzweige. Sie konnte sich nicht erinnern, schon mal eine solche Weihnachtstanne gesehen zu haben: Die Nadeln waren länger und heller als die der finnischen Fichten, die Zweige streckten sich statt in waagerechter Richtung aufwärts, und zugleich war die Tanne auf seltsame Weise sowohl plump als auch protzig. Die ungewohnten Formen des Baumes erzeugten bei Rosa ein leichtes Glücksgefühl. Das fertig eingerichtete Zuhause, die fast abgeschlossenen Weihnachtsvorbereitungen, denen nur noch der letzte Schliff fehlte, und jetzt auch der Weihnachtsbaum, der aufgestellt war und rasch geschmückt sein würde. Mit der verregneten Stadt hinter sich stieg sie auf einen Stuhl und betrachtete prüfend den Baum, brachte die elektrische Leitung, die die Kerzen miteinander verband, verdeckt hinter den Zweigen an, richtete die Kerzen rechts und links gerade und änderte die Positionen der kleinen Strohböcke so, dass sie besser zur Geltung kamen. Markus hatte den Baum am Abend zuvor am Alexanderplatz von einem Mann bekommen, der von einem Lkw herab Bäume verkaufte, den lächerlich geringen Preis dafür bezahlt und deshalb versucht, dem Verkäufer etwas mehr zu geben, aber eine abwehrende Handbewegung zur Antwort bekommen. Ein Beweis: Der Sozialismus funktionierte. So, wie es in dieser Gesellschaft auch sein sollte, man kam aus mit dem, was man verdiente; es bedurfte keiner Almosen, mit einer Handbewegung wies man sie zurück mit denselben Händen, die die Bäume auch auf die Ladefläche des Lkw getragen hatten. Rosa stand immer noch auf dem Stuhl, betrachtete prüfend den Baum und sagte:

»Vilja, reich mir doch mal den Wichtel da. Vom Couchtisch dort.«

Das Mädchen ergriff mit beiden Händen den Weihnachtsbaumschmuck, der auf dem Tisch lag.

»Gib mir bitte den Wichtel«, wiederholte Rosa, Vilja reichte ihn ihr, und Rosa kam der Gedanke: die kleine Vilja in ihrem Samtkleid, entzückend wie ein neugeborenes Lamm, Mutters kleines Lamm.

Rosa setzte den Wichtel auf die höchste Stelle der Tanne, wo natürlich ein Stern hätte sein sollen, aber genau den hatte sie im Umzugskarton nicht gefunden. Ein Teil der Weihnachtsdekoration war in der Ruusulanstraße offenbar nicht eingepackt worden, war vielleicht in dem begehbaren Kleiderschrank geblieben, vielleicht auf dem obersten Bord des Flurschranks. Der Wichtel, dessen Kopf aus Holz und dessen Körper aus Filz war, hing jetzt trotzdem mit schiefem Kopf und gerader Jacke an der Baumspitze, und seine kleinen Augen hinter dem Baum blickten in Richtung des Fensters. Rosa legte die Hände an die Hüften.

»So! Jetzt kann der Wichtel aus dem Fenster schauen. Er wundert sich bestimmt, wohin er geraten ist.«

»Jaa«, sagte Vilja und klatschte in die Hände.

»Von da aus kann er sich die Stadt ansehen.«

»Die Schwimmhalle.«

»Ja! Die Schwimmhalle! Und die Weihnachtslichter.«

Rosa stieg vom Stuhl herab, nahm Vilja auf den Arm, und zusammen traten sie ans Fenster an die Stelle, wo Rosa bisher in jeder Berliner Nacht mit dem weinenden Matias gestanden und ihn beruhigt hatte. Vilja patschte mit ihrer klebrigen Hand gegen die Fensterscheibe und lehnte sich eifrig vor.
»Eine Glocke!«
Draußen hingen zwischen den Straßenlaternen, die die Gertraudenstraße säumten, inmitten des trüben Graus die Weihnachtslichter, die Sterne, Weihnachtsglocken und Tiere darstellten.
»Ja. Da ist eine Glocke. Und ein Rentier. Und ein Stern.«
Rosa ließ den Blick von einem Detail der grauen Landschaft zum nächsten wandern, zum Eingang der Schwimmhalle und über das Wellblechdach, zur Kaufhalle und zu den Fenstern des Kindergartens, der rechts davon kauerte, dann über das Steinfundament des Nachbarhauses, wo sie genauer hinsah und versuchte, Markus und Matias zu entdecken. Das Wetter war immer noch regnerisch, aber Matias hatte den Jungen in die Kaufhalle mitgenommen. Einen Teil der Zutaten für das Weihnachtsessen hatten sie in mehreren Geschäften zusammensuchen müssen, und noch fehlten der ostdeutsche Senf und das Weihnachtsbier. Rosa beugte sich vor und versuchte, mit dem Blick den jenseitigen Rand des Spielplatzes zu erreichen, aber in diesem Moment hörte sie, wie der Schlüssel sich in den Türknauf schob. Der Gestank, dachte sie, als sie hörte, dass die Tür ging, und sie sich wieder zurücklehnte, verscheuchte aber diesen Gedanken. Daran muss man sich gewöhnen, wies sie sich selbst zurecht und wandte sich, erfrischt von ihrem Beschluss, den aus dem Flur zu hörenden Stimmen zu.
»Schaut mal, was wir gefunden haben«, sagte Markus und

trat an die Öffnung der Wohnzimmertür. »Weihnachtsstollen. Und Musik.«
Markus hielt ein stattliches Paket hoch, unter dessen Kunststoffverpackung ein langer und breiter Stollen zu erkennen war. In der anderen Hand hielt er eine Langspielplatte in grüner Hülle.
»Ich hab beide ausgesucht«, sagte Matias. Rosa ging in den Flur zu ihm, beugte sich zu ihm hinunter, half ihm, den nassen Mantel und die Stiefel auszuziehen, und hängte die Sachen mit einer Hand an die Garderobe.
»Prima! Den kosten wir gleich einmal.«
Rosa stellte Teller auf den Tisch, schnitt dicke Scheiben von dem Christstollen ab, der mit Puderzucker bestreut und mit Marzipan, Rosinen, Mandeln und Trockenobst durchsetzt war, reichte die erste Matias, die nächste Vilja, dann stellte sie den dritten Teller an den Platz, an den sich, wie sie erwartete, Markus setzen würde, doch Markus legte die Schallplatte auf. Die Nadel kratzte über die Oberfläche der Platte, einen Augenblick lang knisterte es im Lautsprecher, doch bald drehte sich die Platte gleichmäßig, und eine bekannte Melodie, gespielt von Klarinette und Geige, erfüllte den Raum. Markus ging Richtung Esstisch, als er plötzlich stehen blieb, den einen Arm hob und zusammen mit dem Kinderchor schmetterte:
»*O Tannenbaum, o Tannenbaum, wie grün sind deine Blätter!*«
Matias fiel ein Stück Stollen aus dem Mund, und er lachte. Rosa verdrehte die Augen, schüttelte scherzhaft missbilligend den Kopf, aber Markus tat, als bemerkte er das nicht, er intensivierte seine Haltung, hob auch die zweite Hand und wandte sich singend dem Weihnachtsbaum zu, dessen elektrische Kerzen das halbdunkle Zimmer erleuchteten. Auch Vilja lachte. Markus bewegte sich tänzelnd auf

die Kinder zu, und das Mädchen nahm auf seinem Gesicht einen Ausdruck wahr, der besagte: die Falten glatt, jetzt machen wir Spaß! Vilja ließ ihr Stück Stollen auf den Teller fallen, rannte zu ihrem Vater hin und fasste ihn bei den Händen, Markus hob sie hoch und schwenkte sie herum, der Kinderchor sang. Vilja musste laut lachen, vom Esstisch her hörte sie Matias rufen:
»Vati ist ein Clown, Vati ist ein Clown!«
Vilja flog im Kreis herum wie ein Karussell, vorbei flitzten an ihr das regennasse Fenster, die Lichter am Weihnachtsbaum wie gelbe Wasserfarbflecke auf grünem Grund das Sofa das Bücherregal dann Mutter und Matias am Esstisch, gleich darauf alles noch einmal, bis dem Mädchen so schwindlig war, dass es die Augen schließen musste. Jetzt kam ein anderes Lied, aber der Chor blieb derselbe, Markus setzte das Kind ab, hielt es aber immer noch bei der Hand, denn plötzlich taumelte es wie der Druckmaschinenbediener Pekka am 1. Mai, dem Feiertag der Arbeiter. Das Mädchen lachte nicht, und auch Rosa war nicht nach Lächeln zumute. Sie nahm ihre Stollenscheibe und biss davon ab, spürte, wie der Gedanke in ihrem Kopf stärker wurde, ihr das Wasser in die Augen trieb und es ihr schwer machte, den mit Rum, Apfelsine, Marzipan und Rosinen gewürzten Stollen zu kauen, und sie zwang, von den anderen unbemerkt tief durchzuatmen. Eine Stimme in Rosas Kopf ließ keinen Raum für andere Stimmen, sie sagte: Meine Familie, dieser Augenblick, sie haben einen Namen, und der heißt: Glück.

Später am Nachmittag, als der Stollen aufgegessen war und Markus die Kinder zum Mittagsschlaf hingelegt hatte, stellte Rosa sich an den Küchentisch. Sie schnitt

Mohrrüben klein, kochte die Stücke in gut gesalzenem Wasser, gleichzeitig garte sie in einem anderen Topf den Reis für den Brei und entnahm dem Gewürzschrank, den sie am Tag zuvor besorgt hatte, Muskatnuss und weißen Pfeffer. Sie verquirlte Eier und Milch und streute mit der freien Hand Gewürze darüber, dann rieb sie Zwieback zu Mehl, zermuste die Mohrrüben und fügte den Reis und die Eiermilch hinzu. Fehlte noch etwas? Rosa öffnete das auf dem Tisch liegende Rezeptheft. Neben dem Rezept für den Mohrrübenauflauf stand mit der schnörkeligen Handschrift ihrer Mutter: *Achtung: doppelte Menge Butter!* Wann sollte Mutter das geschrieben haben? Zu den Gerichten, die ihre Mutter kochen konnte, gehörte Wurstsoße (klein geschnittene Fleischwurst der Firma Helsingin Kauppiaat in die Pfanne, Sahne darüber, leicht garen lassen) und karelische Piroggen (von der Firma Valintatalo, die wurden im Gasofen leicht angewärmt), keine Weihnachtsgerichte, auch nicht die einfachsten. Rosa stellte sich ihre Mutter in der Küche der Ruusulanstraße vor ihrem täglichen Frühstück vor: Nescafé in einer sowjetischen Porzellantasse und eine langsam qualmende Zigarette, an deren Filter ein rosenroter Lippenstift seine Spuren hinterlassen hatte. Mutter in ihrem wadenlangen Baumwollrock und in einer Hemdbluse aus Leinen, die Haare in einem losen, mit Haarnadeln zusammengehaltenen Dutt. Die Mutter inmitten ihrer Jugendstilmöbel, die sie mit Goldfarbe angepinselt hatte, vertieft in Tschechow oder Dostojewski oder Kafka, mit geschlossenen Augen Tschaikowski hörend oder leidenschaftlich sprechend über Tanz oder den Kommunismus oder über beide. Sehnte sie sich nach ihrer Mutter? War es zu früh, sich nach jemandem zu sehnen? Konnte sie sich überhaupt nach jemandem sehnen, zumindest nach dem

Vater, seit dessen Tod quasi unmerklich zwei Jahre vergangen waren? Rosa pinselte die Auflaufform mit Butter aus und füllte die Mischung aus Mohrrüben und Reis hinein, glättete die Oberfläche mit dem Löffel und streute Zwiebackbrösel darüber, drückte mit einer Gabel Löcher hinein und verteilte Butterklümpchen darauf – die doppelte Menge. Sie versuchte, sich die Gesichtszüge ihres Vaters in Erinnerung zu rufen, aber das gelang ihr nicht. Wurde ein Mensch so schnell vergessen, sogar von seinem eigenen Kind?

Ihr Vater war unmittelbar vor Viljas Geburt gestorben. Der Vater hatte die Hintertür geöffnet, Vilja die Haupteingangstür, und ohne einander zu begegnen, hatten die Generationen einander abgelöst. Rosa wollte denken, der Vater sei irgendwie in Vilja übergegangen, ein Teil von ihm. Manchmal sah sie sogar Anzeichen dafür: Wenn Vilja Türme baute mit einem Ausdruck im Gesicht, der an die hohe Konzentriertheit des Vaters erinnerte. Wenn das Mädchen schlief, das Gesicht in einer ebensolchen, tiefen Frieden ausstrahlenden Ruhestellung wie bei Vater, wenn er auf dem Sofa seines Architektenbüros eingeschlafen war. Nein, das Fehlen von Sehnsucht hatte seine Erklärung nicht in ihrem Unvermögen, ihn zu vermissen. Das erklärte der Vater selbst. Ein Mann, der auch bei Lebzeiten nicht präsent war.

Rosa schob den Möhrenauflauf in den Ofen und knallte die Tür mit unnötiger Kraft zu.

Sie schaute auf ihre Armbanduhr, um sich einzuprägen, wann der Auflauf fertig sein würde, öffnete dann den Kühlschrank wie um sich zu vergewissern, dass die Speisen, die sie schon am Vortag hineingestellt hatte, noch immer dort waren. Von oben nach unten: die Weihnachtsaufläufe,

Heringssalat und Schinken, den sie schon in der vergangenen Nacht gebraten, überbacken und zuletzt mit Nelken gespickt hatte, Rot- und Wirsingkohl. Die geschälten, in kaltem Wasser auf das Kochen wartenden Kartoffeln. Das systematische Arbeiten hatte sie, weiß Gott, von ihrer Mutter gelernt, aber von wem den Willen und die Fähigkeit, Essen zu bereiten, nicht von der Mutter und schon gar nicht vom Vater. Den größten Teil von dessen Nahrung hatte die Flüssigkeit ausgemacht, die er am Fenstertisch des Restaurants Bulevardia genossen hatte, Porvoon lankku (ein Weißwein) oder Erkkis Schnellfeuergewehr (ein Rotwein). Das Lokal Bulevardia hatte Vater nach jedem Arbeitstag angesteuert, oder wenn ihm das Familienleben auf die Nerven gegangen war. An dessen Fenstertisch hatte letztlich auch die Ehe von Vater und Mutter geendet. Bei dem Gedanken schauderte es sie immer noch, auch nach all den Jahren.

Rosa warf die Topflappen auf die Spüle, schlenderte ins Wohnzimmer und blieb für einen Augenblick bei den Friedenstauben stehen. Sie hatte das Kuppelbild ihres Vaters in den begehbaren Kleiderschrank gestellt, wo es immer noch gegen die Wand lehnte. Markus mochte das Bild nicht, aber wie war es mit ihr selbst, mochte sie wenigstens den Himmel, der im oberen Teil des Gemäldes leuchtete und den sie immer angestarrt hatte, als sie noch in ihrem Elternhaus lebte? Zumindest der vergoldete Rahmen verlangte einen neuen Anstrich. Diese verdammte Goldfarbe. Hatte die Mutter die nun überall hinpinseln müssen?

Einen Augenblick lang horchte Rosa auf ihr leise atmendes Zuhause, stellte sich dann vor die Lüftungsklappe und zündete sich eine Zigarette an. In vielen Dingen mochte sie anders sein als ihre Eltern, in einem aber war sie ihnen vollkommen gleich: Sie wollte und brauchte und verlangte ein eigenes Leben neben den Kindern und der Familie. Ihr Blick wanderte über die städtische Landschaft in dem von Nieselregen erfüllten Grau. Das Garen der Aufläufe und das Schmücken der Weihnachtstanne, das Aufräumen der Wohnung und das Abwischen der Nasen, der Popos und der Tische – das alles machte sie, weil irgendjemand es machen musste, aber es musste auch noch etwas anderes geben, sie brauchte das Schreiben, die Arbeit, das Recht, sie selbst, Rosa Siltanen, zu sein. Bald, nach dem ersten ostdeutschen Weihnachtsfest, würde ihr eigenes Leben beginnen. Wenn die Kinder in den Kindergarten gingen, würde sie in ihre eigenen Welten zurückkehren, würde schreiben, ihre eigenen Texte planen und entwerfen, ihre Fantasie schweifen lassen, bis die von ihr entwickelten Gestalten in demselben Takt dieselbe Luft atmen würden, das Blut würde in deren Adern brausen, und sie selbst würde deren Wärme auf ihrer Haut spüren, so, wie sie es beim Schreiben immer empfunden hatte. Sie würde ihren Personen Leben einschreiben, sich mit ihnen unterhalten, durch die Stadt fahren und jeden freien Moment mit ihnen verbringen, bis sie auch für andere existierten, zuerst als Buchstaben, die von der Schreibmaschine auf lose Blätter geschrieben worden waren, zuletzt gedruckt zwischen zwei festen Buchdeckeln. Sie würde dort weitermachen, wo sie nach der Geburt der Kinder aufgehört hatte, sie würde jeden Morgen ihre Schreibmaschine hervorholen und arbeiten, bis es Zeit war, die Kinder abzuholen und in die andere Wirklichkeit zurückzukehren. Sie würde sich ihre eigene Karriere, ihr eigenes Arbeitsleben aufbauen, auf das die Frauen in diesem Land nicht nur ein Recht hatten, sondern zu dem sie verpflichtet waren.

Der Gedanke bewirkte, dass es in Rosas Fingerspitzen zu kribbeln begann. Sie legte die Zigarette auf den Rand des Aschenbechers, trat zum Bücherregal und nahm einen Band mit weichem Deckel herunter, der auf dem oberen Bord gelegen hatte. In all seiner Alltäglichkeit rührte das Foto auf dem Buchdeckel sie immer wieder: ein Stück von Berlin in der Sonne. Zwanzigstöckige Häuser mit blau-weißen Balkons. Sauber gemähte Grünflächen. Eine bunte Schlange von Autos, darunter solche der Marken Moskwitsch, Wartburg, Lada und Trabant. Rosa fuhr mit dem Zeigefinger über den Deckeltext – *Die DDR stellt sich vor* – und öffnete das Buch bei der Seite, die sie durch ein Eselsohr markiert hatte.

Jede zweite berufstätige Person in der DDR ist eine Frau. Sie bekommen für dieselben Arbeitsergebnisse denselben Lohn wie ihre männlichen Arbeitskollegen. Die Bildungsunterschiede zwischen Männern und Frauen, die von der kapitalistischen Vergangenheit verursacht wurden, sind abgeschafft worden.

Sie trat zum Fenster und führte die Zigarette wieder zum Mund. Ein ums andere Mal vermittelten ihr diese Worte ein Gefühl von Stärke und bewirkten, dass sie sich aufrichtete. Manchmal fiel es ihr schwer zu verstehen: Dass es tatsächlich irgendwo ein Land gab, das die Mütter anspornte, berufstätig zu sein, und das Frauen, die ihr Kind in den Kindergarten schoben, nicht im Stillen verurteilte. Dass *sie selbst* jetzt eine Einwohnerin dieses Landes war – nach all den Jahren, in denen sie zu ihrer Arbeit hätte zurückkehren wollen, es aber nicht gekonnt hatte. Rosa nahm einen letzten Zug aus der Zigarette, drückte sie aus und schlug eine weitere Seite auf, die sie markiert hatte.

Das Recht auf Arbeit wird der Frau auch dadurch garantiert, dass jedes drei- bis sechsjährige Kind in den Kindergarten gehen kann

und schon für 73 Prozent der unter Dreijährigen ein Krippenplatz vorhanden ist. Die Kosten für die Tagespflege trägt der Staat.
Sie seufzte so, wie man nur bei großer Zufriedenheit seufzt, und verspürte plötzlich eine große Ungeduld. Sie tänzelte ins Schafzimmer, holte aus der Tiefe des Schranks einen Karton hervor und stellte ihn aufs Bett. Eine Schreibmaschine, darunter ein Stapel vollgeschriebener Seiten, der Entwurf für ihren zweiten Roman, die Papiere in genau der Ordnung, in die sie sie in der Ruusulan-Straße gestapelt hatte: Entwürfe von Personen, Handlung und Milieu. Sie nahm den Stapel auf, las hier und dort einen Satz, lächelte und legte die Papiere schließlich zurück in den Karton.

2011

Gerade wollte Vilja das Restaurant betreten, da spürte sie in ihrer Manteltasche die Vibration eines Anrufs. Sie holte das Handy hervor und dachte zunächst, es müsse Ute sein, die da anrief und mit der sie verabredet war, aber es war nicht Ute, sondern Saga. Vilja verspürte eine innere Regung, eine ebensolche Wärme, die ihren Körper durchströmte, wie jedes Mal, wenn im Display ihres Handys der Name Saga erschien. Sie trat ein paar Schritte von der Tür des Restaurants beiseite, um in Ruhe sprechen zu können, und hielt sich das Handy ans Ohr, aber am anderen Ende war nur eine von dem Geräusch des Atmens unterbrochene, von gleichmäßigem Schnaufen unterbrochene Stille. Sie warf einen Blick auf die Uhr und verstand: Natürlich, das kleine Mädchen war noch wach. Sofort wurde sie von Schuldgefühl übermannt – Schuldgefühl deshalb, weil sie es bereute, sich gemeldet zu haben, weil die Anrufe des Mädchens sich ihr ein ums andere Mal wie ein Gewicht auf die Brust legten, anstatt ihr das Atmen zu erleichtern, dass sie lieber, als das bevorstehende Gespräch zu führen, aufgelegt und so getan hätte, als hätte sie im U-Bahn-Tunnel keinen Empfang oder sonst irgendeine Störung gehabt. Aber sie legte nicht auf, sie verstellte sich nicht, die Störung war in ihr selbst, das wusste sie, und deshalb atmete sie tief durch und zwang ein Lächeln in ihre Stimme.

»Hallo?«

Das Locken funktionierte; die Stimme des Mädchens war

zart und dünn, und doch zugleich sicher und ernst, als wäre ihre Besitzerin siebzig Jahre alt und nicht vier.
»Ich hab ein Bild für dich gemalt.«
Vilja schluckte, schloss die Augen und strengte sich an, entspannt und erfreut zu klingen.
»Hallo Hertta.«
»Ich hab ein Bild für dich gemalt.«
»Ach, wie schön. Was für eins?«
»Von Dinosauriern. Da ist ein T-Rex und ein Brachiosaurus.«
»Oho. Das klingt ja aufregend.«
»Die sind brav. Die lecken ihre Jungen sauber.«
»Aha. Okay.«
»Die haben sich im Schlamm schmutzig gemacht. Die haben sich darin gewälzt. Ich schenk dir das Bild.«
»Okay. Das ist lieb von dir. Danke.«
Das Mädchen war einen Augenblick still. Vilja stellte sich vor, wie das Kind neben seiner Mutter auf dem Sofa saß, mit angezogenen Knien, den Hörer am Ohr, den Blick fest auf das gegenüberliegende Fenster gerichtet, sie stellte sich das Lächeln auf Sagas Gesicht vor, während sie das Mädchen betrachtete und ihre warme Hand auf dem Rücken des Kindes lag. Dort auf dem Sofa, demselben, auf dem sie selbst so oft neben dem Mädchen gesessen hatte, dort auf dem Sofa war die Stimme des Mädchens plötzlich brüchig, so leise, dass Vilja sie kaum hörte, obwohl es in der Straße ganz still und die Luft leer war.
»Wo bist du?«, fragte das Mädchen.
»In Berlin«, sagte Vilja und bemerkte ein leichtes Zittern in ihrer Stimme, und sie verstand aus den Zeichen bei dem Mädchen und sich selbst, was da gerade geschah, zwang sich jedoch, weiterzusprechen:

»Berlin ist die Hauptstadt von Deutschland und gar nicht so weit weg von Helsinki. Wusstest du das?«
Aber die Stille endete nicht, sie war dick und gestaltlos und wuchs, zeichnete für sich selbst Umrisse, schwere und plumpe, zog sich in die Länge, und Vilja wusste nicht, wie sie sie hätte beenden können. Machte das Mädchen das absichtlich, fragte sie sich, wie jedes Mal, dann bekam sie Schuldgefühle und ärgerte sich schließlich über sich selbst, über das Kind, und auch über Saga.
»Hertta?«
Das Mädchen schmatzte und flüsterte schließlich:
»Jaa.«
»Bist du noch da?«
»Jaa.«
Ebenso rasch, wie die Stimme leise geworden war, wurde sie wieder stark. Vilja atmete leise, schloss für einen Moment die Augen und horchte auf das Schweigen des Kindes. Langsam beruhigte sich ihr Puls.
»Ist Mutter da neben dir?«
»Ja.«
»Könnte ich kurz mit ihr sprechen?«
»Ich will mit dir sprechen.«
Vilja zwang sich zu einer Munterkeit, die sie in jeder anderen Situation mühelos in sich gefunden hätte.
»Einigen wir uns darauf, dass wir beim nächsten Mal weitersprechen, ordentlich lange. Könntest du jetzt Mutter den Hörer geben?«
Das Mädchen gab auf. Saga kam ans Telefon, erzählte von einem Ausflug mit Schlitten, den sie mit dem Kind nach dem Tag im Kindertagesheim gemacht hatte, kurz von ihrem Arbeitstag, von den Plänen für den nächsten Tag an ihrer Arbeitsstelle und mit Hertta. Vilja hörte zu, verspürte

Erleichterung bei Sagas Geplapper, das ihr selbst die Möglichkeit gab, ihren Atem zu beruhigen. Saga fragte:
»Wie geht es bei euch?«
Und Vilja erzählte von Pankow, von ihrem Treffen mit Ute und vom Wetter – wie die Berliner Kälte so anders war als die in Finnland, so feucht, und bis in die Knochen vordrang. Schweigend hörte Saga zu und sagte dann:
»Wie wäre es, wenn wir zu Besuch kämen? Hertta ist die beiden nächsten Wochen bei mir, und für mich wäre es momentan leicht, einen kurzen Urlaub zu nehmen.«
Ein leichter Windstoß fuhr Vilja ins Gesicht, sie wandte dem Wind den Rücken zu und machte ein paar Schritte in Richtung Restaurant. Einen Augenblick lang sah sie Saga vor sich, deren nachdenklichen Blick, die hohe Stirn, die sich jedes Mal in Falten legte, wenn sie über Uganda oder den Kongo, über Flüchtlinge und Lager sprach. Aber gleich darauf trat in ihre Fantasie auch Aino, ihr intensiver Blick und ihr bezauberndes Lächeln. Ein unangenehmes Gefühl von Schwäche schüttelte Vilja. Saga hatte versichert, dass sie beide ruhiger, zufriedener und in jeder Hinsicht glücklicher und zufriedener seien jetzt, da sie kein gemeinsames Leben mehr führten, aber ob dieses Gefühl von Dauer war? Wenn Saga es sich nun anders überlegte? Oder Aino? Dann würde Vilja endgültig außen vor bleiben, sie würde sofort aus Herttas Leben ausgeschlossen sein, und auch aus Sagas, und alles wäre vorbei. Vilja verdrängte den Gedanken – aber die Mauer war schon gebaut.
»Hierher?«
»Ja! Wir könnten zu einem verlängerten Wochenende kommen.«
Sagas Stimme war unbefangen und freundlich, und Vilja hörte aus ihren Worten heraus, dass Saga lächelte. Ein Kin-

derlied, das im Hintergrund zu hören war, erzählte von kleinen Katzen, die ohne Erlaubnis der Mutter aufs Eis gegangen waren und nur knapp vor dem Ertrinken gerettet wurden. Eine entnervende, immer wiederkehrende Melodie, *miu mau, miu mau*. Vilja schluckte, ihre Kehle fühlte sich rau an.

»Na, wie gesagt, hier ist ziemlich grässliches Wetter. Es regnet, und es gibt Windböen. Nicht besonders angenehm.«

»Na und? Das ist eine Frage der Ausrüstung.«

Vilja sah auf die Uhr, es war kurz vor sieben. Im Hintergrund hörte sie die Stimme des Mädchens. Die Kleine bat die Mutter, sich ihre neueste Zeichnung anzusehen, sie hatte junge Katzen auf Papier gezeichnet – guck mal, Mama, die Schwänze – sie sind gestreift! Saga lobte sie, wie man Kinder lobt, in steigendem Tonfall, beinahe singend, und bat die Kleine, noch ein paar mehr Katzenkinder zu zeichnen, und sagte dann zu Vilja:

»Na, sag es nur geradeheraus, wenn der Gedanke dir nicht gefällt. Natürlich verstehe ich es, wenn du dich dort in Ruhe auf deine Angelegenheiten konzentrieren willst.«

Noch ehe Vilja auf diese Worte auch nur mit einer Geste reagieren konnte, bemerkte sie Ute, die die Straße entlangkam, das Haar aufgesteckt, mit den Stiefeln auf die Pflastersteine klopfend.

Sie winkte Ute zu, die ebenso reagierte, und Vilja verspürte nach langer Zeit die größte Dankbarkeit für dieses zeitliche Zusammentreffen, dass hier und jetzt ihre Rettung war.

»Saga, ich muss Schluss machen. Ich rufe zurück, sobald ich frei bin.«

Sie beeilte sich, Ute zu umarmen, und die drückte sie genau so fest, wie Vilja es in diesem Augenblick brauchte, dort auf

der Straße, während die leichten Flocken des Schneeregens auf ihrer Stirn schmolzen, wurde ihr klar, dass sie heftiger denn je gerade jetzt die Mutter brauchte, ihre Mutter.

Ute stellte ihre Tasche auf den Tisch.
»Kommen wir gleich zur Sache?«
Der Kellner legte die Bestecke auf, und Vilja beugte sich vor. Ute sagte:
»Ich habe die Briefe unsystematisch hier und da gelesen und habe bestimmt nicht allen möglichen Hinweisen nachgehen können. Eine Sache ist mir jedoch sofort aufgefallen. Ich glaube, die könnte man als Ausgangspunkt nehmen.«
Ute kramte in ihrer Tasche und zog einen Briefumschlag hervor. Vilja erkannte die hohe, luftige Handschrift auf dem Umschlag.
»Margot schreibt über einen Typ, den sie Patrone nennt. Sie schreibt, dass sie die Versuchung verspürt hat, ins Zentrum zu marschieren und von diesem Patrone zu verlangen, er solle Erich anrufen. Warum hat Margot nicht selbst angerufen?«
Vilja zog einen Flunsch.
»Weil sie fürchtete, ihr Verhältnis könnte herauskommen.«
Ute nickte.
»Ja, bestimmt. Patrone musste also jemand sein, dessen Anruf bei deinem Vater keine Aufmerksamkeit erregt hätte. Hast du irgendeine Ahnung, wer das sein könnte?«
»Nein«, antwortete Vilja. »Mit Sicherheit weiß ich nur, wer Erich ist. Und Kastanie.«
Ute blinzelte.
»Deshalb hab ich überlegt, was Margot mit ›Zentrum‹ gemeint haben könnte. Orte, die man als Zentrum bezeichnen könnte, gab es natürlich in rauen Mengen.«

Der Kellner stellte die Gläser mit Wein vor sie auf den Tisch. Ute dankte mit einem Kopfnicken.

»Deshalb hab ich überlegt, welche Zentren gerade in Markus' Leben eine Rolle gespielt haben können. Dabei sind mir gleich zwei eingefallen.«

»Erzähl.«

»Du wirst dich bestimmt an beide erinnern. Das erste ist das tschechoslowakische Kulturzentrum. Dort wurden die *Wühlmaus*-Filme gezeigt und Konzerte und Ausstellungen und Diskussionsabende veranstaltet.«

Vilja nickte. Ute nahm einen Schluck von ihrem Wein.

»Das Kulturzentrum lag ganz in der Nähe von eurer Wohnung, und vielleicht hatte Markus dort manchmal auch beruflich zu tun. Zuerst dachte ich, das könnte der Ort sein, auf den Margot in ihrem Brief hinweist. Aber wer hätte dort für Markus eine so natürliche Kontaktperson sein können, dass sie dort über alles hätten sprechen können, ohne zu fürchten, dass sie erwischt würden?«

Vilja schüttelte den Kopf.

»Dazu fällt mir niemand ein.«

Ute nickte.

»Mir auch nicht. Trotzdem hätte dort jemand sein können, aber mir ist eine andere, viel wahrscheinlichere Möglichkeit eingefallen.«

»Welche denn?«

»Eigentlich hatte ich gedacht, dass sie auch dir hätte einfallen können«, sagte Ute, und dann ließ sie das Wort fallen wie irgendeine Selbstverständlichkeit: »Das Pressezentrum, Vilja. Das Internationale Pressezentrum.«

Vilja atmete hörbar aus.

»Natürlich«, schnaufte sie. »Patrone war ein Mitarbeiter des Pressezentrums.«

Ute nickte.
»Das wäre logisch. Jemand, dem dein Vater vertraute. Hat er doch den Briefverkehr, der geheim bleiben sollte, in dessen Hände gelegt.«
Vilja schwieg einen Augenblick und sammelte bei sich die Informationskrümel zusammen.
»Margot holte die Briefe bei Patrone ab. Sie mussten sich treffen, wahrscheinlich viele Male. Wer Patrone auch immer gewesen sein mag, er muss etwas über Margot gewusst haben.«
Vilja spürte, wie an ihren Handflächen der Schweiß austrat.
»Vater hat auch noch in Finnland oft über das Pressezentrum gesprochen. Er fühlte sich dort wohl, dort zu arbeiten war deutlich entspannter oder geistig leichter als in Finnland. Nach der Rückkehr nach Finnland änderten sich die Dinge schnell. Der Fall der Mauer, die Scheidung von Mutter und der Zusammenbruch der Sowjetunion ... Die besten Jahre, auch im Sinne der Arbeit, lagen ganz klar vor dem Umzug.«
»Kannst du dich daran erinnern, dass er über einen bestimmten Mitarbeiter oder einen Kollegen besonders oft sprach? Hat sich dir jemand eingeprägt?«
Vilja überlegte einen Moment.
»So auf die Schnelle fallen mir mehrere ein. Vaters Vorgänger als Korrespondent, Jussi Matinen. Aber ich glaube nicht, dass sie sich nahestanden. Eher würde ich vermuten, dass Vater Matti irgendwie für beschränkt hielt. Vielleicht auch für journalistisch träge. Ich glaube nicht, dass er ihm große Geheimnisse anvertraut hätte. Und Matinen war nicht in den Jahren hier, als die Briefe gewechselt wurden.«
Ute nickte.
»Und andere?«

»Eigentlich fällt mir nur einer ein. Hannu Aarnio. Der Korrespondent der *Tageszeitung*.«
»Waren sie befreundet?«
Vilja nickte.
»Ja. Sie waren gute Freunde.«
Plötzlich erinnerte sie sich an die Beerdigung. Aarnio hatte zusammengekrümmt in der letzten Reihe der Begräbniskapelle gesessen und ihr später zwischen den Vasen mit Lilien und Vaters gerahmtem Foto fest die Hand gedrückt und versucht, ihr etwas zu sagen, doch schließlich nur einen einzigen Satz herausgebracht: *Markus hat nicht immer die richtige Entscheidung getroffen, aber er hatte ein gutes Herz, ein verdammt gutes Herz.* Da wurde Vilja von einem starken Gefühl übermannt, das intensiv und heftig war.
»Eigentlich bin ich mir ziemlich sicher, dass Vater die Briefe Hannu übergeben hat. Wenn jemandem, dann Hannu.«
Auf Utes Gesicht erschien ein Lächeln, ein zufriedenes, aber nicht glückliches. Sie ergriff ihr Weinglas, hob es Vilja entgegen, und sie stießen an.

Beim Abendessen unterhielten sie sich kurz über etwas ganz anderes. Ute erzählte von Romans Studien in London, von Freundinnen, bei denen die Mutter nicht hinterherkam.
»Ich fühle mich ganz alt, wenn ich das sage, aber ich weiß nicht immer, was ich von den jungen Leuten denken soll«, stieß Ute hervor. »Vielleicht ist das das unausweichliche Schicksal von Eltern. Ein Kind in die Welt zu setzen, das im Lauf der Jahre für seine Eltern in so vielerlei Sinn ein unbegreifliches Wesen wird.«
Vilja lächelte, obwohl sie den Gedanken traurig fand. Nach einem Augenblick des Schweigens fragte Ute:
»Hast du das Gefühl, dass du eine Verbindung zu Rosa

hast? Hattest du in den vergangenen Jahren eine zu Markus?«
Viljas Besteck hielt inne.
»Wir ... Ich spreche regelmäßig mit Mutter.«
Ute sah ihr in die Augen, dann legte sie die Hände quer über den Tisch und ergriff Viljas Hände.
»Entschuldige bitte. Ich will mich nicht aufdrängen. Rosa würde es wohl kaum gefallen, dass ich mich nach Dingen erkundige, die nur euch beide angehen.«
Vilja lächelte schweigend.
»Es würde Mutter kaum gefallen, dass ich über diese Dinge spreche. Egal, ob mit dir oder mit sonst jemandem.«
»Das ist verständlich.«
»Vielleicht. Aber ich habe das Recht, zu wissen. Egal, wie sie das findet.«
Ute zuckte leicht die Achseln.
»Du bist ein erwachsener Mensch. Ich sehe keinen Sinn darin, dich von deinen Plänen abzuhalten.«
Vilja lächelte.
»Sodass du mir ebenso gut helfen kannst.«
Ute lachte, wurde dann aber ernst.
»Tatsächlich hab ich dir etwas mitgebracht. Zuerst war ich unsicher, ob ich dir das überhaupt geben soll, aber das mache ich nun doch.«
Ute kramte in ihrer Tasche und legte dann eine Plastikmappe vor Vilja hin. Darin war ein Artikel, der aus einer Zeitschrift ausgeschnitten worden war.
»Vor zwei Jahren, kurz vor dem zwanzigsten Jahrestag des Mauerfalls, bat *DER SPIEGEL* mich, einen Essay darüber zu schreiben, wie meiner Ansicht nach die Wiedervereinigung von Westdeutschland mit der DDR geglückt ist.«
Ute klopfte mit der Hand auf die Plastikmappe.

»Meine Auffassung entspricht nicht dem allgemeinen Konsens und hat viele Menschen wütend gemacht.«
»Warum?«
»Weil ich nicht derselben Ansicht bin wie die meisten im Westen. Dass der Westen Unmengen von Geld in den Osten gepumpt hat und wir trotzdem nicht dankbar sind. Wir Idioten. Ich war immer der Auffassung, dass die beiden Teile Deutschlands sich niemals wiedervereinigt haben. Die DDR wurde abgeschafft und zwangsweise an Westdeutschland angegliedert. Die Ostdeutschen haben übermäßig darunter gelitten, während der Westen daraus Nutzen zog.«
Vilja sah Ute schweigend an, und die fuhr fort:
»Natürlich bin ich mir dessen bewusst, dass diese Ansicht nicht der allgemeinen Geschichtsschreibung entspricht. Eine wesentlich akzeptablere Meinung ist, dass der Westen alles getan hat, damit die Vereinigung gelang. Ich denke anders. In diesem Text begründe ich, warum.«
Vilja ergriff die Mappe und zog den Essay hervor. Auf dem großen Schwarz-Weiß-Foto oberhalb des Textkörpers schaute Ute direkt in die Kamera; ihr dunkles Haar war auf dem Hinterkopf in einem Knoten zusammengefasst. *Von meinem Heimatland sind nur Ruinen geblieben*, lautete die Überschrift.
»Ich weiß nicht, wie Markus' letzte Jahre waren«, sagte Ute mit gesenkter Stimme. »Ehrlich gesagt hatte ich kein Interesse daran, nach allem, was geschehen war, den Kontakt zu ihm aufrechtzuerhalten. Das alles war für Rosa schmerzhaft, verletzte aber auch mich. Rosas Worten entnahm ich, dass Markus nach der Scheidung ein paar gute Jahre hatte, dass es aber im Übrigen mit ihm ziemlich bergab ging.«
Vilja schluckte. Ute fuhr fort:
»Ich weiß nicht, ob es bei Markus darum ging, aber in den

1990er-Jahren sah ich, dass viele Menschen zusammen mit dem Sozialismus zusammenbrachen. Das lag zumeist nicht an einer Schuldhaftigkeit, obwohl das die allgemeine Vorstellung ist.«

»Sondern?«

»Es ist nicht leicht, etwas zusammenbrechen zu sehen, woran man geglaubt hat. Von dem man annahm, es werde die Welt verbessern, sie gerechter machen, es sei gut und von Dauer. Besonders schwer ist es zu beobachten, wie die Sieger Geschichte, deine Vergangenheit, schreiben. Gelebtes Leben und Ereignisse verdrehen in eine Form, die nicht der Wirklichkeit entspricht. So ist es unserer Geschichte ergangen.«

Vilja lehnte sich auf ihrem Stuhl zurück.

»Ich hatte angenommen, dass die Wahrheit gerade nach dem Fall der Mauer ans Tageslicht kam. Als das Ausmaß der Bespitzelung durch die Stasi bekannt wurde. Als sich herausstellte, wie die Kinder der Dissidenten ihren Eltern weggenommen und gehorsamen Genossen zur Adoption übergeben wurden. Dass die Menschen in Arbeitslagern und Gefängnissen gequält wurden. All das, was damals im Verborgenen geschah, aber jetzt allgemein bekannt ist.«

Ute seufzte.

»Du hast recht. Ich behaupte nicht, dass die DDR ein Paradies war. Viel Schlimmes ist dort geschehen. Deshalb sind wir im Herbst 1989 marschiert. Um eine wirkliche Demokratie zu bekommen. Reisefreiheit. All das, dessen Fehlen aus unserem Land ein Gefängnis machte. Die schlechten Dinge waren allerdings nur ein Teil der Wahrheit. Nach der sogenannten Vereinigung war es akzeptiert, nur über die negativen Dinge zu sprechen, der Rest wurde als Propaganda abgetan. Kaum jemand will hören, was es in der

DDR an Gutem gab. Dass die meisten Menschen eigentlich ganz zufrieden waren mit ihrem Leben.«
»Du auch? Warst du auch zufrieden mit deinem Leben in der DDR?«
Schweigend sah Ute Vilja einen Augenblick lang an.
»In der DDR war ich mal glücklich, mal unglücklich, genauso wie in dem neuen Deutschland. Ich habe in der DDR Liebe und Herzenskummer, Freude und Zorn, Erfolge und Misserfolge erlebt. Wie die meisten Menschen habe ich ein ganz gewöhnliches Leben geführt.«
Vilja saß schweigend da, und Ute fuhr fort:
»Für die Menschen, für die dieses Land eine Bedeutung hatte, ist die Dämonisierung und Karnevalisierung der Vergangenheit eine schmerzliche Sache. Und obwohl ich mit Markus in seinen letzten Jahren nichts zu tun hatte, glaube ich, dass das etwas war, was ihn bedrückte, ebenso wie mich.«
Vilja senkte den Blick auf den Artikel, der vor ihr auf dem Tisch lag. Einen flüchtigen Augenblick lang sah aus diesem Zeitbild ihre Mutter sie an.

An einem dunklen Herbstabend bog Vilja von der Gertraudenstraße auf die Fischerinsel ab, ging an der abgerissenen Markthalle und dem an ihrer Stelle errichteten mehrstöckigen Wohnhaus vorbei. In den Fenstern des Supermarkts im Erdgeschoss war eine Weihnachtsszenerie aufgebaut, heiter und zuckersüß. Packungen mit Mozartkugeln, Adventskalender von Disney, funkelnder Kunstschnee, zu beiden Enden des Fensters je ein flacher Weidenkorb, gefüllt mit gerösteten Kastanien. Vilja blieb stehen. Plötzlich verstand sie: Das erste Weihnachtsfest ohne Vater. Das erste ohne den am Morgen des Weihnachtstags gemeinsam gekoch-

ten Reisbrei, ohne das gemeinsam angehörte *Weihnachtsoratorium*, ohne den Spaziergang ans Ufer von Seurasaari und auf die Felsen, ohne den Frieden und die Ruhe, die in den letzten Jahren auf dem Gesicht des Vaters nur selten zu sehen gewesen war. Die Trauer erschien urplötzlich auf ihrer Haut und verschaffte sich dort Raum mit ihren Krallen. Um das Gefühl der zunehmenden Angst abzuschütteln, beschleunigte Vilja ihre Schritte und eilte an den dunklen Fenstern des Kindergartens vorbei und an dem Spielplatz, der sich unter dem Schatten des Abends duckte, kam atemlos beim Haus Nummer Zehn an, dessen Vorplatz und dessen Eingangshalle leer waren, und dort, vor der Vertiefung des Fahrstuhls, nahm eine Frage Gestalt an: Wie konnte in dem zwanzigstöckigen Haus mit seinen Hunderten von Bewohnern eine so tiefe Stille herrschen?
Oben angekommen, hängte sie ihren Mantel an die Garderobe, stellte die Schuhe auf die Matte, ging stracks in die Küche und trank ein Glas Leitungswasser. Hatte das Wasser dieser Stadt ihr irgendwann anders, vertraut, wie etwas Eigenes geschmeckt? Hatte sie vor Jahren, nachdem sie von hier fortgezogen war, das Wasser aus dem Hahn in Helsinki – ebenso wie jetzt hier vor der Spüle den kalkigen Geschmack des Berliner Wassers – als fremd empfunden? Sie erinnerte sich nicht, nicht an die Gedanken über das Wasser, die Jahre zurücklagen, und auch an keine anderen. Erinnerungen, nichts als unklare Momentbilder mit verblassten Farben. Stumme Schmalfilme, gewaltsam an den falschen Stellen abgebrochen, wie auch diese an den Tag, an dem sie nach Helsinki zurückkehrten:
Oma Elsa und Opa Aatos, auf dem Parkplatz des Flughafens stehend, wie sie zusammen mit der Mutter die Koffer in den Gepäckraum des orangefarbenen Fiats stopfen.

Sie und die Mutter und Matias eng nebeneinander auf der Rückbank, wo es heiß ist, heißer als in Berlin. Warum nur ist das so, verkehrt herum, in Berlin würde man doch den verdammten Altweibersommer erwarten, sagte die Mutter, und dann, knacks, ist das Erinnerungsbild weg. Wieso an dieser Stelle, wieso gerade da.

Sie spürte die Müdigkeit in den Gliedern. Sie ging ins Wohnzimmer, schaltete das Licht aus, das sie erst vor einem Augenblick angeknipst hatte, und legte sich auf die Couch, doch die Gedanken ließen ihr keine Ruhe. Wer hatte wohl diese Räume bewohnt, damals, als sie als Kind mehr als zehn Etagen tiefer ihr Zuhause gehabt hatte? Hatten ihre Eltern die Mieter gerade dieser Wohnung gegrüßt, im Hausflur, auf der Straße, in der Kaufhalle bei den Kühlschränken? Wo waren all die früheren Bewohner jetzt, immer noch hier oder vielleicht im Westen – oder wie stark unterschieden sich Ost und West überhaupt noch, und sei es symbolisch, auch die Menschen? Staaten konnten im Handumdrehen von der Landkarte verschwinden, aber die Menschen, musste nicht die alte Welt in ihnen noch lebendig sein, auch in ihr selbst?

Zugleich setzte sich in Vilja ein Zweifel fest, drückte ihr die Schultern tief in die Couch hinein wie bleischwere Gewichte. Was machte sie hier eigentlich? Was hätte der Vater gedacht, wenn er gewusst hätte, dass sie in seinen Angelegenheiten herumschnüffelte, den allerprivatesten, die er jahrelang geheim gehalten hatte? Vilja versuchte, sich das Gesicht des Vaters vorzustellen, wenn er das erführe. Ungläubigkeit. Verwunderung. Bestürzung. Traurige Augen. Der Gedanke erschien ihr unerträglich, er zwang sie, aufzustehen, etwas zu tun, egal, was, um gleichgültig zu werden oder zumindest unbedeutend. Vilja erhob sich, kramte das Handy aus ihrer Tasche und gab rasch eine Textnachricht ein, bevor sie es bereuen konnte: *Komm mit Hertta nach Berlin, das wäre wunderbar.* Nachdem sie die Nachricht gesendet hatte, wählte sie eine andere Nummer. Es klingelte dreimal, ehe sich jemand meldete.

»Na, grüß dich!«

Die Heiserkeit in Annis Stimme verriet, dass sie seit mehreren Stunden mit niemandem gesprochen hatte. Vilja stellte sich vor, wie Anni auf dem Fensterbrett ihrer kleinen Wohnung im Stadtteil Hakaniemi saß, während der Verkehr auf der sechsspurigen Straße Sörnäisten rantatie weit unten vorbeirauschte, während die aschgraue Katze Myy um Annis Beine strich. Einer der üblichen Anblicke in ihrem Leben – wie fern er ihr doch gerade jetzt erschien.

»Hör mal, ich brauche Hilfe, könntest du das machen?«

»Na klar. Lass hören.«

Vilja machte eine kleine Pause und überlegte, wie wenig sie erzählen könnte, ohne auf ihre Kollegen und ihre Freundin zu unverschämt zu wirken. Sie hoffte, Anni werde möglichst wenig fragen, sie fühlte sich erschöpft und unsozial, und sofort bereute sie, dass sie überhaupt angerufen hatte. Sie hätte das Ganze auch mit einer Textnachricht erledigen können, genauso wie bei Saga. Vilja räusperte sich.

»Nur eine kleine Bitte. Könntest du mir eine Telefonnummer heraussuchen? In meiner Berliner Wohnung hier hab ich kein Internet.«

Anni lachte.

»Das berühmte Vorreiterland der Digitalisierung. Ja, na klar. Sag mir nur, welche.«

Vilja nannte den Namen Hannu Aarnio und die Arbeitsstelle, und Anni gab die Nummer rasch in ihren Computer ein, ohne weitere Fragen zu stellen.

»Danke«, sagte Vilja.
Einen Augenblick lang verharrten beide schweigend, als warteten sie darauf, dass die andere etwas sagte. Schließlich tat Anni den Mund auf.
»Du weißt doch, dass du, wenn du darüber sprechen willst, worum auch immer es geht, mich jederzeit anrufen kannst.«
Vilja presste die Finger der rechten Hand gegen die Stirn. Die Kopfschmerzen wurden allmählich unerträglich, sie pochten unter der Schädeldecke, als bearbeitete jemand mit einem Vorschlaghammer den Knochen.
»Ja, klar. Vielen Dank.«
»Ist alles in Ordnung?«
»Ja, alles gut.«
Vor sich sah sie Annis Gesicht, die Falte auf der Stirn zwischen ihren Augenbrauen, den besorgten Blick. In diesem Moment empfand sie die Vorstellung als anstrengend.
»Du weißt wahrscheinlich noch nicht, wann du zurückkommst? Nicht, dass es irgendwas Dringendes gäbe, ich hab nur so gedacht. Dass wir uns darauf einstellen können, falls es länger dauert.«
Sie verstand, dass Anni sich Fragen ausdachte, irgendwelche, um die verlegene Stille zu überspielen, aber die Frage hatte auch ihre Berechtigung. Als Geschäftsführerin der Zeitung *Brand* musste Anni natürlich wissen, wann die Mitarbeiter im Büro anwesend sein würden und wann nicht, und Vilja hatte sich freigenommen, ohne genauer sagen zu können, wann sie zurückkommen würde. Für die Redaktion wäre es schwierig geworden, wenn Maria, die bewährte Vertretung, die sie schon oft gerettet hatte, nicht auf unbestimmte Zeit für Vilja hätte einspringen können. Vilja sagte, sie wisse den genauen Termin ihrer Rückkehr

noch nicht, dass sie aber Bescheid geben werde, sobald »der Zeitplan genauer festlag«. Das Gefühl war ungewöhnlich klar: Sie wollte nicht, dass ihre Arbeitskollegen, nicht einmal die ihr am nächsten stehende Anni, erfuhren, was sie in Berlin machte. Falls sie annahmen, dass die Sache offizieller als in Wirklichkeit war, wäre das Vilja nur recht, und sie hatte sich mit kleinen unklaren Nachrichten darum bemüht, dass die Kollegen annahmen, es gehe bei der Reise um die offizielle Klärung von Angelegenheiten, die mit dem Aufenthalt ihres Vaters vor Jahren in Deutschland zusammenhingen. Sie hatte keine Lust, Fragen zu beantworten, nicht jetzt, noch nicht, wenn überhaupt jemals.
Vilja beendete das Gespräch, indem sie versprach, sich bald wieder zu melden, bedankte sich für die Hilfe und wählte gleich die neue Nummer. Sie ließ das Telefon klingeln, bis es abbrach, wählte die Nummer erneut, traf Aarnio aber immer noch nicht an. Sie schrieb eine SMS, bat um Rückruf, schluckte dann zwei Schmerztabletten und schlief schließlich auf dem Sofa ein, die raue Oberfläche der Schlafdecke an der Wange.

Sie erwachte vom Morgenlicht, stand auf und schleppte sich in die Küche, füllte Kaffeepulver in den Filter der Espressomaschine und ließ Wasser in den Behälter laufen, schaltete die Herdplatte ein und erschrak, als das Telefon klingelte.
Vilja setzte sich auf die Couch und hielt sich den Hörer ans Ohr. Aarnios Stimme war lebhaft, das passte nicht zu dem Mann mit der schlaffen Haltung und dem müde Gesicht, den sie bei der Beerdigung erlebt hatte.
»Viele Grüße aus Ungarn! Bin hier auf Recherchereise. Und konnte nicht eher zurückrufen.«

Vilja stand langsam auf und nahm einen Schluck aus dem Glas, das sie auf dem Sofatisch vergessen hatte. Die Morgenmüdigkeit war wie weggeblasen.
»Vielen Dank für die schnelle Rückmeldung.«
»Aber na klar doch, na klar doch.«
Vilja räusperte sich.
»Es geht um meinen Vater. Ich möchte dich etwas fragen.«
»Leg los.«
Hinter Aarnios Stimme hörte Vilja den Verkehrslärm, und aus der Ferne war das Signal eines Rettungswagens zu hören. Sie erzählte von dem Stapel Briefe, den sie gefunden hatte, von dem Briefwechsel, der Jahre gedauert und den ihr Vater mit einer ihr unbekannten Person geführt hatte, und dass sie nach Berlin gekommen sei, um herauszufinden, wer das gewesen war.
»Aus den Briefen geht hervor, dass Vater in Berlin seine Briefe an eine Person schickte, die sie dann an die eigentliche Empfängerin weiterleitete. In dem Brief ist von einem *Zentrum* die Rede. Kann das Wort das Pressezentrum bedeuten, wo ihr gearbeitet habt? Hat Vater dich jemals gebeten, für jemanden als Mittelsperson tätig zu werden? Und wenn nicht, weißt du, wen er gebeten haben könnte, das zu tun?«
Aarnios Antwort war sicherer und schneller, als Vilja erwartet hatte.
»Ja, ja, er hat mich gebeten. Ich habe damals viele Briefe von deinem Vater weitergeleitet.«
Vilja richtete sich auf.
»So? Und an wen? Und wann?«
Aarnio ließ einen langen, knarrenden Laut hören, der verriet, dass er in seinem Gedächtnis kramte.
»Das muss sehr bald nach eurer Rückkehr nach Finnland

gewesen sein. Vielleicht zwei Jahre lang, dann und wann, manchmal sehr häufig, manchmal seltener. Die Briefe wurden von einer Frau abgeholt, immer von derselben. Markus schickte mir die Briefe zusammen mit der Dienstpost, und ich gab sie dann weiter.«

Vilja spürte, wie ihr Puls sich beschleunigte.

»Weißt du noch, wer die Frau war, die die Briefe holte? Kanntest du ihren Namen?«

Bei Aarnio fuhr ein Bus oder ein Lkw vorbei, der Motor röhrte im Hörer so laut, dass Vilja ihn vom Ohr nehmen musste.

»Das weiß ich nicht. Sie holte nur die Briefe ab und bedankte sich kurz und sachlich. Wir haben uns nie miteinander bekannt gemacht. Nach meiner Auffassung waren die Briefe nicht an sie gerichtet. Ich hab das so verstanden, dass die Frau die Briefe an jemand anders weitergab.«

Vilja hob die Brauen.

»Woraus schließt du das?«

»Tja, eine berechtigte Frage. Das kann ich eigentlich nicht sagen«, erklärte Aarnio und fuhr fort: »Eigentlich wusste ich nur, dass Markus über ein sensibles Thema Briefwechsel führte. Ich vermutete, dass er Informationen von einer geheimen Quelle bekam. Über etwas, das für *Die Kraft des Volkes* wohl von Nutzen war. Ich weiß es nicht, ich war nur als Mittelsmann tätig, das war eine Art Freundschaftsdienst. Ich hab nicht gefragt, worum es ging. Mein Gedanke war auch, dass, wenn es um etwas ging, das für die *Kraft des Volkes* von Bedeutung war, es für mich als Redakteur des *Tageblatts* besser war, nichts davon zu wissen. Aber ich wollte Markus helfen. Er war mein Freund, und es schien, als sei die Sache wichtig.«

Aarnio schwieg einen Moment und fuhr dann fort:

»Das hat in der Welt von heute wohl keine Bedeutung mehr, dass ich dir diese Dinge erzähle. Zumal du die Briefe schon hast. Da musst du sowieso schon mehr wissen als ich.«
Vilja schwieg ein Weilchen.
»Vater hat also gesagt, dass die Briefe mit seiner Arbeit zu tun hätten. Was glaubst du, mit was für Angelegenheiten könnten sie zu tun gehabt haben?«
Vilja hörte, dass Aarnio seufzte.
»Markus war mein Freund. Mein guter Freund. Und trotzdem hat er nicht mit mir darüber gesprochen. Das war üblich. Den Mund zu halten. Jeder traf seine eigenen Entscheidungen, was es auch war. Es waren persönliche Entscheidungen, von denen selbst die nächsten Angehörigen nicht immer wussten. Vermutlich. Und damals hab auch ich angenommen, dass es um so etwas ging.«
Vilja runzelte die Stirn.
»Worum also?«
»Na, vermutlich um dasselbe, was auch du denkst. Du vermutest, dass dein Vater Agent war, ein Agent der Stasi. Ist es nicht das, was du auch vermutest?«
Einen Augenblick lang überschlugen sich die Gedanken in Viljas Kopf. Mit Mühe schaffte sie es, ihre Verwirrung hinunterzuschlucken, und fragte:
»Na, war er das? Deiner Ansicht nach.«
Aarnio lachte leise.
»Diesen Verdacht hatte ich damals, aber jetzt bin ich mir nicht mehr sicher. Das wäre doch wohl schon aus irgendeinem Archiv hervorgegangen. Oder auch nicht. Ein Teil der Unterlagen konnte nach der Wiedervereinigung ja vernichtet werden, bevor die Archive geöffnet wurden. Ich weiß es wirklich nicht, wir haben nie darüber gesprochen.«
Aarnio räusperte sich laut ins Telefon.

»Wozu spürst du diesen Dingen nach?«
Einen Augenblick lang überlegte Vilja ihre Antwort.
»Ich glaube, der Empfänger oder die Empfängerin des Briefes stand Vater näher als lediglich eine Quelle. Ich glaube, Vater wollte, dass die Person erfuhr, dass er tot ist.«
Aarnio schwieg einen Augenblick.
»Die Beerdigung war schön.«
»Ja.«
Vilja trat ans Fenster, zog die Lüftungsklappe auf und sog die kalte, raue Luft in die Lungen ein. Der Hintergrundlärm bei Aarnio war leiser geworden, ebenso seine Stimme.
»Ist dir von der Frau irgendetwas in Erinnerung geblieben? Wie würdest du sie beschreiben?«
Aarnio seufzte tief.
»Das ist so lange her ... Dunkles, ziemlich langes Haar, sie selbst hochgewachsen. Ziemlich attraktiv. Viel mehr kann ich nicht sagen. Ob dir das nun weiterhilft?«
Vilja versicherte Aarnio, dass das der Fall sei, und sagte dann:
»Eigentlich habe ich nur noch eine Frage: Sagt dir das Wort Patrone etwas?«
»Patrone?«, wiederholte Aarnio.
»Ja.«
Einen Augenblick lang war es still im Hörer. Gerade, als Vilja prüfen wollte, ob das Gespräch unterbrochen worden war, brach Aarnio das Schweigen.
»Markus und ich haben oft herumgeulkt. Einmal überlegten wir beim Bier, welches Pseudonym wir wählen würden, wenn wir als Agenten tätig wären. Markus schlug für mich als Namen Patrone vor, den fand er treffend.«
Das Blut rauschte Vilja in den Ohren.
»Warum?«

»Seiner Meinung nach beschrieb mich das, symbolisch. Patronen, die in Schusswaffen verwendet werden, bestehen aus Projektil, Treibmittel, Hülse und Anzündhütchen. Nach Markus' Ansicht war ich als Journalist wie eine Patrone, wie deren Spitze.«
»Also tödlich?«
Aarnio lachte.
»Vielleicht. Markus hat sich auch einen Namen für sich selbst ausgedacht.«
Vilja unterbrach Aarnio, bevor dieser noch etwas sagen konnte.
»Lass mich raten. Erich.«

Nach dem Ende des Gesprächs starrte Vilja auf die Straße hinaus. An den Straßenrändern war Schneebrei aufgetürmt. Die Klarheit, die sich über der Stadt gezeigt hatte, war verschwunden, und das Grau, das sich an ihrer Stelle ausgebreitet hatte, war fahl, so fahl, dachte sie, dass sie die Landschaft jeden Moment durchsichtig werden lassen konnte. Zugleich bemerkte sie: In der Gertraudenstraße gab es keine Weihnachtsbeleuchtung. Es gab nur den winterlichen Regen, den ewigen Regen, der dann und wann zu Schneeregen wurde, zu herabfallenden Flatschen, die die Kinder, die Popelinemäntel aus Wolle trugen und viel zu sommerliche Schuhe, mit der Zunge erhaschen wollten. Und da am Fenster erinnerte sie sich stärker denn je gerade an die Lichter, die damals zwischen den Straßenlaternen hängenden Lichterketten, die nicht mehr da waren, und – so verstand sie – es konnte sein, dass sie ohne ihr Wissen schon seit über zwanzig Jahren nicht mehr da gewesen waren.

Berlin, 15. August 1989

Ich schlief ein mit dem Mädchen auf meiner Haut. Und stellte mir vor, dass sie dicht neben mir lag wie im Norden, meine Arme streichelnd wie dort, wie damals, wie damals dort vor langer Zeit. Und ich stellte mir das Leben vor, das ich so sehr erwarte – das Leben, das immer noch auf sich warten lässt.
Ich und du und das Mädchen. Ich ließ den Schlaf kommen.
Da lag ich und ließ den Traum sich an mich klammern.
Beim Erwachen hatte ich gut geschlafen, wollte dir das mitteilen, aber als ich die Augen öffnete, war das Bett leer.
Natürlich war das ein Traum gewesen, eine Illusion, nichts als ein unerfüllter Traum, in dem du und das Mädchen neben mir lagt und ich von ihren unruhigen Bewegungen erwachte, dem Zähneknirschen, ich legte die Hand auf ihre Brust, und sie beruhigte sich, ich zog ihren kleinen, warmen Körper näher zu mir heran, und schnell war alles klar, hell und klar. Bis ich mich erinnerte.
Ich zog das Kissen zu mir heran, drückte es in meine Arme und stellte mir vor, dass das Kind mir ins Ohr flüsterte:
»Mutti, du duftest ganz nach dir.«
Bald ist es Herbst. Noch ist es warm, aber bald kommen die Kühle und das Dunkel, das spüre ich in den Knochen.
Schon der dritte Herbst. Schon der dritte Herbst ohne euch.
Dies muss der letzte sein. Das Warten ist kein Freund.
Das Warten ist Marter und Pein und Leiden und Qual, und ich will stattdessen euch haben. Bitte, Erich: Beeil dich!
Denn vor uns liegt all das, was wir so sehr erstrebt haben, vor uns liegt all die Liebe, für die wir uns aufgespart haben.
Sie wächst in mir, sie erstickt mich, sie macht, dass alles stillsteht, bis ihr eines Tages hier seid und ich endlich die

Erwartung loslassen kann, loslassen und leben, für dich und für sie, für euch, für uns.
Eile, mein Liebster. Ich verspreche dir, dass du diesen Entschluss niemals bereuen wirst.

Deine Margot

1983

Der Zirkus begann um sieben Uhr fünfundvierzig.
Es war ein klarer und kalter Morgen.
Der 24. Dezember.
Rosa lehnte sich gegen den Rahmen der Küchentür, stürzte ein Glas Wasser hinunter und sah zu, wie Markus Wasser, Milch, Reis und Salz in den Kochtopf gab. Matias vergnügte sich beim Tannenbaum, und Vilja war ihm immer im Weg, und jedes Mal, wenn ein Ärmel des Nachthemds oder eine Hand oder der Rücken der Kinder die Zweige traf, rieselten Nadeln vom Tannenbaum und bildeten zufällige Formationen.
Rosa runzelte die Stirn.
Verflixt, dachte sie, sie hatten vergessen, in den Baumständer Wasser zu gießen.
Sie ließ die Kanne volllaufen und begoss den angetrockneten Baum. Dann ließ sie den Blick durchs Zimmer schweifen, als hätte sie noch etwas anderes zu gießen vergessen haben können. Vilja plapperte ihrem Bruder etwas vor, wobei sie mit dem Kopf wackelte und mit den Armen fuchtelte, aber Matias konzentrierte sich jetzt anstatt auf die Tanne auf den Haufen von Bauklötzern, den er mitten auf den Fußboden gekippt hatte. Rot, blau, grün, gelb, so stapelte das Kind die Bauklötze aufeinander. Rosa starrte auf die Fußleiste, ohne zu verstehen, was sie da eigentlich ansah.
Sie hatte die halbe Nacht auf dem Sofa in halb sitzender

Stellung dahingedämmert mit Matias auf dem Schoß, der immer wieder wach geworden war. Der Husten des Kindes war dumpf geworden, hatte sich immer tiefer in den Lungen festgesetzt. Rosa hatte ihn löffelweise mit Honig gefüttert, ihm die Brust massiert, Milch gekocht und den Jungen die letzten Reste von Milch aus ihren Brüsten saugen lassen. Gegen Morgen hatte sich der Hustenanfall, der fast zwei Stunden gedauert hatte, endlich beruhigt, und Rosa und Matias waren Arm in Arm auf dem Sofa eingeschlafen, und von ihrem Gewicht waren die Kissen auf den Armlehnen immer noch platt gedrückt. Mit der leeren Wasserkanne in der Hand setzte Rosa sich an dieselbe Stelle.

Markus hatte den Reisbrei aufgesetzt, und Rosa bemerkte, dass er nach einer neuen Beschäftigung suchte. Feiertage machten Markus unruhig, es war, als müsste er all seine Willenskraft aufbringen, um keine richtige Arbeit zu machen, nicht wenigstens eine kleine Kolumne oder eine Glosse zu schreiben oder aus den Zeitungen mit seiner langen Papierschere Artikel für sein Archiv auszuschneiden. Plötzlich ärgerte diese Beobachtung Rosa ganz maßlos: Ihr fiel es nicht so schwer, die eigene Arbeit beiseitezuschieben, es war eher eine von der Not diktierte Unvermeidlichkeit, an die man sich gewöhnte, ohne Symptome zu zeigen, wie zum Teufel konnte dasselbe *für einen Mann* so schwierig sein. In einem plötzlichen Anfall von Wut hörte sie, wie sie Markus anschnauzte:

»Hier könnte man zum Beispiel Staub saugen, starr doch nicht so vor dich hin, als wüsstest du nicht, was es zu tun gibt.«

Markus schnitt eine Grimasse, dann lächelte er plötzlich, als hätte Rosa einen Witz erzählt. Er schlenderte heiter zum Plattenspieler, legte eine Platte auf und setzte die Nadel darauf. Die Klänge des Vorspiels von Kesselpauken, Trompeten und Streichern erfüllten die Wohnung, der Chor setzte ein. Rosa erkannte die Kantate, wie oft hatte doch Markus oder die Mutter sie ihr vorgespielt. Die pathetischen Klänge des *Weihnachtsoratoriums* – ohne sie gab es kein Weihnachten, während dann, wenn sie erschallten, der Weihnachtsabend nur gelingen konnte, dachte Rosa, und im Nu war ihr Ärger verschwunden. Sie ließ sich der Länge lang aufs Sofa fallen, ihr Kopf versank im Kissen, die Augen waren geschlossen, aus den Lautsprechern drang ihr die Arie des Alts in die Ohren, ihr folgte ein Choral, und irgendwo zwischen Trommeln und Bläsern und Streichern hörte Rosa die Stimmen der Kinder und von Markus. Der war in die Küche zurückgekehrt, um abzuwaschen, und Rosa spürte, wie die schwere Hand der Müdigkeit sie auf die andere Seite des Bewusstseins drückte. Unmittelbar vor dem Einschlafen erreichte sie der Gedanke: Für einen religionslosen Mann hatte Markus ein erstaunlich enges Verhältnis zur Kirchenmusik.

Rosa erwachte vom Klingeln des Telefons und wusste zunächst gar nicht, wo sie sich befand, dann begriff sie, dass das Telefon der Wohnung zum ersten Mal klingelte. Einen Augenblick lang horchte sie auf den Ton, als könnte sie spüren, wer da anrief, aber schließlich trottete sie vom Sofa zum Bücherregal und nahm den Hörer ab.
»Hallo?«
»Rosa?«
Elsas Stimme war unsicher so wie immer. Rosa hob den Blick und verlor für einen Moment ihre Sprechfähigkeit: Hinter der Durchreiche zur Küche standen drei Teller mit

Resten von Reisbrei auf den Rändern. Sie begriff, dass sie geschlafen hatte, ohne davon aufzuwachen, dass nur wenige Meter von ihr entfernt Markus die Kinder gefüttert und sie angezogen hatte und – da die Wohnung, abgesehen von der Schwiegermutter, die ihr ins Ohr schnaufte, vollkommen still war – nach allem zu schließen mit ihnen hinausgegangen war.

»Rosa? Ist da Rosa Siltanen?«, rief Elsas Stimme am anderen Ende der Leitung.

Einen Augenblick lang hätte Rosa am liebsten den Hörer aufgelegt, den Stecker aus der Wand gezogen und die Gelegenheit genutzt, weiterzuschlafen. Es war Wochen her, dass Rosa zuletzt mit ihrer Schwiegermutter gesprochen hatte, und sie hätte sich wahrhaftig nicht gewünscht, dass das nächste Mal gerade jetzt sein würde, wo sie noch gar nicht richtig wach war und noch keinen klaren Gedanken fassen konnte.

»Na, grüß dich«, sagte sie trotzdem.

»Also das Telefon funktioniert auch bei euch dort.«

»Ja, natürlich. Warum sollte es nicht funktionieren, im Musterland des Sozialismus.«

»Ja, ja.«

Das Gespräch hatte sofort den altbekannten Ton angenommen, von dem Rosa wusste, dass er sich zu einem Streit auswachsen würde, wenn sie das Gespräch nicht sofort beendete: Die bürgerlichen Schwiegereltern lehnten alles ab, was mit dem Sozialismus zu tun hatte, aber jetzt, am Weihnachtsabend, ideologische Widersprüche zu diskutieren, würde nur ihre eigenen Nerven strapazieren und vielleicht die Feststimmung verderben. Sie erinnerte sich nur allzu gut an den letzten Streit. Im November, nur wenige Wochen vor ihrem Umzug nach Berlin, war es Aatos

zu Ohren gekommen, dass *Die Kraft des Volkes* am Werktor von Wärtsilä an die Beschäftigten verteilt wurde. Jedem, der zur Arbeit kam, war eine Ausgabe der Zeitung in die Hand gedrückt worden, vielleicht auch noch weiteres Parteimaterial, was Aatos wie eine Art Sakrileg, ja, fast wie eine kriminelle Handlung erschienen war, für die sein Sohn, der Redaktionschef der *Kraft des Volkes*, auf die eine oder andere Weise verantwortlich sein musste. Markus hatte einen wütenden Anruf von seinem Vater bekommen, und der ideelle Kampf war am darauffolgenden Sonntag beim Mittagessen der Familie noch fortgesetzt worden. Rosa hatte keine Lust gehabt, sich daran zu beteiligen, nicht jetzt und auch nicht später, sie hielt sich lieber fern sowohl von ihren Schwiegereltern als auch von deren politischen Meinungen, im Kreise der eigenen Leute war es bedeutend angenehmer. Sie hörte, wie Aatos hinter Elsa etwas brabbelte, nahm die Zigarettenschachtel und die Streichhölzer vom Bücherregal, zündete sich eine an und nahm einen tiefen Zug.
»Wir wollten nur anrufen und euch schöne Weihnachten wünschen«, sagte Elsa, und Rosa drängte sich der Gedanke auf, dass die Schwiegermutter genauso klang wie immer, wie eine alte, neurotische und abgeschlaffte Frau, deren Wochenhöhepunkt es war, einen Sonntagsspaziergang zum Friedhof zu machen, zum *künftigen Grundstück*.
»Na, danke schön. Wir hier fangen gerade erst an zu feiern. Beziehungsweise ich. Markus ist mit den Kindern draußen, und ich bereite alles vor.«
Rosa hörte, wie Elsa den Hörer besser ans Ohr legte, der Perlohrring klirrte gegen harten Kunststoff.
»Ahaa, ahaa. Na, habt ihr da einen Tannenbaum?«
»Na klar, und zwar einen schönen. Vilja und ich haben ihn zusammen geschmückt.«

»Ach, das ist ja schön, das ist ja schön. Und wie ist es mit dem Schinken?«
»Ja freilich doch, na klar.«
»Aber geschneit hat es dort wohl nicht?«
Rosa tat einen Zug.
»Ja, Schnee haben wir nicht. Nein. Es regnet. Aber nicht heute. Aber sonst.«
Geräuschvoll blies sie den Rauch in die Luft.
»Tjaa«, schmatzte Elsa.
»Ja.«
Einen Moment schwiegen sie.
»Vielleicht machen wir Schluss, sonst wird es so teuer«, sagte Elsa.
Rosa verdrehte die Augen und wünschte, die Schwiegermutter könnte es sehen.
»Wir können euch ja am Abend anrufen, wenn die Kinder und Markus da sind. Matias würde bestimmt gern ein paar Worte mit dem Opa wechseln.«
»Na ja, machen wir es so. Euch dann also weiterhin einen schönen Weihnachtsabend.«
Rosa verabschiedete sich und legte den Hörer auf, bevor Elsa noch etwas sagen konnte. Dann zog sie demonstrativ Nachthemd und Slip aus und ließ sie zu Boden fallen, kratzte sich kurz die Schamhaare und ging dann unter die heiße Dusche.

Rosa teilte sich selbst mit, dass kühle Luft erfrischend sei, und als sie aus dem Haus auf die regnerische Fischerinsel trat, war der Gedanke auch klar. Der Beschluss war klein und bedeutungslos, aber er gab ihr die Illusion von Eigenständigkeit, von einem selbstständigen Leben, in dem sie nach eigenen Wünschen, Hoffnungen und Bedürfnissen

Entschlüsse fasste: Sie würde einen kleinen Spaziergang machen, weil sie es so wollte. Sie würde ein neues Stadtviertel sehen oder zwei, würde den Entgegenkommenden zulächeln und zur Antwort freundliche Weihnachtswünsche bekommen, sich die Bäckereien und Gemüseläden und die Namen der Straßen merken und erst dann nach Hause zurückkehren und die Weihnachtsmahlzeit fertig machen. Bis vier Uhr würde die ganze Familie beim Abendessen sitzen, schwuppdiwupp, dann würden die Geschenke verteilt werden und die Kinder vor Freude kreischen, und das alles würde genau nach diesem Plan ablaufen, den sie hier und jetzt entwarf.
Entschlossen knöpfte Rosa ihren Mantel zu, wickelte sich den Schal fester um den Hals und schritt los in Richtung Fluss und die ihn überspannende Brücke. Sie war gerade an der Hausecke vorbeigekommen, als eine Stimme ertönte. Sie war schrill und laut und drückte Not und Angst aus. Rosa blieb stehen, drehte sich um, dann folgte auf die Stimme eine andere, ebenso laute, aber diesmal kam der Schrei offenkundig von einem Menschen. Von oben, erkannte Rosa, richtete den Blick zum Himmel und sah, wie etwas wie ein Kreisel zu Boden fiel. All das geschah in einem Augenblick: Sie verstand, dass vier kleine Beine hin und her zappelten bei dem Versuch, sich irgendwo festzuhalten, was es auch war, die Fenster schwirrten vorüber, die schreckliche miauende Stimme wurde lauter, sodass es ihr kalt den Rücken hinunterlief, und dann plumpste das miauende Etwas zu Boden. Rosa stieß einen Schrei aus, sie wich ein oder zwei Schritte zurück, schnappte einen Moment nach Luft, ohne zu begreifen, was da am Boden lag. Dann schalteten sich Bewusstsein und Verständnis zusammen: Auf der Straße, nur ein paar Meter entfernt, an

der Stelle, wo sie eben noch ihren Mantel zugeknöpft hatte, zappelte eine herabgefallene Katze. Das Rückgrat des vom Himmel gefallenen Tieres zeichnete sich, offensichtlich verzogen, unter dem glatten Fell ab, und aus Maul und Nase sprudelte langsam Blut hervor. Das leidende Wesen ließ ein mattes, gequältes Heulen hören.
Rosa hörte sich keuchen. Sie hob den Blick, als hoffte sie, dass sich eine helfende Hand aus derselben Richtung ausstrecken würde, aus der die Katze herabgefallen war. Doch es war niemand zu sehen und nichts zu hören. Mit heftig klopfendem Herzen trat sie neben das Tier.
Es war klein, fast noch ein Junges, sein Atem ging schwer und mühsam. Aus der Nähe sah Rosa immer deutlicher, dass die Wirbelsäule gebrochen war und verkrümmt unter der Felldecke hervorstand.
Ein Gefühl von Übelkeit lief durch Rosas Körper.
»Oh verdammt«, brach es aus ihr hervor.
Die grauen Augen der Katze starrten ins Leere. Augenwinkel und Zahnfleisch zuckten, die Schnurrhaare bebten, unter dem Fell bebte der kleine Körper vor Schmerzen oder vor Angst oder vor beidem. Rosa atmete tief durch. Das Tier würde nie wieder gesund werden. Rosa presste die Faust gegen die Zähne und ließ sie tief in den Handrücken eindringen. Sie konnte es doch nicht zulassen, dass das Katzenjunge so leiden musste. Rosa schloss fest die Augen, dachte an die Geschichten aus ihrer Kindheit von Katzenjungen, die zusammen mit großen Steinen in einen Pappkarton gesteckt und in den Fluss geworfen wurden. Mit energischen Bewegungen stand sie auf. In einer Hundertstelsekunde fasste sie ihren Entschluss. Rasch, um sicherzustellen, dass sie sich von der ihr zugefallenen Henkersrolle nicht doch noch zurückzog, hob sie den rechten

Fuß und trat zu. Das Krachen des zertrümmerten Schädels breitete sich von ihrer Fußsohle in die Wade, in den Schenkel und in den ganzen Körper aus, und Rosa schrie laut auf. Sie wollte nicht sehen, was sie da angerichtet hatte und wie ihre Schuhe aussahen, sondern nahm mit raschen Bewegungen ihren Schal vom Hals und legte ihn über den Katzenkadaver, danach atmete sie tief ein.

Rosa wusste nicht sicher, wie viel Zeit seit dem Fußtritt vergangen war, als sie hörte, dass die Tür ging und sich Schritte näherten. Sie wandte sich um. Aus der Tür war eine Frau herausgetreten, die etwa so alt war wie sie selbst. Rosa drehte sich um. Ihr Gesicht glänzte wachsartig, die Wangen glühten rot, ihr Blick war irgendwie verwirrt. Rosa wischte eilig ihre Schuhsohle am Boden ab.

»Nein nein nein nein nein!«

Die Frau trat aus der Tür auf die Straße, als hätte sie Rosa gar nicht bemerkt, ständig wiederholte sie ein und dasselbe Wort, ihr Blick suchte etwas am Boden. Rosa trat einen Schritt beiseite. Die Frau bemerkte das Bündel, sie atmete heftig.

»War das deine?«, fragte Rosa vorsichtig. »Die Katze. Die heruntergefallen ist.«

Den Blick fest auf das Bündel gerichtet, trat die Frau näher, aber Rosa stellte sich wieder vor die Katze.

»Ich würde dir das nicht empfehlen, es war kein schöner Anblick. Ich hab gesehen, wie sie herabfiel, sie war sofort tot. Ich hab sie mit dem Schal zugedeckt, damit niemand ...«

Die Frau hob die Hand vor den Mund und klagte.

»*Scheiße, Scheiße, Scheiße.*«

Rosa wusste nicht, was sie sagen sollte.

»Das war die Katze meiner Mutter. *Die Katze meiner Mutter.*«

Aus ihrer Stimme klang die Verzweiflung. Rosa sah die

Frau an, die so wirkte, als würde sie jeden Moment kraftlos zu Boden sinken.
»Es tut mir schrecklich leid«, sagte Rosa.
Die Frau schüttelte ungläubig den Kopf. Rosa nahm aus ihrer Manteltasche ein Taschentuch und reichte es der Frau.
»Man muss sie sicherlich von hier fortbringen. Sie liegt ja mitten auf dem Bürgersteig.«
Die Frau nickte, schniefte, versuchte mit aller Kraft, sich zusammenzureißen, aber zitterte von einem Augenblick zum andern immer mehr und mehr.
»Ich begreife nicht, wie zum Teufel sie es auf das Fensterbrett geschafft hat. Dumme Katze. Ich hätte nicht geglaubt, dass sie das könnte, und hab das Fenster offen gelassen. In der obersten Etage! Dummes Viech! Mist!«
Jetzt sah die Frau Rosa zum ersten Mal an, und in ihren Augen lag Verzweiflung.
»Und jetzt liegt sie hier als Kadaver mitten auf der Straße. Was soll ich machen? Was soll ich damit machen?«
Rosa starrte die Frau an und konnte einen Augenblick lang nichts sagen. Sie sah, wie der Frau die Tränen in die Augen traten, und begriff, dass sie kurz vor einem Zusammenbruch stand.
»Komm, ich helf dir.«
Um zu vermeiden, dass die Frau erkannte, dass Rosa der Katze den Schädel zermalmt hatte, bückte sie sich und ergriff den kleinen Katzenkadaver, umwickelte mit dem Schal, der den Körper bedeckt hatte, das ganze Tier und achtete sorgfältig darauf, dass der Kopf nicht hervorragte. Rosa stand auf und ging los, durch den Stoff hindurch fühlte der Tierkörper sich noch warm an, war aber schlaff, klein und doch so schwer. Die Frau folgte der Ausländerin,

die sie erst vor zwei Minuten getroffen hatte, wie ein verirrtes Kind. Am Rande des Flusses legte Rosa das Bündel neben einem Busch auf den Boden und suchte die Umgebung mit den Augen ab.
»Wir brauchen einen möglichst großen Stein. Wärst du so gut, einen großen Stein zu suchen?«
Die Frau gehorchte wie ein Roboter, ging mit raschen Schritten an den Büschen entlang und kehrte bald mit einem abgerundeten Stein zurück.
»Geht der?«, fragte sie.
Rosa nickte und öffnete das Bündel einen Spaltbreit, nahm all ihren Mut zusammen und schaute hinein, die Überreste der Katze – die in der blutigen Masse erkennbar waren – klebten an dem Schal fest. Rosa biss die Zähne zusammen, um den scheußlichen Anblick zu ertragen, drückte den Stein rasch auf die zerschmetterte Katze und verschnürte den Schal zu einem festen Paket. Die Frau folgte ihr zu dem eisernen Geländer vor dem Fluss. Rosa reichte ihr das Bündel.
»Vielleicht möchtest du ...«
Mit zitternden Händen ergriff die Frau das Bündel und verzog das Gesicht.
»Verdammte Scheiße. Verdammte, verdammte Scheiße.«
Tränen liefen ihr über die Wangen.
»Ach Mischa«, flüsterte sie.
Das Bündel plumpste hinab, und Katze, Stein und Schal versanken in dem trüben Wasser. Kurz darauf stiegen Blasen auf, aber bald schon beruhigte sich die Oberfläche, als wäre dort niemals etwas hineingefallen. Rosa blickte auf ihre Hände, überall klebte Blut.
»Ich muss mir die Hände waschen«, sagte sie und wandte sich zum Gehen, als die Frau sie beim Ärmel fasste.

»Hier lang, ich weiß, wo du sie abspülen kannst.«
Rosa folgte der Frau zu einer Pumpe am Rand des Spielplatzes, hielt die Hände darunter, und die Frau pumpte eiskaltes Wasser darauf.
»Danke«, sagte sie, während sie sich die Hände am Rücken ihres Mantels abtrocknete.
Ein mattes Lächeln erschien auf dem Gesicht der Frau, als wäre sie gerade aus einem Albtraum erwacht.
»Sei bedankt.«
Die Frau seufzte laut auf, und es schien Rosa, als sähe die Frau sie seit ihrer Begegnung zum ersten Mal direkt an.
»Ohne dich wäre ich mit dieser Geschichte nicht zurechtgekommen. Vielen Dank.«
Sie trat einen Schritt auf Rosa zu und streckte ihr die Hand entgegen.
»Ich bin Ute.«
Rosa ergriff die Hand.
»Rosa.«

Als die Uhr vier schlug, stand Rosa in der Küchentür und hielt Markus den Tellerstapel hin, legte Messer und Gabeln darauf und zuletzt noch die gefalteten Servietten.
»So. Jetzt nur noch das Essen auf den Tisch, und die Racker können essen.«
Sie stellten die vollen Schüsseln und Platten auf den Tisch und setzten sich, Markus neben Vilja und Rosa mit Matias auf die andere Seite des Tischs. Die Dämpfe der Weihnachtsaufläufe und der Kartoffeln, des Schinkens und des Wirsings und Rotkohls vermischten sich in der Luft. Rosa sog den Duft ein und schnurrte vor Wohlbehagen; sie hatte schon gewaltigen Hunger und spürte, dass ihre Hände zit-

terten, weil ihr Blutzuckergehalt stark gesunken war. Markus schenkte ein und hob dann sein Glas.
»Meine persönliche Meinung ist, dass Weihnachten das beste Fest des Klassenfeindes ist. Genießen wir es! Matias und Vilja, die Gläser hoch, jetzt stoßen wir an. *Prost!* Und fröhliche Weihnachten!«
Rosa lachte und stieß mit allen an.
»Fröhliche Weihnachten!«
»Fröhliche Weihnachten!« Matias schrie die Worte heraus, als könne er endlich der Begeisterung freien Lauf lassen, die er seit Stunden in sich aufgestaut hatte.
Vilja patschte mit den Händchen auf den Tischrand und veranstaltete ein lautstarkes Spektakel. Rosa tat den Kindern etwas von den Aufläufen, dem Schinken und den Erbsen auf die Teller, schnitt das Fleisch für Matias in kleine und für Vilja in noch kleinere Stücke und füllte dann für sich selbst eine Portion auf den Teller.
»Kinder, wisst ihr, warum überhaupt Weihnachten gefeiert wird?«, fragte Markus, den Mund voller Schinken.
Matias unterbrach für einen Moment die Bewegung seiner Gabel.
»Weil der Weihnachtsmann kommt.«
»Nein, sondern weil einst weit, weit von hier ein Baby geboren wurde, das Jesus hieß und das manche für Gottes Sohn halten.«
Matias starrte Markus an, er hatte im Nu seinen Hunger vergessen und dass vor ihm Essen stand.
»Ist Gott der Weihnachtsmann?«
»Nein, Gott ist nicht der Weihnachtsmann. Gott ist ein Märchenwesen. Eines, von dem manche glauben, er habe das ganze Weltall geschaffen.«
»Was ist das Weltall?«

»Das Weltall! Das, wo wir leben. Wo sich der Erdball und der Mond und alle Planeten befinden.«
Rosa ergriff Matias' Gabel, reichte sie dem Jungen, der weiteraß.
»Ist Gott der Vater des Weihnachtsmanns?«
»Nein, Gott ist nicht der Vater des Weihnachtsmanns.«
»Wer ist der Vater des Weihnachtsmanns?«
»Ja-a. Das ist eine gute Frage. Ich weiß es nicht.«
»Warum?«
Rosa und Markus lachten.
»Warum, warum. Einfach so.«

Nach dem Essen setzte sich Markus mit den Kindern neben das Telefon und rief einige Leute in Finnland an. Rosa räumte das Geschirr ab und zog sich in die Küche zurück. Das Essen war in ihren Bauch gesunken und schien alles durch den Körper strömende Blut mitzureißen und Raum zu schaffen für die Müdigkeit, die sich in ihre Glieder ergoss wie eine Welle, die sich aus dem Ozean erhob, sich bald zurückzog und Rosa für einen Augenblick ein Gefühl der Erleichterung und Munterkeit bescherte, sie dann aber rasch wieder in sich einsog. Das Letzte, was Rosa gerade jetzt vermisste, war die schnarrende Stimme der Schwiegermutter. Deshalb begab sie sich erleichtert in die Küche, wo sie ein Weilchen für sich sein konnte. Durch das rauschende Wasser und das Klappern des Geschirrs hindurch hörte sie, wie Matias ein kurzes Gespräch mit seinem Großvater führte und wie Markus seiner Mutter erzählte, wie es der Familie ging.
Sie hatte gerade das Geschirr eingeweicht und die Speisen ins Kalte gestellt, als Matias in die Küche gestürmt kam.

»Vati hat gehört, dass es an der Tür geklopft hat, komm, Mutter!«
Rosa lächelte über den Eifer des Jungen, trocknete sich die Hände ab und folgte Matias ins Wohnzimmer, wo sie sah, dass Markus das Spiel schon begonnen hatte. Sie und Markus hatten verabredet, dass er den Sack mit den Geschenken hinter der Wohnungstür verstecken sollte, während Matias telefonierte, danach würden sie ihn gemeinsam »finden«.
Markus schlich mit dem Zeigefinger vor dem Mund Richtung Flur, und Vilja folgte ihm gespannt. Rosa hatte sich bei Markus' Spielchen immer unbehaglich gefühlt und war auch jetzt verlegen, als sie vorgab, keine Ahnung zu haben von dem, was als Nächstes passieren würde, aber Viljas und Matias' gespannte Freude bewegte sie dazu, sich Mühe zu geben.
»Also, ich kann mich doch nicht verhört haben«, sagte Markus und öffnete weit die Tür, sodass auch die anderen es sehen konnten. »Der Weihnachtsmann war da!«
Markus half den Kindern, den großen Jutesack ins Wohnzimmer zu bringen, und verteilte die Aufgaben: Vilja durfte die Päckchen aus dem Sack nehmen, Rosa würde den Namen des Empfängers vorlesen und Matias das Päckchen dem Empfänger übergeben. Das erste Geschenk war für Vilja. Sofort vergaß sie ihre Aufgabe, weitere Päckchen aus dem Sack zu nehmen.
»Vilja darf das noch nicht öffnen!«, rief Matias seiner Schwester gereizt zu und stampfte mit dem Fuß.
»Vilja, zuerst werden alle Geschenke verteilt und dann erst geöffnet«, unterstützte ihn Rosa und versuchte, den Griff des Mädchens um das kleine, bunte Päckchen zu lösen, aber Markus stellte sich dazwischen.

»Na, das ist doch jetzt egal, soll sie doch ihr Päckchen öffnen.«
Markus' Art, die Kinder die Regeln brechen zu lassen, die von der ganzen Familie gemeinsam festgelegt worden waren, ärgerte Rosa, aber sie schluckte den Ärger hinunter und nahm Viljas Platz in der Geschenkverteilungskette ein.
»Na dann«, sagte sie und steckte an Viljas Stelle die Hand in den Sack, »das nächste Päckchen ist für Matias.«
Matias' Augen leuchteten auf, als er ein großes, rechteckiges Päckchen bekam, aber er schaffte es, das Papier nicht gleich aufzureißen.
»Na, anscheinend ist auch das nächste Päckchen für Matias«, sagte Rosa und reichte dem Jungen ein zweites Päckchen aus dem Sack.
Der Ärger, den Viljas Regelbruch ausgelöst hatte, war im Nu vergessen, Matias' Augen strahlten vor Freude, während er sich mit den Päckchen in seinem Schoß beschäftigte. Insgesamt bekam er sieben Geschenke, Vilja ebenso viele, Rosa und Markus je eines. Ihre gemeinsame Absprache war es gewesen, dass sie einander nichts kauften, aber wie jedes Jahr hatten beide den Vertrag gebrochen und je ein Geschenk besorgt. Rosa stellte ihres auf den Sofatisch, um noch abzuwarten, Markus wickelte seines sofort aus.
»Rosa«, sagte er beeindruckt und hob einen glänzenden Füllfederhalter hoch. »Danke.«
»Zum Schreiben der allerbesten Artikel«, sagte Rosa und lächelte.
In demselben Augenblick drängte Matias sich neben sie.
»Guck mal, Mutter!«, rief er begeistert, indem er aus dem einen seiner Päckchen eine Sammlung kleiner Autos hervorholte. »Hier ist ein Trabbi und ein Wartburg! Und eine Polizei!«

Rosa wusste, dass Markus die Autos in dem großen Kinderkaufhaus in der Leipziger Straße gekauft hatte, das an seinem Weg zur Arbeit lag. Das Kaufhaus, in dem es nur Artikel für Kinder gab, lag auf halbem Weg zwischen ihrer Wohnung und dem Pressezentrum, und bei einem einzigen Besuch dort hatte Markus die meisten Dinge bekommen, die sie den Kindern schenken wollten. Nur ein einziges Geschenk für die Kinder hatte Rosa besorgen müssen. Sie hatte Markus erklärt, dass sie das selbst kaufen wolle, hatte im Kaufhaus zwischen den Regalen gestanden, nach dem richtigen Geschenk gesucht und schließlich eines gefunden, von dem sie sicher war, dass Vilja es lieben würde. Sie sah das Kind an und schmunzelte insgeheim. Vilja zerrte das Geschenkband ab und zerriss das Papier mit den Zähnen, bekam ihre Päckchen aber nicht auf. Markus trat zu ihr und half. Aus dem ersten Päckchen kamen Puppenkleider zum Vorschein, ein braun-orange geblümtes Kleid und Höschen in demselben Farbton. Vilja starrte ihr Geschenk ernst an.
»Vielleicht gehören diese Sachen jemandem, der noch in seinem Päckchen wartet«, sagte Markus und wählte aus dem Haufen statt Vilja das nächste Päckchen aus, ein großes und hubbeliges.
Rosa musste lächeln. Ihr Geschenk. Sicherlich würde es Vilja gefallen. Aus der Verpackung schälte sich eine Puppe heraus, die fast ebenso groß war wie Vilja. Ihr dunkles Haar war kurz und lockig, ihre Haut schokoladenbraun, die Augen so groß wie bei einem Welpen. Das Mädchen starrte die Puppe an, ohne eine Miene zu verziehen.
»Die ist aber schön!«, sagte Markus. »Nicht wahr, Vilja?«
Aber das Gesicht des Mädchens hellte sich nicht auf.
»Vor der hab ich Angst«, sagte das Kind.

Rosa, die sich zwischen den Regalen des Kaufhauses schließlich im Namen der internationalen Erziehung für eine dunkelhäutige Puppe entschieden hatte, legte das Päckchen von Markus auf den Tisch und trat zu Vilja.
»Was redest du da für dummes Zeug, die ist doch wunderschön«, sagte sie, setzte sich auf den Fußboden neben Vilja und zog der Puppe das geblümte Kleid an. »Ich hätte sonst was getan, wenn ich in deinem Alter so eine bekommen hätte.«
Aber Vilja starrte die Puppe weiterhin mit finsterem Blick an.
»Die will ich nicht«, sagte sie.
Rosa zog der Puppe die Höschen an.
»Der Weihnachtsmann hat die extra für dich besorgt«, sagte sie. »Der Weihnachtsmann wird sich ärgern, wenn du an seinen Geschenken herummäkelst.«
»Hab Angst. Ich will sie nicht«, sagte Vilja noch einmal und gab der Babypuppe, die Rosa im Schoß hielt, einen Stoß.
Rosa wurde wütend.
»Vilja, das tut man nicht!«
»Doch«, sagte Vilja.
»Nein«, beharrte Rosa und sah dem Kind in die Augen. »Die schöne neue Puppe darf man nicht stoßen.«
Einen Augenblick lang sah Vilja die Puppe schweigend an, dann sagte sie:
»Nicht schön.«
Rosa seufzte laut.
»Doch. Schau doch mal, was sie für ein schönes Kleid anhat.«
Rosa hielt die Puppe vor Vilja hin. Deren Hände standen schräg nach unten ab, die leblosen Augen starrten in die Zimmerecke. Wieder seufzte Rosa und versuchte, ihre

eigene Enttäuschung zu verdrängen. Sie war überzeugt gewesen, das Kind würde die Puppe auf den ersten Blick lieben, und hatte vor sich gesehen, wie Vilja sie nach dem Auspacken ergreifen und sie nicht einmal im Schlaf loslassen würde. Die Puppe und Vilja würden unzertrennlich sein, sie würden zusammen baden und im Sandkasten spielen und durch Europa reisen, und wenn sie eines Tages nach Finnland zurückkehren müssten, wäre die Puppe das Erste, was Vilja einpacken würde. Das alles hatte Rosa als klares und glückliches Bild vor sich gesehen, und sie konnte nicht begreifen, warum sich das Kind der Puppe gegenüber feindselig verhielt. Wieso das Kind nicht all die Mühe sah, die Rosa für Vilja aufgewandt hatte, und keinerlei Dankbarkeit zeigte, dachte Rosa und spürte, wie die Müdigkeit wieder aus ihren Löchern hervorkroch.
Plötzlich erschien ihr alles zu schwer, ihre Glieder schmerzten, und es schwindelte sie. Sie beschloss, es noch einmal zu versuchen, drehte die Beine der Puppe in die Sitzposition und setzte sie so auf den Teppich.
»Vielleicht freundest du dich jetzt einen Augenblick mit dem Geschenk an. Später können wir uns gemeinsam einen Namen für sie ausdenken und ihr ein Bett machen und sie schlafen legen. Vielleicht ist die Puppe müde. Ein bisschen so wie Mutter, wirklich müde.«
Aber auch Vilja war jetzt wütend, ihre Augen funkelten, und ihre Wangen hatten sich gerötet.
»Nein!«, rief sie und versetzte der Puppe erneut einen Stoß, sodass sie auf den Rücken fiel.
Da verlor Rosa die Beherrschung.
Ihre Wut brach wie Schaum aus einem auf dem Herd vergessenen Topf mit Milch hervor, und sie hörte sich schreien. Keine Worte, nichts als einen lauten und zornigen Auf-

schrei, der aus den Tiefen ihres Inneren hervorbrach. Vilja fuhr zusammen und sah Rosa erschrocken an, kam aber rasch wieder zu sich und schrie zurück: »Ich will nicht!« Das drang Rosa schneidend in die Ohren, dahinter hörte sie Markus' appellierende Stimme. Er versuchte, einen Satz zu beginnen und den Streit zu beenden, noch ehe er begonnen hatte, doch das Spiel war schon verloren, die Müdigkeit hatte hungrig schon allzu lange nach Rosa gegriffen, und jetzt überwältigte sie sie. Rosa hatte alles getan, um den Weihnachtsabend für die Kinder schön zu gestalten, hatte stundenlang Essen gekocht und für das Mädchen ein Geschenk gesucht, das ihr mit Sicherheit gefallen würde, aber nichts war recht gewesen. Natürlich wusste sie, dass es das Klügste gewesen wäre aufzustehen, nichts erzwingen zu wollen, das Kind sich von selbst beruhigen zu lassen, vielleicht hätte es sich später für die Puppe interessiert. Doch der Aufruhr in ihrem Inneren ließ ihr keinen Raum, sich zu beruhigen, er hatte sie aufgesaugt, ihr die Möglichkeit, ihre Gelassenheit wiederzufinden, genommen wie ein klebriges, festes Spinnennetz, aus dem man vergeblich versuchte, sich freizustrampeln, es schloss sich dann nur noch fester, wickelte sich um Fußknöchel, Handgelenke und Hals und schluckten einen zuletzt gänzlich. Sie stand vom Fußboden auf und sagte:
»Jetzt reicht es. Du musst dich ein Weilchen abkühlen.«
Rosa nahm das Mädchen bei der Hand, aber Vilja riss sich los, Rosa ergriff erneut ihre Hand, diesmal fester, und dann zerrte sie das schreiende Kind hinter sich her ins Kinderzimmer.
»Jetzt kannst du ein Weilchen darüber nachdenken, wie man sich benimmt«, rief Rosa und schlug die Tür zu.
Viljas Weinen drang durch die Wand des Wohnzimmers

wie ein Bohrer durch die Eisdecke. Markus stand da und wusste nicht, was er tun sollte, und schließlich tat er das Einzige, was er konnte: Er ging zum Fenster und zündete sich eine Zigarette an. Er hörte, wie Rosa hinter seinem Rücken ins Zimmer zurückkehrte.

»Verdammt, dass sie aber auch für nichts dankbar sein kann«, sagte sie.

Markus wandte sich Rosa zu.

»Rosa, Vilja ist zwei Jahre alt, vielleicht ist die Puppe einfach …«, versuchte er es, aber Rosa unterbrach ihn.

»Das halte ich jetzt nicht aus. Sei still, wenn du mich bei dieser Erziehungsarbeit nicht unterstützen willst.«

Markus antwortete nicht. Er wusste, dass es nichts bringen würde, und seufzte stattdessen so leise er konnte, sog an seiner Zigarette und blies in die Lüftungsklappe den Rauch, seine Frustration und seine Unfähigkeit, den aus dem Nichts entstandenen Konflikt zu lösen, der gerade dabei war, das ganze Weihnachtsfest zu verderben. Er hatte oft genug erlebt, wie Rosa aufbrauste, um zu wissen, dass er die Situation nicht zu beruhigen vermochte, da half nur Abwarten, manchmal genügten zehn Minuten, manchmal verging ein ganzer Tag, und er besaß nicht die Mittel, um die Entspannung der Situation zu beschleunigen. Das Einzige, was er tun konnte, war, zu hoffen, dass die Situation sich bald wieder normalisierte.

Matias' Stimme riss Markus aus seinen Gedanken. Der Junge hatte still an seinem Platz gesessen und die letzten Päckchen aufgenestelt. Viljas Weinen erfüllte die ganze Wohnung, aber es war, als hätte der Junge das gar nicht bemerkt.

»Kuck mal, Mutter«, sagte er und hob mit strahlendem Lächeln den Karton mit dem Puzzlespiel hoch. »Da ist der Fernsehturm! Derselbe wie hier bei uns da draußen!«

Ein warmer Hauch durchfuhr Rosa, Markus konnte fast hören, wie er sie durchfuhr und auf ihrem Gesicht ein Lächeln erzeugte.
»Wie schön. Fein, dass er dir gefällt«, sagte Rosa.
Markus drückte die Zigarette aus, schloss die Lüftungsklappe und wandte sich um. Rosa war zu dem Jungen getreten und hatte sich neben ihn auf den Fußboden gesetzt und die Arme um ihn geschlungen, sie atmete seinen Duft ein und flüsterte mit geschlossenen Augen:
»Mutters Liebling. Fein, dass er dir gefällt.«

Etwas später hatte Rosa sich auf die Couch gelegt und beobachtete Markus' Bemühungen, den Abend zu retten. Nachdem er seine Zigarette aufgeraucht hatte, war Markus ins Kinderzimmer gegangen, und obwohl Rosa es nicht sah, wusste sie doch, was jenseits der Wand geschah: Markus nahm die vom Schluchzen geschüttelte Vilja auf den Arm und hielt sie so lange an die Brust gedrückt, bis sie aufhörte, nach Luft zu schnappen, und den Kopf gegen die Schulter des Vaters lehnte. Dann las er ihr in Ruhe ihr Lieblingsbuch *Vanttu macht, was ihm gefällt* vor. Danach trug er Vilja auf dem Arm ins Wohnzimmer und fing mit beiden Kindern zusammen an, das Puzzle, das Matias gerade geschenkt bekommen hatte, zusammenzusetzen. Rosa war zu müde, um Markus mitzuteilen, was sie über sein Tun dachte, nämlich dass die Tatsache, dass er zu dem Mädchen gegangen war und ihren Trotzanfall mit Nähe belohnt hatte, ihr künftiges Leben nur erschweren würde. Wenn das Kind nicht lernte, dass schlechtes Verhalten Folgen hat, würde es dasselbe später wiederholen, ein ums andere Mal, bis sie es mit einem Teenager zu tun haben würden, der keine Grenzen kannte, einem pubertierenden Mädchen, das gegen die Wände und gegen die Eltern anrennen würde, ohne das geringste Verständnis dafür, dass die Welt sich nicht nur um den Nabel einer einzigen Person drehte, jedenfalls nicht um den des Kindes.

Erst als Markus sich nach dem Puzzeln und der Abendwäsche zurückgezogen hatte, um den Kindern das Abendmärchen vorzulesen, fiel Rosa ein, dass sie ihr eigenes Geschenk noch nicht geöffnet hatte. Das ziegelsteinförmige Paket lag ungeöffnet auf dem Sofatisch. Rosa nahm es in die Hand, packte es aus und nahm das Buch, das daraus zum Vorschein kam, in die Hand. *Reisebuch DDR* stand auf dem Deckel. Das Titelbild zeigte ein Schloss mit Kupferdach, das zwischen grünen Berghängen aufragte. Rosa fand das Titelblatt. *Die Zeit der Abenteuer beginnt jetzt*, hatte Markus mit der für ihn typischen krakeligen Handschrift darauf geschrieben. Rosa seufzte, öffnete das Buch und betrachtete die Aufnahmen der Städte, von denen eine immer faszinierender war als die andere, und legte das Buch schließlich neben sich auf das Sofa. Wie sehnte sie sich doch nach Abenteuern! Heute empfand sie es schon als Abenteuer, wenn sie einmal allein einen kurzen Spaziergang machen konnte, wie heute Nachmittag, als sie andererseits gar nicht dazu gekommen war, einen Spaziergang zu machen.

Und dann fiel ihr die Katze ein, die von hoch oben auf die Straße gefallen war und jetzt am Grunde des Flusses lag, und sie hatte plötzlich eine Idee.

Sie horchte einen Augenblick in die Wohnung hinein, stand auf, nahm vom Regal die ungeöffnete Schachtel Pralinen und ging in den Flur. Aus dem Kinderzimmer drang immer noch leises Sprechen. Rosa wusste, was das bedeutete: Ein

Kind war schon eingeschlafen, dem anderen las Markus weiter vor, doch mit leiserer Stimme. Aus einer Laune heraus zog sie die Straßenschuhe an, schlich mit der Pralinenschachtel in der Hand ins Treppenhaus und fuhr mit dem Fahrstuhl in die oberste Etage.

Im Treppenhaus war es still, aber in der obersten Etage des Hauses konnte man den Wind hören, er heulte hinter den Wänden und in den Türritzen und klapperte leise mit der Tür, die am Ende des Ganges auf einen Giebelbalkon hinausführte. Auch hier war der Geruch derselbe, der aus dem Müllraum kam. Ohne sich darum zu kümmern, schritt sie den leeren Korridor entlang und las die Namen an den Türen. Zöller, Rusch, Schröder. Fritsche, Fiedler, Lauterbach. Von wo war die Katze hinuntergefallen – die Katze, deren Schädel sie ein paar Stunden zuvor unter ihrem Winterschuh zermalmt hatte? Von irgendwo hörte Rosa leise Musik, aus einer anderen Wohnung waren Schritte zu hören. Sie ging an geschlossenen Türen vorbei, doch keine gab einen Hinweis darauf, dass dahinter noch vor ein paar Stunden eine Katze gewohnt hatte. Und wenn sie nun an jeder Tür klingeln würde, bis sie auf die richtige traf, überlegte sie, verwarf den Gedanken aber rasch: Es war Heiligabend, niemand wollte, dass eine unbekannte Person an die Tür klopfte.

Rosa gelangte ans Ende des Ganges und öffnete die auf den Balkon führende schwere Glastür. Dahinter führte eine Treppe nach oben. Sie stieg hinauf und drückte vorsichtig die Klinke der Tür am Ende der Treppe hinunter. Ein kalter, schneidender Wind fuhr ihr ins Gesicht, schleuderte ihr die Haare vor die Augen und verschlug ihr den Atem, aber nachdem sie sich die Haare aus dem Gesicht gewischt hatte, sah Rosa: Jenseits der Tür öffnete sich vor ihr über

die gesamte Länge und Breite des Hauses eine Dachterrasse, um sie herum der dunkle, wie eine Kuppel gewölbte Himmel, unter dem die Lichter der Stadt zu Tausenden funkelten. Sie bestaunte den Anblick einen Augenblick lang mit angehaltenem Atem, dann schritt sie langsam über das Dach bis zu dessen Rand. Nur einige Karrees von dem Haus entfernt schimmerte die Grenzzone hell wie ein Glühwürmchen, das durch schwarze Erde kroch. Von den in gleichmäßigen Abständen neben der Mauer aufragenden Wachtürmen wurden Lichtkegel geschleudert, die im Niemandsland Jagd auf Flüchtlinge machten. Rosa betrachtete die Landschaft und sog die kalte Winterluft ein, die machte, dass sich ein Lächeln auf ihrem Gesicht ausbreitete. Der Fluss neben dem Haus schwappte schwarz, hinter der Mauer unterschied sie den angestrahlten Turm einer zerbombten Kirche und Tausende von erleuchteten Fenstern. Sie zündete sich eine Zigarette an, und die Stille, den Wind und die Dunkelheit genießend stand sie dort und sog den Beweis dafür ein, dass die Welt doch noch vorhanden war, direkt hinter ihren eigenen Wänden und Türen und ihrem Alltag – die Welt, direkt vor ihr.
Sie hatte eine ganze Weile ruhig dort gestanden, als sie von einem klappenden Geräusch zusammenfuhr. Rosa drehte sich um und erkannte, dass jemand an der auf das Dach führenden Tür stand. Zugleich wurde ihr bewusst, dass sie in ein bekanntes Gesicht schaute.
»Du«, brachte Rosa heraus.
»Du«, sagte Ute.
Ute starrte sie einen Augenblick an wie gelähmt von der Überraschung, dann trat sie zu Rosa heran.
»Hier ist nie jemand. Und jetzt du. Was machst du hier?«
Rosa betrachtete Utes Gesicht. Die Not und die Ungläubig-

keit, die sie am Nachmittag darauf gesehen hatte, waren verschwunden, an deren Stelle waren da die im Dunkeln funkelnden Augen und ein warmer Blick. Rosa lachte.

»Du wirst es nicht glauben, aber ich bin hierher geraten, weil ich dich suchte«, sagte sie.

Ute wirkte so, als hätte sie kein Wort verstanden, und Rosa fuhr fort:

»Ich bin den Korridor entlanggegangen, um zu sehen, ob ich aus irgendetwas schließen könnte, wo du wohnst. Ich wollte dir dies hier bringen.«

Sie hob die Schachtel mit den Pralinen, die sie in der Hand hielt.

»Zum Trost. Für die Katze. Und dann fand ich diese Treppe. Hier bin ich noch nie gewesen.«

Ute lächelte.

»Ach, was für ein schöner Gedanke«, sagte sie, dann warf sie einen Blick auf die Packung mit den Pralinen. »Was ist das?«

Rosa gab ihr das Päckchen.

»Schokolade. Aus Finnland, woher ich stamme. Bitte schön.«

Ute grinste. Sie hob eine Hand und schwenkte die Flasche, die sie darin hielt.

»Ich dagegen hätte hier Wein. Aus Ungarn, woher ich nicht stamme. Nimmst du ein Gläschen? Ich hab zwar nur ein einziges Glas, oder besser gesagt, einen Becher, aber vielleicht können wir ja aus demselben trinken.«

Rosa lächelte, und Ute fuhr fort: »Mein Lieblingsplatz ist hier, komm mal mit.«

Ute führte Rosa auf die andere Seite des Dachs, wo jemand zwei Stühle hingestellt hatte. Vor ihnen ragte hoch der Fernsehturm auf. Rosa wischte von den Stühlen so gut es

ging das Wasser, zog sich die Ärmel ihres Wollpullovers zum Schutz gegen die Kälte herunter und setzte sich.
»Warum auf dieser Seite des Hauses und nicht auf der anderen?«, fragte Rosa.
Ute schnaubte.
»Wozu nach Westen schauen, wenn man nach Osten schauen kann.«
Rosa prüfte Utes Gesicht und versuchte, den Sinn hinter den Worten zu erfassen. Ute setzte sich neben sie, holte aus ihrer Tasche einen Plastikbecher, schenkte Wein ein und reichte ihn Rosa.
»Möchtest du in den Westen?«, fragte Rosa und nahm den Becher.
Ute zuckte die Achseln.
»Meistens nicht. Heute ja.«
»Warum heute?«
»Na, ich hab doch heute die Katze meiner Mutter aus dem Fenster fallen lassen, und sie starb, und ich glaube nicht, dass es in der ganzen DDR einen Ort gibt, wo der Zorn meiner Mutter mich nicht ereilen würde.«
Rosa brach in Gelächter aus.
»Falls es dich trösten sollte, ich hätte heute mein Kind aus dem Fenster werfen mögen.«
Ute wandte sich ihr zu.
»Also so ein Weihnachtsabend. Sitzt du deshalb hier?«
Jetzt war es an Rosa, mit der Schulter zu zucken. »Ich weiß nicht. Ich musste einfach eine Weile weg. Von zu Hause. Da werde ich verrückt.«
Rosa schaute zum Himmel hinauf. Die Lichter der Stadt bildeten über ihnen einen blau und violett schimmernden Bogen.
Rosa schlürfte ihren Wein und wandte sich Ute zu.

»Falls du jetzt noch eine überzählige Zigarette haben solltest, bin ich bereit, dich meinen rettenden Engel zu nennen. Ich hab meine einzige gerade aufgeraucht.«
Ute griff in die Tasche, zog eine Schachtel Zigaretten heraus, bot Rosa davon an und nahm auch selbst eine.
»Ich bin sehr gern dein rettender Engel. Denn du warst heute meiner.«
Ute zündete zuerst Rosas Zigarette an, dann ihre eigene, und fragte:
»Was macht dich zu Hause verrückt?«
Und Rosa erzählte vom Umzug und von Matias' Husten und von den durchwachten Nächten, von Markus' Arbeit, die die gesamte Zeit verschlang, und von ihren eigenen Plänen, deren Verwirklichung sie erwartete wie den Mond am Himmel, von ihrer Frustration und davon, wie sie wegen Vilja und deren Zickigkeit die Nerven verloren hatte, und wie sie manchmal das Gefühl hatte, Markus verwässere ihre Erziehungsarbeit.
Ute sah sie eine Weile schweigend an.
»Weißt du, das klingt ziemlich übel«, sagte sie. »Du brauchst eindeutig ein eigenes Leben.«
Rosa seufzte tief auf und nickte.
»Und du hast eines? Ein eigenes Leben?«
Ute lächelte.
»Na, in gewisser Weise schon.«
Ute erzählte, sie wohne in Marzahn, besuche aber oft ihre Mutter auf der Fischerinsel, um ihr zu helfen. Die Mutter hatte Rheuma, und sie brauchte Hilfe besonders beim Tragen von schweren Sachen wie zum Beispiel von Einkaufstaschen.
»Dafür würde sie auch vom Staat Hilfe bekommen, aber ich mache das lieber selbst.«

Rosa betrachtete prüfend Utes Gesicht, ihre Lippen bliesen den Tabakrauch schräg nach oben in die Luft.
»Warum?«
Ute wandte Rosa das Gesicht zu und lächelte.
»Weil sie meine Mutter ist. Meine einzige Mutter.«
Ute drückte ihre Zigarette im Sand der Dachebene aus, nahm einen Schluck Wein aus ihrem gemeinsamen Becher, und ein Weilchen saßen beide schweigend da.
»Weißt du«, sagte sie dann, »ich mach dir einen Vorschlag. Er kann seltsam klingen, aber du kannst mir gegenüber ganz ehrlich sein.«
Und Ute erzählte, dass sie vor ein paar Wochen einen Mann kennengelernt hatte, den sie mochte. Die Beziehung hatte vielversprechend begonnen und war zu einer Phase gelangt, in der Ute den Mann zu sich nach Hause zum Essen einladen wollte. Dabei gab es jedoch ein Problem.
»Er liebt ungarische Salami, und die möchte ich ihm gern vorsetzen. Aber Salami gibt es nur auf Karte, sodass ich nur dann welche kriege, wenn ich sie gegen etwas eintausche, was mein Fleischer haben will.«
Rosa runzelte die Brauen.
»Du kriegst im Fleischgeschäft keine Salami, ohne etwas zum Tauschen zu haben? Und was wäre das?«
Einen Augenblick lang wirkte Ute verlegen, dann erschien auf ihrem Gesicht ein Lächeln, und sie lachte.
»Versprich mir, dass du mich nicht für verrückt hältst, wenn ich es dir sage«, antwortete sie und sah Rosa mit einem bittenden Blick an, »ich brauche dafür Porno.«
Rosa stöhnte und starrte Ute an.
»Porno?«
»Ja. Der Fleischer gibt Salami nur gegen Porno raus. Und Porno kann ich nirgends bekommen.«

Rosa musste lachen, aber sie schluckte ihre Amüsiertheit hinunter.
»Und wo kriegt man Porno?«
Ute zündete sich eine neue Zigarette an.
»Im Westen. Solchen Porno, den ich brauche, um Salami zu bekommen, gibt es nur im Westen.«
Rosa musste diese Information einen Augenblick verdauen.
»Was schlägst du also vor?«, fragte sie. »Dass ich nach Westberlin fahre, dir den Porno besorge und du ihn dann gegen Salami eintauschst?«
Ute runzelte die Brauen.
»Ja«, antwortete sie. »Ist das eine völlig verrückte Idee?«
Rosa lächelte. »Nein, das ist überhaupt keine verrückte Idee. Ich besorge dir den Porno, wenn du inzwischen meine Kinder betreust.«
Ute hob die Brauen.
»Bist du sicher, dass du dich traust? Immerhin bin ich die Frau, die ihre Katze hat in den Tod stürzen lassen.«
Rosa winkte ab und schnaufte.
»Wir wohnen im vierten Stock. Wenn man von da runterfällt, bleibt man mit ziemlicher Wahrscheinlichkeit am Leben. Außerdem vertraue ich dir. Ich weiß nicht, warum, aber ich vertraue dir. Ist es also abgemacht, dass ich dir helfe?«
Ute lächelte und streckte Rosa die Hand hin, und die ergriff sie.
»Abgemacht.«
Sie schlugen ein. Rosa betrachtete die neben ihr sitzende Frau, ihre dunklen Haarsträhnen tanzten im Wind, die Lippen umschlossen die Filterzigarette, dann gaben sie sie frei, und aus ihrem Mund flutete ein vom Frost dichter Rauch wie aus einem Fabrikschlot. Plötzlich reizte das

Geschehene und das Kommende Rosa zum Lachen, und sie ließ das Gelächter aus ihrem Inneren hervorbrechen, sie lachte so, dass ihr die Bauchmuskeln wehtaten, Ute sah sie an und lächelte, und Rosa wurde von Leichtigkeit und Freude erfüllt, wie sie sie seit Ewigkeiten nicht mehr verspürt hatte. Es würde sich alles fügen, dachte sie, alles würde noch besser werden, und in diesem Moment, am späten Weihnachtsabend auf dem Dach des zwanzigstöckigen Plattenbaus, hielt sie genau zu diesem Zeitpunkt und an diesem Ort inne und dachte freudig: Hier neben mir sitzt eine neue Freundin.

2011

Der von einem Gemisch aus Schnee und Eis bedeckte Fluss schaukelte leise die Zweige, die von der Silberweide ins Wasser hingen. Vilja setzte sich ans Ufer und zog den Mantel gegen die Kälte fester um sich. Das gegenüberliegende Ufer entlang tippelte langsam ein alter Mann und blieb ab und zu, dem Willen seines Dackels folgend, stehen. Aus der Ferne drangen das Rauschen einer Stromschnelle, Verkehrslärm und das Gezwitscher von Vögeln herüber, die hier überwinterten. Rechts der Kanal, ein paar Dutzend Meter entfernt, war gesperrt oder außer Betrieb oder vielleicht nur eingeschlafen, vor seiner Schleuse dümpelten Prähme und Boote im Winterschlaf. Auf einem Schild stand *Historischer Hafen Berlin*. Vilja sog die raue Luft tief in die Lungen ein und spürte in der Nase den Duft der feuchten Erde.

Dunkles Haar. Ziemlich groß. Ziemlich attraktiv.

Sie hatte sich alles notiert, was Hannu Aarnio am Telefon gesagt hatte, kurz über die neuen Informationen nachgedacht, sich dann eine Kanne Kaffee gekocht und mit der dampfenden Tasse in der Hand zu einem Spaziergang ans Ufer der Spree begeben, die neben dem Haus vorbeifloss. Erinnerte Aarnios Beschreibung an eine der deutschen Frauen, die sie kannte? Die kühle frische Luft klärte ihre Gedanken, hatte Vilja spekuliert, aber anstatt weiterzukommen mit ihrer Aufgabe, die Identität einer unbekannten deutschen Frau herauszufinden, kam ihr immer wieder Sagas Gesicht vor Augen. So knapp und summarisch Aarnios Beschreibung auch war, sie passte genau auf Saga. *Dunkles Haar. Ziemlich hochgewachsen. Ziemlich attraktiv.* Vilja bemühte sich, Sagas Gesicht zu verdrängen, aber je heftiger sie beschloss, nicht an Saga zu denken, desto stärker wurde die Vorstellung von ihr. In einem unklaren Augenblick war Sagas Gesicht das von Margot geworden, der Vater hatte Saga geliebt, Saga hatte den Vater geliebt und wollte ihr Leben mit ihm und Vilja teilen, Vilja an Kindes statt annehmen, ihr eine Stiefmutter oder richtige Mutter oder Gott weiß was sein. Ihr Kaffee war kalt geworden, Vilja trank ihn trotzdem, zündete sich eine Zigarette an und gleich darauf eine zweite. Sie stellte fest, dass sie den Dackelmann aus den Augen und all ihre Gedanken über das Suchen der Verschwundenen verloren hatte, in ihren Kopf schoben sich nur noch Saga und Aino und Hertta sowie der eine Tag, der vor ungefähr einem Jahr alles verändert hatte.

Sie hatten am Sitzungstisch in der Redaktion der *Polte* gesessen und Ideen für den Leitartikel der ersten Ausgabe des Jahres 2011 gesammelt. Darin sollten Sachverständige aus verschiedenen Bereichen der Gesellschaft berichten, welche Weltereignisse des kommenden Jahres die Medien ihrer Meinung nach besonders herausstellen sollten. Welche Themen hatten im laufenden Jahr zu wenig Beachtung gefunden? Welche dunklen Winkel würden die Sachverständigen im kommenden Jahr ausleuchten, falls sie wählen durften? Die Idee, Saga Rosenberg zu interviewen, hatte Anni zur Halbzeit der Sitzung vorgebracht. Chefredakteur Oskari hatte einen Moment in seinen Notizblock geschaut, ein oder zwei Zeilen mit undeutlicher Handschrift hineingeschrieben und den Kopf gewiegt zum Zei-

chen, dass er nicht so ganz überzeugt war. Das hatte niemanden überrascht.
»Sie ist also die Autorin des Afrika-Dokumentarfilms, der so viel Aufsehen erregt hat. Hab ich das richtig in Erinnerung?«, hatte Oskari gefragt und sich die Bartstoppeln gekratzt.
Anni hatte »hmm« geantwortet.
»Und was würde sie in unserer Geschichte sagen?«
Anni hatte Oskari einen einseitigen Ausdruck gereicht, der am Rand das Logo von Yleisradio, der öffentlich-rechtlichen Rundfunkanstalt von Finnland, trug.
»Sie arbeitet gerade an einem super interessanten Dokumentarfilm über die innenpolitische Lage im Kongo. Auf diesem Ausdruck wird etwas ausführlicher über dieses Thema berichtet, aber Rosenberg macht eine Dokumentation über die Gewalterfahrungen von Frauen und Überlebensstrategien im Kongo-Krieg. Der vorige Film war wirklich gut und aufrüttelnd, falls ihr ihn nicht gesehen habt, aber ich glaube, dass es auch in dem, den sie jetzt macht, um harte Fakten geht.«
Oskari hatte das Papier überflogen, und Anni hatte erzählt, dass es im Kongo, einem der ressourcenreichsten Länder der Welt, die schlimmste humanitäre Krise nach dem Zweiten Weltkrieg gab.
»Das ist genau so ein Thema, das wir in dieser Story hervorheben sollten. Eine gewaltige, lang anhaltende Katastrophe, über die es kaum irgendwo Berichte gibt. Oder wann habt ihr das letzte Mal eine kleine einspaltige Meldung zu dem Thema gelesen?«
Niemand hatte ihr geantwortet. Oskari hatte den Mund verzogen und mit knarrender Stimme gesagt:
»Diese Themen der südlichen Länder haben leider immer

das ewige Problem, über das wir schon früher gesprochen haben. Sie interessieren die Leser nicht.«
Anni hatte Oskari angestarrt, aber die Redaktion, darunter auch Vilja, hatten den möglichen Konflikt gewittert und den Blick abgewandt, einer auf die Schale mit Weintrauben auf dem Tisch, ein anderer auf die Tür oder die Fenster der Redaktion oder auf die Datenkabel, die an der Decke entlangliefen.
»Ach, wieso nicht?«
»Na, diese Ideen zu den verschiedenen afrikanischen Ländern laufen bei mir fast täglich auf. Ein junger Freelancer hat vom Außenministerium ein Reisestipendium bekommen und bildet sich ein, weil er ein Flugticket nach Nairobi hat, sei das für mich ein hinreichender Grund, ihm eine Geschichte abzukaufen. Bei allem Respekt vor jungen Freelancern.«
»Also hier geht es jetzt um die Idee für eine Story, die aus unserer eigenen Redaktion kommt und die Hand und Fuß hat. Dein Vergleich ist in jeder Hinsicht seltsam.«
Vielleicht hatte Oskaris Lächeln Sympathie signalisieren sollen, hatte aber eher wie schlecht verhohlener Spott gewirkt.
»Also, meine Gedanken gehören in etwa in denselben Korb. In dem Sinne, dass sich mir noch nicht recht erschlossen hat, wieso dieses Thema gerade unsere Leser interessieren sollte.«Vilja hatte die Luft aus ihrer Lunge so leise entweichen lassen, wie sie es nur vermochte, und bemerkt, dass die ihr gegenübersitzende Silja dasselbe gemacht hatte. Marko hatte mit glasigem Blick auf den Tisch gestarrt, und Vesa, der Metteur, hatte in seinem Heft herumgemalt. Das jetzt schon intensive Rot auf Annis Wangen war noch tiefer geworden. Vilja hätte ihrer Kollegin gern irgendwie geholfen, aber sie wusste nicht, wie.

»Ich finde, du unterschätzt unsere Leser«, hatte Anni in so sachlichem Tonfall geäußert, wie sie nur konnte. »Dass es dich nicht interessiert, bedeutet nicht, dass es auch andere nicht interessiert. Es gibt so vielerlei Wertvorstellungen, auch unter unseren Lesern.«

»Die Leserforschung ergibt etwas anderes. Die Leute lesen von solchen Geschichten die ersten drei Absätze und wechseln dann das Thema. Wenn das Thema nicht irgendwie die Finnen betrifft. Auf andere Weise als dadurch, dass es ein Finne war, der seine Nase in ein ekelhaftes Thema gesteckt hat.«

Anni hatte so freundlich gelächelt, wie sie nur konnte, und hatte zu Oskari gesagt:

»In diesem Punkt unterscheiden wir uns als Journalisten, Oskari, du und ich. Mir erscheint es in journalistischer Hinsicht als unverantwortlich, nur auf die Leserumfragen zu schauen. Es ist unsere Aufgabe als Journalisten, zu definieren, was von Bedeutung ist und was nicht, nicht die der Leser. Wir sind es, die über das schreiben, worüber nach Ansicht der Sachverständigen im Jahr 2011 gesprochen werden sollte, nicht die Leser.«

»Aber wir müssen auch an die Finanzen denken. *Ich* muss darüber nachdenken, dass, wenn unsere Themen die Leser nicht interessieren, sie unsere Zeitung abbestellen. Dann hören wir auf, sie zu machen, so einfach ist das.«

Anni hatte den Blick von Oskari auf die anderen gerichtet. »Machen wir es doch so«, hatte sie gesagt, »wie viele aus unserer eigenen Redaktion möchten Saga Rosenbergs Interview zu dem Thema lesen, das ich genannt habe? Wenn das Thema hier interessiert, dann wahrscheinlich auch die Leser. Ein Fairplay, nicht wahr?«

Vilja wusste, dass Anni auf die humane Weltanschauung

ihrer Redaktion vertraute, die sich von Oskari Erfurts Ansichten unterschied wie die Nacht vom Tage.
Oskari hatte sich zurückgelehnt und die Hände hinter dem Kopf verschränkt.
»Na gut, machen wir es so. Stimmen für Annis Idee?«
Eines nach dem anderen hatten die Reaktionsmitglieder die Hand gehoben. Vilja hatte sich Oskari zugewandt und gesagt:
»Mich fasziniert dieses Thema, ich kann die Story machen, wenn es recht ist. Ich hab schon einen interessanten Einstieg dafür. Die Story ist auf jeden Fall nur Teil eines größeren Themenkomplexes.«
Auf Annis Gesicht hatte ein dankbares Lächeln aufgeleuchtet.
»*Fine*«, hatte Oskari geantwortet. »So machen wir es, Vilja macht es. Aber finde erst einmal heraus, ob diese Rosenberg überhaupt etwas zu sagen hat.«
»Die Rosenberg.«
»Na, wie immer sie auch heißen mag. Vorwärts. Immer mit dem Blick auf den Ball.«

Das Telefon hatte lange geklingelt, bevor Saga drangegangen war. An ihrer Stimme hatte Vilja erkannt, dass sie die Grippe hatte. Sie hatte ihre Bitte vorgetragen und um ein Interview gebeten, und Saga hatte ins Telefon gehustet.
»Ja, warum nicht. Aber das Interview müsste heute oder morgen stattfinden, am Wochenende fliege ich nach Uganda. Falls ich nicht vorher von meiner Grippe umfalle. Und ich warne dich vor einer Ansteckung, ich bin ziemlich verrotzt.«
Vilja hatte in ihren Kalender geschaut.
»Na, würde dir schon heute passen, so in zwei Stunden? Laut meinem Kalender könnte ich das einrichten.«

Saga hatte eingewilligt, und Vilja war durch den Schneeregen von der Redaktion im Stadtteil Kaisaniemi nach Siltasaari gewandert, wo Saga wohnte. Saga, die die schwere, verzierte Eichentür geöffnet hatte, weigerte sich, ihr die Hand zu geben, um sie nicht mit der Grippe anzustecken, an der sie seit zwei Wochen litt.

»Dies ist natürlich nicht die Pest, aber vielleicht willst du trotzdem nicht für Wochen ins Bett müssen. Bald ist Weihnachten und so weiter«, hatte Saga gesagt und die Tür des Flurschranks beiseitegeschoben.

Dahinter hatten in ordentlicher Reihe die Mäntel einer erwachsenen Frau gehangen wie auch die Herbstsachen eines kleinen Kindes, Allwetterhosen und winddichte Jacken. Vilja hatte ihre dazwischengehängt und gesagt:

»Es ist bestimmt hart, für ein Kind verantwortlich und gleichzeitig krank zu sein.«

Aber Saga hatte unbekümmert abgewinkt und geantwortet:

»Ich bin geschieden. Meine Exfrau Aino kümmert sich um Hertta, wenn ich es nicht kann. Möchtest du was trinken?«

Saga hatte Vilja ins Wohnzimmer geführt, ihr ein Glas Wasser eingeschenkt und selbst einen heißen Schwarzejohannisbeersaft geschlürft, dessen Duft sich im ganzen Zimmer verbreitete. In der Tür zum Wohnzimmer war Vilja überrascht, so als hätte sich vor ihr etwas Unerwartetes gezeigt. Ein großes, helles Zimmer: eine Kommode, die mit Respekt für ihr Alter restauriert worden war, kleine Tischchen, eine moderne Sitzgruppe und ein Tisch, wie man ihn aus Einrichtungszeitschriften kennt. An der Wand gegenüber dem Sofa hatte ein Ölgemälde gehangen, das eine gewaltige Vagina darstellte. Bei deren Anblick hatte

Vilja plötzlich verstanden: Die Filme zum Thema Afrika hatten in ihr die Vorstellung von einer Frau geweckt, die gebatikte Kleider trug und deren Wohnung mit afrikanischen Holzschnitzarbeiten angefüllt war, nicht an diese Frau, die Jeans und einen schwarzen Pullover trug und die trotz Grippe gepflegt und klug wirkte, als sei sie jeden Moment bereit, die Kamera auf die Schulter zu heben und zum Drehort zu gehen. Sie hatte sich ihrer klischeehaften Vorbehalte geschämt und die Vagina angestarrt, und Saga hatte sich ihr gegenüber in einen Sessel gesetzt.
»Ihr wollt also darüber berichten, welche Weltthemen die Medien im Jahr 2011 stärker hervorheben sollten?«
Vilja bejahte es. Saga schnäuzte sich.
»In diesem Fall habt ihr ein gutes Thema gewählt. Es ist höchste Zeit, dass die Welt über den Kongo spricht.«
Und sie hatte ihren Monolog begonnen und erzählt, wie im Kongo während der letzten zwanzig Jahre Millionen von Menschen in ihren Häusern verbrannt, mit Macheten verstümmelt, vergewaltigt, erschossen, gefoltert und zu Sexsklaven gemacht worden waren, und dass kein anderer bewaffneter Konflikt nach dem Zweiten Weltkrieg so viele Opfer gefordert hat. Dennoch war dem Bürgerkrieg im Kongo im Vergleich zu den Krisen im Irak und auf dem Balkan von der internationalen Gemeinschaft nur sehr wenig Aufmerksamkeit zuteilgeworden – ganz zu schweigen von den Ereignissen in Europa, die zu dessen innerer Geschichte gehörten wie der Fall der Berliner Mauer oder das Ende des Kalten Kriegs.
»Aber was ist die Hauptursache für diesen Krieg?«, hatte Vilja gefragt, als Saga eine Pause machte, um ihre Halspastillen zu suchen. »Ich meine, abgesehen von dem Chaos, das von der Kolonialvergangenheit herrührte.«

»Der Hintergrund ist ethnisch. Die Aufständischen vertreten unterschiedliche ethnische Gruppen, im Kongo gab es zu den verschiedenen Zeiten Truppen aus mehreren afrikanischen Staaten. Aber es geht auch um einen Krieg um Ressourcen. Der östliche Kongo ist voll von natürlichen Vorkommen an Gold, Diamanten, Kupfer, Kobalt, Holz und Mineralien. Am meisten profitiert von diesen Reichtümern derjenige, der über die Soldaten herrscht, die die Bergwerke betreiben.«

»Und deshalb endet der Konflikt auch nicht?«

Saga hatte genickt und Vilja eine DVD-Hülle gereicht.

»Für den Fall, dass du dich ausführlicher mit dem Thema beschäftigen willst. Hier ist mein letzter Film. Ich wollte damit zeigen, was der Krieg um Ressourcen mit den Menschen macht. Und was wirkliche Armut ist, eine, von der hier bei uns niemand eine Ahnung hat.«

Vilja hatte sich bedankt.

»Erzähl mir, was für Folgen der Konflikt für die Menschen im Kongo hat.«

Saga hatte einen Augenblick geschwiegen und war dann aufgestanden.

»Warte mal, ich will dir was zeigen.«

Für einen Moment war sie im anderen Zimmer verschwunden und bald darauf mit einem Briefumschlag in der Hand zurückgekehrt. Dem entnahm Saga einen Stapel Fotos. Vilja war zusammengezuckt: Auf dem obersten Foto schaute eine Frau direkt in die Kamera. Ihr Gesicht war vollkommen zerfressen, als hätte ihr jemand Säure ins Gesicht geschüttet. Von ihren Augenlidern, den Lippen und der Nase war nichts mehr übrig. An den Ohren fehlten die Ohrläppchen, die Haut war überall beschädigt. Dennoch lächelte die Frau.

»Das ist Felly. Sie war zwanzig Jahre alt, als ein Trupp Soldaten in ihr Haus in der Provinz Kivu im Osten des Kongos eindrang und ihr Gesicht über dem Lagerfeuer verbrannte. Jeder, dem ich ihr Foto zeige, ist entsetzt, so furchtbar sieht Fellys Gesicht aus. Im Kongo gibt es eine zahllose Menge von Frauen, Männern und Kindern wie sie.«

Vilja hatte die Fotos durchgesehen. Die Frauen darauf hatten eine nach der anderen direkt in die Kamera geschaut, einige lächelnd, andere ernst, als hätten sie nie in ihrem Leben eine Freude erlebt. Saga hatte gesagt:

»Wenn ich von meiner Arbeit spreche, höre ich oft die Frage, wie ich eigentlich imstande bin, die Geschichte von Felly und den anderen anzuschauen und anzuhören. In dieser Frage liegt etwas sehr Europäisches. Oder Finnisches, ich weiß es nicht. Ich sehe darin auch einen Zusammenhang damit, warum ich in den finnischen Medien niemals etwas über den Kongo lese. Das Wesentliche scheint mir immer die Erfahrung von Finnen in der Sache zu sein, unabhängig davon, ob diese Erfahrung irgendeine Bedeutung hat. Meistens kommen die Fragenden gar nicht auf die Idee, dass es für mich kein Problem ist, diese entsetzlichen Geschichten zu hören, ich höre sie doch und erzähle sie weiter, aber diese Frauen müssen mit ihrem Schicksal leben. Und das ist das Wesentliche. Wie sie mit der brutalstmöglichen Gewalt zurechtkommen, die ein Mensch einem anderen antun kann, welches ihre Überlebensmethoden sind. Davon erzählt auch mein nächster Film.«

Vilja hatte Saga schweigend zugehört und genickt, nachdem sie geendet hatte.

»Ich zweifle überhaupt nicht daran, dass der Kongo ein wichtiges Thema ist. Deshalb bin ich froh, dass wir diese Geschichte jetzt machen.«

Saga hatte ihren Saft geschlürft und sie schelmisch angesehen.
»Lass mich raten: Wenn du diese Geschichte machst, musst du doch überlegen, wie du irgendwie einen Zusammenhang zwischen dem Thema und den Finnen herstellen kannst, wie du begründest, warum eine so weit entfernte Katastrophe gerade uns interessieren soll?«
Sagas Unnachgiebigkeit hatte Vilja zu einem Lächeln veranlasst. Saga hatte zurückgelächelt.
»Entschuldige, ich wollte nicht unfreundlich sein. Ich weiß nur, wie diese Sachen laufen.«
Vilja hatte Saga direkt angesehen.
»Wie gesagt, ich mache eine Geschichte darüber, welchen Themen die Medien im kommenden Jahr mehr Aufmerksamkeit widmen sollten. Es ist ja wohl klar, dass das nicht die Erfahrungen von Finnen mit dem Kongokrieg sind.«
Saga hatte gelacht.
»Gut. Du hast mich verstanden. Hoffentlich war ich nicht zu spitz.«

Plötzlich wurde Vilja klar, dass sie nicht wusste, ob Saga auf ihre nächtliche Textnachricht geantwortet hatte, und holte das Handy aus der Tasche. Keine Antwort. Vilja beschloss, sich keine Sorgen zu machen. Sie wusste doch, wie es war, wenn Saga mit Hertta allein war - hektisch, ganzheitlich, alle Zeit und allen Raum umfassend. Sie verdrängte Saga und Hertta aus ihren Gedanken und zwang stattdessen Margot hervor.
Margot.
Wer war Margot?
Wer hatte ihren Vater und sie selbst so geliebt, dass sie zwei

Jahre auf ihre Rückkehr gewartet hatte – gewartet und letztlich doch ohne sie hatte leben müssen?
Vilja kramte aus ihrer Tasche das Bündel Briefe hervor, zuoberst der letzte. Was war danach geschehen? Alles, woran sie sich aus jener Zeit erinnerte: Im Herbst 1989 war der erste Schnee als schwere Decke auf die Äste der im Hinterhof wachsenden Birken und Erlen und der großen Eiche gefallen, die kaum das Gewicht der Blätter und des Schnees tragen konnten. Die Erinnerung an die Bäume war klar und deutlich – deren Äste waren angeschwollen und blendend weiß, und gleichzeitig war die Mutter zusammengesunken, die am Fenster gestanden und geweint und manchmal so geschlottert hatte, als wäre ihr furchtbar kalt, aber meistens hatte sie nur still dagestanden, während ihr die Tränen über die Wangen rollten und ihr aufs Schlüsselbein fielen. Kurz nach Viljas Geburtstag war der Vater nach Berlin geflogen. Die Nachrichten hatten von Volksaufstand und Demonstrationen geschrien, die nach dem Ende des Sommers im ganzen Land zugenommen hatten. *Montagsdemonstrationen.* Das Wort hatte sich Vilja eingeprägt. Sie konnte damals in der Reise des Vaters nichts Außergewöhnliches sehen, obwohl die Eltern nach der Rückkehr nach Finnland nur noch selten über die DDR gesprochen hatten und auch dann nur mit wenigen Worten und in scharfem, angespanntem Ton. Erst Jahre später hatte Vilja geglaubt zu verstehen, warum. Die Mutter fand, die DDR war eine Diktatur der Parteibonzen gewesen, die die Prinzipien des Sozialismus verraten hatten, während der Vater bis zum Ende geglaubt hatte, dass alle, auch die großen Probleme sich hätten lösen lassen. Obwohl der Vater während der ersten beiden Jahre in Finnland immer, wenn sie zu zweit gewesen waren, mit ihr Deutsch gesprochen hatte,

war das Land Vilja allmählich fremd geworden. Sie war in die finnische Schule gekommen, und bald war Berlin ihr wie ein Traum erschienen, fern und bruchstückhaft.
Der Wind zerrte an den Wipfeln der Bäume. Vilja öffnete die Augen. Ein paar Hundert Meter entfernt hinter niedrigeren Gebäuden ragte der Fernsehturm mit seiner grauen Kugel und den blinkenden Lichtern auf. Plötzlich schien es Vilja, als könne kein anderes Gebäude auf der Welt in ihr so starke Trauer über das Verschwinden der Vergangenheit wecken. Was war ihr geblieben von der Zeit in Berlin? Erinnerungsfetzen von Ereignissen, die anscheinend keinerlei Verbindung zueinander und zur Realität hatten. Erinnerungen eines Kindes, die die Fragen der Erwachsenen nicht beantworten konnten. Doch der Fernsehturm, seine Gestalt war da und blieb, jahraus, jahrein immer gleich, und erinnerte an alles Wichtige, wie an den Tag, der auf ihren achten Geburtstag gefolgt war. Sie hatte zugesehen, wie im Fernsehen ein armeegrünes Lastauto auf seiner Ladefläche Menschen transportierte, und bei der Mauer hatte sich eine große Menschenmenge versammelt. Eine gewaltige Schar von Demonstranten war vorbeimarschiert an dem Turm, der wie ein Zyklop die sich unter ihm erstreckende Welt beobachtete und den Wandel bezeugte, den privaten wie den allgemeinen, den kleinen und den großen, der Turm, der da an seinem Platz stand, als wollte er der unter ihm entlangwandernden Menschenmenge signalisieren: Auch wenn die Welt sich verändert, ich bleibe, ich bin eine Zuflucht, ihr braucht nichts zu fürchten.
Und Vilja erinnerte sich an ihre Mutter.
Sie hatte wie abwesend auf dem Sofa gesessen, ihre Knie umfasst, schweigend an ihren Nägeln gekaut, zwischendurch stundenlang dagelegen, ohne sich zu rühren, sodass

Vilja und Matias sich selbst um ihr Essen kümmern mussten, auf dem Herd Konservenmais wärmten und ihn zusammen direkt aus dem Topf aßen, bis schließlich die Großmutter erschienen war und Vilja und Matias die nächsten Tage bei den goldfarben gestrichenen Ziergegenständen der Ruusulanstraße verbrachten, die leicht angewärmten karelischen Piroggen und tütenweise Buchstabenbonbons aßen, mit der Großmutter zusammen in ihrem breiten Doppelbett mit der steif gemangelten Bettwäsche schliefen, ohne auch nur ein einziges Mal von der vorbeiratternden Straßenbahn aufzuwachen. Erst später hatte Vilja verstanden, dass die Mutter nicht wegen der politischen Situation getrauert hatte, sondern wegen des Vaters, der sich dorthinein geflüchtet hatte. Die Mutter hatte getrauert, aber nur so lange, bis der Herbst wieder wärmer geworden war, der Schnee, der die Äste auf eine harte Probe gestellt hatte, wieder geschmolzen war und die Mutter zusammen mit den Bäumen den Rücken wieder gestreckt hatte. Die Erinnerung war stark: Vilja und Matias kamen von der Großmutter zurück nach Hause, die Mutter war allzu munter geworden und hatte sie lange umarmt, dann hatte sie sie gedrängt, einen Zuckerkuchen zu backen, weil sie wahrscheinlich dachte, dass nichts so von Normalität zeugt, wie wenn man etwas bäckt. Am nächsten Tag hatte Vilja auf dem Fußboden ihres Zimmers gesessen und Hausaufgaben gemacht, da war die Mutter eingetreten und hatte sich neben sie gesetzt. Der blaue Schein der Globuslampe hatte sich im Fußboden gespiegelt und so den hellen Kunststoffteppich in eine Weltraumlandschaft verwandelt.

»Jetzt ist es so, dass«, hatte die Mutter gesagt, und Vilja hatte sich die Ohren zugehalten.

Sie hatte angefangen, die Teppichfransen zu zählen, die Anzahl vergessen und noch einmal gezählt. Die Mutter hatte Vilja die Hand aufs Knie gelegt und weitergesprochen, Vilja wusste nicht mehr, was, die Fransen waren ihr wichtiger erschienen.
Siebenundvierzig.
Nein. Achtundvierzig Fransen.
Sie hatte von vorn angefangen und zwei auf einmal gezählt. Vierzehn, sechzehn, achtzehn. Zwei auf einmal zu zählen war mühsam und kompliziert, aber sie hatte weitergemacht.
»Vilja«, hatte die Mutter gesagt und versucht, mit ihr in Verbindung zu treten, aber die Fransen hatten nicht gewartet: zwanzig, zweiundzwanzig, vierundzwanzig.
Sie hatte die Hand der Mutter auf dem Kopf gespürt, die hatte sie ein Weilchen gestreichelt, war dann aufgestanden und hatte schließlich die Tür hinter sich zugezogen. Am Wochenende hatte ein Kleintransporter einen Teil der Möbel, die Sachen der Kinder, Mutters Bücher und ihre Schreibmaschine sowie zwei Kartons mit Notizbüchern und -heften in die neue Wohnung transportiert. Die Möbel, die Lenin-Büste und das Bild mit den Friedenstauben hatte Mutter dem Vater überlassen. Bis Vilja zwei Wochen später alles in ihren Ranzen gepackt hatte, was sie hineinbekam, von Mutters neuer Wohnung zurück zur alten ging, den Vater vorfand, wie er am Fenster den Wald des Hofes hinter dem Haus anstarrte, und beschloss: Sie würde beim Vater bleiben.

Vilja stand auf und ging am Flussufer entlang in Richtung Fischerinsel. Aarnio hatte gesagt, er kenne den Namen der Frau, die er mehrmals getroffen hatte, nicht, und Vilja hatte keinen Grund, die Worte des Mannes zu bezweifeln.

Aber – ob jemand anders den Namen kannte? Wo hatten der Vater und Margot sich überhaupt getroffen? Wo hatte sie selbst Zeit mit Margot verbracht? War manchmal noch jemand anders dabei gewesen? Der nasse Asphalt knirschte unter den Schuhen, als Vilja den Bürgersteig betrat. Gleichzeitig spürte sie ein Vibrieren in ihrer Tasche. Auf dem Handy war eine Nachricht angekommen. Saga hatte die Flüge reserviert und würde mit Hertta am Freitag kommen. Vilja verspürte Erleichterung, als sie bemerkte, dass die Nachricht in ihr vor allem freudige Gefühle erzeugte. Sie würde Saga sehen. Auch Hertta, aber vor allem Saga. Gemeinsam würden sie das Wochenende verbringen. Einen Augenblick lang schien es, als würde das Grau des Himmels ein wenig aufreißen.

Bei dem Papierkorb neben der großen Linde bog Vilja auf den Bürgersteig ab, der an den Hochhäusern entlang verlief. Nach der Nacht hatte sie genügend Sauerstoff bekommen, doch jetzt brauchte sie etwas zu essen. Nach dem Mittagessen würde sie Ute anrufen und von Aarnio erzählen. Vielleicht würde Ute etwas einfallen, was ihr selbst nicht in den Sinn kam, dachte sie. Zwischen den Hochhäusern schimmerte jenseits des Flusses ein fünfstöckiges Haus. Sie wusste: Dahinter war früher die Mauer verlaufen. Jetzt ragte vom Dach des Hauses eine große Coca-Cola-Werbung aus roten Buchstaben auf.

Vilja verlangsamte das Tempo beim Kindertagesheim, schlenderte am Zaun entlang und horchte auf die Stimmen der Kinder vom Spielplatz her, doch der Hof war still. Gerade näherte sie sich der letzten Ecke des Hauses, als sie bemerkte: In der Tür des Haupteingangs klemmte ein Regenschirm. Vilja ging zurück, zog die Tür auf und trat ein. Der Weihnachtsbaum stand noch an derselben Stelle wie am Vortag, als sie erfolglos an der Tür gezogen hatte, ebenso der daneben abgestellte Handwagen. Einen Augenblick lang betrachtete sie die stille Eingangshalle. Die nach oben führende Treppe war limettengrün gestrichen. Den Fußboden bedeckten Steinplatten, kalt, grau, gesprenkelt. Vilja reckte den Hals, spähte zum oberen Ende der Treppe und trat auf die Stufen. Nirgends waren Kinder oder Erwachsene zu sehen, und kein Laut war zu hören. Bedeutete das, dass die Kinder Mittagsschlaf hielten? Langsam stieg sie die Treppe bis zur Hälfte hinauf. An deren Ende auf dem oberen Absatz führten zwei Glastüren in entgegengesetzte Richtungen. An der einen hatte jemand die Zeichnung eines Fuchses, an der anderen die eines Eichhörnchens befestigt. Was war damals an der Tür gewesen, als sie als Kind dieselben Korridore entlanggegangen war? War da überhaupt etwas gewesen? Eine Stimme hinter ihr ließ sie zusammenfahren.

»Verzeihung, suchen Sie jemanden?«

Vilja wandte sich um und trat instinktiv eine Stufe tiefer. Eine junge Frau am Ende der Eingangshalle betrachtete sie von der Tür her, im Arm ein Stapel Papiere und einen Ordner. Einen Augenblick lang wusste Vilja nicht, was sie sagen sollte. Sie war zufällig hier hereingekommen, einer Eingebung folgend, dank des Regenschirms, der für jemand anders in die Türöffnung gesteckt worden war, und sah sich jetzt aus purer Neugier in ihrer Umgebung um. Um ihr unerlaubtes Eindringen abzumildern, lächelte Vilja das freundlichste Lächeln, zu dem sie imstande war, dasselbe, das sie bei Personen aufsetzte, die sie mehrmals interviewte, um den Gesprächen eine vertrauensvolle Atmosphäre zu geben und um der jeweiligen Person zu versichern, dass sie vertrauenswürdig war, dass man ihr die eigene Geschichte anvertrauen konnte und sie sie nicht missbrauchen würde. Sie erzählte, dass sie dank des Regenschirms hereingelangt war und sich nur umsehen wollte. Die Frau korrigierte mit ernstem Gesicht ihre Haltung.

»Dies ist ein Kindertagesheim. Normalerweise ist die Tür verschlossen, damit keine Außenstehenden hereinkommen. Aus Sicherheitsgründen. Das verstehen Sie sicherlich.«

Vilja stieg auch die restlichen Stufen hinunter.

»Ja, natürlich. Es tut mir leid, ich hätte klingeln sollen.«

Eine Hundertstelsekunde überlegte sie ihre Worte, dann fuhr sie fort:

»Ich konnte der Versuchung nicht widerstehen. Ich wollte hereinschauen. Ich habe auch selbst diesen Kindergarten besucht. Vor langer Zeit.«

Sie erzählte, sie komme aus Finnland, habe vor Jahren in dieser Straße gewohnt und aus dieser Zeit nur wenige Erinnerungen. Die Frau hob die Brauen, aber da sie nicht lächelte, deutete Vilja es so, dass sie nicht vollkommen überzeugt war. Vilja fuhr fort:

»Ich erinnere mich noch an den Namen einer Kindergärtnerin, Frau Nowak, aber sonst eigentlich an niemand anders. Sie arbeitete hier in den 1980er-Jahren. Ich weiß nicht, vielleicht haben Sie von ihr gehört.«

»Frau Nowak?«, wiederholte die Frau.

Vilja nickte und erzählte kurz von der Karte, ihrem einzigen Andenken an diesen Kindergarten, das ihr geblieben war. Die Karte war ihr nach Finnland geschickt worden, und darauf wurde ihr alles Gute gewünscht. Außer Frau Nowak hatten viele Kinder die Karte unterschrieben, doch ihre Erinnerungen an die Kinder waren – wenn möglich – noch schwächer als die an die Kindergärtnerin. Jetzt lächelte die Frau zum ersten Mal und sagte:

»Katarina Nowak arbeitet immer noch hier. Ich kann nachsehen, ob sie den Mittagsschlaf überwacht. Möchten Sie sie treffen, falls es gerade passt?«
Vilja sah die Frau an, ohne einen Augenblick lang zu erfassen, was sie gesagt hatte.
»Frau Nowak arbeitet immer noch hier?«
Die Frau nickte, lächelte jetzt schon offensichtlich mit Herzlichkeit, als habe sie doch noch Viljas Anwesenheit akzeptiert.
»Katarina hat von uns allen am längsten hier gearbeitet. Die Leiterin Frau Waschke ist vor ein paar Jahren in Rente gegangen. Erinnern Sie sich an sie?«
Vilja schüttelte den Kopf.
»Kommen Sie mal mit, ich sehe nach, ob Katarina frei ist.«
Vilja stieg hinter der Frau die Treppe hinauf. Zusammen traten sie hinter die Tür mit dem Fuchs. Auf Bitten der Frau blieb Vilja im Vorraum stehen und wischte ihre Hand am Mantel ab. Die Rückkehr ihrer Familie nach Finnland war fast fünfundzwanzig Jahre her. Danach hatte die halbe Welt sich grundlegend verändert: Deutschland war wiedervereinigt, die Sowjetunion und der Sozialismus waren zusammengebrochen und die Berliner Mauer gefallen, Europa hatte sich vereinigt, das Jahrtausend und die Währung hatten gewechselt, die Mark in Deutschland und in Finnland war Geschichte. Plötzlich wunderte sich Vilja, dass sie daran nicht schon eher gedacht hatte: Obwohl die Veränderungen für alle Ostdeutschen eine ganz neuartige Freiheit bedeutet hatten, das Ende des Reiseverbots und zumindest die theoretische Möglichkeit, sein Leben in jeden beliebigen Winkel der Welt zu verlegen, waren im Mittelpunkt der alten Welt doch Menschen geblieben – Men-

schen, die nach all den Veränderungen auch heute noch in denselben Wohnungen lebten, Menschen, die weiterhin an denselben Stellen arbeiteten. Vilja fühlte sich schuldig, als sie erkannte, dass sie nicht sehr oft an diejenigen gedacht hatte, die geblieben waren. Dann, wenn die Sache ihr überhaupt in den Sinn gekommen war, hatte sie meistens an diejenigen gedacht, die gegangen waren. Von denen, die in den Westen gegangen waren, hatten alle gesprochen, von denen, für die das Ende der DDR eine freudige Nachricht gewesen war, obwohl natürlich nicht alle ihre Heimat und ihr Leben verlassen hatten. Zugleich erinnerte sich Vilja besonders deutlich an den Blick, den Ausdruck von Trauer, der sich jedes Mal dann auf Vaters Gesicht gelegt hatte, wenn die in den Westen gegangenen Personen zur Sprache kamen. Meistens hatte der Vater geschwiegen, den Blick anderswohin gerichtet, und schließlich war das Gespräch versiegt, oder das Thema wurde gewechselt. Lange Zeit hatte man den Vater überhaupt nicht dazu bewegen können, über die DDR zu sprechen, und jahrelang hatte Vilja zerstreut gedacht, dass er seine Meinung vielleicht geändert hatte und nun anders über den Sozialismus dachte, dass er sich vielleicht schämte oder verwirrt war wegen des Dahinwelkens der Idee, an die er so lange geglaubt hatte. Sie war sich immer noch nicht ganz sicher, was der Vater in seinen letzten Jahren wirklich über jene Zeiten gedacht hatte, aber einer Sache war sie sich doch sicher: Der Vater hatte das Ende des Sozialismus lange betrauert. Wenn auch nicht dem Staat DDR oder der Partei, so hätte man seiner Ansicht nach doch dem Sozialismus eine Chance geben müssen.

Die Frau war zurückgekehrt, bedeutete Vilja, ihr zu folgen, und flüsterte, während sie Vilja weiterführte:

»Katarinas Gruppe macht Mittagsschlaf. Sie kann Sie noch treffen.«
Der Korridor hinter der Fuchs-Tür war still und dämmerig. Links lag ein Badezimmer mit oben offenen Toilettenzellen in Kinderhöhe, die leer waren. Eine Reihe Handtücher aus Waffelstoff, an deren Haken die Namen der Kinder standen:
Regine, Sascha, Sarata. Anna, Sabine, Sebastian. Wie hießen wohl die Kinder, neben deren Handtüchern ihres gehangen hatte? Überhaupt: Wo waren jetzt die Kinder, mit denen sie mehr als drei Jahre verbracht hatte? Wo waren Virginia Grass, Nadine Gröschner und Marlene Hensel – die Kinder, deren Namen vor Jahren mit Fettkreide auf ein Papier geschrieben worden waren, das wahrscheinlich der Vater in derselben Mappe wie die Karte von Frau Nowak aufbewahrt hatte?
Am Ende des Ganges lagen etwa ein Dutzend kleine Menschen, tief atmend, auf Matratzen am Boden. Vilja folgte der Frau auf Socken durch die dämmerige Stille und trat am Ende des Schlafraums in das Vorzimmer. In dessen hinterem Teil stand vor den Garderobenhaken eine Frau. Ihr Gesicht war gebräunt und von kurzem, braunem Haar umrahmt. Dunkle, ein wenig triefige Augen. Eine spitze, vogelschnabelartige Nase. Das schwarze, langärmlige T-Shirt war vorn mit Glitzerdruckbuchstaben verziert, die den Text *Eros Ramazzotti on Tour* ergaben. Vilja versuchte, in den Gesichtszügen der Frau etwas Bekanntes zu finden, etwas, das sie berühren oder an etwas erinnern würde, an irgendetwas Altes, Verlorenes, doch vergeblich – bei ihr klingelte nichts. Die Frau hätte irgendjemand Beliebiges sein können, und doch stand vor ihr Frau Nowak, und sie wusste, dass sie in ihrer Gruppe Jahre ihrer Kindheit

verbracht hatte. Die Frau legte einen gelben Kapuzenpullover und kleine Lederschuhe aus der Hand und trat zu Vilja.

»Wir bekommen nicht jeden Tag Besuch von ehemaligen Kindergartenkindern aus Finnland.«

Frau Nowak streckte die Hand aus, sie war warm und feucht.

»Frau Nowak. Unglaublich, dass Sie immer noch hier arbeiten.«

»Ja, ich bin der letzte Dinosaurier. Und als solcher fühle ich mich auch, wenn ehemalige Pflegekinder sich hier als Erwachsene zeigen. Besonders solche, von denen ich nie geglaubt hatte, dass ich sie jemals wiedersehen würde.«

Vilja grinste. Frau Nowak legte die Hände an die Hüften und betrachtete Vilja wie eine Großtante, die das Wachstum eines verwandten Kindes beklagt.

»Vor zwanzig Jahren hattest du viel hellere Haare und einen Pony. Und Deutsch hast du mit ziemlich viel stärkerem Berliner Akzent gesprochen.«

Vilja lächelte.

»Wie können Sie sich daran erinnern?«

Frau Nowak lachte.

»Manche Kinder prägen sich einem besser ein als andere. Und damals hatten wir nicht viele ausländische Kinder. Du und dein Bruder, ihr wart Ausnahmen.«

»Erinnern Sie sich noch an Matias?«

Frau Nowak zögerte einen Augenblick.

»Er hatte blondes Haar so wie du. Er war in einer anderen Gruppe, bei den größeren Kindern, aber er war wohl oft krank? An dich erinnere ich mich besser. Und an deine Eltern. Besonders deinem Vater bin ich oft begegnet, meistens war er es, der dich abgeholt hat.«

Vilja schluckte. Der Vater auf dem Hof, wie er sie durch die Luft fliegen lässt. Wie er mit seinen Lippen aus Spaß gegen ihre Wange prustete. Diese Erinnerung ließ sofort ihre Trauer wieder hochkommen. Sie schob sie beiseite, drehte sich langsam um und schaute aus dem Fenster. Draußen hatte Schneeregen eingesetzt. Die langsam herabsinkenden Flocken platschten gegen das Fenster, wo sie im Nu zu Wasser wurden und die Scheibe hinabliefen.

»Ich erinnere mich an Zufälliges. An Einzelheiten hier und da. An ein Maskenfest, oder vielleicht eine Art Karneval. An die Spiele auf dem Hof. Daran, dass eine Tante mir ein Märchen vorlas. An das Mittagessen, vielleicht eine Suppe, eine Wurst.«

Frau Nowak legte Vilja die Hand auf die Schulter.

»Du mochtest gern Kartoffelsuppe, das weiß ich noch. Und damit warst du keine Ausnahme, auch viele andere Kinder mochten sie. Bei uns hätte es jeden Tag Kartoffelsuppe mit Würstchen geben können, und ihr hättet vor Begeisterung geschrien.«

Die Vorstellung von Kindern, die wegen einer Kartoffelsuppe schreien, belustigte Vilja.

»Ich möchte mich gern an all das erinnern. An Sie und meine damaligen Freunde. An alles. Ich finde es unfair, dass man einen so großen Teil seines Lebens verliert.«

Katarina Nowak sah sie einen Augenblick schweigend an.

»Möchtest du hier eine kleine Runde machen? Ich kann dir alles zeigen.«

Sie folgte Frau Nowak durch die Kindertagesstätte, durch Räume, die für einen Meter große Menschen zugeschnitten waren und an deren Wänden eine Unmenge von Arbeiten mit Wasserfarben, Zeichnungen und Bastelarbeiten aus Seidenpapier und Karton hingen. Eine Kollage mit dem Sandmännchen. Gläser mit Farbstiften und Pinseln, kartonweise Papier, Pappe und Seidenpapier, Regale voller Bücher und Brettspiele, Feuerwehrautos, Bauklötze und Plastiktiere. An der Tür des Schlafraums dämpfte Frau Nowak die Stimme und deutete durch die Glastür in das schummerige Zimmer.

»Dort habt ihr geschlafen. Nach dem Essen haben wir immer die Matratzen auf dem Fußboden ausgebreitet. Das machen wir auch weiterhin.«

Vilja starrte durch das Glas in den Raum. Neben dem Fenster ein rothaariges Mädchen, ein bezopftes am rechten Rand, daneben ein dunkelhaariger Junge. Helle Locken neben der Tür, links davon ein dunkler Pferdeschwanz.

»Lagen die Matratzen immer in derselben Ordnung?«

»Nein. Wir haben immer die Plätze variiert.«

»Ich habe also nicht immer neben demselben Kind geschlafen?«

Frau Nowak schüttelte den Kopf.

»Oder mit einem bestimmten Kind besonders viel gespielt?«

»Warum fragst du?«

Vilja lächelte.

»Ich überlege, ob ich eine besonders enge Freundin hatte. Ich erinnere mich nicht daran.«

Frau Nowak stand schweigend da, betrachtete durch das Glas die schlafenden Kinder und sagte dann:

»Meiner Erinnerung nach hattest du viele Freunde. Du warst sehr beliebt.«

Das blond gelockte Mädchen drehte sich im Schlaf um, rieb sich die Wange, beruhigte sich schließlich und schlief weiter.

»Meine Familie hat wohl kein einziges Foto von hier. Wenn

sie eins hätte, würde ich mich wahrscheinlich besser an manche Dinge erinnern.«

Frau Nowak wandte sich um.

»Wir haben hier Fotos. Aus zwei Jahrzehnten.«

Wärme durchströmte Viljas Körper.

»Tatsächlich?«

»Natürlich. Komm, ich zeig dir welche.«

Frau Nowak ging denselben Weg zurück, den sie gekommen waren, und bog dann vom Korridor aus in das gegenüber dem Waschraum gelegene Büro ein. Auf dessen Regal waren dicht nebeneinanderstehende Fotoalben aufgereiht. Frau Nowak zog zwei davon heraus und führte Vilja dann in den Speiseraum. Vilja setzte sich an den Tisch, Frau Nowak neben sie. Sie öffnete eines der Alben und las blinzelnd den Text auf dem Umschlag:

»1981. In welchem Jahr warst du gekommen?«

»1984.«

»Also das andere.«

Frau Nowak öffnete das zweite Album.

»Na also, jetzt sieht es schon besser aus. April 1985. Hier sind die Fotos bis 1986.«

Vilja beugte sich näher heran. Der Hof hatte sich nur wenig verändert, der Drahtzaun war der gleiche geblieben und verlief zwischen denselben, jetzt allerdings größeren Bäumen und gab einen Blick auf die Spree frei, die ein paar Meter entfernt dahinströmte. Die Rutsche, das Sandfeld, die jungen Kastanienbäume mit zarten Frühlingsblättern. Frau Nowak reichte das Album Vilja, die es vor sich auf den Tisch legte. Kinder am Tisch beim Essen. Erwachsene und Kinder auf dem Spielplatz. Personen in altmodischer Kleidung im Spielzimmer und im Speisesaal, lachende und ernste, sitzende und stehende, beim Spielen und draußen.

Prüfend betrachtete sie die Gesichter der Menschen. Ob ihr jemand bekannt vorkam, und sei es auch nur entfernt? Sie konnte es nicht sagen.
Sie blätterte eine Seite um, dann eine weitere.
»Da bin ich«, sagte Frau Nowak und deutete auf ein Foto, auf dem zwei Kindergärtnerinnen ein Spiel auf dem Hof leiteten. Ihre Haare waren länger, ihr Gesicht sorglos und ohne Falten.
»Und sie hier?«, fragte Vilja und zeigte auf die andere Frau auf dem Foto.
»Saskia Müller. Sie hat hier bis zum Fall der Mauer gearbeitet. Dann verschwand sie plötzlich. Und wir haben nichts mehr von ihr gehört.«
Vilja sah Frau Nowak an.
»Ist so viel passiert?«
Frau Nowak nickte. Vilja schwieg einen Augenblick, dann fragte sie:
»Darf ich fragen, warum Sie nicht gegangen sind?«
Frau Nowak wendete die Seite um.
»Warum hätte ich gehen sollen?«
Vilja hob die Brauen.
»Ja, ich weiß nicht. Warum sind so viele fortgegangen?«
Plötzlich war Frau Nowak ganz kühl geworden.
»Sie glaubten, sie würden stattdessen etwas Besseres bekommen. Ich war mir sicher, dass das nicht so sein würde.«
Vilja nickte und bemühte sich, durch eine Geste ihr Verständnis dafür auszudrücken. Frau Nowak fuhr fort:
»Tatsächlich war ich überrascht, dass letztlich so viele gegangen sind. Aber so war es.«
»Sie sind dennoch geblieben.«
»Ja.«

Vilja blätterte eine Seite um, dann eine weitere. Da hörte sie sich sagen:
»Ich hab geweint, als die Mauer fiel. Ich weiß nicht, warum. Als ich ein Kind war, erschien sie mir wie das Ende der Welt. Ich hab die Nachrichten gesehen und geweint.«
Frau Nowak saß schweigend da, ebenso Vilja. Von irgendwo war die Stimme eines Kindes zu hören. Wassergeplätscher. Das Ticken eines Sekundenzeigers. Vilja räusperte sich und wendete eine Seite um. Ein Gruppenfoto. In der hinteren Reihe vier Frauen, davor eine Kindergruppe. Sie zuckte zusammen. Am rechten Bildrand saß zwischen zwei Kindern ein kleines, hellblondes Mädchen.
»Das bin ich«, sagte sie und zeigte auf das Foto.
Frau Nowak entfuhr ein freudiger Ausruf.
»Was hab ich gesagt, blondes Haar und ein Pony!«
Vilja lachte.
»Erinnern Sie sich an die Namen dieser anderen Kinder?«
Frau Nowak zeigte mit dem Finger auf die Kinder neben Vilja.
»Sebastian. Maria. Brian. Nadine.«
»Nadine Gröschner?«
Frau Nowak nickte und fuhr dann fort, indem sie jeweils auf ein Kind zeigte.
»René. Adam, Marlene und Virginia.«
»Marlene Hensel und Virginia Grass«, sagte Vilja und dachte an die Fettkreidearbeit.
»Ja. Und dort neben mir steht Saskia. Rechts von ihr Claudia Waschke, die ehemalige Leiterin des Kindergartens, und dann Luise Seidel. Du mochtest Luise besonders gern. Erinnerst du dich an jemand von ihnen?«
Vilja hob das Album näher an die Augen und betrachtete die Gesichter. Claudia Waschke, die ehemalige Leiterin des

Kindergartens, hatte einen finsteren Blick und ein wuchtiges Kinn, kurzes, von Lockenwicklern aufgebauschtes Haar, trug ein eng anliegendes Futteralkleid und starrte in die Kamera wie auf einen Feind. Die neben ihr stehende Luise Seidel war gleichsam das Gegenteil der Leiterin: ein scherzhafter Blick, ausgeprägte Lachgrübchen, dunkles, in Wellen auf die Schultern herabfallendes Haar.

Etwas an dieser Frau brachte Vilja in Bewegung. Prüfend betrachtete sie ihr Gesicht, aber das Bild war klein und das Gesicht eine Spur unscharf. Gerade wollte sie Frau Nowak etwas fragen, als ein kleiner Junge ins Zimmer trat.

Frau Nowak stand auf.

»Na, Marco, bist du schon aufgewacht? Gehen wir zur Toilette?«

Der verschlafene Marco ließ die Arme herabhängen. Vilja blätterte eine Seite um, dann eine zweite, eine dritte. Frau Nowak nahm Marco bei der Hand und verschwand mit ihm im Waschraum, auf den Fotos wechselten die Gesichter, die Räume, das Spielzeug, das Geschirr, die Kinder und die Erwachsenen.

Zugleich erstarrte Vilja.

Auf einem Foto, das nach dem Umblättern erschienen war, spielten zwei Kinder mit einem Kranwagen aus Holz, ein drittes stand daneben und sah dem Treiben von der Seite zu. Im Hintergrund des Bildes saß auf einem Stuhl eine Frau. Auf dem Schoß hielt sie ein Mädchen. Sie hielt das Kind mit festem Griff. Die Köpfe lehnten gegeneinander. Das dunkle, halblange Haar der Frau mischte sich mit dem flachsfarbenen Haar des Kindes. Das Mädchen hatte geweint, war vielleicht hingefallen, hatte sich vielleicht wehgetan. Vilja hörte ihren eigenen Atem. Die Wanduhr. Das Rauschen des Wassers, das irgendwo in der Nähe aus

dem Hahn floss. Die Kinder, deren Mittagsschlaf zu Ende ging.
Sie starrte das Foto an.
Und spürte plötzlich die Wärme des Schoßes. Die Arme der Frau um sich herum.
Saß still an ihrem Platz.
Mit zitternden Händen nahm sie ihr Handy aus der Tasche und wählte eine Nummer. Das Telefon klingelte dreimal, ehe sich jemand meldete.
»Kannst du mir schnell helfen? Ich möchte dir ein Foto schicken, damit du es dir ansiehst«, sagte Vilja und bemühte sich mit allen Mitteln, ruhig zu klingen.
Die Antwort am anderen Ende war sicher und schnell.
»Natürlich, schick es mir.«
Sie atmete tief ein und langsam aus, um ihr zunehmendes Zittern zu bezwingen, machte mit ihrem Handy ein Foto von der Frau und dem Kind, ein zweites, zur Sicherheit noch ein drittes und schrieb als Begleittext: »Erkennst du die Frau im Hintergrund?«, und schickte die Nachricht ab.
Für einen Moment schloss sie die Augen, aber zugleich erschien in ihrem Blickfeld Hertta. Der dunkle Blick des Kindes war fest auf Vilja gerichtet. Vilja öffnete die Augen, um das Mädchen aus ihrem Kopf zu vertreiben, sie richtete den Blick auf das Foto, die Frau und das Kind, auf den Augenblick, den die Kamera vor über fünfundzwanzig Jahren festgehalten hatte, der deutlich nur ihrer beider Augenblick gewesen war, unerreichbar für die Außenwelt, der aber dennoch ohne ihr Wissen von jemandem verewigt worden war.
Das Telefon klingelte und zeigte eine Nachricht an.
Mit angehaltenem Atem starrte Vilja die Antwort an.

Hitze pochte in ihren Wangen.
Sie las die Nachricht einmal, ein zweites Mal, dann noch ein drittes Mal und sah vor ihrem geistigen Auge, wie Hannu Aarnio auf einem ungarischen Acker eine Antwort für sie tippte.
Die Frau, die die Briefe holte! Wo hast du sie gefunden?
Das Herz klopfte ihr wie wild in der Brust, Vilja hob das Album näher zu sich heran, ließ den Blick über das Gesicht und den Körper der Frau wandern und das Verständnis sich in ihr ausbreiten.
Sie hatte Margot gefunden.
Margot, die Luise Seidel war.

1983

Wenn Rosa später hätte erzählen sollen, wie alles begann, hätte sie vom Rotz erzählt. Wie der plötzlich überall war – auf Matias' Wangen, auf seinem Hemd, zwischen den Fingern, in den Ohren, in den Haaren. Obwohl der Junge schon tagelang eine verstopfte Nase gehabt hatte, eskalierte die Situation an diesem Silvesterabend in einer Weise, mit der Rosa nicht hätte rechnen können.

Sie betraten die Wohnung von Anne Stern. Im Flur empfing sie ein Mann, der sich als Sebastian Schildt vorstellte, Markus kräftig die Hand schüttelte und dann Rosas Hand mit beiden Händen ergriff. Die Mäntel an die Garderobe! Die Schuhe dahin, wo Platz ist! Herzlich willkommen, *guten Rutsch*, endlich lernen wir uns kennen, ich habe viel von Ihnen gehört! Hinter ihm kam Anne Stern in den Flur geeilt und fiel Markus um den Hals, dann umarmte sie Rosa wie eine alte Freundin, verwuschelte Matias und Vilja, die sich hinter Rosas Beinen versteckten, das Haar und beugte sich zu ihnen hinab:

»Ach, diese süßen kleinen Spätzchen! Peter wartet schon sehr auf euch, er will euch sein Spielzeug zeigen.«

Dann richtete sie sich wieder auf und sagte:

»Meinen Mann Sebastian habt ihr ja schon kennengelernt. Er wartet auf eine Begegnung mit euch, seit ich ihm von euch erzählt habe. Ich freue mich ja so, dass ihr kommen konntet! Kommt, ich mache euch alle miteinander bekannt.«

Anne führte sie ins Wohnzimmer, dessen Fenster auf den unten dunkel schwappenden Fluss gingen. Festlich gekleidete Menschen standen heiter plaudernd in Grüppchen herum. Anne schenkte Rotkäppchen-Sekt in große Kristallgläser, und in die kleinen blassroten Saft, hob dann ihr Glas, klopfte mit einem Buttermesser dagegen und rief laut, das Stimmengewirr übertönend:
»Liebe Freunde! Im Namen aller heiße ich unsere Gäste aus Finnland herzlich willkommen.«
Sie machte eine kurze Pause und sah Markus und Rosa an, die beide, überrascht von der unerwarteten Aufmerksamkeit, verlegen in der Türöffnung standen.
»Dies ist Markus Siltanen und dies seine Frau Rosa«, fuhr Anne fort. »Markus habe ich an einem stürmischen Tag am Alex kennengelernt, und ich hätte es ohne seine Hilfe vielleicht nicht bis nach Hause geschafft. Mir war vom ersten Augenblick an klar, dass dies ein gutherziger Mann ist, dem ich vertrauen kann und den ich gern näher kennenlernen möchte. Ich bitte euch, liebe Freunde, sorgt dafür, dass unsere besonderen Gäste sich willkommen fühlen. Beginnen wir das neue Jahr in der Gesellschaft von Freunden, von neuen und alten. Sorgen wir gemeinsam dafür, dass das nächste Jahr noch besser wird als dieses – oder nein, das bisher beste! Möge es uns Liebe bringen, prickelnde, perlende Liebe. *Prost!*«
Die Leute erhoben ihr Glas, auch Rosa und Markus, dann kamen die Leute zu ihnen. Ein kleiner und anmutig lächelnder Mann stellte sich als Leon Stern vor, er war Annes Bruder und wollte demnächst zum Studium nach Kiew fahren. Was für ein Glück, dass ich euch noch vorher kennenlerne, sagte Leon. Eine rothaarige Frau, Katarina Sommer, erzählte, sie arbeite an der Volksbühne als

Bühnenbildnerin. Ein Mann, dessen Glatze von einem unnatürlich dichten, blumenartigen Haarkranz umgeben war, stellte sich als Petrik Pfeiffer vor, aber noch ehe er mehr von sich hätte erzählen können, war an seine Stelle mit blitzenden Augen schon Roy Weber getreten, der Pfeiffer beiseiteschubste, sich vor Markus verbeugte und Rosa die Hand küsste.

»Es ist eine Ehre, Sie kennenzulernen«, erklärte Weber theatralisch. »Eine ganz besondere Ehre.«

»Aha, Roy hat wieder mal beschlossen, seinen ganzen Freundeskreis in Verlegenheit zu bringen«, sagte Pfeiffer und stieß Weber den Ellenbogen in die Rippen.

Von irgendwoher streckte sich zwischen Katarina Sommer und Petrik Pfeiffer noch eine Hand hin.

»Max Seidel, nett, Sie kennenzulernen.«

Markus schüttelte die Hand und schrak ein wenig zusammen. Max Seidel hatte verblüffende Ähnlichkeit mit dem jungen Waldhüter Kalle Heimonen, den Markus vor Jahren für die *Kraft des Volkes* interviewt hatte. Zwei Tage danach hatte man Heimonen erschossen in seinem Waldhüterhaus aufgefunden, neben sich eine Waffe. Tagelang war Markus die Situation des Interviews durchgegangen, alles, was in dessen Verlauf gesagt und besprochen worden war, aber nichts ließ bei ihm die Alarmglocke schrillen, nichts hatte einen Hinweis darauf gegeben, was den Mann veranlasst hatte, sein Hirn weniger als achtundvierzig Stunden nach dem Treffen mit Markus an die Wand des Blockhauses zu schießen. Max Seidels scharf blickende dunkle Augen und sein ernster Gesichtsausdruck ließen Markus für einen Augenblick unruhig werden, doch schnell schob er diese Empfindung beiseite, stellte sich vor und stieß mit seinem Glas kameradschaftlich mit dessen Bierflasche an.

Und gerade, als Matias Rosa ungeduldig an der Hand zu dem kalten Büfett zog, das im Hintergrund des Zimmers angerichtet war, streckte sich Markus aus der Menge noch eine Hand entgegen.
»Luise Seidel«, stellte die Frau sich vor und sandte der sich entfernenden Rosa, Matias und Vilja einen Blick hinterher. »Sie haben ganz entzückende Kinder.«
Und dann begann es. Rosa tat Kartoffel- und Krautsalat auf Teller, verschiedene Würste und marinierte rote Bete und setzte die Kinder nebeneinander an den großen Esstisch, um die Portion von dem großen Teller auf zwei kleinere zu verteilen, als sie den dicken Rotz bemerkte, der von Matias' Nase unterwegs zu seinem Mund war.
»Wisch dir mal die Nase ab«, sagte sie und reichte dem Jungen eine Serviette.
Matias schaffte es, den Rotz in seinem ganzen Gesicht zu verteilen.
»Nein, hör auf!«, jaulte er und warf den Kopf vor und zurück, als Rosa ihm beim Abwischen helfen wollte, und bald war der dicke gelbe Schleim überall.
Rosa führte Matias ins Badezimmer, spülte dem Kind, das sich in ihren Armen wand, das Gesicht mit warmem Wasser ab und trocknete es mit dem ersten besten Handtuch, das sie fand.
»Na, dann wollen wir mal weiteressen«, sagte sie und zog Matias mit sich zurück zum Esstisch.
Sie hatte kaum drei Happen essen können, als sich neuer Rotz aus Matias' Nase Bahn brach und sich seiner Oberlippe näherte. Rosa spürte, wie die Gereiztheit in ihr aufstieg, und sah sich ungeduldig um.
»Markus!«, rief sie und suchte mit dem Blick ihren Mann. »Würdest du bitte Matias das Gesicht abspülen? Aus

irgendeinem Grund läuft ihm jetzt ständig die Nase. Ich muss jetzt etwas essen, oder ich falle um.«

Markus, der gestanden und mit Anne Stern, Luise und Max Seidel sowie mit Katarina Sommer geplaudert hatte, als hätte er schon immer dazugehört, trat heiter zu dem Jungen, nahm ihn auf den Arm und brachte ihn zurück ins Badezimmer.

»Na, was bist du denn für ein Rotzheini«, hörte Rosa Markus auf dem Weg ins Bad sagen.

Rosa wollte gerade nachsehen, wie es bei Vilja mit dem Essen ging, als sie neben sich eine Stimme hörte.

»Sie haben wunderbare Kinder. Haben sie sich gut hier eingelebt?«

Rosa wandte sich um und sah neben sich eine Frau. Ihr dunkles, welliges Haar fiel ihr in geradem Schnitt auf die Schultern herab, wie eine gleichmäßige Decke, und Rosa konnte nicht anders: Sofort erfasste sie eine primitive Regung von Neid. Während ihr nur dünnes, abwaschwasserfarbenes und schnurgerades Haar gegeben war, von dem sie immer befürchtet hatte, dass es Fremden innere Stumpfheit signalisiere, wirkte diese Frau dank ihres Haars genauso stark und energisch, wie Rosa immer gehofft hatte, selbst zu wirken. Von klein auf hatte Rosa sich gewünscht, selbst so dicke Naturlocken zu haben wie Kaisa, ihre Klassenkameradin in der Volksschule, und wenn sie sich auch noch so sehr gegen dieses kindische Gefühl von Neid wehrte, immer noch, auch als Erwachsene, kam der Neid immer wieder in ihr hoch. Instinktiv lockerte sie mit der Hand ihr eigenes Haar auf, schob das Gefühl von Unsicherheit beiseite und lächelte.

»Danke, sehr gut.«

»Ich bin Luise, Annas Freundin. Und arbeite ganz hier in der Nähe im Kindertagesheim.«

»Rosa«, sagte Rosa und reichte ihr die Hand. »Sie sind also Kindergärtnerin?«
Luise nickte.
»In der Krippengruppe.«
»Krippe?«
»Bei den Null- bis Dreijährigen. Werden Ihre Kinder in den Kindergarten gehen?«
Rosa hatte erwartet, die Frau werde ausführlicher antworten, damit sie die Gelegenheit bekäme, in Ruhe die ordentliche Menge Krautsalat und das Stück Thüringer Bratwurst zu zerkauen, die sie sich gerade in den Mund gesteckt hatte. Sie wedelte mit den Händen, um zu signalisieren, dass sie den Mund erst leer kauen wolle, bevor sie antworten würde, und zerkaute ihr Essen, so schnell sie nur konnte.
»Verzeihung«, sagte Rosa mit noch halb vollem Mund, »ich hab den ganzen Tag nichts Vernünftiges gegessen. Haben Sie Kinder? Wenn ja, dann wissen Sie sicherlich, wie das manchmal so ist. Man denkt einfach nicht daran. Oder kommt nicht dazu, mal so, mal so.«
Für einen flüchtigen Augenblick erschien ein Anflug von Ernst auf Luises Gesicht, doch Rosa hatte ihn bemerkt. Dann lächelte Luise wieder.
»Nein, ich hab keine Kinder. Aber ich hab davon gehört. So kann es tatsächlich manchmal gehen.«
»Ich möchte fast sagen, dass Sie Glück hatten«, bemerkte Rosa spöttisch, bereute es aber sofort. Sie hatte versucht, lustig zu sein, beim Sprechen Vilja bedeutungsvoll anzusehen, die die roten Rüben und die Wurststücke von ihrem Teller auf der weißen Tischdecke verteilt hatte, während aus dem Badezimmer Matias' lautes Weinen erschallte – ganz offenkundig war ihm die wiederholte Gesichtswäsche nicht angenehm –, aber Luise lachte

nicht, sie antwortete mit keinem Wort, sie lächelte, doch anders als kurz zuvor, denn etwas in ihrem Gesicht war erloschen. Rosa begriff, dass sie ein dummes Risiko eingegangen war. In der Gesellschaft von Markus oder ihrer eigenen Freunde konnte sie ungeniert Witze reißen in dem Bewusstsein, dass die Menschen um sie herum ihre Worte als Humor verstehen würden. Doch Luise verstand es nicht, sie war eindeutig nicht auf derselben Wellenlänge oder begriff die Ironie nicht. Oder konnte Rosa sich auf Deutsch nicht genau genug ausdrücken? Ein unangenehmes Gefühl der Unsicherheit erfüllte ihren ganzen Körper.

»Ja«, erinnerte sie sich plötzlich an die Frage, die Luise ihr gestellt hatte, und riss sich zusammen. »Vilja und Matias werden in den Kindergarten gehen. Gleich zu Jahresbeginn. Vielleicht in denselben, in dem Sie arbeiten?«

»Bitte seien Sie so nett und duzen mich«, sagte Luise und lächelte wieder, auch mit den Augen.

»Na gut«, lächelte Rosa zurück. »Arbeitest du dort in dem Kindergarten ganz in der Nähe?«

Luise bejahte und wollte gerade von ihrer Gruppe erzählen, als Markus mit dem verweinten Matias auf dem Arm an den Tisch zurückkehrte.

»Dieser Junge ist tatsächlich verrotzt«, sagte er zu Rosa. »Und fiebrig. Ich glaube, die Krankheit kehrt zurück.«

Dann wandte er sich an Luise.

»Wir hatten schon gedacht, er sei gesund. Der Husten plagte ihn einige Wochen lang, aber anscheinend haben wir uns zu früh gefreut.«

Rosa seufzte tief auf. Sie legte ihr Besteck auf den Teller, stand auf, legte Matias die Hand auf die Stirn, und tatsächlich, sie war glühend heiß. Seine Wangen glühten rot, die Nase war nun völlig verstopft, und wieder floss der Schnodder. Wieso hatte sie nicht selbst bemerkt, dass das Kind glühend heiß war?

»Ich muss ihn nach Hause bringen«, sagte Rosa und nahm Markus das Kind ab, warf einen Blick auf Vilja, die sich auf ihr Essen konzentrierte und jetzt Stücke der roten Bete vom Tischtuch auf ihren Teller zurücktat und daraus mit rot gefärbten Fingern einen Haufen auftürmte.

»Bleib du mit Vilja hier, ich kann den Jungen nach Hause bringen.«

»Bist du sicher?«, fragte Markus.

Rosa nickte entschieden.

»Ja. Ich möchte, dass du neue Leute kennenlernst. Wir brauchen dringend neue Freunde.«

Markus lachte, und Rosa verspürte in sich eine warme Regung: Es gab doch noch jemanden, der ihren Humor verstand.

»Ihr wisst doch, dass man den Arzt bei Bedarf nach Hause rufen kann?«, fragte Luise.

Rosa hob die Brauen und schüttelte den Kopf.

»Wart mal, ich schreib dir die Telefonnummer auf«, sagte Luise, verschwand kurz im Flur und kehrte mit einem Zettel in der Hand zurück, den sie Rosa reichte.

»Hier. Zögert nicht, euch an diese Stelle zu wenden. Wenn nötig, kommt der Arzt schnell.«

»Ist das teuer?«, fragte Rosa.

Luise lächelte.

»Natürlich nicht. Es kostet nichts.«

Rosa bedankte sich für die Nummer, ging dann zu Anne, um ihr die Situation zu erklären und sich von ihr zu verabschieden. Drei Minuten später hatte sie – noch immer mit knurrendem Magen – dem weinenden Matias die Wintersachen angezogen und das Fest verlassen, noch ehe es für sie überhaupt begonnen hatte.

Markus setzte sich aufs Sofa, wo sich Anne und Sebastian zu ihm gesellten.

»So, endlich ein Moment Zeit, um zu sitzen«, sagte Anne und zündete sich eine Zigarette an. »Erzähl doch mal, wie es in Finnland ist, ich möchte alles hören.«

Markus setzte zu einem Vortrag an. Er erzählte von der Sauna und den hellen Sommernächten, vom Weihnachtsmann und den karelischen Piroggen, von den Tausenden Seen mit ihrem klaren Wasser und den Fjälls in Lappland, von dem Koskenkorva-Schnaps, von Kekkonen und den besonders herzlichen Beziehungen zur Sowjetunion und zur DDR.

»Und sind alle Finnen ebenso blond wie deine Kinder?«, fragte Anne und deutete auf Vilja, die neben ihnen auf dem Fußboden saß und zusammen mit dem kleinen Peter aus Bauklötzen einen hohen Turm baute. Der brach in regelmäßigen Abständen zusammen, wonach Vilja vor Freude aufschrie und Peter die Hände enttäuscht in die Hüften stemmte.

»Na, beinahe«, antwortete Markus und sah Sebastian an. »In diesem Sinne würdest du jederzeit als Finne durchgehen.«

Sebastian lachte und fuhr sich durch das störrische ährenblonde Haar.

»Hast du das gehört?«, sagte Sebastian zu Anne. »Vielleicht werde ich eines Tages abhauen und nach Finnland gehen. Da würde ich gut hinpassen.«

Anne lachte.

»Sebastians ganze Familie hat dunkle Haare. Er wurde von klein auf aus Spaß Kind des Postboten genannt.«

In dem Moment erschien hinter Markus ein Mann, mit dem Markus, wie er sich erinnerte, an diesem Abend noch nicht gesprochen hatte.
»Hab ich richtig gehört, dass jemand von Abhauen gesprochen hat?«
»Hans, setz dich zu uns«, sagte Anne und klopfte auf einen Sessel.
»Markus, dies ist Hans Berger, mein Cousin.«
»Hans Berger, das schwarze Schaf der Familie«, präzisierte Hans, ohne Markus die Hand zu geben, nahm einen Schluck aus seiner Bierflasche und wandte sich dann Markus zu.
»Du bist also der Journalist. Ein Vertreter der Presse.«
Markus nickte.
»So nennen die sich auch hier«, sagte Hans und nahm noch einen Schluck.
Markus hob die Brauen.
»Die?«
Hans hob seine Bierflasche so, dass sie beinahe übergeschwappt wäre, bemerkte das selbst aber nicht.
»Parteipropaganda verbreitende Ratten. Nennen sich Journalisten, obwohl sie in Wirklichkeit nur Lügen wiederholen.«
Markus bemerkte, dass Anne ihre Haltung änderte, und verstand, dass sie verärgert war. Um Anne zu signalisieren, dass die Provokation ihm nichts ausmachte, setzte Markus ein besonders freundliches Lächeln auf. Hans trug ein ungebügeltes Hemd, eine schäbige Hose, hatte ungepflegtes, nach allen Seiten abstehendes Haar und war unrasiert. Armer Kerl, dachte Markus, alle konnte der Sozialismus nicht retten.
»Ich weiß nicht, auf wen oder auf welche Zeitung du anspielst, aber ich pflege keine Lügen zu verbreiten. Meine

Texte beruhen auf Fakten«, sagte er, aber Hans brach in Gelächter aus.
»Na, in diesem Fall schreib in deine nächste Geschichte dieses Faktum: Dieser Sozialismus stirbt, denn er ist ein Sozialismus aus Gips. Der Kapitalismus wiederum stirbt, weil er ein richtiger Kapitalismus ist. Am Leben bleiben kann nur der wahre, echte Sozialismus. Zu dem gehört Reisefreiheit. Die Macht des Volkes. Echte Demokratie.«
Anne beugte sich vor.
»Hans, dies ist ein Fest«, versuchte sie zu sagen, aber Markus überging ihren Versuch, das Gespräch zu beenden.
»Ihr habt doch das Recht zu reisen. In die anderen sozialistischen Länder.«
Hans brach in noch lauteres Gelächter aus, Anne lehnte sich zurück gegen die Sofalehne wie jemand, der den zur Niederlage verurteilten Kampf aufgegeben hat.
»In die anderen sozialistischen Länder«, antwortete Hans spöttisch. »Ja, davon gibt es eine Handvoll. Ich dagegen möchte dieselben Rechte haben wie zum Beispiel du. Was, wenn ich auch nach Finnland und in die Sauna möchte? Findest du es richtig, dass ich das nicht darf?«
Markus lächelte, er wusste, dass er hätte den Mund halten müssen, konnte aber nicht anders.
»In den finnischen Saunas gibt es eine Etikette, nach der man sich ruhig verhalten soll und keinen Spektakel machen darf. Also wenn du auch nach Finnland reisen dürftest, kann es sein, dass du nicht in die Sauna hineingelassen wirst.«
Sebastian lachte schallend, und Anne stand auf, holte Luft, um etwas zu sagen, wurde aber wieder übergangen.
»Du ignorierst, was ich sagen will, aber andererseits gibt es keine richtigen Argumente. Zu einer wirklichen Demo-

kratie gehört die Freiheit, das kannst du nicht leugnen und auch sonst niemand.«
»Die Freiheit ist relativ«, versetzte Markus.
»Relativ?«, fragte Hans und breitete die Hände aus, sodass das Bier beinahe wieder durch die Gegend gespritzt wäre. Markus blieb weiterhin gelassen.
»Ja. Auch in den westlichen Ländern ist man nicht frei von allem. Es gibt Arbeitslosigkeit, Wohnungsdarlehen und andere Fesseln, von denen ihr hier völlig frei seid, und manche von euch sind sich dessen überhaupt nicht bewusst.«
Aus den Augenwinkeln bemerkte Markus, dass Anne sich entfernt hatte. Sebastian, der während des ganzen Gesprächs geschwiegen hatte, rieb sich die Schläfen.
»Weißt du«, sagte Hans zu Markus und holte Luft, um fortzufahren, aber jetzt gelang es Anne, ihn zu unterbrechen. Sie war mit einem Tablett in den Händen zurückgekommen und sagte:
»Also, haben wir heute Abend nicht genug Rosa Luxemburg zitiert? Hans, würdest du bitte mal in die Küche gehen, Petrik möchte dich sprechen. Und ihr anderen: Jetzt ist es Zeit für das Dessert!«
Zu Markus Überraschung stand Hans auf, ohne zu murren, und ging in Richtung Küche. Anne wiederum lächelte breit, als hätte sie überhaupt kein ärgerliches Gespräch gehört. Wieder schlug sie gegen ein Glas, um die Aufmerksamkeit der Gäste zu bekommen.
»Nun ist es so, dass meine Backkünste gerade heute zu Silvester versagt haben, und der Kuchen, den ich für euch geplant hatte, ist so zusammengeklatscht, dass ich gar nicht wage, euch zu erzählen, wie flach er geworden ist. Aber zum Glück habe ich Schokolade!«, sagte sie und hielt das Tablett so, dass die Gäste den Haufen Schokolade dar-

auf sehen konnten. »Wir essen also Schokolade! Und an dieser Stelle dürfte es angebracht sein, euch daran zu erinnern, dass die Schokolade aus dem volkseigenen Betrieb zu einem Drittel aus Möhren besteht. Sie ist also erheblich gesünder als die kapitalistische Schokolade. Im Grunde ist unsere Schokolade wie die DDR selbst – vielleicht nicht so süß wie die aus dem Westen, tut uns aber verdammt gut!« Aus der Schar der Gäste erscholl lautes Gelächter. Gleichzeitig hörte Markus, wie die Wohnungstür klappte. Anne und Sebastian sahen sich bedeutungsvoll an, und Markus begriff: Hans Berger war aus der Wohnung entfernt worden.

Die Stimmung wurde wieder heiter, doch plötzlich wirkte die Wohnung enger als zuvor, es schien, als drängten sich alle Gäste im Wohnzimmer zusammen, Bier und Schaumwein waren einer Bowle gewichen, und die Leute trugen die damit gefüllten Gläser in den Händen, ohne sonderlich darauf zu achten, dass sie ihr Getränk nicht verschütteten. Sebastian drehte die Musik stärker auf mit der Folge, dass jeder, der etwas sagen wollte, seine Sache laut herausschreien musste, um die aus den Lautsprechern flutende Musik der Rockband Silly zu übertönen. Jetzt rauchten auch immer mehr Leute, und bald war die Wohnung von beißendem Qualm erfüllt, der die Schleimhäute reizte. Vilja, die zwischen den Beinen der Erwachsenen herumtappte, hatte das Interesse an Peter und den Bauklötzen verloren, das Tablett mit der Schokolade auf dem Sofatisch gefunden und es geschafft, eine Handvoll Schokoladenstücke in den Händen so zu erwärmen, dass die jetzt vollständig von der braunen Masse verschmiert waren. Markus, der allzu viele Biere allzu schnell getrunken hatte, fühlte sich erleichtert, weil er das Kind in die Küche bringen und sich für einen Moment aus der Kakofonie entfernen konnte. Aus dem Hahn ließ er warmes Wasser über Viljas Hände laufen und rieb sie mit seinen eigenen, bis die Schokolade weg war, trocknete Vilja die Hände mit dem Geschirrhandtuch und setzte sie auf den Fußboden, öffnete dann den Schrank über der Spüle, um nachzusehen, ob es dort für das Kind eine Schüssel und einen Löffel gab, denn er wusste, dass Vilja sich damit den Augenblick lang vergnügen würde, den er für sich brauchte, um einen Moment durchzuatmen.

»Guck mal, Vilja, was ich hier gefunden habe«, sagte er und reichte dem Kind die Küchengeräte, die er gefunden hatte. »So eine schöne Schüssel. Und eine Holzgabel.«

»Gabel. Schüssel«, wiederholte Vilja, griff nach den Gegenständen und begann, die Plastikschüssel mit der Gabel zu bearbeiten.

Markus krempelte sich die Ärmel hoch, spülte sich das Gesicht mit kaltem Wasser und trocknete es mit dem Handtuch ab, dann sah er auf die Uhr. Es war Viertel nach elf. Noch zeigte Vilja keine Anzeichen von Müdigkeit, aber ihre Laune konnte unvermittelt umschlagen. So ging es immer, in dem einen Augenblick wirkte das Kind zufrieden, dann verließen sie die Kräfte, und die schlechte Laune übermannte sie.

Da hörte er eine Stimme.

»Ich mag Menschen, die auf die Uhr schauen und trotzdem bleiben.«

Markus wandte sich der Stimme zu. Luise Seidel war in der Küchentür erschienen, Licht fiel aus der offenen Tür wie ein Keil hinter sie. Markus lächelte.

»Tatsächlich hab ich gerade überlegt, ob ich nicht gehen sollte. Das Kind müsste ins Bett.«

Luise zuckte die Achseln.
»Bei unseren Festen schlafen die Kinder an Ort und Stelle ein. Auf den Sofas, auf den Betten, mal hier, mal da. Dann werden sie entweder nach Hause getragen, oder man bleibt selbst mit ihnen zusammen zur Nacht.«
Markus betrachtete das auf dem Fußboden spielende Kind, das noch zufrieden und ruhig war.
»Ich weiß nicht, ob das mit Vilja klappen würde.«
Luise kam in die Küche und setzte sich neben Vilja.
»Vilja.« Sie horchte auf den Klang des Namens. »Das klingt schön. Ist das ein gewöhnlicher finnischer Name?«
Markus übersetzte Luise den Namen, der Getreide bedeutet. Luise half Vilja, die Schüssel umzudrehen, sodass das Mädchen auf deren Boden wie auf eine Trommel schlagen konnte.
»Sie hat ihren Namen nach der DDR bekommen«, sagte Markus. »Nach den Ähren auf der DDR-Fahne. Sie und die DDR haben am selben Tag Geburtstag, am siebten Oktober.«
Billigend nickte Luise, legte Vilja die Hand auf den Kopf und strich ihr über das Haar. Einen Augenblick lang überlegte Markus, ob er Vilja und Luise ins Wohnzimmer zurücklocken sollte, aber irgendetwas hinderte ihn daran. Er öffnete den Kühlschrank, nahm zwei Flaschen Bier heraus und bot eine davon Luise an, als wolle er sicherstellen, dass auch Luise noch blieb, dann setzte er sich ihr gegenüber auf den Boden. Vilja hatte die Schüssel wieder umgedreht und rührte darin eine unsichtbare Suppe, Luise lehnte gegen die Wand und beobachtete das Kind. Verstohlen sah Markus Luise an. Er hatte es schon früher bemerkt, aber jetzt achtete er sehr aufmerksam darauf: In Luises Gesicht war fast alles in irgendeiner Art ungewöhnlich.

Die ungewöhnlich gerade Nase. Die ungewöhnlich runden Oberlider mit den ungewöhnlich dunklen Wimpern. Die ungewöhnlich symmetrischen Lippen, deren Oberlippenbogen zu einer nahezu geraden Linie wurde, wenn sie lächelte. Aber wenn Luises Lächeln erlosch, wurde ihr Gesicht ungewöhnlich ernst, so als hätte sie so drückende Sorgen, dass sie in einem ernsten Moment darunter begraben werden könnte. Luise änderte ihre Haltung, Markus löste den Blick von ihr und stand auf, holte für Vilja noch eine zweite und eine dritte Schüssel aus dem Schrank, die könnte sie ineinanderstecken oder einen Turm daraus bauen, erklärte er und redete sich selbst ein, dass er das zur Freude des Kindes tat.

Allmählich unterhielten sie sich über Vergangenes. Markus erzählte, dass er in jungen Jahren Stabhochsprung gemacht hatte. Er war natürlich kein Pentti Nikula gewesen, aber immerhin, der Vater hatte ihm auf dem Hof des Sommerhauses einen Übungsplatz eingerichtet. Und man weiß nicht, was für eine Sportlerkarriere aus dem Hobby hätte werden können, wenn er die Winter nicht in der Stadt hätte verbringen müssen, wo das Springen von Volleyball abgelöst wurde und einige Jahre später ganz dem Schreiben und dem Klassenbewusstsein weichen musste. Die Leidenschaft für den Stabhochsprung war jedoch geblieben, und im vergangenen August, einige Monate vor dem Umzug nach Berlin, hatte Markus unter dem Vorwand seiner Arbeit die Weltmeisterschaften in Leichtathletik verfolgen können, wo er Serhij Bubkas Siegessprung gesehen hatte: 5,70 Meter.

»Das ist eine wahnsinnige Leistung«, sagte Markus und nahm einen Schluck Bier. »Eine ganz irre Leistung.«

Luise erzählte, dass sie als Kind geturnt, aber auch von Eiskunstlauf geträumt habe, denn einmal sei sie zufällig mit der jungen, vielversprechenden Katarina Witt auf derselben Eisbahn gelaufen.

»So etwas hatte ich noch nie gesehen«, sagte Luise. »Ihr Lauf war so mühelos und schön, so leicht, ich hätte sie endlos anstarren können. Gleichzeitig hab ich verstanden, dass ich nie im Leben auch nur annähernd so gut sein würde. Wenn ich wetten sollte – im Februar in Sarajevo wird Witt sehr erfolgreich sein.«

Markus sah Vilja an, der die Augen zufielen, aber noch schien sie zufrieden zu sein mit ihren Küchengeräten. Mit konzentriertem Gesichtsausdruck rührte sie bald eine ihrer unsichtbaren Suppen um, bald kippte sie all ihre Schüsseln um und klopfte auf deren Boden, bis Luise freundlich die Holzgabel in Viljas Hand ergriff und vorschlug, Vilja solle noch eine Portion Essen kochen. Ohne auch nur eine Silbe von Luises Worten verstanden zu haben, setzte das Kind sein Spiel fort.

»Anne hat erzählt, wie ihr euch kennengelernt habt«, sagte Luise. »Während des Sturms. Dass du ihr und Peter nach Hause geholfen hast, nachdem der Journalist aus dem Westen sie zu dem Interview gedrängt hatte.«

Markus nickte.

»Hast du die Sendung gesehen?«, fragte Luise.

»Nein«, antwortete Markus. »Aber ich bezweifle keinen Augenblick, dass es absolut flegelhaft und verlogen war.«

Luise lächelte.

»Das war es. Totale Scheiße, vom Anfang bis zum Ende.«

Markus lachte.

»Ich plane, einen Artikel über das Bildungssystem der DDR zu schreiben. Dafür könnte ich dich interviewen. Wenn du nicht findest, dass das auch totale Scheiße ist.«

Jetzt lachte Luise.
»Nein, das finde ich nicht. Du kannst mich gern interviewen.«
Markus hob seine Bierflasche zum Zeichen, dass sie sich einig waren, und dann wurde Vilja müde. Sie legte den Kopf in Luises Schoß. Noch nie hatte Markus gesehen, dass sein Kind das in der Gesellschaft eines fremden Menschen tat, wunderte sich andererseits aber auch nicht, denn Luise strahlte Ruhe und Frieden aus, die einen fast gänzlich die Geräusche der Feier, die Musik und das Stimmengewirr vergessen ließen, die aus der Wohnung herüberdrangen. Etwas an dieser Frau bezauberte ihn, und plötzlich wurde ihm klar, dass er so etwas in Rosas Gesellschaft schon lange nicht mehr empfunden hatte. Bald nach Viljas Geburt hatten sie sich von einem Ehepaar in einen Vater und eine Mutter verwandelt, zu Stubenkameraden, die ihre gemeinsamen Verpflichtungen mit wechselnden Kraftreserven erfüllten und ineinander statt faszinierender Charakterzüge einen Verbündeten sahen, mit dessen Hilfe sie die Verpflichtungen erfüllten, die der Alltag ihnen aufbürdete. Vor Viljas Geburt war das noch anders gewesen; wenn Matias schlief, konnten sie nackt ins Bett schlüpfen und sich miteinander vergnügen, solange der Junge seinen Mittagsschlaf hielt, aber Viljas Geburt hatte alles verändert. Das war nicht die Schuld des Kindes, wollte Markus sich selbst versichern, es war einfach so gekommen, jetzt reichten die Kräfte einfach nicht für mehr als ein paar gelegentliche Augenblicke der Nähe.
Anders als Rosa und er es sich vorher vorgestellt hatten, war zwei gar nicht eins plus eins, zwei war mehr, zwei hatte sie unversehens in den monotonen Alltag einer Familie mit Kindern versetzt, wo jede Art von Leidenschaft anschei-

nend sowohl in eine ferne Vergangenheit als auch in eine ferne Zukunft gerückt war. Deshalb hatte er auch wegen gelegentlicher Spielereien mit anderen Frauen nie ein schlechtes Gewissen gehabt, hatte er doch Rosa niemals auch nur zu verstehen gegeben, dass er sich an das halten würde, was manche als Treue bezeichneten. Sie hatten beide die Erlaubnis zu spielen. So lebten moderne Erwachsene, und er wusste, dass sie beide so dachten.
Markus tauchte aus seinen Gedanken auf und sah Luise an. Sie strich Vilja übers Haar, betrachtete schweigend das Kind, als es draußen plötzlich krachte. Sie drehten sich um und schauten aus dem Fenster. Der dunkle Himmel dahinter war in Farben entflammt, in der Ferne leuchteten gegen den dunklen Nachthimmel der Stadt rot grün blau gelb die Raketen auf, deren Lichter Luises blasses, helles Gesicht erreichten, sodass es Markus an einen bestimmten Vergnügungspark erinnerte, den er immer hatte besuchen wollen. Vom Wohnzimmer her drangen fröhliche Ausrufe herüber, Luise lachte, Markus lachte, sie beide hoben ihre Bierflasche und stießen damit an.
»Ein gutes neues Jahr!«, sagte Luise.
»Ein gutes neues Jahr!«, antwortete Markus.
Und da bemerkte er einen Träger, der Luise von der Schulter geglitten war, und er konnte seinen Blick nicht davon wenden, die nackte Schulter, auf der ein blassbraunes Muttermal prangte, plötzlich hatte er den Drang, sie zu berühren, mit den Fingerspitzen darüber zu streichen und deren Haut an seiner zu spüren. Markus hob den Blick und begegnete Luises, sie sah ihm direkt in die Augen, lächelte, und Markus konnte sich des Gedankens nicht erwehren, dass etwas in diesem Blick sich verändert hatte, das Lächeln war wie eine Einladung, der sich Markus nicht verweigern wollte,

und einer plötzlichen Eingebung folgend, beugte er sich zu Luise. Ihre Lippen schmeckten nach Bier, ihre Haut duftete nach Moschus, und Markus dachte, er habe noch nie eine Frau getroffen, deren Kuss sich eher wie eine Frage als wie eine Antwort anfühlte. Und dann: Er hatte gerade die Hand gehoben, um sie Luise auf die Wange zu legen, als er ein Geräusch vernahm, ein kleines und leises, das aber aus der Nähe kam. Er schrak zusammen und löste sich von Luise, wandte sich um in die Richtung, aus der das Geräusch gekommen war, aber in der Türöffnung war niemand. Einen Augenblick lang starrte er darauf, als erwartete er, dass die Person, die das Geräusch verursacht hatte, zurückkäme, doch niemand war zu sehen. Er stand auf, ging zur Tür und schaute in den Korridor, ohne hinauszutreten. Der war leer. Markus wandte sich Luise zu. Sie saß noch genauso da wie eine Minute zuvor, ihre Hand ruhte auf Viljas Rücken, die in ihrem Schoß schlief, aber ihr Gesicht war ernst geworden. Markus verspürte eine Unruhe in sich.

Einen Moment lang wusste er nicht, was er tun sollte.

Wie gelähmt stand er auf der Stelle.

Dann machte er das, was er in schwierigen Situationen immer tat: Er flüchtete.

»Ich muss Vilja nach Hause und ins Bett bringen«, sagte er.

Er trat zurück in die Küche, und ohne Luise in die Augen zu sehen, nahm er Vilja auf die Arme, zog ihr den Winteranzug an und sich selbst Schuhe und Mantel und wandte sich zu Luise um. Sie stand in der Tür zur Küche und sah ihn an, und Markus wusste, dass sie beide dasselbe dachten: Jemand war an der Küchentür gewesen, hatte sie gesehen und sofort kehrtgemacht, um nicht gesehen zu werden. Was das bedeutete, wusste Markus nicht, aber etwas in Luises Körpersprache machte ihn nervös. Einen Augenblick später trat Markus mit dem Kind auf der Schulter in die kalte Nacht hinaus.

Die Straße war menschenleer, der Asphalt nass, und von den Straßenlaternen fiel graues Licht wie weicher Regen. Er überquerte die Brücke mit dem Kopfsteinpflaster und ging über den Spielplatz bis zum Haus, fuhr mit dem Fahrstuhl in den vierten Stock, öffnete leise die Tür der Wohnung und trug Vilja direkt in ihr Bett, zog ihr die Straßenkleider aus und deckte sie zu, schlich dann in aller Stille zum dunklen Fenster des Wohnzimmers und zündete sich eine Zigarette an. Er starrte in die nächtliche Stadt hinaus und versuchte, seinen Atem zu beruhigen. Hier und dort knallte es noch, die blasser werdenden Lichter stiegen wie kugelige Fontänen als aufwärts fallender Regen zum Himmel auf, über den sich eine Schleierwolke gelegt hatte, regengrau und tief liegend. Markus sog den Rauch ein und blies ihn wieder aus, betrachtete bald den Himmel, bald in Gedanken das, was er erst vor ein paar Augenblicken erlebt hatte. Er war gegangen, ohne sich von Anne oder den anderen verabschiedet zu haben, ja, nicht einmal ordentlich von Luise, und wie er dort am Fenster stand, klangen ihm in den Ohren konkurrierend das Schuldgefühl und Luises Worte, die letzten, die sie ihm an Anne Sterns Wohnungstür zugeflüstert hatte:
»Ich möchte dich wiedersehen.«

TEIL II

DER SPIEGEL 44/2009
Von meiner Heimat sind nur Ruinen übrig

Die beiden Deutschlands haben sich nicht vereinigt, sondern die DDR wurde zwangsweise an die Bundesrepublik angeschlossen, schrieb die Dokumentarfilmerin Ute Lauterbach. Ihrer Ansicht nach wurde das kollektive Gedächtnis der Deutschen manipuliert – und die Folgen davon tragen wir auch noch zwanzig Jahre nach dem Fall der Mauer.

Es war an einem Herbsttag im Jahr 1990, als Marianne Becker zum letzten Mal in die Redaktion kam. Die gesamte Leitung der Zeitung war vor ein paar Wochen ausgewechselt worden, und jetzt – sie wusste es schon, bevor es ihr gesagt wurde – war sie an der Reihe.
Marianne Becker setzte sich auf den Ledersessel. Der Chefredakteur, in dessen Zimmer sie gerufen worden war, nahm einen Schluck aus seinem Wasserglas, bevor er zur Sache kam. In fünf Minuten war alles vorbei. Inkompetent für die journalistische Arbeit, teilte der Chefredakteur ihr mit und erzählte, dass er die gesamte Redaktion durch eine Gruppe frisch diplomierter junger Leute aus dem Westen ersetzen werde. Wie Marianne Becker später erfuhr, hatten sie keine Erfahrung mit redaktionellen Prozessen. Sie waren von dem neuen westdeutschen Besitzer der Zeitung rekrutiert worden. Einen entsprechenden Wandel erlebten die Redaktionen in der ganzen ehemaligen DDR: Die alten Redakteure der DDR-Medien wurden von ihren

Arbeitsplätzen verdrängt und durch junge Westdeutsche ersetzt.
»In den Augen der neuen Besitzer war unser Können nicht erhaltenswert«, stellte Becker vor einem Jahr in einem Interview mit mir fest. Ich stellte sie und mehrere andere Ostdeutsche in meinem Dokumentarfilm *Mein letzter Arbeitstag* vor. Er erzählte von meinen Landsleuten, für die nach der *Wende* ein neues Leben begann, eines, zu dem nicht die Arbeit gehörte.
Obwohl Untersuchungen, die Jahre später gemacht wurden, etwas anderes bezeugen, waren die ostdeutschen Redakteure wie Marianne Becker nach der neuen, von Westdeutschland dem Osten aufgezwungenen Weltordnung nicht imstande, einen Journalismus nach westdeutschen Kriterien zu bieten.
Ihr seid es gewohnt, anders zu denken, wurde ihnen erklärt. Propaganda zu produzieren.
Das Denken anderen zu überlassen.
Es ist kein Geheimnis, dass die jungen Westdeutschen, die die Ostdeutschen ersetzten, in besonderem Maße solche Journalisten waren, für die sich im Westen kein Job fand. Im Osten hatten sie Glück. Für die ehemaligen Ostdeutschen dagegen bedeutete der massive Wandlungsprozess das Ende ihrer Karriere. Als später das Schicksal der Redakteure, die in der ehemaligen DDR gearbeitet hatten, untersucht wurde, waren die Schlussfolgerungen eindeutig: Die meisten ostdeutschen Journalisten hatten sich glänzend an das neue Handlungsumfeld angepasst. Besonders die Vertreter der jungen Generation, aber auch ein großer Teil der Älteren hatten sich leicht die westliche Art, Journalismus zu machen, angeeignet. Die meisten von ihnen bekamen diese Chance jedoch nicht.

Das Problem betraf nicht nur die Journalisten. Ebenso erging es Hunderttausenden anderen Ostdeutschen, unabhängig von deren Arbeitserfahrung, Schulbildung oder Fachwissen, und das hatte für unsere Gesellschaft schwerwiegende Folgen. In den Jahren 1990 bis 92 stieg die Anzahl der Herzinfarkte auf dem Gebiet der DDR um zwanzig Prozent. Der Alkoholkonsum und die Selbstmorde nahmen zu. Die Geburtenrate sank stark.

Ein Grund für die heftigen Folgen liegt in unserer Einstellung zur Arbeit. Es heißt, dass, wo die Ostdeutschen zur Arbeit gingen, taten die Westdeutschen das, um Geld für eine Wohnung, ihre Hobbys oder zum Reisen zu verdienen. Die Arbeit war in der DDR ein wichtiger Teil des Lebens, nicht bloße Arbeit, und wenn die Menschen ihre Arbeit verloren, dann verloren sie damit oft auch ihren Freundeskreis, ihre zweite Familie, manche sogar den Sinn ihres Lebens.

Die Geschichte ist immer die Geschichte der Sieger, heißt es, und für die DDR gilt das in besonderem Maße. Unsere Geschichte wurde umgeschrieben und bearbeitet, sodass sie zu der Erzählung der Sieger – des Westens – passte. Zu dieser Erzählung gehört die Auffassung, nach der es in unserer Kultur und unserer Lebensweise nur wenig Erhaltenswertes gab. Nach der westlichen Denkweise war das alles zu ersetzen, zu erneuern, zu vergessen. In der Geschichtsschreibung hat sich der Begriff »Vereinigung der beiden Deutschlands« etabliert, aber für mich und viele andere ging es mehr um den zwangsweisen Anschluss der DDR an die Bundesrepublik Deutschland. Dem neuen Deutschland waren die Journalisten, Lehrer und die Wissenschaftler aus dem Osten nicht gut genug. Dasselbe gilt

für die Fernsehkanäle, das Bildungssystem und andere Institutionen des Ostens.
Warum ist das ein Problem für ganz Deutschland - auch noch zwanzig Jahre nach der »Vereinigung«?
Die Antwort kann man zum Teil in dem Begriff kollektives Gedächtnis suchen, mit dem eine Art Mischung von lebendigen Erinnerungen der Mitglieder eines Volkes und historischen Fakten gemeint ist. Dadurch wandeln sich die persönlichen Erfahrungen und die Ereignisse der Vergangenheit zu einem Teil des historischen Bewusstseins und der gemeinsamen Identität des ganzen Volkes. In Bezug auf die DDR ist unser kollektives Gedächtnis absichtlich manipuliert worden. Die allgemein kultivierte Auffassung von meinem ehemaligen Heimatland, die im heutigen Deutschland und anderswo vorherrscht, kann ich nämlich im Licht meiner Erfahrungen nicht teilen.
Wenn in der allgemeinen Geschichtsschreibung von der DDR die Rede ist, wird das Schlechte betont und das Gute abgetan. Man will die guten und positiven Dinge beiseitewischen. Gleichzeitig wird unsere Vergangenheit karnevalisiert, als lächerlich oder absurd dargestellt. Zugespitzt kann man sagen, dass unsere neue, die Identität des vereinigten Deutschlands, auf dem Gedanken fußt, dass alles im realen Sozialismus schlecht, komisch oder schädlich war, und dass deshalb dessen Untergang eine ausschließlich positive Sache ist. Und das, obwohl vor zwanzig Jahren kaum jemand den Sozialismus oder sein Heimatland stürzen oder an irgendetwas anderes anschließen, sondern unser Gesellschaftssystem in ein freies und demokratisches verwandeln wollte.
Nach einer gutwilligen Interpretation wollte das neue Deutschland aus den Tragödien der Vergangenheit eine

Lehre ziehen, und deshalb wurden in der öffentlichen Diskussion die mit der DDR verbundenen Traumata betont. Eine kritische Interpretation ist, dass die bewusste Manipulierung der kollektiven Erinnerung in politischer Hinsicht ein zweckmäßiger Trick ist, mit dem man den Sozialismus als Bedrohung für Rechtmäßigkeit und Wohlstand darstellen wollte, sodass die Entstehung eines entsprechenden oder zumindest ähnlichen Gesellschaftssystems in der Zukunft möglichst schwierig sein würde. Ob nun das eine oder das andere, die Entwertung der Erfahrungen eines ganzen Volkes hatte weitreichende Auswirkungen, von denen die meisten sowohl persönlich als auch politisch waren. Das Gedächtnis ist die Voraussetzung für das Verständnis von sich selbst, und das gilt sowohl für Individuen als auch für Gesellschaften. Aufgabe des Gedächtnisses ist es, für uns eine einheitliche und brauchbare Vergangenheit zu bauen, ohne die die Entwicklung einer ganzheitlichen Identität unmöglich ist. Zugespitzt kann man feststellen, dass die Auffassungen der Ost- und der Westdeutschen von der alltäglichen Realität der DDR so weit voneinander entfernt sind, dass keine intakte Identität entstehen konnte – und darunter leidet das ganze gegenwärtige Deutschland. Die Ostdeutschen wurden durch die Annullierung ihrer Erfahrungen populistischer, nationalistischer Propaganda unterworfen.

Eine Weile haben wir heftig gegen das Herunterfahren von Fabriken und Gesundheitsfürsorge protestiert, aber hat das jemand gehört? Besonders besorgt waren die Rentner und diejenigen, die kurz vor dem Renteneintritt standen. Ihre Berufskarriere blieb nach der Wende stecken, und jetzt erwartet sie die Altersarmut. Diese Sorge hat ihre Hoffnung auf die Rechtspopulisten gelenkt, die auch von vielen jungen Leuten unterstützt werden, die die Not ihrer Eltern sehen. Als Endergebnis ist Deutschland geteilter denn je, und wir befinden uns in der realen Gefahr, in Richtung auf eine aus unserer früheren Geschichte erschreckend bekannte Zunahme von Nationalismus und extremem Denken abzugleiten.

Die Erinnerung, auch die kollektive, bedarf neben sich der Ethik. Nur durch die Erinnerung kann man aus den Tragödien der Vergangenheit lernen, und solche sind neben der Verfolgung der Stasi-Opfer auch die Bagatellisierung der Erfahrungen eines großen Teils der Bevölkerung.
Jetzt, da wir demnächst als vereintes Volk den zwanzigsten Jahrestag des Mauerfalls feiern, hoffe ich, dass wir einem wahrhaft neuen Zeitalter entgegengehen: einer Zeit der wirklichen Einheit. Als Nation sind wir noch dabei, die vom Zweiten Weltkrieg verursachten kollektiven Traumata zu überwinden. Als Nächstes muss die DDR drankommen, die jetzt offener als bisher betrachtet werden muss. Das setzt nicht nur voraus, dass Fehler eingestanden werden und dass man aus ihnen lernt, sondern auch Ehrlichkeit. In meinem Heimatland und in dem ehemaligen von siebzehn Millionen anderer Deutscher war nicht alles schlecht. Schlecht oder minderwertig waren auch wir selbst nicht – weder als Berufstätige noch als Menschen.

2011

Vilja legte den aus dem *SPIEGEL* ausgeschnittenen Artikel auf den Tisch, trank ihr Wasserglas aus und hob die Hand zum Zeichen für den Kellner, dass sie bezahlen wollte, faltete dann den Artikel zusammen, steckte ihn in die Tasche und zog den Mantel an. Ein paar Minuten später stand sie draußen vor dem Restaurant, überlegte einen Augenblick, welchen Weg sie wählen sollte, den rechten oder den linken, und zündete sich dann, unentschlossen, eine Zigarette an. Der Rauch stieg ruhig und dicht in die Luft, und sie hob den Blick, um zu beobachten, wie er oberhalb der klammen Stadt zerfiel. Ebenso verschwinden bei den Menschen die Erinnerungen, dachte sie, wie Rauch in der Luft, weit fort im Unerreichbaren, bis davon nur noch eine Ahnung da war, ein ferner Duft von Vergangenem. Dieser Gedanke legte sich wie ein Trauerschleier über ihre Augen, sie schob ihn beiseite, wählte schließlich den linken Weg, als hätte sie es plötzlich eilig.

Sie hatte sich angestrengt, um sich zu erinnern. Als sie am Tag zuvor den Kindergarten verlassen hatte, war sie den Straßen um ihr ehemaliges Wohnhaus herum gefolgt und hatte sich in jeder erdenklichen Weise bemüht, sich zu erinnern. Sie hatte sich bemüht, sich an Luise als eigene selbstständige Person im Kindergarten und außerhalb davon zu erinnern, den Vater und Luise zusammen, sich selbst mit Luise, alles nur Mögliche. Sie war an Straßenecken und am Fluss stehen geblieben, hatte die Haustüren gelber und weißer, brauner und grauer Häuser, die Toreingänge und die Parkbänke im Schatten entlaubter Bäume angestarrt, ab und zu in ihrem Handy das Foto von Luise und ihr, das sie aus dem Album des Kindergartens abfotografiert hatte, aufgerufen und sich bemüht, ihre Erinnerungen hervorzurufen. Gab es welche von dieser Straße? Genau von dieser Stelle am Fluss, vor diesem Haus? Doch die Vergangenheit war nichts als Nebel, dicht und dunkel, sie bekam sie nicht in den Griff, es gab nicht mal eine Klinke, nach der sie hätte tasten können, und ihr war der Gedanke gekommen: Auch wenn sie alles, was mit Luise zusammenhing, vergessen hatte, so formte es doch immer noch ihr Ich und machte aus ihr das, was sie war. *Aufgabe des Gedächtnisses ist es, für uns eine einheitliche und brauchbare Vergangenheit zu bauen, ohne die die Entwicklung einer ganzheitlichen Identität unmöglich ist*, hatte Ute geschrieben. Wer war letzten Endes der Mensch, wenn er sich nicht an seine eigene Vergangenheit erinnerte? Konnte der Mensch tatsächlich sich selbst kennen, wenn er sich nicht erinnerte? Plötzlich hatte sie das Gefühl, die Kälte dringe ihr von überallher unter den Mantel, und sie hatte ihre Schritte beschleunigt, um sie abzuschütteln. Zwei Häuserblöcke von ihrem Wohnhaus entfernt war es Vilja klar geworden, dass sie vergessen hatte, Katarina Nowak viele wesentliche Dinge zu fragen, aber sie beschloss, erst am nächsten Tag in den Kindergarten zurückzukehren. Sie war in ihre Wohnung gegangen, hatte unruhig geschlafen, nach dem Erwachen Ute angerufen und ihr ihre neuen Informationen mitgeteilt, dann war sie zum Kindergarten gegangen. Frau Nowak hatte wieder einige Minuten von ihrer Arbeit abgezweigt und alte Ordner herausgesucht, irgendwo Luises Adresse von vor zwanzig Jahren gefunden und sie auf Viljas Bitte hin aufgeschrieben, ohne zu fragen, warum sie daran interessiert sei.

»Eine Sache noch«, hatte Vilja gesagt, als sie schon im Aufbruch war. »Wann hat Frau Seidel aufgehört, hier zu arbeiten?«

Katarina Nowak hatte ihr in die Augen gesehen.

»Sofort.«

»Sofort? Wonach?«

»Sofort nach dem Fall der Mauer. Am nächsten Tag kam sie nicht mehr zur Arbeit.«

Vilja hatte Frau Nowak einen Augenblick lang angestarrt und versucht zu verstehen.

»Was hatte das Ihrer Ansicht nach zu bedeuten? Dass sie nicht mehr kam.«

Frau Nowak hatte rasch geseufzt, als wollte sie die überschüssige Erregung aus ihrem Körper ablassen, bevor sie antwortete.

»Dass sie in den Westen gegangen ist. Sobald sich die Möglichkeit dazu bot.«

»Und danach hat man von ihr nichts mehr gehört?«

»Nein.«

»Und Sie wissen niemanden, zu dem sie danach Kontakt aufgenommen hätte?«

»Nein. Niemanden.«

Vilja bog in die Karl-Liebknecht-Straße ein, ging vorbei an dem amerikanischen Hamburgerlokal, das in dem gewaltigen Sockel eines Wohnhauses eröffnet worden war, an dem Geschäft einer amerikanischen Bekleidungskette und an einer amerikanischen Cafékette und kam zur Tür eines Treppenhauses. Sie zog aus der Tasche den Notizzettel, den Katarina Nowak für sie geschrieben hatte, und vergewisserte sich, dass sie im richtigen Eingang war. Karl-Liebknecht-Straße 9. Das am Rande des Alexanderplatzes aufragende blau-weiße, mehrstöckige und monumentale Haus stand an seinem Platz wie eine Mauer. War sie jemals mit Luise in dieses Haus gegangen, ihr aus dem Treppenhaus in den Fahrstuhl gefolgt, hatte sie vor Begeisterung gequietscht, als sie den Knopf des Fahrstuhls drücken durfte, war sie Luise danach vom Gang in die Wohnung gefolgt, in der diese seit Jahren gewohnt hatte, auch dann noch, als Vilja mit ihrer Familie schon nach Helsinki zurückgekehrt war und zuerst ganz allmählich die Geräusche, die Lichter, die Geschmäcker und Düfte ihrer alten Heimatstadt und zuletzt auch Luise vergessen hatte? Sie wusste es nicht mehr. Vilja trat an das Klingelbrett heran und ließ den Blick über die Namensschilder wandern. Strauss, Schmidt, Weissmann, Kühn. Kohl, Ullmann, Grass, Neumann ... Sie ging die Namen einen nach dem anderen durch, doch Seidel fand sie nicht und holte schließlich ihr Handy hervor.

»Nichts«, sagte sie ins Telefon.

Am anderen Ende der Leitung herrschte einen Augenblick Schweigen. Dann sagte Ute:

»Also der nächste Schritt. Kannst du in einer halben Stunde in Pankow sein?«

Sie entdeckte Ute sofort, als sie durch den Haupteingang eintrat. Ute saß auf der Treppe, die von der Eingangshalle des großen Rathauses aus Rotziegeln nach oben führte, sie stützte sich mit einer Hand auf ihr Knie und schrieb mit der anderen etwas in ihr Notizbuch. Das Mittagslicht, das durch das Fenster oberhalb der Treppe fiel, ließ Utes Schatten auf dem Fußboden weich und vibrierend werden. Er fiel von einer Stufe auf die nächste, ohne sich um Schritte zu kümmern, ruhte, wo es ihm gefiel, ebenso wie Ute selbst. Der Gedanke brachte Vilja zum Lächeln. Sie schritt an großen, dunkel gebeizten Glasspiegeltüren und mit Blattgold verzierten Säulen vorbei und blieb vor Ute stehen.

»Na dann«, sagte Ute, als sie Vilja bemerkte. »Bist du bereit?«

Der Korridor: ein auf einer schwarzen Bank zusammengesunkener junger Mann, neben sich eine tonlos weinende junge Frau, auf deren Wangen die Wimperntusche schwarze Streifen bildete. Als Vilja und Ute an ihnen vorbeigegangen waren, öffnete sich irgendwo im Hintergrund eine Tür, von der her das Paar hineingerufen wurde. Vielleicht werden sich ihre Angelegenheiten regeln, dachte Vilja, vielleicht regeln sich heute letztlich unser aller Angelegenheiten, in diesem Gebäude. Lag der Sinn solcher Gebäude nicht genau darin, die Dinge in Ordnung zu bringen? Sie schritt neben Ute den Gang entlang weiter, bis sich vor ihnen ein Warteraum auftat, grau und asketisch, gefüllt mit trockener Luft. In dem Raum wartete niemand sonst, doch trotzdem nahm Ute eine Wartenummer. Kurz darauf winkte der Mitarbeiter am Tresen sie zu sich. Ute legte ihr Notizbuch vor sich hin, riss eine Seite heraus und reichte sie dem Angestellten.

»Wir suchen eine Person dieses Namens. Finden sich bei Ihnen Angaben zu ihrem gegenwärtigen Aufenthaltsort? Unter dieser Adresse hat sie nach unserer Kenntnis mindestens noch 1989 gewohnt. Und in einem Kindergarten gearbeitet.«

Vilja konnte den Text auf dem Papier noch lesen, bevor der Beamte ihn ergriff: *Luise Seidel, Karl-Liebknecht-Straße 9, Kindergarten Walter Sichert*, und Vilja begriff, dass Ute irgendwo

den Namen des Kindergartens aus der DDR-Zeit ausgegraben hatte. Der Beamte legte das Papier auf seinen Tisch neben die Tastatur, gab etwas in den Computer ein, was eine Ewigkeit zu dauern schien, und sagte dann:
»Die guten Nachrichten zuerst. Ich habe Angaben zu der gesuchten Person gefunden. Und sehe, dass sie noch am Leben ist.«
»Aber?«, fragte Vilja und wischte sich die Hände an ihrem Mantel ab.
»Aber es sieht so aus, dass sie ihre Daten für geheim erklärt hat.«
Vilja und Ute wechselten Blicke. Vilja wandte sich an den Beamten:
»Und das bedeutet?«
»Dass wir die Daten nicht weitergeben dürfen. Wohnort, Adresse und Kontaktdaten sind geheim.«
Draußen vor dem Fenster schüttelte ein plötzlicher Windstoß den Ahornbaum, der neben dem Rathaus aufragte, seine Zweige schwankten und bogen sich bald zum Himmel, bald zur Erde, als hätte der Stamm Kraft gesammelt, um sich von seinen Wurzeln loszureißen und fortzufliegen, um das Rathaus und Pankow und schließlich ganz Berlin hinter sich zu lassen. Einen Augenblick lang kam es Vilja so vor, als hätte der Wind auch ihr die Zuversicht genommen, die in den letzten vierundzwanzig Stunden in ihr gewachsen war. Sie fürchtete das, was Ute jetzt sagen würde: Wir müssen uns darauf einstellen, dass wir Luise nie finden werden. Oder: Wenn ein Mensch nicht gefunden werden will, hat man dann überhaupt das Recht, ihn zu suchen? Doch Ute legte die Hände auf den Tresen und beugte sich vor:
»Die Sache ist die«, sagte sie. »Wir haben eine Information, die wir der Person, die wir suchen, mitteilen müssen. Und

die möchte sie auch erfahren, dessen sind wir uns sicher. Wenn wir vom Magistrat ihren Aufenthaltsort nicht erfahren dürfen, können Sie uns irgendeinen Rat geben? Wie kann man eine Person suchen, deren Kontaktdaten Sie uns nicht geben können?«

Der Bedienstete hob den Blick von der Computertastatur.

»Jaa«, sagte er gedehnt und lehnte sich in seinem Stuhl zurück. »Meistens halten Menschen ihre Kontaktdaten aus einem schwerwiegenden Grund geheim. Sie möchten nicht gefunden werden. Sie wollen ihr Leben ohne Altlasten führen. Oder sie fürchten irgendetwas.«

Der Mann machte eine kurze Pause, betrachtete Vilja und Ute, als wollte er abschätzen, eine wie große Bedrohung sie für einen Menschen darstellten, der seine Daten in voller Absicht geheim halten wollte, dann fuhr er fort, als sei er zu dem Ergebnis gekommen, dass der Ärger nicht sehr groß sein konnte.

»Ich weiß nicht, worum es sich bei dieser Person handelt, aber an Ihrer Stelle würde ich jemanden suchen, der die Person früher gekannt hat. Vielleicht gibt es irgendwo jemanden, der etwas weiß.«

Vilja überlegte fieberhaft.

»Gibt es noch irgendetwas, das Sie uns von ihren Daten erzählen können?«

Der Beamte seufzte.

»Es tut mir leid, unser ...«

Aber Vilja unterbrach ihn.

»Ich verstehe, dass Sie die Daten eines Menschen, der sie geheim halten möchte, nicht herausgeben können. Und ich bitte Sie nicht, diese Vorschrift zu verletzen. Aber bedeutet die Geheimhaltung der Daten, dass Sie überhaupt nichts sagen können?«

Der Mann sah Vilja einen Augenblick an, dann wandte er den Blick zurück auf den Bildschirm des Computers.
»Ich meine«, fuhr Vilja fort, »uns würde vielleicht ein winziger Informationskrümel helfen. Wie der, ob die gesuchte Person heute noch denselben Namen trägt wie früher. Das würde uns bei der Suche helfen.«
Der Beamte saß einen Augenblick schweigend da und sagte dann:
»Sie suchen eine Person namens Luise Seidel. Und unter dem Namen Luise Seidel finde ich Daten, die ich nicht herausgeben kann.«
Ute und Vilja sahen sich an. Da kam Vilja ein Gedanke.
»Noch eine Frage«, sagte sie dann. »Mit Luise Seidel zusammen wohnte in derselben Wohnung noch jemand anders. Ihr Ehemann, nicht wahr? Können Sie über ihn etwas sagen?«
Der Mann gab etwas über die Tastatur ein und sagte dann:
»Ja. Unter derselben Anschrift wohnte seinerzeit eine Person namens Max Seidel.«
Vilja schluckte.
»Sind auch seine Daten geheim? Oder können Sie sagen, wo er jetzt wohnt?«
Der Beamte hob den Blick vom Computerbildschirm.
»Max Seidel wohnt nirgends mehr. Laut unserem Datenbestand ist er am 5. Oktober 1989 verstorben.«
»Am 5. Oktober«, wiederholte Vilja, stand einen Moment lang reglos da, entnahm dann ihrer Tasche ein von einem Gummiband zusammengehaltenes Bündel Briefe und zog den vorletzten Brief heraus. Er war auf das Datum von fünf Tagen vor Max Seidels Tod datiert. Verblüfft starrte sie bald den Beamten, bald Ute an.
»Findet sich in Ihren Daten sonst noch etwas?«, brachte

Vilja schließlich heraus. »Ich meine, kennen Sie irgendwelche Einzelheiten, wo und wie er gestorben ist?«
»Als Sterbeort ist Berlin angegeben. Es tut mir leid. Mehr wird in unserer Datenbank nicht vermerkt«, antwortete der Bedienstete.
Vilja und Ute dankten dem Mann, dann gingen sie den Gang entlang zurück in die Eingangshalle. Plötzlich wirkte das Bild noch verworrener als bisher schon. Ute blieb vor den Eingangstüren stehen.
»Erzähl. Ich sehe, dass in deinem Kopf ein Gedanke herumschwirrt«, sagte sie.
Vilja reichte Ute den Brief.
»Luise war mit Max verheiratet, den sie in den Briefen Lesnik nennt. Am 30. September 1989 schrieb Luise, dass Max von zu Hause abgeholt wurde. Du hast dasselbe gelesen wie ich, die Abholer müssen von der Stasi gewesen sein, denn Luise schreibt, dass sie ihn Staatsfeind nannten. Max wurde verhaftet, und fünf Tage später war er tot. Luise hat das nicht sofort wissen können, sonst hätte sie das in ihrem letzten Brief erwähnt. Nicht wahr?«
»Ganz bestimmt«, sagte Ute und öffnete den Brief, las ihn durch, dann noch ein zweites Mal und atmete dann geräuschvoll aus.
»Na gut«, sagte sie. »Wir wissen also, dass Luise lebt und weiterhin denselben Namen trägt. Max Seidel ist tot, und die Datierungen der Briefe lassen vermuten, dass Luise mehrere Tage danach nichts von seinem Tod erfahren hat.«
Vilja stand schweigend da.
»Als stünden wir immer noch im Startfeld«, sagte sie dann.
»Falsch. Wir stehen nicht im Startfeld. Wir wissen viel mehr als noch vor einer halben Stunde. Jetzt müssen wir nur einen Weg finden, um weiterzukommen.«

»Sag mir nur eine Sache«, bat Vilja. »Wenn ein Mensch sein ganzes Leben lang an das System geglaubt hat, wie es aufgrund der Briefe bei Luise der Fall war, wäre sie dann bei der ersten Gelegenheit in den Westen gegangen? Hätte sie das getan?«
Schweigend sah Ute Vilja an. Vilja fuhr fort:
»Während ihr Heimatland zusammenbrach, verlor Luise den Menschen, den sie liebte. Genau genommen, zwei Menschen, die sie mit Sicherheit liebte, wie es bei Max Seidel war, weiß ich nicht. Hat sie zugleich den Glauben an ihr Heimatland verloren? Hat sie die ganze Beziehung aufgegeben? Wollte sie ganz von vorn anfangen, alles aus ihrer Vergangenheit hinter sich lassen?«
Ute sah Vilja direkt in die Augen. Ihre Stimme war leise.
»Manche wollten das. Manche wollten sich von allem befreien.«
»Etwas sagt mir, dass Luise das nicht wollte.«
»Was?«
»Etwas in ihren Briefen. Ich kann nicht genau sagen, was.«
Einen Augenblick stand sie reglos da, starrte durch die Fenster der Holztüren hinaus und brach schließlich das Schweigen.
»Die Interviewten in deinem Film, über die du geschrieben hast«, sagte Vilja. »Sind sie geblieben oder gegangen? Sie verloren ihre Arbeit, vielleicht ihren Glauben an die Gerechtigkeit, und wie du selbst geschrieben hast, bedeutete das für viele den Verlust des Sinns ihres Lebens. Sind sie in den Westen gegangen?«
Auf Utes Gesicht blitzte Licht auf. Es war von den Seitenspiegeln oder dem Fenster oder von den allzu blank gewienerten Aluminiumfelgen eines vorbeifahrenden Autos gekommen.

»Nein. Sie sind geblieben. Sie alle sind geblieben.«
Gleichzeitig war das Gefühl heftig, es packte Vilja mit festem Griff. Sie richtete sich auf und spürte, wie ihre Fußsohlen sich am Boden festhielten, als wäre sie ein Baum, der in diesem Augenblick und an diesem Ort Wurzeln schlug und jetzt mit absoluter Sicherheit hier Fuß fasste, und sah Ute an.
»Luise hätte nicht alles zurückgelassen, was ihre Identität ausmachte«, sagte sie. »Frau Nowak hat unrecht, da bin ich mir sicher. Luise ist nicht in den Westen gegangen.«

1984

Er erwachte ausgeruht und stand auf, während die übrige Familie noch schlief. Er wusch sich, zog die Cordhosen und ein Hemd mit Kragen an, bereitete sich zwei weich gekochte Eier und löffelte sie, in der Tür zur Küche lehnend, aus. Die Milch war alle, sodass Markus seine Tasse Kaffee schwarz trank. Um acht Uhr schloss er hinter sich die Wohnungstür, ging die Treppe zum Erdgeschoss hinunter, entnahm dem Briefkasten im Eingangsraum die Tageszeitungen und blätterte sie durch, während er im Morgengrauen die Leipziger Straße entlang ins Pressezentrum ging.

Das Telefon klingelte dreimal, bevor Matti Tikkanen sich meldete.

»Ich schreibe über Atomwaffen«, erklärte Markus und legte den Zeitungsstapel auf die Ecke seines Schreibtischs. »Reserviert mir ordentlich Platz. Für den Auslandsaufmacher.«

Chefredakteur Tikkanen ließ aus dem Mund ein langes knarrendes Geräusch ertönen, und Markus hörte, wie der Mann am anderen Ende der Leitung in Pitäjänmäki mit Umbruchentwürfen und Themenliste raschelte.

»Schauen wir mal.«

Tikkanen hustete plötzlich so, dass Markus für einen Moment den Hörer vom Ohr nahm.

»Von Huttonen kommt eine Geschichte zur bevorstehenden Stockholm-Konferenz. Europas Vertrauen, Sicherheit, Abrüstung und so was, also vor allem über das, was die Sowjetunion von der Konferenz erwartet. So eine Art Überblick. Dass das Ziel der Sowjets es ist, Überraschungsangriffe zu verhindern, und dass wir zu Verhältnissen gelangen, in denen es unmöglich ist, insgeheim Streitkräfte und Kampfmittel für einen Überraschungsangriff zu entwickeln. Das wird den Raketenrummel der Nato in schwachem Licht erscheinen lassen.«

Matti Tikkanen fuhr fort:

»Und dann schreibt Virta über das Wetter in Prag und Berg über eine Moskauer Gymnastikschule. Die Turner können wir auf die nächste Woche verlegen, wenn es aus der DDR was Aktuelleres gibt. Also leg mal los.«

»Gut. Stellen wir das neben Stockholm, die haben ja dasselbe Thema.«

»Genau. Kannst du bis sechzehn Uhr liefern?«

Das bejahte Markus. Sofort nach Beendigung des Gesprächs spannte er einen weißen Bogen in die Schreibmaschine ein, zündete sich eine Zigarette an und machte sich ans Schreiben. Die ersten Sätze prasselten wie von selbst aufs Papier, und während er sie schrieb, spürte er, wie die bekannte, durch die Produktion von Text entstehende Energie seinen Körper durchdrang.

Derjenige, der nicht verfolgt, was jetzt im Herzen Europas geschieht, dort, wo zwei Weltbrände entstanden, beweist keine besondere politische Klugheit oder Weitsicht. Die USA haben damit begonnen, auf dem Gebiet von Westdeutschland neue Raketen für einen Erstschlag zu stationieren, doch niemand weiß genau, was dafür noch für ein Preis gezahlt werden muss.

Markus sog an seiner Zigarette und ließ den Rauch einen Augenblick in seiner Lunge verweilen, ehe er ihn in Richtung des Stores blies, der das Fenster verdeckte. Draußen in der Mohrenstraße war der Morgen angebrochen, die Sonne funkelte in den Fenstern des gegenüberliegenden Universitätsgebäudes. Er legte die Zigarette auf dem Rand des Aschenbechers ab.

In Westdeutschland wächst eine neue Generation heran, deren Haltung zu den Fragen von Krieg und Frieden eine völlig andere ist als die der Jugend des Landes vor fünfzig Jahren. Eine kritische Haltung, ja, sogar Gereiztheit gegenüber Reagans Politik reicht von den Grünen, den Sozialdemokraten und den Kommunisten bis zu Industriellenkreisen, christlichen Gemeinschaften, ja, sogar bis zu einigen Rechtspolitikern. Im Land keimt der Samen des Wandels, der, wenn er in günstigem Boden wächst, mit der Zeit die Struktur des westlichen Bündnisses und die Schicksale Europas in ihrer Gesamtheit verändern könnte.

Markus folgte einen Augenblick lang dem zur Decke aufsteigenden Tabakrauch mit dem Blick. Allein schon bei dem Gedanken an die Stationierung von Raketen verkrampfte sich seine Kinnlade. Die Pershing-II-Raketen, die die USA nach Westdeutschland geliefert hatten, sollten die sozialistischen Länder in die Knie zwingen. Ihren Namen hatten diese strategischen Mittelstreckenraketen nach dem amerikanischen General John J. Pershing bekommen – einem Mann also, der bekannt war für seine Grausamkeit, die er in den Indianerkriegen gegenüber den amerikanischen Ureinwohnern bewiesen hatte. Vielleicht war es nur logisch, dass die nach einem zu solchen Gräueltaten fähigen Mann benannten Raketen jetzt im Herzen Europas aufgestellt wurden, um in den sozialistischen Ländern Angst und Schrecken zu verbreiten, wo der Wille zum Erreichen eines weltweiten Friedens größer war als nirgendwo sonst auf der Welt, wo es kein wichtigeres Ziel gab als die Stärkung der Freundschaft zwischen den Völkern, wo alles nur Mögliche getan wurde, um eine atomwaffenfreie Zone zustande zu bringen. Markus legte die Finger zurück auf die Tastatur der Schreibmaschine.

Die Stationierung neuer amerikanischer Atomraketen in einigen westeuropäischen Ländern bedeutet die Zerstörung des Gleichgewichts zwischen der Nato und dem Warschauer Pakt zugunsten der Nato-Länder. Das gefährdet ernsthaft den Frieden in Europa und in der Welt und schwächt die Grundlage der internationalen Sicherheit. Die von den USA angeführten imperialistischen Kräfte wollen ihre militärische Übermacht nutzen, um aus ihrer Position der Stärke heraus den sozialistischen Ländern ihren Willen aufzuzwingen und ihre hegemonialen Interessen in der Welt zu fördern.

Es ist verständlich, dass die Länder des Warschauer Pakts die Zerstörung des strategischen Gleichgewichts nicht zulassen können, sondern auf die Bedrohung mit gleichem Maß reagieren. Da die ersten Cruise Missiles und Pershing II schon an ihrem Platz stehen, verhält es sich jetzt ebenso auch mit den operativ-taktischen Raketen der DDR und der Tschechoslowakei.

Dank der konsequenten Friedenspolitik der Sowjetunion und der anderen sozialistischen Länder leben wir seit neununddreißig Jahren in Europa in Frieden. Deshalb ist es nichts Besonderes, dass die sozialistischen Länder jetzt all das ablehnen, was sie als etwas erleben, das den bisherigen Prozess stört. Die Stationierung von Raketen der USA ist ein Beispiel für einen solchen Störfaktor. Diese Tatsache muss auch im Zusammenhang mit den allgemeinen Zielen des Imperialismus bewertet werden.

Die führenden Politiker der Nato-Länder und besonders der USA machen kein Geheimnis daraus, dass ihr Endziel die Abschaffung der sozialistischen Länder ist. Ihre Politik ist dementsprechend. Sie ist gekennzeichnet durch eine nie dagewesene Aggressivität und abenteuerliche Bestrebungen. Entgegen den geltenden Regeln der internationalen Politik proklamieren sie verschiedene Diskrimi-

nierungskampagnen, wirtschaftliche Boykotts und Embargos und haben einen heftigen psychologischen Krieg gegen die sozialistischen Länder entfacht. Diesen Krieg wollen und dürfen die sozialistischen Länder nicht hinnehmen.

Ein paar Stunden nach dem Telefonat mit Tikkanen zog Markus die vollgeschriebenen Seiten aus seiner Schreibmaschine, dann las er den Text zweimal durch. Der war nicht frei von Tippfehlern, aber Markus war ungeduldig – er wollte den Artikel möglichst bald an die Zeitung schicken. Obwohl die Uhr erst auf zwölf zuging, eilte Markus mit langen Schritten, fast laufend, dem anderen Ende des Korridors zu und trabte dann die Treppe hinunter in die erste Etage, übergab die Seiten der Betreuerin des Telexgeräts zum Versenden und schlenderte dann mit etwas ruhigeren Schritten in das Restaurant im ersten Stock.
Der Mittagsbetrieb war auf seinem Höhepunkt. Die meisten Tische des Restaurants waren besetzt, und den Saal erfüllte ein vielsprachiges Stimmengewirr. Er las die Speisekarte und schwankte einen Augenblick zwischen zwei Gerichten, dann bestellte er ein Schnitzel mit Bratkartoffeln und ein Bier. Jenseits des Stores erzeugte die Sonne ein Spiel von Licht und Schatten.
In Gedanken kam er bald auf seinen Text zurück. Die von der Nato und den USA für England, Westdeutschland, Italien, Belgien und Holland vorgesehenen atomaren Mittelstreckenraketen waren dafür gemacht, um einen raschen und präzisen Schlag tief in die Kerngebiete der Sowjetunion auszuführen. Markus ging dieser grausige Gedanke nicht aus dem Sinn: Mit den Pershing-II-Raketen wäre in wenigen Minuten alles vorbei, der Himmel würde lange von einer allumfassenden radioaktiven Wolke verdeckt

sein, und wenn die sich verzogen haben würde, lägen die sozialistischen Länder auf den Knien und hätten die Nato im Nacken. Die Sowjetunion wäre zu einer solchen Vernichtungsaktion nicht imstande – sie besaß Raketen nur in U-Booten, die in Küstennähe der USA unterwegs waren, aber deren Präzision reichte vermutlich nicht aus, um militärische Objekte zu vernichten. Deshalb war es sonnenklar, dass die Stationierung von Pershings und Cruise Missiles in Mitteleuropa das gesamte strategische Gleichgewicht erschütterte und den USA eine unverhältnismäßige Vormachtstellung verschaffte. Drei Jahre lang hatte die internationale Gemeinschaft über die Entfernung der atomaren Mittelstreckenraketen aus Europa beraten, und nur einen Monat vor dem Beginn von Markus' Korrespondentenzeit waren die Beratungen in Genf für ergebnislos erklärt worden. Die USA hatten mit der Stationierung der Euro-Raketen begonnen, ein echter Frieden war in noch weitere Ferne gerückt, und Markus konnte nichts dagegen tun, dass sich das noch kürzlich begeisterte Prickeln in seinem Körper in Angst verwandelt hatte; zum ersten Mal nach dem Zweiten Weltkrieg erschien es möglich, ja sogar wahrscheinlich, dass von deutschem Boden ein neuer Krieg ausging.

Er hatte sein ganzes Leben lang die Spuren des Krieges am eigenen Leib gespürt. Sein Vater hatte im Winterkrieg und danach im Fortsetzungskrieg gekämpft, und obwohl er von seinen Erfahrungen fast nie laut gesprochen hatte, wusste Markus, dass der Vater immer noch täglich über diese Ereignisse nachdachte. Markus war in einem vom Krieg verheerten Land in einer Familie geboren worden, in der beide Eltern hart gearbeitet hatten, um aus der Armut zu der Wohlstandsgemeinschaft aufzusteigen, der sie beide jetzt angehörten, und obwohl seine politischen Ansichten und die seines Vaters so weit voneinander entfernt waren wie Moskau und Washington, teilten sie doch eine gemeinsame Ansicht: Ein neuer Krieg musste mit allen Mitteln vermieden werden.

Markus aß sein Mittagessen, spülte die letzten Happen mit Bier hinunter und verdrängte die Kriegsgefahr aus seinen Gedanken, dann fasste er einen spontanen Entschluss: Da die Arbeiten des Tages praktisch getan waren, würde er sich für den Rest des Tages freinehmen. Er und Rosa hatten schon lange eine Runde in der Stadt drehen und mit der U-Bahn hierhin und dorthin fahren wollen, aber immer war etwas dazwischengekommen: ein Sturm, Matias' Husten oder Arbeiten, die sich bis spät in den Abend hinein hingezogen hatten. Jetzt könnten sie endlich einmal einen Ausflug machen. Um seine Heimfahrt zu beschleunigen, sprang Markus von der Mohrenstraße in die U-Bahn und fuhr damit die zwei Stationen bis nach Hause.
Die Luft war kalt und klar. Der Atem dampfte. Die Winterschuhe knirschten auf dem Asphalt. Er ging über die Brücke mit dem Kopfsteinpflaster, wo er abbog, um über den Spielplatz zu gehen. Kastanien und die von den Bäumen gefallenen Aststücke knirschten unter seinen Füßen, als Markus plötzlich an die Milch dachte, die am Morgen alle gewesen war. Er beschloss, einen Abstecher in die Kaufhalle zu machen, und trat mit entschlossenen Schritten ein. Außer der Milch legte er eine Tüte Brötchen, das Stück für sechs Pfennig, herbe grüne Äpfel, Eier, ein Glas Gurken in Essig und vier Flaschen Wernesgrüner Pils in den Korb, zahlte an der Kasse und ließ den Haufen leichter Münzen, die er als Wechselgeld bekommen hatte, in seine

Manteltasche fallen. Er wollte gerade aus der Tür der Halle hinaustreten, als er wie angewurzelt stehen blieb.
Auf der anderen Seite der Straße ging eine bekannte Gestalt.
Sein Herz machte einen Satz.
Einen Augenblick lang betrachtete er die Frau, ohne dass jemand es bemerkte. Ihr dunkles Haar fiel ihr auf die Schultern, ihr Blick beobachtete freundlich die Welt, ihre Schritte tanzten leicht über den Bürgersteig. Luise Seidel sah genauso aus wie am Silvesterabend bei Anne Stern.
Eine Hundertstelsekunde lang überlegte Markus, ob er sich in den Windfang zurückziehen und sich vor der Frau verstecken sollte, damit sie ihn nicht bemerkte, aber – überraschend für sich selbst – hob er die Hand.
»Hallo!«, rief er.
Luise blieb stehen und wandte sich ihm zu. Markus ging mit großen Schritten über die Straße.
»Hallo«, wiederholte er, als er bei Luise angekommen war.
Luise grüßte zurück, und Markus konnte nicht sagen, ob sie erfreut war, ihn zu sehen, oder nicht. Neujahr und die Art und Weise, wie er das Fest verlassen hatte, hatten ihn seit dem Vorfall bedrückt, und ihm wurde klar, dass er sich erleichtert fühlte, als er Luise sah.
»Unterwegs von der Arbeit nach Hause?«, fragte Markus und nickte in Richtung Kindergarten.
Luise bejahte, aber so wortkarg, dass Markus nicht umhinkonnte zu denken, dass sie ihn möglichst bald loswerden wollte. Er spürte einen Stich von Schuldhaftigkeit. In Markus breitete sich ein Gefühl des Unbehagens aus, er wusste, dass es kaum eine zweite Gelegenheit geben würde, sich zu entschuldigen. Nervös sah er sich um.
»Hör zu«, sagte Markus und sah auf seine Schuhspitzen, »ich freue mich, dich zu treffen.«

Luise trat von einem Fuß auf den anderen, und Markus fuhr fort:
»Es tut mir leid, dass ich einfach so verschwunden bin. Am Silvesterabend. Ich hab mich wohl nicht mal richtig von dir verabschiedet.«
»Es braucht dir nicht leidzutun.«
Markus sah Luise einen Augenblick schweigend an und versuchte abzuschätzen, ob sie das Gesagte auch meinte oder ob das einfach eine Art war zu versuchen, ihn möglichst bald loszuwerden, aber Luises Gesicht war ausdruckslos.
»Ich hab das Gefühl, dass der Abend irgendwie abgebrochen ist«, sagte Markus, aber bereute es sofort. »Ich meine also nicht, dass ...«
»Ich weiß, was du meinst.«
Zum ersten Mal während des Gesprächs lächelte Luise.
»Es war ein schöner Abend.«
Markus lächelte zurück.
»Ja.«
Luise warf einen Blick auf die Einkaufstasche, die Markus in der Hand hielt.
»Du bist wohl auch auf dem Heimweg?«
Markus wollte das gerade bejahen, als er sein Wort im letzten Moment verschluckte. Etwas in Luises Wesen, das endlich ihre Wärme hatte erkennen lassen, bewirkte, dass er genauso empfand wie am Neujahrstag, dass er eigentlich nirgendwo anders sein wollte als in ihrer Gesellschaft. Der Eindruck von Präsenz, den diese Frau ausstrahlte, schien die ganze Straße zu erfüllen und die Zeit, die sie beide umgab, anzuhalten, ihr intensiver Blick brachte zum Ausdruck, dass Luise nirgendwo anders war als gerade hier, gerade bei ihm. Markus hörte sich sagen:

»Eigentlich hatte ich vor, ans Ufer dort zu gehen und ein Bier zu trinken. Kommst du mit?«
»Bei diesem Wetter?« Luise sah ihn an wie einen Verrückten und lachte auch noch obendrein. »Das muss etwas Finnisches sein. Im Winter draußen zu sitzen und Bier zu trinken.«

Plötzlich war die Welt voller weiträumigem, alles bloßlegendem Licht. Sie gingen zum Flussufer. Der Himmel war stehen geblieben, der Frost dampfte, unten zwischen den Böschungen strömte der olivgrüne Fluss gemächlich dahin. Auf dem Wasser glitt ein Prahm an ihnen vorbei, der pechschwarze Kohlehaufen an seinem Deck reckte sich dem Himmel entgegen. Einen Moment lang dachte Markus, eines Tages müsse er genau über dieses Thema schreiben: über die Braunkohle, über das größte Braunkohlekraftwerk der Welt Schwarze Pumpe, den großen Schatz der DDR. Sie setzten sich auf eine Parkbank, Markus nahm aus seinem Einkaufsnetz zwei Flaschen Bier und reichte eine davon Luise.
»Falls du Hunger hast – hier gibt es auch ein Glas eingelegte Gurken und Brötchen.«
Luise lachte, sie stießen mit den Flaschen an.
»Auf das Wiedersehen!«, sagte Luise und trank aus der Flasche.
»Auf das frohe Wiedersehen«, präzisierte Markus.
In diesem Moment rückte die eine Realität in den Hintergrund, und an ihre Stelle trat eine andere. Zur ersten gehörten Rosa und die Kinder und die Pläne mit ihnen, die Markus in Gedanken geschmiedet hatte, zur zweiten Luise, von deren Haut ein Moschusduft aufstieg. Markus schob den Gedanken beiseite, aber ganz so, als hätte Luise erraten, dass Markus an Rosa gedacht hatte, fragte sie:

»Ist Matias wieder gesund? Habt ihr einen Arzt nach Hause bekommen?«
Markus erzählte, dass Matias zu Neujahr einen Rückfall bekommen und tagelang Fieber gehabt habe, dass aber schlimmer als das Fieber der Husten gewesen sei, der überhaupt nicht aufhören wollte. Ein Arzt war ins Haus gekommen und hatte dem Jungen ein Antibiotikum verschrieben. Ein ungewöhnlich hartnäckiges Grippefieber, hatte der Arzt gesagt und versichert, dass das Kind bald wieder gesund und munter sein werde. Jetzt ging es ihm schon besser, aber ganz gesund war Matias immer noch nicht.
»Und du?«, fragte Markus und dachte an das Geräusch bei Anne Sterns Küchentür. »Bist du nach der Feier gut nach Hause gekommen?«
Luise lächelte und starrte auf die Uferböschung, über die sich Baumwurzeln geschoben hatten, sie ruhten zwischen Erdboden, Moos und vermodernden Blättern wie riesige Finger, wie große, sonnengebräunte Finger, die nach dem Leben getastet hatten, aber unterwegs auf der Stelle erstarrt waren.
»Ja. Nachdem ich mit Anne ein Gespräch gehabt hatte. Über dich.«
Aus dem nahen Gebüsch flog ein Schwarm Spatzen auf. Markus sah Luise an.
»Über mich?«
»Es war Anne gewesen. Damals an der Tür.«
Markus konnte nicht sagen, ob die Nachricht gut oder schlecht war, er versuchte, das von Luises Gesicht abzulesen, aber das blieb ausdruckslos. Luise wandte sich ihm zu.
»Anne ist meine beste Freundin. Also kein Problem. Niemand sonst weiß etwas.«
Markus verspürte die Erleichterung im ganzen Körper.

»Gut. Ich fürchtete schon, du könntest Probleme bekommen.«
Wieder lächelte Luise.
»Das ist nicht der Fall. Und auch du bekommst keine.«
Markus seufzte tief vor Erleichterung und ließ Luise das hören. Dann nahm er einen Schluck aus seiner Flasche, legte seine Hand neben sich auf die Bank und berührte aus Versehen Luises Hand. Sie fuhr kaum merklich zusammen, zog die Hand aber nicht weg, und so, als wäre Markus alles erst in diesem Augenblick klar geworden, da ein Bauarbeiter auf der anderen Seite des Flusses laut fluchte und am Himmel über ihnen die Spur eines Düsenjägers wie ein Wattewölkchen entstand, war Markus klar, dass er sich auf etwas Verbotenes zubewegte. Die Wärme von Luises Hand an seiner, saß Markus einen Augenblick still da, dann sagte er:
»Hier ist es ziemlich kalt, sogar für einen Finnen. Trinken wir noch ein Bier im Warmen?«
Luise sah ihn an.
»Wo?«
Markus grinste.
»Darf das eine Überraschung sein?«

Sie standen auf, und Luise folgte Markus zum Spittelmarkt, wo sie in die U-Bahn stiegen und in die Mohrenstraße fuhren. Aus dem Eimer einer Putzfrau, die an der Station neben den roten Marmorsäulen den Boden wischte, stieg der süßliche Duft eines Putzmittels auf. Sie gingen daran vorbei die Treppe hinauf und zur Tür des Pressezentrums. Markus wies den Weg in die obere Etage in sein Arbeitszimmer. Luise blieb in der Tür stehen, legte die Hände an die Hüften und sah sich um.
»Dein Arbeitszimmer«, sagte sie. »Näher als jetzt bin ich dem Westen wohl noch nie gekommen.«

Die Sonne schien schamlos ins Zimmer und machte die Staubpartikel sichtbar, die in der Luft tanzenden winzig kleinen Flöckchen. Luise zog ihren Mantel aus und legte ihn auf die Armlehne eines Sessels. Markus holte aus seiner Tasche die beiden übrigen Biere und öffnete die Flaschen. Luise trat zum Arbeitstisch und ergriff einen Zeitungsausschnitt aus dem *Neuen Deutschland*.
»Kernwaffen«, sagte sie. »Schreibst du darüber?«
Markus nickte. Luise überflog den Artikel und legte ihn dann zurück an seinen Platz. Plötzlich war ihre Miene voller Trotz.
»Ich hasse den Krieg. Seine Bedrohung. Aufgeblasene Männer im Anzug, die es als ihr Recht ansehen, unser aller Zukunft zu bedrohen. Aber ich hoffe, dass du auch über anderes schreibst«, sagte sie und wandte sich Markus zu. »Wie über Sozialpolitik. Sie ist bei uns bemerkenswert fortschrittlich, wie du weißt.«
Markus sah Luise an, und zum ersten Mal bei einem Gespräch mit ihr war er sich nicht ganz sicher, ob in ihrer Stimme Sarkasmus lag oder nicht. Luise fuhr fort, als hätte sie seine Gedanken erraten:
»Ich meine das ernst. Männer vergessen manchmal, was alles in der Welt wesentlich ist. Das sind nicht nur die Großmachtpolitik und die Gewehre.«
»Nein, das sind nicht nur die Großmachtpolitik und die Gewehre. Deshalb würde ich irgendwann gern mit dir das Interview machen, von dem wir gesprochen haben.«
»Das können wir machen«, sagte Luise und nahm einen Schluck Bier aus ihrer Flasche.
»Na, dann müssen wir verabreden, wann wir uns wiedersehen.«
Während Markus das sagte, sah er Luise in die Augen. Er

versuchte abzuschätzen, wie sie sich zu dem Gedanken verhielt, Markus wiederzusehen, dass das Treffen dann vorher verabredet sein würde, ein Plan, ihr gemeinsam gefasster Beschluss, sich zu sehen. Das leichte Wehen der Vorhänge hatte sich gelegt. Wie um eine wortlose Frage zu stellen, machte Markus einen Schritt auf Luise zu, die sich nicht rührte. Einen Augenblick lang hörte die Stille sich so an wie immer: wie vollständige Stille, bis irgendwoher durch ihre Ritzen das Ticken einer Wanduhr drang, die Schritte, die im Korridor an der geschlossenen Tür vorbeigingen, das von der Straße hereindringende Geknatter eines Zweitaktmotors.

»Ich war mir hinterher nicht sicher, ob du so warst, wie ich dich in Erinnerung hatte«, sagte Luise leise.

Markus stand jetzt so nahe bei ihr, dass er wieder den Duft ihres Parfums spürte, das Bier in ihrem Atem, den Hauch eines Waschmittels von ihrem Pullover. Er stand reglos da und betrachtete Luises Augen, die großen, schwarzen, glänzenden.

»Na, war ich das?«, fragte Markus.

Luise lehnte sich gegen den Tisch, sah Markus einen Augenblick lang schweigend an, stellte die Bierflasche ab und streckte dann vorsichtig Markus die Hand entgegen. Ihre Finger waren kalt, vom Winter ausgekühlt, und schmal. Markus spürte ein Vibrieren im Körper. Er nahm die Berührung entgegen, drückte Luises Finger mit seinen und trat schließlich, ohne eine Antwort abzuwarten, ganz nah an Luise heran, legte die rechte Hand auf ihr dichtes, welliges Haar und drückte die andere Hand auf ihren Rücken. Er hörte Luises Atem an seinem Hals, spürte auch ohne hinzusehen, dass sie die Augen geschlossen hatte, und setzte sie auf den Rand des Tischs, und es kümmerte sie beide nicht, dass die auf dem Tisch vergessene Kaffeetasse hinter ihnen auf den Fußboden fiel und sich inmitten der kalten, schwarzen Flüssigkeit unsymmetrische Scherben ausbreiteten, die genau in derselben Minute klirrten, als die Uhr auf dem Schrank vier schlug.

1984

Um Punkt vier Uhr sah Rosa zum ersten Mal auf die Uhr, dachte bei sich, dass es nicht mehr lange dauern würde, bis Markus nach Hause käme, und begann, Essen zu machen. Matias hatte sich im Etagenbett eine Hütte gebaut, hatte Laken und Decken aus beiden Betten gezerrt und sie als dichte Wand über den Rand des oberen Bettes gehängt, danach sämtliche Kissen eingesammelt, die er in der Wohnung finden konnte, und damit die Hütte zu einem weichen Nest ausgepolstert wie die Höhlung in einem von Moos überwucherten Baumstumpf. Der Gedanke, dass sie bis zum Abend alle Spuren der Hütte beseitigen, Kissen und Decken wieder in die Betten zurücklegen und die Matratzen wieder mit den Laken beziehen musste, nervte Rosa, doch der Augenblick von Ruhe, den das konzentrierte Spiel der Kinder ihr gewährte, besänftigte ihre Gereiztheit. Gerade jetzt saßen beide Kinder in der Hütte. Vilja hatte trotz Matias' Widerstand einen Haufen Bauklötze, Bücher und eine Sammlung von Puppen dorthin gebracht, und Rosa konnte in aller Ruhe das Essen zubereiten. Sie tat grob gehackte Zwiebeln und Knoblauch in die Pfanne, briet sie in Butter an und fügte dann das in Streifen geschnittene Fleisch hinzu. Während das Fleisch briet, gab sie die sauber gebürsteten Kartoffeln in einen Topf mit kochendem Wasser, beobachtete einen Augenblick lang das siedende Wasser und den aufsteigenden Dampf, bis die Farbe des Fleisches in der Pfanne sich von Blutrot

in Braun verwandelt hatte und Rosa Sahne darauf gießen, einen Löffel Senf, etwas Schwarzpfeffer und Salz sowie ein paar Perlzwiebeln unterrühren und schließlich den Deckel darauf tun und das Gericht garen lassen konnte. Rosa sah erneut auf die Uhr.
Einundzwanzig nach vier.
Wenn Markus nach Hause käme, sollte er die Abendroutinen der Kinder beaufsichtigen, und sie würde für einen Augenblick ihre Schreibmaschine hervorholen und schreiben. Im Kinderzimmer hustete Matias wieder, als wollte er sich die Lunge aus dem Hals krächzen. Rosa seufzte tief auf. Die Antibiotika hatten kurze Zeit gewirkt, und eine Woche lang war der Junge nahezu gesund gewesen. Dann hatte der Husten von Neuem begonnen, das Fieber war wieder gestiegen, und die Nächte waren wieder unmöglich geworden. Rosa hatte das Kind auf ihrem Schoß neben dem Fenster stundenlang gewiegt, ihm gegen den Husten löffelweise Honig gegeben, war ab und zu auf der Couch mit dem Jungen neben sich eingeschlafen, bis sie von einem neuen Anfall geweckt wurde und bemerkte, dass das Kind glühte wie eine Wärmflasche. Der Arzt war jetzt schon zweimal bei ihnen gewesen und hatte beide Male versichert, die Krankheit werde bald vorbei sein, nur sei die momentan grassierende Wintergrippe hartnäckiger als sonst. Rosa wollte ihm glauben. Ganz bald, in ein paar Tagen, würde es besser sein und das Leben wieder seinen normalen Lauf nehmen.
Um Punkt fünf Uhr beschloss Rosa, bis halb sechs zu warten, dann würde sie den Kindern zu essen geben, unabhängig davon, ob Markus gekommen wäre oder nicht – sie wollte keinerlei Szene von Wut wegen Hunger erleben. Sie deckte den Tisch, ging und prüfte an der Tür des Kin-

derzimmers die Lage, stellte fest, dass Matias mit glühenden Wangen in seiner Hütte lag, während Vilja sich mit ihrer Kleinkinderstimme ein Bilderbuch vorlas, kehrte in die Küche zurück, goss die Kartoffeln ab und trug das inzwischen im Topf gegarte Gericht auf den Tisch. Sie setzte Matias an den Tisch und Vilja neben sich und verteilte Essen auf die Teller. Der rot glühende Matias kostete einen Happen, Vilja zwei, und plötzlich fühlte Rosa sich so müde, dass sie von beiden Kindern nicht mehr verlangen konnte. Sie schaltete den Fernseher ein und ließ die Kinder das Sandmännchen schauen.

Um zwei nach sechs zündete Rosa sich eine Zigarette an und blies den Rauch in die Lüftungsklappe. Dunkelheit hatte sich über die Stadt gelegt, darin leuchteten Scheinwerfer, Rücklichter und Blinker der auf dem Heimweg befindlichen Trabants Moskwitschs Wartburgs. Dann und wann gingen auf der Straße ein Fußgänger oder zwei an der Schwimmhalle vorbei. Keiner von ihnen war Markus. Das Sandmännchen wünschte den Kindern aus Kuba eine gute Nacht.

Um halb sieben griff Rosa zum Telefon und wählte die Nummer von Markus' Arbeitszimmer. Er meldete sich nicht. Sie versuchte es erneut, aber erfolglos. Gereiztheit stieg in ihr auf. Rosa legte auf, marschierte ins Badezimmer, nahm aus dem Spiegelschrank das vom Arzt verordnete Fiebermedikament und gab es Matias. Fünfzehn Minuten später stand das Kind vom Sofa auf und ging in seinem Lama-Hemd in die Küche, wo Rosa das Geschirr spülte.

»Mama, können wir ein bisschen zeichnen?«, fragte Matias. Seine Wangen waren nicht mehr feuerrot, und er wirkte munterer als den ganzen Tag über. Rosa legte die Spül-

bürste in den Abwaschschaum und trocknete sich die Hände am Geschirrhandtuch ab.
»Na, zeichnen wir ein bisschen.«
Es hatte angefangen, in Böen zu regnen. Der durchscheinende, klare Wintertag hatte sich in einen feuchten und finsteren Abend verwandelt, und wieder trommelte der Regen gegen die Scheiben, als wollte er demonstrativ beweisen, dass er niemals vorgehabt hatte, für einen ordentlichen Winter das Feld zu räumen. Rosa breitete auf dem Esstisch alle Tuschfarben und Buntstifte aus, die sie am Grund eines Kartons gefunden hatte, und dachte daran, dass sie den ganzen Tag nicht vor die Tür gekommen war. Die Geräusche ihres Lebens: Tropf, tropf, tropf und echu, echu, echu. Gereizt stand sie auf und schloss die Lüftungsklappe, um wenigstens das eine nicht mehr hören zu müssen.
»Mama, was zeichnest du?«
Ihr Stift irrte über das Papier.
Ein roter Kreis, groß und unsymmetrisch, Linien, lange und kurze, bogenförmige und gerade. Rosa zeichnete Muster, ohne einen Gedanken an das Endergebnis. Die Müdigkeit fühlte sich in den Händen an wie bleischwere Gewichte, und die Augen schienen ihr von selbst zuzufallen.
»Mamaaaa, was zeichnest du?«, wiederholte Matias.
Rosa seufzte.
»Ich zeichne ... Ja, was zeichne ich denn jetzt? Was soll ich denn zeichnen?«
»Zeichne mich!«
»Dich. Na gut, ich zeichne dich.«
Rosa drehte das Papier um und begann einen Kopf zu umreißen. Zuerst den oberen Teil des Kopfes, dann die Stirn, die Wangen und zuletzt das Kinn.

»Nicht rot.«
Rosa zeichnete weiter.
»Nicht rot, Mama!«
»Ich zeichne rot, wenn ich will«, sagte Rosa und zeichnete die Nase als kleine Stupsnase.
»Nein!«
»Doch.«
»Nein, Mama!«
Rosa nahm den Stift vom Papier und sah Matias an.
»Möchtest du, dass ich dich zeichne, oder nicht?«
»Ich möchte es.«
»Dann sei still und lass mich zeichnen.«
Rosa richtete den Blick wieder auf das Papier. Als Nächstes die Augen. Die kleinen und zarten Wimpern. Die Augenbrauen. Den Mund. Rosa kämpfte darum, wach zu bleiben.
»Mama, ich hab doch keine Glatze!«
»Nein, wirklich nicht. Aber ich zeichne die Haare als Letztes.«
»Aber nicht mit Rot.«
»Alles klar. Nicht mit Rot. Geht Grün?«
»Nein!«
Rosa seufzte.
»Na, dann such dir eine Farbe für die Haare aus«, sagte sie und schob die Farbstifte näher zu Matias hin.
Matias nahm einen gelben in die Hand, hustete so, dass er nur so röchelte vor Schleim, und reichte ihn Rosa.
»Lass ihn ruhig da liegen«, sagte Rosa und fuhr mit ihrer Skizze fort.
Matias legte den Stift neben Rosas Papier auf den Tisch.
»Zeichne du doch auch etwas. Vielleicht mich.«
»Hab keine Lust.«
»Alles klar. Du musst ja nicht.«

»Ich zeichne Papa.«
»Zeichne Papa.«
»Wo ist Papa?«
»Bei der Arbeit.«
»Wann kommt er?«
»Dann, wenn er mit der Arbeit fertig ist.«
»Wann?«
»Später.«
»Ich will, dass er jetzt gleich kommt.«
»Das nützt jetzt nichts. Jetzt bist du mit Mama hier zu Hause und zeichnest.«
»Ich will nicht.«
»Da kann ich nichts machen. Zeichne doch jetzt Papa.«
Drei Minuten vor sieben besiegte die Krankheit Matias' Wunsch, wach zu bleiben, und er fing an zu weinen. Zugleich wurde es Rosa bewusst, dass sie sich über eine halbe Stunde lang nicht um Vilja gekümmert hatte. Eilig stand sie vom Tisch auf, warf dabei aus Versehen den Stuhl um und fand das Mädchen im Kinderzimmer, wie es Bauklötze und Bücher auf dem Fußboden aufstapelte. Rosa seufzte erleichtert – sie hätte es nicht bemerkt, wenn das Kind aus der Wohnungstür geschlüpft und die ganze Zeit auf eigenen Pfaden unterwegs gewesen wäre, während sie selbst sich bemüht hatte, in Matias' Gesellschaft wach zu bleiben.
Um zehn nach sieben hatte sie dem weinenden Matias die Zähne geputzt und ihn ins Bett getragen, in die Hütte, wo immer noch sämtliche in der Wohnung vorhandenen Kissen herumlagen. Um die an ihren Platz zu räumen, fand sie in sich jetzt keine Kraft mehr. Obwohl jetzt noch nicht die Schlafenszeit der Kinder war, willigte Vilja klaglos ein, ins Bett zu gehen. Wenn ich irgendwann anfangen sollte,

an Gott zu glauben, dachte Rosa, geschieht das in einem solchen Augenblick, wenn etwas genau so geht, wie ich es hoffe.
Als die Tür endlich spät am Abend ging, hatte Rosa schon lange im Dunkeln mit angezogenen Knien auf der Couch gesessen, und jetzt horchte sie regungslos auf die Geräusche des Ankömmlings. Markus zog erst den einen Schuh aus, danach den anderen, hängte seine knarrende Lederjacke an die Garderobe, ging dann direkt ins Badezimmer und schloss leise hinter sich die Tür. Rosa stand langsam vom Sofa auf, ging in den Flur, blieb stehen und starrte ins Dunkel. Markus hatte kein Licht angemacht, aber in dem von draußen hereindringenden schwachen Lichtschein der Stadt sah Rosa die Jacke, die Markus an die Garderobe gehängt hatte, die Schuhe, die er an den Rand des Teppichs gestellt hatte, und seine Tasche auf dem Boden. In der Luft schwebte schwach der Geruch vom Müllschlucker, aber Rosa nahm ihn kaum wahr – endlich hatte sie sich daran gewöhnt, er verursachte ihr keine Übelkeit mehr und zwang sie auch nicht mehr, die Tür eiligst hinter sich zuzuziehen.
Im Badezimmer drehte Markus die Dusche auf, Rosa hörte, wie er sich unter dem fließenden Wasser wusch. Wo war Markus den ganzen Abend gewesen, ohne ihr mitzuteilen, dass er nicht zu einer menschlichen Zeit nach Hause kommen würde, kam dann um Mitternacht zur Tür hereingewirbelt und marschierte sofort unter die Dusche? Der Ärger war in Rosa von Stunde zu Stunde gewachsen, bis er etwa um halb zehn der Sorge gewichen war. Konnte Markus etwas passiert sein, das der Grund dafür war, dass er nichts von sich hatte hören lassen? Rosa hatte wieder die Nummer von Markus' Arbeitszimmer gewählt und das

Telefon lange klingeln lassen, es gleich darauf noch einmal versucht, aber immer noch hatte sich niemand gemeldet. Schließlich hatte die Sorge sich um Rosas Kopf gelegt wie ein Stahlband und sie gezwungen, ans Fenster zu treten und hinauszustarren, ohne den Blick von der Straße zu wenden, anstatt die Sorge schlafen zu lassen. Vielleicht würde Markus gleich hinter der Schwimmhalle hervortreten, vielleicht würde er gleich den Schlüssel im Schloss der Wohnung umdrehen, alles würde in Ordnung sein und wie zuvor, und ihre Angst wäre vollkommen überflüssig gewesen, aber niemand war zu sehen gewesen. Vor der Tür zum Badezimmer hörte Rosa, wie Markus sich die Haare wusch. Rosa starrte abwechselnd die Jacke an, die Markus an die Garderobe gehängt hatte, und die Tasche, die er auf den Fußboden gestellt hatte, und schließlich hockte sie sich nieder und drückte das Schloss der ledernen Aktentasche auf. Darin waren ein Stapel Zeitungen von heute, zwei Füller, ein Kugelschreiber der Zeitung *Kraft des Volkes*, zwei zur Hälfte vollgekrakelte Notizbücher sowie ein unten zusammengeknülltes Einkaufsnetz, darin ein Glas Essiggurken, Brötchen, warm gewordene Milch und eine Tüte mit herben grünen Äpfeln. Sonst nichts. Der Inhalt der Tasche gab keine Auskunft auf die Frage, wo Markus den ganzen Abend gewesen war. Sie durchsuchte noch seine Jackentaschen, aber abgesehen von seiner Brieftasche, einer Schachtel Zigaretten und einem Feuerzeug waren sie leer. Langsam ließ Rosa die Luft aus den Lungen entweichen. Sie hörte, wie hinter der Tür der Wasserhahn zugedreht wurde. Einen Augenblick noch rann Wasser auf den Boden der Badewanne, dann fielen nur noch einzelne Tropfen, bis das Geräusch gänzlich endete. Leise schloss Rosa das Schloss der Tasche, schlich zurück ins Wohnzimmer, schaltete die Wandlampe neben dem Sofa ein, trat zum Fenster und entnahm der Schachtel, die auf dem Fensterbrett lag, eine Zigarette. Kurz darauf erschien Markus in der Tür.

»Du bist ja wach«, sagte er. »Ich dachte, du würdest schon schlafen.«

Rosa hatte sich absichtlich abwehrend mit dem Rücken zur Tür hingestellt, drehte sich aber jetzt um und sah Markus an. Der hatte sich ein Handtuch um die Hüfte geschlungen, von seinen Haaren lief Wasser herab. Rosa betrachtete ihn einen Moment lang. In den Fingerspitzen hatte sie ein stechendes Gefühl wie immer, wenn sie aufgeregt war, und vor Ärger hatte sie Herzklopfen.

»Du hast gedacht, ich schlafe«, sagte sie. »Du hast gedacht, ich schlafe, obwohl ich nichts von dir gehört habe, seit du am Morgen zur Arbeit gegangen bist. Wie kannst du denken, ich schlafe, wenn ich nicht weiß, wo du bist?«

Rosa sah auf die Wanduhr, dann wieder zu Markus.

»Es ist Mitternacht. Wo zum Teufel bist du den ganzen Abend gewesen?«

Markus stand reglos auf der Stelle und starrte Rosa an.

»Es tut mir leid, es ist bei mir tatsächlich spät geworden.«

Rosa hörte, wie ihre Stimme noch schärfer wurde.

»Wahrhaftig.«

Markus seufzte und trat zu Rosa.

»Es ist etwas passiert«, sagte er und wandte sich dem Fenster zu.

Das Blut rauschte Rosa in den Ohren. Der schwache Seifenduft, der von Markus' Haut aufstieg, vermischte sich mit dem Zigarettenrauch.

»Es ist etwas passiert«, wiederholte Rosa in ironischem Ton und wandte auch selbst den Blick zurück zur Stadt.

Unter ihrer Haut schäumte die Wut, und Rosa wusste, dass, wenn sie nicht alles tat, um sich zu beruhigen, der Streit sich zu lautstarkem Geschrei aufschaukeln und die Kinder wecken würde – und genau das wollte sie jetzt nicht. Die Antenne des Fernsehturms spuckte rote Lichttropfen wie jede Nacht, die Straßenlaternen warfen ihren gelben Glanz auf die Straße, aus den Fenstern der Nachbarhäuser schimmerten die Deckenleuchten, Wandlampen und Teelichter, auf kleine Beistelltische gesetzte Stimmungsleuchten, Neonröhren und auch noch nach dem Dreikönigsfest die Weihnachtskerzenständer, die die Fenster schmückten, die alle von Leben zeugten, von überall ringsum gelebtem Leben, von dem sie nichts wusste, ihr Leben spielte sich innerhalb der Wände ein und desselben Plattenbaus ab, ihr Alltag bestand aus Windeln und Schnullern, aus Rotzlappen, Hustenanfällen und kalt gewordenem Mittagessen, aus Weinen und Fieber, aus dem Einsammeln von Bauklötzen vom Fußboden und dem Einräumen in den Spielzeugkasten, aus Fieberzäpfchen, Schlafenlegen, Streicheln und abstumpfenden Kinderliedern, und das alles mit nahezu tödlichen Wiederholungen. Markus griff sich die Zigarettenschachtel und führte eine Zigarette zu den Lippen.

»Der schwedische Kollege aus dem Nachbarzimmer bekam einen Anfall«, sagte er schließlich und zündete sich die Zigarette an, machte eine kurze Pause, als überlegte er, was er als Nächstes sagen sollte, und fuhr dann fort: »Er brach auf dem Korridor zusammen, als ich gerade nach Hause gehen wollte. Ich habe alles gesehen und bin geblieben, um zu helfen, ich konnte nicht weg.«

Das Geknatter aus den Auspuffrohren einzelner vorbeifahrender Autos erfüllte die Luft, bis es wieder leiser wurde

und schließlich ganz verschwand. Rosa sah Markus an und versuchte, das Gehörte zu verstehen.
»Der schwedische Kollege«, sagte sie. »Also der, dessen Büro gegenüber von deinem liegt?«
Markus brummte zustimmend.
»Wie schrecklich«, sagte Rosa und spürte, wie die Umdrehungen in ihrem Körper sich verlangsamten, »was ist denn eigentlich passiert?«
Markus zuckte kaum merklich die Achseln und rauchte weiter, den Blick nach draußen gerichtet.
»Eine Herzattacke. Der Krankenwagen hat den Mann ins Krankenhaus gebracht. Ich bin ihm gefolgt und hab dort gewartet, bis ich wusste, dass alles in Ordnung ist.«
Das Flackern in Rosas Augen war erloschen, plötzlich fühlte sie sich wie ein Vollidiot. Sie war böse gewesen auf Markus, während der im Krankenhaus gesessen und gewartet hatte, um etwas über seinen Kollegen zu erfahren und sich zu vergewissern, dass der überleben würde. In ihrem Körper breitete sich Schuldgefühl zusammen mit Verständnis aus, und Rosa legte Markus die Hand auf den Arm.
»Und jetzt ist alles in Ordnung?«, vergewisserte sie sich, obwohl Markus das gerade gesagt hatte.
Markus nickte.
»Entschuldige, dass ich nicht angerufen habe. Das war alles so ...«
»Macht nichts. Ich hätte nicht böse werden dürfen, ohne zu wissen, was los war. Natürlich hattest du einen guten Grund.«
Markus drückte seine Zigarette aus und wandte sich Rosa zu. Sein Gesicht war ernst und müde, Rosa konnte sehen, dass der Schrecken seine Spur darin hinterlassen hatte.

Sie streckte die Hand nach Markus aus, aber der machte eine abwehrende Geste, so klein und kaum merklich, dass niemand außer Rosa sie hätte deuten können, und sagte dann:
»Ich bin völlig kaputt und muss schlafen.«
Einen Augenblick lang ging es Rosa durch den Kopf, dass sie garantiert nicht würde schlafen können, und wenn sie es noch so nötig hätte, verdrängte jedoch den Gedanken.
»Natürlich«, sagte sie. »Ich putz mir die Zähne und komme gleich nach.«
Trotz Markus' Abwehr berührte sie leicht seinen Arm und ging dann ins Badezimmer. Erst als er gehört hatte, dass die Tür sich schloss und das Wasser lief, löste Markus die Hände vom Fensterbrett, spürte das Zittern in seinem Körper und das Herz in seiner Brust heftig klopfen. Er schloss die Augen, atmete tief durch, und wenn er sich noch so sehr bemühte, den Gedanken zu vertreiben, da war er und pochte in jeder seiner Zellen: die Lüge, er hatte sich die denkbar gemeinste Lüge ausgedacht, um sich zu retten. Das Bild in Markus' Erinnerung war klar, er schloss wieder die Augen, um jeden kleinen Punkt davon zu erfassen.
Luise in dem dunkelnden Abend, bekleidet nur mit Markus' Oberhemd.
Die im matten Licht seines Arbeitszimmers glühenden Wangen.
Luise, deren Hals nach Parfum und deren Haar nach Stiefmütterchen geduftet hatte, während ihr Atem den Duft des Wildkräuterlikörs bewahrt hatte, den sie beide aus demselben Glas getrunken hatten.
Markus öffnete die Augen, ließ den Blick über die dunkle Stadt wandern und ließ die Luft langsam aus der Lunge

entweichen. Er war davongekommen, er hatte es geschafft, sich eine glaubhafte Notlüge auszudenken, und war dank ihr davongekommen, und das bedeutete vor allem eines: Das, was an diesem Abend geschehen war, brauchte nicht das letzte Mal gewesen zu sein. Noch brauchte er nicht auf Luise zu verzichten.

Berlin, 30. Juli 1989

Heute hat mich die Erinnerung an den Abend, als du zum ersten Mal mein warst, am Leben gehalten. Die Erinnerung an den Augenblick, da du zum ersten Mal meinen Rock hobst und meinen Schenkel berührtest. Du hieltest mein Gesicht in den Händen und küsstest mich. An jenem Wintertag vor fünf Jahren nahm ich deinen Duft stärker wahr als jemals zuvor, deinen Duft, der mir jetzt so fehlt.
Ich werde fast verrückt, wenn ich an jenen Augenblick denke, Erich. Du, wie du mich ausziehst, und ich dich. Du, wie du mich in deine Arme ziehst, ich, wie ich mich an dich schmiege, ich und du, wie wir miteinander verschmelzen. Als wir das erste Mal eins waren, wusste ich, dass ich mich niemals nach etwas anderem sehnen würde. Obwohl wir beide verstanden, dass unser Tun falsch war, fühlte es sich trotzdem richtig an, denn so fühlt sich die Liebe an. Und in diesem Augenblick begann unsere Liebe wie ein Kind, das sich im Leib entwickelt, zuerst klein und zart, kaum in der Form eines Kindes, aber dann von Tag zu Tag stärker und robuster, bis es schließlich bereit ist, die Außenwelt zu ertragen. Du kannst dich doch an alles erinnern, nicht wahr?
Der Gedanke an dich und mich zusammen hat mich dazu gebracht, mich so nach deiner nackten Haut zu sehnen, dass ich meinte, es nicht ertragen zu können. Ich zog mich hinter die verschlossene Tür des Badezimmers zurück, zog meinen Slip aus, berührte mich und stellte mir vor, dass du da wärest. Ich schloss die Augen, und du streicheltest meine Haut, die heiß war und pulsierte. Du setztest mich in die Wanne und drangst in mich ein, hieltest meine Brust, berührtest mich wie damals, wie so viele Male danach. Dann hielt ich es nicht mehr aus.

Du machtest das so gut, du wusstest genau, was ich gernhabe. Ich erreichte meinen Höhepunkt und biss ins Handtuch. Ich denke so viel lieber an dich als an die Ereignisse hier. Tausende sind in die Botschaften Westdeutschlands in Prag, in Budapest und in Warschau eingedrungen. Die Demonstrationen werden heftiger. Die Militärhubschrauber kreisen immer tiefer über dem Zentrum als früher. Ich habe Angst vor dem, wohin all das noch führt.
Ich sehne mich nach dir als meinem Schutz, die anderen sind gleichgültig. Beeil dich, sei so lieb.

Deine Margot

2011

Am Donnerstagabend um sieben vor fünf kam das Taxi vorgefahren, und Saga stieg aus. Sie winkte Vilja zu, die schon ein Weilchen wegen des Regens unter dem Vordach gestanden und gewartet hatte. Vilja lächelte, und als Saga ihr den Rücken kehrte, wischte sie verstohlen die Hand am Mantel ab und ließ Luft aus den Lungen ab. Saga nahm dem Taxifahrer den Rucksack ab, den er ihr aus dem Kofferraum reichte, ging dann zur Straßenseite des Wagens und öffnete die Tür für Hertta. Die Hand in der Hand des Mädchens rief sie:
»Du hattest recht! Hier ist ja wirklich ein Hundewetter!«
Saga küsste Vilja, schlang den Arm um sie, und Vilja musste denken, dass Sagas Duft genau derselbe war wie an jenem tropisch feuchten Tag zweihundert Kilometer vom Äquator entfernt, als sie ihn zum ersten Mal aus der Nähe wahrgenommen hatte. Der Schneeregen fiel auf die nasse Straße und schmolz dort sofort, die cremehellen Rücklichter des Mercedes huschten im Halbdunkel hinter die Häuser, als Vilja Saga losließ und sich zu Hertta hinabbeugte.
»Grüß dich, Hertta. Hattest du einen guten Flug?«
Hertta starrte unter ihrer Pudelmütze Vilja tief in die Augen so wie immer, sie schaute mit ihrem ernsten, bohrenden Blick wie in ein Mikroskop, als wolle sie jede Absicht und jeden Gedanken von Vilja ergründen und abschätzen, ob sie ihr vertrauen sollte. So war es jedes Mal, wenn Vilja

das Mädchen eine Weile nicht gesehen hatte, und Vilja kam es so vor, als müsse sie das Vertrauen jedes Mal von Neuem schaffen und immer wieder und wieder beweisen, dass sie des Vertrauens würdig war. Aber anders als sonst meistens, machte es Vilja dieses Mal nicht nervös, obwohl Hertta ihr nicht antwortete und sich nur hinter Sagas Bein zurückzog.

»Hast du von der Stewardess ein Päckchen mit Spielsachen bekommen? So eines, wie sie es dort an die Kinder verteilen?«, versuchte Vilja es noch einmal.

Das Mädchen nickte matt hinter Sagas Jeans. Vilja lächelte, bemühte sich, das Kind zu ein paar Worten zu ermutigen; sich zu erinnern, dass sie Vilja vertrauen konnte, auch früher schon.

»Ich hab da oben etwas für dich«, sagte sie und hielt Hertta die Hand hin. »Gehen wir uns das anschauen?«

Aber das Mädchen ergriff die Hand nicht, sondern zog sich noch weiter hinter Sagas Beine zurück und sagte von irgendwo hinter Sagas Mantel mit leiser Stimme:

»Mama, ich muss Pipi machen.«

Saga strich Vilja rasch über die Hand, um ihr zu signalisieren, dass das Kind bald wieder so wie immer sein würde, auch in Viljas Gesellschaft, sie müsse nur geduldig sein. Gemeinsam fuhren sie mit dem Fahrstuhl in das achtzehnte Stockwerk.

In der Wohnung angekommen, zeigte Vilja Saga und Hertta die Toilette, danach lockte sie Hertta ins Wohnzimmer und gab ihr eine kleine Papiertüte. Darauf hatte sie mit schwarzem Filzstift den Namen Hertta geschrieben und darunter ein kleines Herz gezeichnet.

»Ich hab etwas für dich gekauft. Ich dachte, es könnte dir gefallen.«

Langsam löste Hertta ihren Griff von Saga und traute sich zum Tisch zu Vilja, ergriff die Tüte und zog ein Päckchen Buntstifte und ein Heft im Format DIN-A5 hervor. Vilja hatte die Sachen im Kaufhaus am Alexanderplatz gekauft. »In Berlin gibt es alles Mögliche, was man zeichnen kann. Viele Sachen, die es in Helsinki nicht gibt. Ich hab gleich an dich gedacht, als ich die hier sah.«
Das Mädchen setzte sich mit langsamen Bewegungen, legte den Arm auf den Tisch und starrte die Stifte und das Papier vor sich an. Aus dem Augenwinkel bemerkte Vilja, dass Saga ins Schlafzimmer ging und verstand: Saga wollte ihnen etwas Ruhe verschaffen, die Möglichkeit, sich nach einer kurzen Pause wiederzufinden.
»Gibt es auch Dinosaurier?«, fragte Hertta schließlich leise. Vilja wollte das gerade verneinen, als ihr klar wurde, dass sie wie ein Erwachsener dachte. Wann trat eigentlich die Veränderung ein, dass der Mensch aufhörte zu spielen, anfing, rational zu denken, und die Fantasie verlor, dachte sie, setzte sich neben Hertta, nahm die Packung mit den Farbstiften, wählte daraus einen grünen und sagte mit leiser Stimme, als verriete sie ein Geheimnis:
»Es gibt tatsächlich welche. Möchtest du sehen, was für welche?«
Und während Hertta mit angehaltenem Atem zuschaute, zeichnete sie auf die erste Seite des Hefts die Umrisse eines Diplodokus mit langem Hals und großen Beinen, wie sie ihn viele Male in Herttas Sachbuch über die Dinosaurier gesehen hatte. Aus irgendeinem Grund hatte sie sich die Einzelheit gemerkt, dass der Schädel des Dinosauriers dem eines Pferdes ähnelte, im Vergleich zu der Größe des Tieres jedoch klein war. Vilja bemühte sich, die Größenverhältnisse im Wesentlichen richtig zu zeichnen.

»Zufällig weiß ich«, sagte Vilja und malte den Hals des Dinosauriers mit der Spitze des Buntstifts so an, dass das Papier raschelte, »dass es in Berlin ein Haus gibt, in dem man mehrere Dinosaurier sehen kann. Zum Beispiel einen solchen Diplodokus. Oder genauer, sein Knochengerüst, das vor vielen Jahren aus der Erde ausgegraben wurde. Das ist riesengroß.«

Hertta atmete leise.

»Ist das tot?«

»Ja. Es ist tot. Alle Dinosaurier sind tot. Aber in dem Haus, in dem Museum, gibt es noch deren Gerippe. Und jeder kann sie sich ansehen.«

Vilja betrachtete Hertta verstohlen. Sie war sich nicht ganz sicher, ob das Kind enttäuscht oder erleichtert war, es starrte unverwandt auf die Bewegung des Buntstifts. Auf dem Papier ragte der peitschenartige Schwanz des Dinosauriers gen Himmel, wie er es auch bei Lebzeiten vor rund einhundertfünfzig Millionen Jahren getan hatte.

Hertta nahm das Heft in die Hand und betrachtete die Zeichnung mit ernstem Gesicht.

»Er braucht etwas zu essen«, sagte sie schließlich. »Sonst stirbt er auch.«

Vilja lachte.

»Na, das wäre doch schade. Und du, brauchst du schon etwas zu essen?«

Hertta schüttelte den Kopf.

»Na gut«, sagte Vilja. »Würdest du dem Dinosaurier etwas zu fressen zeichnen, während ich nachsehe, ob deine Mutter eure Sachen ausgepackt hat?«

Hertta nickte, und Vilja stand auf, wuschelte dem Mädchen im Haar und ging. Im Schlafzimmer hatte Saga die Sachen aus dem Rucksack auf das Bett entleert, und jetzt faltete sie sie zusammen und stapelte sie in den Fächern des Spanplattenschranks, als würde sie sich für längere Zeit einrichten. Viljas Sachen lagen immer noch in einer Ecke des Zimmers auf dem Rand des kleinen Koffers.

»Ist sie warm geworden?«, fragte Saga und legte einen Stapel von Herttas Sachen in den Schrank.

Vilja bejahte.

»Danke«, sagte Saga, »dass du so lieb an Hertta gedacht hast. Das Zeichenmaterial ist eine feine Sache.«

Mit einem Pullover in den Händen blieb Saga am Fenster stehen. Vilja lehnte sich gegen den Türrahmen, betrachtete Sagas Rücken, den etwas zerzausten Haarknoten auf ihrem Kopf, den Haaransatz, auf dem weiche Wolle wuchs wie Seegras.

»Von hier hat man ja eine tolle Aussicht«, sagte Saga. »Was hast du doch gesagt, in welcher Etage hast du als Kind gewohnt?«

Vilja trat neben Saga ans Fenster.

»In der vierten.«

Der Schneeregen draußen hatte eine Pause eingelegt, irgendwo am Horizont drangen Sonnenstrahlen wie eine Lichtdusche durch die dunklen Wolken wie auf jener Lehrtafel aus Pappe, die die Lehrerin zu Ostern vor die Wandtafel gehängt hatte, als Vilja noch in die Unterstufe ging. Die Lichtstrahlen waren vom Himmel hinter Jesus gefallen, der die Hände schräg nach unten gestreckt hatte, während auf seinem Gesicht Frieden lag, und Vilja hatte bei sich die Worte des Vaters gehört: *Jeder hat das Recht zu glauben, an was er will. Manche glauben an Märchenwesen, ich an den Marxismus-Leninismus.*

»Es ist immer noch so seltsam. Hier zu sein«, sagte Vilja.

Saga legte Vilja den Arm um die Taille und das Kinn auf die Schulter.
»Und die Tatsache, dass wir hier sind? Hertta und ich.«
Vilja wandte sich Saga zu.
»Das ist wunderbar.«
Saga küsste sie.
»Erzähl«, sagte sie dann. »Was hast du als Nächstes vor?«
Vilja erzählte von ihrem Besuch im Magistrat, wie sie herausgefunden hatte, dass Luise Seidel noch lebte, dass aber Max Seidel, der unter derselben Adresse gewohnt hatte, nur zwei Tage nach Luises vorletztem Brief gestorben war, und dass an dieser Stelle die Spuren endeten. Vilja nahm ihr Handy hervor und suchte darauf die Bilder von Luise und sich selbst, die sie von dem Fotoalbum des Kindergartens abfotografiert hatte, und zeigte sie Saga. Diese starrte das Foto eine Weile an und fragte dann leise:
»Erinnerst du dich immer noch nicht an sie?«
Vilja schüttelte den Kopf.
»Und wie lange warst du gleichzeitig mit Luise in dem Kindergarten?«
»Wahrscheinlich während der ganzen Zeit, die wir hier gewohnt haben. Jahrelang.«
Saga schüttelte den Kopf.
»Ein schrecklicher Gedanke.«
»Welcher?«, fragte Vilja.
»Der, wie der Mensch vergisst. Dass ich morgen sterben könnte und Hertta sich nach Jahren nicht mehr an mich erinnern würde.«
Vilja drückte Saga den Finger auf die Stirn und versuchte, die dort entstandene Sorgenfalte zu glätten.
»Das würde nicht geschehen.«
»Warum nicht? Dir ist es so ergangen«, sagte Saga. »Nach

den Briefen zu urteilen stand Luise dir jahrelang ebenso nahe wie deine Mutter. Und trotzdem erinnerst du dich nicht an sie.«

Vilja starrte Saga an. Plötzlich erweckten deren Worte in ihr einen Gedanken, der ihr noch nie gekommen war.

»Bestimmt gibt es einen Grund dafür, dass ich mich nicht an sie erinnere«, sagte Vilja.

Saga sah sie an.

»Was meinst du?«

Vilja blickte Saga direkt in die Augen. In den Fingerspitzen verspürte sie ein Kribbeln.

»Hertta würde dich nicht vergessen können, weil man das nicht zulassen würde. Man würde sie jeden Tag an dich erinnern, weil das so üblich ist, wenn ein Kind seine Mutter verliert. Vielleicht erinnere ich mich deshalb nicht an Luise, weil das nicht erwünscht war. Weil man wollte, dass ich sie vergesse.«

Zugleich sah Vilja vor ihrem inneren Auge, wie die Mutter in der Wohnung des Vaters die Fenster putzte, als Vilja die Briefe gefunden hatte. Wieso hatte sie das nicht schon früher begriffen? Von Anfang an war klar gewesen, dass die Mutter nicht gewollt hatte, dass Vilja sich an Luise erinnerte.

»Warum erinnere ich mich an Dinge, die nicht so bedeutend waren, aber nicht an einen Menschen, der wichtig gewesen war?«

Vilja ging ans andere Ende des Fensters und wandte sich Saga zu.

»Wir kehrten nach Finnland zurück, als ich fünf Jahre alt war, fast schon sechs«, sagte sie. »Ich erinnere mich an das Haus, in dem wir wohnten. Und als ich jetzt hierher zurückkehrte, erinnerte ich mich deutlich an den Geruch des Müllschluckers im Hausflur. Ich erinnerte mich an die Lage unserer damaligen Wohnung im Hausflur und daran, mit welchem Lift man in unsere Etage kam, mit dem einen fuhr man in die Stockwerke mit geraden Zahlen, mit dem anderen in die mit ungeraden. Ich erinnerte mich an die Weihnachtslichter draußen im Dezember, sogar an deren Formen. An das Loch im Gebüsch des Spielplatzes und an die alte Schwengelpumpe daneben. An die Bäckerei jenseits der Brücke. Aber nicht an Luise. Je mehr ich darüber nachdenke, desto seltsamer ist das.«

»Ja«, antwortete Saga. »Das ist merkwürdig.«

Vilja stand einen Augenblick schweigend da und sagte dann:

»Im Herbst 1989 geschah etwas. Mein Vater war hier, als die Mauer fiel, auf Dienstreise. Oder so habe ich es mir bis in die letzten Monate vorgestellt, aber vielleicht war der Grund für seine Reise in Wirklichkeit ein anderer, vielleicht Luise. Nach dieser Reise ließen meine Eltern sich scheiden. Auch kamen seit jenem Herbst keine Briefe mehr, aus der Zeit danach gibt es keine mehr. Jedenfalls habe ich keine mehr gefunden.«

Vilja drehte sich um und schaute hinaus. Aus dieser Perspektive konnte man die Kupferkuppel des Doms gerade noch sehen, die wassergrüne, die im Lauf der Zeit fleckig geworden war.

»Sie haben also einfach aufgehört, über irgendetwas zu sprechen, das mit Berlin zusammenhing?«

»Ja. Sie haben aufgehört zu sprechen«, sagte Vilja und sah in Gedanken, wie der Vater neben ihr die Blumen goss. Draußen bog der Winter die dick mit Schnee bedeckten Äste hinab, und in der Wohnung goss der Vater die Grünpflanzen auf der Fensterbank, zupfte hier und dort ein

welkes Blatt ab und besprühte zuletzt die Blätter. »Wir sind jahrelang glücklich gewesen«, sagte der Vater und versprühte Wasser auf die Blätter des Ablegers einer Rankenlilie. »Wir waren glücklich, bis Rosa genug hatte und beschloss, das nicht mehr zu wollen.« Vilja saß still auf dem Sofa. Das war bei Ikea in Westberlin weiß gekauft worden, aber nach Dutzenden verschiedenfarbiger Flecke neu sonnenuntergangsorangefarben bezogen worden. »Wir waren glücklich«, wiederholte der Vater, »bis deine Mutter genug hatte. Was kann man da machen? Was? Wenn die Frau einfach nicht mehr will.«
Vilja fuhr bei Sagas Berührung zusammen.
»Meiner Ansicht nach müsstest du über all das mit deiner Mutter sprechen.«
Aus der Nähe gesehen, schimmerten Sagas wasserfarbene Augen wie der Albert-See, derselbe, den sie, als seine Oberfläche von der Sonne vergoldet war, erst vor knapp einem Jahr vom Hang des Kyangwali-Bergs aus betrachtet hatten. Die Äquatorsonne hatte den rostroten Tonboden versengt, und die Luft hatte vor Hitze so geflimmert, dass die Landschaft zuletzt wie eine Fata Morgana wirkte, flirrend und unwirklich, sie hatten schweigend davorgestanden, bis der Regen kam, der auf Bananenblätter, Affenbrotbäume und lederblättrige Büsche fiel. Vilja drückte Saga an sich, sog Sagas Eigenduft ein, Eisenkraut und Meeressand.
»Ich bin glücklich, dass ihr gekommen seid«, sagte Vilja.
»Ich hab mich nach dir gesehnt. Nach euch beiden.«

Zum Abendessen bereiteten sie einen Risotto und beschlossen, erst am nächsten Tag zum Kennenlernen in die Stadt zu gehen.
»Hast du Schlaftiere mitgebracht?«, fragte Vilja Hertta,

während sie ihr im Schlafzimmer auf einer Matratze eine Bettstatt bereitete.
Hertta nahm aus ihrem Rucksack eine gelbe Plüschkatze und einen kleinen Teddy. Vilja wusste, dass Aino diesen Teddy besorgt hatte, Hertta nahm ihn immer mit, wohin sie auch ging. Vilja bemühte sich, die in ihr aufsteigende Unsicherheit wieder hinunterzuschlucken. Sie sah zu, wie Hertta den Kopf des Teddys auf den Rand des Kissenbezugs drückte, und spürte, wie eine vage Traurigkeit sie durchfuhr.
Nach dem Abendessen holte Saga Papier und Stift hervor und sagte:
»So, jetzt machen wir einen Plan. Jeder darf sich zwei Sachen wünschen, die wir an diesem Wochenende machen.«
Hertta teilte sofort mit, dass sie die Dinosaurier sehen und auf den Spielplatz gehen möchte.
»Eine sehr gute Wahl«, lobte Saga und schrieb die Wünsche auf das Papier. »Und ich möchte einen Ort sehen, von dem ich gelesen habe. Einen alten, aufgelassenen Vergnügungspark. Ich weiß nicht mehr genau, wo der ist, aber das finde ich heraus. Und dann möchte ich gutes Essen bekommen. Jeden Tag.«
»Ich möchte Torte!«, sagte Hertta, und Vilja und Saga lachten.
»Du bekommst Torte. Alle bekommen Torte«, versprach Saga und schrieb: Torte für alle.
Vilja überlegte einen Augenblick, was sie sich wünschen sollte, und sagte schließlich:
»Ich möchte, dass ihr eine Person kennenlernt. Sie heißt Ute, und ihr werdet sie bestimmt mögen.«

1984

Alles war klar von Anfang an: Sie würden niemandem von sich erzählen. Sie würden sich heimlich treffen, wenn sich die Gelegenheit bot. In diese Beziehung sollte niemand anders verstrickt werden, vor allem keine Kinder. Aber als Markus am Morgen jenes Spätwintertags zum ersten Mal mit Vilja die Kindertagesstätte betrat, wurde ihm klar, dass er diese Abmachung nicht würde einhalten können – Luise würde sich Vilja gegenüber nicht so wie zu jedem anderen beliebigen Kind verhalten können.

Markus zog Vilja den Winteroverall und die Schuhe aus, und Luise kam ihnen im Vorraum entgegen und zeigte ihnen Viljas Platz an der Garderobe, an der ein Pappschild mit dem Namen Vilja befestigt war. Luise beugte sich zu dem Kind hinab, fasste es bei den Händen und lächelte.

»Hallo, kennst du mich noch?«

Markus beobachtete Vilja. Das Kind verstand kein Wort der fremden Sprache, schaute mit ihren großen Rehaugen zurück und atmete langsam und tief, während ihre von der Schlupfmütze elektrisch aufgeladenen Haare in der Luft schwebten. Markus verspürte einen schneidenden Schmerz in der Brust. War der Gedanke, das Kind in den Kindergarten zu geben, wirklich so gut, würde Vilja dort zurechtkommen? Hätte Vilja nicht doch noch eine Weile zu Hause bleiben sollen, wo Rosa wegen des kränkelnden Matias sowieso noch bleiben musste? Markus mochte das Gefühl der Unsicherheit nicht, das die Situation in ihm erzeugte,

er fühlte sich ratlos, ja, geradezu unfähig, aber als hätte Luise Markus' Gedanken gelesen, nahm Luise Vilja mit sicheren Griffen auf die Arme und sah Markus lächelnd an.
»Mach dir keine Sorgen. Alles wird gut gehen.«
Markus strich Vilja übers Haar und richtete sich auf, als hätte ihm das geholfen, seine Gedanken zu sammeln.
»Ich hol dich am Nachmittag ab«, sagte er zu Vilja.
»Am Nachmittag«, wiederholte das Kind.
»Ja, am Nachmittag. Bis dahin ist es nicht lange. Bis dahin bist du hier bei Frau Seidel. Ihr werdet es bestimmt gut haben.«
Luise korrigierte Viljas Haltung auf ihrem Arm und sah Markus fröhlich an.
»Geh ruhig. Wir kommen hier gut zurecht.«
Markus bückte sich und küsste Vilja auf die Wange. Dabei spürte er den von Luise ausgehendenden Moschusduft und verdrängte das dadurch erzeugte Erinnerungsbild von der Frau, die sich in seinem Arbeitszimmer ausgezogen hatte. Luises Augen glänzten, ihre Wangen glühten, und Markus konnte sehen, wie auf dem Gesicht der Frau Freude aufstieg, und das erfüllte ihn gleichzeitig mit Unruhe und Glück.
»Du weißt, wo du mich erreichen kannst«, sagte er, »wenn irgendetwas passiert.«

Während des ganzen Wegs zum Pressezentrum bemühte sich Markus, ein wachsendes Gefühl von Unsicherheit abzuschütteln. Etwas an Luises Unbekümmertheit machte ihn nervös. Hätte er Rosa vielleicht doch dazu bewegen sollen, eine Tagespflege irgendwo anders als in dem in ihrer Straße gelegenen Kindergarten zu suchen, wo Viljas Gruppe von Luise betreut wurde, der Frau, zu der sich Markus zu seiner eigenen Überraschung, ja, nahezu Erschütterung so stark hingezogen fühlte, dass es ihn immer aufs Neue nach einem Wiedersehen dürstete, obwohl er wusste, dass jedes einzelne Mal unvernünftig war? Vergrößerte Viljas Tagespflege das Risiko, dass alles herauskam? Und wie würde Rosa reagieren, wenn sie trotz aller Geheimhaltung von der Sache erfuhr? Einzelne Verirrungen in fremde Betten waren eine Sache, aber etwas völlig anderes war es, dass Markus zum ersten Mal während seiner Ehe etwas Tieferes für eine andere Frau empfand. Zuneigung und Leidenschaft, von der er nicht lassen konnte, obwohl er im Innersten hoffte, es zu können.

Als Markus das Pressezentrum erreicht hatte, spürte er, dass seine Unsicherheit sich zu Angst ausgewachsen hatte, die aus seinem Inneren ans Tageslicht drängte und sowohl seinen Gemütszustand als auch seine Muskeln verspannte. Überraschend und völlig ungeplant hatte er sein Leben in ein Chaos versetzt, aus dem er keinerlei Ausweg erkennen konnte. Obwohl Rosa manchmal unzufrieden mit ihrem Leben wirkte, hatte sich der Alltag in ihrem neuen Aufenthaltsland aus Markus' Sicht doch gut angelassen. Mit Luise hatte sich jedoch über diesen positiven Zustand eine graue Wolke gelegt, die immer finsterer und finsterer zu werden schien, und doch schimmerte gleichzeitig durch deren Lücken ein Licht, ein nie gesehenes warmes und klares Licht – ein Widerspruch, in dem Markus in den vergangenen Wochen gemeint hatte, verrückt zu werden.

In Gedanken versunken griff Markus nach der Türklinke seines Arbeitszimmers, öffnete die Tür und wollte gerade eintreten, als er zusammenschrak. In dem Zimmer saß jemand. Einen Augenblick lang vermischte sich der überraschende Eindringling mit der Finsternis, die seine Stimmung niedergedrückt hatte: Das Spiel war aus, er war endlich erwischt worden. Die Frau saß auf seinem Arbeitsstuhl wie auf ihrem eigenen, hatte die neueste Nummer der *Kraft des Volkes* vor sich ausgebreitet und wandte ihm jetzt ihren ganzen beleibten Körper zu.

»Sieh da, guten Morgen, Herr Siltanen!«, sagte sie pointiert und lächelte breit. »Erschrecken Sie nicht. Ich bin Claudia Deutscher. Wir sind uns noch nicht begegnet, haben aber kürzlich miteinander telefoniert. Falls Sie sich erinnern.«

Da verstand Markus: Frau Deutscher, die für die Wohnungsangelegenheiten der ausländischen Korrespondenten Zuständige, die Frau, die jede problematische Situation klären würde, falls eine solche auftrat, so hatte man es ihm erklärt. Er spürte, wie sich Erleichterung in ihm ausbreitete.

»Frau Deutscher, was für eine nette Überraschung«, sagte Markus und ging auf die Frau zu, um ihr die Hand zu geben.

»Es tut mir leid, dass ich hier so überraschend auftauche«, sagte Frau Deutscher und schüttelte Markus die Hand. »Ich hab Probleme mit den Knien, und als ich bemerkte, dass Sie noch nicht im Büro waren, beschloss ich, mich zu setzen und ein Weilchen auf Sie zu warten.«

Markus winkte ab zum Zeichen, dass alles in Ordnung sei, zog die Jacke aus, und während er sie auf den Bügel hängte, sah er sich rasch um: Da war doch nichts, was der Frau verraten könnte, dass in dem Büro in den letzten Wochen auch anderes gemacht worden war als Journalismus? Zu seiner Erleichterung bemerkte er keine Spur von Luise, keine vergessenen Kleidungsstücke, keine zwei Gläser, die auf dem Fensterbrett oder auf dem Kaffeetisch neben dem Sessel vergessen worden waren, keinerlei Anzeichen von Luise.

Markus wandte sich Claudia Deutscher zu.
»Schön, Sie endlich kennenzulernen. Wie kann ich Ihnen behilflich sein?«, fragte er.
»Eigentlich wollte ich dasselbe Sie fragen. Ist bei Ihnen alles in Ordnung? Brauchen Sie irgendwelche Hilfe? Und Sie wissen doch, dass Sie sich an mich wenden können, wenn Sie irgendetwas benötigen?«
»Vielen Dank, alles ist bestens«, sagte Markus und wollte gerade versichern, dass es eigentlich rein gar nichts auszusetzen gebe, als ihm plötzlich die Schaben einfielen, die jede Nacht aus den kleinen Löchern und Ausgüssen des Hauses hervorkamen und die Rosa in letzter Zeit so nervös gemacht hatten, dass Markus nicht umhinkonnte, ihr zu versprechen, er werde etwas dagegen unternehmen.
»Na, eine Sache gäbe es da doch«, sagte er.
Und er erzählte von den Schaben, wie anscheinend kein Hausmittel gegen sie half und wie man den Eindruck gewann, dass sie immer mehr und mehr wurden.
»Können Sie sagen, ob man etwas dagegen tun könnte, oder an wen wir uns wenden könnten?«, fragte er.
Claudia Deutscher zog die Lippen zusammen und legte die Hand vor sich auf den Tisch.
»Oje«, sagte sie, »haben Sie schon mal versucht, nachts das Licht brennen zu lassen? Schaben bewegen sich ja im Dunkeln.«
Markus lachte.
»Mit dem Licht ist es etwas problematisch, wenn wir versuchen zu schlafen. Vielleicht gibt es ein anderes Mittel dagegen?«
Claudia Deutscher nickte, aber Markus war ein schrecklicher Gedanke gekommen. Hatte er den Eindruck eines verwöhnten Westlers gemacht, der sich über das kleinst-

mögliche Problem beschwerte, während andere sich mit Großmächten konfrontiert sahen, die mit Kernwaffen drohten, und dem Westen mit seiner völlig überdimensionierten Propagandamaschinerie? Aber Frau Deutscher wirkte ruhig und zufrieden und sagte:
»Ich verstehe. Mir scheint, Sie brauchen eine Schädlingsbekämpfung. Ich werde das veranlassen. Man wird Sie kontaktieren.«
Markus fühlte sich erleichtert, er bedankte sich, und Claudia Deutscher lächelte breit, nahm vom Tisch eine Nummer der *Kraft des Volkes* in die Hand, als wollte sie signalisieren, dass das Thema abgehandelt war.
»Sie sind mit Ihrer Arbeit gut in Schwung gekommen. Was für eine ausgezeichnete Wahl der Fotos für Ihren Text.«
Frau Deutscher breitete vor Markus die Doppelseite mit den Nachrichten aus, auf der sein Artikel abgedruckt war. *Launisches Wetter.* Unter dieser Überschrift prangte das Foto eines Braunkohlekraftwerks inmitten eines Sturms, daneben ein passbildgroßes Foto von Markus.
»Schade, dass ich von dem Text kein Wort verstehe. Ich bin mir sicher, dass Ihre Geschichte interessant ist. Was bedeutet die Bildunterschrift?«
Frau Deutscher reichte Markus die Zeitung, der sie ergriff und übersetzte:
»Das Braunkohlekombinat Schwarze Pumpe produziert Strom für die Industrie und Gas für die Haushalte. Das Kraftwerk ist das größte der DDR, und es bietet sechzehntausend Menschen Arbeit. Nicht einmal der heftige Wintersturm verringerte die Produktionsleistung des Betriebs.«
Claudia Deutscher lächelte breit.
»Sie haben sich schnell eingelebt.«
»Der Dank dafür gebührt Ihnen, Frau Deutscher. Die Woh-

nung gefällt uns sehr gut. Die Lage könnte nicht besser sein.«
Frau Deutscher stand mühsam vom Stuhl auf, trat zu Markus und klopfte ihm mütterlich auf die Schulter.
»Das freut mich zu hören, das freut mich sehr. Und Ihre Frau?«
»Sie fühlt sich auch sehr wohl.«
Deutscher klopfte Markus noch einmal auf die Schulter.
»Fein. Sehr schön. Na, dann lasse ich Sie jetzt in Ruhe, Sie haben bestimmt eine Menge Arbeit.«
Markus bedankte sich mit Handschlag bei Claudia Deutscher, schloss dann hinter ihr die Tür, ließ sich auf seinen Arbeitsstuhl am Schreibtisch fallen und bemerkte zugleich: Auf dem Schreibtisch, an einer Stelle, auf die der Blick von Claudia Deutscher als Allererstes hatte fallen müssen, als sie sich auf Markus' Stuhl setzte, stand der ungeleerte Aschenbecher, auf dem Rand eine unsorgfältig ausgedrückte Zigarettenkippe, auf deren Filter die Spur eines Lippenstifts, stark und tiefrot.

Zerstreut, in Gedanken vertieft, blätterte Markus die Zeitungen des Tages durch, bemühte sich, für künftige Artikel Notizen zu machen, und ging früh mittagessen, doch gab schließlich auf. Seine Konzentrationsfähigkeit war gleich null, er konnte keinen klaren Gedanken fassen und beschloss zuletzt, es sein zu lassen. Er verließ das Pressezentrum, wanderte gedankenverloren durch die Straßen, schlenderte am Fleischer und am Tabakladen, an der Bäckerei, der Schule und dem Spielwarengeschäft vorbei über Plätze, durch Parks und an dicht bei dicht parkenden Trabants und Moskwitschs vorbei, und in seinem Kopf hatte nur ein einziger Gedanke Raum: Was alles würde das Geschehene zur

Folge haben, die unausweichliche Katastrophe oder doch etwas Gutes? Er hatte Luise nicht nur in sein Leben hineingelassen, sondern sie von sich aus in dessen Kern gezogen, hatte Luise Abend für Abend zu sich gebeten, und seine Zuneigung zu ihr war von Mal zu Mal stärker geworden. Er konnte nicht damit aufhören, er wollte nicht damit aufhören, er wollte mehr, er wollte Luise ganz für sich haben, obwohl er gleichzeitig tief in seinem Innersten sehr wohl wusste, dass er nicht alles würde behalten können, Rosa und die Familie und die Parallelwirklichkeit mit Luise, nicht lange, wenn überhaupt noch eine kurze Zeit.
Um zehn vor drei schrak er aus seinen Gedanken auf, nachdem er den Eingang zur U-Bahn-Station Spittelmarkt passiert hatte. Die schwarze Öffnung verschluckte die gemächlich die Treppen hinuntergehenden Menschen. Mit schweren Schritten ging er daran vorbei zum Kindergarten, er hörte die Kinderstimmen schon von Weitem, das vom Hof herüberschallende Lachen und das Geschrei wurden von den Wänden der Hochhäuser reflektiert. Markus horchte aufmerksam hin, ob darunter auch Weinen zu hören war. Er blieb an der Pforte zum Kindergarten stehen. Der Hof war groß und offen, das Winterlicht teilte ihn mittendurch in zwei Teile. In der Mitte des Spielplatzes ragten vier junge Kastanienbäume auf, in ihrer Mitte eine Rutsche. *Kindergarten Walter Sichert* stand auf dem Schild, das an dem Eisenzaun befestigt war, der den Hof umgab. Er beobachtete, wie ein Kind von etwa einem Meter Größe in dunkelgrünem Steppoverall mit ausholenden Schritten die Stufen zur Rutsche hinaufkletterte, sich, oben angekommen, auf den Po setzte und dann, die Arme in der Luft, unter lautem Geschrei hinunterrutschte. Ein paar Meter davon entfernt ließ ein Kind einen Reifen über den Boden trudeln, neben

den Fenstern des Kindergartengebäudes hopste eine Schar kleiner Menschen über viereckige Felder, die auf den Boden gemalt waren. Gleichzeitig bemerkte Markus die Frau, die so eilig auf ihn zukam, dass ihre hellgraue Windjacke nur so rauschte, ihr nadelspitzer Blick war genau auf ihn gerichtet wie ein Visier. Eine Spur zu weit von ihm entfernt, als wollte sie sicherstellen, dass Markus sich nicht vorzeitig entfernte, fragte die Frau:

»Suchen Sie etwas?«

Das kurze Haar der Frau war auf ihrem Kopf zu einer eng anliegenden Wolke gekräuselt, ihre ernsten Augen starrten ihn unter tief liegenden Augenbrauen an, und obwohl sie Markus eine Frage gestellt hatte, war ihre Stimme eher befehlend als fragend.

»Ich will mein Kind abholen«, antwortete Markus und griff nach der Pforte, um sie zu öffnen, aber die Frau trat einen Schritt vor, wie um ihn daran zu hindern.

»Und wie heißt Ihr Kind?«

»Vilja. Vilja Siltanen. Sie ist heute den ersten Tag hier.«

Markus hob den Schließhaken der Pforte, öffnete sie und trat vor die Frau hin.

»Markus Siltanen«, sagte er und streckte der Frau die Hand hin. »Können Sie mir sagen, wo ich die Gruppe von Frau Seidel finde?«

Luises Namen laut auszusprechen verursachte bei Markus ein Zittern. Er hoffte, dass die Frau das nicht bemerkte. Sie stellte sich vor als Frau Waschke, die Leiterin des Kindergartens, und mit einem sauren Gesichtsausdruck deutete sie in Richtung Rutsche.

»Die Gruppe der Kleinen ist dort.«

Erleichtert darüber, dass er sich nicht verraten hatte, schritt Markus über den Hof in Richtung Baum, unter dem eine

Schar Kinder in Winteroveralls herumtollte, und – das bemerkte er, als er bei der Rutsche ankam – neben ihnen stand, halb verdeckt von einem Baum, Luise. Sie hatte sich hingehockt, um den Boden zu untersuchen, und da bemerkte Markus: Neben ihr in ihrem grau-gelben Winteranzug hockte Vilja, einen zufriedenen Ausdruck auf dem kleinen Gesicht.

»Vati!«, rief Vilja, als sie ihn bemerkte.

Markus nahm das Mädchen auf den Arm, von ihren Kleidern flutete ihm ein Geruch nach Essen in die Nase, der nicht zu ihr gehörte, nach etwas Süßlichem und nach Kartoffeln. Luise stand auf und drehte sich um, sie lächelte schief, sah das Kind und Markus einen Augenblick lang schweigend an und sagte dann:

»Sie ist bezaubernd. Und den ganzen Tag gut zurechtgekommen.«

Markus lächelte. Plötzlich erschien ihm das Kind auf seinem Arm so leicht wie ein Vogel, wie eine leichte Feder, die er mit ausgestreckten Armen in die Luft gehoben, dann zurück auf seinen Arm geholt und der er gegen die Wange geprustet hatte, natürlich war alles gut gegangen, dieses Kind passte sich doch überall an. Einen Augenblick lang fühlte Markus sich wie ein Trottel, wieso hatte er überhaupt bezweifelt, dass alles gut gehen würde? Der warme Wind fühlte sich auf der Haut wie ein Atem an, und erst jetzt begriff Markus: Die Sonne schien, das Grau war verschwunden, und in der Luft schwebte das Versprechen von Frühling und Licht.

»Wie ich höre, bist du gut zurechtgekommen«, sagte er zu Vilja.

Das Kind drückte sich gegen Markus' Wange, atmete ihm ins Ohr, und die Arme hatte es um Markus' Hals geschlungen.

»Hat es dir gefallen?«
Ein Nicken. Ein neues Umschlingen von Markus' Hals. Dann sagte Vilja:
»Ich möchte ein Eis.«
Markus lachte.
»Du möchtest ein Eis?«
Er wandte den Blick zu Luise und lächelte.
»Sie möchte ein Eis.«
Auch Luise lachte.
»Also, meine pädagogische Meinung ist, sie hat ein Eis verdient.«
Vilja löste ihren Griff von Markus und zappelte, Markus setzte sie ab und bemerkte erst jetzt, dass das Mädchen seine Faust, die in einem Handschuh steckte, zusammenpresste.
»Was hast du da?«, fragte er, Vilja öffnete die Faust, und Markus sah: Die kleine Faust hatte eine Kastanie festgehalten, eine runde und glänzende, und Vilja zeigte ihren Schatz lächelnd vor.
»Wir haben Kastanien gesammelt. Viele Kastanien«, sagte Luise. »Morgen machen wir Schmuck daraus.«
Markus spürte, wie eine Wärme ihn durchdrang, sie sammelte sich in seiner Brust und schob all die Zweifel beiseite, die ihn den Tag über bedrückt hatten, und er sah Luise direkt in die Augen, die klar waren und glänzten.
»Wann endet deine Arbeitszeit? Gehst du mit uns ein Eis essen?«

Sie trafen sich ein Stückchen entfernt am Flussufer vor der Bäckerei. Vilja saß in der Kinderkarre, in der Hand ein kleines Eis am Stiel. Ihre Wangen waren gerötet, unter der Schlupfmütze schauten ihre verschwitzten, an der Stirn

klebenden Haare hervor. Sie kauften Kaffee und gingen am Fluss entlang. Luise berichtete über Viljas Tag: wie sie mit gutem Appetit die Kartoffelsuppe gegessen und im Saal in der oberen Etage Mittagsschlaf gehalten hatte. Alles war gut gegangen, versicherte Luise, und wie um auch Markus' letzte Zweifel zu zerstreuen, drückte sie ihm rasch die Hand. An der nächsten Straßenecke bogen sie in eine kleine Seitenstraße ein, als ihnen der Duft von frischem Brot in die Nase flutete.
»Hunger!«, rief Vilja und drehte sich zu Markus um.
»So?«, fragte Markus, und Luise sah beide fragend an.
»Sie hat Hunger«, sagte Markus und blieb stehen. »Sollten wir etwas essen?«
Der Spaziergang verwandelte sich in ein Abendessen. Sie setzten sich in eine Kneipe und bestellten Bier und Essen, und für Vilja brachte der Kellner Apfelsaft und zum Zeitvertreib einen Papierblock und Stifte. Luise ergriff einen der Stifte und zeichnete eine Katze auf das Papier.
»Weißt du, was das ist? Das ist eine *Katze*«, sagte sie und zeigte Vilja die Zeichnung, die wiederholte: *Katze.*
»Und dies ist ein *Hund.*«
Der Hund bekam von dem Stift ein graues Fell und Schlappohren. Vilja malte daneben einen Ball, orange und grün. Markus beobachtete schweigend von der Seite, wie Vilja sich an Luise drückte, die dem Kind erlaubte, genau dort zu sein, direkt an ihrer Haut, die Wange an Luises Arm gelehnt.
»Und was ist das?«, fragte Luise und antwortete selbst: »Das ist *ein Auto.*«
»Auto«, wiederholte Vilja, hob den Kopf von Luises Arm und wandte sich Markus zu.
»Auto«, sagte sie noch einmal.

Markus und Luise lachten, und in diesem Moment kam der Kellner, brachte das bestellte Essen und stellte die Teller auf den Tisch.
»Also dann guten Appetit für die ganze Familie!«

Berlin, 1. Juli 1989

Es ist heiß, so heiß, dass man nicht denken kann. Der Schweiß rinnt, das Fleisch unter meiner Haut ist reif und weich, und du gehst mir nicht aus dem Sinn, mit geschlossenen Augen liege ich in den Tiefen und versinke in dir. Mehr kann ich im Moment nicht schreiben, du liegst mir im Sinn, wo auch sonst, ich tue alles, um bei dieser Hitze zu überleben für den Fall, dass du eines Tages wirklich zurückkehrst. Du kommst doch zurück?

Deine Margot

1984

Das Licht war leicht und hell und gelb, und es breitete sich weich über der Stadt aus wie ein Schleier, der vor allen Gefahren und Widrigkeiten schützt, Rosa durchquerte ihn mit dem Auto, in der Brust ein berauschendes Gefühl von Freiheit. Wenn es draußen nicht so kalt gewesen wäre, hätte sie das Fenster heruntergekurbelt und vor Freude geschrien, endlich war sie auf den Geschmack des Abenteuers gekommen, sie hatte einen ganzen Tag nur für sich, und sie würde ihn nutzen, indem sie etwas tat, was sie noch nie gemacht hatte. Sie kam zum Checkpoint Charlie mit pochender Erwartung, hielt das Auto am Ende der Schlange an und ließ den Blick herumwandern. Der Grenzbereich, das Tor zur Freiheit, sie hatte beschlossen, jeden Augenblick zu genießen. Sie betrachtete die Achtung-Schilder, die groß waren wie Pferde, die Pfeile, die genaue Anweisung gaben, wie man zu fahren hatte, die neben der Kontrollbude steif herumstehenden Männer in ihren Uniformen. Als das Auto vor ihr kontrolliert war und Rosa an die Reihe kam, kurbelte sie das Fenster neben sich auf der Fahrerseite herunter.

»Ihren Pass, bitte«, sagte der in Armeegrün gekleidete Grenzer, und Rosa reichte ihm das Dokument.

Der Grenzer prüfte es einen Augenblick und sah dann Rosa an. »Und der Grund für Ihren Besuch in Westberlin?«

Einen vorübergehenden Augenblick verspürte Rosa Unsicherheit. Sie hatte doch alles richtig verstanden, sie hatte doch wirklich das Recht, die Grenze zu überqueren? Rasch sammelte sie sich. Natürlich hatte sie das, sie war ja Finnin. Rosa kniff die Augen zusammen in dem Bemühen, Sicherheit auszustrahlen.

»Ein privater Anlass. Den brauche ich Ihnen nicht genauer zu erklären.«

Der Grenzer schaute wieder in den Pass.

»Steigen Sie bitte aus«, sagte er schließlich. »Wir kontrollieren den Kofferraum.«

Rosa spürte, wie sich ihr der Magen umdrehte.

»Den Gepäckraum? Warum?«

»Eine Routinekontrolle. Bitte öffnen Sie den Kofferraum.«

Rosa zog den Schlüssel ab und stieg aus, folgte dem Grenzer hinter den Wagen und öffnete den Gepäckraum. Abgesehen von der Tasche, die voller Kleidungsstücke war, die Ute in der vorigen Woche für Matias mitgebracht hatte, war der Raum leer. Der Grenzer ergriff die Tasche, öffnete den Reißverschluss und durchwühlte den Inhalt.

»Wem gehören diese Kleider?«

»Meinem Sohn.«

»Und wohin bringen Sie die Sachen?«

Rosa sah den Grenzer verblüfft an.

»Diese Kleider? Nirgendwohin. Die haben wir nur im Auto vergessen. Der Grund für meinen Besuch in Westberlin hat damit überhaupt nichts zu tun.«

Der Grenzer schloss den Reißverschluss der Tasche.

»Das Verbringen von Waren, die in der DDR hergestellt wurden, in den Westen ist verboten. Wir müssen sie konfiszieren.«

Rosa starrte den Mann verblüfft an.

»Was?«

»Kleider dürfen nicht in den Westen ausgeführt werden.«

Rosa stöhnte.
»Das ist doch nicht Ihr Ernst. Das ist doch lächerlich.«
»Regeln sind Regeln. Im Osten subventionierte Produkte sollen im Osten genutzt werden.«
Einen Augenblick lang wusste Rosa nicht, was sie sagen sollte. Schließlich stieß sie hervor:
»Klarer Fall, tun Sie, was Sie wollen. Wenn ich nur über die Grenze komme.«
Der Grenzer trat einen Schritt zurück.
»Sie können fahren. Gute Reise.«
Rosa knallte den Deckel des Kofferraums zu. Ohne den Mann anzusehen, sprang sie ins Auto und fuhr über die Grenze.

Zehn Minuten später hatte sie die Strecke zum Wittenbergplatz, die sie sich vorher eingeprägt hatte, zurückgelegt und an der Straße geparkt, wobei sie vor Ärger immer noch Herzklopfen hatte. Sie stieg aus, zog aus der Schachtel eine Zigarette und zündete sie an. Lass dir von diesen Hornochsen nicht den Tag verderben, murmelte sie vor sich hin, schloss die Augen, sog an ihrer Zigarette und trat sie schließlich aus. Sie ging los, vorbei an den großen Kaufhäusern und den Musikalienhandlungen des Kurfürstendamms, den bis auf die Straße sich ausbreitenden Bäckereien und Cafés und einem luxuriösen Edelsteingeschäft, und einen Augenblick darauf pulsierte wieder das Gefühl von Freiheit in ihrem ganzen Körper. Dies alles hier, dachte sie, nur einen Steinwurf entfernt von zu Hause. All das hier in meiner Reichweite. Die Seele voller durchdringendem Licht, ließ Rosa ihre Füße von einem mit bunter Westkleidung angefüllten Geschäft zum nächsten wandern, befühlte die aus Synthetik hergestellten Tutus, Tops und

Perücken, bis sie in die Abteilung für Kinderkleidung bei Hennes & Mauritz kam und stehen blieb, sich umsah und plötzlich in schallendes Gelächter ausbrach. Mit einem großen Triumphgefühl und nahezu manischer Begeisterung nahm sie T-Shirts, Strümpfe, Unterhosen und kleine Shorts von der Stange, ein Stück immer bunter als das andere, trug sie zur Kasse und marschierte schließlich aus dem Geschäft, wobei sie in Gedanken über den verkrampften Grenzschützer lächelte. Die Sonne schien vom wolkenlosen Himmel, die Luft war warm geworden, und bei dem großen Blumengeschäft, das sich bis auf die Straße ausbreitete, blieb sie stehen, um den Stadtplan aus ihrer Tasche zu nehmen. Nur noch zwei, drei Karrees, stellte sie fest, faltete die Karte wieder zusammen und legte sie zurück auf den Grund ihrer Tasche.

Das Geschäft war klein und das Licht darin matt, und an der Kasse stand ein Mann in schwarzer Lederweste. An seinen Ohren baumelten große goldene Ringe, und sein Blick hing an einem kleinen Fernsehbildschirm, wo ein spärlich bekleideter Mann und eine nackte Frau auf einem Ledersofa einander streichelten.

»Sagen Sie Bescheid, wenn Sie Hilfe brauchen«, sagte der Mann mit träger Stimme, ohne den Blick vom Bildschirm zu heben.

Rosa warf einen Blick auf das Paar, das auf dem Bildschirm aneinanderklebte, und dann auf den Mann.

»Danke, aber ich weiß, was ich suche.«

Sie sah das Angebot im Regal durch und wählte schließlich eine Hülle, die Utes Beschreibung entsprach. Der Wunsch des Fleischers war ein Video mit möglichst vielen Frauen mit möglichst großen Brüsten. Rosa betrachtete prüfend das Coverbild: Darauf schauten zwei großbrüstige Blon-

dinen direkt in die Kamera, wobei sie in den Händen ihre Brüste hielten, deren Warzenhöfe wie Teller waren. Ihre schreiend pink geschminkten Lippen waren leicht geöffnet, die mit grellem Grün geschminkten Augen blickten verführerisch in die Kamera. Perfekt, dachte Rosa, bezahlte ihren Einkauf, schob das Video zwischen die Kinderkleidung, die sie gekauft hatte, und kehrte auf den Ku'damm zurück.
An einem Zeitungskiosk erstand sie eine frische *Brigitte*, auf deren Titelbild eine schmalgesichtige Frau mit Baskenmütze den Leser mit intensivem Blick ansah, wanderte dann mit der Zeitschrift in der Hand die am Nachmittag stark belebte Straße entlang, setzte sich schließlich in ein Café und bestellte sich etwas, was es jenseits der Grenze nicht gab: Coca-Cola. Sehr zufrieden schlug sie die Frauenzeitschrift auf und blätterte sie von vorn bis hinten durch, während sie ihr Getränk schlürfte. Als die Uhr schließlich vier schlug, stand sie mit großem Widerwillen auf, zahlte, kehrte zum Auto zurück und fuhr Richtung Grenze.

Trotz der Stoßzeit war es auf der Fischerinsel still, sie schlenderte vom Parkplatz zur Eingangstür, ohne einem einzigen Menschen zu begegnen. Die Wohnungstür schloss sie mit kantigen Bewegungen auf und knallte die Tür hinter sich zu.
»Kuckuck! Ist jemand zu Hause?«, rief sie vom Flur her.
Ute trat unter den Türrahmen, angetan mit Rosas Küchenschürze, und einem Löffel in der Hand.
»Sieh mal an«, sagte Ute und lehnte sich gegen die Wand.
»Was soll ich ansehen?«
»Sieh dir dein Gesicht an. Du strahlst.«
Rosa lachte, plötzlich hätte sie endlos lange lachen können, irgendwoher aus ihrem Inneren sprudelte Freude und

sprühendes Glück wie aus einem Wasserhahn, den man zu schließen vergessen hatte, es war, als hätte man in ihr einen Hebel umgelegt und die Einstellungen von Müdigkeit und Apathie auf munter und fröhlich umgestellt, sie fiel Ute um den Hals und drückte sie kräftig.
»Nun erzähl schon«, sagte Ute, nachdem Rosa sie wieder losgelassen hatte. »Hat es geklappt?«
Rosa reichte Ute die Plastiktüte.
»*Jawohl.*«
Ute öffnete die Tüte, schaute hinein und nahm die Videokassette in die Hand. Einen Augenblick lang betrachtete sie den Deckel, dann sah sie Rosa an.
»Meine Güte, diese Frauen müssen Rückenschmerzen haben. Wie kann jemand solche Brüste tragen!«
Wieder lachte Rosa.
»Na, glaubst du, das ist die richtige Kassette?«
Ute lächelte.
»Ganz bestimmt. Vielen Dank. Hierfür müsste ich jede Wurst bekommen. Aber was ist das hier?«
Ute schaute in die Tüte. Rosa wedelte mit der Hand.
»Für die Kinder zum Anziehen. Die hab ich gekauft, wo ich schon mal im Westen war.«
Utes Bewegungen hielten inne.
»Ahaa«, sagte sie. »Dir haben also die ostdeutschen Sachen von mir nicht gefallen?«
Rosa wurde ernst.
»Ach, natürlich haben sie mir gefallen. Aber denen ist es schlecht ergangen.«
Und sie erzählte, wie der Grenzsoldat ihr trotz ihres Widerstands die Kleidung weggenommen hatte. Schweigend sah Ute sie an.
»Es tut mir leid, Ute«, sagte Rosa, »ich hatte sie im Auto

vergessen. Ich hätte mir nicht vorstellen können, dass die Sachen ein Problem sein könnten.«
Ute nickte.
»Ist gut«, sagte sie. »Wenn es nur nicht darum geht, dass du die Früchte des Kapitalismus verlockender findest als die des Sozialismus. Wenn es so wäre, erzähl es mir rechtzeitig, dann führe ich dich auf den rechten Weg zurück.«

Rosa fand Matias und Vilja, wie sie im Wohnzimmer auf dem Fußboden spielten, Matias mit einer Bahn, die er für seine kleinen Autos gebaut hatte, Vilja neben einem Haufen Bauklötze.
»Hallo, ihr beiden«, sagte Rosa und setzte sich auf den Teppich. »Was treibt ihr so? Wart ihr brav zu Ute?«
Matias schaute auf und grinste.
»Ute kann nicht Finnisch lesen.«
Rosa lachte.
»So? Hat sie es versucht?«
Matias nickte und steuerte sein kleines Polizeiauto über den Flickenteppich.
»Ute kann nicht ei sagen, sie sagt ai.«
Rosa lachte wieder.
»Na, beim nächsten Mal kannst du ihr beibringen, wie die finnischen Wörter ausgesprochen werden.«
Wieder nickte Matias, und Rosa beugte sich hinab, um ihm einen Kuss auf die Wange zu geben.
»Hast du Mama vermisst?«
Sie kitzelte Matias, der fiel auf die Seite und kicherte. Vilja drehte sich um und lächelte.
»Mama«, sagte sie und stand auf, um Rosa zu umarmen.
»Kleines Lämmchen«, sagte Rosa und drückte Vilja an sich. »Was machst du?«

»Einen Turm.«
»Einen Turm, aha.«
Rosa sah zu, wie Vilja zu ihrer Baustelle zurückkehrte, dann klatschte sie sich auf die Schenkel und sagte:
»Wisst ihr was, ich hab Hunger.«
In diesem Moment hörte Rosa es hinter sich klirren. Ute stellte Geschirr auf den Tisch. Rosa stand auf und ging zum Tisch.
»Hast du Essen gemacht?«, fragte sie und versuchte gar nicht, ihr Erstaunen zu verbergen.
»Ja, und jetzt ist es fertig!«
Ute hatte dampfende Kartoffeln, gebratenes Fleisch, Salat und eine Schüssel mit Zaziki auf den Tisch gestellt. Dann hob sie plötzlich den Finger.
»Ach ja«, sagte sie. »Markus hat angerufen und mitgeteilt, dass er heute noch spät zu tun hat. Damit du dir keine Sorgen machst.«
Rosa lächelte.
»Ahaa.«
Einen Augenblick lang wollte sich in ihr schon Ärger und Enttäuschung breitmachen, aber Rosa schob beide beiseite.
»Egal, jetzt essen wir.«
Und sie setzten sich gemeinsam zu Tisch, Ute füllte die Teller, und dann, in diesem Moment, dachte Rosa, sie könne sich absolut nichts vorstellen, was ihr die Freude nehmen könnte, die sie gerade an diesem Tag erfüllte.

1984

Sie trafen sich im Pressezentrum, so wie immer. Markus hatte wieder für den kleinen, lauten Kühlschrank in seinem Büro Bier und Wein gekauft und war nach dem Arbeitstag in der Schwimmhalle Gartenstraße gewesen, wie es ihm jetzt schon zur Gewohnheit geworden war. Mit ruhigen, sicheren Zügen war er im Becken dreimal hin- und hergeschwommen, hatte sich danach gewaschen und war ins Pressezentrum zurückgekehrt. Von Rosa hatte er nichts gehört, und deshalb nahm er an, das bedeute, die Nachricht, die er für Ute zurückgelassen hatte, habe Rosa erreicht und die Sache sei in Ordnung. Als nun die Uhr halb sechs schlug, öffnete er sorgloser Stimmung die Tür und schloss sie wortlos hinter Luise, drückte sie gegen die Tür und küsste sie.

An diesem Abend sprach Luise die Worte aus, die schon seit Wochen auf ihrer beider Lippen gewartet hatten. Sie hatten sich auf Markus' Schreibtisch geliebt, Luise hatte die Lippen auf Markus' Schulter gepresst, um die Geräusche der Lust zu dämpfen, und hinterher saßen sie, einander umschlungen haltend, in dem großen Sessel. Und da, erschöpft und leise, mit schläfriger Stimme, hatte Luise gesagt: *So kann das nicht weitergehen.*

So kann das nicht weitergehen.

Die Worte hatten weich klingen sollen, aber in Markus' Ohren klangen sie wie kleine, spitze Nadeln, und wenn er gekonnt hätte, dann hätte er sie lieber nicht gehört. Er beugte sich vor, nahm die Weinflasche vom Tisch und schenkte in ihr gemeinsames Glas nach (eine Gewohnheit, die sie entwickelt hatten; der Wein wurde aus demselben Glas getrunken und die Zigarette halbe-halbe geraucht), dann nahm er einen großen Schluck und stellte das Glas mit langsamen Bewegungen zurück auf den Tisch. Luise sah ihn an, ihr starrender Blick war intensiv und sengend und verlangte nach Antwort, aber Markus hatte keine, plötzlich fühlte er sich unbehaglich und verlegen, genau dieses Gespräch hätte er jetzt nicht führen wollen, lieber hätte er weiter in der Entspanntheit nach dem Akt verharrt und sich darauf konzentriert, Luises berauschenden Duft einzuatmen und ihre feuchte Haut an seiner zu spüren. Aber Luise ließ nicht locker.

»Hallo«, sagte sie nach einem Augenblick des Schweigens und klopfte mit der Spitze ihres Zeigefingers Markus gegen die Brust, »hast du gehört, was ich gesagt habe?«

Langsam richtete Markus den Blick auf Luise.

»Ja. Müssen wir ausgerechnet jetzt darüber sprechen?«

Schweigend saßen sie in dem halbdunklen Zimmer, das nur von einer Tischlampe mit Metallfuß erhellt wurde. Ihr Licht war warm und weich und breitete sich um sie herum aus wie feuchter Nebel. Luise drückte beide Hände auf Markus' Wangen, drehte sein Gesicht zu sich und sagte mit tiefer Stimme:

»Früher oder später müssen wir das.«

Für einen Augenblick verstummte das Zimmer. Sie starrten einander in die Augen, aber Markus bekam kein Wort heraus, die Antworten waren ihm im Hals stecken geblieben, oder vielleicht gab es sie gar nicht, er wusste es nicht. Wusste er, dass dieser Zustand so nicht ewig andauern konnte? Ja, natürlich. Aber hatte er dafür eine Lösung? Nein.

»Es ist so«, bekam er schließlich heraus, als hätte er vor einem unüberwindlichen Hindernis kapituliert, »dass ich keine blasse Ahnung habe, was zu tun wäre.«
Markus öffnete die Augen und bemerkte sofort die Veränderung in Luises Blick. Plötzlich war ihr Gesicht ausdruckslos, so wie an jenem Tag auf der Fischerinsel, als er Luise zum ersten Mal nach der Silvesterfeier gesehen hatte, an den Augen konnte man weder Gefühle noch Ärger noch Zorn ablesen, aber auch nicht Herzlichkeit oder Liebe. Dann, plötzlich, verzog sich Luises Mund, sie runzelte die Brauen wie ein Säugling, der Bauchschmerzen hat, richtete den Blick zur anderen Seite des Zimmers und lehnte sich gegen die Rückenlehne des Sessels, so weit von Markus weg, wie es auf ein und demselben Stuhl nur möglich ist.
»Max hat Verdacht geschöpft«, sagte sie schließlich.
Markus starrte Luise an.
»Was für einen Verdacht hat er?«
»Irgendeinen. Dass ich nicht die Wahrheit sage. Wenn ich mir Vorwände ausdenke, warum ich abends nicht zu Hause bin. Mit meinen Erklärungen bin ich bald am Ende. Meine Arbeit ist nicht von der Art, dass ich damit immer meine Abwesenheit begründen könnte.«
Markus überlegte, welche Worte er als Antwort wählen sollte, und stieß schließlich die einzige Antwort aus, die ihm einfiel:
»Ja?«
Luise lächelte.
»Macht nichts. Hat Rosa keinen Verdacht geschöpft? Oder hast du immer so viel *gearbeitet*?«
Markus drückte seine Finger gegen die Stirn und rieb sich die Schläfen.
»Nein, ich habe nicht immer so viel gearbeitet.«

»Na also. Das ist es ja. So kann das nicht weitergehen. Das wissen wir beide.«
»Also was? Willst du sagen, dass du Schluss machen willst?«
»Nein, Markus. Ich will sagen, dass ich mit Max Schluss machen will.«
Die Worte fielen Luise einfach so aus dem Mund. Es war, als stockte das Blut in Markus' Adern, als unterbrach es für einen Augenblick seine Wanderung aus den Gliedern Richtung Herz und Hirn, dann begann es wieder zu strömen, wobei es Markus zugleich Verständnis bescherte – Luise wollte sich trennen, seinetwegen. Er schaute auf Luises Beine, die in seinem Schoß ruhten, bedeckt von kaum wahrnehmbarem, feinem Flaum. Am liebsten hätte er sie gespreizt und seine Hände zwischen sie wandern lassen, sich zurück zwischen sie in Luise hineingedrängt und sie mit Küssen zum Schweigen gebracht, doch stattdessen musste er über Lösungen für diese Situation nachdenken, deren Risiken und Unrecht er am liebsten einfach beiseitegeschoben hätte. Zwingende Konsequenzen, die erschienen ihm gerade jetzt unmöglich, vielleicht würde sich ja mit der Zeit doch alles regeln, von ganz allein?
»Ich«, bekam Markus schließlich heraus und ächzte wie vor einer abscheulichen Aufgabe, »ich weiß nicht recht, was ich sagen soll. Die Situation ist kompliziert.«
Ohne Markus anzusehen, stand Luise auf und ging auf die andere Seite des Zimmers, hob die Bluse auf, die Markus vor einer halben Stunde von ihr herabgezerrt und auf die andere Seite des Schreibtischs geworfen hatte, und zog sie an. Schweigend beobachtete Markus sie einen Augenblick lang, richtete sich dann im Sessel auf und erhob sich.
»Was machst du?«

»Ich zieh mich an.«
Plötzlich ärgerte Markus sich über die Art, wie Luise ihm geantwortet hatte. So als wäre die Antwortende Rosa gewesen und nicht Luise, von der er noch kein einziges Mal Stimmungen, Gestichel oder Launen, die ihn herabgesetzt hätten, erlebt hatte.
»Das sehe ich.«
Als Geste der Versöhnlichkeit trat er einen Schritt näher an Luise heran.
»Bist du böse?«
Luise seufzte tief auf.
»Nein, Markus. Aber mir scheint, du müsstest über dies alles mal einen Moment ganz für dich allein nachdenken.«
»Können wir das jetzt nicht einfach sein lassen?«
Markus ging zu Luise, streckte die Arme aus, um sie zu berühren, aber Luise wehrte den Versuch ab.
»Ich brauche frische Luft«, sagte sie und schärfte dann den Blick, der sich fest auf Markus richtete. »Und du brauchst eine Vision. Eine Vision von dem, was du willst, denn alles kannst du nicht haben.«
»Wieso alles?«
»Du kannst die Zigarette nicht gleichzeitig rauchen und behalten.«
Luise wandte sich um und nahm ihren Mantel, dann wandte sie sich wieder Markus zu. Ein Weilchen starrten sie schweigend einander an, und obwohl Markus verstand, dass jetzt er am Zuge war, dass jetzt er etwas tun musste, um Luise am Fortgehen zu hindern und daran, sich abgelehnt zu fühlen, und um seine Unfähigkeit, den von ihm erzeugten Konflikt zu schlichten, stand er auf der Stelle, ohne irgendetwas tun oder sagen zu können. Er senkte den Blick zu Boden, ließ die Arme an sich herabhängen, als

hätte er aufgegeben, und erst einen Augenblick später, als Luise die Tür hinter sich zugedrückt hatte, begriff Markus, was er getan hatte: Er hatte die Frau gehen lassen, nach der er sich, das verstand er erst jetzt, von der Sekunde an gesehnt hatte, in der sie aus seiner Reichweite verschwunden war.

Später wanderte er am Spreeufer entlang, das sich in Dunkel gehüllt hatte, ohne zu wissen, was er tun und wohin er gehen sollte, gab schließlich auf und ließ sich von seinen Beinen auf die Fischerinsel und nach Hause führen, öffnete die Tür und zog im Flur leise die Schuhe aus. Die Wohnung war geräuschlos und dunkel, mit schleppenden Schritten ging Markus in die Küche, hörte von der Fußbodenritze her Geraschel und dachte an die Schaben, aber er war keiner Emotion fähig – der Schädlingsbekämpfer konnte jeden Tag kommen, und das Problem hätte sich erledigt, er wollte sich gedanklich nicht damit beschäftigen, nicht jetzt, mitten in der Nacht. Er ließ sich ein Glas Wasser ein, trank es in einem Zug aus und ging schließlich ins Schlafzimmer.
Es war dunkel und die Luft darin stickig, und er schloss daraus, dass Rosa schon ein Weilchen geschlafen haben musste. Markus schlich neben ihr Bett und setzte sich neben sie. Es dauerte ein Weilchen, bevor seine Augen sich an die Dunkelheit gewöhnt hatten. Er starrte Rosas in tiefen Schlaf versunkenes Gesicht an, ihr dünnes, helles Haar, das sich auf dem Kissen ausgebreitet hatte, und ihre fahlbraunen Augenbrauen, ihr Gesicht, auf dem die ersten Sonnenstrahlen des Sommers Jahr für Jahr Sommersprossen erzeugten wie Farbspritzer. Da kam ihm eine Erinnerung: Sie waren auf die Åland-Inseln gefahren und hatten ein

kleines Sommerhäuschen bezogen, Rosa war mit Matias schwanger gewesen, ihr Bauch und ihre Brüste waren prall gewesen wie drei am Körper befestigte Melonen, und sie waren jeden einzigen Abend vom Ufer zu einer nahe gelegenen Klippe gerudert und dort schwimmen gegangen. Markus erinnerte sich an den in ihm erwachten Beschützerinstinkt – er hatte Rosa, die ins Wasser gesprungen war, wie ein Falke bewacht, hatte befürchtet, sie könnte einen Anfall bekommen oder wie ein Stein unter Wasser geraten, und war unfähig gewesen, sich zu entspannen, bevor Rosa wieder Grund unter den Füßen hatte. Die Erinnerung war stark, und sie brachte ihm wieder das Glück in den Sinn, von dem er geglaubt hatte, es werde ein Leben lang andauern; Rosas Haut hatte nach Meersalz geduftet, Markus hatte die Arme um sie geschlungen und erst ihre Schulter geküsst, dann den Hals, und ohne sich um den Schwangerschaftsbauch zu kümmern, hatten sie sich auf den von der Sonne gewärmten Felsen und Flechtenbülten geliebt.

Er fuhr aus seinen Gedanken auf und fühlte sich plötzlich traurig, bodenlos traurig. Einer plötzlichen Eingebung folgend, so als suchte er sofortigen Trost, legte er die Hand auf Rosas bloßen Arm und ließ die Finger über die schlafwarme Haut wandern, hinauf, hinab, hinauf, hinab, und einen Augenblick später regte sich Rosa und öffnete ein wenig die Augen.

»Was ist?«, flüsterte Rosa mit heiserer Stimme. »Es ist Mitternacht.«

Markus legte sich dicht neben Rosa hin, fasste nach ihrer Brust, und flüsterte die Lüge flüssiger als jemals zuvor: »Ich hab mich nach dir gesehnt.«

Rosa gab einen verschlafenen Laut von sich.

»Markus, nicht jetzt. Ich hab seit Wochen nicht ordentlich geschlafen. Könntest du mit der Matratze zum Schlafen ins Kinderzimmer gehen und die Kinder morgen wecken?« Markus saß reglos an seinem Platz und sah zu, wie Rosa ihm den Rücken kehrte und die Augen wieder schloss, und bald erfüllte ihr schweres Atmen wieder das Zimmer. Leise stand er auf, nahm seine Decken und Kissen und mit noch schwererem Herzen trottete er zum Schlafen ins Kinderzimmer.

2011

Ein paar Wochen nachdem der Artikel in *Brand* erschienen war, hatte Saga zu Vilja Kontakt aufgenommen und ihr erzählt, dass sie ihre Reise nach Uganda in der Zeit, als das Interview gemacht worden war, wegen einer Grippe hatte verschieben müssen und dass sie jetzt eine neue Reise plane.
»Dann kam mir eines Abends in den Sinn, dass es im Lager vielleicht auch eine Geschichte geben könnte, die für dich interessant ist«, hatte Saga gesagt und weitergesprochen, bevor Vilja etwas hatte antworten können: »Ich war beeindruckt von der Art und Weise, wie du das Thema behandelt hast. Ich dachte, du könntest vielleicht interessiert sein, mehr darüber zu schreiben.«
Vilja hatte von Anni und schließlich auch von Oskari die Zustimmung dafür erhalten, ein ausführliches Porträt zu schreiben.
Zwei Wochen später war das Flugzeug in Entebbe gelandet. Am Flughafen wurden sie von einem Fahrzeug abgeholt, das Saga organisiert hatte, und in ein Hotel in der Hauptstadt Kampala gebracht, und zwei Stunden später hatten sie das Restaurant betreten, hinter dessen Plexiglasdach die Sterne wie Lichttropfen wirkten, die auf weichem Schwarz zersprungen waren. Die feuchte Wärme und der berauschende Duft der überall im Restaurant verteilten Lilien in Vasen hatte die Luft erfüllt, und sie hatten sich in die Nähe einer Wand gesetzt, an der sich eine Kletterrose entlangschlängelte, die größte, die Vilja jemals gesehen

hatte. Sie hatten Pizza und eine Flasche Weißwein bestellt, und sie beide hatten ihre Schreibblöcke hervorgeholt, um mit der Arbeit zu beginnen.
»Morgen holt Simon uns ab«, hatte Saga gesagt. »Er wird im Lager unser Dolmetscher sein. Mit meinem Französisch sind keine Interviews zu machen, sodass wir ihn brauchen. Er hat mir auch bei meinem vorigen Film geholfen.«
Vilja hatte einen Schluck aus ihrem Glas genommen und einen Blick auf den vor ihr liegenden leeren Notizblock geworfen.
»Können wir einen Augenblick über dich sprechen?«, hatte sie gefragt. »Ich weiß, es ist dir nicht angenehm, dass meine Geschichte von dir handelt und nicht nur vom Lager und von dem Film, aber da ich ein Porträt mache, muss ich mich unvermeidbar auch mit deinem Leben und dessen Hintergründen beschäftigen.«
Und Vilja hatte zum Stift gegriffen und Saga angesehen, auf deren Gesicht die tropische Wärme geglänzt hatte.
»Fangen wir doch am besten ganz von Anfang an. Erzähl mir von deinem Hintergrund. Wo bist du geboren und in was für einer Familie?«
Saga hatte gelächelt, als sie von ihren Eltern und ihrer Herkunft berichtet hatte, und plötzlich war Vilja ein Gedanke gekommen, den sie noch nie zuvor gehabt hatte: In ihrem eigenen Leben gab es keine einzige vertraute Ecke mehr, die immer existiert hätte. Es gab die Zweizimmerwohnung des Vaters im Helsinkier Stadtteil Meilahti und die neue Wohnung der Mutter in Hanko, aber keine von beiden war das Heim ihrer Kindheit gewesen, der Ort, zu dem man sich begab, wenn man ein Gefühl der Sicherheit und die Gewissheit einer Kontinuität tanken wollte. Ob das eine Bedeutung hatte, dessen war sie sich nicht ganz sicher, aber

etwas an diesem Gedanken hatte sie schlucken und dann den Gedanken fast gewaltsam verdrängen lassen.
»Ich habe meine ganze Kindheit und Jugend in einem Alltag verlebt, in dem nichts fehlte. Mein Leben war sicher und vorhersagbar. Das ist viel in dieser Welt. Ich bin mir völlig dessen bewusst, wie selten und privilegiert so etwas ist«, hatte Saga gesagt.
Vilja hatte gelächelt.
»Für ziemlich viele, die alles hatten, sind Privilegien eine Selbstverständlichkeit. Wie kommt es, dass du das verstanden hast?«
Saga hatte die vor ihr auf dem Tisch liegende Gabel und das Messer auf die gleiche Linie mit dem weiß-roten Karomuster der Tischdecke gerückt.
»Muss dem Menschen erst etwas widerfahren, damit er so etwas versteht? Ich meine, nein. Es genügt, wenn man etwas von der Welt sieht. Das öffnet die Augen sowohl für die Ungleichberechtigung, mit der ein großer Teil der Menschen in der Welt kämpft, als auch für die Privilegien, die ich selbst habe genießen dürfen.«
Und einen Augenblick lang hatten sie beide schweigend verharrt, aber anders als oftmals in der Gesellschaft von entfernten Bekannten hatte sich nichts in diesem Schweigen schwer oder unangenehm angefühlt.

Vilja fuhr früh aus dem Schlaf hoch, starrte die neben ihr schlafende Saga an, erinnerte sich an deren Berührung, dieselbe, die sie zum letzten Mal vor allzu langer Zeit gespürt hatte. Nach dem Tod ihres Vaters hatte Vilja sich in sich selbst zurückgezogen, war wochenlang unfähig gewesen, Nähe anzunehmen, etwas daran hatte sich als zu intim angefühlt, als zu schwerwiegend, sie hatte nicht die Kraft

gehabt für die dadurch hervorgerufenen Gefühlsreaktionen, die alles überwallten und sie einsaugten. War es ein Zeichen ihrer Genesung gewesen, dass sie jetzt dazu fähig gewesen war? Als Hertta eingeschlafen war, hatte Vilja lange mit geschlossenen Augen in der Badewanne gesessen und zugelassen, dass Saga ihr das Haar einschäumte und ihr von überall die Seife abspülte, sie hatte die Berührung auf ihrer Haut gespürt und war zum ersten Mal nach langer Zeit bereit gewesen, sie anzunehmen, entspannt, ohne regelrechtes Entsetzen zu verspüren.
Der Gedanke war voller Wärme. Im Bett rückte sie näher an Saga heran, drückte ihr die Lippen auf die Stirn und richtete sich dann so weit auf, dass sie Hertta sehen konnte. Das Kind lag auf seiner Matratze am Fußende des Doppelbetts, die Arme um Teddy und Katze geschlungen, die Decke hatte sie ans Fußende gestrampelt, und ihr Nachthemd hatte sich auf ihrem kinderdrallen Bauch zusammengerollt. Vilja stand vorsichtig auf, um Saga nicht durch ihre Bewegungen zu wecken, zog T-Shirt und Jeans an und schloss leise hinter sich die Tür des Schlafzimmers. Die Dunkelheit jenseits des Wohnzimmerfensters wurde von kleinen und hellen Lichttropfen unterbrochen, die die Stadt in unregelmäßigen Abständen sprenkelten. Einen Augenblick lang betrachtete Vilja sie durchs Fenster, ging dann in die Küche und füllte die Espressokanne mit Wasser und Kaffeepulver. Kurz darauf setzte sie sich mit der Kaffeetasse in der Hand auf das Sofa und faltete die Liste auseinander, die sie am Abend zuvor begonnen hatte.
Rotrad, Ähre, Kranz, Doktor Tomate.
Aus Luises Briefen ging hervor, dass das Freunde gewesen sein mussten, Freunde wahrscheinlich von Luise, vielleicht auch von Vater. Vilja zeichnete auf den Rand des Papiers

ein Ornament, ein langes und schnörkeliges, bemalte mit dem Kugelschreiber die Ränder und tupfte, leicht aufdrückend, Punkte an deren Ende, als ihr ein Gedanke kam. Sie schaute auf die Uhr, es war kurz vor sieben, sie griff nach ihrem Handy und tippte eine Nachricht ein: *Bist du wach? Ruf mich an, wenn du kannst.*

Das Handy klingelte fast sofort, Utes Stimme war verschlafen.

»Ist alles in Ordnung?«, fragte Ute.

»Ja. Entschuldige, dass ich dich geweckt habe.«

Vilja hörte, wie Ute am anderen Ende der Leitung gähnte.

»Du hast mich nicht geweckt. Ich hatte eine schlaflose Nacht. Vielleicht ist es einfach Zeit, aufzugeben und aufzustehen.«

»Hör mal«, sagte Vilja, stand vom Sofa auf und ging zurück zum Fenster, »ich überlege gerade, wer all die Leute sind, von denen Luise in ihren Briefen schreibt. Ähre, Kranz, Rotrad und Doktor Tomate. Hast du darüber nachgedacht? Hast du irgendeine Idee, wer die sein könnten?«

Ute ächzte, woraus Vilja schloss, dass sie vom Bett aufstand, irgendwo im Hintergrund waren Schritte zu hören, ein leises Tapsen durch die Wohnung.

»Ja, ich hab darüber nachgedacht. Aber ich hab auch über etwas anderes nachgedacht.«

»Worüber?«, fragte Vilja.

»Darüber, warum Markus und Luise als Decknamen gerade Erich und Margot gewählt haben.«

Vilja schwieg eine Weile.

»Ist das von Bedeutung?«

»Das weiß ich nicht«, antwortete Ute. »Aber aus irgendeinem Grund beschäftigt es mich. Das hat überhaupt keinen Sinn.«

»Wieso?«
»Weil Erich Honecker ein müder alter Knacker war und niemand Margot Honecker leiden konnte.«
Vilja lachte.
»Ja. Na, so wie du das formulierst, verstehe ich deine Verwunderung.«
»Aber die anderen Namen, die in den Briefen auftauchen. Ich weiß nicht. Glaubst du, die sind bei der Suche nach Luise von Bedeutung?«
»Das weiß ich nicht. Aber aus den Briefen schließe ich, dass diese Leute Luises Freunde waren. Könnte es dann nicht sein, dass jemand von ihnen weiß, wo Luise sich jetzt aufhält?«
Ute ließ einen zustimmenden Laut hören, irgendwo im Hintergrund floss Wasser aus einem Hahn. Vilja nahm einen Schluck Kaffee.
»Kann es sein, dass du Luise irgendwann begegnet bist?«, fragte sie.
»Ich? Wo hätte ich Luise treffen sollen?«
»Im Kindergarten. Hast du irgendwann meiner Mutter geholfen, zum Beispiel dadurch, dass du mich oder Matias dort abgeholt hast? Du warst doch oft bei uns, als ich noch klein war.«
Einen Augenblick lang herrschte am anderen Ende der Leitung Schweigen. Unten auf der Straße taperten die Gestalten eines Erwachsenen und eines Kindes mit langsamen, schleppenden Schritten dahin, Vilja sah dem unbekannten, von der Dunkelheit verschluckten Paar nach, vom Himmel über ihnen fielen weiße Flocken wie Blätter, die der Herbst abgerissen hatte, und auf dem kalten und nassen Asphalt hielten sie inne.
»Nein, ich erinnere mich nicht, jemals im Kindergarten gewesen zu sein.«

»Na gut«, sagte Vilja, »das war also nichts.«
»Aber ein Gedanke lässt mich nicht los«, sagte Ute. »Ein Gespräch mit Rosa. Das fand statt, nachdem ihr alles klar geworden war. Ich hab nie verstanden, wie sie Markus' Verhältnis herausbekommen hat. Nach all dem wurde Rosa irgendwie verschlossen. Wortkarg zog sie sich zurück und organisierte so rasch wie möglich den Umzug zurück nach Finnland und wollte über die ganze Sache nicht sprechen.«
»Aber?«, fragte Vilja.
»Aber einmal hab ich sie gezwungen, sich hinzusetzen und zu erzählen. Das blieb das einzige Mal. Und sie sagte, dass sie einen Fehler gemacht habe, als sie mit Matias nach Finnland fuhr und dich nicht mitnahm. Dass das der größte Fehler gewesen sei, den sie in ihrem Leben gemacht hatte.«
Einen Augenblick lang stand Vilja schweigend da und bemühte sich, die Worte zu verstehen.
»Als sie mit Matias nach Finnland fuhr und mich nicht mitnahm«, wiederholte Vilja.
»Ja. Im Sommer 1984, als Matias kränkelte. Hast du irgendeine Erinnerung an diesen Sommer?«
Vilja seufzte. Auch wenn sie irgendeine Erinnerung gehabt hätte, dann wäre sie doch nicht imstande gewesen, sie dem richtigen Jahr zuzuordnen, geschweige denn einem Sommer.
»Nein, ich erinnere mich nicht.«
Aber Ute ließ nicht locker.
»Hast du denn irgendeine Erinnerung, die mit irgendeinem Sommer zu tun hätte, und die irgendwie von Bedeutung sein könnte?«
Vilja überlegte fieberhaft und sagte dann:
»Nein, wohl nicht. Meine einzige Erinnerung an Sommer

und Deutschland ist die, dass wir irgendwo in einem Sommerurlaubsort waren. Am Ufer des Meeres. Und Mutter machte Kartoffelsuppe. Ich erinnere mich dunkel an Hitze und wie wir jeden Tag schwimmen gingen. An Pferde auf der Weide. So etwas. Aber das wird uns wohl nicht weiterhelfen.«

Ute räumte ein, dass die Erinnerungen das Puzzle nicht zum Abschluss bringen würden, und als gäbe sie auf, wechselte sie das Thema:

»Hör mal, möchtet ihr am Abend zum Essen hierherkommen?«

Vilja lächelte, als sie an die Liste dachte, die Saga am Abend zuvor geschrieben hatte und für die sie ein Treffen mit Ute verlangt hatte.

»Tatsächlich hätte ich dir dasselbe vorgeschlagen. Wir kommen gern. Ich habe Hertta versprochen, dass sie in das Turmzimmer schauen darf.«

Ute lachte.

»Das lässt sich machen. Sehen wir uns um sieben?«

Vilja hatte gerade das Handy aus der Hand gelegt, als sie das Kind in der Tür bemerkte. Hertta stand schweigend an ihrem Platz, fast unmerklich, mit verschlafenen Augen und wirrem Haar. Einen Augenblick lang sah Vilja das Kind an und wusste nicht, was sie machen sollte, was sie dem kleinen Wesen sagen sollte, dessen Gegenwart sie Mal für Mal in ihrem Innersten als quälenden Widerspruch empfand, und schließlich machte sie es wie immer und rief sich ein Handlungsmodell in Erinnerung, das sie aus ihrer Umgebung angenommen hatte, zwang ihre Augen zu einem Lächeln, ging zu dem Kind hin und beugte sich zu ihm hinab.

»Guten Morgen«, sagte sie. »Hast du gut geschlafen?«
Hertta antwortete nicht, starrte nur mit ausdruckslosem Gesicht Vilja an.
»Schläft Mutter noch?«, fragte Vilja, und endlich reagierte Hertta, indem sie leicht nickte.
Vilja strich ihr über das Haar.
»Komm. Wir wecken Mutter nicht auf.«
Sie nahm Hertta bei der Hand, ging zum Sofa und setzte das Mädchen neben sich.
»Weißt du noch, was wir heute machen?«, fragte sie, aber Hertta antwortete immer noch nicht.
»Heute ist ein schöner Tag. Wir machen einen Ausflug.«
Und sie wiederholte die Pläne vom Dinosaurus und von dem Kuchen, die sie am gestrigen Abend auf die Liste geschrieben hatten, und endlich bildete Hertta als Antwort einen vollständigen, mit kleiner heiserer Stimme vorgetragenen Satz:
»Ich hab einen Dinosaurierhunger.«
»Na, dann machen wir dir ein Dinosaurierfrühstück.«
Vilja holte aus dem Kühlschrank das Nötige für ein Frühstück, stellte die Sachen auf den Sofatisch und sah Hertta an.
»Wusstest du, dass die Dinosaurier am liebsten auf dem Sofa essen?«
Hertta starrte ungläubig zurück.
»Das heißt, vielleicht war es nicht ganz so«, sagte Vilja. »Aber wir essen jetzt auf dem Sofa, denn du hast Ferien. Und dann darf man das.«
Sie bestrich ein halbes Brötchen, schnitt Käse und Gurkenscheiben darauf, mischte einen Kakao und beobachtete das Kind, das ganz in sein Frühstück versunken war. Hertta griff mit ihren kleinen Fingern nach dem Brot, biss mit

ihren kleinen Zähnchen ein Stück davon ab und kaute es lange und andächtig, bis sie es hinunterschluckte, danach trank sie aus ihrem Glas von dem Kakao. Ihre Bewegungen waren langsam, als hätte sie über jede einzelne eigens nachgedacht und sich vergewissert, dass es vernünftig war, so zu handeln. Vilja betrachtete das Mädchen. Seine Nase war so klein wie eine Frühkartoffel, die großen dunklen Augen waren wie Weiher, tief und traurig, und plötzlich spürte sie bei deren Anblick eine starke Zärtlichkeit. Sie hatte gerade das Gefühl der Rührung wieder hinuntergeschluckt, als Hertta sich plötzlich ihr zuwandte und sagte:
»Lass das.«
Vilja zuckte zusammen.
»Was soll ich lassen?«
»Du sollst mich nicht anstarren.«
Vilja lächelte leise.
»Entschuldige bitte. Ich hab dich angesehen, weil ... du so süß bist.«
Wieder biss Hertta von ihrem Brot ab.
»Ich weiß. Mama sagt mir das jeden Tag«, erklärte sie, ohne mit der Wimper zu zucken.
Vilja beobachtete Herttas Gesicht, versuchte aus den Worten und Gesten des Kindes zu schließen, ob es mit seinen Worten gegen Vilja hatte sticheln und absichtlich Aino mit ins Spiel hatte bringen wollen zu einem Zeitpunkt, der sonst nur ihnen beiden gehört hätte, aber gleich darauf verspürte sie wieder Gewissensbisse, so wie jedes Mal mit dem Kind, wenn sie es nicht zu deuten wusste. Dann plötzlich, überraschend für sich selbst, hörte sie sich sagen:
»Weißt du, Hertta, wir haben eine Sache gemeinsam. Auch ich hatte einmal eine zweite Mutter.«
Hertta hielt mit ihren Bewegungen inne, sie schaute Vilja

stumm an, und einen Moment lang kam es Vilja so vor, als wäre der Blick des Mädchens plötzlich anders, interessierter und schärfer als jemals zuvor.

»Wo ist sie?«

Vilja lächelte und verstand auch selbst, dass sie es nicht geschafft hatte, fröhlich zu wirken.

»Das weiß ich nicht. Aber deshalb bin ich jetzt hier in Deutschland. Um sie zu finden.«

Und da rief Hertta plötzlich aus:

»Das ist keine gemeinsame Sache.«

Einen Augenblick lang wusste Vilja nicht, was sie sagen, wie reagieren sollte, sie bemühte sich, ihren Herzschlag zu beruhigen und ihre Verblüffung nicht zu zeigen, die drauf und dran war, sich in Enttäuschung zu verwandeln. Wer hatte ihr befohlen, dem Kind etwas zu erzählen, wer hatte ihr befohlen, sich um Bindungen, um Berührungspunkte und eine gemeinsame Geschichte zu bemühen anstatt um Vorsicht und Zurückhaltung, die bisher eine ganz gut funktionierende Linie gewesen waren. Aber dann öffnete sich der kleine Mund erneut.

»Ich hab nicht mehr zwei Mütter. Ich hab jetzt drei.«

Vilja starrte das Kind an, ohne einen Augenblick lang zu verstehen, was Hertta sagen wollte, sie schluckte und bemühte sich, das Gehörte zu verinnerlichen, und schließlich nahm ihr Verstand die Worte des Kindes an. Ihr Körper tat einen tonlosen Stoßseufzer, Vilja schlang die Arme um Hertta und drückte die Nase in deren Haare, die weich waren wie Baumwolle.

»Ach du«, flüsterte sie dem Mädchen ins Ohr, und zugleich erinnerte sie sich an einen Duft, einen freundlichen und zarten Hauch von Moschus, wie an eine von einem sommerlichen Windhauch herbeigetragene Erinnerung, die sie im ganzen Körper als eine Umarmung spürte, zärtlich und warm wie weiche und sichere Hände, die ihren Griff niemals lösten.

1984

In jener Nacht erwachte Rosa dreiundzwanzig Minuten nach drei von einem heulenden Ton. Anfangs glaubte sie, er komme aus dem Rohrleitungssystem, bis der Verstand das Bewusstsein erreichte. Blitzschnell sprang sie vom Bett auf, stolperte unterwegs über die Schuhe, die im Flur herumlagen, konnte sich jedoch im letzten Moment an der Wand abstützen und stürzte ins Kinderzimmer. Matias lag im Bett auf dem Bauch und lallte in einer Weise, wie Rosa es nie zuvor gehört hatte.

»Matias«, sagte Rosa, drehte den Jungen auf den Rücken und erkannte: Er war glühend heiß, er strahlte Hitze ab wie ein heißer Kohleofen, und obwohl es dunkel war, erkannte Rosa auf seinen Wangen preiselbeerartige Flecke, Nacken und Stirn waren klebrig von Schweiß.

Rosa nahm Matias auf den Arm, trug ihn ins Wohnzimmer und schaltete die kleine Tischlampe an, um besser zu sehen. Der schlaffe Körper lag in ihren Armen, seinem Mund entrang sich ein schmerzvolles Heulen, seine halb geschlossenen Augen starrten ins Leere. Der Augenblick konnte nur eine Nanosekunde gedauert haben, aber Rosa hatte in dieser Zeit alles vor Augen: wie die Hebamme in der siebten Etage der Frauenklinik in Helsinki ihr an jenem Apriltag vor vier Jahren das Kind in die Arme legte, die gelbe Käseschmiere auf der warmen Haut, auf die Rosa zum ersten Mal die Hand legte, das zum Schreien verzerrte Gesicht, den kleinen offenen Mund wie bei einem

Vogeljungen, und sie hörte das Weinen, das sich in die Luft entlud, das schönste Geräusch, das sie jemals gehört hatte.

»Herrgott«, flüsterte Rosa laut.

Sie hob Matias zurück an ihre Schulter und stürzte ins Schlafzimmer, legte das Kind aufs Bett und rüttelte Markus wach.

»Markus«, sagte sie, »wach auf, wir brauchen einen Notarztwagen!«

Markus öffnete die Augen, richtete sich zum Sitzen auf und versuchte zu verstehen, was los war.

»Matias geht es schlecht, wir brauchen einen Krankenwagen!«

Rosa wandte sich wieder Matias zu.

»Matias, tut dir etwas weh?«, versuchte sie etwas zu erfahren, aber der Junge antwortete nicht. »Matias, kannst du Mama antworten?«

Markus rieb sich die Augen, legte dem Jungen die Hand auf die Brust, die sich schnell und unregelmäßig hob.

»Er ist ja glühend heiß.«

»Ja, ruf den Notarztwagen!«

Markus stand auf und ging eilig ins Wohnzimmer. Rosa hörte, wie er den Hörer abnahm, die Nummer wählte, bald die Situation erläuterte und schließlich die Adresse angab. Kaum zehn Minuten später traten die Ersthelfer in die Wohnung. Einer von ihnen trat anstelle von Rosa an den Rand des Bettes.

»Was hat er?«, fragte Rosa.

Markus legte Rosa den Arm um die Schultern, zog sie zu sich heran, ihr Oberkörper war hart wie Stein, und Markus spürte ihr Zittern an seinem eigenen Körper.

»Das werden wir klären«, sagte der Sanitäter, entnahm sei-

ner Tasche ein Stethoskop und legte dessen Kopf erst auf Matias' Brust, dann auf seinen Rücken.
»Puls 130«, sagte er zu dem anderen Sanitäter und maß dann das Fieber bei dem Kind.
»40,2. Jetzt aber los.«
Er wandte sich zu Rosa und Markus.
»Er muss getestet werden, das machen wir im Krankenhaus. Einer von Ihnen kann mitkommen.«
Rosa setzte sich in den Krankenwagen und hielt Matias, der schlapp auf der Bahre lag, die Hand.
»Wohin fahren wir?«, fragte Rosa den Sanitäter, der ihr gegenübersaß.
»In die Charité.«
»Warum schalten Sie das Martinshorn nicht ein?«
Der Sanitäter sah Rosa an und lächelte beruhigend.
»Er ist nicht in Lebensgefahr. Es ist nur wenig Verkehr, und die Fahrt ist kurz.«
Der Sanitäter entnahm einer Plastikmappe ein Papier.
»Wir können hier schon mal diese Formulare ausfüllen. Nennen Sie mir bitte noch den Namen des Kindes.«
»Matias Siltanen«, sagte Rosa.
»M-A-T-H-«
»Ohne h.«
»Wie?«
»Matias ohne h.«
»Mattias?«
Rosa wurde nervös und riss dem Sanitäter den Stift aus der Hand, das Papier von seinem Schoß und schrieb in wütendem Tempo.
»Matias Siltanen. Mein Kind«, sagte sie und warf dem Sanitäter die Mappe in den Schoß.
Ratlos verfolgte sie von der Seite, wie Matias ins Innere des

Krankenhauses gekarrt und dann untersucht wurde: Blut aus der Ellenbogenbeuge, Röntgenaufnahmen der Lunge, das Fieber, diesmal im After gemessen. Der Behandlungsraum des Universitätskrankenhauses war groß und hell, sie fühlte sich hilflos, wiegte sich auf dem Schemel wie eine Greisin, die im Schaukelstuhl den Mut zum Sterben sammelt.
»40,1«, berichtete die Krankenschwester dem Arzt, nachdem sie den Fieberwert abgelesen hatte, und wandte sich dann an Rosa. »Wir verlegen Matias zur Beobachtung in ein Krankenzimmer, Sie können mitkommen. Der Arzt kommt zu Ihnen, sobald wir die Testergebnisse haben.«
Rosa nickte, sie konnte kein Wort sagen. Jetzt trat auch der Arzt, ein Mann in den Vierzigern, laut Namensschild Doktor Rusch, zu ihr und legte ihr die Hand auf die Schulter.
»Wir bekommen ihn wieder gesund, und alles wird sich regeln. Seien Sie unbesorgt.«
Und da brach Rosa in Tränen aus. Sie bedeckte das Gesicht mit den Händen und spürte, wie ihr Körper vor Weinen bebte.
»Frau Siltanen, es ist nicht schlimm«, sagte Doktor Rusch und legte den Arm um sie. »Wir machen ihn wieder gesund. Schwester Schmidt zeigt Ihnen Ihr Zimmer.«

Rosa wusste nicht, wie lange sie in dem unbequemen Stuhl neben Matias' Bett gesessen hatte. Eine Wanduhr tickte in monotonem Rhythmus, aus der Klimaanlage ertönte eintönig graues Sausen, in gleichmäßigen Abständen drang aus dem Korridor das Geräusch eiliger Schritte herein. Gerade wollte sie im Sitzen einnicken, da öffnete Doktor Rusch die Tür, trat ins Zimmer und befestigte ein Röntgen-

bild an dem Leuchtkasten, der hell aufleuchtete wie Hoffnung, die Rosa in manchen Augenblicken schon verloren zu haben schien. Mit dem Rücken zu Rosa sagte er:
»Matias hat eine Lungenentzündung.«
Auf dem schwarz-weißen Hintergrund waren kleine, schmale Knochen zu erkennen wie Streichhölzer, die Wirbelsäule wie der Stamm eines jungen Baumes, der sich nach dem Licht reckt, noch jung und biegsam. Wenn er doch noch leben und wachsen dürfte, dachte Rosa, aber Doktor Rusch unterbrach ihren Gedanken.
»Sehen Sie diesen Schatten hier?«, fragte der Arzt und zeigte mit einem Stift auf das Röntgenbild. »Das helle Gebiet ist umso dichter, je mehr Entzündungsflüssigkeit sich in den Lungenbläschen befindet. Und Matias hat viel davon. Das erklärt die Trübung seines Bewusstseins, den hohen Puls und den erhöhten Blutdruck. In Matias' Blutbild ist die Zahl der Leukozyten erniedrigt, und die Entzündungswerte sind hoch.«
Verwirrt sah Rosa bald auf das Röntgenbild, bald auf Doktor Rusch.
»Ich verstehe nichts.«
Rusch schaltete die Lampe aus, die Knochen, die Matias' Körper darstellten, verschwanden, und Rusch trat einen Schritt auf Rosa zu.
»Frau Siltanen, Matias hat eine schwere Lungenentzündung.«
Rosa nickte.
»Eine schwere Lungenentzündung«, wiederholte sie.
»Wir beginnen sofort mit einer Penicillin-Behandlung und mit der fiebersenkenden Schmerztherapie. Er muss mindestens für ein paar Tage im Krankenhaus bleiben. Wir beobachten seinen Zustand und machen täglich eine

Blutuntersuchung. Daraus ersehen wir, wie die Lage sich entwickelt.«
Rosa spürte, wie ihr Körper zitterte, hörte ein Summen und ein Pulsieren und das Rauschen des Bluts in ihren Ohren. Das Zimmer wankte. Rosa wankte. Der Arzt fasste sie bei der Hand.
»Setzen Sie sich, Frau Siltanen.«
Rosa setzte sich auf den Rand von Matias' Bett, Doktor Rusch neben sie.
»Ein Viertel meiner Patienten leidet an Erkrankungen der Atemwege oder an Asthma. Ich weiß also genau, wie diese Krankheiten behandelt werden«, sagte Rusch. Rosa nickte, und dann wiederholte Rusch, als könne er nicht sicher sein, dass seine Botschaft beim ersten Mal richtig angekommen war:
»Wir beginnen jetzt als Erstes mit der medikamentösen Behandlung. Dann sehen wir weiter.«
Rosa runzelte die Brauen.
»Weiter? Was bedeutet das?«
»Matias hat doch schon eine ganze Weile gekränkelt, und seine Lungen sind stark strapaziert, sodass ich höchstwahrscheinlich eine weitere Behandlung empfehlen werde.«
»Was für eine?«
»Wahrscheinlich eine in einem Sanatorium. Wir haben mehrere Kindersanatorien, genauer gesagt fünfundzwanzig. Außerdem haben wir mehr als sechzig Kurorte für Kinder, wo wir ihn auch rehabilitieren können. Meistens dauert eine solche Behandlung sechs Wochen, und aus heutiger Sicht empfehle ich so etwas auch für Matias.«
Rosa nickte, konnte aber nichts sagen. Doktor Rusch klopfte ihr auf die Hand.
»Jetzt können Sie aufatmen. Das Kind ist in kompetenten

Händen, und wir werden es gesund machen. Gleich kommt eine Schwester mit den ersten Medikamentengaben.«

Rosa betrachtete den schlafenden Matias und hörte, wie die Tür hinter Doktor Rusch zuklappte. Die Sauerstoffbrille ragte derart ungestalt aus der Nase des Kindes heraus, als sollte ein Kind dieses Alters an nichts leiden, wofür sie gebraucht wurde, und doch hatte sein Atem sich endlich beruhigt, und das Röcheln und das Winseln waren ein wenig schwächer geworden. Rosa stand auf und trat ans Fenster. Die Hände zitterten ihr immer noch, doch etwas in Doktor Ruschs Worten hatte sie schon ein wenig beruhigt.

Matias würde es schaffen.

Bald würde alles in Ordnung sein.

Einer plötzlichen Eingebung folgend nahm Rosa ihre Tasche und trat auf den Korridor hinaus, fand ein Telefon und steckte eilig eine Münze hinein. Markus antwortete sofort.

»Er hat eine Lungenentzündung. Kommt her, sobald ihr könnt.«

Am Vormittag wurde Matias endlich munter. Rosa und Markus saßen um das Krankenhausbett herum, und Vilja spielte auf dem Fußboden mit den Bauklötzen, die Markus mitgebracht hatte, als Matias endlich die Augen öffnete, sich umsah, als sei er ohne sein Wissen in eine ferne und unbekannte Weltraumstation geschickt worden.

»Hallo du«, sagte Rosa und legte dem Kind die Hand auf die Wange, die immer noch heiß war. »Wie geht es dir?«

»Durst«, sagte Matias, und Markus nahm die Schnabeltasse vom Nachttisch.

»Trink ein bisschen hieraus«, sagte er und half Matias beim Trinken.

»Wie fühlst du dich?«, fragte Rosa.
Matias drückte den Kopf zurück ins Kissen und sah sich mit großen Augen um.
»Du hast hohes Fieber und bist im Krankenhaus«, sagte Rosa. »Die Ärzte haben Tests mit dir gemacht und dir Medikamente gegeben. Bald wird es dir besser gehen.«
Matias blickte sich um, als verstünde er kein Wort.
»Ich möchte rote Grütze.«
Rosa musste lachen, sie fühlte sich sehr erleichtert, das Kind wollte etwas essen!
»Das werden wir doch wohl hinbekommen«, sagte sie und lächelte. Sie verstand, dass dies nach Stunden das erste Mal war, und wandte sich Markus zu. »Sollten wir eine Schwester oder den Arzt holen, jetzt, wo Matias wach ist?«
Markus verschwand auf dem Korridor und kehrte wenig später mit Doktor Rusch zurück.
»Na also, guten Morgen!«, sagte der Arzt und trat neben Rosa an das Bett. »Wie geht es dir denn?«
»Er spricht kein Deutsch«, erklärte Rosa.
Rusch nickte.
»Jaa. Würden Sie ihm bitte sagen, dass ich ihm wieder die Lunge abhorche, dann wissen wir, wo wir stehen.«
Der Arzt untersuchte Matias, der schlapp und schlaff dalag und keinen Widerstand leistete, während sein Blick über die Zimmerdecke schweifte.
»Das Keuchen ist weniger geworden«, sagte Rusch schließlich. »Wir setzen die Medikation fort und machen morgen neue Tests. Bis dahin soll er sich nur ausruhen.«
Rosa sah zu, wie die Tür sich hinter dem Arzt schloss, als ihr plötzlich etwas einfiel. Sie sprang auf und setzte, halb laufend, dem Arzt nach.
»Noch eine Frage«, sagte sie, als sie ihn erreicht hatte. »Sie

haben vorhin etwas gesagt, was mich beschäftigt. Dass ein Viertel Ihrer Patienten an Atemwegserkrankungen leidet. Das kommt mir sehr viel vor.«

Doktor Rusch sah Rosa in die Augen.

»Ja, das ist viel.«

Rosa sah Rusch aufmerksam an.

»Wir leben hier erst seit ein paar Monaten. Aber ich stelle fest, dass die Luft hier stärker verschmutzt ist als bei mir zu Hause. Kann die Luftverschmutzung mit Matias' Erkrankung zusammenhängen?«

Doktor Rusch zeigte Rosa eine Bank am Rande des Ganges und setzte sich neben sie.

»In großen Städten ist die Luft verschmutzt. Es gibt Braunkohlepartikel, Abgase und Emissionen von Metall- und Chemieindustrie. Sie belasten Lungen, die noch in der Entwicklung sind, und verursachen Krankheiten.«

Rosa starrte Rusch an.

»Aber ...«, stotterte sie, als könne sie das Gehörte nicht glauben, »der Umweltschutz hier hat doch einen hohen Standard.«

Rusch lächelte.

»Also, die Lungenkrankheiten sind trotzdem häufig.«

Rosa saß verwirrt an ihrem Platz. Einen Augenblick lang wusste sie nicht, was sie sagen sollte, und fragte schließlich:

»Also, was soll ich tun?«

Rusch richtete sich auf.

»Wie ich Ihnen schon dargelegt habe, behandeln wir zunächst die Lungenentzündung und sehen dann weiter.«

Rosa schluckte.

»Saubere Luft würde ihm also helfen, gesund zu werden? So einfach ist das also?«

Rusch nickte.

»Ja, das hilft der Lunge. Ohne das werden die Symptome wahrscheinlich wiederkommen.«

Rosa wachte die Nacht hindurch, starrte vom Fenster in der Charité auf die Stadt, die nie zur Ruhe kam, auf ihren Straßen war alles wie zuvor: Der Verkehr floss durch die Stadtviertel und an den Gebäuden vorbei, in denen die Familien ihr Leben führten wie immer, schließlich ging die Sonne hinter den Häusern auf und ließ die Kugel des Fernsehturms in goldenem Glanz erstrahlen. Aber etwas an diesem Anblick hatte sich verändert. Rosa starrte den Himmel an, der hell und gelb geworden war, und plötzlich konnte sie es nicht mehr übersehen: Es war, als hätten der in den Lichtstrahlen tanzende Straßenstaub, Sand und Partikel die ganze Welt erfüllt, alles, was sie sah, und auch das, was sie nicht sehen konnte. Sie plinkerte, ihre Augen waren von der Schlaflosigkeit geschwollen und müde, aber der Staub schien sich nicht zu legen, sie starrte ihn weiter an, spürte, dass ihr heißes und pulsierendes Wasser in die Augen stieg, und da entstand in ihr der Gedanke, er war klar und deutlich und schob alle anderen beiseite.
Sie musste Matias nach Finnland bringen.
Wenn seine Genesung saubere Luft erforderte, konnte sie nichts anderes tun, als ihr Kind nach Finnland zu bringen.

1984

Einen Augenblick lang schien alles zu zerbröckeln. Als Matias wieder zu Hause war, teilte Rosa Markus mit, dass sie die Kinder nach Finnland bringen wolle. Sie musste in einem Land sein, wo sie ihre Angelegenheiten in ihrer Muttersprache regeln konnte; die in ihrem unsicheren Deutsch geführten medizinischen Gespräche machten sie nervös, und außerdem war die Luftverschmutzung hier allgegenwärtig, sagte sie zu Markus, sie war *überall*.

»Wenn es sie in Berlin gibt, dann gibt es sie auch anderswo, der Wind verbreitet sie«, präzisierte sie.

Es war ein warmer Sonntag, die Sonne schien ins Wohnzimmerfenster und machte die im Winter entstandene Schmutzschicht sichtbar, wie um Rosas Worte zu bekräftigen: Hier war es dreckig und damit basta, in diesem Land würde Matias nicht überleben, das hatte seine Lunge mit deutlichen Anzeichen signalisiert, und wann auch Vilja krank werden würde, war nur eine Frage der Zeit.

Markus legte das Gesicht in die Hände.

»Ich kann nicht weggehen«, sagte er mit Verzweiflung in der Stimme, »die Lage ist explosiv.«

Dann zählte er auf, was alles momentan in der Welt auf der Kippe stand: die Beziehungen zwischen den beiden deutschen Staaten (die im Wesentlichen angespannt waren, bisweilen aber auch Anzeichen von Erwärmung zeigten), das Gleichgewicht der Atomwaffen (Gespräche über die von der Nato und dem imperialistischen Westen verursachte

Kriegsgefahr fanden unter der Führung der Sowjetunion permanent statt, aber die Explosionsgefahr war da und blieb) sowie die von der westlichen Propagandamaschinerie produzierten Falschnachrichten (das betraf momentan besonders die Geschichten der in den Westen geflüchteten Ostdeutschen – dem Westen zufolge flüchteten sie vor der politischen Verfolgung, nach Angaben des Ostens suchten sie ein besseres Leben nach Art eines fiktiven Fantasiemärchens, in den Augen den Glanz der D-Mark). Jemand musste über all dies die Wahrheit berichten. Jemand musste als Gegenkraft handeln, und dieser Jemand war Markus Siltanen, er wagte nicht einmal zu denken, was passieren würde, wenn er nicht seine vom Standpunkt einer günstigen Entwicklung der Welt lebenswichtige Arbeit fortsetzen würde, sondern jetzt alles stehen und liegen ließe und nach Finnland zurückkehrte, für das es außerdem eine Alternative gab: Die lokalen Kurorte und Sanatorien, warum sollten die nichts taugen? Rosa wiederholte ihre Argumente, und dann, als hätte sie die Nerven verloren, schnauzte sie:

»Weißt du, mich interessieren deine Arbeit und deine Alternativen nicht. Meinem Kind droht der Tod!«

»Unserem Kind«, korrigierte Markus. »Und ihm droht nicht der Tod.«

»Er droht ihm. Wenn Matias nicht nach Finnland kommt.«

»Wir wohnen in der höchstentwickelten Wiege der medizinischen Wissenschaft. Wenn überhaupt, dann kriegen wir Matias hier gesund«, probierte es Markus, konnte Rosa aber nicht überzeugen, und sie begann zu schreien.

»Wenn irgendwo, dann ist hier die Luft so verschmutzt, dass für ein Viertel der kleinen Patienten Erstickungsgefahr besteht! Bedeutet dir das nichts?«

Markus entließ die Luft aus seiner Lunge und ließ einen tiefen Ton der Frustration hören.
»Könnten wir eine Nacht darüber schlafen?«
Er wandte sich Rosa zu, deren Augen schon ablehnend geantwortet hatten.
»Eine Nacht«, wiederholte Markus und sah seine Frau mit einem Blick an, der ein Loch in Papier hätte brennen können. »Du kannst unser Leben nicht so aus einer momentanen Eingebung heraus zerstören. Es muss einen Moment Zeit geben, damit wir auch andere Möglichkeiten in Betracht ziehen können.«

Wie um Rosa zu beweisen, dass er fähig zu Beratungen sei, die Kompromisse und Diplomatie erforderten, rief Markus am nächsten Morgen früh in der Redaktion an und teilte mit, dass er sich einen freien Tag nehme. Das war kein Problem, denn er hatte Geschichten auf Vorrat geschrieben, die die Zeitung veröffentlichen konnte, auch wenn dann an diesem Tag kein frischer Beitrag erscheinen würde. Ein Artikel war subjektiv, darin berichtete Markus von den Gesundheitsdiensten im Realsozialismus. *Auch im Sozialismus scheint die Sonne nicht immer, und die Menschen sind nicht immer gesund*, hatte er seinen Text begonnen und weitergemacht, indem er Matias' Erkrankung schilderte. Bei alledem hatte er es geschafft, sein Sicherheitsgefühl zu bewahren, denn so funktionierte der Text:
Für die Poliklinik brauchte man nie einen Termin zu reservieren.
Der Besuch in der Poliklinik kostete nichts.
An den Wochenenden, wenn die Poliklinik geschlossen war, konnte man das Kind im Krankheitsfall in eines der beiden Krankenhäuser im Zentrum Berlins bringen – oder

einen Arzt nach Hause kommen lassen, natürlich kostenlos.
Und dann der erstaunlichste Teil des Systems, bei dem er sich sicher war, dass allen Finnen die Kinnlade herunterklappen würde: Die Medikamente kosteten nichts, keinen Pfennig.
Markus mischte das scharf riechende Putzmittel in den Eimer mit Wasser, befeuchtete einen Lappen und wienerte das Fensterglas, bis der Schmutz sich löste, dann nahm er eine alte Nummer der Zeitung *Neues Deutschland* und trocknete damit das Fensterglas, bis es glänzte. Ein Fenster nach dem anderen wusch er Abgase und Braunkohle ab und kippte schließlich das Waschwasser, das sich in eine schwarze Brühe verwandelt hatte, in die Toilette. Um acht Uhr kam Rosa aus dem Schlafzimmer mit einem aufragenden dünnen Haarbüschel und Schlafsand in den Augen.
»Oho«, sagte Rosa, als sie die in der Sonne glänzenden Fensterscheiben sah.
Markus, der wusste, dass er seine starrköpfige Frau in nichts übertreffen konnte ohne freundliches Zureden, trat zu Rosa und schlang die Arme um sie.
»Ich mach uns heute Abend ein feines Essen«, sagte er.
Rosa erwiderte seine Umarmung.
»Wunderbar«, antwortete sie. »Und heute möchte ich Vilja vom Kindergarten abholen.«
Flüchtig tauchte vor seinem inneren Auge Luises Gesicht auf, und Markus spürte, wie sein Herz in der Brust einen Satz tat.
»Bist du sicher? Solltest du dich heute nicht ausruhen? Du hast viele Nächte durchwacht.«
»Ich bin mir sicher«, versetzte Rosa mit Energie in der Stimme. »Ich möchte ein bisschen frische Luft schnappen.«

Rosa hielt inne. Und lachte. Endlich konnte sie das.
»Frische Luft! Berlins frische Luft!«
Und lachte noch einmal.

Der Frühling blühte überall: Die Krokusse schoben sich aus dem Boden des Gebüschs neben dem Spielplatz, das zarte Grün drängte aus den Zweigen der Büsche ans Licht, das Gras aus den Ritzen zwischen den rissigen Betonplatten hervor. Rosa umrundete das Viertel, wie um sich zu vergewissern, dass alles unverändert geblieben war, während sie in dem Patientenzimmer des Universitätskrankenhauses begraben war, dann schritt sie zur Pforte des Kindergartens. Schon von Weitem sah sie: Die Kinder waren über den Hof verteilt, und jemand hatte mit Straßenmalkreide auf den Boden die Worte *Solidarität mit den Völkern* geschrieben. Darum herum waren Blumen unterschiedlicher Farbe und Größe gemalt, auch Sonnen und Sterne sowie eine Gestalt, die einen Kosmonauten darstellen konnte oder auch nicht, da war Rosa sich nicht sicher. Sie öffnete die Pforte, suchte mit den Augen Vilja und erkannte Luise, die geschäftig um das Kind herumwuselte. Das vertraute Gesicht bei dem Kind, der Anblick bewirkte, dass Rosa ein Gefühl der Erleichterung verspürte.
»Mama!«, rief Vilja, als sie Rosa erblickte, und rannte zu ihr, in ihre Arme.
Rosa drückte das Mädchen an sich. Die Sonne wärmte ihr die Wangen, blendete die Augen, und plötzlich überkam Rosa das Gefühl, alles werde sich ordnen. Sie würde ihre Kinder und ihre Familie haben, und das war die wichtigste Stützmauer, die sie aufrechterhalten würde, selbst wenn die Welt ringsum unterginge.

»Mamas kleines Lämmchen«, flüsterte sie Vilja ins Ohr, drückte die Lippen auf die staubige Wange des Kindes und richtete dann den Blick auf Luise.
»Grüß dich!«, rief Rosa fast singend und streckte die Hand aus. »Schön, dich wiederzusehen!«
Luise lächelte, und obwohl etwas im Wesen der Frau Rosa auf den Gedanken brachte, sie wirke seltsam verkrampft, kümmerte sie sich nicht weiter darum, lächelte breit und sagte mit der Energie, die der Frühling und die Zuversicht mit sich bringen:
»Endlich habe ich die Gelegenheit, mich bei dir zu bedanken. Vilja kommt hier im Tagesheim offenbar gut zurecht. Jedenfalls schließe ich das daraus, dass sie jeden Tag fröhlich nach Hause kommt. Das muss dein Verdienst sein. Danke, dass du dich so gut um sie kümmerst.«
Luise sah bald das Kind an, bald Rosa.
»Vilja ist bezaubernd«, sagte Luise. »Wir haben es jeden Tag gut miteinander, nicht wahr?«
Luise strich Vilja über die Wange, das Kind entrang sich aus Rosas Griff und rannte davon.
»Ich bin froh, dass sie in diesen schwierigen Zeiten ein Tagesheim hat.«
Und Rosa erzählte Luise, wie Matias ins Krankenhaus gekommen war und seine Lungen in schlechtem Zustand waren, und wie nichts anderes helfen würde, als die Kinder nach Finnland zu bringen, bis Matias wieder genesen war und sie zurückkehren konnten.
Es war, als wäre alle Farbe aus Luises Gesicht gewichen.
»Aber Vilja hat doch keinerlei Symptome«, sagte sie.
»Ja, das stimmt. Aber die können ja noch kommen.«
»Das glaube ich nicht«, sagte Luise etwas zu schnell, dann fuhr sie in fast um Verzeihung bittendem Ton fort: »Ich

verbringe ja täglich viele Stunden mit ihr und hätte es bemerkt, wenn da etwas gewesen wäre.«

Rosa wandte den Blick in Viljas Richtung, wie um Zeit zu gewinnen, einen kurzen Moment, um zu überlegen, was sie darauf antworten sollte. Das Kind sammelte etwas vom Boden auf und stopfte es in seine Taschen, ging um den Baum herum, hockte sich manchmal daneben hin, um wieder den duftenden Humusboden zu untersuchen.

»Ich glaube nicht, dass ich eine Alternative habe«, sagte Rosa schließlich. »Matias muss nach Finnland, damit er wieder richtig gesund wird.«

Luise verlagerte das Gewicht von einem Bein auf das andere.

»Ich verstehe eure Situation. Aber ich muss auch sagen: Vilja ist gerade jetzt in einer Phase, wo sie sich Sprache und Wissen ganz besonders schnell aneignet. Es wäre schädlich, wenn sie gerade jetzt von hier fortmüsste.«

Sie machte eine kurze Pause und fuhr dann fort:

»An eurer Stelle würde ich überlegen, ob Vilja hierbleiben könnte, und ihr würdet mit Matias nach Finnland fahren. Für Vilja wäre das das Beste.«

Verblüfft sah Rosa Luise an. Einen Augenblick lang konnte sie sich nicht entscheiden, ob sie sich von den Worten der Frau gekränkt fühlen sollte, die doch sehr so wirkten, als hätte man ihr auf die Zehen getreten oder sich in Dinge eingemischt, die sie überhaupt nichts angingen, oder ob sie sich geschmeichelt fühlen sollte von der Fürsorglichkeit, die eine ihr praktisch unbekannte Frau ihrem Kind gegenüber zeigte? Um ihre gute Laune zu bewahren, wählte Rosa das Letztere und sagte mit Unsicherheit in der Stimme:

»Ich weiß nicht recht.«

Luise trat einen Schritt näher zu Rosa heran, legte ihr die

Hand auf die Schulter und lächelte, und jetzt war ihr Blick voller Wärme.

»Ein Kind geht nicht davon kaputt, dass es ein Weilchen von seiner Mutter getrennt ist. Wir werden uns hier gut um sie kümmern. Für uns ist es das Wichtigste, dass ein Kind in Ruhe und Sicherheit erwachsen werden kann und in seinem Leben all das bekommt, was es dafür benötigt.«

Da kam Vilja zu Rosa und Luise gelaufen, schlang die Arme um Luise, und als sie sie wieder losgelassen hatte, steckte sie die Hand in die Tasche und zog eine Handvoll von Dingen heraus, die Rosa endlich als Kastanien erkannte, die tiefbraunen Früchte des Kastanienbaums. Luise lachte und verwuschelte Vilja das Haar.

»Ahaa«, sagte sie, »du hast neue gefunden. Machen wir morgen wieder Schmuck daraus?«

Und Vilja lachte, und Luise lachte, Rosa beobachtete die Frau und das Kind und verspürte in sich eine warme Regung – sah sie doch, dass das Kind es hier gut hatte.

»Sicherlich hast du recht«, sagte sie schließlich zu Luise, »bestimmt würde Vilja ein Weilchen auch ohne mich zurechtkommen.«

Sie betrachtete Luise, deren Gesicht in der Sonne glühte und deren Haar in dem warmen Frühlingswind in Wellen wogte, und in ihrem Inneren wogte Wärme und Freude.

»Bestimmt«, sagte Luise. »Und sie hat ja auch mich.«

Rosa lächelte.

»Ja, tatsächlich hat sie ja auch dich.«

Berlin, 7. Juni 1989

Entgeistert lese ich die Nachrichten, das mache ich seit zwei Tagen pausenlos. Ich weine. Es gibt Momente, in denen mir der Atem versagt, ich gebe mir alle Mühe, um zu verstehen, obwohl mein Hirn die Nachricht abwehren will.
Weißt du, wie die Parteileitung hier das Geschehen erklärt? Indem sie die Mitteilungen der offiziellen chinesischen Nachrichtenagentur verliest und das Blutbad als »Schlag der Volksarmee gegen die Konterrevolutionäre« bezeichnet.
Und unsere Medien publizieren die Appelle des Zentralkomitees der kommunistischen Partei Chinas sowie die Danksagungen des Generalstabs an die Truppen der Volksarmee für ihr »effizientes Vorgehen«. Sie bezeichnen die Gewalttaten als berechtigt, diese alten rückständigen Stinkstiefel.
Aber ich habe meine Westsender und das Recht zu wissen, nach manchen Angaben beläuft sich die Zahl der Toten auf dreitausend bis siebentausend, alle von den Panzern überfahren, mit Waffen ermordet, lebendig verbrannt.
Sag mir, dass du das nicht akzeptierst. Das muss ich wissen, Erich. Ich brauche Gleichgewicht neben dem Irrsinn, den Glauben daran, dass unsere Welt auf der Seite des Guten steht. Sei du meine Güte, und mein Licht, halte du mich über Wasser in dieser verrückten Welt, die die Grenze überschritten hat, hier verläuft sie, so kann es nicht sein.
Peking, mein Herz weint deinetwegen.

Deine Margot

2011

Sie hatten sich über eine Stunde zum Weggehen fertig gemacht und waren schließlich durch die Haustür hinaus und in Richtung U-Bahn-Station gegangen, als Hertta den Spielplatz bemerkte.

»Was?«, fragte Saga und blieb stehen, um Hertta anzusehen. »Du möchtest auf den Spielplatz gehen?«

Hertta nickte.

»Na, dann gehen wir«, sagte Saga und sah dann Vilja an. »Wir haben doch genug Zeit?«

Sie setzten sich auf die Bank, während Hertta auf dem Klettergerüst, das die Gestalt einer großen roten Giraffe hatte, Richtung Gipfel kletterte.

»Nun halt dich aber ordentlich fest«, rief Saga Hertta zu. »Das Holz kann sehr glatt sein!«

Vilja fasste Saga bei der Hand.

»Weißt du, wie oft ich als Kind auf diese Giraffe geklettert bin? Wohl tausend Mal. Und ich bin kein einziges Mal runtergefallen.«

»Guck mal, Mama!«, rief Hertta, als sie oben angekommen war.

»Toll!«, rief Saga zurück. »Du bist aber geschickt!«

Lange beobachteten sie schweigend das Kind. Hertta drückte mit ihren kleinen Fäusten die Rippen der Giraffe, und zum ersten Mal hatte Vilja das Gefühl, dass dieser kleine Mensch nicht bedrohlich und beängstigend war, sondern eher zerbrechlich und rührend. Sie hatte den gan-

zen Morgen auf dem Sofa gesessen, Hertta neben sich, und ihr nach dem Frühstück aus einem Buch vorgelesen, dann hatte sie ihr geholfen, die für den Tag passenden Kleider auszusuchen, und Hertta die Haare gekämmt, bis Saga aufgewacht war und verschlafen aus dem Schlafzimmer kam, in der Tür stehen blieb und sie beobachtete.
»Oho«, hatte Saga gesagt, »ihr seid ja hier schon bereit für den Tag.«
Hertta hatte erklärt, sie wolle ein Weilchen die Kinderprogramme schauen, und in dem dadurch gewonnenen freien Moment waren Vilja und Saga wieder zusammen in die Dusche gegangen. Sie hatten aneinandergeschmiegt dagestanden, während das heiße Wasser über ihre nackte Haut lief, und Vilja wusste nicht, wann sie sich zuletzt so heil und vollkommen gefühlt hatte. Sie hatte ihre Finger über Sagas Körper wandern lassen und Bahnen, Wirbel und Linien auf deren Haut gezeichnet, die Lippen auf ihren Nacken gedrückt und sie geküsst und schließlich das Schweigen gebrochen, indem sie flüsterte:
»Liebe mich.«
Und Saga hatte sich fest an Vilja gedrückt, sie geküsst und ihre Finger immer weiter und weiter abwärts und schließlich in Vilja hineinwandern lassen. Die hatte leise gestöhnt, das Wasser war gelaufen, der Dampf hatte sich im Badezimmer ausgebreitet wie dichter Nebel, und während aus dem Wohnzimmer leise ein Kinderlied herüberdrang, hatten sie sich geliebt, leise und zärtlich.

Sie wanderten ins Museum für Naturkunde und von dort in ein Café, dessen Vitrinen sich bogen von Torten, eine immer üppiger und höher als die andere, Plätzchen und Gebäckstücken mit Kirschen, Erdbeeren, Baiser und

lavendelfarbenen, gespritzten Sahneverzierungen, und als Hertta das letzte Stück ihrer Wunschtorte verputzt hatte, fuhren sie mit der S-Bahn in Richtung Pankow.
Breit lächelnd öffnete Ute die Tür.
Die ganze Wohnung war erfüllt vom Duft gebratener Auberginen, Tomaten und Kräuter, sie folgten dem Duft und Ute in die Küche. Dort hatte sie vier Kristallgläser auf den Tisch gestellt, die im Licht der Deckenlampe funkelten. Im Hintergrund erklang Musik. Etwas an dem Stück kam Vilja bekannt vor, aber ihr Gedanke wurde unterbrochen, als Ute eine Flasche vorstellte, die sie in einem nahen Geschäft entdeckt hatte: ein alkoholfreier Sprudel, hergestellt aus den Blättern eines Weißejohannisbeerstrauchs. Von diesem Getränk hatte der Händler berichtet, dass es auch bei Kindern sehr beliebt sei.
Ute sah Hertta an und lächelte.
»Den testen wir jetzt«, sagte sie.
Sie stießen an und setzten die Gläser an die Lippen, und in diesem Moment erkannte Vilja die Musik, es war Herbert Grönemeyer, der Vater hatte die Platte so wie auch alle vorherigen gekauft, als Vilja zwanzig war. Plötzlich erinnerte sie sich: Genau dieses Stück hatte Vater allein gehört, immer allein. Das hatte sie erkannt an dem Tag, als sie zu Vater gegangen war, die Tür mit ihren eigenen Schlüsseln geöffnet und im Flur das Stück und Vater, der es mitsang, gehört hatte. Dass der Vater dabei die deutsche Sprache benutzte, hatte in Vilja eine ganz besondere Wärme erzeugt. Sie war ohne Eile zur Wohnzimmertür gegangen. Grönemeyer hatte in den Lautsprechern gesungen, der Vater vor den Grünlilien am Fenster:

Keiner spricht meine Sprache,
kauft mir meine Erinnerungen ab,
kein Gebot.

Sie hatte Vaters Rücken betrachtet und ihn plötzlich auf neue Weise gesehen. Weinte der Vater? Vilja hatte eine Rührung verspürt und sich geräuspert, um anzuzeigen, dass sie da war. Vater war leicht zusammengefahren, hatte sich umgedreht und eine Weile gewirkt, als wäre er von einer Welt in eine andere gefallen, hätte sich dann aber rasch gesammelt und war zum Plattenspieler gegangen. Doch bevor er dazu gekommen war, das Gerät abzuschalten, hatte Grönemeyer gesungen:

Was ich verdient hab, hast du mir gegeben
Den gerechten Preis habe ich bezahlt
Brauch dich zurück zum Überleben
Deine Schmetterlinge im Eis
Deine Schmetterlinge im Eis

Ganz so wie Vilja vermutetet hatte, fanden Saga und Ute schnell eine gemeinsame Basis. Zwei Filmemacherinnen, von Ungerechtigkeit getriebene Dokumentaristinnen, ihr Gespräch kam rasch auf die Kulturunterschiede ihrer Länder in der Filmkunst und im Kulturjournalismus sowie auf die wirtschaftlichen und geistigen Voraussetzungen bei der Herstellung von Dokumentarfilmen. Vilja hörte dem Gespräch zu und betrachtete Saga, deren Hände in der Luft fuchtelten, während sie von Uganda und dem Kongo und ihrer eigenen Methode erzählte, Dokumentarfilme allein zu machen, ohne Kameramann, ohne ein Hintergrundteam, das sei ihre Entscheidung, betonte Saga, so wolle sie ihre eigenen Filme machen, das war ihre Art und Methode und passte zu ihr, das wurde bei Männern niemals infrage gestellt, doch bei ihr sehr wohl. Und Vilja betrachtete Ute, die die Hände zusammenpresste, während sie von ihrem letzten Film erzählte, von den Kritiken daran, immer dieselbe Geschichte, alle Geschichten, die aus dem Inneren der DDR über Missstände entstanden waren, wurden als Beschwerden abgestempelt, natürlich vom Westen her, würde denn die landesinnere Teilung niemals enden? Nein, beantwortete Ute ihre eigene Frage, nicht, solange der Erzählung der anderen Seite keine Berechtigung zugestanden wurde, stattdessen wurde die Konfrontation nur schlimmer, das Volk, das sich falsch verstanden und ungerecht behandelt fühlte, würde neue Wege suchen, um das Beiseitegeschobenwerden und die Herabsetzung zu kanalisieren, und diese neuen Kanäle machten ihr Angst.

Hertta hockte angeödet neben Saga, drückte den Kopf an deren Arm, und Saga hielt sie im Arm und streichelte ihr ab und zu die Wange.

»Weißt du was«, flüsterte Vilja Hertta zu, »mir ist gerade etwas eingefallen, was ich dir zeigen wollte. Gehen wir mal in den Garten?«

Sie zogen die Mäntel an und gingen zusammen über den Hof zum Flussufer. Vilja beugte sich zur Wurzel eines Baums hinunter, blinzelte, um im Dunkeln sehen zu können, und fand schließlich das Gesuchte. Sie ergriff eine Kastanie und streckte Hertta die Hand hin.

»Als ich klein war, so alt wie du, hab ich Kastanien gesammelt«, sagte Vilja. »Sie waren das Schönste, was ich mir vorstellen konnte. Und die findet man in Berlin überall. Es gibt hier sehr viele Kastanienbäume, und deren Früchte

findet man auch im Winter am Boden, so wie jetzt. Darauf kann man Gesichter malen, wenn man will.«
Das Mädchen betrachtete einen Augenblick lang die Kastanie, ergriff sie dann mit beiden Händen und bückte sich, um mehr davon zu suchen.

Sie aßen das Moussaka, das Ute gekocht hatte, und als Nachtisch Crème brulée, wonach Ute für Hertta Filzstifte suchte. Vilja trank aus ihrem Weinglas und sah zu, wie Hertta auf die erste Kastanie Augen, dann eine Nase und einen Mund malte und auf die Wangen rote Flecke. Etwas an dieser Situation machte sie auf undefinierbare Weise nervös und traurig, ja fast unglücklich, aber der Gedanke brach ab, als Ute eine Mappe voller Papiere auf den Tisch legte.
»Vielleicht ist jetzt der richtige Moment, eine Sache zu erzählen«, sagte Ute. »Ich habe ein paar eigene Nachforschungen angestellt, von denen du vielleicht hören möchtest.«
Vilja sah Ute erwartungsvoll an.
»Solche Daten bekommt man normalerweise nicht so leicht«, sagte Ute, »aber ich habe einen Bekannten, der mir einen kleinen Dienst schuldet. Stefan Rusch, ein Journalist, der im Jahr 1983 aus der DDR entlassen wurde, nachdem er zuvor im Gefängnis gesessen hatte. Er wurde kürzlich zum Leiter der Stasi-Archive ernannt. Er hat mir geholfen, diese Papiere schneller zu bekommen.«
Ute setzte sich an den Tisch.
»Max Seidel«, sagte sie und warf einen Blick auf Vilja. »Nach unserem letzten Gespräch vermutete ich, dass du dich auf Luise konzentrierst, sodass ich ein bisschen nach Max gefragt habe. Dies hier ist ein beachtlicher Fund.«
Ute klopfte mit der Hand auf die Plastikmappe. Vilja hob die Brauen und griff nach dem Papierstapel.

»Was sind das für Papiere?«, fragte sie und bemerkte im selben Moment auf dem obersten Dokument den Stempel BStU. Sie wusste, dass er für das Stasi-Archiv stand.
»Die von der Stasi aufgezeichneten Daten von Max Seidels Verhaftung und von seinem Tod«, antwortete Ute.
Saga ließ einen Pfiff ertönen. Vilja hob die Augenbrauen und überflog die Seiten.
»Die Sprache ist stellenweise bürokratisch, sodass ich das Wesentlichste zusammenfasse«, sagte Ute und begann: »Laut einem Bericht hat der Agent Topas am 22. September 1989 einen Hinweis bekommen, nach dem unter der Privatadresse von Max Seidel eine Zusammenkunft stattfand, bei der die Opposition einen Staatsstreich plante. Zu dem Fall wurde eine Untersuchung eingeleitet, und es stellte sich heraus, dass Max tatsächlich an der Zusammenkunft teilgenommen hatte. Allerdings geschah das nicht bei ihm zu Hause, sondern in der Kirche im Stadtteil Prenzlauer Berg. Wie wir wissen, wurde er bald danach verhaftet. Max wurde nach Hohenschönhausen gebracht.«
»In das Stasi-Gefängnis«, sagte Vilja leise, und Ute nickte.
»Ja?«, fragte Vilja und hörte selbst die Ungeduld in ihrer Stimme.
Ute fuhr fort:
»Laut dem Bericht hat Max bei dem Verhör den Stasi-Mann angegriffen. Er verlor die Beherrschung und wurde wütend. Wir können natürlich nicht wissen, ob die Angaben in dem Bericht ganz oder überhaupt stimmen, aber laut diesen Angaben musste der Stasi-Mann sich gegen den Angriff verteidigen und stieß Max um, der hinstürzte. Todesursache war ein Schlag auf den Kopf, eine Hirnverletzung.«
Vilja starrte den Papierstapel schweigend an, hörte neben

sich Sagas Atem, spürte Utes brennenden Blick auf ihrem Gesicht und das Blut in den eigenen Adern brausen.
»Oha«, brachte sie schließlich heraus.
Ute senkte den Blick.
»Ja, wirklich oha.«
Vilja ließ den Blick über die Papiere wandern, die sie vor sich auf dem Tisch ausgebreitet hatte, und las hier und dort einen Satz.
»Du hast diese Papiere also aus dem Stasi-Archiv bekommen«, sagte sie schließlich und brach damit die Stille, die sich über das Zimmer gesenkt hatte.
Ute nickte.
»Wer hat also Max an die Stasi verraten?«, fragte Vilja.
Ute breitete die Hände aus.
»Ich habe den Bericht auch unter diesem Aspekt sorgfältig durchgesehen. Wer ihn denunziert hat, wird nicht gesagt. Kein Wort. Irgendwo gibt es sicherlich etwas, aber nicht in diesen Papieren.«
Vilja hob den Blick zu Ute. Saga runzelte die Stirn und sah Vilja an.
»Warum spielt das eine Rolle?«, fragte sie. »Ist das Wichtigste nicht die Tatsache, dass Max tot ist?«
Vilja warf mit ernstem Gesicht einen Blick auf Saga, schwieg einen Augenblick und sagte dann:
»In wessen Interesse war es, dass Luise Max nicht mehr hatte?«
Vilja stand auf und ging in den Flur, nahm von der Garderobe ihre Handtasche und daraus ein Bündel Briefe, die sie – gleichsam unbemerkt von sich selbst – bei sich getragen hatte, seit sie sie gefunden hatte, legte sie vor Saga und Ute hin und öffnete einige davon, wie um sich zu vergewissern, dass sie sich richtig erinnerte.

»Am 11. September 1989 schrieb Luise, dass sie mit Max in Weißensee war. Dem Brief zufolge hatten sie einen herrlichen Tag. Vielleicht steckte ihre Absicht dahinter, meinen Vater eifersüchtig zu machen, oder Luise war einfach ein Mensch, der alles erzählte. Sie wollte offen sein und klarmachen, wie sie auch schrieb, dass sie auch ohne Vater zurechtkommen würde. Und ohne mich. Wenn es sein musste. Aber wie dem auch sei, dies alles erzählte sie. Nur wenig später wurde Max denunziert und ins Gefängnis gebracht, wo er starb.«
Vilja machte eine kleine Pause, sah erst Ute an, dann Saga, und sagte schließlich:
»Vater hätte ein Motiv gehabt, Max aus dem Weg zu räumen.«
Die anderen schwiegen.
»Außerdem«, sagte Vilja, der plötzlich das Gespräch mit Aarnio einfiel, »Vaters ehemaliger Kollege, der die Übergabe von Vaters Briefen an Luise besorgte, sagte mir am Telefon, er habe zu keinem Zeitpunkt gewusst, warum er Vaters Briefe heimlich an eine deutsche Frau übergeben sollte. Er erzählte von seinem Verdacht, es habe sich um eine Stasisache gehandelt. Er glaubte, dass auch ich dasselbe aufklären wollte, obwohl ich auf diesen Gedanken damals gar nicht gekommen bin.«
Ute runzelte die Brauen. Vilja sprach weiter:
»Ich finde, hier gibt es jetzt zu viele Hinweise, als dass man die Stasi-Vermutungen als Zufall abtun könnte.«
Auf Sagas Gesicht war ein besorgter Ausdruck erschienen.
»Das alles ... das ist ein ziemlicher Schlamassel.«
Vilja lächelte.
»Ja. Ein ziemlicher Schlamassel.«
»Ich weiß, dass du das nicht hören willst«, sagte Saga und

wandte sich nun mit dem ganzen Körper Vilja zu, wie um das Gewicht ihrer Worte zu unterstreichen, »aber ich finde, du solltest überlegen, ob du das alles jetzt nicht doch lieber sein lassen solltest. Du hast gerade deinen Vater verloren, und dazu kommt nun noch so eine Sache. Ich mache mir Sorgen, wie du das alles durchstehen wirst.«

»Du weißt, dass ich das jetzt nicht abbrechen kann. Ich muss Klarheit gewinnen.«

Ute seufzte und legte die Hand auf den Tisch.

»Ich bin derselben Meinung wie Saga, aber ich weiß auch, dass du nicht aufgeben wirst, egal, was wir sagen. Deshalb«, fuhr sie fort und wandte sich Saga zu, »schlage ich vor, dass wir gemeinsam einen Plan machen, wie es jetzt weitergehen soll. Wir helfen dir. Du wirst mit all dem nicht allein bleiben.«

Vilja spürte, wie ihr Wasser in die Augen stieg, die heiße Flüssigkeit brannte und schmerzte, sie senkte den Blick und wischte sich die Nase am Ärmel ab.

»Was also sollen wir jetzt tun? Wie finden wir heraus, ob Vater der Denunziant war?«

Ute stand vom Tisch auf, ging zum Fenster und nahm dort ein Papier von der Kommode.

»Von derselben Quelle, aus der auch die Informationen über Max stammen. Aus dem Stasi-Archiv.«

1984

Das schwarze Wasser des Sees plätscherte leise gegen die Flanke des geteerten Ruderboots. Der Sand des flachen Ufers schimmerte in der Sonne, hier und dort war der Grund des Sees von einer Schicht aus alten Blättern, Zweigen und Tang bedeckt, die sich im Lauf der Jahre angesammelt hatte. Die ließe sich beiseiteharken, dachte Rosa und erinnerte sich an die langschäftigen Stiefel, die an der Wand der Saunastube gehangen hatten, morgen würde sie sie anziehen, durchs Wasser waten und den Seegrund harken, danach würde das Wasser sauber und weich sein, sie würde das Wasserspielzeug unter dem Haus und unter der Sauna hervorsuchen - wo auch immer es verwahrt worden war –, und danach könnte Matias im Wasser spielen, demselben, in dem auch Rosa selbst als Kind gespielt hatte. Noch war die Luft erfüllt von Kuckucksrufen und dem Gesang der Amseln, noch unterschied sich das Laub der Bäume am gegenüberliegenden Ufer voneinander, noch gab es Dutzende, ja vielleicht Hunderte von Grünschattierungen, doch bald, nach dem Mittsommerfest, würden die Stimmen sich ändern, und auch die Aussicht würde eine andere sein, das hatte Rosa zahllose Male gesehen, der Wald würde eine einheitlich grüne Färbung annehmen, zu einer rauschenden Masse werden und das auch bleiben, bis die ersten Frostnächte des Spätsommers die Bäume in verschiedene Töne von loderndem Rot und Gelb färben würden, und schließlich würden die ersten Fröste die Blätter abfallen lassen, und bald würde wieder der Winter vor der Tür stehen, der kahle und kalte. Doch jetzt stand das alles noch bevor, der ganze Sommer mit all seinen verschiedenen Farbnuancen, und sie und Matias würden all das genießen. Lächelnd setzte Rosa sich unter einen Baum.

Die Interflug-Maschine war am Morgen zuvor in Helsinki gelandet. Die erste Nacht hatten sie in der Ruusulanstraße bei Rosas Mutter verbracht. Rosa hatte von den Schaben erzählt und von Matias' Kränkeln und von Viljas Kindergarten, aber auch von den Turnschuhen für fünf Mark, die von allen getragen wurden, von den Rumkugeln aus der nahen Bäckerei, und dass die Kinder im Lauf des Frühjahrs gelernt hatten, sie im Geschäft selbst auf Deutsch zu kaufen, sowie von dem Frühling, der erstaunlich viel früher gekommen war als in Finnland, gleichsam verstohlen, an einem Februartag hatte sie die Wärme auf der Haut gespürt, und das Licht hatte die ganze Stadt erfüllt und auch das Innerste der Menschen. Die Mutter hatte bewundernd den Geschichten gelauscht und erklärt, sie werde zu Besuch kommen, sobald die Sommersaison der Freundschaftsreisen sich beruhigt haben würde und Bulgarien, Ägypten und Indien erledigt wären, und Rosa hatte an Ute gedacht, ihr musste Mutters Arbeit als Reisebegleiterin, bei der sie die Welt umrundete, so fern erscheinen wie der Mond. Utes Welt war ein schmaler Streifen von Europa, genau begrenzt, begriff sie das eigentlich selbst?

Am Morgen nach ihrer Ankunft in Finnland war Rosa früh erwacht und hatte trotz der Müdigkeit eine besondere Energie im Körper gespürt, sie hatte das Auto ihres Bruders geliehen und war mit Matias nach Kuhmoinen gefahren. Das Haus hatte unverändert an seinem Platz am Abhang gestanden, der Vater hatte es für Großmutter und Großvater geplant, die dort in ihrem Rentenalter wohnen sollten, und dort hatten Rosa und Kalle jeden einzelnen Sommer ihrer Kindheit mit Schwimmen und Rudern und Saunabaden und der Eroberung des nahen Waldes verbracht. Rosa konnte sich für Matias keinen besseren Ort vorstellen.

Matias war in der Schlafkammer sofort eingeschlafen, die lange Autofahrt und das Bad in der Sauna hatten ihn müde gemacht, und schon beim Abendbrot war er so furchtbar schläfrig, dass die Zähne nicht geputzt wurden und Rosa den Jungen direkt ins Bett getragen hatte. Einen Augenblick hatte sie das schlafende Kind betrachtet und auf seinen leichter gewordenen Atem gehorcht, an Vilja in ihrem Doppelstockbett mit der Stoffkatze im Arm gedacht und an Markus daneben, der ihr aus dem Buch über den kleinen Jungen Vanttu vorlas. Diese Vorstellung hatte Rosa Ruhe beschert, sie hatte das Gefühl, richtig gehandelt zu haben, als sie Berlin verließ – sie alle würden während dieser kurzen Zeit zurechtkommen, in der Matias endgültig gesund werden würde, und bald würden sie wieder alle zusammen sein.

Die Sonne ging hinter dem Wald am Westufer unter und vergoldete die Wasseroberfläche, in der Luft vibrierte der laue Wind des Frühsommers, und ringsum waren die Geräusche der Natur zu hören, die Vögel und die sirrenden Mücken, die Rosa schon seit Monaten nicht mehr gehört hatte. Die Blüten der Ebereschen schimmerten im warmen Licht des späten Abends, die Zweige reckten sich dem Wasser entgegen, und ihr krummer Stamm beugte sich dem See zu. Rosa blickte zum Haus hinüber und schloss aus der Stille dort, dass Matias fest schlief. Sie trat zu dem Baum, löste das um den Stamm geschlungene Seil, stieß das Boot mit dem Fuß vom Ufer los und sprang hinein,

drückte die Ruder an ihren Platz und ruderte los. Einen Augenblick lang war das Haus noch hinter den Bäumen zu erkennen, dann verschwand es dahinter so, wie der Vater es gewollt hatte – das Haus, ein Versteck mitten im Wald, die Farben geliehen von den Espen und Birken und dem Gras der Umgebung, damit das Verschmelzen vollkommen war, niemand würde das Haus vom See her bemerken und niemand den Frieden stören.
Sie umrundete die Insel, einen mit Fichten bestandenen Hügel; das auf ihrer Ostseite aufragende Häuschen stand leer, Rosa erinnerte sich nicht, wann sie auf der Insel zuletzt Anzeichen von Leben bemerkt hatte. Vor der Geburt der Kinder waren sie und Markus oft zu der Insel geschwommen, auf deren Höhenrücken gestiegen und hatten von der Zukunft geträumt, von all den Möglichkeiten, die sie ihnen bieten würde. Die Ruder tauchten in das dunkle und stille Wasser ein. Der Gedanke an Markus machte sie unruhig. Rosa war den ganzen Frühling über wie durch Nebel gewandert, Schlaflosigkeit, Sorge und Angst um Matias hatten ihren ganzen Körper erfüllt. Sie konnte sich nicht erinnern, wann sie zuletzt irgendeine Nähe mit Markus erlebt oder überhaupt über etwas anderes als praktische Dinge gesprochen hatte: wer Vilja in den Kindergarten bringen und von dort abholen und dafür sorgen würde, dass deren Alltag möglichst normal blieb (Markus), wer sich um Matias' Medikation kümmern würde, wenn er wieder einen Hustenanfall bekam, und ihn bei Bedarf zum Arzt bringen würde (Rosa). Wie bei einer Notlage waren sie zu einem Arrangement gekommen, bei dem das eine Kind in der Verantwortung des einen Elternteils war und das andere in der des anderen, und plötzlich schnürte ihr der Gedanke die Kehle zu.

Sie sehnte sich nach Vilja, nach den kleinen klebrigen Händen des Mädchens und dessen fröhlichem Lachen, nach seiner festen Umarmung, sogar nach dessen Zorn.
Und sie sehnte sich nach Markus.

1984

Loddin war wie ein Spalt in der Wirklichkeit, ein von Meer und Wiesen umgebener Streifen der Welt, wo die Zeit dahinfloss, getragen von dem salzigen Seewind, während die übrige Welt nicht danach greifen konnte. Die Sonne ging auf und auch unter, jenseits des Rapsfelds, färbte es von der herben Zitrone des Morgens zu dem dunkel funkelnden Ölfeld des Abends. Am Feldrain sammelte Vilja Rapsblüten, pflückte sie auf ihre kleinen Hände und brachte sie zu dem Rasen des Hofs, löste die Blütenblätter einzeln ab, legte sie konzentriert in eine Reihe auf den Gartentisch und schrie zuletzt auf vor Ärger, weil ein Windstoß die Reihe durcheinandergebracht hatte. Luise saß in einem Liegestuhl im Schatten auf der Terrasse und beobachtete das konzentrierte, intensive Spielen des Kindes mit den Blumen, bis das Mädchen schließlich seine Blumensammlung aufgab und die Kastanien hervorholte, den kleinen Stoffbeutel auf den Boden leerte und anfing, die schokoladenbraunen Früchte in Reihen anzuordnen.
»Babys«, verkündete Vilja.
»Babys? Sind die kleinen Kastanien Babys?«, fragte Luise, und das Mädchen nickte.
Nach Monaten waren sie dabei, eine gemeinsame Sprache zu finden, und Luise verbarg nicht ihre Freude, ein Wort nach dem anderen sprach sie dem Kind nach und bemühte sich, dessen Gedanken zu bestätigen, dass sie verstand, was das Kind ihr erzählen wollte.

»Dann sind die großen Kastanien Erwachsene«, sagte Luise, und Vilja nickte wieder.
»Gesichter«, sagte das Mädchen mit energischer Stimme.
»Willst du ihnen Gesichter malen?«
Erneutes Nicken.
»Na gut.«
Luise holte einen schwarzen Filzstift hervor, mit dem sie einer Kastanie ein Gesicht mit Bart, einer anderen eine gewaltig große Nase, einer dritten dichte Augenbrauen und üppige Lippen zeichnete, doch den größten Teil der Kastanien ließ sie unbemalt für den Fall, dass das Mädchen es sich anders überlegen und ein paar Augenblicke später gar keine menschlichen Gesichter mehr würde zeichnen wollen. Vilja klatschte vor Freude in die Hände und fing an, Steine und Stöcke zu sammeln, um für ihre Kastanienfamilie ein Haus zu bauen, und als am Nachmittag die Sonne am heißesten brannte, war unter dem Gartentisch im Schatten ein kleines Haus entstanden.
»Hat dieser einen Namen?«, fragte Luise und zeigte auf eine Kastanie mit Schnurrbart.
»Vati.«
Luise legte Vati auf den Tisch und nahm eine andere Kastanie in die Hand.
»Und diese?«
»Das ist Mutter«, antwortete Vilja.
Luise betrachtete aufmerksam das Gesicht des Mädchens, versuchte, darin Anzeichen zu finden, etwas, das vom Gewöhnlichen abwich, aber darin regte sich keine Miene, das Kind erwähnte die Mutter wie jemand x-Beliebigen.
»Na, und diese?«, fragte sie und nahm die dritte Gestalt in die Hand.
»Matias.«

Bei der vierten Gestalt verstummte Vilja.
»Willst du nicht sagen, wer dies ist?«, fragte Luise.
Vilja blieb stumm. Luise betrachtete das Kind, dessen ernsten Gesichtsausdruck, seine blattgrünfarbenen Augen.
»Könnte das *Mutti* sein? Könnte ich das sein?«, fragte Luise, aber das Mädchen schwieg.
Luise beugte sich näher zu Vilja.
»Du weißt doch, dass du mich *Mutti* nennen kannst? Ich kümmere mich ja jetzt um dich, so wie die *Muttis* es tun.«
Aber Vilja tat noch immer nicht den Mund auf, sah nur Luise stumm und ausdruckslos an.
»Macht nichts«, sagte Luise, schluckte ihre Enttäuschung hinunter und strich dem Mädchen über die Wange. »Spiel ruhig weiter. Bald essen wir.«

Matias' Erkrankung und Rosas Beschluss, ihn nach Finnland zu bringen, hatte ihnen etwas mehr Zeit beschert, das wussten Luise und Markus, und dank der neuen und überraschenden Situation hatten sie die anstehende Entscheidung, nach einer Lösung zu suchen, in den Hintergrund geschoben. Markus fühlte sich dadurch erleichtert. Jetzt war ja Sommer, und Freiheit, und dank einer unausgesprochenen Vereinbarung hatten sie beschlossen, ihr früheres Gespräch über das Fällen von Entscheidungen in den Hintergrund zu schieben und die Freiheit zu genießen, dies war ihr Moment, ihre Chance auszuprobieren, wie ein richtiger gemeinsamer Alltag sich anfühlen würde, und niemand wusste, ob es eine solche Gelegenheit noch einmal geben würde. Und so waren sie von Berlin auf die Insel Usedom gefahren und hatten das Haus bezogen, dass Claudia Deutscher im Diplomatendorf angemietet hatte, auf einem Hügel, der umgeben war von Rapsfeldern, einer

Pferdekoppel, bis zum Wasser gerollten Heuballen und einer blühenden Wiese, hinter der ein Laubwald begann, feucht und dicht.

In den ersten Tagen hatte Luise befürchtet, Vilja würde die Mutter und ihren Bruder vermissen, die nach Finnland geflogen waren, und Luises Anwesenheit und den Wandel der Umgebung ablehnen, aber zu ihrer Erleichterung schien das Kind die neue Zusammensetzung ganz annehmbar zu finden. In der ersten Nacht war das Mädchen neben Markus eingeschlafen, und Luise hatte sich auf Viljas andere Seite gelegt und ihr, nachdem das Mädchen eingeschlafen war, den Nacken gestreichelt, der flaumig und weich war, hatte ihrem tiefer werdenden Atem gelauscht und beobachtet, wie ihre Brust sich hob und senkte. Am Morgen war das Kind erwacht, hatte versucht, Markus wach zu zupfen und, als ihr das nicht gelang, sich Luise zugewandt und ihr die klebrige Hand auf die Wange gelegt.

»Hast du schon Hunger?«, hatte Luise gefragt.

Das Mädchen hatte genickt, und Luise hatte gedacht, dass etwas in Viljas Augen verraten hatte, dass sie vorsichtig war, als hätte sie sich auf etwas Schlimmes oder Unvorhergesehenes gefasst gemacht und sich davor durch Zurückhaltung geschützt.

»Na, dann bleibt mir nichts anderes übrig, als aufzustehen und dir etwas zu essen zu geben. Es kann ja nicht sein, dass die Kinder hier Hunger leiden müssen.«

Und so hatten sie bisher jeden einzelnen Tag begonnen, zu zweit, indem sie zusammen die Sachen für das Frühstück aus dem Kühlschrank holten und auf den Tisch stellten, zusammen Saft in die Gläser füllten und Eier kochten und zuletzt gemeinsam am Tisch aßen und dabei die Bezeichnungen der Lebensmittel und des Bestecks, der Küchenmöbel und Haushaltsgeräte übten. Und wenn Markus aufgewacht war, hatte Vilja ihrem Vater ihre neuen Kenntnisse in so flüssigem Berliner Dialekt präsentiert, dass Luise sich ganz gerührt fühlte, vom Tisch aufstand, um ihre feucht gewordenen Augen zu verbergen, sich mit dem Rücken zu Vilja und Markus an die Spüle gestellt und mit geschlossenen Augen nur den Stimmen hinter sich gelauscht hatte, und da hatte ein Gedanke zum ersten Mal die Form von Worten angenommen: Diese Stimmen liebte sie, die musste sie in ihrem Leben behalten dürfen, die würde sie niemals von sich fortlassen.

Am Abend des vierten Tages setzte Markus sich neben die offene Wohnzimmertür und las. Sie hatten draußen im Garten Abendbrot gegessen, an dessen Ende Vilja losgegangen war, um am Rand des Feldes entlangzuwandern, Luise war nach ihr vom Tisch aufgestanden, und Markus hatte gerufen, er werde den Abwasch machen. Er hatte die Küche aufgeräumt und, während er ins Wohnzimmer ging, aus dem Fenster geschaut, aber weder Luise noch Vilja gesehen, und so griff er nach dem Buch, das er auf die Armlehne des Sofas gelegt hatte, die vor zwei Jahren erschienene Novelle von Christoph Hein *Der fremde Freund*, die er aus einer großen Buchhandlung in der Leipziger Straße mitgenommen hatte. Markus blätterte ein Weilchen in dem Buch, ließ die Gedanken zu dessen Hauptperson, der vierzigjährigen Ostberliner Ärztin Claudia, wandern, die ein Verhältnis mit einem Architekten namens Henry hatte – der ursächliche Grund dafür, dass das Buch Markus' Interesse erregt hatte. Claudia lebte unter gesellschaftlichem Druck und versuchte, eine eigene Lebensweise zu finden, sie vertraute auf wissenschaftliches und technisches Können, tat das

aber auf Kosten ihrer eigenen Bedürfnisse, Trauer und Trübsinn ertrug sie nicht, die Erinnerungen hinderten sie daran, zu leben, und deshalb lohnte es sich nicht, sich an alte Geschichten zu erinnern. Gleichzeitig vermied Claudia mit allen Mitteln eine persönliche Bindung, die Schmerz verursachen könnte. Etwas an dieser Figur ärgerte Markus und bewirkte, dass er gegen sie einen Widerwillen empfand, als wäre sie eine persönliche Kränkung seiner eigenen Entscheidungen. Was hatte es für einen Sinn, zu leben, ohne nach Liebe und großen Gefühlen zu streben, hätte nicht ein Verzicht darauf bedeutet, auch auf das Leben selbst zu verzichten? Übermannt von einer momentanen Frustration, klappte Markus das Buch zu und richtete die Gedanken auf sein eigenes Leben. Bei ihm selbst war gerade jetzt alles so gut, wie man es sich nur vorstellen konnte, und so war es deshalb, weil er es sich erlaubt hatte, sich in eine Liebe zu stürzen, die sich ihm überraschend dargeboten und ihn tief getroffen hatte. Ja, die Situation verursachte ihm Kopfschmerzen und Sorge um das, was da kommen würde, aber gerade hier, gerade jetzt hatte er beschlossen, sie beiseitezuschieben und nur zu genießen. Er legte das Buch zurück auf die Armlehne, wie um auch den letzten Zweifel aus seinen Gedanken zu verdrängen. Gerade jetzt brauchte er keinen Zynismus, von nirgendwoher, gerade jetzt wollte er einfach nur glücklich sein.
Markus spähte durch die offene Tür hinaus. Draußen schwankte der Raps im Wind, der Himmel mit den Wolkenfetzen darauf wölbte sich über ihnen wie eine Marmorkuppel. Kurz bevor sie nach Loddin gefahren waren, hatte Rosa ihm mitgeteilt, dass es Matias schon sehr viel besser gehe, was Markus den Seelenfrieden beschert hatte, darin hatte er sich gewiegt. Der Sommer war anders, als er ihn

sich noch im Winter vorgestellt hatte, aber bisher war alles gut gegangen. Alles war gut gegangen auch mit Vilja, die anscheinend schon nach wenigen Urlaubstagen Luise in einer Weise lieb gewonnen zu haben schien, die Markus ein ums andere Mal überraschte. Auch wenn er einen Moment überlegt haben mochte, ob die Trennung von Mutter und Tochter für einige Wochen eine schlechte Idee gewesen sei, war sein Zweifel doch bald verflogen; Vilja schrie dann und wann vor Freude auf in einer Art und Weise, die Markus denken ließ, das Kind sei ungezwungener als sonst. Etwas an Vilja war anders als früher.

Markus dachte an Luise, an ihren aufrechten Körper, zu dem er eine so starke physische Anziehungskraft verspürte, dass er sich mehrmals in Viljas Gegenwart hatte zügeln müssen. Sein Begehren war jedoch so groß, dass er einmal, dann ein zweites und schließlich ein drittes Mal sein Glück in Anwesenheit des Kindes probiert hatte. Zuerst ein kurzes Streifen von Luises Arm, Vilja reagierte nicht. Eine längere Berührung, keine Reaktion. Schließlich hatte er Luise nahe bei sich und auf seinem Schoß gehabt. Vilja hatte sich mit ihren Spielsachen beschäftigt und sich nicht um das gekümmert, was da in ihrer Nähe geschah, und schließlich hatte Markus sich von allen Einschränkungen befreit, sie waren alle in demselben Bett schlafen gegangen, und aus der Nähe, der des Vaters, des Kindes und der neuen Frau, war die neue Normalität geworden, für Vilja so wie für Markus und auch für Luise.

Da wurde Markus auf eine Stimme aufmerksam, die rau war vom Tabak, sie gehörte einer unbekannten Frau und drang vom Hof herüber.

»Und wie heißt du?«

Vom Fenster her sah Markus Vilja und Luise und neben

ihnen ein fremdes Ehepaar. Luise strich Vilja über die Wange und korrigierte deren Haltung auf ihrem Arm.
»Sie heißt Vilja.«
»Vilja«, wiederholte die Frau nachdenklich, »welche Sprache ist das?«
Die Frau stemmte die Hände in die Hüften, legte lächelnd den Kopf schief und betrachtete Vilja, die den Kopf an Luises Hals gedrückt hatte. Markus konnte sehen, dass sie müde war, sie steckte den Daumen in den Mund, ihre Augen schauten ins Leere. Markus wollte gerade einen Schritt in Richtung Tür machen und sich der Gesellschaft anschließen, als er Luise sagen hörte:
»Vilja ist Finnisch. Wir haben sie nach den Getreideähren in der Fahne der DDR benannt. Etwas aus Finnland, etwas aus Deutschland, Sie wissen doch, ein Kind zweier Kulturen.«
Markus blieb stehen wie angewurzelt.
Etwas in seinem Innersten verrutschte.
Als wären seine Füße in Zement versunken, der gerade erst gegossen worden war, aber im Handumdrehen trocknete, seine Glieder fühlten sich schwer an wie Gewichte, er konnte sich nicht von der Stelle rühren und hörte, wie Luise weitersprach:
»Sie ist unser einziges Kind. Unser Augenstern. Und wie Sie sicherlich bemerkt haben, ist jetzt Schlafenszeit.«
Es war, als wäre zwischen Markus und der Begegnung auf dem Hof eine gläserne Wand, dick und massiv, und er hörte, wie das Ehepaar dahinter erzählte, dass auch sie beide auf Urlaub in den Norden gekommen seien, die frische Seeluft tue sowohl dem Körper als auch der Seele gut, hier könne man Blick und die Gedanken ausruhen lassen, was könne dafür besser geeignet sein als dieser Ostseestrand, wo der Sand so fein war wie Mehl, der Wind salzig und stark

und die Sonne heller als irgendwo sonst, so unvergleichlich war Usedom, die Perle der Ostsee, das Paradies aller Werktätigen. Nicken, helles Gelächter, freundliche Urlaubswünsche, Markus hörte sie alle, obwohl er sich auf nichts mehr konzentrieren konnte, seine Gedanken waren woanders, bei Luises Worten, die trotz aller Nähe, trotz Glück und Leidenschaft zu viel waren, zu schwer, zu drückend und zu verräterisch, sofort war er zu dem bedrückenden Gedanken von Lösungen zurückgekehrt, zu denen er – und das verstand er jetzt klarer als vielleicht jemals zuvor – gezwungen sein würde.

Die Nacht senkte sich über das Dorf. Das Zirpen der Grillen schallte aus dem Schatten der Gräser, der Rapsblüten und der Bäume und Büsche, die den Garten umrahmten, herüber und legte über die Dunkelheit einen gleichmäßigen Klangteppich wie eine weiche Decke. Im Schlafzimmer war es heiß, die Luft stand darin, und Markus spürte, wie ihm der Schweiß von der Haut auf das Laken rann und dessen Kunstfaseroberfläche gleichsam in einen schmierigen, alten Abwaschlappen verwandelte. Ein Weilchen horchte er auf die Geräusche ringsum, schließlich gab er es auf, der Schlaf wollte einfach nicht kommen.

Er schenkte sich einen Kognak ein und trat hinaus in den Garten. Der Himmel war dunkelblau, und die Sterne durchstachen hell seinen Deckel, als forderten sie die Aufmerksamkeit eines jeden, der wach war, für sich. Er senkte den Blick, starrte still vor sich hin. Eine Frage kam ihm in den Sinn, dann eine zweite. War es nun doch so, dass die besten und die schlimmsten Dinge im Leben manchmal ein und dasselbe waren? Konnte es sein, dass der Mensch gleichzeitig den Fehler seines Lebens beging und damit seine beste Entscheidung traf?

Er schüttete sich den Kognak auf einmal in den Hals, starrte noch einen Augenblick die in den Schlaf gesunkene Landschaft an, stieg schließlich die Treppe hoch zurück in die obere Etage und blieb in der Tür stehen, um die schlafende Luise zu betrachten. Ihre Haare ruhten auf dem Kopfkissen, auf ihrem Gesicht lag Frieden, und Markus verspürte wieder großes Glück. Warum hatte ihn die Hingabe der Frau erschreckt, war das denn nicht genau das, was er sich gewünscht hatte? Er ließ die Schlafzimmertür weit offen stehen, obwohl er wusste, dass die Morgensonne Vilja zu früh wecken würde, legte sich auf seine Seite des Betts und betrachtete die neben ihm liegende Vilja. Ihre Hand ruhte auf Luise, die kleine Hand war zur Faust geballt, und unmittelbar vor dem Einschlafen kam Markus der Gedanke: Vilja hatte es gut bei Luise, Matias hatte es gut in Finnland, und nichts anderes war jetzt von Bedeutung.

1984

An jenem Morgen erwachte Rosa von ihrem eigenen Schreien. Im Traum war sie mit Vilja an ihrer Seite eine Straße entlanggegangen, als das Kind plötzlich in einen Gully gestürzt war. Rosa war wie erstarrt und unfähig, etwas zu tun, sie hatte nur zugesehen, wie das Kind in die Tiefe gesunken war. Das Herz hämmerte ihr in der Brust, sie zerrte das Laken unter der Matratze hervor und wischte sich damit den Schweiß von der Brust.

Der Traum musste mit Matias' Erkrankung zu tun haben. Ihre Gedanken arbeiteten langsam, sie verarbeiteten die Angst vor dem Verlust in ihrem eigenen Tempo.

Sie stand auf und stieg in den See, schwamm zehn lange Züge hinaus und wieder zurück, dann weckte sie Matias.

»Hör mal«, flüsterte sie dem Jungen ins Ohr und kitzelte ihn an den Rippen, »bald kommt die Oma.«

In Loddin hatte der Morgen mit sengender Hitze und sonnig begonnen. Luise hatte in die Strandtasche Handtücher und Proviant gepackt und das Netz voll mit Strandspielzeug, aber als sie aus dem Haus traten, begann Vilja zu weinen. Luise sah sich suchend nach Markus um, aber der war noch im Haus, weit entfernt von dem Kind, dessen Gesicht sich in untröstlichem Kummer verzogen hatte und aus dessen Augen Tränen strömten wie ein Wildbach.

»Na«, sagte Luise, stellte die Taschen ab und trat zu Vilja, »was hast du denn?«

Sie nahm das Kind auf den Arm, prüfte dessen Knie und Ellenbogen und die Haut, fand aber keine Wunde oder andere Anzeichen eines Sturzes, dann schaute sie noch genauer hin. Konnte es sein, dass eine Schlange Vilja gebissen hatte oder eine Spinne? Hatte sie irgendwo Schmerzen? Aber die Haut des Mädchens war heil, es fand sich keinerlei äußeres Anzeichen. Luise legte die Hand auf Viljas tränenüberströmte Wange und wischte sie trocken.
»Warum weinst du, Vilja? Erzähl es mir.«
Allmählich beruhigte sich das Kind, aber starrte mit nassen Augen auf das leuchtend gelb prangende Feld. Luise streichelte Vilja über das Haar.
»Was hast du? Erzähl es *Mutti*«, sagte sie, und schließlich hob das Kind langsam die Hand, zeigte geradeaus, und Luise sah: An der Stelle, wo Vilja jeden Abend ihres Aufenthalts in Loddin Rapsblüten gesammelt hatte, war ein Traktor gefahren, und unter seinen Reifen waren Tausende von Blüten platt gedrückt worden, die kleinen, zarten Stiele waren zerbrochen und die Blütenblätter in die Erde, in den von der Sonne ausgetrockneten und rissigen Boden gerieben worden, sie selbst hatte überhaupt nicht darauf geachtet.
»Oh nein«, flüsterte sie mehr zu sich selbst als zu Vilja und machte einen Schritt in Richtung Feld. »Weinst du über das Feld? Darüber, dass die Blüten kaputt gefahren worden sind?«
Vilja starrte vor sich hin, die Lippen weiterhin fest zusammengepresst, und nickte fast unmerklich.
»Möchtest du ein paar aufheben und in die Vase stellen? Dann leben sie ein bisschen länger.«
Vilja strampelte sich von Luises Armen hinunter und bückte sich, pflückte mit langsamen Bewegungen unver-

sehrte gelbe Knospen und streckte schließlich die Hand aus, um sie Luise zu zeigen.
»Sie sind schön«, sagte Luise. »Stellen wir sie ins Wasser, bevor wir gehen?«

Ein dunkelroter Saab hielt gegen Mittag auf dem Hof. Durch die offene Tür hörte Rosa die Stimme der Mutter, als die verkündete, dass sie da sei.
»Matias«, rief Rosa von der Spüle her und trocknete sich die Hände am Geschirrhandtuch ab, »Oma ist da, gehen wir sie begrüßen?«
Rosa betrachtete die Fülle der Sachen, die die Mutter neben das Auto auf den Boden gestellt hatte, Tüten aus dem Kaufhaus Valintatalo und einen Koffer, und verdrehte die Augen.
»Willst du für ständig hierherziehen?«, fragte sie.
»Aber nein«, antwortete die Mutter und blickte vielsagend zurück. »Ich wollte nur meinen Aufenthalt hier angenehm gestalten. Das könntest du auch mal ausprobieren.«
Und sie lachten beide und umarmten sich.
Sie packten die Sachen aus, dann setzten sie sich auf die Veranda zu Kaffee und Hefezopf. Den Himmel bedeckten dunkle Wolken, ein Gewitter sammelte Kräfte auf der anderen Seite des Sees. Rosa berichtete von Matias' Befinden, das während der ganzen Zeit ihres Aufenthalts im Sommerhaus gut gewesen war, was nichts anderes bedeuten konnte, als dass saubere Luft ihm guttat, das Kind war auf dem besten Weg, ganz gesund zu werden, es war eine kluge Entscheidung gewesen, sich ins Sommerhaus zurückzuziehen, weit fort von den Luftverschmutzungen.
Die Mutter saß einen Augenblick schweigend da und betrachtete Rosa abschätzend.

»Und?«, fragte sie schließlich, die Stimme anhebend.
Rosa runzelte die Brauen.
»Was und?«
»Ob es sonst noch etwas gibt. Dich quält doch irgendetwas. Mütter bemerken alles.«
Rosa seufzte über ihrer Kaffeetasse.
»Mich quält nichts. Ich bin nur müde. Die ganze Zeit. Wirklich müde.«
Die Mutter zuckte die Achseln.
»Na, in dem Fall ist das Problem leicht zu lösen. Fahr nach Helsinki.«
Rosa sah die Mutter verblüfft an.
»Nach Helsinki? Warum soll ich nach Helsinki fahren?«
»Weil das die Gelegenheit für dich ist, zu schlafen und zu schreiben.«

Der Strand war lang und schmal, sein Sand fein und hell wie Zucker, die blauen Strandkörbe standen darauf dicht beieinander wie julireife Blaubeeren in Milch. Markus breitete die Zeitung vor sich aus, betrachtete jedoch die Landschaft. Die Wellen warfen Schaumkronen, Muschelschalen und Blasentang ans Ufer, das Meer spülte über den Sand und zog sich wieder zurück. Es war zu heiß, Markus fühlte sich zu matt und ließ den trägen Blick über die am Wellensaum aufgetauchten Kinder und die ihnen folgenden Erwachsenen schweifen, bis er auf Viljas näherkommende Stimme aufmerksam wurde. Markus beugte sich vor, um einen Blick aus dem Strandkorb zu werfen. Vilja kam über den heißen Sand angestapft und brabbelte vor sich hin, Luise folgte ihr. Das Kind setzte sich neben Markus auf den Boden, aber Markus hob den Blick zurück zu Luise. Sie kam in ihrem Badeanzug mit dem Blumenmuster auf ihn zu, eine salzige Brise vom Meer her blies ihr die Haare in die Augen, Luise fasste nach den Strähnen, zog sie hinter die Ohren und lächelte. Markus reichte Luise die Hand, zog sie neben sich in den Schatten und schmiegte sich an sie.

»Habt ihr eine Umkleidekabine gefunden?«, fragte er, obwohl er die Antwort schon wusste, legte die Hand auf Luises von der Sonne gewärmten, feuchten Schenkel, und Luise ergriff sie, verschränkte deren Finger eng mit ihren und schmiegte sich an ihn.

Eine Weile saßen sie schweigend da. Vilja hob im Sand eine Grube aus, klopfte die Ränder mit der Hand glatt und stand dann auf, um dasselbe mit ihren kleinen Füßen zu tun. Mit einem Gefühl der Gelassenheit in sich schloss Markus die Augen, erschrak jedoch von einem Schlag auf seinen Schoß. Vilja stand neben ihm mit einem Grinsen im sandigen Gesicht. Sie hatte auf die in Markus' Schoß liegende Zeitung geschlagen, stand nun mit der Sandschaufel in der Hand da und lachte.

»Vati«, sagte Vilja und schlug wieder auf die Zeitung.

»He«, schimpfte Markus, »man darf nicht schlagen!«

Aber ohne sich um den Tadel zu kümmern, zeigte Vilja auf die Zeitung und sagte:

»Da ist Vati.«

Einen Augenblick lang sah Markus Vilja verdutzt an, bis er darauf kam, den Blick auf die Zeitung zu richten. Auf dem Foto der Titelseite schaute Erich Honecker in die Kamera, im Hintergrund schimmerten die Fenster des Palastes der Republik, das Wappen der DDR sowie der wolkenlose Himmel, und neben Erich stand Margot Honecker, die Ministerin für Volksbildung. Die Schlagzeile verkündete, der Staatsratsvorsitzende und seine Frau werden im Juli ihren kurzen Urlaub nehmen, und im Text lobte Honecker das Urlaubssystem der DDR, hier bekämen die Werktätigen ihren wohlverdienten Urlaub, anders als in den kapitalistischen Ländern des Westens, wo auf dem Arbeitsmarkt das Wesentlichste anscheinend überhaupt nicht verstanden wurde: Urlaub stand jedermann zu, und besonders den Schichtarbeitern, die Erholung sei das Wesentliche nicht nur für die Produktivität, sondern auch für das persönliche Leben, ohne sie wäre der Mensch nichts als ein Produktionsmittel. Markus griff nach der Zeitung, um sie zusammenzufalten, aber Vilja wiederholte, jetzt mit lauterer Stimme:

»Da ist Vati!«

Mit gerunzelter Stirn breitete Markus das Foto aus.

»Hier?«

Ratlos deutete er auf das Foto, aber Vilja lachte.

»Vati und *Mutti*.«

Jetzt griff auch Luise nach der Zeitung.

»Wer?«, fragte sie Vilja und wollte die Worte noch einmal hören, als hätte sie nicht geglaubt, dass das Kind sie ausgesprochen hatte, als könnte sie sich verhört haben.

»Du«, sagte Vilja und zeigte auf Markus, dann deutete sie auf Luise. »Und du.«

In Luises Augen hatte ein Licht aufgeleuchtet, es glühte wie die Sonne am Himmel, der wolkenlos und blank war, der Sommer auf seinem Höhepunkt, am allerschönsten. Spiegelte er nicht diesen Augenblick, der ihnen gemeinsam gehörte und den das Kind gerade in Worte gekleidet hatte?

»Vati und *Mutti*?«, vergewisserte sich Luise.

»Vati und *Mutti*«, trällerte Vilja, wiegte sich an ihrem Platz und plauzte schließlich mit dem Po in den Sand.

Die Landstraße flimmerte vor Hitze, der Regen war über das Dorf Kuhmoinen hinweggefegt und hatte die Temperatur im Handumdrehen um mehrere Grad abgesenkt, und während Rosa die Rückreise vom Sommerhaus nach Helsinki vorbereitete, hatte Matias zum ersten Mal während des ganzen Sommers ein langärmliges Hemd angezogen. Doch je mehr Rosa sich Helsinki näherte, desto wärmer wurde es wieder. Sie drückte auf das Gaspedal und stellte den Kassettenrekorder lauter, der Lärm vom Motor des Fiat übertönte die Musik. *What's love got to do with it*, sang Tina Turner, und Rosa sang mit, ließ ihre Stimme erschallen. Obwohl das Stück erst vor ein paar Monaten herausgekommen war, konnte sie es schon auswendig. Der Weg öffnete sich vor ihr wie ein Tunnel, an seinen Rändern wuchsen Wald und Weidenröschen und umgeknickte Lupinen, Rosa kurbelte das Fenster herunter und ließ ihre Haare in der Luft flattern.

Sie fand die Schreibmaschine im Wohnzimmer in der Ruusulanstraße, die Mutter hatte weißes Papier gekauft und einen Stapel davon sowie neue Farbbänder neben die Maschine gelegt. Daneben lag auf dem Tisch ein Zettel. *Denk daran: Der Elefant wird Stück für Stück gegessen*, hatte die Mutter mit ihrer schnörkeligen Schrift geschrieben. Rosa lachte laut. Wenn die Mutter auch manchmal ihre Nerven strapazierte, wusste sie andererseits doch manchmal genau, was sie sagen sollte.

In der stillen Wohnung wurde Rosa plötzlich klar, dass sie Vilja vermisste. Einer momentanen Eingebung folgend griff sie nach dem Hörer und wählte die Nummer der Fischerinsel, schloss dann die Augen, als könnte sie durch ihre Willensstärke jemanden dazu bringen, zu antworten, doch niemand nahm den Hörer ab, und Rosa legte auf. Es war eine Woche her, dass sie die Stimme des Kindes zuletzt gehört hatte, und obwohl sie wusste, dass Markus mit dem Mädchen zu einem Sommerausflug irgendwohin nach Norden gefahren war, hatte die Hoffnung, die Stimme des Kindes zu hören, sie dazu bewogen, auszuprobieren, ob sie vielleicht doch schon zurückgekehrt waren. Rosa trat zu der Schreibmaschine und legte die Finger auf die Tastatur. Wenn sie in diesem Moment hätte sagen sollen, woher die Worte hervorgesprudelt kamen, dann hätte sie es nicht gekonnt, noch nicht, die Zeit des Verstehens würde erst später kommen. Doch an dem frühen Abend des Hochsommers erscholl in der Ruusulanstraße ein Weilchen das rhythmische Klappern der Schreibmaschine, dann zog Rosa das Papier aus der Maschine und betrachtete den Satz, den sie geschrieben hatte. *Das hellste Licht wirft die dunkelsten Schatten.* Sie starrte die Worte einen Augenblick lang an und stellte plötzlich fest, dass das Gefühl von Leichtigkeit, das während der ganzen Autofahrt in ihrem Körper geprickelt hatte, dahin war, und obwohl das Abendlicht, das ins Zimmer fiel, weich und klar war, hatte sich in ihrem Inneren ein unerklärlicher Dämmer festgesetzt. Rosa zerknüllte das Papier und warf es auf den Tisch, holte gleich danach eine Zigarette hervor und zündete sie an, und zuletzt auch das Papier. Einen kurzen Augenblick lang loderte es auf der Tischplatte und bewegte sich dabei wie ein gequältes Tier, dann verkohlte es und erlosch, wobei es im Zimmer Brandgeruch hinterließ, und Rauch, wie auf verbrannten Ruinen, sie starrte die versengte Stelle auf der Tischoberfläche an und machte sich überhaupt nichts daraus, und etwas an diesem Moment brachte sie auf den Gedanken, dass auch ihre Seele durchlöchert war.

Sie wussten, dass ihre Zeit langsam zu Ende ging, vermieden jedoch das Thema, als könnte es aus der Welt die Tatsache tilgen, dass ihnen bald wieder die kurzen heimlichen Begegnungen bevorstanden, die ihre gemeinsame Realität wieder in jenen schmalen Streifen der Welt verändern würden, der sie vor der Freiheit des Sommers gewesen war – ein Sommer, der sie mit einer Tiefe einander nähergebracht hatte, die keiner von beiden sich zuvor hatte vorstellen können. Luise hatte Max mitgeteilt, sie werde einen Teil ihres Urlaubs bei einer alten Freundin im Norden verbringen, und Markus hatte Rosa gesagt, er werde mit Vilja in ein Feriendorf für Ausländer fahren, die im Land mit Diplomatenstatus arbeiteten. Falls das schön sein sollte, hatte er vor seiner Abreise zu Rosa gesagt, würden sie beim nächsten Mal gemeinsam dorthin fahren, die ganze Familie.

Und so verzögerten sowohl Markus als auch Luise an ihrem letzten Tag in Loddin die Abreise, indem sie aus den unterschiedlichsten Gründen das Einsteigen in den Wagen um einen Augenblick hinausschoben, wenigstens um einen kurzen, sollten wir nicht noch gemeinsam ein Butterbrot essen vor der langen Autofahrt, gehen wir noch rasch uns von den Fohlen auf der Pferdekoppel verabschieden, das Haus haben wir doch wohl gut genug geputzt, und der Garten, haben wir wirklich alles eingepackt? Doch schließlich mussten beide einsehen, dass der Urlaub vorbei war, jetzt begann wieder der Alltag, und Berlin, und das Getrenntsein, das wäre unvermeidlich, solange es für diese Situation keine bessere Lösung gab. Und schließlich setzten sie sich ins Auto, Markus auf den Fahrersitz und Luise mit Vilja auf den Rücksitz, und starteten die Rückreise nach Hause.

Schweigend fuhren sie Richtung Süden, Markus und Luise

in Gedanken versunken. Vilja war gleich nach dem Start des Wagens eingeschlafen und schlief auch dann noch, als schmerzliches Stöhnen die Stille durchbrach. Markus schaute in den Rückspiegel; Luises Gesicht war zu einer Grimasse verzogen, ihre Augen fest geschlossen.
»Was ist?«
Markus blickte abwechselnd auf die Landstraße und in den Rückspiegel. Luise öffnete die Augen und schüttelte den Kopf.
»Mein Bauch«, antwortete sie. »Vielleicht habe ich etwas Schlechtes gegessen.«
»Möchtest du, dass ich anhalte?«, fragte Markus, aber Luise schüttelte wieder den Kopf.
»Nein, das geht gleich vorbei.«
Im Rückspiegel sah Markus, dass Luise sich auf der Rückbank in eine halb liegende Stellung begeben hatte. Er spähte bald auf die Landstraße, bald nach Luise.
»Bist du ganz sicher, dass wir nicht anhalten sollten?«, fragte er noch einmal, aber Luise weigerte sich wieder.
Unmerklich fuhr Markus schneller. Luises vor Schmerzen flackernde Augen hatten in ihm den Eindruck erweckt, dass es eilig sei, das Auto flitzte die Landstraße entlang, die zwischen tief liegenden Feldern verlief, und einige Dutzend Kilometer schafften sie es, ohne schlimmer werdende Anzeichen vorwärtszukommen.
Bis Luise wieder stöhnte, diesmal lauter, und damit Vilja weckte.
»Ist alles gut?«, fragte Markus Luise, ohne auf Vilja zu achten, und sah: Obwohl die Temperatur im Auto im Vergleich zu der draußen erträglich war, glänzte Luises Gesicht vor Schweiß, die Stirn war voller Tropfen, der Schmerz musste heftiger geworden sein.

»Fahr nur weiter«, sagte Luise, aber trotz des Verbots fuhr Markus den Wagen an den Straßenrand, stieg aus, öffnete die hintere Tür und legte die Hand auf Luises kalte und nasse Stirn.
»Du bist ganz blass«, sagte er. »Auf einer Skala von eins bis zehn, wie schlimm ist der Schmerz?«
Er beugte sich näher über Luise, die versuchte, sich zum Sitzen aufzurichten, doch der Schmerz betäubte sie so, dass sie sich zurück auf die Bank legen musste.
»Ich verstehe nicht, was das ist«, stöhnte sie.
»Kannst du sagen, wie stark der Schmerz ist?«, fragte Markus noch einmal.
Luise schloss die Augen, hielt sich mit der Hand den Bauch und atmete, und brachte schließlich heraus:
»Stark.«
»Jetzt fahren wir ins Krankenhaus«, sagte Markus, ergriff mit beiden Händen Luises Gesicht und sah ihr direkt in die Augen. »Hältst du es bis Berlin aus?«

Sie kamen bei der Charité an, als der Abend schon zur Nacht geworden war, und im Nachhinein dachte Markus, dass alles so geschehen war, als hätte er die Ereignisse von außen beobachtet: Wie die Pfleger mit der Bahre kamen und die gequälte Luise den Korridor entlang hinter Glastüren brachten, auf deren anderer Seite Markus und Vilja zurückblieben – Markus, der das Zittern seines Körpers erst bemerkte, nachdem er sich hingesetzt hatte, um zu warten. Wir werden sie untersuchen und Ihnen bald einen Lagebericht geben, wurde Markus mitgeteilt, aber es verging eine Stunde, dann eine zweite und schließlich eine dritte, und noch war niemand gekommen. Markus konnte nichts anderes tun, als sich auf Vilja zu konzentrieren, der er bald Bauklötze, bald Kastanien, dann wieder Papier und Stifte zum Spielen gab. Zuletzt, als die Uhr schon auf Mitternacht zuging, bekam die Kleine einen Wutanfall, zu dessen Ende sie, gegen Markus' Brust gelehnt, einschlief.

Die Krankenschwester kam erst zu Beginn des neuen Tages. Markus erwachte davon, dass sie seine Schulter berührte, erkannte, dass auch er eingeschlafen war, den Kopf gegen die kalte Wand gelehnt, und sah die Frau vor sich mit einer Pappmappe in der Hand.

»Ihre Frau ist operiert worden, und jetzt ist alles gut«, teilte sie ihm mit.

Markus versuchte, das Gehörte zu verstehen. Er wischte sich den Mundwinkel, bemerkte, dass sein Arm unter Viljas Gewicht eingeschlafen war, presste die Hand zur Faust und öffnete sie wieder, fest zusammen und wieder locker, bis das Kribbeln nachließ.

»Operiert? Warum? Was ist passiert?«

Doch ohne zu antworten, trat die Krankenschwester einen Schritt zurück und wies mit der Mappe in Richtung Gang.

»Sie können sie sehen, wenn Sie wollen. Der Arzt kommt bald dorthin, er wird Ihnen mehr sagen.«

Das Zimmer war halbdunkel und erinnerte Markus an das, in dem Matias kürzlich behandelt worden war. Er sah Luise schon von der Tür her. Sie trug Krankenhauswäsche, und die Decke lag, symmetrisch gefaltet, auf ihr. Markus trat zu ihr ans Bett und nahm ihre Hand.

»Grüß dich«, bekam Luise heraus.

Ihre Stimme war leise und heiser, sie öffnete die Augen nur einen Spaltbreit und suchte mit dem Blick Vilja, die halbwach auf Markus' Arm saß und kurz ein wenig lächelte, bis das Gesicht nicht mehr konnte und wieder nahezu ausdruckslos wurde.

Markus legte Luise die Hand auf die Wange.
»Du hast mich erschreckt«, sagte er.
Schnell erkannte er, dass Luise nicht sprechen konnte, das Narkosemittel machte, dass sie wieder einnickte, und das Schmerzmittel verwirrte sie, und als der Arzt endlich ins Zimmer trat, war Luise wieder eingeschlafen. Der Arzt stellte sich als Doktor Müller vor, drückte Markus die Hand und begann seine Erklärung: Dass Luises Schmerzen auf eine Blinddarmentzündung hingedeutet hätten, ebenso der Anstieg der Entzündungswerte, aber während der Operation, die der Arzt schnell hatte beschließen müssen für den Fall, dass der Blinddarm platzen könnte, wurde eine solche Entzündung nicht gefunden.
Markus runzelte die Stirn.
»Worum ging es dann?«, fragte er ratlos und voller Angst.
»Bei der Operation fand sich Flüssigkeit in Frau Seidels Bauchhöhle. Dunkle. Wie geschmolzene Schokolade. Keine großen Mengen, aber doch. Sie deuteten auf eine Zyste am Eierstock, die geplatzt war«, sagte Doktor Müller.
Markus sah bald Luise, bald den Arzt an und spürte, wie sein Puls schneller wurde, er konnte nicht sagen, ob das vor Angst geschah oder wegen der Art und Weise, wie der Arzt mit seinem Wissen hinterm Berg hielt, das Markus gern kurz und bündig erfahren hätte. In ihm mischten sich Schreck und Gereiztheit, und er hörte, wie er fast schnauzte:
»Und? Was bedeutet das?«
Er spürte, wie Luises Hand sich in seiner regte, wandte sich um, sah, wie Luise die Augen öffnete und sich dem Arzt zuwandte, der seine Worte jetzt direkt an Luise richtete.
»Ich habe den Verdacht, dass Sie eine Art Frauenkrankheit haben. Die kann lange Zeit ohne Symptome sein oder

Symptome verursachen, die man nicht mit der Krankheit in Zusammenhang bringt.«

Luise sah den Arzt eine Weile schweigend an.

»Wie zum Beispiel?«, brachte sie dann heraus.

»Wie heftige Monatsblutungen, stechende und plötzlich auftretende Bauchschmerzen, sie sind von Patientin zu Patientin verschieden.«

Vom Gang her waren vorbeigehende Schritte zu hören.

»Und was bedeutet das?«

Und Doktor Müller erklärte: Entweder in Luises Gebärmutter oder außerhalb davon oder an beiden Orten wuchs wahrscheinlich ein Myzel, das an sich gefahrlos war, jedoch Schmerzen verursachen konnte. Zum Krankheitsbild gehörten auch Bläschen, die an den Eierstöcken wuchsen.

»Und eine negative Folge ist natürlich, dass die Krankheit oftmals Kinderlosigkeit verursacht«, sagte er und ließ den Arm neben seinem Körper herabhängen, wie um mitzuteilen, dass es das war und mehr nicht zu sagen blieb.

Stille senkte sich über das Zimmer, Luise starrte Doktor Müller an, Markus Luise, Doktor Müller Vilja, und einen Augenblick lang sprach niemand ein Wort. Bis Luise die Stille brach, die leise Stimme war eine Frage, aber Markus konnte hören, dass sie mehr enthielt: tausend kleine Hoffnungen für die Zukunft, von denen er nicht gewusst hatte, dass Luise sie gehegt hatte, die sich jedoch plötzlich und überraschend vor seinen Augen zerschlagen hatten.

»Sie haben also gesagt, dass ich keine Kinder bekommen kann?«

Doktor Müller räusperte sich.

»Ich sage, es kann sein, dass das nicht mehr gelingt. Ich fordere Sie also auf, sich zu freuen, dass Sie dieses eine haben«, sagte er und sah Vilja freudlos lächelnd an.

Später, nachdem Doktor Müller die Tür hinter sich geschlossen hatte, richtete Luise den Blick auf das Fenster. Dahinter glühte die Dunkelheit, durchbrochen von dem Schein Hunderter von Straßenlaternen, gelb und warm, und bald war Luise wieder in den Schlaf gesunken, diesmal in einen tiefen und ruhigen. Markus hatte Vilja ans Fußende von Luises Krankenhausbett gelegt, sie hatte den Kopf auf das Laken gelegt und war eingeschlafen, beide Daumen im Mund, und in diesem Augenblick des frühen Morgens hatte Markus Luise angeschaut und etwas empfunden, was er noch niemals zuvor empfunden hatte: den innigen, durch Mark und Bein gehenden Wunsch, dem anderen Menschen das zu geben, von dem er nicht einmal gewusst hatte, dass er sich das wünschte, von dem er aber wusste, dass er es Luises Augen angesehen hatte, sie hatten sich mit Trauer gefüllt, Markus war überzeugt davon, dass es Trauer war, das Scheitern von Hoffnungen, das Erlöschen einer Hoffnung. Er spürte in sich einen Schmerz, er stach in der Brust und machte den Atem flacher, er schnappte nach Luft wie ein Fisch, stand auf und wanderte in eine Ecke des Zimmers, lehnte sich gegen die Wand und begrub das Gesicht in den Händen.

Bilder fluteten ihm den Kopf, eins nach dem anderen, übereinander, ineinander und nebeneinander, und in jedem einzelnen waren Luise und Vilja, Vilja und Luise, sie liefen zusammen über den Sandstrand ins Meer, dessen Wasser warm war, so warm, dass es fast nicht erfrischte; sie lasen auf dem Bett gemeinsam ein Buch, das Luise nach Loddin mitgebracht hatte, um das Kind in der Sprache zu unterrichten; sie wanderten durch das Rapsfeld und durch den dichten und feuchten Wald und lachten und betrachteten auf der Pferdekoppel das auf unsicheren Beinen einher-

staksende Fohlen, bemalten Kastanien und Papierpuppen und brieten in der Pfanne Bratwürste und Kartoffeln, wobei Luise Vilja aufmerksam beaufsichtigte.
Aus der Zimmerecke trat Markus zurück an das Krankenbett, drückte den Kopf auf die Matratze neben Luise, und aus seinem Innersten stieg ein Flüstern:
»Ich schenke dir ein Kind. Ich schenke dir mein eigenes.«

Loddin, 2. April 1989

Der Baum hat aufgehört zu wachsen. Du wirst es vielleicht nicht glauben, aber so ist es – der Baum hat aufgehört zu wachsen. Am Wochenende bin ich nach Norden gefahren in der Absicht, mir eine kleine Auszeit von allem zu gönnen, aber natürlich habe ich keinen Frieden gefunden. Ich bin einfach zu angespannt, um Urlaub zu machen, aber ich kann auch nicht arbeiten. Nichts geht, und nun auch noch dies: der Baum!
Ich schwöre: Er wächst nicht mehr, ist aber auch nicht tot. Kann es dem Menschen ebenso ergehen? Auch mir? Einfach alles liegen lassen und aufhören, im Leben voranzugehen, den Lauf der Welt von der Seite betrachten, ohne noch selbst ein Teil von ihr zu sein? Manchmal habe ich den Eindruck, als wäre das jetzt schon so.
Aber es gibt auch anderes: Die Rehe haben alle Pflanzen in dem Garten abgefressen, den wir im Vorbeigehen immer bewundert haben. Das Wasser steht niedriger als jemals in der Zeit, als wir zusammen hier waren. Der Raps blüht schon gelb, ich habe ein paar Blüten abgepflückt in dem Gedanken an das Mädchen, fast konnte ich ihre begeisterten Ausrufe von dem Pfad am Feldrand hören. Ich sehne mich nach ihr, ihren drallen Beinen, ihren klebrigen Händen und ihren niedlichen Milchzähnen, die sie beim Lächeln entblößt. Du schickst mir doch mit dem nächsten Brief ein Foto? Ich möchte ihr Lächeln sehen, und wie die Monate sie verändern.
Erich, es gibt Tage, an denen meine Beine weglaufen wollen, weit fort, aber etwas hindert sie, mich in eine Richtung zu tragen, in der du nicht bist. Ich denke nicht mehr an die Zeit, ich denke an die Zahl der Schritte zwischen uns und weiß, dass eines Tages der Abstand sich verringern wird, bis du

wieder auf mich zugehst und die Arme ausstreckst, und dann wird alles so sein wie früher, besser als früher, dann wird endlich alles wieder gut sein.

Deine Margot

2011

Vilja wartete, bis Saga und Hertta eingeschlafen waren, dann stand sie vorsichtig auf und ging barfuß ins Wohnzimmer. Draußen stiebte der Schnee. Eine Weile beobachtete sie das und wie die Stadt vom Schnee bedeckt wurde, ließ den Blick über die Böschung des Flussufers, den Dom und die fern am Horizont aufragenden Hochhäuser schweifen, deren Silhouetten sich vor dem Schein der Stadt abzeichneten.

Sie holte die Papiere hervor, die Ute ihr gegeben hatte, den Bericht über Max Seidels Schicksal, las ihn einmal, ein zweites und noch ein drittes Mal, bis ihr Sagas Worte einfielen, die sie bei Ute geäußert hatte: *Ich finde, du solltest überlegen, ob du das alles jetzt nicht doch lieber sein lassen solltest.* Vilja hatte diesen Gedanken abgelehnt und das laut geäußert, aber zeugten Sagas Worte vielleicht doch von Weisheit?

Sie zwang sich, bei diesem Gedanken zu verweilen.

War sie bereit dafür, dass sich ihre Vorstellung von der Person ihres Vaters veränderte? Der Vater war tot und würde niemals die Chance bekommen, sich zu verteidigen oder seine eigene Version oder Wahrheit zu erzählen. War das richtig, wollte Vilja das so, war sie bereit, die Folgen zu ertragen, die sie allein, ohne den Vater aushalten müsste? Und: War es überhaupt möglich, die Vergangenheit Jahrzehnte später zu rekonstruieren, nur mithilfe von *Papieren*? Der Mensch konnte sich nach seinem Tod nicht in etwas anderes verwandeln als das, was er gewesen war, hatte Vilja früher gedacht, doch plötzlich verstand sie: Im Fall des Vaters konnte es umgekehrt sein, und genau das fürchtete sie am meisten.

Die wichtigsten Dinge waren ungesagt geblieben. Wie:
Du bist der wichtigste Mensch in meinem Leben.
Ich liebe dich.
Und: Ich habe die Person gefunden, in deren Gegenwart ich mich wohlfühle. Ich möchte, dass du sie kennenlernst. Ihr Name ist Saga.
Im Nachhinein betrachtet hatte alles in Kyangwali begonnen, unter der sengenden Sonne von Kyangwali, die von dem ockerroten Rand des Landes her brannte, von den grellgrünen Hügeln am Albert-See her. Sagas intensive Gegenwart und ihr Blick hatten Vilja etwas Besonderes erfahren lassen, das sich im Körper wie ein schreckhaftes Erschauern anfühlte, und der Gedanke hatte in ihrem Kopf während der ganzen langen Reise gekreist, während das Flugzeug sich durch die Troposphäre in Richtung Helsinki schob, wohin sie allein zurückkehrte, während Saga noch im Lager blieb, um weitere Filmaufnahmen zu machen.
Danach war alles im Geheimen passiert, und dennoch wie ein Blitz: Das Porträt von Saga war erschienen. In der darauffolgenden Woche hatte Saga Kontakt zu Vilja aufgenommen und ein Treffen vorgeschlagen. Vilja hatte Herzklopfen gehabt, als sie die Nachricht las. Sie hatte sie positiv beantwortet und war die in ihr aufgekommene Frage übergangen, was an dem Vorschlag sie eine so starke Wärme hatte spüren lassen, wie Glück. Sie hatten in Helsinki einen Spaziergang auf die Insel Mustikkamaa gemacht, über dieses und jenes geplaudert, und obwohl Vilja die ganze Zeit, in der sie die Insel umrundeten, darauf gewartet hatte,

dass Saga den Grund für ihren Vorschlag, sich zu treffen, nennen würde, etwas Praktisches, das wahrscheinlich mit der Arbeit einer von ihnen zusammenhing, war nichts dergleichen zur Sprache gekommen.

Viele Wochen lang war Vilja von einem Licht beherrscht, das von einer nie gekannten Klarheit war, sie hatte bei ihrer Arbeit geschwebt, und sie hatte geschwebt, wenn sie mit Saga zusammen war, sie hatten sich abwechselnd bei Saga und dann wieder in Viljas Wohnung verschanzt und hingen mit einer solchen Intensität aneinander, wie Vilja sie noch nicht erlebt hatte. Etwas an Saga hatte bewirkt, dass sie sich sicher und akzeptiert fühlte in einer Weise, die ihr gleichzeitig bekannt und doch neu erschien, das Gefühl hatte sie an etwas erinnert, aber dafür gab es keine Worte, sie konnte die davon geweckte Erinnerung nicht verorten, so als wäre etwas, das es vor langer Zeit gegeben hatte, dann aber verschwunden war, wieder zurückgekehrt. Das alles erklärte sie sich mit einer tiefen und ganzheitlichen Verliebtheit.

Bis Saga schließlich das gesagt hatte, was Vilja während all jener Wochen im Stillen gefürchtet hatte: *Ich möchte, dass du mein Kind kennenlernst.*

Trotz ihres Schrecks hatte Vilja sich gezwungen, sich an die Situation anzupassen, Hertta in ihr Leben aufzunehmen, und Schritt für Schritt hatte sie akzeptiert, was kam, den Kontakt und die Berührung des Kindes, den Blick und die Fragen, hatte sich jedes Mal, wenn die Not am größten war, in ihr Asyl geflüchtet, das lag in ihrem Kopf, und dort hielt Saga sie in ihrem Schoß, da war Sommer und Wärme und sehr feiner Strandsand, zu dem die Meereswellen mit ihren weißen Schaumköpfen strebten, dorthin tauchte sie jedes Mal ab, wenn die Nähe des Kindes ihr zusetzte. Von Woche zu Woche und von Monat zu Monat hatte sie sich leichter und sicherer gefühlt, allmählich sogar ruhig, sie hatte gelernt, Hertta zu akzeptieren, und schließlich, im Oktober, während der ersten Frostnächte des Herbstes, war Vilja von dem Gefühl beherrscht, dass alles gut gehen werde, und sie hatte es endlich dem Vater erzählen wollen.

An jenem Tag hatte Vilja sich leicht gefühlt, die Formen der Stadt waren ihr klarer erschienen denn je, die Farben der Landschaft waren kräftiger geworden, ihre Intensität hatte die Augen fast verbrannt, und sie war den ganzen Weg vom Stadtteil Kallio nach Meilahti zu Fuß gegangen. Der Vater hatte sich am Telefon nicht gemeldet, aber Vilja wollte erzählen, nicht warten. Sie war durch den Zentralpark gegangen, hatte, am Ziel angekommen, auf die Klingel gedrückt und gewartet, schließlich den Ersatzschlüssel hervorgeholt und die Haustür geöffnet und war dann ins zweite Stockwerk hinaufgestiegen. Sie hatte die Türklingel gedreht, darauf gehorcht, wie das Geklingel im Hausflur verhallte, hatte auf das Geräusch von Schritten jenseits der Tür gewartet, aber es waren keine zu hören gewesen, dann hatte sie erneut geklingelt und schließlich durch den Briefschlitz gespäht und gesehen: Hinter der offenen Zwischentür war Licht zu sehen, das von der Decke ins Zimmer fiel. Vilja hatte eine vage Nervosität verspürt. Der Vater ließ niemals das Licht brennen, wenn er nicht zu Hause war, und Vilja hatte in Gedanken seine Worte gehört: *Ein Feuer kann auf alle mögliche Weise entstehen, zieh immer den Stecker des Wasserkochers und mach das Licht aus, wenn du nicht zu Hause bist.* Vater, hatte Vilja durch den Briefschlitz gerufen, als sie die Tür in einer oberen Etage gehen hörte. Die Treppe herab waren ein Mann und ein Spaniel gekommen, der Mann hatte ihr im Vorbeigehen zugenickt, war in zwei Metern Entfernung stehen geblieben und hatte sich umgedreht.

»Alles gut?«, hatte er gefragt, und Vilja hatte sich zu ihm umgedreht.
»Hier wohnt mein Vater. Er meldet sich nicht am Telefon. Und öffnet auch nicht die Tür, obwohl ich sehe, dass drinnen Licht brennt.«
»Vielleicht ist er einkaufen gegangen. Oder spazieren.«
Vilja hatte den Kopf geschüttelt.
»Er würde das Licht nicht brennen lassen. So einer ... ist er nicht.«
Der Mann hatte einen Augenblick schweigend dagestanden und dann gesagt:
»Na, dann wäre es sicherlich gut, hineinzugehen und die Lage zu prüfen. Ob wirklich alles in Ordnung ist.«
Vilja hatte genickt und den Schlüssel aus ihrer Tasche genommen, der Mann und der Hund waren hinuntergegangen. Die Tür hatte sich knacksend geöffnet.
»Vater«, hatte Vilja von der Schwelle her gerufen, und ihr Hauptproblem war gewesen, dass sie hier eindrang. Was, wenn der Vater in der Dusche war, hatte Vilja gedacht, er würde einen Schreck bekommen, wenn er bemerkte, dass jemand in der Wohnung war, doch sie hatte von nirgendwoher das Geräusch fließenden Wassers und auch sonst nichts gehört, da war nur die geräuschlose Wohnung, und da hatte das Blut begonnen, in ihren Ohren zu rauschen, und das Herz wie wild in der Brust zu klopfen, auf die sich plötzlich ein Gewicht gelegt hatte, schwer und beklemmend.
Sie war in den Flur getreten, deren Stille dicht war, so dicht, dass man ein Stück davon hätte abschneiden können, von dort ins Wohnzimmer, wo alles wie immer war: Auf dem Fensterbrett die großen Zimmerphilodendren, die einen halben Meter hoch aufgeschossene Wolfsmilch

und die rankende Pilea, vor der längsten Wand des Zimmers das alte Sofa in Sonnenuntergangsorange, hinter das der Vater an die Wand eine alte Landkarte aus der Schule gehängt hatte, die er auf einem Flohmarkt gefunden hatte. *Der Zweite Weltkrieg 1939–45* stand auf dem oberen Teil, Pfeile auf den europäischen Ländern zeigten die Angriffslinien der Nazis und zeugten von einer Welt des Chaos und des Schreckens, die nach dem Krieg nicht mehr dieselbe war, und Vilja wusste, dass der Vater mehr als alles andere immer gefürchtet hatte, dass die Menschheit ihre Geschichte vergisst und dieselben Fehler wiederholt. Vilja hatte den Blick langsam durch das Wohnzimmer wandern lassen, war dann in die Kammer gegangen, die Wohn- und Schlafzimmer voneinander trennte, und hatte schließlich von der Tür her, die vom Schlafzimmer in die Kochnische führte, gesehen:

Zuerst die Beine, die aufeinandergefallen waren.

Dann den leblos daliegenden mittleren Teil des Körpers und daneben die Hände, die auf dem Fußboden lagen wie im Schlaf, der den Vater überrascht hatte und ihn zwischen Bett und Kleiderschrank zu Boden geworfen hatte.

Zuletzt das Gesicht, das Gesicht ihres Vaters.

In der Rückschau bestand die Erinnerung gleichsam aus kurzen Filmstreifen wie in Sagas Editierprogramm, aus Bruchstücken, die nur durch Lidschläge voneinander getrennt waren, es war, als hätte Vilja die Vorgänge von außerhalb ihrer selbst beobachtet.

Wie sie zum Vater hingeeilt war.

Ihn zu sich drehte, mit zitternden Händen den Puls am Hals, am Handgelenk, irgendwo suchte.

Ihm einen Augenblick lang in die leblosen Augen schaute, auf die die Deckenlampe des Schlafzimmers ihr kaltes

Licht herabwarf, wie um zu betonen, dass deren eigener Glanz erloschen war.
Wie sie den Vater ungläubig schüttelte.
Und irgendwann hatte sich die Stille in den Hintergrund geschoben, an ihre Stelle war ein Schrei getreten, der begonnen hatte, wie jeder Schrei beginnt, mit einem Atemzug, auf den hin sich die Luft in einen Ton entlud, der aus tiefster Tiefe kam, von den Wänden und der Decke und den Fenstern abprallte, sie hatte geschrien wie ein Kind, und als der Schrei endete, war da wieder nichts als Stille.

Sie erwachte auf dem Sofa, wo sie in den frühen Morgenstunden eingeschlafen war, trank eine Tasse Kaffee und schrieb Saga eine Nachricht, die sie auf den Tisch legte.
Erschrick nicht, ich bin nicht verschwunden. Ich bin rausgegangen. Ruf mich an, wenn du wach bist.
Sie drückte die Haustür leise hinter sich zu und ging die kurze Strecke zu Fuß. Die Tür war schwer, unter Kraftaufwand riss Vilja sie auf und betrat die Eingangshalle, riss am Automaten eine Wartenummer ab und setzte sich zum Warten auf eine Bank. Sie öffnete ihren Mantel und atmete tief durch.
Sie hatte bis zum Morgen wach gelegen und über Utes Informationen nachgedacht. Wenn der Vater für Max Seidels Tod verantwortlich war, hatte Luise davon erfahren? Hatten der Vater und Luise sich deshalb endgültig getrennt? War der Vater deshalb nach Finnland zurückgekehrt und in seinem Leben nie mehr nach Berlin gereist? Und wenn es so war, hatte es dann überhaupt Sinn, dass Vilja Luise suchte? Würde diese sie überhaupt sehen wollen? Vilja spürte, wie eine Welle der Übelkeit in ihr aufstieg, in ihrem Bauch grummelte es, die Hände schwitzten, sie

hätte gern noch einen Kaffee getrunken. Sie suchte gerade in ihrer Tasche nach der Wasserflasche, als die Wartenummer wechselte. Sie schaute auf ihre eigene, um sicherzugehen, dass es ihre war, und stand auf.
Sie trug ihre Sache so ruhig vor, wie sie konnte: dass sie Angaben über ihren Vater suche, der vor Kurzem in diesem Jahr verstorben war. Dass ihr nach seinem Tod Zweifel an dessen Beziehungen in der DDR und zur Stasi gekommen seien und dass diese auch mit Viljas eigener persönlicher Geschichte zu tun hätten. Der Beamte, ein Mann in den Fünfzigern, hörte ihr schweigend zu und nickte, als Vilja geendet hatte.
»Ganz recht«, sagte er. »Hier im Stasi-Archiv kann man auch Einsicht in die Daten verstorbener Angehöriger bekommen. Zuvor müssen Sie mit amtlichen Papieren beweisen, dass Sie eine nahe Angehörige sind.«
Vilja hörte die eigenen Herzschläge in den Ohren.
»Wie geht also das Ganze vonstatten?«, fragte sie.
»Sie müssen dieses Formular ausfüllen«, sagte der Mann und wollte gerade die Hand nach dem Formularständer auf seinem Tisch ausstrecken, als Vilja ihn unterbrach.
»Das habe ich schon ausgefüllt. Ich hab das Formular schon vorher bekommen, hier.«
Sie reichte dem Mann das Papier, das sie am Abend zuvor an Utes Esstisch ausgefüllt hatte.
»Ja, gut«, sagte der Beamte und warf einen Blick darauf. »Hier scheint alles Nötige zu sein. Sie möchten also erfahren, ob es im Stasi-Archiv Angaben zu Ihrem Vater gibt. Egal, welche, nicht wahr?«
»Ja. Wie lange dauert das Verfahren gewöhnlich?«
»Bei uns werden ständig große Mengen von Anfragen geprüft, und die Bearbeitung dauert zumeist mehrere

Monate. Die erste Information über Akten, die im Archiv gefunden wurden, wird innerhalb von sechs Monaten geliefert.«

Vilja hörte sich stöhnen.

»Von sechs Monaten?«

Der Mann nickte.

»Von sechs Monaten. Wir sind uns dessen bewusst, dass das für viele eine lange Wartezeit ist, aber die Suche erfordert Zeit, und wir können nicht versprechen, die Akten schneller zu liefern.«

Vilja seufzte tief auf.

»Gäbe es doch eine Zeitmaschine«, sagte sie tief aufseufzend und brachte damit den Mann vor sich zum Lachen.

»Ja. Das würde wirklich vieles erleichtern.«

Dass der Mann Sinn für Humor hatte, wärmte Vilja, und sie antwortete lächelnd:

»Da es aber keine gibt, muss ich also warten, im schlimmsten Fall sechs Monate. Was erfahre ich innerhalb dieser Zeit?«

»Ob es im Archiv überhaupt Angaben zu Ihrem Vater gibt. Ob also die Stasi Angaben zu Ihrem Vater archiviert hat, egal, was für welche.«

Vilja runzelte die Brauen.

»Ich bin nicht sicher, ob ich das richtig verstanden habe.«

»Als Erstes teilen wir Ihnen mit, ob sich überhaupt Angaben gefunden haben. Irgendwelche Angaben. Falls sich über Ihren Vater mehrere Angaben in verschiedenen Dateien finden, können sie auf mehrere Dokumente verteilt sein, und die Suche danach erfordert weitere Zeit.«

»Also noch länger als sechs Monate?«

»Ja«, bestätigte der Beamte und sah Vilja mit betont empathischer Miene an. »Natürlich liefern wir die Angaben so schnell wie nur irgend möglich. Aber es gibt Dateien in gewaltig großer Menge, in denen wir suchen, hundertelf Regalkilometer, und das sind nur die Papierdateien. Hinzu kommen noch die Fotos, die Tondateien, siebenundvierzig Regalkilometer Videos und die geschredderten Dateien.«

»Geschredderte Dateien?«

»Fünfzehntausendfünfhundert Säcke vernichteter Akten, vor allem Papierschredder und zu Vernichtungszwecken erhitzte Papiermasse sowie mit der Hand zerrissene Papierstreifen, die seinerzeit darauf warteten, zur Verbrennung abtransportiert zu werden. Nach dem Mauerfall sind viele Archive vernichtet worden.«

Vilja hob die Brauen und nickte, um auszudrücken, dass sie verstanden hatte. Der Beamte lächelte.

»Aber um starten zu können, brauche ich zunächst Nachweise Ihres Verwandtschaftsverhältnisses zu Ihrem Vater. Beginnen wir damit.«

1984

Alles begann, sobald sie im Land angekommen waren. Erstickende Hitze schlug ihr unvermittelt ins Gesicht. Rosa stieg die Stufen von der Interflug-Maschine zum Platz hinunter, in der Luft vermischten sich der Gestank von Kerosin und verbranntem Gummi, der grelle Sonnenschein blendete sie so, dass Rosa die Hand schützend vor die Augen halten musste. Als hätte die DDR versucht zu erreichen, dass sie sich sofort unwohl fühlte.

Sie fühlte sich auf undefinierbare Weise klapprig, erklärte sich das mit dem wechselnden Druck im Flugzeug, sie zog den Koffer und Matias hinter sich her wie ein Roboter, vergaß aber die negativen Empfindungen, sobald sie Markus und Vilja erblickte. Matias ließ Rosas Hand los und rannte zu seinem Vater, der den Jungen auffing und in der Luft herumwirbelte, aber Vilja klammerte sich an Markus' Hosenbein und sah Rosa unter den Brauen hervor an.

»Kleines Lämmchen, Mutter ist wieder da!«, sagte Rosa fast singend, streckte die Hand dem Kind entgegen, und Finger für Finger löste Vilja sich von Markus und ließ sich von Rosa auf den Arm nehmen.

Rosa knuddelte Vilja, fuhr ihr mit den Fingern durchs Haar, das blond und weich war, schnupperte an ihrer Haut, deren flaumiger und feuchter Oberfläche. In nur wenigen Wochen war das Kind deutlich gewachsen, und Rosa konnte sich ihrer Enttäuschung nicht erwehren: Warum freute sich das Kind nicht über das Wiedersehen?

»Ist es schön, dass Mutter wieder da ist?«, flüsterte sie Vilja ins Ohr.
Keine Antwort.
»Mutter wird nie mehr für so lange von dir fortgehen«, sagte sie und drückte das Kind noch fester an sich, atmete dessen Duft ein, wiegte es auf der Stelle wie ein Neugeborenes und löste ihren Griff erst, als Vilja zu zappeln begann und beide Arme nach Markus ausstreckte, der Vilja auf den anderen Arm nahm. Auch Rosa trat auf Markus zu und drückte sich an ihn.
»Endlich«, sagte sie, »endlich wieder zusammen.«
Und obwohl der Augenblick kurz war, kaum merklich, bemerkte sie doch: Es war, als wäre Markus vor ihrer Berührung zurückgeschreckt.

Rosa öffnete die Wohnungstür wie ein Weihnachtspaket, ging von einem Zimmer ins andere, um in die Realität zurückzufinden, die ihr fremd, fast unbekannt geworden war, beendete ihren Rundgang im Wohnzimmer, nachdem sie festgestellt hatte, dass dies das Zuhause war, ihr Zuhause, und dass das in Ordnung war, dann öffnete sie auf dem Fußboden den Koffer.
»Und jetzt die Mitbringsel!«, rief Rosa und versammelte so die Familie um sich.
Unter Kleidern und Matias' Spielzeug sowie den jetzt unnötig gewordenen Medikamenten zog sie eine Plastiktüte hervor, die sie Vilja reichte.
»Matias und Oma haben das für dich ausgesucht, mach es gleich auf!«
Während Matias zusah mit Begeisterung in den Augen, schob Vilja die Hand in die Plastiktüte und zog ein Päckchen hervor, durch dessen Verpackung eine Barbie-Puppe

zu erkennen war, mager und blond, in einem hellblauen Terylenkleid. Vilja betrachtete die Packung, ohne ein Wort zu sagen. Rosa half ihr, sie zu öffnen.
»So, nun kannst du sie besser sehen!«
Zu Rosas Erleichterung verzog sich Viljas Gesicht zu einem Lächeln.
»Gefällt sie dir?«, fragte Rosa.
»Hübsch«, sagte Vilja und strich über das lange blonde Haar der Puppe.
»Damit kann man so machen«, sagte Matias und ergriff die Barbie, drehte ihr die Arme nach oben und die Beine so, als wollte die Puppe loslaufen.
Vilja schrie auf vor Freude, riss Matias die Puppe wieder weg und beugte sich über sie, um die dünnen Beine und den unnatürlich schmalen Körper zu untersuchen. Rosa spürte in sich einen Schub von Freude, bis sie sich nach Markus umsah. Sein Gesicht wirkte unzufrieden, die gebräunte Haut auf der Stirn war gerunzelt, es war, als läge über ihm eine finstere Wolke.
»Das ist also eine Barbie«, sagte er.
»Ja«, antwortete Rosa.
»Ein imperialistisches Produkt.«
Rosa seufzte schnaufend.
»Na, vor allem ist es ein Spielzeug, das Vilja gefällt.«
»Ein imperialistisches Spielzeug«, präzisierte Markus.
Rosa stand auf und stemmte die Hände in die Hüften.
»Muss das nun sein? Oma und Matias wollten Vilja eine Freude machen und haben eine Barbie ausgesucht. Kannst du das nicht einfach mal so hinnehmen? Nicht bei allem geht es um Politik.«
Markus zuckte die Achseln, lächelte, wie um mitzuteilen, dass er es aufgab, trat zur Lüftungsklappe und zündete

sich eine Zigarette an. Die Hitze ließ die Luft vibrieren, Wind gab es kaum. Die großen Bäume ließen, schlaff vor Hitze, ihre Zweige hängen. Rosa trat neben Markus. Etwas stimmte hier nicht. In Rosa wuchs die Unruhe, sie schob sie mit harter Hand beiseite. Sie war zu Hause, das sollte sich gut anfühlen. Sie beschloss, die Stimmung zu heben, und sei es mit Gewalt.
»Na, erzähl, wie ist es euch hier ergangen?«

Markus blies den Rauch in die Klappe, wandte sich Rosa zu und prüfte sie mit dem Blick: Auf Nase und Wangen waren Sommersprossen erschienen, die Sonne hatte ihre Haut milchkaffeebraun verbrannt. Rosa sieht anders aus als bei ihrer Abreise, dachte Markus, sorglos und ausgeruht, bei diesem Anblick verspürte er Erleichterung, er war offensichtlich nicht der Einzige, der die Trennungszeit genossen hatte.
»Gut«, antwortete Markus, »wir hatten es gut.«
»Nun erzähl doch ein bisschen mehr«, sagte Rosa. »Vilja wirkt zufrieden. Was habt ihr so alles gemacht?«
Markus dachte an Luise. Zwei Tage nach ihrer Operation hatte er sie hierhergeholt, in sein und Rosas gemeinsames Zuhause, wo er Luise Schmerzmittel und Essen bringen und ihre Genesung beaufsichtigen konnte, bis er es schließlich gewagt hatte, loszulassen, sodass Luise nach Hause zu Max zurückkehren konnte. Für ihn hatten sie gemeinsam eine lückenlose Erklärung erfunden: Luise war bei ihrer Freundin im Norden erkrankt, operiert worden und länger als üblich im Krankenhaus behalten worden, das war bei der Genesung von derartigen Erkrankungen üblich. Nachdem Luise fort war und die gemeinsamen Tage geendet hatten, hatte Markus in sich eine Leere verspürt und auch

Angst, er war seinem inneren Grauen entflohen, indem er abends viel zu viele Pilsner getrunken, Kette geraucht und mit nahezu neurotischer Präzision die Wohnung geputzt hatte, um jedwede Spuren zu tilgen, die Luise bei ihrem Aufenthalt dort möglicherweise hinterlassen hatte.

Er kam zu sich durch Rosas Hand, die, eine Zigarette mit Glutkopf zwischen den Fingern, vor seinem Gesicht wedelte.

»Hallo«, hörte er Rosa mit Angespanntheit in der Stimme sagen, »hast du gehört, was ich gefragt habe?«

Markus zwang Luise aus seinen Gedanken, die seinen Körper quälende Sehnsucht nach ihr und auch das unangenehme Gefühl, dass er trotz seiner ständig zunehmenden Hoffnungen auf die Zukunft keinerlei Plan hatte, nur jämmerliche, unrealistische Illusionen ohne Mut, aber stattdessen die Realität, in der seine Frau und die Mutter seiner Kinder zurückgekehrt war und jetzt ungeduldig und ebenso leicht erregbar wie früher vor ihm herumlief. Und entgegen all seinen Wünschen nahm Markus Rosa in die Arme und sagte:

»Das Feriendorf im Norden, das würde dir bestimmt gefallen. Beim nächsten Mal fahren wir da zusammen hin.«

2011

Die Temperatur war bis unter den Gefrierpunkt gefallen, der Himmel über ihnen beschrieb einen Bogen, als schlösse er alles Böse aus und das Gute in sich ein wie in eine Blase. Vilja fasste Saga bei der Hand, ihre Schritte knirschten auf dem Sandweg, Hertta hüpfte vor ihnen her, als trüge sie in ihrem Körper alle Energie der Welt. Vilja musste lächeln. Im Moment konnte sie nichts anderes tun als warten, warten darauf, aus dem Stasi-Archiv etwas zu hören, vorher würde nichts vorankommen, und zum ersten Mal nach ihrer Ankunft in Berlin hatte sie das Gefühl, dass sie atmen durfte und an etwas anderes denken als an Luise und den Vater und die Suche nach ihrer eigenen Vergangenheit.
»Jaa«, sagte Saga und schaute auf den Stadtplan, »ich glaube, wir sollten hier abbiegen.«
Sie gingen immer tiefer in den parkartigen Wald hinein, Hertta blieb immer wieder stehen, um vom Boden einen Stein oder einen Stock aufzuheben, den sie jedes Mal Saga und Vilja zeigte, bis Vilja, nachdem sie eine Weile gegangen waren, stehen blieb.
»Horcht mal«, sagte Vilja.
Das Geräusch hatte etwas Gespenstisches, ein Kreischen vermischte sich mit dem Wind, es ertönte aus der Luft wie unregelmäßige Impulse, als hätte etwas Scharfes die Luft mit seinen Krallen zerschnitten.
»Wir müssen schon in der Nähe sein«, sagte Vilja.
Sie gingen weiter, bis Saga ausrief: »Da! Schaut mal!«

Vilja und Hertta wandten sich um und schauten in die Richtung, in die Saga deutete, und sahen: Über den Baumwipfeln zeichnete sich vor dem Himmel ein Riesenrad ab, verlassen und verrostet, seine regenbogenfarbenen Gondeln schaukelten im schwachen Wind, das gewaltige rote Gestell ragte gen Himmel.

»Wow«, hauchte Hertta.

»Das ist aber groß«, sagte Saga. »Zum Glück haben wir es geschafft, noch hierher zu kommen.«

Sie kamen zu dem Zaun, der den verlassenen Vergnügungspark des Spreeparks umgab. Daran war ein Schild befestigt, das bei Strafe verbot, das geschlossene Gelände zu betreten. Es war verkrautet und wild, trotz des Winters nahezu überwuchert. Vilja ließ den Blick darüber hin schweifen. Der Anblick: an den Baumstämmen hochkletternde Ranken, verrostete Zugschienen, die durch den überwucherten Boden tauchten, hier und dort im Gelände vergessene Müllhaufen sowie Graffiti, mit denen jede einzelne der noch stehen gebliebenen Gebäudewände bemalt war. Sie gingen am Zaun entlang, vorbei an der Pforte, die einst als Eingang zum Vergnügungspark gedient hatte, inmitten der Vegetation war ein Karussell zu erkennen, darin hatten die Besucher des Vergnügungsparks sich in Teetassen gedreht, fast konnte Vilja die vor Jahren verklungenen Freudenschreie hören.»Kuck mal, Mama!«, rief Hertta und deutete hinter die Bäume. »Da ist ein Schwan!«

Einen Augenblick lang musste Vilja in der von Hertta angegebenen Richtung mit dem Blick suchen, aber schließlich sah sie: Mitten im Vergnügungspark, auf dem mit einer dünnen Eisschicht bedeckten Rasen, lag ein schwanenförmiges Boot, dessen Augen groß und erweitert in die Leere starrten. Aus dem Boot wuchs Gras heraus wie ein

kleiner Wald, der abgestorben und vom Winter starr geworden war. Vilja lief es kalt den Rücken hinunter.
»Dieser Ort hat etwas Schauriges«, flüsterte sie Saga zu.
»Sag das nicht, das ist doch eine Pracht hier!«, sagte Saga, nahm ihre Kamera aus der Tasche, legte das Objektiv an den Zaun und machte durch eine Lücke ein Foto, dann ein zweites und drittes, dann reichte sie die Kamera Vilja und zeigte ihr: Auf dem Hals des Schwans stand etwas geschrieben. Vilja zoomte das Bild näher heran und konnte endlich den Text lesen. *Die Vergangenheit verschwindet niemals.*

Vilja sah den Rücklichtern des Taxis nach, bis sie in Richtung Flughafen hinter dem mehrstöckigen Gebäude, das an der Stelle der Schwimmhalle und der abgerissenen Markthalle gebaut worden war, ihrem Blick entschwunden waren. Sie blieb noch einen Moment stehen und wusste nicht, was sie machen sollte. Der Gedanke, in die Wohnung zurückzukehren, war schmerzlich, fast unmöglich. Sie dachte an die Stille, die die Abreise von Saga und Hertta erzeugt hatte, an das in der Spüle wartende Geschirr, von dem sie erst vor ein paar Stunden gemeinsam gefrühstückt hatten, die Kakaoflecke auf dem Tisch und das ungemachte Bett, in dem sie sich gern mit Saga zusammengekuschelt hätte, nicht allein, und um diese unausweichliche neue Normalität zu vermeiden, beschloss sie, einen Spaziergang zu machen.
Sie ging von der Fischerinsel über die Steinbrücke in die Wallstraße in der Absicht, in Richtung Jannowitz-Brücke zu gehen und von dort weiter nach Osten, bis ihre Füße müde sein würden und sie mit der S-Bahn zurückkehren müsste, aber in der Wallstraße bei dem Haus Nummer Neunzig veranlasste sie irgendetwas, stehen zu bleiben.

Vilja sah sich einen Moment um und versuchte herauszufinden, was dieses Gefühl verursacht hatte, aber das gelang ihr nicht. Sie trat an die Tür und ließ den Blick auf dem Klingelschild ruhen. Der Name sprang ihr sofort ins Auge, als hätte er nur auf sie gewartet, genau auf diesen Moment, alle diese Tage, alle diese Jahre.
Stern, Schildt.
Vilja stand einen Augenblick ruhig auf der Stelle, starrte auf die Buchstaben, die alt waren und verblasst, und plötzlich fiel ihr das Bild eines kleinen Jungen ein, in der Erinnerung hatte er kein Gesicht, aber Vilja wusste, dass diese Fantasie real war, und ohne auch nur einen Moment nachzudenken, legte sie den Finger auf den Klingelknopf, drückte darauf und fuhr zusammen, als das elektrische Schloss der Tür aufschnappte.
Im Treppenhaus herrschte Halbdunkel, und es roch nach Staub und Waschpulver, unter den Briefkästen lehnte gegen die Wand ein Roller, sie stieg die Treppen hinauf, hielt sich die ganze Zeit am Geländer fest und blieb im vierten Stock stehen. Neben der Tür stand ein Schuhständer, auf dessen oberstem Bord ein Paar Gummistiefel, daneben Turnschuhe und graue, schmuddelige Pantoffeln. Vilja drückte auf die Türklingel, betrachtete die mit Kunststoff beschichtete Tür aus Spanplatte und gleich darauf den Mann, der hinter der Tür erschien mit fragendem Gesichtsausdruck.
»Hallo«, sagte Vilja, aber dann, plötzlich, fand sie keine weiteren Worte.
Der Mann stand einen Moment schweigend da, bis er schließlich den Mund auftat. Seinem Gesicht war Ungeduld anzusehen.
»Ja?«

Vilja schluckte. Alles war schnell gegangen, sie war nicht dazu gekommen, darüber nachzudenken, was sie tat, sie hatte einfach nur gehandelt, auf den Klingelknopf gedrückt, ohne zu überlegen, was sie sagen oder fragen wollte, und jetzt stand vor ihr ein Mann, der, nach seiner Miene zu schließen, jeden Augenblick über den unbekannten Eindringling verärgert sein würde.
»Ich«, brachte Vilja schließlich heraus, »habe geklingelt. Da unten. Danke, dass Sie geöffnet haben. Sie erkennen mich sicherlich nicht, aber wir sind uns wahrscheinlich vor Jahren begegnet.«
Die Miene des Mannes wurde nicht weicher.
»Wollen Sie etwas verkaufen?«
»Nein«, antwortete Vilja rasch und nannte dann ihren Namen. »Sagt er Ihnen etwas?«
Einen Augenblick lang dachte Vilja, sie habe sich geirrt, ihr Instinkt habe sie getäuscht wie so oft das Gedächtnis, oder auf dem Klingelbrett habe ein alter Name gestanden. Eine Zeit lang, die ihr wie eine Ewigkeit vorkam, starrte der Mann sie mit unfreundlichem Blick an, doch dann, als hätte es für alles nur dieses kleinen Augenblicks bedurft, in dem der in dem schwachen Licht des Treppenhauses tanzende Staub zur Ruhe kam und von der Straße der Lärm eines vorbeifahrenden Lastautos hereindrang, runzelte der Mann die Brauen, und Vilja verstand: Er hatte sie erkannt.
»Markus' Tochter«, sagte er, »du bist Markus' Tochter.«
Vilja atmete auf vor Erleichterung, auf dem Gesicht des Mannes war Freundlichkeit erschienen, eine kleine, verwirrte, doch offensichtlich klare.
»Und Sie sind Sebastian, nicht wahr?«
»Duz mich doch bitte.«
»Du bist Sebastian.«

Der Mann nickte.
»Na so was«, sagte Sebastian und streckte die Hand aus, um Viljas Hand zu schütteln.
In Viljas Erinnerung tauchte das Gesicht des Vaters auf, der sagte: *Die Deutschen drücken einem immer die Hand, wahrscheinlich werden sie mit ausgestreckter Hand geboren.* Vilja verlagerte das Gewicht von einem Bein aufs andere.
»Entschuldige, dass ich hier so überraschend auftauche«, sagte sie und lachte mit Nervosität in der Stimme. »Könnte ich vielleicht für einen Augenblick hineinkommen? Ich möchte etwas fragen.«
Der Mann trat einen Schritt beiseite und machte mit der Hand eine Geste, die Vilja willkommen hieß. Im Flur war es halbdunkel, doch trotz des schwachen Lichts erkannte Vilja die Sauberkeit und die Ordnung. Dicht nebeneinander aufgereihte Schuhpaare und Mäntel und Regenschirme, auf der Hutablage aufgestapelte Kartons, die, wie sie vermutete, Werkzeug oder Wintersachen oder beides enthielten, am Ende des Korridors ein schwacher Lichtschein aus dem Wohnzimmer.
Sebastian ging auf das Licht zu, Vilja folgte ihm und sah sich aufmerksam in der Wohnung um. Kam sie ihr irgendwie bekannt vor? Sie konnte es nicht sagen. Im Wohnzimmer sah sie: Die großen Fenster gingen zum Fluss, dessen Oberfläche im Licht der Straßenlaternen wie Samt schimmerte. Hinter den Turmhäusern der Fischerinsel erkannte sie das Funkeln des Fernsehturms, die in den Weltraum aufragende Antenne wie eine Nadel, und genau da und in diesem Moment wurde ihr klar, dass sie eine Landschaft betrachtete, in der sich während der vergangenen Jahrzehnte nichts Wesentliches verändert hatte. Genau an dieser Stelle war die Stadt dieselbe, die Landschaft war

dieselbe, nur die Zeit war ein andere, etwas in Vilja regte sich, und sie sah Sebastian an.
»Ich entschuldige mich nochmals, dass ich hier einfach so aufgetaucht bin.«
Sebastian stieß ein wenig Luft zwischen den Lippen aus, um anzudeuten, dass alles in Ordnung war. Er war mager und wirkte müde, und er machte den Eindruck, als sei er irgendwie zusammengesunken, unrasiert, und etwas in seiner Erscheinung erinnerte Vilja an Utes Essay, die Verzweiflung, die nach der Wende so viele gequält hatte, dann gleich hinterher an den Vater, er hatte etwas Ähnliches an sich gehabt, etwas Zusammengefallenes, etwas von Kapitulation; sie verdrängte diesen Gedanken. Sie setzte sich, ohne um Erlaubnis zu bitten, in den Lehnstuhl, legte die Hände auf die Knie und schaute Sebastian direkt in die Augen.
»Also. Ich versuche eine Person zu finden«, sagte sie und ließ die Fortsetzung weg, da sie sie in keiner Weise beschönigen konnte, »um ihr zu erzählen, dass mein Vater gestorben ist.«
Sebastian betrachtete sie einen Augenblick lang wortlos, als habe er das Gehörte nicht verstanden, fast so, als sei nichts laut ausgesprochen worden, bis er mit den Augen plinkerte, mit der einen Hand die andere fasste und langsam sagte:
»Oje. So ist das also. Das ist ja traurig zu hören.«
Vilja nickte leicht, saß einen Augenblick still da und sagte dann:
»Nach Vaters Tod hab ich herausbekommen, dass er hier eine sehr enge menschliche Beziehung hatte. Vor Jahren. Vielleicht hast du Kenntnis davon, wo ich diesen Menschen finden könnte. Luise Seidel. Wenn ich das nicht ganz falsch verstanden habe, dann kanntet ihr beide die Frau gut.«

»Beide?«
»Du und Anne. Ich muss zugeben, dass ich mich an Anne nur dunkel erinnere, eigentlich nur an ihren Namen, der ist mir aus irgendeinem Grund im Gedächtnis geblieben.«
Sebastian lehnte sich zurück auf seinem alten, senfgelben Sofa, ließ aus dem Mund ein knurrendes Geräusch hören, bevor er sagte:
»Von Anne weiß ich jetzt kaum etwas. Unsere Scheidung ist Jahre her.«
Vilja verspürte einen Stich in der Brust.
»Das tut mir leid, davon wusste ich nichts.«
Vilja betrachtete Sebastian, versuchte, dessen Gedanken zu deuten, aber Sebastian winkte ab. »Wie gesagt, das ist lange her. Und Anne ist schon seit Jahren nicht mehr in Deutschland.«
»Sondern?«
»In der Ukraine«, sagte Sebastian.
Vilja hob die Brauen.
»In der Ukraine? Warum?«
Sebastian schnaubte.
»Das musst du sie fragen.«
Aus dem Treppenhaus drangen Stimmen herein, Vilja lauschte, bis sie verklangen, und sagte dann:
»Ihr hattet doch einen Sohn, nicht wahr?«
Sebastian nickte, der grau gewordene Haaransatz glättete sich von einem Lächeln.
»Peter. Er wohnt in Hamburg.«
Auch Vilja lächelte. Einen Moment lang kam es ihr so vor, als säße sie in dem Zimmer mit einem alten Bekannten zusammen, etwas an dieser Situation fühlte sich warm und sicher an, sie wickelte sich in diese Empfindung ein.

Gleichzeitig klatschte Sebastian sich mit den Händen auf die Knie, sodass Vilja zusammenfuhr.
»Meine Güte, ich bin gar nicht darauf gekommen, dir etwas anzubieten. Möchtest du etwas? Bier? Ein Wasser? Kaffee?«
Sebastians Unbeholfenheit entlockte Vilja ein Lächeln, und obwohl sie keinen Durst hatte, sagte sie, um einen ablehnenden Eindruck zu vermeiden, dass sie gern ein Glas Wasser hätte. Sebastian stand auf und ging in die Küche, und Vilja stand auf, um sich umzusehen. Die Küche war am anderen Ende der Wohnung, abgesondert von den übrigen Räumen. Vilja hörte, wie die Tür des Kühlschranks ging und der Verschluss einer Plastikflasche geöffnet wurde. Die Schlafzimmer der Wohnung lagen zur Straße hin, Vilja schaute durch eine der Türen hinein. Möbel aus den 1970er- und 1980er-Jahren, helle Spanplatte, verschiedene Textilien in Brauntönen, verblichene Landschaftsbilder in Rahmen. Die Wohnung musste nahezu in demselben Zustand sein wie in den Jahren, als Vilja dort zu Besuch gewesen war, verstand sie und hörte zugleich Sebastians Schritte hinter sich.
»Das mit deinem Vater tut mir leid. Es ist traurig zu hören, dass er verstorben ist«, sagte er und reichte Vilja ein Glas. »Möchtest du etwas über Luise erfahren?«
Ein Zittern durchfuhr Vilja, als sie Sebastian zurück ins Wohnzimmer folgte. Er setzte sich auf das Sofa und trank aus der Bierflasche, die er sich aus der Küche geholt hatte.
»Frag nur, hoffentlich kann ich dir behilflich sein«, sagte er.
Vilja wischte sich die Hände an ihrer Hose ab.
»Ich versuche, Luise zu finden. Und dachte, dass dir oder Anne bekannt sein könnte, wo sie jetzt wohnt. Ich hab überall versucht, das herauszufinden, aber keinerlei Hinweis gefunden. Tatsächlich überhaupt keinen.«
Sebastian blinzelte.

»Leider weiß ich nicht, wo Luise wohnt. Als Max starb, zog Luise bald danach fort. Das war damals so ein Chaos. Wir alle, jeder für sich, versuchten, irgendwie zurechtzukommen, jeder auf seine Weise.«
Vilja spürte, wie ihr die Enttäuschung in die Glieder fuhr. Sie wollte gerade antworten, als Sebastian fortfuhr:
»Aber wenn überhaupt jemand etwas weiß, dann Anne. Und ich habe ihre Telefonnummer. Möchtest du sie haben? Ein Versuch kostet ja nichts.«
»Ja, ich möchte«, antwortete Vilja rasch, »unbedingt. Danke, das wäre schön.«
Sebastian stand auf trat zum Bücherregal, zog aus einer dunkelbraunen Schublade ein Telefonnummernverzeichnis heraus, Vilja konnte sich nicht erinnern, wann sie zuletzt gesehen hatte, dass jemand so eines benutzte. Sebastian suchte die richtige Seite, schrieb die Nummer auf einen Zettel und reichte ihn Vilja. Sie betrachtete Sebastians mageren und kantigen Rücken, der sich unter dem langärmligen T-Shirt abzeichnete, die grauen, fast weißen Haare, die einst hell gewesen sein mussten.
»Und ihr, Anne und du. Steht ihr überhaupt in Verbindung?«
Sebastian wandte sich Vilja zu.
»Nicht sehr oft. Peter ist schon in einem Alter, dass ...«
Sebastian starrte seinem Satz hinterher. Vilja wartete ein Weilchen auf die Fortführung des Satzes, aber die kam nicht. Plötzlich bekam sie das Gefühl, dass Sebastian allein sein wollte. Gerade wollte sie sagen, dass sie nicht weiter stören möchte, als ihr ein Gedanke kam.
»Darf ich dich noch eine Sache fragen, bevor ich dich in Ruhe lasse?«, fragte sie, trat einen Schritt näher zu Sebastian heran, als wollte sie sicherstellen, dass er nicht verschwand,

nicht gerade jetzt, und ohne die Antwort abzuwarten, fuhr Vilja fort: »Mein Vater und Luise hatten einen Briefwechsel, nachdem wir aus Finnland zurückgekehrt waren. Sie benutzten füreinander Pseudonyme, aber auch für andere Menschen, über die sie schrieben. Sagen die dir etwas?«
Sie holte einen Notizblock aus ihrer Tasche und las die Wörter vor, die sie notiert hatte:
»Rotrad, Ähre, Katja, Kranz, Doktor Tomate, Lesnik.«
Sebastian sah Vilja schweigend an, dann den Notizblock, dann wieder Vilja, und je länger die Stille andauerte, desto unangenehmer wurde Viljas Gefühl, Sebastian müsse sie für verrückt halten, doch schließlich brach der Mann das Schweigen, wiederholte laut die Wörter, die Vilja gerade ausgesprochen hatte, und sagte dann:
»Was bringt dich auf den Gedanken, dass dein Vater und Luise über Menschen geschrieben hätten, die Anne und ich kannten?«
Vilja zuckte die Achseln und spürte, wie ihre Nervosität zunahm.
»Dies ist so eine Art Im-Dunkeln-Stochern«, murmelte sie und wollte gerade ihren Notizblock wieder in die Tasche stecken, als Sebastian sie unterbrach.
»Ich weiß nicht, ob dies ein guter Tipp ist, aber Peter hatte ein rotes Fahrrad. Ein schönes rotes Fahrrad. Das haben wir ihm mal zu Weihnachten geschenkt, vielleicht 1984 oder 85. Eigentlich hat Anne es besorgt.«
Sebastian unterbrach sich und lachte, dann fuhr er fort:
»Dieses Rad wurde für Anne eine Art Zwangsvorstellung. Sie geriet so halb aus Versehen in das Interview eines westdeutschen Fernsehkanals, in dem alle DDR-Bürger als arm abgestempelt wurden, und Anne verlor die Nerven. Sie suchte in der ganzen Stadt nach einem roten Fahrrad für

Peter. Ich kann dir sagen, das war nicht leicht, so mitten im Winter! Peter war darauf gekommen, sich das zu wünschen, weil der Nachbar in der unteren Etage so eines hatte, es stand jeden Tag gegen die Wand gelehnt, wenn Peter daran vorbeiging.«

Wortlos sah Vilja Sebastian an.

»Na, das würde ja die Sache erklären«, bekam sie schließlich heraus.

Sebastian fuhr sich durch die Haare, es wirkte so, als wäre ihm eine Erkenntnis gekommen.

»Und dann Ähre. Ich bin jetzt alt und grau, das macht wohl die Arbeitslosigkeit, auch wenn man noch ganz jung wäre«, sagte Sebastian und lachte wieder, diesmal freudlos, »aber dieses Haar hier auf dem Kopf war irgendwann mal sehr blond. Und wild. Ährenhell und wild. Willst du ein Foto sehen?«

Ohne die Antwort abzuwarten, schritt Sebastian zum Bücherregal, zog ein Fotoalbum heraus und blätterte darin, bis er das Gesuchte fand. Er legte es vor Vilja hin.

»Siehst du?«

Vilja betrachtete das Bild, Sebastian musste da zwanzig oder dreißig Jahre alt sein, er lächelte in die Kamera und posierte ganz offenbar für jemanden, und ein ganz heller Haarschopf rahmte seinen Kopf ein. Vilja wischte sich die Hand an der Hose ab.

»Und Katja, Kranz und Doktor Tomate?«, fragte sie und verstand selbst, dass sie ungeduldig klang. »Ich habe vermutet, dass Lesnik Max Seidel war. Aber hast du eine Idee, wer die anderen sein könnten?«

Sebastian seufzte tief auf, griff nach seiner Bierflasche und machte den Eindruck, als massiere er mit der Kraft seiner Gedanken seine Hirnwindungen.

»Dazu fällt mir als Erstes …«, sagte er und schwieg dann einen Augenblick. »Kennst du die amerikanische Fernsehserie *Friends*? Jetzt, wo ich arbeitslos bin und Zeit habe, seh ich mir manchmal an, was da im Westfernsehen gerade gesendet wird. Im Westen wird auch ganz Gutes gemacht! Wie diese *Friends*. Mir gefällt die Serie. Weißt du, warum? Weil etwas darin mich an meine eigenen Freunde erinnert. An meine alten Freunde.«

Vilja sah Sebastian mit Herzklopfen an.

»Du und Anne, ihr hattet einen guten Freundeskreis, zu dem auch Luise gehörte, nicht wahr?«

»Ja.«

Vilja schluckte.

»Wer gehörte noch dazu außer dir, Anne, Luise und Max?«

Sebastian stellte die Bierflasche auf den Tisch neben sich, stellte den Daumen senkrecht, als wollte er zeigen, dass er anfing zu zählen.

»Katarina Sommer, Luises und Annes Freundin aus der Kindheit. Sie wurde Katja genannt.«

Das Blut rauschte Vilja in den Ohren. Sebastian stellte jetzt auch den Zeigefinger auf.

»Petrik Pfeiffer. Er wurde schon in jungen Jahren kahl. Damit haben wir ihn oft aufgezogen, obwohl wir sehr wohl wussten, dass er das nicht mochte. Aber das war so ein Spiel.«

»Waren ihm alle Haare ausgefallen?«, fragte Vilja.

Sebastian schüttelte den Kopf.

»Nein, nein. Ein paar waren noch übrig. So hier«, sagte er und malte einen Kreis um seinen Kopf herum in die Luft.

»Wie ein Kranz?«, fragte Vilja.

Sebastian nickte, dann stellte er den dritten Finger auf.

»Und dann Roy. Roy Weber.«

Vilja verzog den Mund.
»Fällt dir irgendein Grund ein, warum mein Vater und Luise ihn Doktor Tomate hätten nennen können?«
Sebastian ließ die Finger sinken und nahm einen Schluck aus seiner Bierflasche.
»Ja. Roy verkaufte beruflich Gemüse auf dem Markt. Rat mal, was seine Leidenschaft war?«
Vilja seufzte tief auf.
»Tomaten«, sagte sie.
Sebastian nickte.
»Über Tomaten wusste er alles. Über sämtliche Sorten, Reifezeiten, die besten Dünger, die benötigte Sonnenmenge. Er wusste alles.«
Vilja sah Sebastian einen Augenblick lang an und wusste nicht, was sie sagen sollte. Die Gedanken wirbelten ihr im Kopf herum. Das Blut rauschte ihr in den Ohren. Fieberhaft versuchte sie, diese Informationen miteinander zu kombinieren und zu bewerten, was sie gerade herausgefunden hatte.
»All diese Menschen«, sagte sie schließlich, »seid ihr immer noch Freunde? Habt ihr noch Kontakt zueinander?«
Sebastians Gesicht wurde schlaff, seine Schultern sanken herab, seine Stimme, eben noch jung und eifrig, war alt und müde geworden.
»Nein. Ich weiß nichts von ihnen. So hörte unsere Heimat auf zu existieren, und so endete unsere Freundschaft.«

Als Vilja auf die Fischerinsel zurückkehrte, war die Stadt in Dämmerung versunken. Sie eilte in die dunkle, leere Wohnung zurück, nahm aus der Tasche den Zettel mit der Telefonnummer, die Sebastian aufgeschrieben hatte, und gab sie in ihr Handy ein. Keine Antwort. Sie versuchte es

noch einmal, aber erfolglos, sank schließlich auf das Sofa und kehrte in Gedanken in Sebastians Wohnung zurück.
Sie hatte gerade die Wohnungstür hinter sich schließen wollen, da hatte Sebastian gesagt:
»Als junger Mensch hat man gar nicht recht verstanden, wie alles zusammenhängt.«
Vilja war stehen geblieben, hatte sich umgedreht, und Sebastian hatte weitergesprochen:
»Einfach alles, die Politik und die Schicksale von uns kleinen Menschen. Wir glaubten, für uns würde das Bestmögliche getan. Aber war das wirklich so?«
»Ich glaube, ich verstehe nicht ganz«, hatte Vilja geantwortet, und Sebastian hatte geseufzt, einen Augenblick schweigend dagestanden und schließlich gesagt:
»Anne arbeitet in Prypjat. Den Ort kennst du bestimmt. Die Stadt, in der das Kraftwerk Tschernobyl explodierte. Sie arbeitet dort als Reiseführerin für Touristen, die die zerstörte Stadt sehen wollen.«
Sebastian hatte geschnaubt und dann hinzugefügt:
»So ein etwas anderes Strandurlaubsziel.«
Vilja hatte Sebastian angestarrt, als hätte sie das Gehörte nicht verstanden, als lägen diese Worte jenseits einer logischen Schlussfolgerung, und schließlich gefragt:
»Warum ist Anne dort?«
Und Sebastian hatte geantwortet:
»Ja, warum. Vielleicht, weil sie versucht zu verstehen. Was zum Teufel da mit uns allen passiert ist.«
Vilja stand vom Sofa auf, wanderte von einem Zimmer der Wohnung ins andere, von irgendwo war ihr eine Hoffnung gekommen.
Sie trat ans Fenster und öffnete die Lüftungsklappe. Zündete sich eine Zigarette an.

»Absurd«, murmelte sie hörbar, griff aber trotzdem zum Handy und wählte eine neue Nummer.
Der Kundendienst meldete sich sofort. Sie nannte die Nummer ihres Fluges in der nächsten Woche und ihre Reservierungsdaten und wartete einen Augenblick.
»Was kann ich also für Sie tun?«, fragte schließlich die Stimme am anderen Ende der Leitung.
»Ich möchte meinen Flug umbuchen«, sagte Vilja. »Statt nach Helsinki nach Kiew. Am liebsten so bald wie möglich.«

1984

Rosa bemerkte Ute schon von Weitem. Sie lehnte gegen einen Pfosten des Bahnsteigs, rauchte mit ruhigen Bewegungen, wobei eine Hand auf der anderen ruhte, und beobachtete den vorbeischlendernden Menschenstrom so wie immer, neugierig und von den Menschen und der Welt das Beste glaubend, so hatte Rosa Ute von Anfang an gedeutet. Es war eine Kunst, in der Welt so viel Schönes zu sehen, hatte Rosa vom Beginn ihrer Freundschaft an gedacht, und etwas an diesem Gedanken rührte sie. Innerhalb kurzer Zeit waren sie unzertrennlich geworden, so eng befreundet, dass es Rosa schwerfiel, sich noch an die Zeit vor Ute zu erinnern, und dieser Gedanke brachte sie zum Lächeln.

»Meine Güte!«, brach es aus Ute hervor. »Was ist mit dir passiert?«

Rosa brach in Gelächter aus, gleichzeitig kam die S-Bahn in Sicht, sie kam die Schienen entlanggerumpelt in Richtung Bahnsteig, wo Rosa sich theatralisch die Haare richtete und dann Ute umarmte. Neben ihnen bremste der Zug, dass es nur so kreischte.

Alles war schnell und ohne Nachdenken geschehen: Um der Angst zu entkommen, die die auf unerklärliche Weise seltsam veränderte häusliche Stimmung in ihr erzeugte, hatte sie die Kinder in Markus' Obhut gelassen und war nach Westberlin gefahren, wo sie von einem Kaufhaus und Schmuckgeschäft zum nächsten gewandert war. Wieder zu Hause, hatte sie, ohne einen Moment nachzudenken, zur Schere gegriffen und sich zuerst das Haar so kurz geschnitten wie bei einem Küken, danach die verbliebenen Stoppeln mit Wasserstoffperoxid behandelt, zuletzt diesen ungleichmäßigen Igelschnitt mit Gel geglättet, um ihn so bürstenmäßig hinzubekommen wie möglich. Eine Stunde nach ihrer Heimkehr aus dem Westen sah Rosa aus dem Spiegel ein neuer Mensch an. Rosa hatte sich die neu erworbenen Ohrringe angehängt, an das rechte Ohr eine sperrige Espressokanne, an das linke einen großen, bunten Papagei. Anschließend hatte sie sich die Augen mit grüner Cake-Mascara und die Lippen rot geschminkt. Einen Augenblick lang hatte sie im Badezimmer prüfend ihren neuen Look betrachtet, war dann mit klopfenden Absätzen ins Wohnzimmer marschiert und hatte die Arme ausgebreitet, als wolle sie einen möglichst großen Raum um sich herum einnehmen.

»Schaut mal!«, hatte sie ausgerufen.

Markus hatte den Kopf aus der Küche ins Wohnzimmer geschoben, und Rosa hatte gesehen, wie seine Augen sich weiteten, aber aus seinem Mund war kein Wort gekommen. Matias hatte sein Spiel unterbrochen und ebenfalls stumm seine Mutter angestarrt, aber Vilja war in Tränen ausgebrochen. Noch Wochen nach Rosas Rückkehr war ihr das Kind auf undefinierbare Weise fern, schreckhaft und verschlossen erschienen, Vilja hatte mehr als früher allein gespielt, und dann und wann fiel Rosa auf, dass das Kind deutschsprachige Wörter und Wendungen wiederholte, als spräche sie zu jemandem, den Rosa nicht sehen konnte. All das ärgerte Rosa, doch anstatt in sich selbst den Wunsch und die Fähigkeit, eine neue oder wenigstens die alte Verbindung zu dem Kind zu finden, zog Rosa sich

auch selbst zurück. Ohne sich um Viljas Weinen zu kümmern, war Rosa herumgewirbelt wie bei einer Modenschau, und schließlich hatte Markus den Mund aufgemacht.
»Oho«, hatte er gesagt, und sein Gesicht war immer noch ernst vor Verwirrung, dann hatte er die weinende Vilja auf den Arm genommen und sie beruhigt.
»Oho«, hatte Rosa Markus nachgeäfft. »Das ist eine Höflichkeit, die jede Frau von ihrem Mann hören möchte.«
Und sie hatte geseufzt vor Überdruss, auf dem Absatz kehrtgemacht und war ins Badezimmer zurückgekehrt, wo sie noch eine weitere Schicht Lippenstift auftrug, grellrot und glänzend.

Rosa und Ute stiegen in die Bahn ein. Ein pausenloses Stimmengewirr erfüllte den Raum, im hinteren Teil des Waggons holte jemand seine Gitarre heraus, eine Schar junger Leute sang, dass es nur so schallte. Rosa schritt auf eine freie Bank zu. Sie musste lächeln. Sie konnte sich des Gedankens nicht erwehren: In Finnland wäre durch die Musik und den Radau sofort jemand nervös geworden, hier wurde das Leben, auch lautes, offenbar akzeptiert. Rosa gefiel diese Sitte. Ute nahm zwei Flaschen Bier aus ihrer Tasche, öffnete sie mit den Zähnen, reichte eine davon Rosa und stieß mit ihr an.
»Also, dann erzähl mal«, sagte Ute.
Rosa hob die Brauen und ließ sich gluckernd Bier in den Hals rinnen. Der Zug fuhr scheppernd weiter nach Osten.
»Was soll ich erzählen?«
Ute lächelte kurz.
»Nun lass mal gut sein. Es ist doch etwas passiert. Eine Familienmutter wird plötzlich zum Punk. Was ist los? Etwas stimmt doch da nicht.«

Rosa wollte gerade abwinken zum Zeichen, dass da gar nichts verquer war, als etwas in Utes Miene sie innehalten ließ. Plötzlich war alles da: Utes Blick voller Wärme und Anteilnahme, so etwas hatte sie seit ihrer Rückkehr nach Berlin nicht erlebt, und sie wischte sich den Augenwinkel, um zu verhindern, dass die Cake-Mascara verlief.

»Ich weiß es nicht«, brachte sie heraus und musste sich zugleich auf die Lippe beißen, um ruhig zu bleiben. »Etwas. Alles. Zu Hause. Markus. Und Vilja. Alles ist irgendwie ... verrenkt. Ich weiß nicht, warum.«

Die Worte blieben ihr im Hals stecken, oder sie hatten sich schon vorher irgendwo in der gewundenen grauen Masse des Hirns verklemmt, und sie war nicht imstande, das in Worte zu fassen, was da während dieser Wochen neben ihr zu einem großen und finsteren Etwas angewachsen war, das von Tag zu Tag immer mehr und mehr Raum einnahm.

Ute betrachtete Rosa mit gerunzelter Stirn.

»Versuch es«, ermunterte Ute sie, »immer eine Sache auf einmal. Was hat sich verrenkt?«

Rosa schüttelte den Kopf.

»Alles ist merkwürdig. Ganz plötzlich. Ich kam aus Finnland nach Hause zurück, und obwohl das schon eine Weile her ist, scheint es, als wäre nichts so wie vor meiner Reise. Ich verstehe nicht, warum.«

Ute sah Rosa forschend an, als könnte sie auf diese Weise mehr verstehen.

»Und das hat mit Markus zu tun?«, fragte sie.

»Mit Markus, aber auch mit Vilja«, antwortete Rosa, dann wurde ihr plötzlich etwas klar, und sie sagte es laut: »Es ist, als wären sie andere Menschen geworden in der Zeit, als ich nicht da war. Es ist, als seien sie nicht mehr dieselben wie vor meiner Abreise.«

Rosa sah vor ihrem inneren Auge Vilja, deren Körper, der im Sommer gewachsen und weiterhin klein, aber dennoch irgendwie groß war, sie hatte einen großen Teil des Lebens ihres Kindes verloren. Eigentlich fiel ihr das jetzt erst auf: In ihrem eigenen Leben waren ein paar Wochen nur ein kurzer Augenblick, aber im Leben eines Kindes eine kleine Ewigkeit.
»Hab ich einen schrecklichen Fehler gemacht, als ich für so lange Zeit von Vilja fortgegangen bin?«, fragte sie und war den Tränen nahe.
Aber Ute rief aus:
»Nein, natürlich nicht! Du Dummchen!«
»Bist du dir da sicher?«, beharrte Rosa. »Viljas Kindergärtnerin war sich so sicher, dass Vilja zurechtkommen würde, dass ich zuletzt gar nicht mehr darüber nachgedacht habe, aber jetzt …«
Der Satz wurde durch einen lauten Seufzer von Ute unterbrochen.
»Rosa, hör auf. Du hast richtig gehandelt. Du musstest fahren. Du hattest einen triftigen Grund. Du hast nichts falsch gemacht und schon gar nicht mit deiner Abreise dem Kind Schwierigkeiten bereitet.«
Ute verstummte für einen Augenblick, musterte kurz Rosas Gesicht, das sich verzogen hatte, und fragte dann:
»Aber könnte es sein, dass während deiner Abwesenheit etwas passiert ist? Etwas, wovon Markus nichts erzählt hat?«
Rosa schnalzte mit der Zunge.
»Wie zum Beispiel?«
»Das weiß ich nicht. Irgendetwas. Hat Markus nichts erwähnt?«
Rosa schüttelte den Kopf.

»Nein. Was könnte das sein? Und warum sollte er es nicht sagen?«
Ute sah Rosa schweigend an und brach dann die Stille, indem sie fragte:
»Hältst du es für möglich, dass Markus eine Beziehung zu einer anderen Frau hat?«
Rosa schaute aus dem Fenster. Draußen huschte die Stadt vorbei in Gestalt von Beton Asphalt Dachziegeln gen Himmel ragenden Schornsteinen, aus denen Rauch aufstieg, grauer und dicker und giftiger, für einen Augenblick kehrten ihre Gedanken zurück zum Krankenhaus, zu Matias' Krankheit und zu der Angst, die jede einzelne ihrer Zellen ergriffen hatte, aber Rosa schob diesen Gedanken beiseite, sie würde all diese Gedanken nicht auf einmal verkraften können. Ein leichter Regen hatte eingesetzt, am Fenster sammelten sich Tropfen, sie liefen die Scheibe hinab, bis sie von der Dichtung des unteren Randes aus schwarzem Gummi aufgehalten wurden. Rosa ließ den Finger über die Innenseite der Scheibe gleiten.
»Natürlich kann er ein Verhältnis mit einer anderen Frau haben«, hörte Rosa sich sagen. »Es können auch mehrere gewesen sein. Ich habe nie geglaubt, dass so etwas nicht passieren könnte. Aber ich bin mir sicher, dass Markus nie zulassen würde, dass so etwas unser gemeinsames Leben durcheinanderbringt.«

Die S-Bahn kam in Mahlsdorf an. Rosa sah sich um, als wäre sie in ein neues, noch unbezwungenes und exotisches Land gekommen. Das Gewimmel der Großstadt war von einem ländlichen Ort abgelöst worden, von dessen Bahnstation aus sie durch ein pittoreskes Dorf wanderten, das am Rand eines stillen Weges erbaut worden war.

»Süß«, sagte Rosa, als sie an dem wer weiß wie vielten Garten vorbeikamen, in dem Obstbäume, Beerensträucher und Blumenbeete sich auf den Winter vorbereiteten, die Blätter zum Herbst hin zusammengerollt, die Zweige tief herabhängend. »Aber dies sieht eigentlich nicht aus wie ein Ort, wo wilde Partys gefeiert werden.«

Ute lachte und schlang den Arm um Rosa.

»Sei unbesorgt, die Party wird bestimmt spitze.«

Sie kamen zu einem großen rosa Haus. Die Fassade war von schönen alten Fenstern unterbrochen, zum Eingang führten massive Steinstufen hinauf, und jemand hatte am Geländer Töpfe mit bunten, üppigen Blumen angebracht. Das Haus war von einem großen Garten umgeben, der seinen schönsten Glanz an den Spätsommer verloren hatte, aber immer noch üppig war. Rosa trat durch die Pforte ein und ließ den Blick schweifen.

»Erzähl mir noch mehr von dieser Christina, zu der wir gehen«, sagte sie. »Wohnt sie in einem Museum, oder sieht das nur so aus?«

Ute lachte laut auf, und anstatt zu antworten, zog sie Rosa mit sich ins Haus.

Solche Partys hatte Rosa noch nie erlebt, nicht einmal im Keller der *Kraft des Volkes*, deren Partys sogar in bürgerlichen Kreisen einen legendären Ruf genossen. Sie folgte Ute in dem großen Gebäude von einem Zimmer ins andere. Das Haus war voller Menschen, die in Leder und Satin und grelle Spitzen gekleidet waren und farbigen Schmuck und ebensolche Frisuren trugen, ein Männerpaar küsste sich auf einem großen roten Plüschsofa wie auf einem Gemälde. Oberhalb davon ragten aus der Wand vergoldete Kerzenhalter wie in einem Königsschloss oder – so dachte Rosa – wie bei ihrer Mutter in der Ruusulanstraße. Der aus den

Lautsprechern dröhnende Punk war so laut, dass Rosa sich die Hände auf die Ohren legen musste, die Menschenmasse zuckte im Takt der Musik, und die Glutköpfe der Zigaretten glommen in dem halbdunklen Zimmer. Ute segelte durch das Haus, während Rosa sich am Rücken von deren Bluse festhielt, blieb dann neben einer Bowle stehen und schenkte für sie beide ein spritziges rotes Getränk in Gläser.

»Suchen wir etwas?«, rief Rosa über die Musik hinweg.

»Christina!«, antwortete Ute und deutete weiter in das Haus hinein. »Lass uns mal dort nachsehen!«

Sie fanden Christina auf einem Balkon, der sich im hinteren Teil des Hauses öffnete, wo Rosa vor Erleichterung aufseufzte, endlich Sauerstoff! Die Luft im Haus war heiß und dick, der Schweiß lief ihr den Rücken und die Kopfhaut hinab, die unmerklich angefangen hatte zu kribbeln; draußen in dem kühlen Abend massierte Rosa die vom Wasserstoffperoxid verbrannte Haut mit den Fingern. Ute stürmte zum Ende des Balkons und begrüßte die am Rand der Menschenmenge stehende Christina mit Wangenküssen, und Rosa konnte sich ihrer Verwunderung nicht erwehren: Christina war zart und vogelknochig und in Rosas Augen alt, in den Fünfzigern oder Sechzigern. Ihren schmalen, überraschend fragil wirkenden Körper verhüllte ein schwarzes Kleid, auf dessen Oberteil aus Spitze eine dreifache Perlenkette lag. Obwohl Christina in das Haus, das an ein Museum erinnerte, passte wie die Sichel neben den Hammer, wirkte sie neben den anderen Anwesenden, als wäre sie gegen ihren Willen aus einer Loge der Staatsoper in die vorderste Reihe eines Punkkonzerts gezogen worden.

Bis Christina den Mund auftat und sagte:

»Schön, dass ihr kommen konntet!«
Ihre Stimme war tief und rau, bei ihrem Klang fuhr Rosa zusammen, schluckte ihre Verwirrung jedoch hinunter. Zugleich rückten die Teilchen an ihren Platz. Wieder ließ sie ihren Blick wandern, und plötzlich sah sie alles anders. Neben ihr lehnten zwei Frauen gegeneinander, auf der anderen Seite zwei Männer, ebenso drinnen hinter dem Fenster neben dem schweren Tisch aus Mahagoni. Ute hatte sie auf eine Schwulenparty mitgenommen, begriff Rosa, und plötzlich machte dieser Gedanke sie froh und ausgelassen, sie streckte Christina eifrig die Hand entgegen und stellte sich vor. Ihr Händedruck war zart, die Hand kühl und trocken wie die einer Greisin, aber Rosa lächelte breit und sagte: »Sie haben ein prachtvolles Haus. Und eine tolle Party!«
Christina knickste.
»Und du hast tolle Ohrringe.«
Christina berührte zart die an Rosas Ohr baumelnde Espressokanne, und Rosa lachte.
»Danke! Die sind aus dem Westen!«
Sie bemerkte eine Regung auf Utes Gesicht, die schnell verschwand, aber doch deutlich war, spürte sofort einen Stich in der Brust und um sich herum einen kühlen Hauch, es war, als hätten alle bei ihren Worten innegehalten. Die Stille währte nicht lange, war jedoch tief und bohrte sich sofort in Rosa hinein.
»Rosas Mann arbeitet hier als Journalist«, sagte Ute rasch. »Als Korrespondent einer finnischen Zeitung.«

Und im Nu schien die Atmosphäre wieder befreit und leicht, Rosa betrachtete schweigend die zu ihrer Unterhaltung zurückkehrenden Menschen um sich herum und

wurde auf lautes Gelächter aufmerksam. Es kam aus einer Gruppe, die ein paar Meter von ihr entfernt stand. Sie wandte den Kopf dorthin.
»Der war gut!«, sagte die Frau, die ihr am nächsten stand, und lachte wiehernd und laut.
»Na und dieser«, sagte ein schmächtiger junger Mann, der ganz außen am Rande stand und mit den schwarz geschminkten Augen blinzelte. »Kennt ihr die Geschichte, in der Honecker mit nur einem Strick in den Wald geht? Ich auch nicht, aber das klingt gut!«
Während das Gelächter erneut ausbrach, gingen Ute und Rosa ins Haus zurück, um ihre Gläser zu füllen. Neben der Bowle fasste Rosa Ute bei der Hand.
»Danke«, sagte sie.
»Wofür?«, fragte Ute.
»Dafür, dass du mich wegen meines Patzers gerettet hast.«
Ute sah Rosa ernst an.
»Trink«, forderte sie Rosa auf und schüttete sich ihre Bowle auf einmal in den Hals.
Rosa tat, wie ihr geheißen, und Ute füllte erneut die Gläser.
»Komm«, sagte Ute dann und zog Rosa mit auf die andere Seite des Hauses, wo Stufen hinunter in einen dämmerigen, stillen und kühlen Keller führten.
Ute ging den Gang entlang bis zum Ende, und es kam Rosa so vor, als wüsste Ute ganz genau, wo sie hinwollte. Ute öffnete eine Tür, groß und schwer, und ließ Rosa an sich vorbeigehen. Das Zimmer war klein, und es gab darin kein einziges konventionelles Möbelstück, stattdessen stand an der Schmalseite des Raumes eine Konstruktion ähnlich einer hölzernen Pritsche, an deren beiden Enden schwarze metallene Haken befestigt waren. Rosa ging weiter in den

Raum hinein, und als sie sich umdrehte, bemerkte sie: An der Wand neben der Tür hingen Lederriemen, eine Peitsche und eine Art Stock. Sie wandte sich an Ute.
»Was ist das für ein Ort?«
Ute setzte sich auf die Pritsche und stellte ihr Bowleglas neben sich.
»Soweit ich weiß, eine Art Raum zum Vögeln«, sagte sie unbekümmert.
Rosa sah Ute mit gerunzelten Brauen an.
»Und warum sind wir hier?«
Ute seufzte tief auf.
»Weil es hier still ist und in den nächsten zwei Stunden niemand hierherkommt. Hier können wir einen Moment in Ruhe reden.«
Sie machte eine kleine Pause, wie um abzuwägen, was sie sagen sollte. Rosa sah Ute erwartungsvoll an, spürte, wie das Blut in ihren Adern pulsierte und in den Ohren rauschte, bis Ute die Stille brach:
»Du hast das ja selbst verstanden, aber ich sage dir noch einmal sicherheitshalber, sprich hier nicht von Besuchen im Westen. Die Menschen werden gegeneinander angeworben. Wenn du davon sprichst, dass du in den Westen fährst, dann fällt einem dazu als Erstes ein, dass das eine Belohnung für etwas ist. Dass man dich angeworben hat. Und dass man sich vor dir in Acht nehmen muss.«
Rosa rieb sich die Kopfhaut. Das Kribbeln hatte etwas nachgelassen, nachdem der Schweiß getrocknet war, aber das angespannte Gefühl war noch da, jetzt hatte es sich anscheinend auch ins Innere des Kopfes verlagert.
»Das war dumm von mir, ich weiß. Danke, dass du mich gerettet hast.«
Ute lächelte leicht.

»Zu denken, du seist ein Stasi-Spitzel, ist allerdings amüsant.«
Rosa lachte trocken.
»Der Gedanke, ich sei ein Stasi-Spitzel, ist absurd. Denselben Fehler werde ich nicht noch einmal machen, das verspreche ich«, sagte sie und kreuzte vor Ute die Finger, dann sah sie sich um. »Können wir jetzt zum Wesentlichen kommen? Warum gibt es in diesem Haus einen Raum zum Vögeln?«
Ute lachte. »Weil in diesem Haus die witzigsten Homopartys der ganzen DDR gefeiert werden.«
»Auch an anderen Tagen als heute?«
»Wer weiß, wie oft.«
Rosa trat neben die Wand und griff nach der aus Holz und Leder gefertigten Peitsche.
»Und warum kommst du hierher?«
Ute zuckte die Achseln. Auf ihrem Gesicht war ein schelmisches Grinsen erschienen.
»Weil ich die Atmosphäre mag. Das Gefühl von Freiheit, das durch das Brechen von Normen entsteht. Diese Menschen. Ihre Gedanken.«
Rosa ließ die Peitsche durch die Luft sausen, das Leder zischte und pfiff, sie beobachtete dessen Bewegung.
»Jaa. Eine Sache werde ich jedoch nicht fragen«, sagte sie mit dem Rücken zu Ute, dann drehte sie sich wieder um und sah Ute in das fragend erwartungsvolle Gesicht. »Ob du diesen Raum jemals benutzt hast.«
Und sie lachten beide so, dass der Keller widerhallte.

Sie tanzten die ganze Nacht hindurch, während der sternenklare Himmelsdeckel über Mahlsdorf stand, und in den frühen Morgenstunden schleppten Rosa und Ute sich

betrunken zu der stillen und verschlafenen S-Bahn-Station zurück. Rosa setzte sich auf die Bank auf dem Bahnsteig, lehnte den Kopf gegen Utes Schulter und schloss die Augen. Die Welt ringsum drehte sich, die Dunkelheit glomm hinter den Augenlidern und bildete Tropfen und Flecke und Linien, gerade und gebogene, und Rosa ließ sie in ihrem geschlossenen Gesichtskreis wandern wie Glühwürmchen.
»Ich glaube, es wird noch Ewigkeiten dauern, bis der Zug kommt«, sagte Ute.
Rosa sagte leise: »Na, dann warten wir eben.«
Ute lehnte den Kopf gegen Rosas.
»Genau. Dann warten wir eben.«
Mit immer noch geschlossenen Augen ergriff Rosa Utes Hand und drückte sie.
»Und wir haben keine Not.«
Ein Weilchen saßen sie schweigend da. Ute streichelte Rosas Hand. Die Luft war kühl und frisch, in der Nacht hatte es geregnet, aber am frühen Morgen hatte der Regen aufgehört und die Welt warten lassen, auf den neuen Tag und Regen und alles, was noch bevorstand. Rosa schloss wieder die Augen, und in diesem Moment wurde ihr ganzer Körper von Sicherheit erfüllt: Die Welt gehörte ihr, und diese Freundschaft – sie würde niemandem erlauben, sie ihr zu nehmen. Der Gedanke war voller Wärme, er erfüllte ihr die Brust, und so schlief sie ein.

TEIL III

1987

Die Welt fand den Morgen, er war aufgeklart, und hätte man Markus gefragt, wäre das alles am ehesten das Verdienst von Michail Gorbatschow und am wenigsten von Erich Honecker gewesen. Gorbatschow: ein erneuerungsfähiger und -williger Entscheidungsträger, wie die Welt ihn brauchte; der Mann, der mit entschiedenen Gesten die Perestroika angestoßen hatte, die Erneuerungspolitik, in die sowohl die Sowjetunion wie auch die übrige Welt große Hoffnungen und Erwartungen setzten. Die Erneuerung des Wirtschaftslebens, die Entwicklung einer sozialistischen Selbstverwaltung, eine offenere öffentliche Auseinandersetzung sowie ein versöhnlicheres internationales Herangehen – auf diese Weise würde es der Sowjetunion möglich sein, die Probleme der Stagnationsphase zu überwinden, und es war nicht übertrieben zu verkünden, dass die Perestroika der glaubhafteste Plan aller Zeiten für die Erneuerung des Sozialismus war. Die wurde gebraucht, und das hatten die vergangenen Jahre mit klaren Anzeichen bewiesen, davon war Markus überzeugt.

Was wiederum Honecker und die übrige Parteileitung der DDR betraf, so spürte Markus, dass seine Haare ergrauten, als er die Zeitschrift aufschlug. Er suchte und öffnete eine Doppelseite mit einem Foto von Kurt Hager, Mitglied des Politbüros und führender Ideologe, starrte einen Augenblick lang dessen selbstgefällige Augen und die darunter aufragende gerade und unnatürlich lange Nase an und wandte sich dann dem Text zu. Dessen Inhalt war in keiner Weise mehrdeutig – die DDR sagte sich los von der Erneuerungspolitik der Sowjetunion und folgte ihrer eigenen Linie – nicht der der anderen. Natürlich, dachte Markus bei sich, wozu wäret ihr alten, verknöcherten Dickschädel denn auch sonst noch imstande.

Trotz seiner Enttäuschung und Frustration las er weiter. »Würden Sie, nebenbei gesagt, wenn Ihr Nachbar seine Wohnung tapeziert, sich verpflichtet fühlen, Ihre Wohnung ebenfalls neu zu tapezieren?«, fragte Kurt Hager in einem Interview, das er der Zeitschrift *Stern* gab, so als läge in diesem Vergleich auch nur ein Hauch von Verstand, und antwortete selbst: Jeder sozialistische Staat hat seine eigenen Traditionen, sein eigenes Entwicklungsniveau und seine eigene Realität, und all diese Dinge müssen bei der Entwicklung der Gesellschaft berücksichtigt werden. Die Sowjetunion tat, was die Sowjetunion für das Beste hielt, und dasselbe galt auch für die DDR. »Unsere Demokratie ist lebendig und entwickelt sich weiter«, verkündete Hager und erstickte damit all die Hoffnungen, die dank Gorbatschows ehrgeizigen, aber absolut umsetzbaren Plänen auch in zahlreichen anderen Menschen in der ganzen Welt erwacht waren.

Markus klappte die Zeitschrift zu und seufzte tief auf.

»Schwachköpfe«, murmelte er und zündete sich eine Zigarette an.

Sein Glaube an den Sozialismus war nicht ins Wanken geraten, aber etwas musste getan werden. Die sich immer wiederholenden Nachrichten von Ärzten, Ingenieuren, Lehrern und Wissenschaftlern, die in den Westen gegangen waren, sprachen eine karge Sprache, die Markus sich nicht mehr schönreden konnte. Der Entschluss von insgesamt etwa zweieinhalb Millionen Menschen, ihr Leben in das kapitalistische Nachbarland zu verlegen, konnte nicht mehr mit Geldgier, Landesverrat oder Ideologielosigkeit erklärt werden, obwohl Markus das in seinen Analysen immer noch getreulich so schrieb. Die Frustration der Bevölkerung nahm zu, unter der Oberfläche hatte es angefangen zu gären, ja, geradezu zu brodeln, und das Volk dürstete nach Freiheit – auch nach anderer als der, die dieses Land zu bieten hatte. Die wiederholten Forderungen der westlichen Führer, die Berliner Mauer einzureißen, waren keine Antwort, dessen war Markus sich sicher, die Wirtschaft würde einen noch größeren Braindrain, als er schon stattgefunden hatte, nicht verkraften, und unter diesen Bedingungen war eine Rückkehr zu der Zeit der offenen Stadt unmöglich. Außerdem war die Wirtschaft nicht einmal der einzige Grund; die Frage war auch eine sicherheitspolitische. Auf jeden Fall war die Lage schwierig. Die Mauer war zugleich unvermeidlich und ein großes allgemeinmenschliches Problem, und aus Markus' Sicht war die Lösung für all das Gorbatschows Vision.

Doch jetzt hatte Honecker in seiner großen Weisheit mit seinen Lakaien diese Lösung abgelehnt, und dafür gab es einen Grund, der schwerer wog als alle anderen: Die alte Führung fürchtete sich. Sie hatte Todesangst.

Mit Widerwillen starrte Markus auf den Nylonvorhang und die dahinterliegende Straße. Der April war warm und sonnig, und obwohl der beginnende Sommer für ihn schon der vierte in Mitteleuropa war, hatte die plötzliche Wärme ihn wieder überrascht. Vielleicht konnte ein Finne einfach nichts für seine wintergesättigte Seele, hatte Markus am Morgen gedacht, als er die Leipziger Straße entlang zur Arbeit ging. Vielleicht würde er sie nie loswerden, dieses

sich Einstellen auf Kälte und das Erschrecken vor den ersten warmen Tagen des Jahres, und etwas an diesem Gedanken hatte ihn deprimiert.
Im Büro wurde er durch das Klingeln seines Telefons aus seinen Gedanken gerissen und drückte die Empfangstaste, um nicht länger als unbedingt nötig das Geräusch hören zu müssen, dessen Stärke der eines Sirenenalarms entsprach, und hörte sogleich Rosas Gereiztheit.
»Ich möchte dich nur daran erinnern, dass mein Zeitplan heute überhaupt nicht flexibel ist«, sagte Rosa.
Markus seufzte.
»Ich weiß. Ich bin bis fünf Uhr zu Hause.«
Und fast ebenso schnell, wie es begonnen hatte, war das Gespräch auch schon zu Ende. Mit einem diffusen Trübsinn im Körper ließ Markus den Hörer sinken.
Hätte man ihn vor drei Jahren gefragt, wo er sich selbst im April 1987 sehe, hätte er geantwortet: Die Probleme würden dann gelöst sein, sowohl die gesellschaftlichen als auch die privaten, er würde ein glückliches Leben und einen ebensolchen Alltag in genau diesem Land haben, alles würde sich wie von selbst zurechtgerückt haben, so pflegte es doch zu sein, und von den Widersprüchen, die ihn im ersten Jahr seines Deutschlandaufenthalts gepeinigt hatten, würde nichts mehr übrig sein. Doch so war es nicht gekommen. Immer noch lebte er ein zerstörerisches Doppelleben, und obwohl er es wie durch ein Wunder geschafft hatte, sein Geheimnis zu bewahren, war Rosa bei all dem überhaupt nicht glücklicher. Rosas Unzufriedenheit mit der Eintönigkeit des Familienlebens hatte sich anscheinend verstetigt und entlud sich Markus gegenüber in gelegentlichen Wutanfällen und ständigen Ausbrüchen aus dem Alltag. So auch heute, als Rosa ihm mitgeteilt hatte, dass sie wieder

zu einem abendlichen Treffen gehen werde. Doch solange ihrer beider Alltag, der sich auseinanderentwickelt hatte, Markus die regelmäßigen Treffen mit Luise ermöglichte, hatte er das Gefühl, am Leben zu bleiben. Für ihn und Rosa hatte sich ihr Zuhause jedoch in eine Durchgangspassage verwandelt, in der sie die Schicht wechselten wie Arbeiter in der Fabrik, und das einzig konstante Element bei all dem waren die Kinder, die sich anscheinend ihrer Umgebung anpassten wie Maschinen, die nach den Terminen und Vorhaben ihrer Eltern programmiert waren.

Ein Schuldgefühl setzte sich in Markus fest wie ein zäher und verfitzter Strang. Er würde ihn losreißen, indem er aufsprang und seine Zigarette mit Kraft ausdrückte. Es war kurz nach drei. Einer momentanen Eingebung folgend griff er wieder nach dem Hörer und wählte die Nummer.

Frau Waschkes Stimme knarrte wie immer, Markus nannte seinen Namen und fragte:

»Könnte ich mit Frau Seidel sprechen?«

»Gerade beginnt die Essenszeit«, begann Frau Waschke, aber Markus unterbrach sie freundlich:

»Liebe Frau Waschke, mein Anliegen ist sehr kurz. Und wichtig. Es betrifft Viljas Erziehungsplan, und leider kann die Sache nicht warten. Ich brauche nur einen ganz kurzen Augenblick, glauben Sie, dass Sie als Leiterin des Kindergartens ihn organisieren könnten?«

Frau Waschke seufzte und gab auf, sie bat Markus, in der Leitung zu bleiben. Markus lächelte kurz und zufrieden. Er war ein geschickter Lügner geworden. Er verstand es, die richtigen Knöpfe zu drücken, das wusste er auch selbst, und wo es ihm anfangs schwergefallen war, Rosa in die Augen zu sehen und Erklärungen zu erfinden, unverfrorene, geradezu schamlose Scheingründe für seine Verspätungen,

Abwesenheiten und die langen Abende und Nächte, die er außerhalb der Wohnung verbracht hatte, konnte er inzwischen aus dem Stegreif und mühelos Geschichten erfinden, ohne irgendwelche Gewissensbisse, und das galt für die Kommunikation mit Rosa ebenso wie für die mit anderen Menschen. Er war sich nicht sicher, ob er darauf stolz sein sollte oder nicht, aber diese Fähigkeit war nützlich.
Luise kam schnell ans Telefon, nannte am Hörer ihren Namen, als spräche sie mit einem Unbekannten, obwohl Frau Waschke ihr gesagt haben musste, wer an der Strippe auf sie wartete.
»Hier Markus Siltanen, guten Tag«, sagte Markus und bemühte sich, das Lächeln, das auf seinem Gesicht entstanden war, als er Luises Stimme gehört hatte, von seinem Gesicht zu verbannen, das sollten keine Außenstehenden hören, und er wusste, dass das Gespräch abgehört werden konnte. »Viljas Erziehungsplan hat bei mir eine Frage aufgeworfen, auf die ich erst jetzt gekommen bin. Hätten Sie möglicherweise heute ein wenig Zeit, kurz darüber zu sprechen? Ich weiß, dass das ein kurzfristiger Vorschlag ist, aber ich würde Sie gern treffen.«
Er hörte, wie Luise am anderen Ende der Leitung sich räusperte und dann antwortete:
»Heute? Ich arbeite bis vier. Passt es danach?«
»Ja«, sagte Markus, »aber mein Zeitplan ist leider eng. Hoffentlich halten Sie mich nicht für unverschämt, wenn ich einen kleinen Spaziergang vorschlage. Vielleicht treffen wir uns bei der Unterführungsbrücke?«
Luise stimmte zu, und ebenso formell, wie Markus das Gespräch begonnen hatte, beendete er es auch. Er schaute erneut auf die Uhr, ging mit energischen Schritten in die Kantine im Untergeschoss, kaufte ein Bier zum Mitneh-

men und trat dann in die Wärme und Helligkeit der Leipziger Straße hinaus.

Markus setzte sich unter die Brücke ans Ufer des Flusses, dorthin hatte man von den Fenstern des Wohnhauses her keinen Einblick, und das galt auch für die Autos, die Fußgänger und Radfahrer, die die Brücke überquerten, unter der Brücke war er vor allem anderen verborgen außer vor seinen eigenen Ängsten, umgeben nur von den Grasbüscheln am Eingang des Tunnels und dem blühenden Kirschbaum. Er sah, wie Luise die Treppenstufen herunterkam, stand auf und ging ihr entgegen, zog sie mit sich zurück unter die Brücke und küsste sie.

»Ich kann nicht lange bleiben«, sagte Luise, nachdem Markus seinen Griff gelöst hatte.

»Warum? Wohin musst du so eilig?«, fragte Markus und bemühte sich um einen sorglosen Ton, der ihm jedoch nicht gelang, und verstand auch selbst: Er klang besitzergreifend und eifersüchtig.

Aber Luise ließ sich nicht provozieren, sie trat dicht an Markus heran.

»Warum fragst du?«

Ihre Stimme hallte in leisen Wellen zwischen den Betonwänden der Brücke, irgendwo plätscherte Wasser, und Luise schlang den Arm um Markus und flüsterte:

»Darf ich keine Geheimnisse haben?«

In Luises Augen blitzte es, und Markus wusste: Das war Luises Art, das Spiel zu beginnen, ihr gemeinsames, neckisches, das oft zum Sex führte und das Markus meistens genoss, das aber gerade jetzt bewirkte, dass er sich in unangenehmer Weise unsicher fühlte.

»Nein, du darfst keine Geheimnisse haben«, sagte er und

bemühte sich, witzig zu klingen, schaffte es aber nicht, einen humorigen Ton anzuschlagen, und fühlte sich plötzlich angespannt und gereizt, vor allem von sich selbst, und zischte:
»Ach, ich bin müde. Bin jetzt nicht zum Spaßen aufgelegt.«
Luise sah ihn forschend an.
»Was ist los?«
Markus seufzte, sah Luise an, bemerkte die Sorge auf ihrem Gesicht, sie zeigte sich in einer Falte auf ihrer Stirn, von der er gerade jetzt gehofft hatte, sie bliebe glatt und sorglos.
»Nicht du«, sagte er. »Die Arbeit, die Welt. Alles.«
»Da wir gerade von der Welt sprechen«, sagte Luise und löste sich aus Markus' Nähe. »Ich treffe Anne. Um fünf. Katarina kommt auch.«
Markus sah Luise an, ohne zu begreifen, warum die Sache ernst war, bis diese wieder den Mund öffnete und sagte:
»Es ist ein Jahr her, Markus. Ganz bald. Anne ist ... ziemlich außer sich.«
Und da verstand Markus, er presste die Hand auf den Mund und ließ die Luft durch die Nase entweichen.
»Oje, so ist es tatsächlich«, sagte er.
Den Fluss entlang glitten Schwäne, Markus schloss Luise in die Arme. Sie standen und hielten einander, bis die Zeit ablief und Luise flüsterte:
»Du bist mein.«
Und Markus antwortete:
»Ich bin dein.«
Kurz vor dem Augenblick der Trennung fiel Luise plötzlich etwas ein, sie zog aus ihrer Tasche eine Zeichnung und reichte sie Markus.
»Die hab ich dir mitgebracht. Vilja hat sie heute gezeichnet.

Ich konnte der Versuchung nicht widerstehen, ich musste sie dir zeigen. Dies ist unbedingt eine der besten.«
Markus griff nach dem Papier. Auf dem weißen Grund war ein Mann mit Halbglatze dargestellt, die Augen waren von einer Brille mit dickem, schwarzem Gestell gerahmt, hinter denen die Augenbrauen wucherten, die aus verschiedenfarbigen Strichen bestanden. Um den Hals hing ihm eine Krawatte, die mit Küken oder Häschen oder beide darstellenden Figuren verziert war, mit schiefem Lächeln und gelben Zähnen.
»Schon wieder«, ächzte Markus. »Die wie vielte ist das eigentlich?«
»Ich kann sie nicht mehr zählen«, sagte Luise und lachte. »Aber es dürfte keinen Zweifel daran geben, wer der Lieblings-politiker dieses Kindes ist.«
Markus schüttelte den Kopf und murmelte:
»In dieser Sache ist freilich der Apfel weit vom Baum gefallen.«
Er betrachtete das Bild von Erich Honecker, das sein Kind gezeichnet hatte, jetzt schon leicht amüsiert, rollte es zusammen, steckte es in die Tasche und sagte:
»Ich warte auf den Tag, wenn sie aufhört zu behaupten, dass ich diesem alten visionslosen Greis ähnele.«
Luise lachte.
»Und ich warte auf den Tag, wenn ich ihrer Ansicht nach nicht mehr so bin wie Margot, diese dumpfe alte Schlampe.«

Sie wechselten routiniert die Schicht, als hätten sie es immer so gemacht: Markus kam zur Tür herein, und Rosa wartete im Flur schon darauf, losgehen zu können.
»Die Kinder haben bestimmt bald Hunger, sodass ich an

deiner Stelle sofort Essen machen würde«, sagte Rosa und zog die Schuhe an. »Und morgen geht es früh los, Matias' Klasse macht einen Ausflug in den Pionierpark, und da darf er sich nicht verspäten. *Wir sind pünktlich.*«

Markus lachte trocken auf. Er wusste, dass Rosa auf die Schilder anspielte, die an der Schultür hingen und daran erinnerten, wie wichtig die Pünktlichkeit und wie schädlich die Unpünktlichkeit war, und damals, als in ihrer Familie noch gewitzelt wurde, hatten sie gelacht, dass diese Schilder wahrscheinlich nur für sie, die finnische Familie, die sich nach Art von Bohémiens immer verspätete, geschrieben worden waren. Rosa zog die Tür hinter sich zu, ohne Markus auch nur zu streifen.

Um zehn vor sieben setzte Markus die Kinder für das Abendmärchen vor den Fernseher, blieb auch selbst davor stehen und sah zu, wie das Sandmännchen auf den Bildschirm glitt, diesmal auf dem Mond, das Raumschiff landete auf der Mondoberfläche, begleitet von Sternenstaub, das Sandmännchen kämmte seinen langen Spitzbart und grub mit seinem Mondbagger in der Oberfläche des fremden Himmelskörpers.

»*Sandmann, lieber Sandmann*«, sang Vilja mit wie jedes Mal und wiegte sich dabei hin und her.

Beide Kinder schliefen nach der Abendwäsche schnell ein. Nachdem Markus ihnen vorgelesen hatte (*Ungarische Tiermärchen* – Matias' Favorit), ihnen ein Abendlied vorgesungen (*Tuu, tuu tupakkarulla* – Viljas Favorit) und im Kinderzimmer das Licht ausgemacht hatte, entnahm er seiner Tasche einen Stapel Zeitungen, die er im Westen gekauft hatte, setzte sich auf das Sofa, zog aus dem Stapel die erstbeste Zeitung heraus und zuckte zusammen, als er das Titelblatt las. Er hatte am Zeitungskiosk eilig all die

Wochenzeitschriften mitgenommen, die er im Osten nicht bekam, hatte sie aber nicht genauer angesehen.
Bis jetzt.
Er starrte auf das Titelbild. Ein gewaltiger Sarkophag aus Beton ragte zum blau schimmernden Himmel empor. Auf das Titelbild war ein weiteres, kleineres Bild gesetzt worden. Darauf loderte ein Feuerbrand, und daneben stand der Titel: *Tschernobyl – wie die Katastrophe ablief und was darauf folgte*. Er ließ die Zeitung auf die Knie sinken und seufzte tief auf, legte sie schließlich zuoberst auf den Stapel, stand auf und schlurfte zum Fenster, um eine Zigarette zu rauchen. Erst Luises Worte hatten ihn an die Katastrophe erinnert.
Sie hatte Annes Gesicht.
An jenem Wochenende waren sie wieder in den Norden gefahren, diesmal zu zweit, er und Luise, und diesmal brauchte Markus nicht einmal zu lügen: Rosa hatte mitgeteilt, dass sie mit den Kindern und Ute nach Prag fahren würde, sie hatte sich in den Kopf gesetzt, dass aus den Kindern dumpfe Provinzler würden, wenn sie nicht ab und zu Berlin verließen, und Rosa hatte nicht einmal versucht, Markus zum Mitfahren zu bewegen. So hatten Markus und Luise ein langes Wochenende in Loddin verlebt, während am Ostseestrand ein neuer Frühling erwachte und sie barfuß über den von der Sonne erwärmten Strand wanderten, Hand in Hand, einander umschlingend, dort, nur dort konnten sie das tun. Die erste Nachricht hatte sie erst am Montag erreicht. *Schwere Explosion im Kernkraftwerk*, hatten die Titelseiten der Zeitungen geschrien, doch bald schon klang das alles ganz anders. Bald sprach die sozialistische Presse nur noch von einer »kleinen Havarie«, die die Energieproduktion der Sowjetunion betroffen habe, die aber repariert werden würde.

Eine kleine Havarie, hatte Markus gedacht. So als hätte sich bei jemandem eine Plombe gelöst.
Er hatte an seinem Schreibtisch gesessen, als der Anruf kam, hatte einen Schreck bekommen, als er Luises Stimme am anderen Ende der Leitung hörte, und zunächst gedacht, dass Vilja etwas passiert sei – sie benutzten das Telefon nicht außer in einer Notlage, und Luise hätte nicht angerufen, wenn es sich nicht um etwas Ernstes und Eiliges gehandelt hätte.
»Vilja hat ihre Kuschelkatze im Kindergarten vergessen, und ich glaube, es wäre das Beste, wenn ihr sie holen kämt«, hatte Luise am Telefon gesagt, und Markus hatte die Brauen gerunzelt.
Luise hatte weitergesprochen:
»Könnt ihr kommen, bevor wir für diesen Tag schließen? Ich fürchte, sonst wird sich die Situation bei euch zu Hause zuspitzen.«
Und Markus hatte seine Arbeit unterbrochen, war in die U-Bahn gesprungen und in den Kindergarten auf der Fischerinsel geeilt, der leer gewesen war, alle Kinder waren abgeholt worden und die Mitarbeiterinnen nach Hause gegangen, nur Luise hatte in der Eingangshalle gestanden und Markus die Tür geöffnet, ihm den Weg in den Schlafsaal der oberen Etage gezeigt, von dessen Fenstern aus sich der hellgrüne, lichte Frühling darbot. Nachdem sie die Tür hinter sich geschlossen hatte, war Luise in ein untröstliches, ihren ganzen Körper schüttelndes Weinen ausgebrochen.
»Anne«, hatte sie herausgebracht.
Markus hatte Luise in den Arm genommen, aber nichts von der Situation verstanden.
»Worum geht es?«, hatte er gefragt.

Luise hatte den Kopf geschüttelt und schließlich herausgebracht:
»Anne ist nach Moskau gefahren. Ins Krankenhaus. Leon ist dorthin gebracht worden. Sie versuchen, ihn zu retten. Niemand weiß, was geschieht.«

Markus zündete sich unmittelbar nach der vorherigen eine neue Zigarette an, starrte auf die von Dunkelheit bedeckte Stadt und blies den Rauch in die Lüftungsklappe. Er konnte sich der apokalyptischen Angst vor der Zukunft der Welt nicht erwehren. Er schloss die Augen. Der Vietnam-Krieg, der Militärputsch in Chile, die Apartheid, der Imperialismus, der Krieg der Sterne, die Ausbeutung der Entwicklungsländer ... Markus zählte in Gedanken Dinge auf, die die Welt im Laufe seines ganzen Lebens gepeinigt hatten. Sie hatten ihm die Augen geöffnet und bewirkt, dass er die Welt in einer Weise betrachtete, die er für die einzig richtige und vor allem gerechte Entwicklungsrichtung hielt, aber gab es in der Zukunft nun doch kein Licht? Er wusste es nicht, die Sorge lastete auf ihm, er öffnete die Augen und sog an seiner Zigarette, drückte sie schließlich aus, fuhr sich durch die Haare und kehrte zum Sofa zurück. Und an jenem Aprilabend im Zentrum des Kalten Krieges setzte sich in ihm das Entsetzen fest, es hatte sich in aller Stille bei ihm eingeschlichen, von ihm nahezu unbemerkt, hatte sich in seinem Schoß niedergelassen und sich kraftvoll an seinen ganzen Körper geklammert, und jetzt sagte es: Pass auf und bereite dich vor, es ist noch nicht vorbei.

2011

Die Straße war in schlechtem Zustand, das Auto, das darauf unterwegs war, klapperte so, als könnte es jeden Moment in seine Bestandteile zerfallen. In seinem Inneren hing der Geruch eines süßlichen Duftstoffs, Vilja spürte, wie die Übelkeit in ihrem Inneren Kräfte sammelte, und sie fürchtete, gleich würde sie sich übergeben müssen, und so konzentrierte sie sich darauf, geradeaus zu schauen, so weit das Auge reichte, so, wie der Vater es ihr immer geraten hatte. Die nass bebenden Felder huschten im Seitenfenster vorbei, der Himmel hing als aschgraue Decke über der flachen Landschaft. Die russische Popmusik, die von irgendwo aus den Tiefen des knasternden Radios hervordrang, mischte sich mit dem Gebrüll des Motors, der in einem zu niedrigen Gang arbeitete.

»Noch eine halbe Stunde, dann sind wir da«, sagte die Stimme neben ihr.

Vilja wandte sich dem Mann zu, der auf dem Fahrersitz saß. Sie selbst war am Vortag auf dem internationalen Flughafen Kiew-Boryspil gelandet, hatte in einem kleinen Hotel am Ufer des Dnepr übernachtet und war am frühen Morgen in den Wagen des Mannes gestiegen, der sich als Bohdan vorgestellt hatte. Ihn hatte der Hotelmitarbeiter am Empfang auf Viljas Bitte reserviert, als sie noch in Berlin war.

»Ich heiße Bohdan, und Sie haben Glück, denn mein Name bedeutet Gottesgabe. Willkommen zur Fahrt mit mir«, hatte Bohdan gesagt und bei seinem Lächeln eine verblüffend weiße Zahnreihe entblößt. Der Škoda hatte sich in Bewegung gesetzt, und Vilja hatte sich Kiew angeschaut, die Stadt, die zu dem neuen Morgen erwachte, die auf den Straßen und Plätzen aufragenden massiven Denkmäler, die hohen Hochhäuser und die an den Straßenrändern hockenden alten Frauen mit Kopftuch, die Toilettenpapier verkauften, das mit dem Konterfei von Wladimir Putin bedruckt war.

»Alle Papiere sind also in Ordnung?«, fragte Vilja und sah Bohdan an, dessen schimmernde Lederjacke und die Sonnenbrille, die er sich auf den Kopf geschoben hatte.

Der Mann lächelte.

»Alles in Ordnung. Aber beim nächsten Mal sollten Sie den Ausflug rechtzeitig reservieren, denn wir mussten spezielle Tricks anwenden, um die Angaben in Ihrem Pass bearbeitet zu kriegen.«

Vilja nickte. Sie hatte sich schon bei Bohdan und auch bei dem Hotelpersonal für die Arrangements bedankt, die die zu kurzfristig organisierte Reise erforderlich gemacht hatte. Es war ein Wunder, dass sie stattfinden konnte, hatte Bohdan als Erstes zu ihr gesagt, als er sie traf, ein großes Wunder.

»Sie sind also öfter in dem Gebiet? Wie oft?«, fragte sie, nachdem sie so lange geradeaus gestarrt hatte, dass sie sicher sein konnte, sich nicht übergeben zu müssen.

»Ziemlich oft. Ich fahre Touristen wie Sie. Heute wollen alle den Ort sehen, der explodiert ist«, sagte Bohdan und lachte trocken. »Heute kann ich nicht dorthin fahren, dort darf man sich nur eingeschränkt aufhalten, sonst bekommt man zu viel Strahlung ab. Und man kann an Krebs erkranken.«

Vilja nickte. Die Vorstellung von strahlendem Erdreich erschien ihr fürchterlich, sie wusste nicht, wie sie sich dazu verhalten sollte, und so hatte sie beschlossen, einfach die strengen und notwendigen Anweisungen zu befolgen.
»Sie kennen sicherlich auch andere Leute, die auf dem Gebiet arbeiten?«, fragte sie.
Bohdan winkte ab und riss gleich darauf das Lenkrad herum, um einem Schlagloch auszuweichen, der Wagen scherte unerwartet seitlich aus, bis er wieder in seine Spur zurückkehrte.
»Dort arbeiten Hunderte von Menschen. Oder eigentlich Tausende. Sie überwachen das Gebiet, waschen die Straßen, halten den Sarkophag instand, arbeiten als Fremdenführer oder erfüllen alle möglichen anderen Aufgaben. Eine Menge Leute.«
»Kennen Sie Fremdenführer?«
»Ja, ein paar. Die fahre ich auch.«
»Sagt Ihnen der Name Anne Stern etwas? Kennen Sie eine Person dieses Namens?«
Bohdan runzelte die Stirn, als versuchte er, aus der Tiefe seiner Hirnwindungen etwas auszugraben.
»Anne Stern. Kommt mir nicht bekannt vor. Wer ist das?«
Vilja richtete wieder den Blick voraus.
»Eine Person, die ich finden muss.«
Sie hatte mehrmals versucht, die Nummer, die Sebastian ihr gegeben hatte, anzurufen, aber Anne hatte sich nicht gemeldet. Schließlich hatte Vilja ihr eine Nachricht geschickt und mitgeteilt, dass sie in die Ukraine kommen würde, wo sie Anne zu treffen hoffte. Sie holte ihr Handy aus der Tasche und prüfte es.
Keine Antwort, immer noch nicht.
Sie bemühte sich, ihre Unruhe zu verdrängen. Am Mor-

gen nach der letzten Nacht in Berlin war ihr der spontane Entschluss, Anne Stern in einem völlig fremden Land zu suchen, wie Irrsinn erschienen, wie das Suchen einer Nadel im Heuhaufen, aber sie hatte ihren Flug schon umgebucht, aus einer momentanen Eingebung heraus, und andererseits hatte sich ihr der Weg in Berlin doch verstellt, und irgendwo musste sie weitermachen – sie konnte nicht noch ein halbes Jahr warten, um endlich vom Stasi-Archiv irgendwelche Infos zu bekommen, das war ihr klar geworden, und einen anderen Weg hatte sie nicht gesehen.
»Ist das nun vollkommen irrsinnig?«, hatte sie Saga am Morgen ihrer Abreise dennoch am Telefon gefragt, aber die hatte sie ermutigt, zu fliegen.
»Nein. Du musst Luise finden, das verstehe ich. Wenn das erforderlich macht, dass du dich auf die Ruinen einer Kernexplosion begibst, dann musst du das tun. Der Mensch kann dümmere Sachen tun. Mir fällt gerade keine ein, aber es gibt sie garantiert.«
Und sie hatten beide gelacht.
Nach einer zweistündigen Autofahrt verringerte Bohdan das Tempo, der Motor beruhigte sich, und Vilja kurbelte das Fenster ein wenig herunter.
»Ich schnappe nur ein wenig frische Luft«, sagte sie, aber Bohdan brach wieder in ein unpassend wirkendes Gelächter aus.
»Die gibt es hier nicht. Alles strahlt, sogar der in der Luft schwebende Staub.«
Vilja sah den Mann an.
»Meinen Sie das im Ernst?«
Bohdan lachte wieder und schüttelte den Kopf.
»Dies ist ein verrückter Ort. Ein verrückter Ort. Sie werden es sehen.«

Sie kamen zum ersten Kontrollpunkt. Neben einem großen Stopp-schild ragte eine Tafel auf, die vor radioaktiver Strahlung und unbefugtem Aufenthalt auf dem geschlossenen Gebiet warnte. Bohdan reichte dem Wächter die Papiere, führte mit ihm ein kurzes Gespräch auf Ukrainisch und wandte sich kurz darauf an Vilja.

»Also«, sagte er, »Sie warten hier an dem Kontrollpunkt, bis der Guide kommt. Er zeigt Ihnen das Gebiet.«

Vilja bedankte sich bei Bohdan, versprach, ihm eine Nachricht zu senden, wenn sie nach Kiew zurückwollte, und stieg dann mit einem Gefühl der Erleichterung wegen des Endes der Fahrt aus dem Wagen aus. Sie zündete sich eine Zigarette an, eine zweite gleich hinterher, und zehn Minuten später hielt neben ihr ein Wagen. Ihm entstieg eine Frau, die sich als Katerina Mazur vorstellte.

»Bevor wir losfahren, ergreifen wir ein paar Vorsichtsmaßnahmen«, erklärte Katerina.

Sie reichte Vilja einen Geigerzähler und erklärte ihr, wie der funktionierte: Sie sollte das Gerät ständig bei sich tragen, und das würde ihr sowohl akustisch als auch digital auf dem Display anzeigen, wann die Strahlung gefährlich hoch sein würde und sie das Gelände verlassen müsse. Vilja untersuchte das gelbe Messgerät, die Zahlen auf dessen Display und die Tasten darunter.

»Wir folgen nur markierten Routen. Zum Beispiel an den Wegrain darf man nicht gehen, dort ist die Strahlung besonders hoch«, präzisierte Katerina.

»Warum?«, fragte Vilja.

»Wege und Straßen werden regelmäßig gewaschen, denn im Straßenstaub sammelt sich Strahlung. Die gelangt mit dem Spritzwasser an die Wegränder. Alle Kleider müssen nach dem Besuch hier gewaschen werden. Und Sie haben

doch Wechselschuhe? Die Sie an den Füßen haben, müssen Sie nach dem Besuch hier am Abend wegwerfen.«
Vilja nickte.
»Ich hab die Anweisungen vorweg bekommen«, sagte sie und klopfte auf ihren Rucksack.
»Gut«, sagte Katerina.
Vilja blickte vom Geigerzähler auf.
»Darf ich Sie eine Sache fragen, bevor wir uns auf den Weg machen?«, fragte sie. »Sie kennen doch bestimmt die anderen Fremdenführerinnen hier. Ich versuche, eine davon zu finden. Ihr Name ist Anne Stern. Sagt der Name Ihnen was? Sie ist eine Deutsche, so ungefähr in den Sechzigern, eine alte Familienbekannte.«
Katerina runzelte die Brauen.
»Anne Stern. Kommt mir nicht bekannt vor. Aber eine andere Deutsche namens Anne kenne ich schon. Ihr Familienname ist nicht Stern, sondern Heidel.«
Vilja sah Katerina in die Augen.
»Und wie alt ist sie?«
Katerina schürzte die Lippen.
»Bestimmt gerade so in den Sechzigern.«
Wortlos dachte Vilja einen Augenblick nach.
»Gibt es von den Guides irgendwo Fotos? Im Internet oder auf einem Papierprospekt, wissen Sie das?«
Katerina nahm ihr Handy aus der Tasche.
»Meines Wissens arbeitet Anne Heidel im Reisebüro Explore Chernobyl. Einen Moment, ich sehe mal nach.«
In Gedanken verfluchte Vilja sich: Warum hatte sie Sebastian nicht um ein Foto von Anne gebeten? Sie selbst hatte auch nicht die geringste Erinnerung daran, wie Anne ausgesehen hatte, und sie würde Anne auch jetzt nicht erkennen, wenn sie ihr entgegenkäme. Im schlimmsten Fall

würde das bedeuten, dass sie jede entgegenkommende Fremdenführerin ansprechen und nach ihrem Namen fragen müsste. Der Gedanke wirkte anstrengend.
Katerina reichte Vilja ihr Handy.
»Hier.«
Vilja betrachtete die Homepage, die Katerina aufgerufen hatte, darauf waren die Namen und Fotos von vier Guides. Auf einem davon schaute eine Frau mit blondem Haar direkt in die Kamera, ihre kleinen Augen blickten stechend, auf den Lippen spielte ein kaum wahrnehmbares Lächeln. Anne Heidel, stand unter dem Foto.
»Ich bin mir nicht sicher«, sagte sie und reichte das Handy Katerina zurück. »Aber können wir sie trotzdem suchen?«
»Natürlich«, sagte Katerina. »Aber machen wir nun zuerst die Runde? Sie haben ja dafür bezahlt.«

Auf den Straßen der Geisterstadt Prypjat war es still. So etwas hatte Vilja noch nie erlebt. Keine Vogelstimmen, keine Geräusche von Verkehr oder Menschen, nur in den Ohren sausende Stille, die einzig von dem Knistern des Geigerzählers und Viljas und Katerinas Schritten unterbrochen wurde. Sie kamen auf einen Hof, der mehrstöckige Häuser umgab, machten halt an einer Stelle, wo sich einst ein Spielplatz befunden hatte, eine leere Schaukel hing reglos an ihrem Platz, eine Rutsche war von ihren Stützen abgebrochen, die verrostet und kaputt waren.
Vilja schaute sich um. Die Häuser waren verwahrlost, an manchen Stellen wirkten sie so, als würden sie jeden Moment einstürzen, durch die Fenster drangen kahle Baumstämme hinein, überall ragten vom Winter getrocknete Gräser und blattlose, verwilderte Büsche auf, die von einer Schicht aus Schnee und Eis bedeckt waren. Vilja ließ

den Blick über die trostlose Landschaft schweifen und hörte gleichzeitig Katerinas Ausführungen zu. Die Explosion des Kernreaktors im April 1986 hatte eine radioaktive Staubwolke erzeugt, und die erste Portion davon hatten die Einwohner von Prypjat abbekommen, die sich auf die Brücke gestellt hatten, um den Brand des Kernkraftwerks zu beobachten. Weiße Flocken waren auf sie herabgeschwebt, wie der erste Schnee. Das am schlimmsten verseuchte Gebiet lag in Belarus, und das war immer noch nicht gereinigt worden. In Prypjat waren mehrere Gebäude begraben und manche gewaschen worden, das Erdreich von Höfen und Wegen war abgetragen und erneuert worden. In dem Gebiet würde nie mehr jemand wohnen, sagte Katerina, abgesehen von ein paar Hundert alten Leuten in den nächstgelegenen Dörfern. Einige der Babuschkas hatten nicht eingewilligt, nach der Explosion ihre Häuschen zu verlassen, andere waren nach der Zwangsevakuierung zurückgekehrt. Bei vielen hatte das Heimweh die Todesangst besiegt.

Vilja betrachtete das mehrstöckige Haus vor sich, das Glas der Eingangstür war kaputt, der Einbaurahmen verrostet, und am Boden vor der Tür lag Gerümpel herum wie auf einer Müllhalde.

»Darf man die Gebäude betreten?«

»Diese nicht. Ihr Zustand ist schon so schlecht, dass die Sicherheit nicht garantiert werden kann«, sagte Katerina. »Aber ich zeige Ihnen andere, die man betreten darf.«

Sie setzten ihren Weg durch einen kleinen verwilderten Park fort. Hier und da lag am Boden altes Gerümpel, Katerina deutete auf einen Busch. Unter der frisch gefallenen dünnen Schneedecke lag eine alte Babypuppe, nackt und schmutzig, sie starrte mit leeren Augen in den Himmel, an dem sich Regenwolken gesammelt hatten.

»Als die Evakuierung zwei Tage nach dem Unglück begann, ließ man die Menschen nur die nötigsten Papiere und Kleidung mitnehmen. Alles andere musste zurückgelassen werden, sogar die Haustiere. Das war für viele das Schlimmste. Die Tiere wurden in großer Zahl getötet und in einem Massengrab verscharrt.«

Vilja schluckte. Sie spürte die alles durchdringende Düsterkeit als Druck in der Brust, es war, als hätte sich über das Gebiet eine unsichtbare Blase gelegt, unter der alles schwerer zu sein schien als außerhalb davon, finster und schwer wie Blei, als hätte sie aus jedem, der in sie eingetreten war, die Lebensfreude ausgesaugt.

Sie kamen zu einem niedrigen Gebäude. Katerina stieg die Stufen hinauf, und Vilja folgte ihr. Ein Windstoß fuhr durch die Räume und blies Vilja die Haare in die Augen.

»Dies war der Kindergarten«, sagte Katerina. »Wie Sie sehen, wurde auch von hier in Eile aufgebrochen.«

Vilja blieb an der Tür stehen. Von irgendwoher kroch Trauer in ihr Inneres, die stark war und sich an jeder Zelle festsetzte. Die gewaltigen Fenster des großen Saals hingen offen da, die Rahmen baumelten lose herab, und die Farbe war abgeblättert, jemand hatte für die Morgenrunde oder ein Spiel oder gemeinsames Singen davor Stühle im Kreis aufgestellt. Langsam schritt Vilja durch den Raum, der Boden knarrte unter ihren Füßen, als sie ein kleines Lastauto bemerkte, dann einen Haufen Bauklötze, deren Farbe verblichen war, aber dennoch begriff sie: Die Bauklötze waren genau solche, wie sie und Matias sie als Kinder gehabt hatten, gelbe rote grüne blaue Holzstücke, die Vilja noch lange aufbewahrt hatte, nachdem sie nicht mehr damit spielte.

Es würgte sie im Hals.

Plötzlich erschien ihr der unangenehme Zustand, der sich überall in ihrem Körper eingenistet hatte, als nahezu unerträglich, so als stünde sie am Rande eines Grabes und sei gezwungen, es gegen ihren Willen auszurauben.
»Ich glaube, das genügt mir«, sagte sie.
Katerina sah Vilja an.
»Ist bei Ihnen alles gut?«
»Ja. Aber ich will weg von hier. Könnten wir jetzt Anne Heidel suchen?«
Sie schritten durch das Kindertagesheim, in dessen zweitem großen Saal die Etagenbetten mit ihren Matratzen geblieben waren, die Lampen hingen von der Decke herab, als warteten sie darauf, noch einmal eingeschaltet zu werden, jedoch vergeblich, hierher würde nie mehr jemand zurückkehren. Plötzlich empfand sie das Verstehen der konkreten Folgen der Jahre zurückliegenden Katastrophe als einen pulsierenden Druck im ganzen Körper. Sie waren hier, vor ihren Augen, die da und dort herumliegenden Kinderkleider und die leer gebliebenen Betten und Gebäude, und nicht irgendwo weit weg, vermittelt durch Nachrichtenbilder.
Vilja beschleunigte ihre Schritte hinter Katerina her, zurück auf den Hof. Katerina nahm ihr Handy zur Hand.
»Warten Sie bitte mal einen Augenblick«, sagte sie und wählte eine Nummer.
Vilja zündete sich eine Zigarette an. Das Licht fiel als grauer Schleier durch die Zweige der kahlen Bäume wie um Nebel, leichten und flockigen, auf die Erde zu gießen. Ein Friedhof, dachte sie, ich stehe auf einem Friedhof, auf dem das Leben von Zehntausenden von Menschen endete. Und warum? Weil der Mensch sich einbildete, alles zu beherrschen.

Katerinas Stimme riss sie aus ihren Gedanken.
»Anne Heidel«, sagte Katerina und reichte Vilja ihr Handy, »ich habe sie mithilfe der Mitarbeiterkantine erwischt.«
Vilja nahm das Handy und hielt es ans Ohr.
Die Stimme der Frau war tief und heiser. Vilja seufzte tief auf, die Hände zitterten ihr, sie holte Luft, nannte ihren Namen und erzählte, dass sie eine deutsche Frau namens Anne Stern suche, von der sie erfahren habe, dass sie als Fremdenführerin in Prypjat arbeite. Einen Augenblick lang war es still am anderen Ende der Leitung.
»*Meine Güte*«, sagte da die Stimme am anderen Ende der Leitung. »Vilja? Markus Siltanens Tochter Vilja?«

Vilja erkannte Anne sofort. Das Foto, das Katerina auf den Internetseiten gefunden hatte, war ganz offenbar neu und aktuell, sie stieg aus Katerinas Auto aus, den Blick fest auf Anne gerichtet, als fürchtete sie, Anne könnte verschwinden, wenn sie den Blick auch nur für einen Moment von ihr abwenden würde. Anne verfolgte Viljas Schritte mit ihren kleinen, tief liegenden Vogelaugen, auf ihrem Gesicht vibrierte ein fast unmerkliches Lächeln. Als Vilja endlich vor ihr stand, schloss Anne sie wortlos in die Arme.
Sie gingen langsam zum Ufer hinunter, wo sich noch vor fünfundzwanzig Jahren ein verkehrsreicher und lebensstarker Hafen befunden hatte, wo jedoch jetzt nur ein alles durchdringender Geruch von Tod und Vernichtung schwebte. Der Anblick war grauenerregend. Die auf der Stelle verrosteten Schiffe lagen zur Seite geneigt im Wasser, zusammengebrochen und erbärmlich, so als warteten sie auf den letzten Stoß, um auf den Grund des Flusses zu sinken und um ihren Leiden zu entrinnen. Das Wasser um die

Schiffe herum bewegte sich in kleinen, gekräuselten Wellen, reflektierte den oben hängenden Himmel wie Tausende von kleinen Splittern eines Spiegels.

Genauso war die Erinnerung, dachte Vilja, schnipselige kleine Spiegelstückchen, nichts als unzuverlässige Reflexionen der Vergangenheit.

»Es war nicht leicht, dich zu finden«, sagte Vilja, als sie zu den Ufersteinen kamen.

Sie erzählte, dass sie in Berlin erst vor wenigen Tagen Sebastian getroffen und danach mehrmals versucht habe, Anne zu erreichen.

»Äh«, sagte Anne, »kürzlich wurde mir das Handy gestohlen. Ich hab mir ein neues gekauft, und damit bekam ich auch eine neue Nummer. Sebastian hat die neue noch nicht. Wir sind nicht so oft in Kontakt.«

»Das hab ich gehört«, sagte Vilja. »Aber außerdem hast du auch einen neuen Familiennamen.«

Vilja sah Anne an.

»Ja«, sagte sie, »den hab ich schon vor Jahren gewechselt. Ich wollte einen Neuanfang, in jeder Hinsicht.«

Ein Weilchen schauten sie schweigend auf den Fluss, und schließlich sagte Anne:

»Na, erzähl schon. Du bist doch nicht ohne einen schwerwiegenden Grund hierhergekommen. Du musst ein wichtiges Anliegen haben.«

Vilja sah Anne einen Augenblick an, dann wandte sie den Blick zurück zum Wasser.

»Mein Vater ist gestorben«, sagte sie. »Im Oktober. Er starb, und das hatte allerlei Folgen.«

Das Rot wich aus Annes Wangen.

»Das tut mir unendlich leid«, sagte sie. »Eine wirklich traurige Nachricht.«

Vilja nickte, erzählte von Luises Briefen, die sie gefunden hatte, und von ihrem Bedürfnis zu verstehen, was geschehen war.
»Du kanntest Luise. Wusstest du von ihrem und Vaters Verhältnis?«
Anne lächelte. »Ob ich davon wusste? Ja. Ich wusste davon.« Anne sah Vilja ernst an.
»Willst du wissen, was ich davon dachte?«
Vilja zuckte die Achseln.
»Wenn du es erzählen möchtest.«
Anne drückte das Kinn hinunter, wie um ihren Worten Gewicht zu verleihen.
»Ich habe das missbilligt. Ich hielt es für zum Scheitern verurteilt. Und habe das Luise von Tag eins an gesagt.«
»Von Tag eins an? Der wann war?«
»Als ihr gerade nach Berlin gezogen wart.«
Vilja schluckte. Aus den Briefen hatte sie geschlossen, dass das Verhältnis lange gedauert hatte, aber nicht gewusst, dass es sofort begonnen hatte. Vilja wiederholte Anne den Inhalt der Briefe und auch die Tatsache, dass Luise demnach sie als ihr eigenes Kind betrachtet hatte. Anne hörte schweigend zu.
»Wie gesagt«, äußerte sie schließlich, »zum Scheitern verurteilt. Meine Ansicht war es das die ganze Zeit über, weil Luise sich weigerte zu sehen, was am Ende passieren würde.«
»Nämlich was?«
»Dass Markus seine Familie niemals zerstören würde. Zuletzt würdet ihr alle wegfahren, Luise würde bleiben, und ihr bliebe nur der Schmerz.«
Vilja starrte auf den Horizont. Die graue Wolkenmasse hatte sich verdichtet, sie baute auf ihren Gipfel Hügel mit

weichen Rändern, gleich würde es anfangen zu regnen. Sie sagte:
»Du hast bestimmt recht. Ich glaube nicht, dass die Dinge ein gutes Ende gefunden haben.«
Sie wandte sich Anne zu.
»Aber ich bin hier, weil ich trotz allem Luise finden muss. Und dazu brauche ich Hilfe.«
Sie hörte einen langen und matten Seufzer. Anne schaute traurig auf das Flussufer und sagte:
»Ich weiß nicht, wo Luise ist.«
Vilja sah Anne an, Anne starrte auf das Wasser.
»Es tut mir leid«, sagte Anne. »Ich hab seit Jahren keinen Kontakt zu ihr.«
Langsam gingen sie am Fluss entlang, vorbei an einem verlassenen Schiff nach dem anderen. Irgendwoher klang das Knarren von verrostetem Metall herüber.
»Wann hast du zuletzt von ihr gehört?«, fragte Vilja.
Ihre Schritte knirschten auf dem Sand, und im selben Augenblick begann der Strahlungsmesser zu knattern. Anne hob ihn hoch.
»Metall«, sagte sie und deutete auf eine Blechdose, die vor ihnen im Sand lag. »Die strahlt besonders stark.«
Sie gingen weiter.
»Ich bin schlecht darin, zu jemandem Kontakt zu halten, im Grunde sind alle meine alten freundschaftlichen Beziehungen abgebrochen. Vor ein paar Jahren habe ich von Luise eine Postkarte bekommen, aber ich weiß nicht, von wo.«
Vilja spürte ein Kribbeln in den Fingern.
»Das geschah also nach der Wende?«
Anne nickte.
»Jaa, jaa. Vielleicht vor vier oder fünf Jahren.«

Vilja überlegte fieberhaft.
»Von wo war die Karte abgeschickt worden?«
Anne zuckte die Schultern.
»Keine Ahnung. Da war keine Adresse drauf, und ich hatte den Eindruck, dass Luise gar keine Antwort haben wollte.«
»Warum?«
»Weil da keine Kontaktdaten waren. Nichts, wohin ich eine Antwort hätte schicken können.«
Aber Vilja ließ nicht locker.
»Hast du die Karte noch?«
Anne schüttelte den Kopf.
»Nein, sie würde dir nichts nützen, ich kann dir den ganzen Inhalt erzählen, hier und jetzt. Luise schrieb, wie oft sie an mich hatte denken müssen, sie wollte mir einen Gruß aus dem Urlaub schicken und wünschte mir alles Gute, sonst nichts. Auf dem Foto waren Sonnenblumen. Allerdings weiß ich immerhin, dass die Karte nicht in Berlin aufgegeben worden war.«
»Sondern?«
»Der Poststempel war von Anklam. Kennst du die Stadt? Nördlich von Berlin.«
»Und wäre es deiner Meinung nach möglich, dass sie dort wohnt?«
Anne zuckte die Achseln.
»Wie gesagt, sie schrieb aus dem Urlaub.«
Sie kamen zum anderen Rand des Hafens. Vilja blieb stehen.
»Wenn du sie irgendwo suchen müsstest, wo würdest du das tun?«, fragte sie.
»Wo würde ich sie suchen«, wiederholte Anne. »Ehrlich gesagt, ich weiß es nicht. Bestimmt irgendwo sehr weit weg.«

Vilja beobachtete Anne. Die Farbe war in ihr Gesicht zurückgekehrt, auf ihren Wangen waren kleine rote Flecke erschienen, deren Haut gefurcht war, müde und stumpf.

»Wieso?«

Anne schob die Hände in die Taschen, zog aus einer den Autoschlüssel, wie um zu versuchen, das Gespräch zu beenden. In ihren Augen schimmerte Trauer, die von Kraftlosigkeit und der Erfahrung von Kleinheit zeugte.

»Weil die meisten der Fortgegangenen möglichst weit fort von den Erinnerungen wollten. Von denen, die schmerzten«, sagte sie, machte eine kleine Pause und fuhr dann leise, mit heiserer Stimme die Luft zerschneidend, fort: »Für mich galt das allerdings nicht. Ich wollte nicht vergessen.«

»Vergessen was?«, fragte Vilja.

Anne breitete die Hände aus und ließ ihren Blick umherschweifen.

»Dieses. Das wahre Erbe des Sozialismus.«

Vilja sah Anne einen Augenblick schweigend an und fragte schließlich:

»Warum bist du hier? Warum gerade hier, von allen möglichen Ruinen des Sozialismus, die die Welt auf sich trägt?«

Anne schaute Vilja direkt in die Augen.

»Alles, was in der Welt total schiefgehen kann, ist hier total schiefgegangen. Mein Bruder Leon wohnte in Prypjat. Er studierte Physik in Kiew, wo er sich verliebte und mit seiner Freundin Polina hierher in eine nagelneue Wohnung zog, um hier seine Familie zu gründen. Polina unterrichtete Russisch in der Schule, Leon arbeitete im Kraftwerk. Er war nicht auf der Arbeit, als die Explosion geschah, aber versammelte sich mit den Nachbarn auf der Brücke, um das am Horizont brennende Kraftwerk zu beobachten.«

Anne steckte den Autoschlüssel zurück in die Tasche und auch die Hände.
»Ich hab von all dem erst zwei Tage nach dem Ereignis erfahren. Sie konnten nicht telefonieren, die Telefonleitungen waren unterbrochen. Aber nachdem ich es gehört hatte, bin ich nach Moskau geflogen. Dorthin war Leon gebracht worden. Da war es schon zu spät. Danach habe ich die Dinge nie mehr so sehen können wie zuvor. Die Art, wie das Individuum zugunsten der Gemeinschaft geopfert wurde.«
Vilja legte Anne die Hand auf die Schulter.
»Es tut mir aufrichtig leid«, sagte sie, »ich hatte keine Ahnung.«
Anne lächelte kurz.
»Natürlich nicht. Du warst ein Kind.«
Vilja war sich nicht sicher, ob die Worte als Absolution gemeint waren oder nicht, fragte aber dennoch:
»Wie ist es Leon und Polina ergangen?«
Anne plinkerte, schluckte, seufzte tief und sagte schließlich:
»Jemand, der das Unglück überlebt hat, erzählte, wie er an den Tagen nach der Explosion den Vogelflug beobachtet hatte. Die Spatzen, die über den explodierten Reaktor flogen, fielen tot direkt in ihn hinein, ebenso wie die Tausenden von Menschen, die zu den Aufräumarbeiten beordert worden waren, starben. Während die Krähen, die seitlich an dem Unglücksreaktor vorbeigeflogen waren, etwas weiter weg, etwas später tot zu Boden fielen, genauso wie die Menschen, die die Zerstörung aus einiger Entfernung beobachtet hatten.«
Anne machte eine kurze Pause, wandte sich um, schaute erst an Vilja vorbei zu dem trüben Wasser hinüber, dann

sah sie Vilja an, als blickte sie durch sie hindurch, und sagte schließlich:
»Leon und Polina waren Krähen.«

1987

Dann stellte das Leben sich auf den Kopf.
Es war Morgen.
Rosa dehnte die Glieder, um das Blut darin in Schwung zu bringen. Ein Streifen Helligkeit fiel durch den Spalt zwischen den Vorhängen in das schummerige Zimmer. Rosa richtete sich zum Sitzen auf und gähnte ausgiebig. Es war still, und das musste bedeuten, dass der Morgen zum Vormittag geworden war, die Bewohner der Nachbarwohnungen hatten ihre aus Betonelementen bestehenden Behausungen verlassen und sich überall in der Stadt verteilt, und das hatte auch Rosas Familie getan. Der Gedanke, allein zu sein, verschaffte ihr Erleichterung.
Aus dem Spiegel des Badezimmers sah sie ein verlebter Punk an. Die Mascara klebte an den Wimpern zusammen, und die Kajalfarbe hatte auf das Unterlid abgefärbt, Rosa hatte nicht die Kraft gehabt, sich die Zähne zu putzen oder das Gesicht, geschweige denn andere Körperteile zu waschen, als sie am Abend zuvor nach Hause gekommen war. Die Farbe des Lippenstifts war überall fort außer in den Mundwinkeln, und diese Reste ließen Rosa so aussehen, als klafften an beiden Enden der Lippen bluttriefende Wunden. Die schreiend roten Haare standen ab, aus ihrer Stellung zu schließen, hatte sie die ganze Nacht auf der Seite geschlafen. Rosa schüttelte ihrem Spiegelbild den Kopf und wusch sich das Gesicht mit warmem Wasser und Seife.

Der Abend hatte sich wieder lange hingezogen. Sie hatte Kopfschmerzen und Durst, im Körper spürte sie ein unangenehmes Zittern und beschloss, den Kater mit Kaffee und Saft zu besiegen. Sie bereitete sich ein flüssiges Frühstück und rauchte danach zwei Zigaretten, schließlich blieb sie neben der Lüftungsklappe stehen, um sich umzuschauen. Die Wohnung war schmutzig, Staub und schmieriger Dreck sowie undefinierbare Anhäufungen von Kram hatten sich in jeder Ecke angesammelt, und obwohl sie gern ihren anklagenden Finger gegen Markus erhoben hätte, dessen gesamte verfügbare Zeit mit Arbeit verging, erkannte Rosa, dass diesmal der Fehler ebenso bei ihr selbst lag – sie hatte es vermieden, zu Hause mehr Zeit zu verbringen als unbedingt nötig, und sie konnte nicht einmal mehr sagen, wie lange diese Situation schon angedauert hatte. Und obwohl ihr bewusst war, dass es sich bei dem ständigen Feiern und bei dem Abhängen mit Ute und ihren anderen neuen Freunden im Grunde um eine Flucht handelte, um ein Weglaufen vor den mit der schal gewordenen Ehe und der Elternschaft verbundenen, unerträglich gewordenen Gefühlen, wusste sie nicht, wie sie anders versuchen sollte, am Leben zu bleiben. Denn genau darum ging es: um das Überleben.
Sie tat das, was sie für unbedingt notwendig hielt.
Sie trieb sich auf allen möglichen Partys der Subkultur herum und saugte die Energie in sich auf, die sie in sich selbst nicht fand, und bemühte sich, das Gefühl einer gähnenden Leere in sich selbst abzuwürgen, das die distanzierte, ja geradezu eisig gewordene Paarbeziehung in ihr erzeugt hatte.
Mit der Energie des spontanen Wutanfalls, den der Gedanke an Markus in ihr erzeugt hatte, ging sie in der

Wohnung umher, sammelte die hier und da herumliegenden Kleidungsstücke ein und brachte sie ins Badezimmer, sammelte vom Fußboden das Spielzeug, die Bücher, einen vergessenen Brotteller und vier hinter das Sofa gefallene Socken ein, alle unpaarig, griff dann zum Staubsauger, ließ ihn durch die Wohnung brüllen und ging zuletzt unter die Dusche.

Sie beschloss, auch noch die Wäsche zu waschen und sich erst danach zum Schreiben hinzusetzen, sortierte erst die Wäsche der Kinder und stopfte sie in die Waschmaschine, dann machte sie sich an ihre eigene und ging die Taschen durch auf der Suche nach Taschentüchern, Münzen oder Kaugummipackungen. In der Tasche der Jeans vom Vorabend kam ihr ein Papier in die Hand, sie faltete es auf und sah den darauf geschriebenen Namen und die Telefonnummer an.
Sie hatte zuerst mit Ute in einer Kneipe gesessen, dann waren sie in eine alte Fabrikhalle am Rand der Stadt gegangen, Ute hatte verlangt, in das Konzert zu gehen, wo die auftretende Band Rosa unbekannt war. Rosa hatte den auf der Bühne shreddernden Gitarristen, den von den Rhythmen wild gewordenen Schlagzeuger und die daneben tanzende Ute beobachtet, die sie bei den Händen gefasst und wie in Trance herumgewirbelt hatte, die Klänge des Synthesizers und das tiefe Dröhnen des Basses waren von den Wänden der Stahlkonstruktionshalle reflektiert worden, die Lichter hatten in wechselnden Farben an der Decke und am Fußboden geblinkt, und nach zwei Stücken hatte Rosa die Kurve gekriegt, eigentlich war die Band gut, hatte sie gedacht und sich auch selbst in den Strom der Musik hineingeworfen. Später, nach dem Ende des Auftritts, hatte

der Raum sich geleert, die Leute waren hinausgeströmt, und Ute hatte ihr gesagt, sie wolle sich mit den Mitgliedern der Band im Kaminzimmer bekannt machen. Rosa wiederum brauchte Sauerstoff.
Sie hatte, gelehnt gegen die Wand der Fabrikhalle, im Dämmer der Frühlingsnacht geraucht, als ein Mann aus der Tür getreten war, um Feuer gebeten hatte und in ihrer Nähe geblieben war.
»Hat Ihnen die Musik gefallen?«, hatte der Mann gefragt. Rosa hatte genickt und kurz gelächelt und so versucht auszudrücken, dass sie am liebsten in der Gesellschaft ihrer eigenen Gedanken bleiben würde. Aber der Mann war nicht fortgegangen, er hatte sie einen Moment schweigend angesehen und dann wieder den Mund aufgetan.
»Ganz schön kritisch, diese Band«, hatte der Mann festgestellt, und Rosa hatte den Kopf abgewandt.
»So? Das hab ich nicht bemerkt.«
»Die Gesellschaft ist scheiße, der Sozialismus ist scheiße, die Parteileitung ist scheiße. Haben Sie nicht auf den Text geachtet?«
Der Mann hatte an seiner Zigarette gezogen, und plötzlich hatte Rosa seinen Blick registriert, er hatte sie taxiert in einer Weise, die Rosa nicht gefiel. Der Mann hatte gesagt:
»Sie sind weit vernetzt, haben wir bemerkt. Mit diesen kritischen Kreisen.«
Rosa hatte den Mann angestarrt und einen Augenblick lang kein Wort verstanden.
»Wie bitte?«, hatte sie dann gefragt und ihre Kippe zu Boden geworfen und ausgetreten.
»Sie kennen viele Leute, aus verschiedenen Kulturkreisen. Sie sind mir in mehreren Zusammenhängen begegnet.«
»Wer sind Sie?«, hatte Rosa den Mann angefahren, aber der

hatte mit den Händen eine besänftigende Geste gemacht und gelächelt.

»Seien Sie unbesorgt. Wir sind nicht hinter Ihnen her. Aber wir wollen Ihnen einen Vorschlag machen.«

Rosa sah auf die Telefonnummer, die auf dem blassbraunen Zettel stand, und auf den darüber notierten Namen: Thomas. Sie schüttelte den Kopf. Die Welt ist verrückt, dachte sie, total verrückt. Sie zerknüllte das Papier in der Faust und wollte es gerade in die Toilette werfen, als ihr ein Gedanke kam. Einer momentanen Eingebung folgend, strich sie das Papier glatt, ging ins Schlafzimmer und legte es auf ihren Nachttisch. Sie hatte nicht den kleinsten Wunsch oder die Absicht, zu dem Mann Kontakt aufzunehmen – sie hatte genug Zeit in den Kulturkreisen verbracht, die die gegenwärtige Regierung kritisierten und echte Demokratie verlangten, um zu wissen, dass die Stasi nicht helfen würde, das Land in die offene und freie Richtung zu bringen, die sie selbst sich gewünscht hätte. Stattdessen setzte sie auf Polizeigewalt und verhaftete willkürlich Menschen, und sie hatte gesehen, was die Stasi dem Menschen antat, sie machte aus einem Freund einen Feind. Der Gedanke an den ungehobelten, psychologisch vollkommen unfähigen Stasi-Mann entsetzte und amüsierte Rosa zugleich in einer Weise, bei der Spott und Verachtung sich mischten.

»Nehmen Sie meine Kontaktdaten und überlegen Sie sich die Sache«, hatte der Mann gesagt, seine Telefonnummer auf den Zettel geschrieben und ihn Rosa gegeben, aber Rosa war in Gelächter ausgebrochen und hatte so gelacht, wie nur ein Mensch lachen kann, der sich in keiner wirklichen Gefahr befand, der sich allein dank seiner Nationa-

lität jederzeit vor Willkür schützen kann, und für all diejenigen, die dieses Privileg nicht genossen, hatte sie nach der Türklinke gegriffen und die Tür aufgezogen, und unmittelbar bevor sie hineinging, hatte sie dem Mann tief in die Augen geblickt und gesagt:
»Lecken Sie mich doch am Arsch.«
Doch noch größere Befriedigung bescherte Rosa gerade jetzt der Gedanke an Markus, wie er die Telefonnummer entdecken und sie bei ihm die Frage aufwerfen würde: Wer ist Thomas? Der Triumph fühlte sich nahezu überwältigend an, aber Rosa weigerte sich, daran als ein Zeichen von Kleinkariertheit zu denken, sie hatte genug gelitten, um berechtigt zu sein, genau so zu denken, sie war in Markus' Leben auf Platz zwei gerutscht, oder nein: wahrscheinlich auf Platz drei oder vier, weit hinter die Arbeit und die Kinder und die Weltpolitik. Sie war für Markus eine Selbstverständlichkeit, und Markus bildete sich ein, sie würde ewig an seiner Seite bleiben, unabhängig davon, wie wenig Aufmerksamkeit sie bekam, und genau da spürte Rosa, dass ihr Maß voll war. Einen Augenblick stand sie neben dem Bett, betrachtete den Zettel, den sie leichthin auf ihren Nachttisch gelegt hatte, und stellte sich die Situation vor. Wie Markus unmittelbar vor dem Schlafengehen das Papier bemerken, es eine Weile anstarren und nicht wissen würde, was er davon halten sollte, und dann endlich würde er verstehen. Die Situation konnte zu nichts anderem führen, als dass ihm die Augen geöffnet wurden, dachte Rosa, und zu einem Erschrecken, das der bloße Zweifel bei ihm auslösen würde.
»Zeit, zu erwachen, Markus«, murmelte Rosa vor sich hin und warf noch einen Blick auf den Nachttisch. »Zeit, zu erwachen.«

Aber Markus erwachte nicht, stattdessen teilte er mitten am Tage mit, dass er bis spät abends auf der Arbeit bleiben müsse, und der Grund war natürlich unabweislich: Im Pressezentrum ging das Gerücht, dass endlich Honeckers Staatsbesuch in Westdeutschland stattfinden würde, vielleicht schon im kommenden Herbst, und diese Nachricht musste so bald wie möglich in die Zeitung. Natürlich erforderte das Recherchen und Kontaktaufnahmen, es würde ein langer Arbeitsabend werden.

»Das ist eine große Sache, eine gewaltige Geschichte«, ereiferte sich Markus am Telefon, aber Rosa verspürte nichts als lähmende Enttäuschung.

»Aha«, sagte sie trocken und legte krachend den Hörer auf. Die Wut pochte ihr in der Brust in der Stirn in den Fingerspitzen zwischen den Zehen, Rosa hätte keine einzige Stelle an ihrem Körper benennen können, an der sie keinen schneidend starken, Zittern auslösenden Ärger empfunden hätte. Viele Male hatte sie es geschafft, in ähnlichen Situationen ruhig zu bleiben, doch diesmal nicht. Sie hatte einen Plan gehabt, der hatte in ihr Hoffnungen geweckt, und dadurch hatte sie begriffen: Sie sehnte sich nach Markus und ihrer Ehe, nach der Erfahrung von Nähe und Bedeutsamkeit, nach Berührung und dem Gefühl, begehrt zu werden, nach all dem, was schon allzu lange durch Abwesenheit geglänzt hatte.

Sie ballte die Hände zur Faust und öffnete sie, immer abwechselnd, stand einen Augenblick neben dem Telefon, ohne zu wissen, was sie tun sollte, und entließ schließlich aus ihrem Inneren ein Brüllen, das sich ihr wie einem Bären entrang, der in einem Käfig eingesperrt und wütend war.

Abends gegen sieben klingelte es an der Tür, und im Gang lehnte Ute an der Wand.
»Ich sterbe«, keuchte Ute und kam hereingeschlurft, »was für ein Kater! Hast du Saft?«
Rosa ließ Ute an sich vorbei herein, hörte sich einen Augenblick Utes Bericht von den letzten Momenten des Abends vom Vortag an, von denen, die Rosa entgangen waren, nachdem sie nach Hause gegangen war, wirklich entgangen, so rasant war die Party nach Mitternacht noch geworden. Sie hätte nicht so früh aufgeben sollen, sagte Ute und schlürfte ihren Apfelsaft, während das Abendmärchen aus dem Fernseher flutete. Vilja und Matias hockten vor dem Bildschirm wie in Trance, Rosa war bemüht, sich auf Ute zu konzentrieren und sich gemeinsam mit ihr zu ereifern, doch mit schlechtem Erfolg. Ihr ging die häusliche Situation, die sie schon den ganzen Tag gequält hatte, nicht aus dem Sinn, und das war nicht leichter geworden, obwohl eine Disperin ihr die Kopfschmerzen genommen hatte und ein deftiges Mittagessen die Schwäche. Zerstreut betrachtete sie mal die auf dem Fußboden sitzenden Kinder, mal die auf dem Sofa liegende Ute, bis ihr Utes Worte ins Bewusstsein drangen:
»Huhuu! Hast du gehört, was ich gesagt habe?«
Rosa wandte sich Ute zu und presste die Hände an die Schläfen.
»Entschuldige, ich hab nicht zugehört.«
Ute richtete sich zu halb liegender Stellung auf.
»Was ist los?«, fragte sie.
Rosa schüttelte den Kopf.
»Ich hab so ein komisches Gefühl. Bei allem.«
Ute lachte auf.
»Das nennt man Kater!«

Aber Rosa schüttelte wieder den Kopf.
»Nein, sondern dies alles«, sagte sie und deutete mit dem Blick auf alles um sich herum. »Zu Hause. Markus.«
Ute warf einen Blick auf Vilja und Matias und setzte sich nun ganz auf.
»Weißt du«, sagte sie und sah Rosa mit einem schweren Blick an, »ich habe dieses Gejammer allmählich satt. Mach was gegen diese Situation. Die dauert ja jetzt schon eine kleine Ewigkeit, und du bist nicht glücklich. Geh und rede mit Markus darüber. Und tu das sofort, das hält doch niemand mehr aus.«
Rosa sah Ute ungläubig an.
»Jetzt?«
»Jetzt, jetzt gleich! So kann doch niemand ohne Ende leben!«
Rosa wandte den Blick zu Boden, starrte apathisch auf den Haufen von Spielzeug, der nach der Heimkehr der Kinder erneut auf dem Teppich erschienen war, und wollte gerade widersprechen, als sie Utes fordernden Blick sah und statt einer Widerrede sich sagen hörte:
»Na gut. Ich mach das. Kannst du diese Racker ins Bett bringen?«

Der Abend war kühl und dunstig, tief hingen die Wolken über der Stadt. Rosa ging die Leipziger Straße entlang in Richtung Pressezentrum, vorbei am Kinderkaufhaus und einer Buchhandlung, am Tschechoslowakischen Kulturzentrum und dem auf der anderen Straßenseite liegenden Lebensmittelgeschäft, bog in die Charlottenstraße ein, kam schließlich ans Ziel, obwohl sie sich gewünscht hätte, der Weg möge noch einen Augenblick länger dauern. Sie hatte Herzklopfen, und ihr schwitzten die Hände. Erst als sie stehen geblieben war, begriff sie, wie sehr das Ganze sie eigentlich aufregte. *Internationales Pressezentrum* stand auf dem Schild, das an der Wand befestigt war. Widerwillig griff Rosa nach der Türklinke, trat ein und stieg langsam die Treppe hinauf.

Der Korridor war leer und still, ihre Schritte klopften gegen den Fußboden. An der Tür blieb sie stehen, horchte auf die Geräusche der Außenwelt und in ihrem Inneren, hörte nur die Letztgenannten, es war, als wäre das ganze Gebäude in weiche und dämpfende Watte gepackt, während es in ihrem Inneren pochte und brauste, heftig und laut. Sie klopfte und trat einen Schritt zurück. Die Tür öffnete sich klackend.

Markus sah sie wortlos an.

Etwas in seinem Gesicht ließ Rosa denken, er sei erschrocken.

Einen Augenblick lang schwiegen sie beide, dann schaffte er es zu fragen:

»Was machst du hier?«

Und gleich darauf:

»Wo sind die Kinder?«

Rosa trat an Markus vorbei ins Zimmer, in der Luft schwebte der Qualm einer frisch gerauchten Zigarette. Sie ließ den Blick umherschweifen, registrierte die leeren Flaschen und Teller und Kaffeetassen auf dem Schreibtisch sowie die Zeitungen, die hier und da im Zimmer aufgestapelten Ausgaben von *SPIEGEL*, *Neues Deutschland*, *Stern* und *Süddeutscher Zeitung*.

»Die Kinder sind mit Ute zu Hause«, sagte Rosa und wandte sich Markus zu. »Ich bin gekommen, weil ich mit dir sprechen möchte.«

Immer noch mit erschrockenem Gesichtsausdruck setzte

Markus sich mit langsamen Bewegungen an seinen Schreibtisch und sah Rosa an.
»Diese Situation«, sagte Rosa, um die lastende Stille zu brechen. »Ich und du. Wir müssen etwas daran ändern, Markus.«
Markus hörte nicht auf, sie anzustarren, es war, als hätte man ihm die Worte genommen, und die Sätze, die ganze Sprache. Schließlich stammelte er:
»Ich ... Ich verstehe jetzt nicht ganz.«
Rosa spürte, wie der Zorn in ihr hochkochte.
»Hör auf«, fauchte sie, bereute aber sofort ihre Reaktion und fuhr etwas versöhnlicher fort: »Du weißt doch ebenso genau wie ich, dass unsere Situation nicht gut ist.«
»Wie ist sie dann?«, fragte Markus.
Rosa brauste auf.
»Schlecht, Markus. Sie ist schlecht.«
Markus seufzte.
»Na gut.«
Er machte eine kleine Pause, und Rosa hatte den Eindruck, als habe er sich genau überlegt, was er sagen wollte, aber schließlich wiederholte er nur:
»Na gut.«
Rosa seufzte tief auf.
»Ich verstehe nicht, was passiert ist«, sagte sie, setzte sich in den Sessel und musste denken, dass er so groß war, dass er leicht zwei Personen schlucken konnte. »Plötzlich warst du einfach nicht mehr da. Bei mir. Du warst da, aber du warst doch nicht da, und ich verstehe nicht, wieso. Oder bin ich zuerst verschwunden? Ich weiß es nicht mehr. Ich weiß gar nichts mehr.«
Sie schaute Markus direkt in die Augen und fuhr fort:
»Was ist mit uns passiert?«

Markus blickte umher, so als suche er die Erklärung in seinem Arbeitszimmer, in dessen staubiger und verqualmter Luft oder in den Zeitungsstapeln, schließlich senkte er den Blick auf die Schreibmaschine, und als hätte er die Antwort in den Tasten gefunden, sagte er:
»Meine Arbeit hat viel von mir verlangt. Und von dir.«
Er machte eine kleine Pause, klatschte sich mit der Hand auf den Schenkel und sagte:
»Ich weiß nicht, was ich sonst noch sagen soll.«
Rosa schnalzte.
»Was, wenn du einfach nur still wärst?«
Sie stand auf, trat zu Markus an den Schreibtisch, und ohne sich um die auf Markus' Gesicht versteinerte Verblüffung zu kümmern, setzte sie sich mit gespreizten Beinen auf seinen Schoß, drückte sich an ihn und flüsterte:
»Was, wenn du einfach nur deine Hosen ausziehen würdest?«
Sie spürte das Erschrecken in Markus' Körper, die am Hals pulsierenden Adern deutete sie als Spannung, die von der plötzlichen Nähe verursacht worden war, denn das letzte Mal einer solchen Nähe war Monate, ja, vielleicht sogar ein Jahr her, das konnte sie nicht mehr sagen, Rosa schob die von diesem Gedanken verursachte Trauer beiseite.
»Rosa«, flüsterte Markus, als wäre er nicht sicher, ob er wollte, dass seine Worte überhaupt zu hören waren, »jetzt ist nicht der bestmögliche Augenblick. Ich weiß, dass ich viel gearbeitet habe, aber ...«
Doch Rosa drückte ihm die Hand auf den Mund, brachte ihn zum Schweigen und sagte:
»Jetzt tust du das, was ich dir sage. Und ich sage, dass du jetzt deine Frau gegen diesen Schreibtisch liebst.«
Und sie nahm die Hand von Markus' Mund, drückte statt-

dessen ihre Lippen darauf, schob ihre Zunge in seinen Mund, tastend, als hätte die lange Pause all ihre früheren Fertigkeiten verschwinden lassen, sie fasste nach seinem Gürtel und nestelte die Schnalle auf, riss sich die Bluse vom Leib und zuletzt auch die Hose. Und Markus, der Mann, der begriff, dass er keine Alternative hatte, absolut keine, gab schließlich seinen Widerstand auf.

Rosa erwachte früh, sie glaubte zunächst, das Geräusch käme aus der Nachbarschaft, begriff dann aber, dass es aus der Küche kam. Sie drehte sich um. Das Bett neben ihr war leer, Markus' Bettdecke lag zusammengeknüllt auf seiner Seite des Bettes. Ein Weilchen horchte Rosa auf die Geräusche, verstand dann, dass Markus mit seinen Morgenroutinen beschäftigt war, schaute dann auf die Uhr, es war noch nicht mal sechs, und neben der Uhr auf dem Nachttisch, an derselben Stelle, wo sie ihn am Vortag hingelegt hatte, lag der Zettel mit der Telefonnummer, die ein Köder hatte sein sollen.

Ein unangenehmes Gefühl von Kälte durchfuhr Rosa. Sie hatte sich den Morgen anders vorgestellt. Sie hatte gehofft, sie und Markus würden gleichzeitig erwachen, nebeneinander, zum ersten Mal nach langer Zeit im schlafwarmen Bett und eng umschlungen. Sie hatte sich vorgestellt, sie würden sich aneinanderschmiegen wie in der vergangenen Nacht, wie zum ersten Mal seit ewigen Zeiten, und sich bei Sonnenaufgang lieben, während der Tag noch vor ihnen lag. Sie hatte sich vorgestellt, Markus sei zu ihr zurückgekehrt. So konnte es ja manchmal in lang andauernden Paarbeziehungen geschehen, eine lange kalte Phase konnte eintreten und aus unerfindlichen Gründen andauern zwischen zwei Menschen, die sich liebten, und dann plötzlich

wieder verschwinden. Aber stattdessen verstand sie und setzte sich im Bett auf, Markus war aufgestanden, während sie noch schlief, und nach allem zu urteilen wollte er früher fortgehen als sonst.
Plötzlich wurde Rosa von einem seltsamen Gefühl übermannt.
Etwas an dieser Situation fühlte sich falsch an, ja, geradezu eisig.
So als wäre die Zimmertemperatur unter null gefallen, zog sie die Decke wieder um sich, wickelte sich darin ein, als sie hörte: Im Flur zog Markus sich die Schuhe an und machte sich bereit zum Gehen.
Einer plötzlichen Eingebung folgend warf Rosa die Decke von sich und sprang aus dem Bett, schnappte sich vom Stuhl ihr Kleiderbündel und zog Jeans und die Bluse an. Sie betrat den Flur in demselben Augenblick, als Markus leise die Wohnungstür schloss, als hätte er sorgfältig darauf geachtet, niemanden zu wecken.
Einen Augenblick lang stand Rosa da wie erstarrt. Sie blickte auf die Tür, die sich gerade geschlossen hatte, als hoffte sie, dass sie sich wieder öffnete, dann ging sie ins Wohnzimmer und bemerkte auf dem Tisch einen Zettel.
Bin früh zur Arbeit gegangen, wir sehen uns am Abend.
Kein Wort zur vergangenen Nacht, darüber, was zwischen ihnen geschehen war, kein einziges Wort der Zärtlichkeit oder der Wärme. Rosa schleppte sich wie gelähmt zum Fenster und öffnete die Lüftungsklappe. Nebel schwebte wie eine seidenweiche Decke über der Gertraudenstraße. Eine matte Reflexion kam von der Fensterfläche, darin erkannte sie ihre eigenen dunklen Augenringe, die angeschwollenen Tränensäcke, die bleiche Haut, von der sie vermutete, dass sie demnächst durchsichtig sein würde. Sie

zündete sich gerade eine Zigarette an, als sie unten auf der Straße eine Bewegung wahrnahm.
Markus ging den Bürgersteig neben der Schwimmhalle entlang.
Fuhr sich durch die Haare.
Bog ab. Aber nicht in die Leipziger Straße, sondern in die andere Richtung.
»Wieso zum Teufel?«, murmelte Rosa vor sich hin, und ohne einen Augenblick nachzudenken, stürmte sie zur Tür des Kinderzimmers, riss sie auf und vergewisserte sich: Ute schlief immer noch auf der Matratze neben dem Etagenbett, die bunten Drachen, die Rosa vor Jahren gemalt hatte, stiegen in die Traumwelt auf, in der Ute, Vilja und Matias noch weilten. Sie schloss die Tür hinter sich und stürmte dann aus der Wohnung.
Das Blut pochte in ihren Adern, und sie rannte weiter die Straße entlang, überquerte sie und entdeckte schließlich Markus am Nikolaiviertel. Rosa hielt für einen Moment inne und gab Markus genau so viel Vorsprung, dass das Herz, das in ihrer Brust heftig klopfte, sich etwas beruhigen konnte, schlich dann im Schatten des Morgens weiter, als ein Gedanke ihr schmerzhaft in den Sinn kam, der fast ihren ganzen Körper erstarren ließ: Dies war doch immer ihre Konstellation gewesen: Markus vorweg, sie hinterher. So als wäre sie während der ganzen Zeit ihrer Beziehung durch meterhohen Schnee gestapft in den Spuren, die ein anderer hinterlassen hatte, so als wäre keine andere Route möglich gewesen. Und sie sah sich in Gedanken selbst, wie sie mitten in der Nacht am Fenster den weinenden Matias beruhigte. Wie sie das Kind in der Charité auf dem Arm trug, bevor sie zu dem Arzt gerufen wurden. Auf dem Spielplatz mit Vilja, beim Einkaufen, zu Hause in der Küche.

Immer im Schatten, immer beiseitegedrängt, der Ärger in ihr wuchs und drängte vorwärts.
Sie überquerten den von der Morgensonne vergoldeten Alexanderplatz, dann den Hackeschen Markt, und am Rand des Monbijou-Parks blieb Markus endlich stehen. Rosa zog sich in den Schatten eines Baums zurück und klammerte sich mit den Fingern an dessen Stamm.
Das Herz hämmerte schmerzhaft in ihrer Brust.
Im Mund hatte sie den Geschmack von Eisen.
Der Abstand betrug nicht mehr als zwanzig Meter, und sie sah, wie aus Richtung Museumsinsel eine Gestalt kam, wie Markus zunächst den rechten Arm um sie legte, sie dann ganz zu sich drehte, sie bei den Schultern fasste und küsste. Und Rosa sah die Hände, die sich auf Markus' Wangen legten, die Daumen, die zärtlich die Lachfalten drückten, die kleinen Finger, die sich unter seine Ohren legten, Luise Seidels Finger.
Rosa erstarrte.
Sie spürte, wie ihr das Blut in den Adern stockte.
Allmählich begann das Verstehen durch ihren Körper zu strömen, erst langsam, dann schneller, und schließlich durchdrang es ihren auf der Stelle erstarrten Körper.
Plötzlich war alles ringsum hell. Die Wolkenmasse, die den Himmel bedeckt hatte, riss auf, das daraus hervordringende Licht war gleichzeitig weiß und grau und hell und trüb, und da, so als hätte Markus die ganze Zeit gewusst, dass sie genau dort stand, ihm die ganze Strecke von der Fischerinsel bis zum Monbijou-Park gefolgt war und nun im Schatten der Linde mit dem klebrigen Stamm gehockt und zugesehen hatte, wie ihr Leben zusammenbrach, wandte er sich Rosa zu.
Einen Augenblick lang starrten sie einander ausdrucks-

los an, Markus und Rosa, bis von irgendwoher in Rosas Innere das Verstehen und danach die Gewissheit fluteten, die beide aus scharfkantigen und schweren kleinen Teilen bestanden, die aus Enttäuschung und Trauer, Zorn und Ungläubigkeit erwachsen waren. Rosa zog sich zwei Schritte in die Windrichtung zurück, und schließlich, für sich selbst überraschend, wandte sie sich um und entfernte sich, ohne zurückzublicken.

2011

Der dunkle, feuchte Himmel hing wie eine schwere Decke über der Stadt. Vilja trat durch die Pforte ein, die von beiden Seiten durch Apfelrosen eingeengt war. Der Garten badete in schwarzem Regen, in dem nassen Humus des Blumenbeets waren die Blätter matschig geworden, die nackten Stämme der Apfel- und Kirschbäume im hinteren Teil des Gartens beugten sich der undurchdringlichen Dunkelheit entgegen. Am Ende des Pfades aus Schieferstein stand ein mit Ocker gestrichenes Blockhaus wie Licht am Ende des Tunnels. Vilja schloss hinter sich die Pforte und betrachtete die Kerzen und Weihnachtssterne in den Fenstern. Noch vor wenigen Augenblicken hatte sie auf dem Bahnhof von Hanko gestanden und überlegt, ob sie vom Bahnsteig doch wieder in den Zug einsteigen und gleich zurück nach Helsinki fahren sollte, hatte sich aber schließlich doch gezwungen, ein Taxi zu nehmen. Sie hatte im Zug gesessen, versunken in ihre Trauer, und hatte bis in die Tiefe ihres Leibes brennende Schuld empfunden, weil sie versucht hatte, ihren Vater zu vergessen, und sei es auch nur für einen Augenblick. Während sie sich auf die Rückbank des Taxis setzte, hatte sie sich an ihren letzten Besuch bei der Mutter erinnert, der war vielleicht im April oder im Mai gewesen, damals war noch niemand gestorben, damals hatte noch die Kindheit, die Familie und ihre eigene Geschichte ein anderes Gesicht gehabt. Damals hatte sie es noch für selbstverständlich gehalten, dass sie auch das nächste Weihnachtsfest so wie immer verbringen würde; am Vormittag Reisbrei, in der Dämmerung der Spaziergang mit dem Vater auf den Felsen von Seurasaari, dann das *Weihnachtsoratorium* und das Abendessen. Sie und der Vater, der Vater und sie. So viele Jahre lang war es nur ihrer beider Weihnachten gewesen, doch jetzt war die Realität eine andere, das hatte der Vater ihr als Erbe hinterlassen. Damit, Vater, werde ich den Rest meines Lebens leben, dachte sie.

Die Mutter öffnete energisch die Tür, mit eckigen Bewegungen wie immer, sie hatte eigens ein weinrotes Futteralkleid angezogen, ihr dünnes, landstraßenfarbenes Haar hing am Kopf herab, ihre Stimme war gerade in dem Maße zu hoch, dass Vilja erkannte, dass auch ihre Mutter aufgeregt war.

»Na also«, sagte die Mutter und trat zur Seite, um Platz zu machen. »Endlich, du bist erwartet worden!«

Hinter der Mutter trat ihr neuer Mann Lasse in den Flur. Auf sein dunkelblaues Hemd mit Kragen waren Schuppen wie Schnee gerieselt, der draußen fehlte, um den Hals hing ihm eine Krawatte mit farbigen geometrischen Mustern. Vilja wusste genau, was der Vater gesagt haben würde, wenn er sie gesehen hätte: wie ein Niesen in der Nase eines Pfahls. Sie verbarg ihre Amüsiertheit, indem sie in den Ärmel hustete.

»Fröhliche Weihnachten. Und herzlich willkommen, schön, dass du kommen konntest«, sagte Lasse und zeigte ihr den Weg ins Haus, als wäre Vilja zum ersten Mal hier.

Im Wohnzimmer schwebte eine Duftmischung aus Punsch und gebratenem Fleisch, irgendwoher ertönte leise Chormusik. Gleich von der Tür her bemerkte Vilja den Weihnachtsbaum, dessen elektrische Kerzen einen schwarzen

Metallboden hatten, das elektrische Kabel lag hinter dem Tannenbaum.
Etwas rührte sich in ihrem Inneren.
»Diese Kerzen«, sagte sie, trat zu dem Weihnachtsbaum und berührte eine von ihnen.
In ihrem Kopf entstand das Bild von dem vom Regen verschleierten Fernsehturm. Die Mutter war hinter sie getreten.
»Ja«, sagte sie unbekümmert, »uralte Kerzen. Ich hab sie auf dem Dachboden gefunden, sie sind bei irgendeinem Umzug hierher mitgekommen. Ist es nicht schön, alte Sachen in Gebrauch nehmen zu können?«
Vilja gab einen zustimmenden Laut von sich. Die Trauer über das Vergangene stieg ihr als heißes Wasser in die Augen. Lasse trat neben sie, reichte ihr eine Tasse Glühwein und sagte:
»Schade, dass wir dieses Jahr keine weißen Weihnachten haben.«
Vilja fühlte sich erleichtert, weil sie den Blick auf das Fenster richten konnte, hinter dem der Uferfelsen in der Dunkelheit schimmerte. Der Wind zauste die kahlen Zweige der Birken, er war warm, wärmer als seit vielen Jahren um diese Jahreszeit.
»Ja, schade«, sagte Vilja und wischte sich mit dem Ärmel die Nase. »Obwohl es im Herbst schon so viel Schnee gab.«
Da hörte sie hinter sich eine Stimme, dort kam Matias die Treppe herunter, winkte Vilja zu und grüßte, dann drehte er sich um und sagte:
»Komm, Liisi, wir gucken mal, wer da gekommen ist!«
Matias trat zu Vilja und umarmte sie, Vilja roch das Deodorant und den gestärkten Hemdkragen, umarmte fest ihren Bruder und zuckte zusammen bei dem Gedanken,

dass sie ihn zuletzt bei der Beerdigung ihres Vaters gesehen hatte. Ihr war klar, dass sie sich danach zurückgezogen hatte, aber hatte Matias vielleicht dasselbe getan? Plötzlich begriff sie, dass sie eigentlich überhaupt nicht wusste, wie der Bruder den Verlust betrauert hatte, der trotz allem ihr gemeinsamer war.

Hinter Matias trat Inka ins Zimmer. Sie hielt Liisi bei der Hand, die vorwärts taperte, als hätte sie das schon immer gekonnt. Einen Moment lang dachte Vilja an Hertta, die auf den Weihnachtsmann wartete, stumm vor Nervosität. Vilja umarmte Inka und strich Liisi übers Haar, die demonstrativ murrte und dann rief: »Man darf Liisi nicht anfassen!« Alle mussten lachen. Vielleicht würde ja doch alles gut gehen, dachte Vilja, vielleicht hatte sie doch die richtige Entscheidung getroffen, indem sie hierhergekommen war.

Die Mutter hatte alles geplant: Zuerst würden sie gemeinsam den Teil des Abendessens zubereiten, den Mutter und Lasse noch nicht gemacht hatten, dann würden sie essen und schließlich die Geschenke verteilen. Vilja bekam die Aufgabe, die Tiefkühlerbsen zu kochen, die Aufgaben, die anspruchsvollere Kochkünste voraussetzten, wie die Herstellung des Salats, wurden Inka übertragen, die Soße wollte die Mutter selbst machen.

»Da gibt es so einen Trick, die muss wie verrückt geschlagen werden«, sagte die Mutter, als hätte man die Sache erklären müssen.

Lasse und Matias übernahmen es, Liisi zu bespaßen. Vilja beobachtete verstohlen ihren Bruder, der auf dem Teppich eine hölzerne Eisenbahn aufbaute und in deren Mitte Plastiktiere sowie Bauklötze setzte, die Bäume und Häuser dar-

stellten. Etwas an ihrem Bruder hatte sich verändert. Während Vilja noch vor ein paar Jahren gedacht hatte, dass von Matias eine unerklärliche, aber tiefe Ruhelosigkeit ausging, wirkte er jetzt ausgeglichen. Liisi hatte Matias verändert. Der Gedanke regte sich warm in ihrer Brust.
Vilja stellte sich an die Arbeitsfläche neben Inka. Deren lange Finger hielten das Salatbündel fest, das Messer in der anderen Hand schnitt grüne Blätter in gleich breite Streifen.
»Trinkt ihr einen Wein, Mädels?«, fragte die Mutter. »Ich hab roten, weißen und Schaumwein.«
Inka wählte den Schaumwein, Vilja Rotwein, und mit den Gläsern in der Hand stießen sie an.
»Auf Weihnachten«, sagte die Mutter.
»Auf das beste Fest des Klassenfeindes«, hörte Vilja sich antworten, bereute das aber sogleich; auf dem Gesicht der Mutter war sofort die altbekannte angespannte Membran erschienen.
»Ein Witz, ein Witz«, sagte Vilja und verstand plötzlich: Niemand hatte auch nur mit einem Wort den Vater erwähnt, als hätte es ihn nie gegeben, als hätte dieses gemeinsame Weihnachtsfest in Hanko stattfinden können, wenn der Vater noch am Leben gewesen wäre. Vilja nahm einen größeren Schluck Wein, als sie es hätte tun sollen, und wechselte rasch das Thema.
»Na, erzähl doch mal, wie dein neues Buch vorankommt«, sagte sie zur Mutter.
Die Mutter seufzte tief auf, stellte ihr Weinglas auf den Küchentisch neben sich, als wollte sie etwas so Schwerwiegendes sagen, dass sie dafür alle Kräfte ihres Körpers brauchte.
»Na, damit bin ich schon ziemlich in Zeitdruck. In allzu

großem. Aber da hilft nur, den Computer zu bearbeiten und zu hoffen, dass das Manuskript trotz der Eile etwas Vernünftiges zu bieten hat.«
Vilja sah die Mutter an, versuchte einzuschätzen, ein wie großer Teil ihrer Worte unnötiges Selbstmitleid war, in das die Mutter nach Viljas Interpretation von Jahr zu Jahr immer häufiger verfiel, und das, obwohl sie ihren Traum lebte. Die Mutter hatte immer schreiben wollen und das als ihre einzige berufliche Leidenschaft empfunden, und sie hatte, seit Vilja erwachsen war, keine Gelegenheit ausgelassen, zu erzählen, dass sie dazu nicht immer Gelegenheit gehabt habe.
Vilja spürte, wie sich in ihr die Gereiztheit sammelte. Wie rasch konnte doch der Mensch seine Privilegiertheit vergessen und Dinge, die er früher so sehr ersehnt und angestrebt hatte, als Selbstverständlichkeiten, ja, geradezu als Belastung empfinden? War dies die Veränderung in der Mutter, die auch Ute beklagt hatte?
Inka sah die Mutter an mit einem Blick, in dem Mitgefühl lag, und sagte:
»Und doch hast du die Zeit gefunden, für uns alle das Weihnachtsfest vorzubereiten. Wie schön, dass wir hierherkommen durften.«
Die Mutter richtete sich auf.
»Aber natürlich doch. Es ist so schön, euch zu sehen. Wir sind ja nicht allzu oft alle beieinander.«
»Allzu selten«, antwortete Inka und deutete mit ihrem Weinglas auf Vilja. »Auch Vilja sieht man ja kaum jemals. Wie geht es dir?«
In Viljas Erinnerung tauchten Luises Briefe, Frau Waschke am Büroschreibtisch des Kindergartens, Utes Küchentisch, der Kastanienbaum, der vor den Fenstern ihres Hauses

seine Äste hängen ließ, und Anne auf, die auf den Ruinen der toten Stadt stand. Vilja schwenkte den Rest Wein am Boden ihres Glases.

»Wie soll es mir schon gehen. Ganz normal.«

Inka lächelte.

»Nun sei doch nicht so geheimnisvoll. Was hast du denn den ganzen Herbst über gemacht? Wir haben nichts von dir gehört.«

Vilja blickte auf ihren Bruder, der war vom Fußboden aufgestanden und Liisi gefolgt, die beschlossen hatte, einen von den am Weihnachtsbaum hängenden Pfefferkuchen abzunehmen.

»Ich hab eine Art Recherche gemacht, und nicht viel anderes«, sagte Vilja und hoffte, die Antwort würde genügen.

Aber Inka ließ nicht locker.

»Was für eine Recherche?«

Vilja sah die Mutter an. Etwas in deren Gesten verriet, dass sie unruhig war.

»Na, vielleicht ist das eine Art Ahnenforschung.«

Die Mutter verlagerte das Gewicht von einem Bein auf das andere und nahm einen Schluck aus ihrem Glas. War das als eine Art wortlose Botschaft gemeint, dass sie nichts Weiteres hören wollte? Vilja spürte, wie ihre Gereiztheit zurückkehrte.

»Ahnenforschung? Nun erzähl doch ein bisschen genauer davon«, fuhr Inka fort, und Vilja seufzte tief auf.

»Na, da gibt es vielleicht nicht viel zu erzählen. Ich hab nur versucht, ein paar Sachen aufzuklären, von denen ich nichts gewusst habe. Das begann nach Vaters Tod, das Bedürfnis, zu verstehen. Warum manche Dinge so sind, wie sie sind.«

Und da war sie wieder, und jetzt so offensichtlich, dass

nicht einmal der abgewandte Blick sie verdecken konnte: die stramme Membran auf Mutters Gesicht. Vilja leerte ihr Glas. Die Reserviertheit der Mutter machte sie wütend. Das Gefühl war stark, es errichtete um sich herum tief im Boden verankerte Pfähle und bestand, überraschend für Vilja selbst, aus der Gewissheit: Sie hatte das Recht, ihre eigene Vergangenheit aufzuklären, das Recht, ihre eigene Geschichte zu kennen, und auf jede Art von Fragen, die ihr helfen würden, zu verstehen und weiterzukommen. Warum war das für die Mutter so unmöglich zu akzeptieren?

»Ist es dir noch nie so ergangen?«, fragte sie Inka. »Dass ein Ereignis im Leben den Anstoß gibt, alles ganz neu zu denken. Alles zeigt sich irgendwie in ganz neuem Licht, und man möchte es verstehen. Es herausfinden. Sich in die Vergangenheit vertiefen.«

Inka runzelte die Brauen.

»Na, eigentlich nicht«, sagte sie und lachte auf. »Das klingt etwas kryptisch.«

Die Mutter hatte den Blick von Vilja abgewandt, ihr Glas auf der Arbeitsfläche abgestellt und nach den Salatblättern gegriffen, die Inka auf dem Schneidebrett klein geschnitten hatte.

»Sind die fertig, soll ich den Rest machen?«

Inka nickte der Mutter kurz zu, ohne zu verstehen, dass der Zustand der Salatblätter die Mutter in Wirklichkeit nicht interessierte, sie wollte nur das Gespräch unterbrechen, egal, wie, dessen war Vilja sich sicher. Inka warf ihre Worte unbekümmert hin, ohne ihr Gewicht im Geringsten zu begreifen:

»Hatte deine Berlinreise auch irgendwie mit dieser Ahnenforschung zu tun?«

Die Mutter hatte gerade den klein geschnittenen Salat mit

dem Messer auf einen flachen Teller schieben wollen, als sie mit der Handbewegung innehielt. Sie wandte sich Vilja zu:
»Warst du in Berlin?«
Inka schaute verlegen auf die Mutter, dann auf Vilja, dann wieder auf die Mutter. Vilja lächelte Inka zu und versuchte, ihr zu bedeuten, dass sie kein großes Geheimnis verraten hatte, Vilja hatte nur vergessen, es der Mutter zu erzählen.
»Das war eine ziemlich kurze Reise, nur eine Stippvisite. Nichts Besonderes. Und ich war auch noch woanders.«
Doch die Membran zog sich noch straffer, Mutter stemmte die Hände in die Hüften.
»Nichts Besonderes«, wiederholte sie. »Aha. Na, vielleicht könntest du jetzt die Erbsen kochen? Dann könnten wir rechtzeitig essen.«
Plötzlich fühlte Vilja sich klein, ihr Trotz war dahin, stattdessen nur die Erfahrung von Enge, armseliger Kleinheit, in die sie plötzlich gefallen war.
»Ja, klar. Ich koch sie.«
Sie stellte ihr leeres Glas auf den Tisch.
»Könnte ich noch ein Glas Wein haben?«
Die Mutter seufzte, ließ das Geschirrtuch auf die Ecke des Küchentischs fallen und schritt zur Tür, und ohne Vilja anzusehen, fuhr sie sie an:
»Der Wein ist in der Flasche, nimm ihn dir. Ich brauche jetzt eine Zigarette.«

Eine halbe Stunde später setzten sie sich an den Esstisch in der Ordnung, die die Mutter festgelegt hatte, Vilja zwischen Matias und Lasse, die Mutter auf der anderen Seite des Tischs mit Inka und Liisi. Wortlos brachte sie so zum Ausdruck, dass dies Trennlinien waren, Rosa und Vilja passten nicht auf dieselbe Seite, und das war schon seit Jahren so. War das überhaupt jemals der Fall gewesen? Je mehr Vilja darüber nachdachte, auf desto frühere Erfahrungen der Getrenntheit von der Mutter traf sie. Die Mutter in den Kindheitserinnerungen: immer müde und angespannt, so angespannt, dass Vilja ungewollt vorsichtig geworden war, sowohl in Bezug auf ihre Worte als auch auf ihre Taten, selbst in den allerkleinsten, zum Beispiel beim Öffnen oder Schließen der Tür, wie sehr hatte es doch die Mutter ärgern können, dass eine Tür, die der Wohnung oder die des Kühlschranks, falsch geöffnet wurde, polternd oder sonst wie einfach laut. Matias, der von dem vorhergehenden Gespräch völlig ahnungslos war, reichte gut gelaunt die Weihnachtsaufläufe am Tisch herum, Lasse zerschnitt das Fleisch und reichte die Stückchen mit einem Küchengerät herum, das an ein Bajonett erinnerte. Inka konzentrierte sich darauf, Liisis Essen zu überwachen, zerschnitt die auf einem Mumin-Teller zusammengestellte Portion des Kindes und ließ sie abkühlen. Als alle Teller gefüllt waren, hob die Mutter ihr Glas, ließ den Blick über die Runde wandern und sagte:

»Willkommen noch einmal, und schöne Weihnachten, hoffentlich schmeckt euch das Essen!«

Vilja war der Appetit vergangen, aber sie zwang sich, ein wenig zu essen. Wie durch einen trüben Schleier betrachtete sie ihre ringsum speisende Familie, die Mutter unterhielt sich mit Matias, Inka kommentierte bisweilen, Mutter sprach zu Liisi, Liisi lachte und hatte Spaß daran, sich mit dem Essen einen Jux zu machen. Lasse beobachtete alles von der Seite, wortkarg wie immer, ließ hier und da ein Wort von ein paar Silben oder auch zwei fallen, ach so, ach nee, na so was, diese Worte würden ein amüsantes Bingo ergeben, dachte Vilja, trank von ihrem Wein und schob mit

dem Messer etwas von dem Möhrenauflauf auf ihre Gabel, die Mutter hatte besonders darauf hingewiesen, dass sie den nach Großmutters altem Rezept zubereitet hatte.
Vilja konnte nicht sagen, wie lange es dauerte, bis jemand bemerkte, dass sie sich an dem Gespräch mit keinem Wort beteiligte, und kurz bevor das geschah, stellte sie in Gedanken die Frage: Wie konnte es sein, dass ein Familienmitglied sich aus allem heraushielt, ohne dass das lange Zeit irgendjemandem auffiel, und wann hatte das eigentlich begonnen? Als hätte er Viljas Gedanken gelesen, sah Matias sie plötzlich an und sagte:
»Ach ja, Vilja. Ich hab neulich mal alte Fotos durchgesehen und ein paar gefunden, die du vielleicht haben möchtest. Von dir und Vater. Wirklich schöne Bilder.«
Vilja schluckte und sah Matias lange in die Augen. Endlich hatte jemand den Vater erwähnt, und Vilja spürte, wie sich ein unbestimmtes Gefühl von Erleichterung in ihr ausbreitete.
»Was für Fotos?«, bekam sie heraus.
Matias schnitt an einem auf seinem Teller liegenden leblosen, grauen Stück Fleisch herum.
»Ich weiß nicht, wo die gemacht worden sind«, sagte er, »aber komischerweise siehst du darauf Liisi sehr ähnlich.«
»Und was hattest du gesagt, wo du die Fotos gefunden hast?«
»Das hatte ich nicht gesagt. Sie waren in einem alten Karton«, antwortete Matias, und Vilja runzelte die Brauen.
»Ach, ich hatte gedacht, dass die alle bei mir in der Bodenkammer gelandet waren.«
Matias nickte und kaute sein Essen ein Weilchen schweigend, um den Mund leer zu bekommen.
»Das sind sie auch«, sagte er schließlich, »aber dieser eine

Karton ist schon früher bei mir gelandet. Zusammen mit einer Kommode, die Vater irgendwann vor Jahren loswerden wollte.«

»Matias hat recht«, warf Inka ein, »die Fotos sind wirklich schön. Irgendwie künstlerisch. An deiner Stelle würde ich ein paar davon rahmen lassen.«

Vilja lächelte. Das Gefühl, eine Außenseiterin zu sein, das noch vor einem Augenblick den ganzen Körper und ihre Gedanken erfüllt hatte, war fort, und der Gedanke an alte Fotos fühlte sich an wie ein warmer Hauch aus der Vergangenheit.

»Hättet ihr sie doch mitgebracht, ich hätte sie gern gesehen«, sagte Vilja und wollte gerade Luft holen, um weiterzusprechen, als sie einen Seufzer hörte.

Sie hob den Blick und sah: Der Gesichtsausdruck der Mutter verriet eine schlecht verhohlene Beklemmung. Vilja legte Messer und Gabel auf den Teller.

»Was?«, fragte sie und sah die Mutter an.

Die Mutter blickte auf und hob die Brauen.

»Was was?«

Vilja sah die Mutter einen Augenblick schweigend an und sagte dann:

»Du hast geseufzt.«

Die Mutter lächelte schweigend und aß dann weiter.

»Ich atme«, sagte sie und lächelte. »Das ist ja wohl nicht verboten.«

Ein Wutanfall rotierte in Vilja, sie bemühte sich, ihn hinunterzuschlucken, und sprach die Worte so ruhig, wie sie nur konnte:

»Natürlich ist es nicht verboten zu atmen. Nun lass mal gut sein.«

Den Bruchteil einer Sekunde dachte sie an eine Fort-

setzung, dann sagte sie trotz eines kleinen Stichs in der Brust:
»Aber du kannst es auch sagen, wenn es dich ärgert, dass wir von Vater gesprochen haben. Diesen Gedanken kann man ja nicht von der Hand weisen, wenn du Seufzer ausstößt, wenn wir uns über ihn unterhalten.«
Irgendwo am Rande des Gesprächs räusperte sich Lasse. Das ließ Vilja unbeachtet, und so auch die Mutter.
»Du irrst dich«, sagte die Mutter, legte die Ellenbogen auf den Tisch und beugte sich vor. »Es ärgert mich nicht, wenn ihr von euerm Vater sprecht. Ihr könnt so viel über ihn sprechen, wie ihr wollt.«
Die Mutter machte eine kurze Pause, legte die Hände in den Schoß und sah Vilja an.
»Vielleicht mache ich mir manchmal Sorgen darüber, dass du in deinem Leben nicht genug vorwärts schaust, sondern ständig zurück. In der Vergangenheit herumzuhängen tut dir nicht gut. Das tut niemandem gut.«
Vilja sah die Mutter verblüfft an.
»In der Vergangenheit rumhängen? Wir sprechen von Fotos. Matias hat das getan, nicht ich.«
Auf dem Gesicht der Mutter war ein kleines Lächeln erschienen, das vielleicht Mitgefühl wecken sollte, das aber Vilja dennoch ärgerte. Vilja richtete den Blick auf Matias in der Hoffnung auf Unterstützung, eine Art Rückendeckung oder einen Verbündeten, bekam aber keinen Blickkontakt. Matias hatte sich abgewandt.
»Matias«, sagte Vilja fragend und sah ihren Bruder an, der sich endlich ihr zuwandte. »Kannst du etwas dazu sagen?«
»Also eigentlich«, antwortete Matias, »bin ich ein bisschen derselben Meinung wie Mutter.«
In allen Gliedmaßen spürte Vilja ein Stechen.

»Worüber sprecht ihr eigentlich, zum Teufel?«, bekam sie schließlich heraus.
Die Mutter seufzte.
»Hört mal zu, Kinder, jetzt ist Heiligabend. Könnten wir darüber ein andermal sprechen?«
Vilja fuhr auf, laut brach es aus ihr hervor, und sie spürte, wie die Wut in ihr kochte.
»Wirklich, Heiligabend. Verdammt schöne Weihnachten auch euch.«
Sie beugte sich über den Tisch und ergriff die Weinflasche, schenkte sich ihr leeres Glas voll und erhob es. Das Schweigen lag schwer und drückend über dem Tisch wie die Lenin-Büste, die die Mutter vor Jahren auf den Fußboden geschleudert hatte, Vilja kippte sich den Wein in den Hals und stellte das Glas auf den Tisch, dass es klirrte.
»Na«, sagte die Mutter schließlich, »wenn du es also willst, dann sagen wir es laut. Das Suchen nach Markus' alten Briefen. Ahnenforschung in Berlin. Natürlich weckt Markus' Tod in dir alle möglichen Gefühle, aber macht dieses Hängen in der Vergangenheit letztlich irgendetwas besser?«
Vilja schnaubte hörbar.
»Hätte man denn mit dir über diese Dinge sprechen können? Du bist doch nicht bereit, über irgendetwas aus der Berliner Zeit zu sprechen.«
»Ich verspüre keine Notwendigkeit, das zu tun.«
»Ganz offensichtlich nicht. Aber verstehst du, dass das bei mir der Fall sein kann?«
Die Mutter sah sie mit stechendem Blick an.
»Ich sehe keinen Sinn darin, meine Zeit dafür zu nutzen, in der Vergangenheit zu wühlen. Sieh dich doch mal an, du bist doch ganz außer dir.«

Vilja starrte die Mutter an und konnte ihren Ohren nicht trauen.
»Mit dieser Ansicht bist du allein.«
Die Mutter sah sie mit ausdruckslosem Gesicht an.
»Ich verstehe nicht, wovon du redest.«
»Genau von dem, was ich gesagt habe. Dass nicht alle mit dir einer Meinung sind. Ich habe mit Ute gesprochen.«
Die Farbe schwand aus dem Gesicht der Mutter, das helle Rot zog sich vor dem Weiß zurück, das sich überall in ihrem Gesicht ausbreitete, und einen Augenblick lang schien es, als hätte die Mutter ein Gespenst gesehen, das sich auf den Weihnachtstisch vor das tote Stück Fleisch, die Aufläufe und die dampfenden Kartoffeln gelegt hatte.
»Jetzt gehst du zu weit«, sagte die Mutter leise.
Vilja starrte trotzig zurück und sagte:
»Was hab ich gesagt. Mit dir kann man nicht darüber reden.«
Die Mutter sah sie einen Augenblick schweigend an, stand dann vom Tisch auf, ließ den Stuhl gegen den Rand des Tisches knallen und ging hinaus. Die Haustür öffnete sich und schlug krachend zu. Matias stieß einen tiefen Seufzer aus.
»Na, prima«, sagte er und warf seine Serviette auf den Tisch.
Vilja stöhnte auf und achtete jetzt erst auf Inka und Lasse und Liisi, die schweigend am Esstisch saßen. Einen Augenblick lang wusste Vilja nicht, was sie tun, was sie sagen, ja, überhaupt denken sollte, bis ihr endlich die Einsicht kam. Sie stand vom Tisch auf, und ohne ein Wort zog sie sich Schuhe und Mantel an und schloss hinter sich die Haustür.

Zwei Stunden später trat Vilja aus dem Taxi in die große Nacht hinaus, folgte ihren Beinen, die sie den von Tausenden von Kerzen erleuchteten Weg entlangführten. Wenn auch der vom Wein erzeugte Schwindel sich während der Fahrt verflüchtigt hatte, so spürte sie doch die an seine Stelle getretene, vom Hunger, von der Trauer und dem Nichtbegreifenkönnen verursachte Schwäche als ein Zittern in den Gliedern. Sie fand leicht das Grab des Vaters, wischte mit der bloßen Hand die vom Wind auf den Stein und die Fläche davor gewehten Blätter und Zweige fort und setzte sich auf den feuchten Boden, ohne sich um die Kälte zu kümmern. Sie nahm aus ihrer Tasche eine Kerze, die hatte sie von einer Tankstelle auf der Taxifahrt von Hanko nach Helsinki mitgenommen, und zündete den Docht an. Mich braucht ihr in keinem Grab zu suchen, da werde ich garantiert auch nicht als Tote sein – an diese Worte der Großmutter, die sie Jahre vor ihrem Tod gesagt hatte, erinnerte sich Vilja jetzt. Galt dasselbe für den Vater? Und wenn sie den Vater hier nicht antraf, an der Stelle, wo er erst vor zwei Monaten beigesetzt worden war, wo dann? Vilja ließ den Blick schweifen. Die Kerzen auf dem Friedhof flackerten, geschützt vor Regen und Wind, in ihren Plastikbehältern. So viele verlorene Angehörige, so viel Sehnsucht, unerzählt gebliebene Geschichten. Sie war nicht allein, diesen Gedanken empfand sie als warmen Hauch in der Kälte. In Gedanken versunken schob sie die Hände in die Taschen zum Schutz vor der Kälte, als ihre Finger auf etwas Seidiges trafen. Sie erfasste es mit den Fingern und zog es hervor. Eine dunkelbraune Kastanie war aus Berlin mit ihr mitgekommen, sie war unbeschädigt und glänzend, sie drehte sie einen Augenblick lang zwischen den Fingern und schloss sie schließlich in ihre Faust.

Sie hatte ihren Vater verloren, und jetzt vielleicht auch endgültig die Mutter, möglicherweise auch Matias.
Die Mutter hatte schweigend vor dem Haus geraucht und hatte sich nicht umgedreht, als Vilja herausgetreten war.»Mutter«, hatte Vilja gesagt, aber die Mutter hatte nicht reagiert.
»Mutter«, hatte sie noch einmal gesagt, diesmal mit deutlich lauterer Stimme.
Schließlich hatte die Mutter sich umgedreht und mit einem Gesicht, auf dem sie eine Mauer errichtet hatte, an ihr vorbeigeschaut.
»Warum nur rufst du mich mit diesem Wort, obwohl du mich nie dafür gehalten hast.«
Und die Mutter war zur Haustür gegangen, ohne auch nur im Geringsten die Tatsache zu beachten, dass Vilja sich die Tasche über die Schulter gehängt hatte und ganz offensichtlich beschlossen hatte zu gehen, hatte die Klinke der Haustür ergriffen, als Vilja gerufen hatte:
»Ich weiß von Luise. Ich weiß alles. Und auch, dass auch du es weißt, selbst wenn du nicht bereit bist, darüber zu sprechen.«
Die Handbewegung der Mutter war zum Stillstand gekommen, sie hatte einen Augenblick auf der Stelle gestanden, sich dann Vilja zugewandt, ihr für einen kurzen Moment, der ihr wie eine Ewigkeit erschienen war, direkt in die Augen gesehen, sich schließlich umgedreht und ohne ein Wort die Tür hinter sich geschlossen.

1987

In ihrem Herzen gab es eine leere Stelle, dennoch begann sie zu packen.
Die Bücher, die Schreibmaschine, die Papierstapel, das Manuskript in der Rohfassung.
Teller, Gabeln, Bratenwender und das Porzellan.
Endlose Haufen von Legosteinen, die sie im Lauf der Jahre im Diplomatenladen gekauft hatte. Wieder wickelte Rosa ein Glas in Zeitungspapier. Die Kernwaffen, das Gesicht des Pastors, der nach Westdeutschland geflüchtet war, die Interviews mit den Mitgliedern der Umweltbewegung und die Festivalreportagen wurden um Milchgläser und Kaffeetassen herum zerknautscht, sie drückte das Geschirr an den Grund des Kartons, und es war ihr egal, ob durch die Kraft ihrer Hände etwas dabei kaputtging.
Sie war totenbleich nach Hause gekommen, das hatte sie aus Utes erschrockenem Gesicht geschlossen, als hätte Rosa sich auf dem Heimweg in einen lebenden Leichnam verwandelt, der zurückgewandert war zu den Kindern und zu Ute, während sie kaum die Beine unter sich spürte. Ute hatte sie bei den Schultern gefasst, sie aufs Sofa vor sich hingesetzt und gefragt, was los sei, ein ums andere Mal: Was ist los? Aber Rosa hatte nicht sprechen können, es war, als sei alles schon gesagt, obwohl noch nichts gesagt war, sie hatte vor sich hin gestarrt, ohne zu verstehen, was sie ansah, und schließlich geflüstert:

»Wärst du so lieb und brächtest Matias zur Schule? Vilja geht heute nicht in den Kindergarten.«
Und schließlich hatte Ute es aufgegeben, hatte die Kinder für den Tag fertig gemacht und Matias mitgenommen.

Plötzlich begannen die Andeutungen, die sich im Lauf der Jahre angesammelt hatten, in Rosas Kopf ein Netz zu bilden, eine nach der anderen bahnte sich den Weg in ihr Bewusstsein, winzig kleine Seltsamkeiten, unlogische Umstände, Momente der Verwirrung, die sie ein ums andere Mal als Absurditäten abgetan hatte, als etwas, auf das es sich nicht lohnte, weitere Aufmerksamkeit zu verwenden, sie hatte keinen Argwohn nähren, paranoid sein, von den Menschen Schlechtes denken wollen. Doch jetzt drang ein Ereignis nach dem anderen in ihr Bewusstsein wie Sternschnuppen, die rasend schnell vor ihre Augen geschleudert wurden.
Wie der Tag, an dem Markus nach seiner Heimkehr von der Arbeit ein von Vilja gezeichnetes Bild von Erich Honecker aus der Tasche hervorgeholt hatte. Auf dessen Rand war das Datum desselben Tages gekritzelt worden, obwohl Rosa das Kind vom Kindergarten abgeholt hatte. Wie war die Zeichnung zu Markus gelangt, hatte Rosa flüchtig gedacht, ihre Verwunderung jedoch schnell verdrängt – jemand im Kindergarten musste sich im Datum geirrt haben, das passierte ja auch ihr selbst immer mal wieder.
Und all die Male, die Markus spät nachts von der Arbeit nach Hause gekommen war und sich direkt in die Dusche geschlichen hatte.
Zugleich spürte Rosa, wie eine nie dagewesene Kälte in ihr Inneres fuhr. Sie erinnerte sich an die Berührung ihrer Schulter, das Lächeln in den Augen, Luises Gesicht vor ihr

auf dem Hof des Kindergartens, die Worte: *Es wäre schädlich, wenn Vilja gerade jetzt von hier fortmüsste.* Plötzlich war alles da vor ihren Augen: Luise, die sie ermunterte, das Kind bei Markus in Berlin zu lassen.

Rosa stellte die Lenin-Büste auf den Tisch, ließ sich auf den Stuhl fallen und drückte den Kopf in die Hände.

Nein, das konnte nicht möglich sein.

Das konnte nicht alles schon damals aktuell gewesen sein.

Und dann doch.

Sie spürte ein Zittern im Körper, das sich überallhin ausbreitete, presste die Hand vor den Mund und schluckte ihr Entsetzen hinunter und wandte sich schließlich dem Kinderzimmer zu. Sie stand auf, machte gerade so viele Schritte, wie nötig waren, um durch die Türöffnung das Kind zu sehen, das neben dem Puppenhaus spielte, seine Kastanien auf dem Tisch verteilte und auf Deutsch vor sich hin flüsterte.

»Vilja«, sagte Rosa von der Tür her und trat ins Zimmer.

Vilja setzte sich auf ihren Schoß.

»Erzähl mir doch eine Sache aus dem Kindergarten«, sagte Rosa und strich dem Kind über das Haar, das seidenweich und von der Sonne gebleicht war. »Welche Tanten spielen dort mit dir? Wer betreut dich am meisten?«

Vilja schmatzte einen Augenblick lang, pusselte mit der Kastanie herum, die sie in der Hand hielt, jemand hatte darauf ein Gesicht gemalt, dessen Lächeln von Ohr zu Ohr reichte, die Augen waren wie zwei kleine Sterne, und sie funkelten über roten Wangen.

»Luise«, sagte das Kind.

Rosa versuchte, ihre Aufregung, ihren raschen Pulsschlag zu verbergen, den sie als ein Dröhnen in den Ohren spürte, hinter den Augen, auf der Haut, überall am Körper.

»Das weiß ich, mein Liebling«, sagte sie, »aber wirst du noch von jemand anders betreut?«
Vilja dachte einen Augenblick über ihre Antwort nach und sagte dann:
»Manchmal, aber meistens von Luise. Luise ist *Mutti.*«
»Luise ist was?«
»Luise betreut mich. Luise macht das am besten.«
Rosa hob das Kind langsam von ihrem Schoß und schob es von sich fort, stand auf, suchte Halt an der Tür, dann an der Wand, schleppte sich durchs Wohnzimmer und brach schließlich zusammen. Es war, als wäre sie in ein schwarzes Loch gefallen, dessen dichte Masse sie in sich einsaugte, über ihr funkelte ein Teppich aus Tausenden von kleinen Sternen, aber als sie den Blick hob und versuchte, sich auf einzelne Lichttropfen zu konzentrieren, verschwanden sie, zogen sich unversehens ins Unsichtbare zurück, und plötzlich war da ringsum wieder nur noch Finsternis, sie fiel durch sie hindurch, Schicht für Schicht, bis überall nur noch Stille war, eine so tiefe und vollkommene Stille, dass, wenn sie geschrien hätte, die Stimme sie nicht durchdrungen hätte. Aber sie schrie nicht, sie versuchte es nicht einmal, sie schnappte nach Luft, und allmählich breitete sich das Verstehen in ihrem ganzen Körper aus.
Sie wusste nicht, wie lange sie auf dem Fußboden gelegen hatte, als sie vom Klappen der Tür erwachte, danach von Schritten, die hinter ihrem Rücken stehen blieben.
»Rosa«, hörte sie Markus sagen.
Etwas war anders in seiner Stimme als früher, oder bildete sie sich das nur ein? Langsam bewegte Rosa die Zunge im Mund, berührte damit die Zähne, aus irgendeinem Grund erschien es ihr wichtig, das zu tun. Mit Kräften, die ihr als ihre letzten erschienen, richtete sie sich zum Sitzen auf,

stand auf, ohne Markus anzusehen, wankte zum Tisch, von dem sie die Lenin-Büste erneut in die Hand nahm und in einen Pappkarton steckte, und sagte:

»Ich will kein Wort hören. Wir ziehen zurück nach Finnland. Und das machen wir sofort.«

2012

Um Punkt acht Uhr klingelte es an der Tür. Jemand drückte die Klingel mit kurzen, scharfen Bewegungen, der Ton schrillte einen Augenblick lang durch die Wohnung, bis er verklang und die Stille wieder die Wohnung erfüllte. Vilja erwachte schlaftrunken auf dem Sofa. Sie horchte einen Moment auf die Geräusche aus dem Treppenhaus, stand schließlich mit steifen Gliedern auf und ging langsam in den Flur, um vor dem Öffnen durch den Spion zu schauen. Sie neigte sich gerade zur Tür, als dahinter eine Stimme ertönte.

»Vilja, mach auf. Ich weiß, dass du zu Hause bist.«

Das Herz stockte ihr in der Brust. Matias' Stimme war tief und ernst, das zu hören verursachte ihr einen schneidenden Schmerz in der Brust. Vilja fasste nach dem Türgriff und öffnete. Im Treppenhaus stand Matias mit einem kleinen Pappkarton in der Hand, sein Wintermantel offen, seine Wangen vom Frost gerötet.

Vilja sah ihren Bruder einen Augenblick lang an, ohne ein Wort sagen zu können, dann fragte sie:

»Was machst du hier?«

Matias starrte zurück.

»Kannst du mich hereinlassen?«

Widerwillig trat Vilja zur Seite. Sie hatte drei Tage in der Wohnung verbracht, ohne auch nur ein einziges Mal hinauszugehen, hatte sich mit Lebensmitteln aus dem Gefrierschrank ernährt, die Anni und Saga ihr nach dem Tod des Vaters gebracht hatten, sie hatte die ganze Zeit über kaum einmal gelüftet und war gar nicht auf den Gedanken gekommen, dass jemand ungebeten zu ihr kommen könnte. Sie hatte Anni eigens gebeten, das nicht zu tun, und Saga mitgeteilt, dass sie ein paar Tage Ruhe brauche; von Matias hätte sie sich gar nicht vorstellen können, dass er zu ihr kommen würde.

Er trat ein und zog sich die Schuhe aus. Vilja blickte sich um. Auf dem Fensterbrett hatten sich leere Joghurtbecher angesammelt, Brotteller und Tassen, auf dem Esstisch lag ein wilder Haufen ungelesener Zeitungen, hier und da lagen durcheinander saubere und schmutzige Kleidungsstücke, der Bademantel, Handtücher, sie hob eines vom Fußboden auf, um zu zeigen, dass sie sich bemühte.

»Mir geht es eigentlich besser, als es den Anschein hat«, sagte Vilja leise und ließ den Blick über die Wohnung wandern, griff nach einer Wolljacke, die über einer Stuhllehne hing, und zog sie an.

Matias lächelte.

»Ich hab versucht, dich anzurufen«, sagte er.

Vilja verspürte in sich einen Stich. Sie hatte ihr Telefon leise gestellt und später Matias' Anrufe bemerkt, aber nicht zurückgerufen. Allein schon der Gedanke an eine Aufarbeitung des Weihnachtsabends war ihr schwer erschienen, ganz zu schweigen von den Beschuldigungen, die sie sich würde anhören müssen. Dafür hatte sie keine Kraft, gerade jetzt nicht, wenn überhaupt jemals.

»Woher wusstest du, dass ich zu Hause bin?«

Matias legte den Kopf schief, und etwas an dieser Geste ärgerte Vilja, etwas daran erinnerte sie an den alles durchdringenden Blick der Mutter, vor dem sie sich nicht schützen konnte, falls sie es überhaupt jemals gekonnt hatte, in diesem Punkt war sie sich nicht sicher.

»Du hast das Licht an, das sieht man von der Straße aus. Du bist wie Vater. Ich weiß, dass du nicht das Haus verlässt, ohne alles Licht auszuschalten.«

Vilja nickte, als wäre sie bei einer Lüge oder einem Diebstahl ertappt worden.

»Begreifst du«, sagte Matias plötzlich mit scharfer Stimme, »dass es wirklich gemein ist, sich auf Anrufe nicht zu melden? Nach dem, was Vater passiert ist.«

Vilja seufzte.

»Entschuldige«, sagte sie, drehte sich um und ging in die Küche. »Willst du einen Tee? Oder sonst irgendwas?«

Matias verneinte, Vilja ließ für sich selbst ein Glas kaltes Wasser ein und kehrte zurück ins Wohnzimmer. Matias hatte sich auf das Sofa gesetzt, die Decke und die von Vilja aufgehäuften Kissen beiseitegelegt und sich niedergelassen, als wollte er für längere Zeit bleiben.

»Na«, sagte Vilja und lehnte sich gegen die Wand, »bist du gekommen, um mich fertigzumachen?«

Matias lächelte.

»Nein. Ich bin gekommen, um nachzusehen, ob es dir gut geht. Und um dir die hier zu bringen.«

Matias nickte zu dem kleinen, schäbigen Pappkarton hinüber, er hatte ihn auf den Tisch gestellt. Vilja ergriff ihn, öffnete den Deckel und entnahm dem Karton einen Stapel Fotos. Sie blätterte ihn durch und betrachtete eine Aufnahme nach der anderen. Auf jeder einzelnen war sie zusammen mit dem Vater, sie musste darauf drei Jahre alt gewesen sein, höchstens vier, ihr weizenblondes Haar hatte Bubikopflänge und einen Pony. Auf einem der Fotos waren sie am Strand, auf einem anderen auf einer Couch, aber

bei keinem Bild gab es Anhaltspunkte für die Umgebung, jedes einzelne Foto war auf Personen fokussiert, der Hintergrund war unscharf und verschwommen, als wäre er absichtlich unkenntlich gemacht worden.
»Ich verstehe immer noch nicht, warum ich von diesen Fotos erst jetzt höre.«
Vilja richtete den Blick auf Matias, der starrte auf den Teppich, der sich von den Rändern her aufrollte und staubig war, und rieb die Hände aneinander.
»Na, dazu ist es einfach nicht gekommen.«
Vilja spürte ihre Gereiztheit und schluckte sie hinunter.
»Aha«, hörte sie sich sagen. »Oder vielleicht hast du gefürchtet, dass ich wieder auf ungesunde Weise in der Vergangenheit versinke.«
Matias seufzte vernehmlich.
»Ich bin nicht gekommen, um mit dir zu streiten.«
»Warum dann? Doch bestimmt nicht nur wegen dieser Fotos.«
Sie legte die Fotos auf den Tisch und stemmte die Arme in die Hüften. Matias starrte zurück, sein Gesicht war ernst.
»Weil ich mir Sorgen um dich mache. Und das seit Weihnachten.«

Sie saßen lange schweigend nebeneinander auf dem Sofa. Draußen stob der Schnee. Vilja verfolgte den Weg der Flocken vom Himmel zur Erde, den auf der Straße sich sammelnden Schneematsch, ein Winter, der eine Ewigkeit zu dauern und sich jenseits des Fensters wie ein finsteres und farbloses Gemälde zu erstrecken schien.
»Inka erwähnte, dass du in Berlin eine Art Ahnenforschung betrieben hast«, sagte Matias schließlich.
Vilja wandte den Blick vom Fenster zu Matias und ver-

suchte, aus seiner Miene zu schließen, ob seine Worte Verurteilung oder Missbilligung enthielten, irgendetwas, was sie gerade jetzt nicht ertragen können würde, aber Matias' Gesicht drückte Freundlichkeit aus.
»Na, das war jetzt nur ...«, sagte sie und schüttelte den Kopf, der Satz blieb in der Luft hängen.
»War was?«
Einen Augenblick lang wusste Vilja nicht, was sie sagen sollte.
»Ein Versuch, zu verstehen«, sagte sie schließlich. »Mich selbst. Und Vater. Was zum Teufel eigentlich mit uns passiert ist.«
Matias runzelte die Stirn.
»Mit dir und Vater?«
»Mit uns allen!«
Die Worte entluden sich wie ein Aufschrei, sie hallten noch lange in ihren eigenen Ohren nach, auch nachdem der Raum still geworden war. Sie schloss für einen Augenblick die Augen und sah dann wieder den unbeweglich auf seinem Platz sitzenden Matias an.
»Wie kann es sein, dass du nicht darüber nachdenkst? Wir haben nie darüber gesprochen, was passiert ist. Wie plötzlich einfach alles zerfallen ist.«
Durch ihre Erinnerung huschten die Farben des Herbstes, am Fenster die weinende Mutter, der ungeheure Haufen von Umzugskartons, die neuen Wohnungsschlüssel, die Dunkelheit, schließlich das entzweigebrochene Leben, Mutter und Matias in der einen Wohnung, sie und Vater in der anderen, wie kann man nach so etwas einfach weiterleben, dachte sie und betrachtete den Bruder, der sich neben ihr in einen kleinen Jungen verwandelt hatte, plötzlich kam es ihr so vor, als wäre er zu einem Sechsjährigen zusammengeschrumpft. Vilja spürte das zwanghafte

Bedürfnis, den Blick abzuwenden, und als sie ihn einen Augenblick später wieder zurückwandte, saß an der Stelle wieder der erwachsene Matias.

»Ich«, sagte Matias und legte die Hand auf das Fensterbrett neben die Joghurtbecher und Brotteller, »ich glaube nicht, dass es viel bringt, in den alten Geschichten herumzuwühlen. Oder hat es dir etwas genützt? Ich glaube, die beste Medizin für Wunden ist die Zeit, und nicht, die Wunden aufzureißen. Das Vorwärtsblicken.«

Doch Vilja schüttelte den Kopf.

»Daran glaube ich nicht. Die Zeit heilt keine Wunden. Die Zeit heilt alles außer Wunden. Je mehr Zeit vergeht, desto schmerzhafter fühlt sich alles an.«

Matias sah Vilja ausdruckslos an.

»Aber bedeutet das nicht, dass es sich lohnt, sich um das Vergessen zu bemühen?«

Vilja hörte sich schnauben.

»Oje«, sagte sie, »du glaubst ja gar nicht, wie viel ich vergessen habe.«

Sie schwieg, schaute auf den Stapel von Fotos, der vor ihr auf dem Tisch lag, und fügte hinzu:

»Außerdem ist vergessen wohl nicht das Gegenteil von sich erinnern. Vergessen ist, dass man aufhört, die Erinnerung umzuschreiben.«

»Na, unsere Wunden sind offenbar ganz unterschiedlicher Art«, sagte Matias. »Oder du und ich sind einfach ganz verschieden.«

Etwas in Matias' Worten traf sie schmerzhaft, Vilja saß an ihrem Platz und war nicht imstande, etwas zu antworten, sie spürte plötzlich große Einsamkeit, größere als in Augenblicken des Alleinseins. Wenn sie die schmerzhaftesten Dinge ihrer Kindheit nicht mit ihrem Bruder tei-

len konnte, mit wem dann? Die Trauer staute sich pochend und schmerzhaft in Viljas Brust. Matias sagte:
»Ich würde jedenfalls gern hören, worum es hier eigentlich geht. Was hast du denn in Berlin gesucht?«
Hinter der Mauer, die sie um sich errichtet hatte, hörte Vilja sich sagen:
»Ach, nichts Besonderes. Nichts, was dich interessieren würde.«

Vilja spürte, wie die Unruhe sich nach Matias' Fortgehen in ihrem Inneren ansammelte, betrachtete vom Fenster aus Matias' sich entfernenden Rücken, bis er ihren Blicken entschwand. Vilja zog das Nachthemd aus und ihre Tageskleider an, zum ersten Mal seit vielen Tagen, und ging hinaus. Der Schnee hatte sich über die Stadt gelegt wie ein Laken, von irgendwo hinter den Häuserblöcken war der Lärm eines Schneepflugs zu hören. Sie ging die Straße hinunter, kam zum Tokoinranta, folgte dem Uferweg, bis sie zu dem bekannten Haus kam.
Saga öffnete erstaunt die Tür.
»Was für eine schöne Überraschung! Komm rein!«
Vilja spürte im Flur den Essensduft, zog Schuhe und Mantel aus, als sie hinter sich einen weiteren Gruß hörte, der von einer bekannten Stimme ausgesprochen wurde, drehte sich um und sah, dass in der Küchentür Aino stand. Sie lächelte Vilja zu, und Vilja bemühte sich um dasselbe.
»Wir machen Essen und gehen Herttas Terminpläne durch«, sagte Saga mit Sorglosigkeit in der Stimme und bedeutete Vilja, einzutreten. »Hast du Hunger, isst du mit uns?«
Vilja folgte Saga mit unsicheren Schritten in die Küche. Hertta saß am Tisch und malte mit Wasserfarben. Vilja trat zu ihr und strich ihr übers Haar.

»Grüß dich«, sagte sie, was machst du?«
Und Hertta, in ihrer gewohnten Umgebung unbefangen und sicher, hob das Papier hoch und stellte es vor:
»Ich male!«
»Und jetzt verlaufen deine Farben«, sagte Aino, und Hertta legte das Papier zurück auf den Tisch.
Vilja lächelte, obwohl etwas in dem Anblick, der sich ihr bot, sie eher zum Weinen stimmte: Saga stellte Geschirr aus dem Schrank auf den Tisch, schob Wasserschalen und Pinsel und die zum Trocknen ausgebreiteten Kunstwerke beiseite, und Aino beobachtete von der Seite her Herttas Tun, wie der Pinsel Tupfer auf das Papier machte, gelbe, dann grüne, die Farben vermischten sich auf dem Papier zu fahlen Lachen, und Vilja musste denken, dass sie selbst im Moment eher an eine Pfütze als an einen Menschen erinnerte, während Saga und Aino und Hertta wie ein sonniger Tag auf einer warmen Klippe waren. Sie waren eine Familie, trotz Trennung und Unterschiedlichkeit eine Einheit. Etwas an dem Gedanken weckte in Vilja eine Unsicherheit, die an ihrem Innersten nagte. Sie wollte gerade tief Luft holen, um mitzuteilen, dass sie doch nicht länger bleiben könne, als Saga einen Teller vor sie hinstellte, gleich darauf ein Trinkglas und Messer und Gabel und sagte:
»Wie schön, dass du gekommen bist. Ich hab dich vermisst.«
Saga beugte sich herab, um ihre Lippen auf Viljas zu drücken, in der Luft lag ein Hauch von Eisenkraut, und Vilja verschluckte ihre Worte.

1987

Markus betrachtete Luises Rücken, das weiße Baumwolllaken schimmerte in dem halbdunklen Zimmer auf der von der Sonne gebräunten Haut wie ein Glanz. Er legte die Hand auf diese Haut, ließ die Finger über das Rückgrat wandern, hin und her, spürte, wie Luises Körper leicht erbebte, ihr Kopf wandte sich ihm zu. Luise hatte geweint, das hörte Markus an ihrer Stimme.

»Und danach?«, fragte sie und wartete auf die Antwort, auf Markus' Worte, von denen sie annahm, sie würden etwas entscheiden, oder vielleicht alles.

Und danach.

Markus schloss die Augen. Es war jetzt zwei Wochen her, dass Rosa in Rage ihr gesamtes Hab und Gut eingepackt und kurz und bündig mitgeteilt hatte, die ganze Familie werde jetzt nach Finnland zurückkehren, sobald sie einen Umzugswagen bekämen, und dann mit Vilja und Matias zu Ute nach Marzahn gefahren war, wo sie so lange wohnten, bis Rosa die Flüge organisiert hatte. Trotz Markus' zahlreicher Versuche hatte Rosa sich geweigert, über die Situation und das Vorgefallene zu sprechen, hatte ein ums andere Mal die Hand als Mauer zwischen sich und Markus gehoben und auf diese Weise Markus daran gehindert, etwas zu seiner Verteidigung zu sagen, und schließlich hatte Markus es aufgegeben. Nachdem Rosa die Wohnungstür zum letzten Mal hinter sich zugeschlagen hatte, stand er stumm inmitten der gepackten Sachen und hörte

noch aus dem Hausflur Viljas Weinen. Jetzt erklang das Geräusch nur noch in Markus' Ohren. *Vati*, hatte Vilja so laut gerufen, dass Markus dachte, etwas in ihm würde zerbrechen, *Vati, ich will nicht weg!*
Markus dachte an die Uhr, es musste jetzt zwei sein, oder drei, die Nachtstunden waren ihm aus den Händen gerieselt wie der Sand aus dem Stundenglas, und bis zum Abflug waren es nur noch ein paar Stunden, er würde nach Finnland zurückkehren, Rosa und den Kindern hinterher. Matti Tikkanen hatte verdutzt am anderen Ende der Leitung gelauscht, als Markus anrief und fabulierte, dass Matias wieder erkrankt sei, diesmal so schwer, dass *Kraft des Volkes* Markus schnell durch jemand anders ersetzen müsse, lieber innerhalb von Tagen als von Wochen, er müsse nach Finnland zurückkehren, und zwar bald, er würde nicht mal die Zeit haben, den Nachfolger einzuarbeiten. Markus spürte einen Stich in der Brust. Was für eine Katastrophe, welche Menge von Lügen, würden sie wohl alle eines Tages herauskommen, dachte er, bis er sich in der aktuellen Realität wiederfand und seine Hand, die über Luises Rücken wanderte, anhielt.
»Wenn ich wieder in Finnland bin, werde ich alles organisieren. Ich verspreche dir, dass ich alles organisiere«, flüsterte er in die Nacht.
Luise drehte sich nun ganz zu ihm um, durch die Dunkelheit spürte Markus ihren durchdringenden Blick.
»Wie?«
»Irgendwie.«
Aber die Worte waren nicht überzeugend, das erkannte Markus an dem Schrecken, der von Luises Haut aufstieg, er duftete nach Eisen und Erde, stark und kräftig, und er breitete sich überallhin aus und begrub unter sich den

Moschus und das Glück. Markus hatte gehofft, Luise werde stark bleiben, aber sie war vor Entsetzen gelähmt, und Markus verstand, dass sie ohne ihn keinen Halt mehr haben würde.
»Ich kann es noch immer nicht glauben«, sagte Luise und presste die Hand auf den Mund, schloss für einen Moment die Augen und zwang sich dann, sie wieder zu öffnen. »Ich kann es nicht glauben, dass Rosa einfach ... Dass Vilja. Dass sie einfach nicht mehr zurückgekommen ist.«
Markus schob sich an Luise heran, zog ihren Körper eng an sich, fuhr ihr mit den Fingern durch das Haar, in langen, zärtlichen Zügen vom Ansatz bis zum Ende.
»Ich weiß.«

Markus dachte an Viljas große Augen, die sich geweitet hatten, als Rosa ihr mitteilte, dass sie nie mehr in den Kindergarten zurückkehren werde und dass sie stattdessen für sie eine neue Tagespflege in Finnland, in Helsinki, suchen würden, wo – und das sagte Rosa, indem sie Markus in die Augen sah – die Fachleute des Bereichs Erziehung noch eine Eigenschaft hatten, die man Moral nannte. Markus hatte eine große Wut in sich gespürt, das war bei ihm selten, aber irgendwoher hatte sich das schreckliche Gefühl in sein Inneres gedrängt, Rosa wolle sich über Vilja rächen, oder, noch schlimmer: an Vilja. Und nur ein einziges Mal hatte Markus den Mund aufgetan und mitgeteilt, was er dachte, und Rosa hatte von dem Kind zu Markus geschaut und mit flammendem Blick geflüstert, als hätte das ihre Worte abschwächen können:
»Wenn du die beiden Kinder noch einmal wiedersehen willst, dann hältst du jetzt den Mund. Verstehst du? Mund zu.«

Später hatte Vilja sich endlich beruhigt und Matias für sie beide ein neues Spiel entwickelt, bei dem kleine Autos die senkrechte Wand eines Umzugskartons hinunterfuhren, bis sie auf den Fußboden stießen und einige auf die Seite, andere auf das Dach fielen. Rosa hatte sich die letzten Tropfen Alkohol in den Hals geschüttet, die sich in der Wohnung noch gefunden hatten, und sich mitten in der Küche eine Zigarette angezündet, wohl wissend, dass Markus sich darüber ärgerte, und es genau deswegen getan. Und dann hatte Rosa nach dem Geschehenen zum ersten und letzten Mal Luises Namen laut ausgesprochen, während ihre Augen vor Eis und Frost funkelten:

»Wir werden in Helsinki weiterleben, als wäre all dies nicht geschehen. Verstehst du, Markus? Wir vergessen Luise. Ich vergesse sie, und du vergisst sie.«

Und Markus hatte Rosa einen Moment lang angestarrt, ohne sich rühren zu können, es war, als wäre sein Körper an der Stelle festgenagelt und seine Beine in Zement gegossen worden, und er war nicht imstande gewesen, die wichtigste aller Fragen zu stellen: *»Und Vilja? Wie willst du erreichen, dass das Kind vergisst?«*

Der Morgen graute zögernd. Der Himmel hing tief, es war, als erstreckte er sich in alle Richtungen, Markus betrachtete die vertraute Landschaft mit neuen Augen, als hätte er sie erst jetzt richtig gesehen, jetzt, wo er alles hinter sich lassen musste.

Er schleppte sich mit leeren Schritten durch die Wohnung. Überall ragten Stapel von Kartons auf, große Säcke mit Bettzeug, Handtüchern, Winterkleidung, die letzten Koffer; mit den dort hineingestopften Kleidern und Schuhen würde er leben, bis das Schiff die Ostsee überquert haben und der Umzugswagen in der Stadt ankommen würde, in die er nicht wollte, die er nicht vermisste und in die er trotzdem zurückkehren musste. Mit schwerem Druck in der Brust trat Markus ins Schlafzimmer, setzte sich auf die Bettkante und drückte die Lippen auf Luises Nacken. Irgendwann gegen Morgen war sie eingeschlafen. Markus dagegen hatte die ganze Nacht wach gelegen.

Luise wachte auf wie ein Kind, das an den neuen Tag glaubt, bis ihr einfiel, dass Markus auf ihrem Gesicht den Augenblick hatte sehen können, in dem sie vom Schlaf zum Wachen überging, und ihm fiel ein, dass ihr letzter gemeinsamer Morgen angebrochen war. Luise schloss wieder die Augen, als könnte sie sich schützen, indem sie das tat.

»Ich muss bald los«, sagte Markus.

Luise öffnete ein wenig die Augen und zog Markus zu sich heran unter die Decke.

Sie umschlang ihn, indem sie die Wärme, die sie in der Nacht in sich angesammelt hatte, auf Markus' Haut drückte.

»Ich schreib dir, wenn ich in Finnland bin«, flüsterte Markus, und Luise reagierte mit einem unbestimmten Laut, riss Markus das Hemd vom Leib und drückte ihre Brust gegen seine. »Aber ich werde nichts an deine Privatadresse schicken. Wir müssen vorsichtig sein, ich will nicht, dass du Schwierigkeiten bekommst. Erinnerst du dich an Hannu, den Korrespondenten der *Tageszeitung*? Ich werde meine Briefe an ihn schicken. Er gibt sie dir dann, das organisiere ich.«

Luise antwortete nicht.

»Wir brauchen für den Briefwechsel Decknamen, Luise, wir können es nicht riskieren, dass die Briefe in falsche Hände geraten. Ich brauche Zeit, um das alles in Finnland zu organisieren, damit ich zurückkommen kann.«

Er küsste Luise, die seine Hände ergriff und Markus' Finger mit ihren umfasste. Markus löste sich für einen Moment von Luise.
»Hast du gehört, was ich gesagt habe?«, fragte er und sah ihr in die Augen. »Das ist wichtig.«
Luise nickte.
»Du schreibst, und ich antworte dir, und wenn die Lage sich beruhigt hast, kommst du zurück.«
Markus nickte, aber Luise sah ihn weiterhin an, ihr Blick war fordernd, und, die Augen fest auf Markus gerichtet, sagte sie:
»Ich werde auf dich warten. So lange, wie es nötig ist, aber nur dann, wenn du versprichst, wiederzukommen. Kannst du das versprechen?«
Markus spürte das Blut in seinen Adern, es pulsierte heftig, als würde sein ganzer Körper kochen, er sah Luise an und sagte:
»Ich komme zurück. Das verspreche ich dir.«
Und unter der Decke berührte er die Narbe, die ihn an das Versprechen erinnerte, das er sich selbst gegeben hatte.

2012

Dann, an einem Nachmittag, plumpste die Post durch den Schlitz herein. Vilja hob sie vom Fußboden auf wie immer, sah die Umschläge durch, die weißen und die amtlichen, bei dem untersten schrak sie zusammen. Im Logo des Umschlags stand die bekannte Buchstabenkombination, sie hatte schon ein Weilchen nicht mehr daran gedacht und nicht damit gerechnet, dass die Information jetzt schon kommen würde.

Sie blieb in der Tür stehen, die Flur und Wohnzimmer voneinander trennte, und riss den Brief auf.

Dann starrte sie auf das Papier, das sie auseinandergefaltet hatte. Auch auf dessen oberen Rand war das Logo gedruckt, das einen Adler mit ausgebreiteten Flügeln zeigte, daneben die Buchstaben BStU. Auf dem weißen Papier standen ausgedruckt vier Zeilen Text, sie las sie mehrmals, bevor sie sicher war, dass sie sie verstand.

Einer plötzlichen Eingebung folgend nahm Vilja ihr Handy und wählte eine Nummer, aus irgendeinem Grund erschien es ihr wichtig, das zu tun. Hannu Aarnio meldete sich schnell. Vilja vergewisserte sich, dass sie nicht zur Unzeit anrief, fragte höflich nach dem Befinden und sagte dann: »Erinnerst du dich daran, dass wir im Dezember von meinem Vater sprachen? Du hast damals irgendwann gesagt, dass er eine Stasi-Connection gehabt habe. Und dass die im Zusammenhang mit den Briefen stehe, die ans Ziel zu bringen du ihm geholfen habest.«

Aarnio hörte sich schweigend an, wie Vilja erzählte, dass sie im Stasi-Archiv gewesen war und dort den Antrag auf Akteneinsicht gestellt hatte, einfach nur sicherheitshalber, um diese Möglichkeit auszuschließen. Und nun erzähle der Brief in ihrer Hand, ob ihr Verdacht begründet sei.
»Im Stasi-Archiv gibt es keine Daten über meinen Vater. Nichts.«
Aarnio schwieg einen Augenblick, Vilja schwieg einen Augenblick, und schließlich sagte Aarnio:
»Ahaa. Na, dann ist die Sache ja klar. Dann brauchst du auch nicht weiter darüber nachzudenken.«
Mit dem Telefon am Ohr setzte sich Vilja an den Tisch, legte den Brief vor sich hin und las den kurzen Text noch einmal durch. Etwas an den Worten wirkte gut, geradezu wie eine Absolution. Der Vater war nicht in Max Seidels Tod verwickelt, und Vilja hatte nicht das vor sich, was sie am meisten gefürchtet hatte: dass sie den Vater aus ganz neuen Teilchen hätte zusammensetzen müssen, ein Bild aus einem noch kaputteren Haufen von Informationskrümeln, finsteren und trostlosen. Das Verhältnis mit Luise war die eine Sache, aber Max zu verraten wäre eine ganz andere gewesen, eine ganz andere Größenordnung. Vilja spürte, wie sich Leichtigkeit in ihrem Körper ausbreitete.
»Ja«, sagte Vilja. »Ich überlege nur ...«
Der Satz blieb unvollendet. Vor ihren Augen war der Stapel von Fotos erschienen, den Matias ihr mitgebracht hatte und die Vilja auf dem Tisch hatte liegen lassen, sie beugte sich vor, um danach zu greifen, aber ihr Griff war ungeschickt, der Stapel breitete sich auf dem Tisch aus. Sie nahm aufs Geratewohl ein paar zufällige Fotos in die Hand und breitete sie vor sich aus. Etwas daran machte sie nachdenklich, und das schon, seitdem sie die Fotos zum

ersten Mal gesehen hatte. Die Bildsprache war anders als in all den anderen Bildern aus ihrer Kindheit, vielleicht war es genau so, wie Inka es ausgedrückt hatte: Die Fotos waren von künstlerischer Qualität. Vilja betrachtete drei bis vier Bilder von ihrem alten Ich, dann den Vater, und obwohl die Fotos nur schwarz-weiß waren, konnte man erkennen, dass der Vater gebräunt war, die Fotos mussten im Sommer entstanden sein. Am anderen Ende der Leitung hüstelte Aarnio, und Vilja wurde auf ihr eigenes Schweigen aufmerksam.

»Ja, ich denke nur über eine andere Sache nach«, sagte sie. »Erinnerst du dich, ob Vater jemals Orte erwähnt hat, wo er in seinen Deutschlandjahren Urlaub gemacht hat? Ich habe einen Stapel Fotos gefunden, die eindeutig im Sommer entstanden sind, und ich überlege, woher die stammen könnten. Ich bin darauf in einem Alter, dass die Fotos nur in der DDR entstanden sein können.«

Aarnio ächzte in den Hörer.

»Das kann ich nicht sagen, so weit reicht meine Erinnerung nicht mehr zurück, zu so detaillierten einzelnen Gesprächen.«

Er schwieg einen Augenblick, dann fragte er:

»Erinnert sich deine Mutter nicht mehr an solche Sachen? Hast du sie gefragt?«

Vilja lächelte still.

»Sie spricht nicht über diese Zeiten.«

Aarnio ließ ein knarrendes Geräusch hören, dann sagte er: »Ja, so ist es bei vielen. Es kann schmerzhaft sein, zurückzublicken, wenn man letztlich auf der Verliererseite gestanden hat.«

Aarnio lachte kurz auf, trocken, mit einer Spur Trauer in der Stimme. Vilja sah in Gedanken Mutters kühlen Blick

und ihr Gesicht ohne Lächeln, sie war es gewohnt, sie eigentlich immer so zu sehen, abgesehen von den Augenblicken mit Liisi, aber darüber wollte sie nicht weiter nachdenken und verdrängte die Mutter aus ihren Gedanken. Gerade wollte sie das Gespräch beenden und Aarnio alles Gute wünschen, als dieser sagte:
»Jetzt fällt mir ein, dass es für Ausländer spezielle Urlaubsorte gab. Feriendörfer und so was, wo man ein Haus oder eine Wohnung mieten konnte. Ich weiß nicht, ob Markus so etwas wahrgenommen hat, aber die gab es.«
Vilja hörte schweigend zu und fragte dann:
»Wo waren die, weißt du das?«
»Zumindest auf Rügen und auf Usedom. In Norddeutschland. Vielleicht auch noch woanders.«

Nach dem Ende des Gesprächs saß Vilja ein Weilchen an ihrem Platz. Aarnios Bericht erschien ihr nicht wichtig, vielleicht sogar im Gegenteil, als vager Informationskrümel, der nicht weiterführte, ja, nicht einmal einen Tipp darstellte, aber dass der Ruf des Vaters wiederhergestellt war, und sei es auch nur von einmal so hingeworfenen Zweifeln, das empfand Vilja als tiefe, reinigende Erleichterung. Sie betrachtete auf den Fotos den Vater, seine furchenfreie Stirn und sein Lachen, das sie immer noch in den Ohren hatte. Vilja nahm ein Foto nach dem anderen zur Hand, betrachtete sich, auf dem Schoß des Vaters sitzend, vor grünem Wald, auf dem Sofa und auf dem Fußboden, konzentriert auf Papier und Stift, als eines der Fotos ihre Aufmerksamkeit erregte. Darauf saß sie am Esstisch, in der Hand einen Löffel, vor sich einen Teller. Auch auf diesem Foto war der Hintergrund verschwommen, als wollte die Person, die das Foto gemacht hatte, nur die menschliche

Gestalt hervorheben, die sie auf Dutzenden von Fotos festgehalten hatte. Vilja starrte auf das Foto, auf den Teller, der vor über fünfundzwanzig Jahren vor ihr gestanden hatte, die helle Oberfläche des Essens, in dessen Mitte etwas schimmerte.

Wieder griff sie zum Telefon und wählte eine neue Nummer.

Räusperte sich, um ihrer Stimme Sorglosigkeit zu geben.

Holte tief Luft.

Matias meldete sich. Im Hintergrund war Weinen zu hören, es war die Stimme von Liisi.

»Wart mal einen Augenblick, Vilja«, sagte Matias in den Hörer, ohne zu grüßen.

Durch den Hörer hörte Vilja, wie Matias' Stimme sich veränderte, sie enthielt jetzt eine für das Kind bestimmte Freundlichkeit und Weichheit.

»Mutter wird darauf pusten, Liisi. Geh zu Mutter«, hörte Vilja Matias sagen.

Und dann war er wieder da. Vilja legte Freude in ihre Stimme und sagte:

»Vor allem, vielen Dank noch einmal für die Fotos. Ich freue mich, dass du sie mir gebracht hast.«

»Schön, wenn du Freude daran hast.«

Viljas bemächtigte sich das Gefühl, dass aus der Stimme ihres Bruders Abwesenheit herauszuhören war, vielleicht beaufsichtigte er Liisi, oder er war einfach müde, vielleicht gehörte das zur Elternschaft, zu dem, wovon sie nichts wusste. Der Gedanke trieb ihr Trauer auf die Haut, aber sie schob sie beiseite.

»Dazu noch eine Frage«, sagte sie. »Mich würde sehr interessieren, wo die eigentlich gemacht worden sind, aber das kann man daraus nicht schließen.«

Sie musste an den Weihnachtsabend denken, an Mutters Vorwurf, sie klammere sich an die Vergangenheit, an Matias' – fast wie Verrat wirkende – Art, für die Mutter Partei zu ergreifen, anstatt Vilja zu verteidigen oder zumindest zu verstehen. Sie wollte nicht, dass sich das wiederholte, und log deshalb:
»Ich stelle ein Album zusammen und möchte da vermerken, woher die Bilder eigentlich stammen.«
»Ich weiß nicht, woher die stammen«, sagte Matias. »Ich hab Vater nie danach gefragt, und jetzt, tja, jetzt ist es zu spät.«
Vilja seufzte tonlos.
»Ja«, sagte sie. »Ich überlege, ob die von einer der Sommerurlaubsreisen in den Norden sind? Solche haben wir wohl ein paarmal gemacht.«
Einen Augenblick lang schwieg Matias.
»Ich erinnere mich an keine einzige«, sagte er schließlich.
Vilja schluckte.
Plötzlich pochte es in ihrer Brust, sie versuchte, ihren Körper und ihre Stimme zu beruhigen, und fragte:
»Bist du da ganz sicher? Ich erinnere mich. Dunkel.«
»Ich bin mir ziemlich sicher. Vielleicht warst du da nur mit Vater? Zum Beispiel damals, als ich mit Mutter in Finnland war? Als ich immer krank war.«
Es hatte angefangen zu regnen, die ersten Tropfen trommelten gegen das Fenster hinter Viljas Rücken, sie stand vom Tisch auf und ging zum Fenster.
»Ja, das kann sein.«
»Andererseits«, fragte Matias, »wer hätte die Fotos dann gemacht?«
Viljas Bewegungen hielten inne.
»Ja.«

Sie starrte vor sich hin. Vor dem Haus durch den Park ging eine Frau mit Regenmantel, neben sich ein Kind, das unter einem Regenschirm, Modell Frosch, hopste. Noch lag an den Straßenrändern grau verklumpter Schnee, aber bald würde Frühling sein, und über der Stadt würde sich Licht ausbreiten, alles durchdringendes Frühlingslicht, das machte ihr jetzt schon Angst. Vilja zuckte zusammen, als das Kind hinfiel, es musste gestolpert sein. Sie sah zu, wie die Frau dem Kind die Hand reichte, ihm die Knie abputzte und die Wange abwischte, und bald schon setzten sie beide ihren Weg fort. Vilja lief im Wohnzimmer im Kreis herum und sagte:

»Ich hab nur so eine starke Erinnerung daran, dass Mutter dort Kartoffelsuppe kochte. So eine, wie wir sie im Kindergarten bekamen.«

Sie schaute einen Moment vor sich hin, kehrte dann an den Tisch zurück und nahm das Foto in die Hände.

Sie starrte auf den Teller und auf die Wurst, die in der Mitte der Suppe erkennbar war.

Aus dem Hörer hörte sie wieder Liisis Weinen.

»Aber es kann natürlich sein, dass ich da etwas durcheinanderbringe«, sagte sie und fuhr dann rasch fort: »Auf jeden Fall, das ist nicht wichtig. Telefonieren wir ein andermal, wenn es besser passt? Liisi braucht dich jetzt wohl.«

Und sie beendete das Gespräch, trat mit dem Foto in der Hand ans Fenster und sah zu dem vom Regen leer gefegten Park hinüber, dessen Bäume robust und alt waren und den Spazierweg überwölbten wie Hände zum Schutz der darunter Gehenden. Vilja stand eine Weile regungslos da, dann stürzte sie wie in größter Eile in den Flur, kramte aus ihrer Tasche ein Bündel hervor und breitete den Stapel auf dem Tisch aus.

Poststempel für Poststempel ging sie die Umschläge durch.
Berlin.
Berlin.
Berlin.
Bis –
Loddin.
Nach und nach verstand sie.
Sie war im Norden niemals mit der Mutter gewesen. Sie war dort immer mit Luise gewesen.

1989

Der September öffnete sich sonnig. Das niedrige Licht ließ die Erde wie Kupfer erglänzen, und Rosa ging mit großen Schritten darüber wie eine Gazelle. Bei dem Gebäude angekommen, öffnete sie die Haustür und trat ein. Der vertraute Geruch, eine Mischung aus Zeitungspapier, Druckerschwärze und Staub, flutete ihr schon in der Eingangshalle in die Nase. Sie durchquerte sie und ging in den Umbruchraum, erspähte dort im Hintergrund Marjatta und begrüßte sie.

»Hat Markus sich blicken lassen?«, fragte Rosa und blieb am Metteurtisch stehen.

Marjatta legte die lange Metallschere aus der Hand und sah sich um.

»Er war vor ungefähr fünf Minuten mit Vilja und Matias hier. Sie hatten sich auch in Schale geworfen, wo wollt ihr hin?«

Rosa lächelte.

»Ins Ballett. Mit meiner Mutter.«

Marjatta ließ einen Ton hören, der Bewunderung ausdrückte, und stand auf.

»Ich muss irgendwo Jarmo finden, beim Leitartikel gibt es Probleme. Aber wart mal hier, oder sonst irgendwo, du weißt schon. Markus und die Kinder kommen bestimmt ganz bald.«

Marjatta verschwand im Korridor, und Rosa blieb an ihrem Platz stehen. In der Fensterspiegelung sah sie sich selbst:

die wieder bis auf die Schultern gewachsenen Haare, die ihre eigene hellfahle Farbe zurückbekommen hatten, die dezent geschminkten Lippen und das lange Kleid, das sie an dem Tag gekauft hatte, als sie beschloss, wieder ganz gewöhnlich zu sein. Mit zielstrebigen Schritten war sie ins Kaufhaus Pukeva gegangen und hatte von der Stange in der Konfektionsabteilung für Damen das denkbar einfachste Kleid ausgewählt, wie sie es schon seit Jahren nicht mehr in ihrem Schrank gehabt hatte – in Berlin hatte sie sich im Lauf der Jahre von all den Kleidungsstücken getrennt, die von Gewöhnlichkeit zeugten, und sie durch möglichst auffällige und ausgefallene ersetzt, aber, nach Finnland zurückgekehrt, fühlte sie sich plötzlich wie ein seltsamer Vogel, der angestarrt wurde und hinter dessen Rücken man tuschelte. Ein Weilchen hatte sie die Energie gehabt, gegen die von Konservativität zeugenden Blicke zu protestieren, aber dann war sie an eine Grenze gelangt. Die Erinnerung daran schüttelte sie immer noch: wie sie mit schreiend rotem Haar und in giftgrüner Bluse die Ruusulanstraße entlanggegangen war und die Kinder neben ihr hergetrottet waren, als eine betagte Dame aus dem Stadtteil Töölö sie angehalten und gefragt hatte:
»Sind diese Kinder richtig mit Genehmigung in Ihrer Obhut?«
Sie hatte die Frau angestarrt, deren Lächeln geheuchelte Fürsorge ausstrahlte, und deren kalte Augen, und hatte vor Erschütterung nichts antworten können. In Berlin hätte niemand wegen ihrer Kleider oder Haare ihre Mutterschaft infrage gestellt, aber hier in Helsinki war alles anders. Sie war erst wieder zu sich gekommen, als Matias sie am Ärmel gezupft und gesagt hatte: »Mutter, ich hab Hunger, lass uns gehen.« Und Rosa hatte sich von der Frau

entfernt, deren Blick noch lange nach ihrer Heimkehr in ihrem Rücken brannte.
Rosa kämmte sich vor ihrem Spiegelbild die Haare, drehte sich um und ging zum Umbruchtisch. Dort waren die Doppelseiten der Zeitung des nächsten Tages zusammengestellt. Um die Zeit totzuschlagen, las sie die Schlagzeilen, bis ihr Blick auf ein bekanntes Gesicht fiel. Das neben dem von Markus verfassten Artikel platzierte Passfoto war vor Jahren gemacht worden, er sah darauf sorglos und fröhlich aus. Rosa schluckte, als sie an die Zeit dachte, als auch sie selbst noch in Markus' Augen eine schelmische Verspieltheit gesehen hatte. Damals hatte alles hell gewirkt, sie war überzeugt gewesen, dass die Zukunft nur Gutes bringen würde, Freude und Glück, aber es war anders gekommen. Seit der Rückkehr aus Berlin waren zwei Jahre vergangen, aber anstatt dass das Leben allmählich wieder so geworden wäre wie vor den Jahren in Deutschland, wie es ihr fester Vorsatz gewesen war, war die zwischen ihr und Markus herrschende Kühle nicht gewichen. Markus war distanziert und abwesend, und Rosa war kühl und misstrauisch, sie konnte das Misstrauen nicht aus sich herausreißen, das war ihr auch selbst bewusst. Doch die finstere Wolke hatte sich nicht nur über sie beide, sondern auch über die DDR gelegt. Rosa trat einen Schritt näher, um den Text des Artikels lesen zu können, dessen Schlagzeile schrie: *Bonner Botschaft in Prag immer noch voller DDR-Bürger.* Den Artikel hatte Kari Virtanen geschrieben, der Redakteur, der nach Markus eilig als neuer Korrespondent nach Berlin geschickt worden war. Rosa verspürte in sich einen schneidenden Schmerz, wenn sie an Virtanen und seine Familie in ihrem Zuhause dachte, demselben, aus dem sie sich mit geradezu gewaltsamer Kraft losgerissen und sich

geweigert hatte, an die dort verbrachten glücklichen und schmerzhaften Momente zu denken, und aufgebrochen war, ohne zurückzublicken. Diese Erinnerung verursachte ihr immer noch Übelkeit, sie schob sie beiseite und beugte sich über den Text.

Die Wanderungsbewegung der DDR-Bürger über Ungarn in die Bundesrepublik Deutschland, die vor gut zwei Wochen begonnen hat, dauert an. Es wird geschätzt, dass zwischen Dienstag und Mittwoch etwa 600 DDR-Bürger über Ungarn und Österreich in die Bundesrepublik gegangen sind. Die Vertreter der Bundesrepublik beschrieben gestern die Situation in der Bonner Botschaft in Prag als »unerträglich«. Die Botschaft ist schon seit Wochen geschlossen, nachdem die Ausreisewilligen deren Räume belegt haben. Gestern hausten in der Botschaft etwa 1300 DDR-Bürger.

Die Lage drohte völlig außer Kontrolle zu geraten, alles war während des Sommers geschehen. Rosa hatte sich die Nachrichten über die heftiger werdenden Demonstrationen und die wachsende Zahl der DDR-Flüchtlinge voller Sorge angesehen, und im Gedanken an Ute dennoch all die Gefühle, die die DDR in ihr ausgelöst hatte, vor Markus verheimlicht und zu Hause über das Thema geschwiegen, und auch Markus hatte trotz des weltpolitischen Drucks nicht mit ihr über die Situation gesprochen. Wenn sie zusammen waren, schwiegen sie die DDR tot, obwohl in beiden die Angst schwelte, weil erst vor ein paar Monaten auf dem Tiananmen-Platz das Blutbad stattgefunden hatte, das die ganze Welt erschütterte. Wohin würde das alles noch führen?

Rosa schaute auf die Uhr, es war bald sechs, und nervös schaute sie sich um. Das Ballett sollte um sieben beginnen, und die Fahrt von ihrem Stadtteil Pitäjänmäki zum Bulevardi würde dauern. Der Umbruchraum war immer noch leer, ebenso der Korridor, der sich an dessen Ende öffnete. Marjatta war nirgends zu sehen, ebenso wenig wie Markus und die Kinder, denen Markus erlaubt hatte, von der Schule direkt in die Redaktion zu kommen. Aus Furcht vor dem Zuspätkommen eilte Rosa in den Gang.

Sie klopfte an die Tür von Markus' Büro, obwohl die offene Tür ihr signalisierte, dass es leer war. Rosa trat über die Schwelle. Auch wenn sie nicht gewusst hätte, dass dies Markus' Zimmer war, hätte sie es doch erkannt. Auf dem Tisch, den Regalen und dem Beistelltisch neben dem Sessel lagen Zeitungsstapel und Zeitungsausschnitte, vom Fensterbrett neben einer Euphorbia starrte eine Lenin-Büste in den Raum, fast genauso eine wie bei ihnen zu Hause. Rosa setzte sich an den Tisch. Jemand, wahrscheinlich Vilja, hatte auf ein großes Stück Pappe eine Menge Werbeaufkleber der Zeitung *Kraft des Volkes* geklebt. Gehen wir es an, stand darauf, auf dem Bild fauchte eine schwarz-weiße Katze mit ausgefahrenen Krallen und gestreckten Schnurrhaaren. Rosa griff nach der vor ihr liegenden Zeitung, blätterte sie zerstreut durch und legte sie dann wieder vor sich hin.

Der Gedanke entstand mit dem Teufel auf der Schulter, im Bruchteil einer Sekunde, und ohne ihn auch nur einen Augenblick lang zu vertreiben, riss sie die oberste Schublade auf. Im Nu erhob das Misstrauen in ihr den Kopf, das hatte es in Verlauf der letzten zwei Jahre unzählige Male getan. Etwas in der von Markus' Betrug erzeugten Furcht konnte sie in kürzester Zeit aus der Fassung bringen – das Gefühl, dass ihr immer noch etwas verheimlicht wurde, und die Angst, dass sich alles wiederholen könnte. Das alles hatte sie zwei Jahre lang in Atem gehalten, und

das einzige Mittel, das durchzustehen, war, immer einen Schritt voraus zu sein. Besessen von einer manischen Hektik, durchwühlte sie die Schublade, ohne etwas Besonderes zu finden. Was suchte sie denn eigentlich?
Sie schloss die Schublade mit ebenso raschen Bewegungen, wie sie sie geöffnet hatte, und begrub das Gesicht in den Händen. Verrückt, dachte sie, das ist Irrsinn, so kann man nicht leben. Sie dachte daran, was Ute sagen würde, wenn sie das wüsste, Rosa konnte deren Seufzer hören und ihren Blick sehen, der missbilligend und zugleich freundlich war. Sie schloss die Augen, aber gleichzeitig fuhr sie zusammen von der Stimme, die aus dem Korridor hereindrang, stand auf und sah, wie Vilja und Matias mit Markus hinter sich auf die Tür zusteuerten.
»Da seid ihr ja«, sagte Rosa. »Gehen wir? Wir sind schon ziemlich spät dran.«
Markus blieb vor Rosa stehen. Der Moment war eine bloße Andeutung, die niemand anders bemerkt hätte, aber Rosa registrierte sie, etwas in Markus' Blick, der kurz hinter Rosas Rücken verweilt hatte, verriet Sorge, oder Furcht, oder beides, und Rosa sah ihn an, ohne den Blick zu senken.
»Wir waren kurz im oberen Stockwerk, Matti wollte den Kindern Lollis schenken«, sagte Markus und lächelte ein wenig. »Du siehst hübsch aus.«
Im Gänsemarsch gingen sie den Korridor entlang Richtung Ausgang, riefen unterwegs der in den Umbruchraum zurückgekehrten Marjatta einen Gruß zu und strebten dann über den Hof dem Parkplatz zu. Markus nahm den Fahrersitz ein, und als alle eingestiegen waren, setzte er schwungvoll aus dem Parkkarree zurück. Er wollte gerade in den ersten Gang schalten und Gas geben, als Rosa die Hand hob.

»Ich muss dringend zur Toilette!«, rief sie.
Markus hielt an und wandte sich Rosa zu.
»Jetzt? Wir sind schon spät dran!«
»Ich beeile mich, in der Oper gibt es immer eine lange Schlange«, sagte Rosa und stieg eilig aus, ohne eine Antwort abzuwarten.
Sie lief den Gang entlang zurück zu Markus' Zimmer, rief unterwegs Marjatta zu, sie habe ihren Schal vergessen, und schloss dann hinter sich die Tür. Markus war erschrocken, weil er Rosa in seinem Zimmer vorgefunden hatte, dessen war Rosa sich sicher, und sofort waren Misstrauen und Angst zu ihr zurückgekehrt. Ohne zu zögern, fasste sie wieder nach dem Griff der Schublade.
Ein Hefter, Schachteln mit Heftklammern, ein Locher, sowjetische Abzeichen und anderer Kleinkram.
Sie schloss die Schublade und öffnete die nächste.
Deutschsprachige Zeitungsausschnitte, alte Pressefotos von einem Braunkohlekraftwerk, von einer Demonstration der Umweltbewegung, über einen Vergiftungsskandal, der Westdeutschland aufgewühlt hatte, Sonstiges über die DDR.
Sie schloss auch die zweite Schublade und zog die unterste auf.
Obenauf ein Stapel weißes Briefpapier, leere Briefumschläge, Briefmarken in einer kleinen Klarsichthülle, darunter eine graue Metallbox, flach und mit glänzender Oberfläche. Rosa stellte die Box auf den Tisch und musste beide Hände einsetzen, um sie öffnen zu können. Sie starrte einen Augenblick vor sich hin, bevor sie einen Brief ergriff, den obersten, der Poststempel war aus Berlin, der Brief an eine postlagernde Adresse gesendet worden. Sie nahm das Bündel in die Hand, zog den ersten Brief heraus und

las, dann einen zweiten, las ihn durch, schließlich einen dritten. Die restlichen ließ sie ungeöffnet, mehr konnte sie nicht verkraften. Einen Moment saß Rosa da und starrte vor sich hin, von irgendwoher ergoss sich eine Sturzsee über sie, sie wischte durch Rosa hindurch mit der Kraft eines Ozeans, durchfuhr ihr Inneres und verschlug ihr den Atem, hinterließ bei ihrem Abzug ein Vakuum wie einen Weltraum, kalt und gewichtslos, darin trieb sie dahin. Langsam, als wäre sie innerhalb einer Minute um ein Jahrzehnt gealtert, legte Rosa die Briefe in die Box zurück, in dieselbe Position, in der sie sie vorgefunden hatte, und schließlich die Box zurück in die Schublade.

Sie stand auf.

Sie schritt zum Ende des Ganges und durch den Umbruchraum, ohne Marjatta anzusehen.

Schließlich kam sie zurück zum Auto, setzte sich neben Markus und schnallte sich an, ohne eine Miene zu verziehen.

»Na dann«, sagte Markus, gab Gas und fuhr auf die große Straße hinaus, »jetzt drücken wir ein bisschen auf die Tube.«

Und Rosa wandte sich ihm zu, betrachtete, innerlich ruhig, sein Gesicht, das über den Rückspiegel mit den Kindern herumulkte, von denen Markus das eine, wie Rosa jetzt ungläubig und mit Entsetzen verstand, ihr wegnehmen wollte, oder eigentlich: ohne, dass sie es wusste, ihr schon weggenommen hatte.

Rosa wandte das Gesicht dem Fenster zu.

Wut perlte ihr unter der heißen Haut, und Rosa spürte, dass diese Wut sich in ihr ausbreitete wie Lava.

Und in Gedanken sah sie erst Luise und Markus, dann Luise und Max unter den sich dem Herbst am Weißen

See zuneigenden Bäumen ineinander verschlungen, und schließlich Luises Worte, die sie erst vor ein paar Wochen geschrieben hatte:

Heute weiß ich, dass ich auch so leben kann.

Wenn du das verlangst.

Wenn ich nichts anderes bekomme.

Und da nahm der Gedanke seinen Anfang; als stünde sie außerhalb ihrer selbst, beobachtete Rosa, wie er aus einem kleinen Samenkorn zu einer großen Frucht heranwuchs, die schließlich so gewaltig groß wurde, dass sie nicht gegen deren Gewicht ankam, und der Gedanke sagte: *Markus bekommst du nicht. Vilja bekommst du nicht. Und ich werde dir auch Max wegnehmen.*

1989

Wenn jemand Markus an jenem Abend erzählt hätte, dass das, was er bis dahin aus Nachrichtenbildern und Zeitungsartikeln erfahren hatte, erst der Anfang war, dass die Berliner Mauer in weniger als einer Woche fallen und danach das ganze Land schneller und vollständiger zerfallen würde, als irgendjemand es hätte voraussagen können, dann hätte er gelacht, so absurd wäre ihm diese Behauptung erschienen. Noch weniger hätte er geglaubt, falls jemand das behauptet hätte, dass Hand in Hand mit dem realen Sozialismus sein eigenes Leben mitsamt dessen in den Boden gegossenem Fundament zerbröckeln würde, noch dazu in einer Weise, von der er sich nie wieder erholen würde. Doch das sagte niemand, denn niemand hätte sich weder das eine noch das andere vorstellen können, noch lag in der Luft lediglich eine blasse Ahnung von dem, was kommen würde, es schwebte in der Luft wie eine Anspielung des Spätsommers auf den Herbst, und an jenem Abend Anfang November ging Markus mit heftiger Erwartung in den Schritten von der unterirdischen U-Bahn-Station Alexanderplatz zur Karl-Liebknecht-Straße und betrat das Haus.

Seit der Entmachtung von Erich Honecker waren zwei Wochen vergangen, und in diesen Tagen war viel geschehen. Die Redaktion der *Kraft des Volkes* stand einhellig auf dem Standpunkt, dass in Berlin Verstärkung gebraucht wurde, und dem gewachsenen Bedarf an Berichterstattung würde am besten Markus entsprechen können, der nach seiner Rückkehr nach Finnland als Auslandsredakteur gearbeitet hatte und sich deshalb in dieser Thematik am besten auskannte. Der gegenwärtige Berlinkorrespondent Kari Virtanen war nach Leipzig geschickt worden, Markus wurde an der Schädelstätte gebraucht. Stammelnd hatte Markus Rosa das mitgeteilt, deren Miene sich immer noch wie ein brennender Schmerz auf Markus' Haut anfühlte. Rosa war erschüttert, so hatte Markus aus ihrem Schweigen geschlossen und aus ihrem Blick, in dem er Furcht und Enttäuschung erkannt hatte, sogar Hass, das alles hatte er nicht beiseitewischen, Rosas Befindlichkeit nicht erleichtern können, er war mit seinen Gedanken schon woanders gewesen, endlich, bei der sich bietenden Möglichkeit, Luise nach zwei Jahren des Wartens wiederzusehen. In Helsinki wollte er nicht alles kaputt machen, nicht seine Familie zerstören, aber wenn er sich auch noch so sehr bemüht hatte, Luise zu vergessen, und in letzter Zeit sogar nicht einmal mehr ihre Briefe beantwortet hatte, ging sie ihm nicht aus dem Sinn. Und jetzt, endlich, waren zwei Jahre des Wartens vorbei.

Die Tür zu dem halbdunklen Treppenhaus öffnete sich schneller, als er erwartet hatte, und dahinter stand Luise, anders, und doch dieselbe wie früher, Markus trat über die Schwelle und schloss Luise ohne ein Wort in die Arme, sog ihren Duft ein, von dem er gefürchtet hatte, er sei auf ewig verschwunden, spürte das Zittern seines Körpers, drückte Luise stärker, um sich selbst zu beruhigen. Luises Haare waren kürzer, ihr Körper noch schmaler geworden, und als Markus schließlich die Umarmung löste und Luise in die Augen sah, drang das Verstehen gewaltsam in seine Gedanken: In ihrem Blick hatte sich tiefe und trostlose Trauer festgesetzt. Markus wusste nicht, was er sagen sollte, deshalb nahm er Luise wieder in die Arme und drückte sie an sich.

»Du wolltest schon auf mich verzichten«, flüsterte er.

»Ist es das, was dich schließlich bewogen hat, zurückzukommen?«

»Das auch. Vor allem das.«

Alles ging schnell. Luise löste sich aus seinem Griff, drückte die Hände auf Markus' Wangen und senkte den Blick tief in seine Augen, und noch ehe einer von ihnen auch nur ein Wort gesprochen hätte, presste Luise ihn gegen die Wand und küsste ihn, gieriger als jemals zuvor, dann riss sie mit zielstrebigen Bewegungen Markus erst den Mantel vom Leib, dann das Hemd, zuletzt die Hose. Dann liebten sie sich, dort im Flur, Luises Rücken gegen die raue Tapete, zum ersten Mal nach mehr als zwei Jahren.

Hinterher lagen sie im halbdunklen Zimmer eng beieinander, einander haltend, und da kamen die Worte.

Ich hatte Angst, dieser Tag würde niemals kommen.

Ich hatte Todesangst.

Ich will nie wieder von dir getrennt sein.

Plötzlich weinte Luise, Markus drückte sie an seine Brust. Und endlich brachte Luise es heraus:

»Max ist tot. Sie haben ihn umgebracht.«

Wenn alles anders verlaufen wäre, ob dann wohl einer von ihnen die Chance gehabt hätte zu überleben, Markus und Luise oder die DDR? Auf diese Frage kam Markus in den folgenden Jahren in Gedanken immer wieder zurück und fiel ein ums andere Mal in tiefes Dunkel, so undurchdringlich und dicht, dass er das Licht zuletzt ganz verlor. Aber noch wusste er das nicht, noch lebte in ihm ein unerschütterlicher Glaube, und an jenem Novembermorgen im Herzen von Ostberlin öffnete er die Augen und verspürte ein so großes Glück, dass sich auf der Welt keine Sprache gefunden hätte, um es auszudrücken. Er weckte Luise mit Küssen, berührte unter der Decke Warmes und Weiches, und, von Liebe erfüllt, waren sie wieder eins.

Sie konnten sich nur mit Mühe trennen, verabredeten sich für den Abend, und obwohl die *Kraft des Volkes* für Markus ein Hotelzimmer reserviert hatte, kam es gar nicht infrage, dass Markus dorthin zog. Ihre Chance, den Alltag gemeinsam zu verbringen, wenigstens einen Augenblick geschützt vor zudringlichen Blicken, war endlich gekommen, daran hielten sie beide fest, und mit der so entstandenen Wärme und Freude in der Brust trat Markus hinaus in den feuchten, grauen Tag.

Er kam früh im Pressezentrum an, schnappte sich in der Eingangshalle die Tageszeitungen und sprang die Treppe hinauf. Hannu Aarnio saß in Markus' altem Büro, und von dessen Tür her ließ Markus eine Weile den Blick durch den Raum wandern, als könne er nicht glauben, dass der nun, da jemand anders darin arbeitete, ordentlich und wohnlich geworden war. Die Nylongardine war beiseitegezogen. Markus' alter Sessel war durch einen neuen, zierlichen und kleineren, ersetzt worden. Der Schreibtisch war sauber und aufgeräumt, die Zeitungsstapel, das leere Geschirr und der Zigarettenrauch waren verschwunden. Dennoch sagte Aarnio:

»Willkommen im Chaos!«

Sie machten sich sofort an die Erörterung der weltpolitischen Kernfragen. Die Welt hatte den Atem angehalten, während sie prophezeite, dass der Aufruhr und die Demonstrationen zu einer Palastrevolution führen würden, und schließlich war Erich Honecker entmachtet worden, und Markus hatte große Freude verspürt. Endlich zeigte sich irgendwo Hoffnung. Aber nicht einmal der Machtwechsel hatte die Lage beruhigt. Das Volk, ein immer größerer Teil davon, verlangte einen Wandel, einen größeren als den Austausch eines einzelnen politischen Führers, und die Forderungen erschallten immer lauter, obwohl ein großer Teil der Menschen weiterhin schwieg und darauf wartete, dass die Führer die unmöglich gewordene Situation in den Griff bekamen. Die Unruhen der vergangenen Wochen hatten mehr Menschen auf die Straßen gebracht als kein einziges Mal seit dem Volksaufstand von 1953. Würde die Situation der Kontrolle entgleiten? Stünde der DDR ein ähnliches Schicksal bevor wie China? Würde das Land in eine Spirale der Gewalt geraten?

Und vor allem: Was würde auf all das folgen?

»Etwas muss sich verändern, das ist klar«, sagte Aarnio.

Markus nickte entschieden.

»Ich hätte nicht geglaubt, dass ich das sagen würde«, bemerkte Markus, »aber allmählich hab ich mir den Standpunkt der Opposition zu eigen gemacht.«

»Du? Den Standpunkt der Opposition? Du alter Dickkopf«, sagte Aarnio und grinste, aber Markus schnaufte, als hätte er seinen Sinn für Humor verloren.

»Nun ist ja gut, Hannu. Du weißt sehr wohl, dass ich auf Gorbis Linie bin. Und das schon lange. Es ist klar, dass die gegenwärtige Linie nicht von Dauer ist, nach keinem Indikator.«

Aarnio lachte kurz auf.

»Jaa, jaa. Nun werd mal nicht nervös. Oder soll ich jemanden bitten, herzukommen und zwischen uns eine kugelsichere Glasscheibe zu installieren?«

Endlich lachte auch Markus und schaute auf den zweiten Schreibtisch, der vor das Fenster gestellt worden war.
»Das ist also meiner?«, vergewisserte er sich, bevor er aus seiner Tasche einen Notizblock, einen Haufen Stifte und Zeitungen holte, als wollte er um sich herum das Chaos verbreiten, ohne das er nicht leben konnte.
Aarnio nickte.
»Dann also nichts als loslegen mit der Analyse von Europas verrücktem Jahr.«
Markus setzte sich an seinen Platz, spannte einen Bogen in die Schreibmaschine ein, vergewisserte sich, dass das Farbband nicht vertrocknet war, und wandte sich Aarnio zu.
»Lass uns wetten. Was steht uns bevor?«
»Na, niemand, nicht mal die Opposition, stellt die DDR oder den Sozialismus infrage. Ich glaube nicht, dass eine solche Gefahr besteht. Aber ich wette, dass die SED genötigt sein wird, die Reisebeschränkungen zu lockern. Und in ein paar Jahren wird die Mauer geöffnet.«
»Und was würde das in der Praxis bedeuten? Die Flucht aus dem Land ist schon jetzt unbeherrschbar geworden. Mehr Menschen haben das Land verlassen, als ich jemals geglaubt hätte. Wenn jetzt die Reisebeschränkungen gelockert werden, bessert das die Lage nicht im Geringsten.«
Aarnio zuckte die Achseln.
»Aber gibt es Alternativen? Irgendwann müssen die Grenzen kontrolliert geöffnet werden. Aber im Moment ist das eine unmögliche Situation.«
Markus sah Aarnio direkt in die Augen und sagte:
»Wenn man jetzt mit der Situation vernünftig umgeht, dann hat das ganze System die Chance, sich besser zu entwickeln als jemals zuvor. So, wie Lenin es gebaut hätte.«

Der Abendhimmel floss über die Stadt als eine dicke, dunkle Decke. Sie kamen im Restaurant an, kurz bevor der Himmel aufriss. Ein Gewitter donnerte über der Stadt, das Wasser floss in Rinnsalen, Bächen und unsymmetrischen Streifen am Fenster herab. An dem Tisch davor bestellten sie das Abendessen, Markus ein Schnitzel und ein Wernesgrüner Pils, Luise eine Soljanka und Weißwein.

»Na, erzähl, wie war dein Arbeitstag?«, fragte Markus, und einen Augenblick lang hatte er das Gefühl, als wäre das alles Realität, seine Realität, die da war und bleiben und niemals verschwinden würde.

Aber Luise wirkte besorgt, auf ihrem Gesicht hatte sich der Ernst festgesetzt.

»Jeder Tag ist …«, sagte sie und ließ den Satz einen Moment in der Luft hängen, bevor sie fortfuhr: »Wir sind in Schwierigkeiten. Viele sind einfach fortgegangen, Kolleginnen verschwinden einfach, kommen nicht zur Arbeit. Ehrlich gesagt, ich weiß nicht, was man denken sollte. Oder wie wir zurechtkommen, wenn es so weitergeht.«

Markus runzelte die Brauen.

»Was meinst du?«

»Markus«, sagte Luise leise, lehnte sich vor und warf einen Blick in die Runde, um sicherzustellen, dass keine überzähligen Ohren in der Nähe waren. »Hier zerfällt alles. Die Menschen gehen fort. Wenn nicht bald etwas geschieht, bricht hier alles zusammen.«

Aber Markus schüttelte den Kopf.

»Das glaube ich nicht.«

Um seiner Ansicht mehr Gewicht zu verleihen, schüttelte er noch länger den Kopf.

Luise trank aus ihrem Weinglas, wie um in der Unterhaltung eine Zwangspause einzulegen, eine kurze, aber un-

umgängliche, und stellte ihr Glas mit wohlüberlegten Bewegungen zurück auf den Tisch.
»Würdest du mir denn glauben, wenn ich sage, dass ich die ganze Zeit über hier war, du aber nicht? Dass ich alles mitangesehen habe, dass ich diese Situation erlebt habe und sie deshalb besser analysieren kann als du?«
Markus zuckte bei diesen Worten zusammen und sah Luise einen Augenblick lang an, ohne zu wissen, wie er reagieren sollte, dann sagte er:
»Natürlich. Verzeihung. Du hast recht.«
Luise legte die Hand auf die von Markus, das Lächeln war auf ihr Gesicht zurückgekehrt.
»Dennoch würde ich gern hören: Was glaubst du?«
Markus spürte, dass er seine Worte wählte, und erklärte trotzdem:
»Dass sich alles regeln wird.«
»Auch dann, wenn alles unmöglich erscheint?«
Markus nickte und drückte Luises Hand.
»Da bin ich mir sicher. Es wird sich eine Lösung finden. Vielleicht versteht Krenz, dass Reformen der einzig mögliche Weg sind. Vielleicht schafft er es, dass auch die anderen alten Knacker das verstehen. Etwas anderes würde, na, zu einer totalen Katastrophe führen.«
Luise löste sich aus Markus' Griff und lehnte sich auf ihrem Stuhl zurück.
»Gilt dasselbe auch für uns?«, fragte sie. »Wird sich alles regeln? Du musst einen Plan haben, sonst wärst du nicht hier.«
Einen Augenblick sah Markus Luise schweigend an, dann entließ er leise die Luft aus seiner Lunge.
»Ist dies der richtige Moment für dieses Gespräch? Ich meine, im Augenblick geschieht gerade so viel.«

Luise starrte zurück. Markus erkannte das ausdruckslos gewordene Gesicht, dasselbe, das er auch früher nicht hatte deuten können und das ihm irgendwie auch noch nach Jahren Angst machte. Luise fragte:
»Wann denn sonst? Soll ich noch mal zwei Jahre warten? Ist dann der richtige Augenblick?«
Plötzlich sah Markus: Luises Augen funkelten, über ihr Gesicht, das kaum wiederzuerkennen war, hatte sich eine Härte gelegt, und Markus korrigierte seine Haltung, wobei er in sich eine zunehmende Nervosität spürte.
»Ich bitte dich«, versuchte er es, »ich meinte doch nur, ob es nicht am besten wäre, in Ruhe zu essen und über alles später zu sprechen?«
Aber Luise gab nicht nach:
»Max ist tot. Obwohl ich ihn schon seit Jahren nicht mehr liebte, so hab ich doch mit ihm mein Leben geteilt. Auch dann noch, als du aufgehört hattest, meine Briefe zu beantworten. Warum war das so, Markus? Du hast aufgehört zu schreiben, und dann plötzlich teiltest du mir mit, dass du hierherkommen würdest. Aber, aus allem zu schließen, hast du noch immer keinen Plan. Ich bin allmählich verzweifelt, Markus. Ich weiß nicht, was ich tun soll. Ich kann so nicht weitermachen.«
Markus betrachtete Luise und fühlte sich plötzlich vollkommen kraftlos. In seinen Gedanken tauchten plötzlich Vilja und Matias auf, deren gemeinsam entwickelten Spiele und Plaudereien, die Abendmärchen und die Wochenendmorgen auf dem Hakaniemi-Markt im Café und auf den Spielplätzen, und gleich darauf der Gedanke, dessen Schrecken ihn bis ins Mark traf: Matias in Finnland zu lassen und Vilja von allem loszureißen, was ihr im Verlauf von zwei Jahren vertraut geworden war. Markus rieb sich

mit den Fingern die Stirn, und obwohl er seinen eigenen Worten nicht im Geringsten glaubte, sagte er dennoch: »Ich verspreche dir, es wird sich alles regeln. Bald.«
Ein kaum wahrnehmbares Lächeln kehrte auf Luises Gesicht zurück.
»Na gut«, sagte sie und wurde wieder ernst. »Aber ich brauche einen Plan. Ich hab schon lange genug gewartet, Markus. Bald muss wirklich bald sein.«
Aber Markus hatte keinen Plan. In seinem Inneren wogte ein Chaos, das aus unmöglicher Liebe und zweigeteilten Erwartungen und Verpflichtungen bestand. Ein Schuldgefühl nagte an ihm. Er hätte Antworten haben müssen, das wusste er, aber wie sollte er die Situation lösen? Das wusste Markus nicht, und mit dem Druck der Unmöglichkeit in der Brust verschob er die Frage auf morgen, auf die Zukunft, auf einen günstigeren Augenblick, der kommen würde, dessen war er sich sicher, wenn nur der richtige Moment käme.

Die Einladung zu der Informationsveranstaltung kam am Morgen. Tagsüber schrieb Markus und analysierte die aktuelle Situation aufgrund der Informationen, die im Moment zu bekommen waren. Nachdem er seinen Text fertig hatte, brachte Markus ihn zur Übermittlung in den Telex-Raum, ging die Treppen hinunter ins Restaurant und bestellte die Mittagsmahlzeit.
Sein Essen war gerade gekommen, als sein Blick auf die Wand fiel.
Einen Augenblick lang starrte er das Foto von Egon Krenz an, Honecker war abgehängt und statt seiner dort der neue Generalsekretär platziert worden. Krenz' Augenlider hingen schwer herab, seine Lippen waren geschürzt, die Kra-

watte schnürte ihm den Hals ein, und Markus konnte nicht sagen, ob der Mann so wirkte, als hätte er sich in die Niederlage geschickt, oder als wäre er bereit, alles zu tun, um das zu verhindern. Markus verzehrte mit schlechtem Appetit seine Portion und schaute dann auf die Uhr. Noch eine Stunde. Er beschloss, vor der letzten Arbeitsphase des Tages einen kurzen Spaziergang zu machen.
Die Stadt war dieselbe wie zuvor, und dennoch wirkte sie anders, eine vage Wehmut schimmerte in Markus auf, während er an der vertrauten Bäckerei, der Buchhandlung und der Schwimmhalle vorbeiging, derselben, die er vor Jahren oft besucht hatte, bevor er Luise traf, und wo er das Becken mit langen Zügen von einem Ende zum anderen durchschwommen und versucht hatte, seine Gedanken zu klären und den Schrecken aus seinem Körper zu lösen, der sich durch sein Doppelleben in ihm angestaut hatte. Markus bemerkte, dass er fast rannte und dann dachte: Warum, und wohin? Um eine Antwort an sich selbst zu vermeiden, drehte er um und ging in Richtung Pressezentrum, wanderte durch die Stadt und verdrängte zugleich die Gedanken, die eine Entscheidung forderten, kam endlich zurück und riss energisch die Tür auf. In der Eingangshalle drängte sich eine Menschenmenge, Kameras, Mikrofone und Journalisten in schwarzen Lederjacken schwärmten umher und suchten eine Stelle, wo sie sich postieren konnten. Markus preschte durch das Gewimmel hindurch Richtung Auditorium.
Die Informationsveranstaltung begann um Punkt sechs Uhr, und Markus erriet den Grund für diesen Zeitplan: Die Abendnachrichtensendung begann um sieben, und die Parteileitung brauchte Material für die Abendnachrichten. Den vorderen Teil des Raums verdeckte ein hoher hellbrau-

ner Vorhang. Davor stand ein Tisch, und auf den im Saal aufgestellten roten Bänken drängte sich eine große Schar von Journalisten und Fotografen aus beiden Deutschlands und dem Ausland. Von der hintersten Reihe her beobachtete Markus, wie sich an dem Tisch eine Schar zuverlässiger Entscheidungsträger der Partei niederließ, in der Mitte der Chefredakteur der Zeitung *Neues Deutschland* und Leiter der Informationsabteilung der SED Günter Schabowski. Markus betrachtete Schabowskis Gesicht, den Mann, der in der ganzen Welt als Vertreter einer harten Linie, als Inbegriff der Parteibürokratie, bekannt war. Markus bemerkte, dass er selbst die Hände faltete.

Lass Schabowski etwas Vernünftiges versprechen, dachte er bei sich und schloss für einen Moment die Augen.

Während der ersten fünfundvierzig Minuten stellte Schabowski Reformen vor, die für einen Gesetzentwurf der Volkskammer formuliert worden waren, der dem Wunsch der Bürger nach einem Wandel entsprechen sollte. Markus machte sich Notizen, sein Tonbandgerät zeichnete die Sprache auf, die Fernsehkameras filmten, bis Schabowski sieben Minuten vor dem angekündigten Ende der Informationsveranstaltung mitteilte, dass er zum letzten Thema komme.

Markus drückte den Rücken gegen die Stuhllehne.

Schabowski blätterte eine neue Seite seines Notizbuchs auf.

Jemand hustete.

Schabowski beugte sich zum Mikrofon vor und sagte:

»Mit Beschluss des Ministerrats sollen auch die Reisebeschränkungen abgemildert werden. Eine Ausreisegenehmigung soll weiterhin beantragt werden, aber sie wird automatisch bewilligt, und verweigert werden soll sie nur in Ausnahmefällen.«

Einen Augenblick lang herrschte Stille im Saal. Dann sprang jemand von seinem roten Stuhl auf.
»Herr Schabowski, ab wann tritt diese Regelung in Kraft?«
Markus starrte Schabowski an, der die vor ihm auf dem Tisch liegenden Papiere durchsah, Seiten umblätterte, dann den Blick auf die Journalistenschar richtete und sagte:
»Das tritt nach meiner Kenntnis ... ist das sofort, unverzüglich.«
Die abwartende Stimmung wechselte im Nu zu ungläubiger Unruhe. Markus starrte vor sich hin, ohne zunächst zu verstehen, was er gehört hatte. Die Fernsehkameras surrten, die Blitzlichter zuckten, und jemand hielt ein Mikrofon hoch in dem Bemühen, es noch ein wenig näher ans Podium heranzuhalten. In der hinteren Reihe erhob sich jemand, schritt eilig in den Hintergrund des Saals und zur Tür hinaus. Markus überlegte einen Moment, sprang dann auf, und, während er sich für sein Gestolper bei seinen Sitznachbarn entschuldigte, eilte er in den hinteren Teil des Saals und zum Ausgang.
»Herr Schabowski«, hörte er irgendwo hinter seinem Rücken einen Journalisten fragen, »was geschieht jetzt mit der Berliner Mauer?«
Markus blieb stehen, drehte sich um und warf einen letzten Blick in den vorderen Teil des Saals. Günter Schabowski lächelte leicht und wirkte so entspannt, als säße er am Abendbrottisch in der Gesellschaft guter Genossen. Wie war eine solche Gelassenheit möglich, dachte Markus, die Welt hatte gerade eine völlig neue Richtung eingeschlagen, etwas hatte sich für immer verändert, das spürte er in jeder seiner Zellen, und ohne Schabowskis Antwort abzuwarten, stürmte er aus dem Saal.

Markus kam außer Atem in der Karl-Liebknecht-Straße an, nachdem er die ganze Strecke gelaufen war, verhielt an der Haustür für einen Augenblick, um seinen Atem zu beruhigen, stürmte dann in den Fahrstuhl und in die obere Etage, danach von der Tür direkt zum Fernseher und schaltete ihn ein.

»Sieh mal«, rief er in fast schreiender Lautstärke Luise zu, die aus der Küche ins Wohnzimmer kam.

Markus deutete mit dem Finger auf die Nachrichtensendung, die auf dem Bildschirm erschienen war.

Einen Augenblick lang folgten sie demselben Geschehen, aus dem Markus sich erst vor ein paar Augenblicken entfernt hatte. Luise starrte wortlos auf den Fernseher, als hätte sie das Gesehene nicht verstanden.

»Das tritt nach meiner Kenntnis ... ist das sofort, unverzüglich«, wiederholte Schabowski auf dem Bildschirm.

»Er hat die Grenzen geöffnet!«, rief Markus aus. »Er hat die Grenzen geöffnet!«

Luise presste sich die Hand auf den Mund. Eine Weile saßen sie da und versuchten zu verstehen, was das Geschehene bedeutete. Schließlich marschierte Markus in den Flur und von dort zurück ins Wohnzimmer, in der Hand Luises Mantel.

»Hol deinen Pass, jetzt gehen wir.«

Sie legten den ganzen Weg in scharfem Tempo zurück. Auf den Straßen rannten Menschen, die vorbeifahrenden Autos hupten, die Straßenlaternen und die Lichter in den Schaufenstern am Straßenrand durchdrangen die Dunkelheit. Markus hielt Luise bei der Hand, als führte er sie in seine eigene Welt, die neu war und sich überraschend geöffnet hatte, bis sie zum Checkpoint Charlie kamen, vor dem es nicht weiterging. Dort hatten sich massenhaft Menschen angesammelt, irgendwo in der Volksmenge ließ jemand seinen Kassettenrekorder Musik herausschreien, manche Leute sangen laut mit. Markus stellte sich auf die Zehen, um über die Menschenmenge hinwegzublicken, aber es waren zu viele Menschen.

»Was ist das Problem, warum geht es nicht weiter?«, fragte er die vor ihm stehende Frau, die sich umdrehte und die Hände ausbreitete.

»Angeblich haben sie an der Grenze keinerlei Anweisungen erhalten.«

»Was zum Teufel«, murmelte Markus, umfasste Luise fester und zog sie tiefer in die Menschenmenge hinein und durch sie hindurch bis zum Grenzkontrollgebäude.

»Die Grenze ist geöffnet. Warum handeln Sie nicht nach dem Willen der politischen Führung?«, rief er dem nächststehenden Grenzwächter zu.

Der Grenzer starrte Markus mit barschem Gesichtsausdruck an.

»Davon wissen wir nichts.«

Markus langte mit der Hand in seine Brusttasche, zog seine Pressekarte hervor und hielt sie dem Soldaten vor die Augen.

»Verstehen Sie, wie das in den Augen der internationalen Medien wirkt? Hierüber werden alle schreiben. Ich sehe schon die Schlagzeilen: Die Grenzwache weigert sich, den Beschluss des Ministerrats umzusetzen.«

Markus spürte, wie Luise ihm fest die Hand drückte, und wandte sich ihr zu.

»Hör auf. Ich will nach Hause«, flüsterte Luise.

Aber in Markus war eine Flamme entfacht, er konnte sich nicht erinnern, wann er zuletzt etwas Ähnliches empfunden hatte, er stand auf der Hauptbühne des Weltgeschehens, und gerade jetzt geschah etwas, aus dem er sich um keinen Preis zurückziehen würde. Ohne sich um Luises Worte zu kümmern, wandte er sich wieder dem Soldaten zu und sagte:

»Glauben Sie mir, Sie machen einen Fehler.«

Und endlich kam etwas in Gang. Es vergingen ein paar Minuten, und das Tor öffnete sich, während die grün gekleideten Grenzsoldaten ratlos von der Seite her zuschauten. Die Menschenmenge schrie, überall erklangen Tröten und Glocken, die Volksmasse rückte nach Westen vor. Markus wäre gern stehen geblieben und hätte sich umgesehen, aber dann wäre er unter die Füße der Menschen geraten; stattdessen ließ er den Blick umherschweifen.

Manche Menschen weinten.

Jemand schrie.

Jemand hob die Faust zum Zeichen des Sieges.

Jemand stürmte zu einem Grenzwächter und verlangte einen Stempel in seinen Pass, für diesen Vorgang musste er einen Beweis haben!

Jemand hatte nicht die Geduld, auf die nur langsam vorrückende Menge zu warten, und kletterte über den Zaun.

Markus beobachtete das alles, in sich ein Feuer, das unbeherrschbar wirkte, er drückte Luise die Hand, während sie den ersten Schritt auf die Westseite machte.

Die Nacht senkte sich über Berlin wild und außer Rand und Band. Luise schritt matt darin einher, aber das verstand Markus erst später. Am Kurfürstendamm wimmelte es von Ostberlinern, die verwirrt herumliefen. Luise blieb an einer Straßenecke stehen und schaute sich um. Im Schaufenster eines Konfektionsgeschäfts standen Modellpuppen in den Kleidern eines amerikanischen Modedesigners, in den Schaufenstern der Juweliere funkelte es, und aus den Lautsprechern vor einem Schallplattengeschäft klang Musik herüber, dort stand Luise mit ausdruckslosem Gesicht.

Markus legte ihr die Hände auf die Schultern.

»Irre«, sagte er. »Ist das nicht irre?«

Er drückte Luise einen Kuss auf den Mund, aber sie sagte: »Ich will nach Hause.«

Markus lachte.

»Doch nicht jetzt«, sagte er, »wir suchen uns eine Bar und trinken ein Bier. Dies muss gefeiert werden.«

Und erst da begriff er: Etwas in Luises Blick verriet Leere und Trauer, sie schüttelte den Kopf.

»Ich will das nicht.«

Einen Augenblick lang sah Luise Markus schweigend an, bevor sie fortfuhr:

»Verstehst du nicht, dass ich das nicht will? Ich will Vilja und dich. Aber du scheinst gar nicht die Absicht zu haben, etwas dafür zu tun.«

Markus spürte, wie seine Begeisterung erlahmte, an ihre Stelle trat die Angst, er seufzte tief auf und wollte gerade den Mund auftun, als von hinten ein Mann angestolpert kam und ihn im Vorübergehen schubste. Markus sah ihm nach.

»Wenn die Reisebeschränkungen auf Dauer fallen, kannst du nach Finnland kommen«, sagte er schließlich.

Aber Luise schüttelte wieder den Kopf.

»Wenn ich hätte kommen wollen, dann hätte ich es schon getan.«

Hinter dem Häuserviertel ertönte Musik, deren Klänge stiegen in die Luft auf und mischten sich mit einem Schrei der Freude und des Jubels.

»Wir haben es geschafft!«, rief jemand aus dem offenen Fenster eines vorbeifahrenden Autos. »Wir machen Geschichte!«
»Verstehst du, was mir bevorsteht?«, hörte Markus sich fragen. »Ich soll eines meiner Kinder in Finnland zurücklassen. Ich müsste Matias dortlassen.«
Instinktiv trat Luise einen Schritt zurück, genau das hatte sie nicht hören wollen.
»Die Situation war die ganze Zeit über kompliziert, aber so kann es nicht weitergehen. Ich will es jetzt wissen. Ich muss es jetzt wissen.«
Ratlos sah Markus vor sich hin, versuchte, Luise die Hände entgegenzustrecken, doch die wehrte die Bewegung ab.
»Luise«, versuchte er es erneut, doch Luise schüttelte den Kopf und wiederholte:
»Jetzt.«
Und Markus spürte, wie die Worte verschwanden, er erreichte sie nicht mehr, es gab nichts, was er noch hätte sagen können. Er sah Luise in die Augen, sie glänzten vor Enttäuschung und Trauer, bis sie sich für einen Moment schlossen und dann wieder öffneten.
»Ich möchte hier weg. Ich muss hier weg«, sagte Luise und drehte sich um.
Markus stand auf der Stelle, schaute auf Luises Rücken, der sich die Straße hinab entfernte, bis er hinter einer Ecke verschwand. Wenn er gewusst hätte, dass er ihn zum letzten Mal sah – an diesen Moment sollte er später unzählige Male zurückdenken –, hätte er anders gehandelt, das wusste er mit Sicherheit. Doch dort an einer Westberliner Straßenecke dachte Markus, er werde das alles wieder in Ordnung bringen, es ließ sich doch alles in Ordnung bringen, so war es früher gewesen, und so war es auch jetzt.

Bedrückt ging er weiter, kam schließlich zur Grenze und blieb erst dort stehen.
Auf die Mauer war eine Menge Menschen geklettert. Jemand versprühte Sekt aus einer Flasche. Einige tanzten. Eine Weile beobachtete er die Menschen von seinem Platz aus, dachte an Luise, dann an Rosa, und dann ertönte das erste Krachen. Zunächst verstand Markus nicht, woher es kam, und bewegte sich deshalb auf den Lärm zu. Dann sah er hinter einer Menschenmenge einen Vorschlaghammer, er sauste durch die Luft wie die Axt eines Scharfrichters, krachte auf den Beton, der eiserne Kopf trieb in die Oberfläche einen Spalt, dann daneben einen zweiten und einen dritten, er starrte auf die Betonfläche, die auf der Westseite bunt, auf der Ostseite grau, aber auf beiden Seiten bröckelig war, und da kam ihm ein Gedanke, der Trauer und Furcht und Leere trug: *Wie schwer ist es, etwas zu bauen, und wie leicht, etwas zu zerstören.*

2012

Vilja fuhr durch das flache Norddeutschland und kam gegen Abend zur Zecheriner Brücke, die das Festland mit der Insel Usedom verbindet. Das grüne Licht brannte, und aus der Autoschlange, die sich vor der Brücke gebildet hatte, schloss Vilja, dass sich die Zugbrücke gerade erst gesenkt hatte, kurz davor hatte sie unter sich die Segelboote passieren lassen, die jetzt den Kanal entlang der offeneren Wasserfläche zustrebten. Sie fuhr an der Brückenwache vorbei und winkte, nach der Brücke hielt sie am Wegrand und holte die Landkarte hervor. Sie hatte noch etwa eine halbe Stunde Fahrt vor sich. Sie stieg aus dem Auto und sah sich um, wandte dem Wind den Rücken zu, um sich eine Zigarette anzuzünden, und machte ein paar Schritte Richtung Ufer. Ob ihr irgendetwas bekannt vorkam? Hier war der Frühling schon weiter als in Helsinki, die verschiedenen Grüntöne waren schon vor Wochen miteinander verschmolzen, der warme, böige Wind trieb die Segelboote vorwärts. Doch nichts in dieser Umgebung schien Erinnerungen in ihr zu wecken oder dazu beizutragen, dass Erinnerungsbilder in ihr wach wurden, die sich vor langer Zeit aufgelöst hatten und schließlich ganz verschwunden waren. Sie rauchte ihre Zigarette zu Ende, stieg wieder ins Auto und kurvte zurück auf die Landstraße.

In Loddin kam sie abends um sieben Uhr an. Das Gasthaus war genau so deutsch, wie Vilja es erwartet hatte: ein altes braunes Ziegelhaus, dessen Wand von Sprossenfenstern

durchbrochen war, im Garten wuchsen Obstbäume und Beerensträucher, neben dem akkurat gemähten Rasen lagen mit viel Mühe terrassierte Blumenbeete. Vilja schritt über den Hof zur Haustür und klingelte. Eine ergraute alte Frau öffnete, während sie sich gleichzeitig die Hände an einem Geschirrhandtuch abtrocknete, stellte sich als Gretel Vogt vor und zeigte Vilja den Weg ins Haus.
»Sind Sie diejenige, die von Schweden bis hierher gefahren ist?«, fragte sie.
»Aus Finnland«, korrigierte Vilja und erzählte, dass sie am Vormittag in Berlin angekommen sei, am Flughafen ein Auto gemietet habe und dann nach Norden gefahren sei. »Und genau das brauche ich jetzt«, sagte sie, »Ruhe in schöner Umgebung.«
Das Zimmer im Obergeschoss war groß und hell, vom Fenster aus hatte sie den Blick auf den Garten, und hinter den an dessen Ende aufragenden Bäumen schimmerte das Meer. Zum ersten Mal nach ihrer Ankunft in Deutschland musste Vilja lächeln: Das Bett war mit gestärkter weißer Baumwollwäsche bezogen, draußen vor dem Fenster zitterten Pelargonien, im Zimmer duftete es nach Lavendel und Thymian, etwas an dieser Atmosphäre erinnerte Vilja an die Großmutter und die Ruusulanstraße in Helsinki, an warme Erinnerungen, die nicht verschwunden waren.
»Wie schön«, sagte sie und lächelte Frau Vogt zu.
Die Frau lächelte zurück.
»Richten Sie sich erst mal in Ruhe ein. Und wenn Sie können, kommen Sie zum Abendbrot, der Tee zieht schon.«

Ein Weilchen lag sie auf dem Bett und streckte den von der Fahrt steif gewordenen Rücken, betrachtete die getäfelte,

weiß gestrichene Decke, dachte an Saga und die Worte, die sie unmittelbar vor Viljas Abreise gesagt hatte:
»Ich hoffe nur, dass du nicht enttäuscht wirst. Falls deine Reise ergebnislos bleibt.«
Vilja hatte ihre bittere Antwort im letzten Moment hinuntergeschluckt, sie hatte verstanden, dass Saga es nicht böse meinte, obwohl die Worte in ihrem Inneren schmerzhaft einen Punkt getroffen hatten, wo die Einsamkeit sich mit dem Gefühl von Wurzellosigkeit verband. Aber Saga hatte nicht nachgegeben.
»Hast du gehört?«, hatte sie gefragt, war zu Vilja getreten und hatte sie gezwungen, das Packen zu unterbrechen.
Und Vilja hatte ihre Bewegung abgebrochen, Saga in die Augen geschaut und gesagt:
»Natürlich werde ich enttäuscht sein. Ich habe keinen Vater, keine Mutter, und wenn ich Luise nicht finde, habe ich nicht mal eine eigene Vergangenheit.«
Sie schloss die Augen, schob die Scham für ihre Worte beiseite, die verrieten, dass sie sich opferte, und bewirkten, dass sie sich selbst verachtete. Genauso ein Mensch wollte sie nicht sein, ein privilegierter westlicher Jammerlappen, und dennoch bemerkte sie immer häufiger und häufiger, dass sie sich in einer Situation fand, wo es so lief. Das muss ein Ende haben, dachte sie. Die Chance war gering, aber es gab sie, und der Gedanke, Luise könnte genau in diesem Augenblick nur einen Steinwurf von ihr entfernt sein, fühlte sich an wie wogende Wellen in ihrem Unterleib. Um sie zu vertreiben, zwang sie sich, vom Bett aufzustehen, und ging die Treppe hinunter ins Erdgeschoss. Der kleine Speiseraum öffnete sich zum Garten hin, die Tür dorthin stand weit offen. Sie schaute ein Weilchen hinaus, bevor sie auf den leuchtend grünen und sorgfältig gemähten Rasen

hinaustrat, in dessen Mitte ein großer verschnörkelter Eisentisch stand, auf den Frau Vogt das Abendessen stellte.
»So«, sagte Frau Vogt, als sie Vilja bemerkte. »Tee?«
Vilja setzte sich auf einen Stuhl unter den Apfelbaum. Auf dem Tisch standen verschiedene Brotsorten, Käse, Wurst und Krautsalat. Frau Vogt schenkte Tee ein.
»Die Saison hat noch nicht begonnen, im Moment sind Sie unser einziger Gast«, sagte sie. »Sie können den Garten in Ruhe genießen.«
Vilja lächelte. Frau Vogt kam ihr irgendwie bekannt vor. Vilja betrachtete die fragilen Hände der alten Frau, die den Brotkorb zurechtrückten, etwas an ihnen weckte in Vilja den Wunsch, die Frau möchte sie ergreifen und festhalten, zärtlich, aber mit festem Griff, ihr den Kopf streicheln und versichern, alles werde sich regeln, letztlich, zur rechten Zeit, aber doch regeln. Vilja bestrich sich ein Brötchen und sagte:
»Ihr Gasthaus ist bezaubernd. Führen Sie es schon lange?«
»Eine kleine Ewigkeit«, antwortete Frau Vogt. »Mein Mann und ich haben das Haus vor zwanzig Jahren gekauft. Damals, als man es billig bekam.«
Vilja sah die Frau fragend an, und Frau Vogt fuhr fort:
»Nach der Wiedervereinigung Deutschlands, als die Preise im Osten zusammenbrachen. Zuerst kamen wir nur hierher, um Urlaub zu machen, aber Simon gewann die Gegend lieb und wollte bleiben. Und auch ich konnte nicht mehr von hier fortgehen, nachdem er gestorben war.«
Vilja goss Milch in ihren Tee und rührte ihn mit dem Löffel um.
»Es tut mir leid, dass Ihr Mann gestorben ist«, sagte sie, aber Frau Vogt schien es nicht zu hören oder nicht zuzuhören, etwas im Wesen der Frau verriet ihre Zerstreut-

heit oder dass sie in ihre eigenen Welten vertieft war, sie ordnete nur die Käsescheiben, die sie auf den Teller gelegt hatte, mit einer Gabel, als könnte sie dadurch Vilja anregen, mehr zu essen.

»Als wir uns hier niederließen, gab es nur zwei Gasthäuser«, sagte Frau Vogt und sah Vilja an, »aber heute gibt es genügend Quartiere. Wir sind ein richtiges Touristenobjekt! Anscheinend wollen alle an die frische Meeresluft.«

Frau Vogt versank wieder in ihre Gedanken, und Vilja ließ sie in Ruhe. Vilja aß ihr Brötchen auf und trank ihre Tasse leer, sie wollte sich gerade für das Abendbrot bedanken und sagen, dass sie sich jetzt in ihr Zimmer zurückziehen werde, als ihr etwas einfiel.

»Darf ich Sie etwas fragen?«, sagte sie. »Ich bin nicht auf Urlaub gekommen, obwohl Loddin reizvoll wirkt. Ich bin gekommen, weil ich eine Person suche, die Luise Seidel heißt. Kennen Sie hier eine Person dieses Namens?«

Frau Vogt rührte Zucker in ihren Tee, wirkte weiterhin so, als weile sie mit ihren Gedanken in einer völlig anderen Welt, und erwachte schließlich auf diese Frage hin.

»Luise Seidel?«

Vilja nickte.

»Ich bin mir nicht sicher«, sagte sie und wirkte so, als bemühte sie sich mit aller Kraft, sich zu erinnern, und sagte schließlich: »Bestimmt kenne ich sie nicht.«

Enttäuscht nickte Vilja und zog sich in ihr Zimmer zurück.

Der nächste Tag zeigte sich regnerisch. Dichter Sprühregen breitete sich wie ein feuchter Schleier über die Landschaft. Vilja stand auf und zog sich rasch Wasser und Wind abweisende Sachen an. Vor dem Schlafengehen hatte sie einen Plan gemacht: Als Allererstes würde sie eine Runde

durch das Dorf drehen und versuchen, sich an irgendetwas zu erinnern, egal, an was, und dann anfangen zu fragen. Wenn auch Frau Vogt Luise nicht kannte, konnte doch jemand anders etwas wissen.
Vilja wanderte eine Weile im Dorf umher, bis sie zu einer Kuhweide kam, die mitten in einer Kahlfläche lag. Sie zündete sich eine Zigarette an, betrachtete die Kuhherde, die im Regen langsam über die Grasbülten dahinwanderte, und die Ohren der Tiere, die sich im Wind bogen. Hat das hier überhaupt einen Sinn, dachte sie plötzlich und zog den Mantel fester um sich, war der Gedanke, nach Loddin zu fahren, doch keine gute Idee gewesen? Nichts von dem Gesehenen hatte bei ihr etwas klingeln lassen, sie an etwas erinnert oder war ihr auch nur entfernt bekannt vorgekommen, das Dorf war wie jeder andere ihr unbekannte Ort, dessen Atmosphäre von Stillstand durchaus sympathisch und nett war, ihr jedoch völlig fremd. Sie seufzte tief und drückte die Zigarette aus.
Um die unangenehmen Gedanken zu vertreiben, ging Vilja denselben Weg zurück, den sie gekommen war. Sie fand Frau Vogt in der Küche, klopfte an die Tür und entschuldigte sich für die Störung, aber die winkte ab und sagte:
»Das Mittagessen ist bald fertig, hoffentlich haben Sie Hunger. Ich weiß, dass auch in Schweden viel Lachs gegessen wird. Ich habe ihn extra für Sie gemacht.«
Einen Augenblick lang sah Vilja Frau Vogt an.
»In Schweden, ja. Und auch in Finnland, von wo ich komme«, sagte sie schließlich, und dass sie sich einen Augenblick ausruhen und später zum Essen wiederkommen werde.
In ihrem Zimmer stellte Vilja sich ans Fenster und schaute einen Moment hinaus. Etwas stimmte nicht. Dass Frau

Vogt sich nicht erinnern konnte, erschien ihr unfreundlich, gleichgültig, aber nicht nur so, plötzlich kam es Vilja so vor, als hätte die Frau Teile ihrer Realität verloren. Gleichzeitig kam ihr ein Gedanke, und sie kehrte ins Erdgeschoss und in den Speiseraum zurück, wo sie Frau Vogt den Tisch decken hörte.

»Dies ist doch ein recht kleines Dorf, nicht wahr?«, sagte Vilja. »Hier kennen doch sicherlich alle einander?«

Frau Vogt stellte den Teller weg, gab einen zustimmenden Laut von sich und nickte. Vilja fuhr fort:

»Luise Seidel, die ich gestern erwähnte. Wenn Sie keine Person dieses Namens kennen, wie wahrscheinlich ist es dann, dass sie hier wohnen kann?«

Plötzlich wirkte Frau Vogt verwirrt, und als habe sie sich selbst gründlich verloren, stand sie zerbrechlich und zart da, und Vilja überkam das Gefühl, sie versuche sich zu sammeln in einer Weise, die für einen Außenstehenden schwer verständlich war.

»Luise Seidel? Ja, ich kenne sie.«

Vilja starrte vor sich hin und verstand einen Augenblick lang nicht, was sie gehört hatte, aber brachte schließlich die Frage heraus:

»Sie kennen Luise Seidel?«

Frau Vogt zog die Brauen hoch, ihre gefurchte Stirn legte sich in Falten und glättete sich wieder, und Frau Vogt sagte:

»Ja, ja. Sie hat ein Gasthaus, so wie ich, gar nicht weit von hier.«

Das Haus war groß und weiß, seine gekalkte Fassade wurde nur von kleinen, mit Blumenkästen geschmückten und mit Spitzengardinen verhangenen Sprossenfenstern unter-

brochen. Das hohe Reetdach ragte zu dem tief von Wolken verhangenen, quellenden Himmel auf. Vilja betrachtete das alles durch das Autofenster. Frau Vogt hatte ihr den Namen von Luises Gästehaus und die Adresse genannt, und nach dem Mittagessen war Vilja ins Auto gesprungen und hatte den Ort gesucht. Lange betrachtete sie das Haus, das am Ende eines Rotziegelpfads aufragte, und das unbeweglich dastehende Hofgebäude, als sich plötzlich die Tür des Hauses öffnete. Der Regen floss am Fenster des Autos herab und verwischte die Einzelheiten, aber dennoch sah Vilja: Aus der Tür war eine Frau getreten, die sich zum Schutz vor dem Regen die Kapuze über den Kopf gezogen hatte und die lange Gummistiefel und einen Regenmantel trug. Sie ging mit großen Schritten durch den Regen zu einem Auto, setzte sich hinein und ließ den Motor an. Vilja drückte sich tiefer in ihren Sitz, während das Auto auf dem Hofweg langsam an ihr vorbeiglitt.
Einer plötzlichen Eingebung folgend, ließ sie den Motor an, machte eine U-Kurve und fuhr los. Der Regen wurde stärker. Die Scheibenwischer schleuderten das Wasser beiseite. Vilja lenkte den Wagen über das Kopfsteinpflaster der Straße, und kurz darauf entdeckte sie die Rücklichter von Luises Wagen. Sie fuhr ihr mit Abstand hinterher und verlangsamte schließlich das Tempo. Das Auto hatte vor einem Lebensmittelgeschäft gehalten, und im Vorbeifahren konnte Vilja sehen, wie der Rücken im Regenmantel dort zur Tür hineinschlüpfte. Vilja hielt und stieg aus.
Sie nahm einen Einkaufskorb und schritt den Gang entlang, bis sie schließlich sah: Die Frau vor dem Regal mit Konserven hatte die Kapuze vom Kopf gezogen, das bis auf die Schultern reichende Haar war hier und da ergraut. Die Frau nahm vom Regal Tomatenmark und Bohnen und

legte sie in den Einkaufswagen. Vilja ging langsam auf sie zu, da drehte sich die Frau um, mit beiden Händen den Einkaufswagen schiebend ging sie an Vilja vorbei und ließ dabei ein kleines und rasches Lächeln wie einen Gruß auf ihrem Gesicht erscheinen. Vilja wandte den Blick rasch ab, sah aber noch: Auf dem Gesicht der Frau lag Wärme, ihre Augen leuchteten wie Sterne. Vilja schritt den Gang entlang weiter und legte irgendetwas in ihren Korb, was ihr gerade in die Finger geriet, um das in ihr wachsende Zittern zu beruhigen, das durch den Anblick von Luise in ihr entstanden war.

Luise stand bei der Kasse, legte ihre Einkäufe auf das Band, und Vilja sah, wie sie ihren Einkaufswagen beiseiteschob und mit dem Einpacken begann.

Piep, sagte der Strichcodeleser zu dem Brot, das man vor ihn hingeschoben hatte.

»Frau Seidel, ist bei Ihnen heute wieder Kartoffelsuppentag?«, fragte die Frau an der Kasse.

Die Dose mit Bohnen, piep.

Drei Liter Milch, piep.

Vilja starrte die auf dem Band vor ihr vorübergleitenden Lebensmittel regungslos an.

»Ich werde Antje daran erinnern«, sagte die Kassiererin, »letztes Mal hat sie sich geärgert, weil sie vergessen hatte zu kommen.«

Piep.

Vilja umklammerte den Griff des Einkaufskorbs. Zwei Meter vor ihr packte Luise die Lebensmittel in ihre Tasche, die war aus einem Netz gemacht, und Vilja erkannte: Noch lange nach ihrem Umzug nach Finnland hatte der Vater genau so eine benutzt.

Luise lachte.

»Die wird auch für Sie reichen. Soll ich Antje ein Glas mitgeben?«
Die Frau an der Kasse stieß einen Laut des Entzückens aus, aber ihre Antwort hörte Vilja nicht mehr, sie stand regungslos auf der Stelle, in ihre Gedanken schob sich ein Bild, sie zeichnete für sich selbst die Umrisse, stark und scharf: Der Vater stand neben ihr, schaute ihr direkt in die Augen und lächelte. Vilja versuchte, den Blick zu deuten, seine Nuancen, lag darin Trauer, Melancholie, Stolz? Sie bemühte sich, den Blick scharf zu stellen, aber der Vater war schon verschwunden.

Lange saß sie auf ihrem Platz im Auto und betrachtete den Regen, der am Fenster hinunterlief.
Beruhigte ihren Atem.
Überlegte, was sie tun sollte.
Für einen Augenblick schloss sie fest die Augen und startete schließlich wieder das Auto. Der Weg war kurz, aber es war, als wäre jedes Detail am Wegrand schärfer als zuvor, und farbiger, so als hätte das helle Licht die von dem dunklen Schleier aufgetürmten Schichten endlich durchdrungen.
Der Regen hatte aufgehört, als sie zu der Tür kam, aus den Wolkenritzen drang weiches, mattes Licht, sie drückte auf die Klingel und trat einen Schritt zurück. Es dauerte einen Augenblick, bevor die Tür sich öffnete, dann stand dahinter Luise.
»Sind Sie zum Essen gekommen?«, fragte Luise, und obwohl Vilja noch satt war vom Mittagessen, bemerkte sie, dass sie nickte.
Sie trat ins Haus und erkannte den Duft noch an der Tür. Zuerst gab es in Butter glasierte Porreestücke und Zwiebeln, dann gekochte Kartoffeln und Möhren, gewürzt

mit Pfeffer, Salz und Muskatnuss, einer Handvoll Petersilie, schließlich gebratene Wurst in der fertigen Suppe. Sie folgte Luise ins Haus hinein und speicherte dabei jedes Detail ab: die Teppiche auf den Dielen, die Blumen in einer Vase auf der Kommode, die helle Tischdecke auf dem Tisch im Speiseraum und die Bilder an der Wand. Luise wies ihr einen Tisch zu.

»In der Sommersaison haben wir meist zwei Mittagsgerichte zur Auswahl, aber jetzt nur eines, hoffentlich ist Ihnen das recht«, sagte sie.

Vilja nickte und sah zu, wie Luise mit leichten Schritten durch den Raum ging, als tanzte sie. Vilja streckte die Beine unter den Tisch und bemerkte, dass ihre Hose und die Schuhe vom Regen nass waren. Luise kehrte ins Zimmer zurück, in den Händen trug sie einen dampfenden tiefen Suppenteller und stellte ihn vor Vilja auf den Tisch.

»*Piep piep piep, guten Appetit*«, sagte Luise und lachte.

Vilja fuhr zusammen.

Plötzlich war die Erinnerung stark. Ringsum herrschte Lärm, die neben ihr sitzende Nadine lachte über Marlene, die aus ihrem Glas hatte Wasser überschwappen lassen, hinter ihrem Rücken erscholl eine scheltende Stimme, die sagte: »*Jetzt beruhigen wir uns und essen, und die Ellenbogen kommen weg vom Tisch.*« Die Deckenlampen des Speiseraums im Kindergarten leuchteten hell über ihnen, es war Winter, jeder Löffelvoll machte, dass Vilja sich immer müder und müder fühlte, und sie wusste, bald würde es Zeit sein für den Mittagsschlaf.

Sie hörte sich fragen:

»Hätten Sie vielleicht ein paar Tipps für die Umgebung? Ich bin gestern angekommen und kenne die Gegend überhaupt nicht.«

Luise setzte sich Vilja gegenüber und erzählte von den Stränden Loddins, da gab es weißen Sand, so weit das Auge reichte, und wenn man ein Auto hatte, dann gab es auf der anderen Seite der Insel noch mehr Sehenswürdigkeiten. Sie saßen eine ganze Weile einander gegenüber, Vilja löffelte ihre Kartoffelsuppe und hörte zu.

»Stammen Sie aus dieser Gegend?«, fragte sie, als Luise einen Moment schwieg.

Luise schüttelte den Kopf.

»Nein, ich bin aus Berlin.«

Vilja versuchte, überrascht zu wirken.

»Warum sind Sie hierhergezogen?«

Luise lächelte leicht, aber etwas in ihrem Blick ließ Vilja vermuten, dass das Lächeln keine Freude vermittelte.

»Ich brauchte wohl eine Veränderung, eine große Veränderung. Vor langer Zeit«, sagte Luise kurz, und Vilja hatte das Gefühl, dass Luise nicht weiter über dieses Thema sprechen wollte. »Und Sie? Wie sind Sie gerade hierhergekommen?«

Vilja kratzte die letzten Reste der Suppe vom Teller und bemühte sich, den in ihr anwachsenden, unter der Haut brodelnden wilden Aufruhr zu verbergen.

»Ich«, sagte sie, »bin vielleicht in einer etwas ähnlichen Situation wie Sie damals.«

Sie machte eine kleine Pause und fuhr dann fort:

»Mein Vater starb. Vor ein paar Monaten. Danach hatte ich das Bedürfnis, mich selbst besser zu verstehen. Mein Leben. Alles, was darin geschehen war. Das hat mich hierhergebracht.«

Luises Gesicht wurde ernst.

»Das mit Ihrem Vater tut mir leid. Es ist hart, einen Angehörigen zu verlieren.«

Vilja nickte leicht, wandte den Blick und schaute aus dem

Fenster. In diesem Moment wäre es zu viel gewesen, Luises Blick zu begegnen.
»Haben Sie jemals einen wichtigen Menschen verloren?«, fragte sie. »Jeder Tipp wäre mir willkommen. Wie man nach einem solchen Verlust weiterleben kann.«
Sie bemerkte, dass Luise leicht lächelte, und hörte sie sagen: »Leider bin ich der letzte Mensch, den man nach Tipps fragen sollte, wie man sich von einem Verlust erholt.«
Ein Windstoß schüttelte die Bäume draußen vor dem Fenster, Vilja betrachtete deren Wipfel, die sich vor dem Himmel ausbreiteten, die tiefgrünen Blätter flatterten unter den Windstößen in der Luft, und da bemerkte sie zwischen den Zweigen und Blättern die hellgrünen, stachelbewehrten Kugeln, und sie wusste genau, was die enthielten: Kastanien, die in dieser Phase des Frühlings erst am Beginn ihres Wachstums standen und noch klein waren. Vilja wandte sich wieder Luise zu.
»Es tut mir leid, ich wollte nicht aufdringlich sein.«
Aber Luise winkte ab.
»Nein, nein. Ich meinte vor allem, dass man sich von großen Verlusten wohl nie mehr ganz erholt.«
Vilja schluckte. Fast unmerklich zuckte Luise die Achseln.
»Mein Mann starb. Vor Jahren.«
Sie machte eine kleine Pause, starrte das Tischtuch an, hob dann wieder den Blick zu Vilja auf und sagte:
»Ich habe lange gedacht, dass das eine Art Rache war. Dass ich bezahlen musste. Für all die Fehler, die ich gemacht habe. Und davon gab es viele.«
»Rache?«
»Oder vielleicht eher Karma, wissen Sie.«
Vilja sah Luise an.
Ein Augenblick verging.

Und dann.
Ein eisiger Hauch durchfuhr ihren ganzen Körper.
Vilja starrte Luise an und versuchte, ihre innere Erschütterung zu verbergen.
Natürlich, dachte sie.
Ihr fiel das Gesicht der Mutter ein, in Vaters Wohnung nach der Beerdigung, zu Weihnachten draußen auf dem Hof in der Dunkelheit, Mutters Unlust zu sprechen, ihr nahezu wütender Wunsch, alles hinter sich zu lassen und nie mehr darauf zurückzukommen. Plötzlich erschien ihr alles hell, und klar, und logisch, wie konnte es sein, dass ihr dieser Gedanke niemals gekommen war?
»Aber das ist vorbei. Aus dem Leben wird nichts, wenn man nicht vorwärtskommt. So einen Rat könnte ich Ihnen vielleicht geben«, hörte sie Luise sagen und sah, wie diese die Hände auf den Tisch legte, als wollte sie ausdrücken, dass sie das Gespräch nicht fortsetzen wollte. »Sie reisen also allein?«
Vilja nickte und setzte sich wieder aus den Teilchen zusammen, die hier zerbröselt waren.
»Ja. Meine Familie ist nicht mit.«
»Sie haben also eine Familie?«
Vilja nickte wieder, plötzlich erschien ihr nichts an diesem Satz schwierig, und sie sagte:
»Ja, ich habe eine Familie. Meine Partnerin und ihre kleine Tochter.«
Luise lächelte ein wenig.
»Und woher stammen Sie?«
Vilja legte den Löffel auf den Teller, sah eine Weile den Tisch vor sich an und hob dann den Blick zu Luise.
»Aus Finnland«, antwortete sie schließlich. »Ich stamme aus Finnland, und mein Name ist Vilja.«

Im Nachhinein erschien ihr in der Erinnerung alles wie voneinander losgelöste Filmabschnitte, sie betrachtete die von schwarzen Pausen rhythmisierten Augenblicke wie durch dichten Nebel. Die feuchte Erde duftete nach Humus, nach Bodenmaterial und neuem Leben, Vilja ging darauf hin und her, als wüsste sie nicht, was sie sonst tun sollte, schließlich blieb sie im hinteren Teil des Hofes stehen und starrte auf das Meer hinaus. Dessen Oberfläche war pechschwarz und unruhig, sie sog die salzige Luft tief in die Lungen ein.
Es war, als wäre alles für einen Moment ganz und gar stehen geblieben, die Zeit und die gelebte Wirklichkeit. Luise hatte Vilja lange wortlos angestarrt, und auch Vilja war nicht imstande gewesen, das Schweigen zu brechen. Sie hatten einander angesehen, Vilja Luise und Luise Vilja, bis Luise aufgestanden war, unvermittelt, Vilja war fast erschrocken, dann hatte Luise sich entfernt. Vilja hatte einen Moment lang in das plötzlich leere Zimmer geschaut, mit dem Rauschen des Blutes in den Ohren gewartet, aber Luise war nicht zurückgekehrt. Schließlich hatte Vilja aus ihrer Tasche Papier und Stift genommen und geschrieben:

Ich wohne bei Gretel Vogt. Dort findest du mich, wenn du mich sprechen willst. Wenn du das nicht willst, reise ich morgen ab und kehre nicht zurück. Ich verspreche dir, dass ich dich dann nicht mehr stören werde.
Deine Vilja

Es wurde dunkel. Vilja saß ein Weilchen auf der Außentreppe, bevor sie aufstand, die Treppe in den ersten Stock hinaufstieg und die Tür hinter sich schloss. Das Mondlicht fiel auf das Fensterbrett, auf die dahinter prangenden Blüten der Pelargonien und auf die Äste der unten im Garten wachsenden Apfelbäume. Sie griff nach ihrem Koffer und legte die zusammengefalteten Kleider hinein, die sie am Vortag über die Stuhllehnen gehängt hatte. Der Wind, Vilja spürte den kalten Wind, der durch die Ritzen der Fensterrahmen drang und der gleichzeitig warm und eisig war, in einen Beutel stopfte sie die Sachen, die sie im Zimmer verstreut hatte, um sicherzustellen, dass sie am Morgen möglichst schnell bereit zum Aufbruch war.

Da hörte sie in der Stille ein Klopfen.

Für einen Moment blieb sie regungslos stehen.

Dann öffnete sie die Tür.

Einen Augenblick lang sahen sie einander schweigend an, bis Vilja zur Seite trat und Luise an ihr vorbei hereinkam. In die Nase drang ihr ein leichter Moschusduft, und unter diesem Eindruck schloss Vilja die Tür.

Berlin, 18. August 1987

Der Traum ist stark: Das Mädchen steht vor der Tür, ich öffne, trete zur Seite und lasse sie ein. Es ist Sommer, der Traubenkirschbaum duftet, und wir halten einander, Kastanie und ich. Wir zittern, dass unsere Körper nur so schlottern, sie drückt mich eng an sich, sodass die Nägel zwischen meinen Rippen versinken. Meine Arme, die so lange leer waren, dass es mir wie eine Ewigkeit erscheint, füllen sich mit ihrer samtenen Haut, ihrem wolligen Haar, ihrem herb-feuchten Duft.

Da stehen wir, Kastanie und ich, in dem leeren Haus am Meeresstrand, wo der milchweiße Nebel die Wiesen und die Uferlinie und die sie verwöhnenden schwachen Wellen in sich einwickelt, und endlich sind die Nächte vorbei, in denen ich Angst hatte, Angst vor Verlust und Verzicht und vor dem Warten und der Entfernung, und endlich liegen vor uns die Tage, an denen ich nichts mehr fürchte, funkelnde und klare Tage, Tage wie Rapsfelder, hell und weit, benetzt vom Sommerregen; Tage, an denen wir einander endlich haben.

Der Traum ist stark, und er wiederholt sich. Kastanie und ich. Ich und Kastanie. Und auch wenn es ein Traum ist, weiß ich, dass er eines Tages Wirklichkeit wird und all meine Furcht, meine Sehnsucht, meine Unsicherheit und Angst unnötig macht. Darüber muss ich schreiben. Darüber muss ich in diesen Monaten dir schreiben, Erich, denn sonst bleiben nur Erinnerungen, unklare und zerfallende, die sich mit der Zeit in Träume verwandeln. Wir müssen uns an das Versprechen halten, das Wichtigste, wir müssen uns an die Worte erinnern, die schwerwiegenden, auch an die leichten. Wir müssen uns am Rand festhalten, müssen aufpassen, dass wir nicht dorthin fallen, wo die Angst sich an die Waden klammert und uns weit

wegzieht von den Wegen. Der Rand ist die ganze Zeit in meiner Nähe, er lockt mich, fehlzutreten, auf die Seite der Ängste ins Dunkle.
Noch ist Sommer, heißer und windloser Sommer, bald aber kommt der Herbst, die tröstliche Kühle, ein Luftstrom, der Erleichterung bringt, bis er sich in die Hoffnungslosigkeit des Winters verwandelt, in Kälte, die in Mark und Bein dringt.
In diesem Jahr fürchte ich diesen Winter nicht. Ich weiß, dass danach wieder ein Frühling kommt, und in diesem Jahreskreislauf wird das Warten darauf belohnt. Dann kommst du, und sie, und das Leben beginnt, das wir so inbrünstig erwartet haben. Und davor ist nichts so wichtig, wie dass sie nicht vergisst.

Deine Margot

DANKSAGUNG

Dieses Buch ist Fiktion. Trotz des historischen Rahmens sind die handelnden Personen erfunden, abgesehen von den aus der Weltgeschichte bekannten Politikern.

Für wichtige Ratschläge in der Anfangsphase des Manuskripts danke ich meinen Lehrern an der Schule für literarisches Schreiben an der Kritischen Hochschule Maarit Halmesarka, Jyrki Kiiskinen, Sari Malkamäki, Pia Pesonen, Mikko Rimminen, Eino Santanen, Lotta Sonninen, Jussi Tiihonen, Merja Virolainen und besonders Hannu Simpura, ohne dessen scharfe Analysen mir so manche Erkenntnis nicht gekommen wäre.

Für die wichtige Unterstützung und viele Gespräche über das Schreiben im Lauf der Jahre danke ich insbesondere Katri Blomster, Hertta Hulkkonen, Venla Pystynen und Antti Ritvanen.

Dank für die zahlreichen tiefschürfenden Gespräche, den Briefwechsel über die DDR und den Realsozialismus sowie für das erste Lesen des Manuskripts gebührt meinem Vater Seppo Iisalo. Für die tiefgehenden Gespräche über die Themenkreise des Buches danke ich auch Axel Kaspar, Riitta Lampelto, Bärbel Rechenbach, Risto Repo, Sara Rosenstedt, Anu Saari, Teppo Tiilikainen und dem schon verstorbenen Erkki Susi.

Herzlich danke ich auch Emma Aulanko für die Hilfe bei der Übersetzung von Herbert Grönemeyers Liedtext, Anna Kähkö für das Gespräch über Tschernobyl, der Jugend-

ärztin Miila Halonen-Saari für die medizinischen Hintergrundinformationen, dem Professor für Psychologie Kimmo Alho für das Gespräch über Erinnerung und Vergessen sowie dem Journalisten und Schriftsteller Sakari Silvola für die Präzisierungen bezüglich des Sandmännchens. Den Redaktionen von *Tiedonantaja* und *Kansan Uutiset* Dank dafür, dass ich ihre Archive nutzen durfte.
Für die unersetzliche Unterstützung und präzise Anmerkungen danke ich Samuli Knuuti und Hanna Pudas. Herzlichen Dank auch an Anna-Riikka Carlson, Jouni Tikkanen und die anderen Mitarbeiter des Verlags WSOY.
An die hellsten Lichttropfen meines Lebens, Eino und Elsa: Danke, dass ihr da seid, und danke, dass ihr es ausgehalten habt.
Und zu guter Letzt: danke, Silvia – für das Leben an meiner Seite, für die Schreibretreats, für das Ertragen meiner endlosen DDR-Monologe und vor allem für die Liebe.

Helsinki, den 26. August 2021
Meri Valkama

Die Personen

Markus Siltanen
Korrespondent der finnischen Zeitung *Kraft des Volkes* in Ostberlin

Rosa Siltanen
Markus' Frau, Schriftstellerin

Anne Stern
Berliner Bekannte der Siltanens

Peter Stern
Anne Sterns Sohn

Matias
Markus' und Rosas Sohn

Vilja
Markus' und Rosas Tochter, von Luise *Kastanie* genannt

Elsa Siltanen
Markus' Mutter

Aatos Siltanen
Markus' Vater, beide Helsinki

Sebastian Schildt
Anne Sterns Mann

Ute Lauterbach
Dokumentarfilmerin, Rosas Freundin in Ostberlin

Saga Rosenberg
Dokumentarfilmerin aus Afrika, Viljas Partnerin

Hertta
Sagas kleine Tochter

Aino
Sagas finnische Expartnerin

Luise Seidel
Viljas Erzieherin im Kindergarten

Max Seidel
Luises Ehemann

Hannu Aarnio
Korrespondent der finnischen Tageszeitung *Kraft des Volkes* in Ostberlin, Markus Siltanens Kollege

Inka
Matias Siltanens Ehefrau

Liisi
ihrer beider dreijährige Tochter

Lasse
Rosas zweiter Mann

Anni
Redaktionsleiterin bei der Zeitung *Polte*, wo Vilja in Helsinki arbeitet

Oskari Erfurt
Chefredakteur der Zeitung *Polte*

Katarina Nowak
Kindergärtnerin in Viljas Kindergarten

Frau Waschke
Leiterin von Viljas Kindergarten

Leon Stern
Annes Bruder

Katarina Sommer, *Petrik Pfeiffer*, *Roy Weber* u. a.
Gäste von Anne Stern am ersten Silvesterabend der Siltanens in Ostberlin

Hans Berger
Anne Sterns Cousin

Matti Tikkanen
Chefredakteur der finnischen Zeitung *Kraft des Volkes* in Helsinki

Kalle
Rosas Bruder

Marjatta
Markus' Kollegin in Helsinki bei der Zeitung *Kraft des Volkes*

Kari Virtanen
1989 Berlin-Korrespondent der finnischen Zeitung *Kraft des Volkes*

Glossar

BStU
Abkürzung: Bundesbehörde für die Stasi-Unterlagen

Serhij Bubka
Ukrainischer Stabhochspringer, hielt mit 6,14 m bis zum 17. September 2020 den gültigen Weltrekord im Freien.

Hakaniemi
Stadtteil von Helsinki mit beliebtem Markt

Mumin-Teller
Die Mumins sind Fantasiegestalten, die von der finnlandschwedischen Schriftstellerin und Künstlerin Tove Jansson (1914–2001) geschaffen wurden. Sie werden noch heute in vielfältiger Weise auf Geschirr, Stoffen u. a. vermarktet.

Mustikkamaa
Ca. 60 ha große Insel, die zum Stadtgebiet von Helsinki gehört.

Pentti Nikula
Finnischer Stabhochspringer, *1939

Pitäjänmäki
Stadtteil von Helsinki

Seurasaari
Insel, die zum Stadtgebiet von Helsinki gehört; dort ein Freilichtmuseum mit alten dörflichen Gebäuden aus Finnland, Erholungsgebiet

Strohböcke
Schwedischer und finnischer Weihnachtsbaumschmuck in Gestalt eines Ziegenbocks aus Stroh

Tokoinranta
Park im Helsinkier Stadtteil Kallio am Ufer der Bucht Eläintarhanlahti

Wärtsilä
Finnischer Technologie-Konzern mit Hauptsitz in Helsinki

Winter- und Fortsetzungskrieg
Für Finnland bestand der Zweite Weltkrieg aus drei Phasen: dem Winterkrieg (30.11.1939–13.3.1940) und dem Fortsetzungskrieg (25.6.1941–19.9.1944) gegen die Sowjetunion, sowie dem Lapplandkrieg (15.09.1944–27.4.1945), mit dem Finnland auf Verlangen Stalins die ehemals verbündeten deutschen Truppen mit Waffengewalt aus Finnland vertreiben musste.

First published in Finnish with the original title SINUN, MARGOT
by Werner Söderström Ltd (WYSOY), Helsinki. Published in the German language by arrangement with Bonnier Rights Finland
and Andrew Nurnberg Associates Limited.

This work has been published with the financial support of
FILI – Finnish Literature Exchange.

FSC
www.fsc.org
MIX
Papier | Fördert
gute Waldnutzung
FSC® C083411

Herstellung: Laura J Gerlach
Cover design by Martti Ruokonen

Cover photos: Bernard Jaubert/Arcangel and Istockphoto

Satz: psb, Berlin
Druck und Bindung: CPI books GmbH, Leck
Printed in Germany
ISBN 978-3-627-00316-6